图书在版编目（CIP）数据

陶希圣的前半生／贺渊著．——北京：新星出版社，2017.12
（传记文库）
ISBN 978-7-5133-2864-7

Ⅰ.①陶… Ⅱ.①贺… Ⅲ.①陶希圣（1899-1988）-传记 Ⅳ.①K825.1

中国版本图书馆CIP数据核字（2017）第241886号

传记文库

陶希圣的前半生

贺渊 著

策　　划：彭明哲
责任编辑：孙立英
责任印制：李珊珊
装帧设计：冷暖儿

出版发行：新星出版社
出 版 人：马汝军
社　　址：北京市西城区车公庄大街丙3号楼　　100044
网　　址：www.newstarpress.com
电　　话：010-88310888
传　　真：010-88310899
法律顾问：北京市大成律师事务所

读者服务：010-88310811　　service@newstarpress.com
邮购地址：北京市西城区车公庄大街丙3号楼　　100044

印　　刷：三河市文通印刷包装有限公司
开　　本：660mm×970mm　　1/16
印　　张：25.5
字　　数：360千字
版　　次：2017年12月第一版　　2017年12月第一次印刷
书　　号：ISBN 978-7-5133-2864-7
定　　价：58.00元

版权专有，侵权必究；如有质量问题，请与印刷厂联系调换。

欧阳友权　主编

网络文学五年普查
（2009－2013）

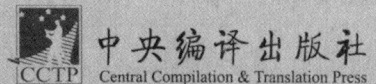
中央编译出版社
Central Compilation & Translation Press

图书在版编目（CIP）数据

网络文学五年普查：2009～2013 / 欧阳友权主编. ——北京：中央编译出版社，2014.9
　ISBN 978-7-5117-2291-1

Ⅰ. ①网… Ⅱ. ①欧… Ⅲ. ①中国文学－当代文学－文学研究－2009～2013 Ⅳ. ①I206.7

中国版本图书馆 CIP 数据核字（2014）第 203066 号

网络文学五年普查：2009～2013

出 版 人：刘明清
出版统筹：董　巍
责任编辑：郑菲菲
责任印制：尹　珺
出版发行：中央编译出版社
地　　址：北京市西城区车公庄大街乙5号鸿儒大厦B座(100044)
电　　话：(010) 52612345（总编室）　　(010) 52612363（编辑室）
　　　　　(010) 52612316（发行部）　　(010) 52612315（网络销售）
　　　　　(010) 52612346（馆配部）　　(010) 66509618（读者服务部）
传　　真：(010) 66515838
经　　销：全国新华书店
印　　刷：三河市天润建兴印务有限公司
开　　本：710 毫米×1000 毫米　1/16
字　　数：443 千字
印　　张：20.25
版　　次：2014 年 9 月第 1 版第 1 次印刷
定　　价：60.00 元

网　　址：www.cctphome.com　　邮　　箱：cctp@cctphome.com
新浪微博：@中央编译出版社　　微　　信：中央编译出版社（ID：cctphome）
淘宝店铺：中央编译出版社直销店（http://shop108367160.taobao.com）

本社常年法律顾问：北京市吴栾赵阎律师事务所律师　闫军　梁勤
凡有印装质量问题，本社负责调换。电话：010—66509618

目 录

第 1 章　文学网站 1
　一、汉语文学网站知多少 1
　　　1. 文学网站数量 1
　　　2. 文学网站覆盖人数排名 1
　二、文学网站现状 6
　　　1. 文学网站栏目设计 6
　　　2. 文学网站内容 7
　　　3. 文学网站存在的问题 10
　三、文学网站举隅 11
　　　1. 专业文学网站 11
　　　2. 门户网站文学频道 15

第 2 章　网络写手 17
　一、网络写手的数量与分类 17
　　　1. 网站签约写手数量 17
　　　2. 网络写手分类 18
　二、网络写手的生存状态 23
　　　1. 网络写手收入 23
　　　2. 网络写手的生活状态与困境 26
　三、30 位著名网络写手 30
　　　1. 唐家三少 30
　　　2. 我吃西红柿 30
　　　3. 天蚕土豆 30
　　　4. 骷髅精灵 30
　　　5. 南派三叔 31
　　　6. 梦入神机 31
　　　7. 月关 31

         8. 辰东 ･･ 31
         9. 血红 ･･ 31
        10. 打眼 ･･ 32
        11. 耳根 ･･ 32
        12. 柳下挥 ･･ 32
        13. 风凌天下 ･･ 32
        14. 跳舞 ･･ 32
        15. 高楼大厦 ･･ 32
        16. 鱼人二代 ･･ 32
        17. 无罪 ･･ 33
        18. 忘语 ･･ 33
        19. 烽火戏诸侯 ･･ 33
        20. 苍天白鹤 ･･ 33
        21. 方想 ･･ 33
        22. 猫腻 ･･ 33
        23. 撒冷 ･･ 34
        24. 卷土 ･･ 34
        25. 酒徒 ･･ 34
        26. 骁骑校 ･･ 34
        27. 录事参军 ･･ 34
        28. 蝴蝶蓝 ･･ 34
        29. 何不干 ･･ 35
        30. 流潋紫 ･･ 35

第3章 网络文学作品 ･･･ 36
    一、网络文学作品基本面貌 ･････････････････････････････････ 36
        1. 网络作品数量 ･･････････････････････････････････････ 36
        2. 网络作品类型 ･･････････････････････････････････････ 37
        3. 网络作品特征 ･･････････････････････････････････････ 50
        4. 网络作品出版代表作 ････････････････････････････････ 52
    二、网络超文本和多媒体作品 ･･･････････････････････････････ 55
        1. 网络超文本作品 ････････････････････････････････････ 55
        2. 网络多媒体作品 ････････････････････････････････････ 56
    三、网络小说代表作 ･･･････････････････････････････････････ 57

第4章 网络文学阅读 ･･･ 60
    一、网络阅读方式 ･･･ 60
        1. 网民休闲阅读 ･･････････････････････････････････････ 60

        2. 付费阅读 ·· 63
        3. 阅读中介选择 ·· 66
        4. 网络延伸阅读：听书 ······································ 70
    二、网络阅读主体 ·· 71
        1. 性别结构 ·· 71
        2. 年龄结构 ·· 73
        3. 学历结构 ·· 73
        4. 职业结构 ·· 74
        5. 青少年的网络文学阅读 ···································· 75
    三、网络阅读的影响 ·· 78
        1. 网络阅读对文学的影响 ···································· 78
        2. 网络阅读对青少年网民的影响 ······························ 80
        3. 网络阅读对大众文化的影响 ································ 81

第5章　网络文学语言 ·· 84
    一、网络文学语言类型 ·· 84
        1. 火星文 ·· 84
        2. 注音文 ·· 85
        3. 字母文 ·· 85
        4. 数字文 ·· 86
        5. 谐音文 ·· 87
        6. 叠音文 ·· 87
        7. 戏仿文 ·· 88
        8. 动漫文 ·· 88
        9. 缩略语 ·· 89
        10. 表情符号 ··· 90
        11. 甄嬛体 ··· 91
        12. 舌尖体 ··· 91
        13. 元芳体 ··· 92
        14. 咆哮体 ··· 92
        15. hold 住体 ·· 93
        16. 坑爹 ··· 93
        17. 淘宝体 ··· 93
        18. 土豪 ··· 94
        19. 高富帅和白富美 ··· 94
    二、网络文学语言特点 ·· 94
        1. 简洁化、生活化、时尚化 ·································· 94
        2. "粗口秀"表达方式 ······································· 95

   3. 炫技性娱乐技巧 ·· 96
   4. 随意性与不规范性 ·· 96
   5. 约定俗成性 ·· 96

第6章 网络文学理论批评 ··· 98
 一、网络文学理论批评五年成果检视 ······························ 98
   1. 网络文学论文 ·· 98
   2. 网络文学理论批评著作 ······································ 105
   3. 网络文学立项课题 ·· 108
   4. 网络文学成果奖励 ·· 111
 二、网络文学理论批评热点事件 ···································· 111
   1. "网络文学十年盘点"活动 ································· 112
   2. 鲁迅文学院举办网络作家培训班 ························· 112
   3. 全国30省作协主席小说巡展 ······························ 112
   4. 网络文学版权研讨会 ·· 112
   5. "网络时代的文学处境"话题讨论 ······················· 113
   6. 贵州省成立网络文学学会 ·································· 113
   7. 文学类型化及类型文学研讨会召开 ······················ 113
   8. "新媒体文学丛书"出版 ··································· 113
   9. 网络作家与传统作家"结对交友" ······················· 114
   10.《网络文学评论》创刊 ······································ 114
   11. "广东网络文学十年精品回顾"活动召开，广东网络文学院授牌 ··· 114
   12. 盛大文学推出百位白金书评人招募活动 ··············· 114
   13. 湖南省网络文学研究会成立 ······························ 115
   14. 中国作协举办网络文学作品研讨会 ····················· 115
   15. 盛大文学高层接连出现离职风波 ························ 115
   16. 中国作协、广东作协召开广东网络文学作品研讨会 ······ 115
   17. 创世中文网成立，腾讯、新浪、百度等纷纷发力网络文学 ··· 116
   18. 中国网络文学研究会成立 ································· 116
   19. 中国作协举办"起点中文网作家作品研讨会" ········ 116
   20. 网络文学大学、网络文学本科专业相继成立 ········· 116

第7章 网络文学影响力 ·· 118
 一、网络文学对创作的影响 ·· 118
   1. 上网写作由时尚成为职业 ·································· 118
   2. 网络写作由消遣走向市场 ·································· 120
   3. 网络写手"以读者为中心"的创作立场 ················· 122
   4. 网络作品的数量膨胀和质量"灌水" ···················· 123

二、网络文学对读者的影响 ·· 125
    1. 网络文学读者群增长的数据统计 ···································· 125
    2. 文学网站注册会员消费情况 ·· 127
    3. 网络作品图书市场销售状况 ·· 129

三、网络文学对当代文学发展的影响 ···································· 130
    1. 网络文学影响文学发展格局 ·· 130
    2. 网络文学影响创作队伍构成 ·· 132
    3. 网络文学影响文学发展走向 ·· 133
    4. 网络文学对文学发展产生一定的消极影响 ···························· 134

第8章 网络文学与传统文学的互动交流 ······························ 137

一、网络文学与传统文学互动交流事件 ·································· 137
    1. 作家协会积极吸纳网络作家 ·· 137
    2. 国家级大奖对网络文学开放 ·· 139
    3. 传统文学和网络文学之间的交流与互动 ······························ 141
    4. 网络文学成为文学界的宠儿和佼佼者 ································ 143
    5. 传统文学的上网和网络文学的下网 ·································· 146
    6. 网络文学面临维权难题 ·· 148

二、网络文学与传统文学互动交流的各家之言 ···························· 149
    1. 中国作家协会主席铁凝：传统文学与网络文学共同发展 ················ 149
    2. 中国作协党组书记、副主席李冰：网络文学和传统文学具有同等
       价值 ·· 149
    3. 王蒙：传统文学与网络文学共存 ···································· 150
    4. 莫言：传统文学与网络文学不是两个文学 ···························· 151
    5. 欧阳友权：网络文学与传统文学应该交流互补 ························ 152
    6. 唐家三少：网络文学与传统文学最大不同在于内容 ···················· 153
    7. 老草吃嫩牛：网络文学与传统文学并没有区别 ························ 154
    8. 刘震云：传统作家和网络作家的界定并不科学 ························ 154
    9. 网络写手：传统文学和网络文学有望融合 ···························· 155
    10. 辛夷坞：网络文学属于文学的一部分 ······························ 156

第9章 网络文学产业经营 ·· 158

一、网络文学"全版权"产业链 ·· 158
    1. 什么是"全版权" ·· 158
    2. "全版权"产业链要素分析 ·· 159

二、网络文学产业内容提供商举隅 ······································ 164
    1. 盛大文学 ·· 164
    2. 中文在线 ·· 166

         3. 腾讯文学 …………………………………………… 168
         4. 纵横中文网 ………………………………………… 169
         5. 塔读文学 …………………………………………… 170
         6. 逐浪文学 …………………………………………… 171
         7. 百度多酷文学网 …………………………………… 171
    三、全版权运营的典型案例 ……………………………… 172
         1. 电视剧改编 ………………………………………… 172
         2. 电影改编 …………………………………………… 174
         3. 游戏改编 …………………………………………… 176
         4. 漫画改编 …………………………………………… 177

第10章 博客、微博和微信文学 …………………………… 178
    一、博客文学 ……………………………………………… 178
         1. 博客与博客文学 …………………………………… 178
         2. 博客文学发展现状 ………………………………… 180
         3. 精彩博文举隅 ……………………………………… 183
    二、微博文学 ……………………………………………… 187
         1. 微博和微博文学的发展 …………………………… 187
         2. 微博写手 …………………………………………… 190
         3. 微博名帖 …………………………………………… 193
    三、微信与文学 …………………………………………… 195
         1. 微信及作家微信 …………………………………… 195
         2. 微信文学举隅 ……………………………………… 200

第11章 网络视频和微电影 ………………………………… 202
    一、网络视频普查 ………………………………………… 202
         1. 我国网络视频概况 ………………………………… 202
         2. 主要视频网站 ……………………………………… 208
         3. 主要网络视频作品 ………………………………… 211
    二、网络微电影发展现状 ………………………………… 215
         1. 网络微电影5年清单 ……………………………… 215
         2. 网络微电影代表作 ………………………………… 221

第12章 网络作品影视改编 ………………………………… 226
    一、网络作品影视改编清单 ……………………………… 226
    二、网络小说影视改编的利与弊 ………………………… 230
         1. 网络小说影视改编的优势 ………………………… 230
         2. 网络小说影视改编的局限 ………………………… 231

第 13 章　少数民族网络文学 · 234
一、少数民族文学网站 · 234
1. 少数民族文学网站类型 · 234
2. 少数民族文学网站建设存在的问题 · 237
3. 少数民族文学网站发展对策 · 240
二、少数民族网络写手与网络作品 · 241
1. 总体面貌 · 241
2. 少数民族代表性网络写手 · 243
三、少数民族网络文学理论批评成果 · 247
四、不同少数民族网络文学点评 · 250
1. 彝族网络文学：根植"民族故土"之爱 · · · · · · · · · · · · · · · · · · · 250
2. 蒙古族网络文学：描绘"草原风景"之美 · · · · · · · · · · · · · · · 250
3. 藏族网络文学：偏爱"雄奇豪放"之美 · · · · · · · · · · · · · · · · · · · 251
4. 回族网络文学：崇尚"圣洁纯净"之美 · · · · · · · · · · · · · · · · · · · 251
5. 苗族网络文学：鼓励原创作品，重视苗族主题 · · · · · · · · 252
6. 布依族网络文学：母语创作活跃，展现民族特性 · · · · 252
7. 侗族网络文学：原生态草根创作，抒写百味人生 · · · · 252
8. 保安族网络文学：创作立足本土，地域特色鲜明 · · · · 253
9. 水族网络文学：在线原创较稀缺，转载作品成主打 · · · 253
10. 壮族网络文学：正处发展雏形期，总体尚未成规模 · · · 253

第 14 章　网络女性文学 · 255
一、网络女性文学十大网站 · 255
1. 红袖添香网 · 255
2. 起点女生网 · 256
3. 晋江文学城 · 256
4. 潇湘书院 · 257
5. 17K 女生网 · 257
6. 纵横女生网 · 257
7. 言情小说吧 · 257
8. 小说阅读网 · 258
9. 云起书院 · 258
10. 扫花网 · 258
二、网络女性文学知名写手 · 258
1. 文坛新言情小说"四小天后" · 258
2. 言情小说"六小公主" · 259
3. 言情小说"八小玲珑" · 261

        4. 天籁纸鸢 ·· 261
        5. 流潋紫 ·· 262
        6. 崔曼莉 ·· 262
        7. 柳晨枫 ·· 262
        8. 唐欣恬 ·· 262
        9. 天下归元 ·· 263
        10. 李可 ··· 263
        11. 步非烟 ··· 263
        12. 玄色 ··· 263
        13. 安妮宝贝 ··· 264
        14. 六六 ··· 264
        15. 饶雪漫 ··· 264
        16. 苏小懒 ··· 265
    三、网络女性文学代表作 ·· 265
        1. 架空历史 ·· 265
        2. 青春都市 ·· 265
        3. 穿越时空 ·· 266
        4. 职场官场 ·· 266
        5. 总裁豪门 ·· 267
        6. 奇幻武侠 ·· 267
        7. 耽美同人 ·· 268
        8. 婚恋生活 ·· 268
    四、网络女性文学研究成果清单 ·· 269
    五、网络女性文学的意义和局限 ·· 273
        1. 网络女性文学的意义 ··· 273
        2. 网络女性文学的局限性 ··· 274

第15章 网络儿童文学 ·· 276
    一、网络儿童文学网站 ·· 276
        1. 花衣裳青少年文学网 ··· 276
        2. 中国作家网少儿频道 ··· 276
        3. 意林少年版 ·· 277
        4. 儿童文学·中国儿童资源网 ··· 277
        5. 中国儿童文学网 ·· 277
        6. 小书房世界儿童文学网 ··· 277
        7. 榕树下童书馆 ·· 278
        8. 儿童文学 ·· 278
        9. 儿童文学吧 ·· 278

10. 儿童文学大本营 …… 278
11. 北京青少年文学网 …… 278
12. 童话乐城 …… 279
13. 六一儿童网 …… 279
14. 红袖添香社科人文类 …… 279
15. 云中书城少儿读物类 …… 279
16. 网易云阅读儿童文学类 …… 279
17. 且听风吟童话故事类 …… 280
18. 尖尖儿童故事网 …… 280

二、网络儿童文学知名写手 …… 280
1. 杨鹏（博客：http://blog.sina.com.cn/u/1210708282）…… 280
2. 孙卫卫（博客：http://blog.sina.com.cn/u/1496864795）…… 280
3. 李志伟（博客：http://blog.sina.com.cn/lizhiwei）…… 281
4. 饶雪漫（博客：http://blog.sina.com.cn/raoxueman）…… 281
5. 郁雨君（博客：http://blog.sina.com.cn/u/1953593052）…… 281
6. 伍美珍（博客：http://blog.sina.com.cn/ygjzbjb）…… 281
7. 杨红樱（博客：http://blog.sina.com.cn/u/1645061557）…… 282
8. 汤汤 …… 282
9. 殷健灵（博客：http://blog.sina.com.cn/u/1177522557）…… 282
10. 李少白 …… 283
11. 北董（博客：http://blog.sina.com.cn/beidong7125351）…… 283
12. 金朵儿 …… 283
13. 两色风景 …… 283
14. 亚东 …… 284

三、网络儿童文学代表作 …… 284
1. 《一本最美的早晨》…… 284
2. 《重金属小弟》…… 284
3. 《彩色熊猫!》…… 285
4. 《凯撒大帝·噩梦桃源》…… 285
5. 《崎龙和他的龙血》…… 285
6. 《三个超级坏小子》…… 285
7. 《笨笨鼠小弟漫游记》…… 285
8. 《野孩子的奇幻之旅》…… 286
9. 《丑小狐叮叮穿越传奇》…… 286
10. 《虹朵朵系列童话》…… 286

四、网络儿童文学研究成果举隅 …… 286
五、网络儿童文学的意义和不足 …… 287
1. 网络儿童文学发展的意义 …… 287

  2. 网络儿童文学发展的不足 ··· 289

第16章　外国网络文学概览 ··· 293
 一、北美网络文学 ··· 293
  1. 北美网络文学网站 ··· 293
  2. 北美网络文学代表作家作品 ··· 296
  3. 北美网络文学的特点及不足 ··· 298
 二、欧洲网络文学 ··· 299
  1. 欧洲网络文学网站 ··· 299
  2. 欧洲网络文学的代表作家作品 ······································· 301
  3. 欧洲网络文学的特点与不足 ··· 303
 三、日韩网络文学 ··· 304
  1. 日韩网络文学网站 ··· 304
  2. 日韩网络文学的代表作家作品 ······································· 305
  3. 日韩网络文学的特点与不足 ··· 308
 四、东南亚网络文学 ··· 309
  1. 东南亚网络文学网站 ··· 309
  2. 东南亚网络文学代表作家作品 ······································· 310
  3. 东南亚网络文学的特点与不足 ······································· 311

后　记 ··· 312

第1章 文学网站

一、汉语文学网站知多少

1. 文学网站数量

根据第33次中国互联网络发展状况统计报告，截至2013年底，我国文学网站总数已经达到1.4万，综合性网站数7150个。在文学网站的驱动下，出现了一系列按文体分类的专门性网站，其中小说网站5500余个。点击率较高的文学网站有起点中文、创世中文网、中文在线、红袖添香、言情小说吧、晋江文学城、榕树下、小说阅读网、潇湘书院等。共有诗歌网站187个，点击率较高的有诗歌365网、中华诗词网等；散文网站223个，点击率较高的有中国散文网、散文在线等。

汉语文学网站发展很快，但在不断有新的文学网站上线的同时，也不断有旧的文学网站因各种原因而被迫关停，这与其他各类网站的新生与消亡状况基本一致。2013年底，互联网追踪机构Netcraft的最新统计报告数据显示，全球5亿网站中，真正处于活动状态的只有3700个，占总量的30.0%，看来网站数量与互联网繁荣度似乎无法呈正比。虽然互联网发展带来网站增长，但垃圾网站，尤其是盗版的文学网站所占增长比远远大于真正有活力的文学网站数量。各类建站程序的推出以及域名主机价格的走低，现在建立一个文学网站已经不是难事，这应该是促成网站数量持续增长的主要原因。互联网的发展让互联网行业不断细分增加新的功能和服务，不仅个人创业有了新的平台，传统行业营销也有了新的渠道。互联网市场有潜力也相对存在饱和，网站数量的不断膨胀也促成了各行业市场秩序不断重组规范，优胜劣汰一些不具备创新活力的网站已是常态，文学网站的此消彼长当然也是这样。

2. 文学网站覆盖人数排名

文学网站为了聚集更多人气，往往要设置各种各样的排行榜，常见的有作品排行榜、读者排行榜、作者排行榜等。在每一大类下面，又有非常详细的分类排行榜。以起点中文网为例，它一共设有35种排行榜，属于读者排行的有月票PK榜、会员点击榜、书友推荐榜、评价票排行榜等，属于作者排行的有签约作者新书榜、公众作者新书榜、新人作者新书榜等,属于作品排行的有都市言情小说榜、玄幻奇幻小说榜、武侠仙侠小说榜等。

除了这些根据点击率等数据统计即时更新的榜单之外,在网站首页上还有一些相对静止的榜单,主要是编辑的推荐,如起点中文网的三江推荐。这个榜单因为是编辑在瀚如烟海的作品库里遴选出来加以推荐的,在一定程度上体现了网站的倾向性,对读者阅读和作者投稿都具有很强的权威性和指导性,因而在网友中享有很高声誉。在以上诸种排行榜中,最为原生态也最客观的当数点击榜,因为它是依据网友点击量统计自动生成的一种榜单。

排行榜有效方便了读者,根据艾瑞咨询网络用户行为监测工具 iUserTracker 的监测数据,2013 年我国文学网站月覆盖人数已经超过 1.4 亿人。

(1) 2009 年文学网站覆盖人数排名

根据 iResearch 艾瑞咨询推出的网民连续用户行为研究系统 iUserTracker 数据显示,截止到 2009 年 12 月,垂直文学网站总日均覆盖人数 1198.5 万人,具体排名如下:

iUserTracker-2009年12月垂直文学网站日均覆盖人数排名

排名	网站	日均覆盖人数 万人	日均网民到达率 %
1	起点中文网	244	1.4%
2	小说520	126	0.7%
3	晋江原创网	107	0.6%
4	小说吧	106	0.6%
5	小说阅读网	80	0.5%
6	小木虫	78	0.5%
7	红袖添香	77	0.5%
8	快眼看书	75	0.4%
9	知网空间	69	0.4%
10	潇湘书院	53	0.3%

注:日均网民到达率=该网站日均覆盖人数/所有网站总日均覆盖人数
Source: iUserTracker, 2009.12,基于对10万多名样本的长期网络行为监测,代表2.1亿中国家庭及工作单位(不含网吧等公共上网地点)网民的整体上网属性数据。
©2010.1 iResearch Inc.   www.iresearch.com.cn

(2) 2010 年文学网站覆盖人数排行

根据 iResearch 艾瑞咨询推出的网民连续用户行为研究系统 iUserTracker 最新数据显示,2010 年 12 月,垂直文学网站日均覆盖人数达 1161 万人,环比下降 1.3%。其中,起点中文网日均覆盖人数环比增长 5.7% 至 270 万人,位居首位;小说 520 日均覆盖人数环比下降 7.8% 至 173 万人,网民到达率达 0.8%,位居第二;知网空间日均覆盖人数环比增长 6.1% 至 116 万人,位居第三;TOP3 网站排名保持不变。

iUserTracker-2010年12月垂直文学网站日均覆盖人数排名

排名	网站	日均覆盖人数 万人	日均网民到达率 %	排名变化
1	起点中文网	270	1.3%	→
2	小说520	173	0.8%	→
3	知网空间	116	0.6%	→
4	小说5200	107	0.5%	→
5	晋江原创网	97	0.5%	
6	小木虫	80	0.4%	
7	小说吧	64	0.3%	
8	逐浪文学	64	0.3%	
9	小说阅读网	62	0.3%	
10	君子堂	59	0.3%	↑

注：日均网民到达率=该网站日均覆盖人数/所有网站总日均覆盖人数

Source: iUserTracker, 家庭办公版 2010.12，基于对20万名家庭及办公（不含公共上网地点）样本网络行为的长期监测数据获得。

©2011.1 iResearch Inc.　　　　　　　　　　　　www.iresearch.com.cn

(3) 2011 年文学网站覆盖人数排行

根据 iResearch 艾瑞咨询推出的网民连续用户行为研究系统 iUserTracker 最新数据显示，2011 年 12 月，垂直文学网站日均覆盖人数 1275 万人。其中，起点中文网日均覆盖人数达 239 万人，网民到达率达 1％，位居第一；燃文小说日均覆盖人数达 158 万人，网民到达率达 0.7％，位居第二；快眼看书日均覆盖人数达 130 万人，网民到达率达 0.6％，位居第三。

iUserTracker-2011年12月垂直文学网站日均覆盖人数排名

排名	网站	日均覆盖人数 万人	日均网民到达率 %	排名变化
1	起点中文网	239	1.0%	→
2	燃文小说	158	0.7%	
3	快眼看书	130	0.6%	
4	摆渡	97	0.4%	↑
5	晋江原创网	96	0.4%	
6	纵横中文网	85	0.4%	
7	小木虫	63	0.3%	
8	E小说	60	0.3%	
9	落秋小说阅读网	60	0.3%	
10	小说阅读网	57	0.2%	

注：日均网民到达率=该网站日均覆盖人数/所有网站总日均覆盖人数

Source: iUserTracker, 家庭办公版 2011.12，基于对20万名家庭及办公（不含公共上网地点）样本网络行为的长期监测数据获得。

©2012.1 iResearch Inc.　　　　　　　　　　　　www.iresearch.com.cn

艾瑞咨询根据对 2011 年各家独立文学类网站用户数据分析发现，中国目前月均月度有效浏览时长排名前十的正版独立文学网站可分为两类，一类是作品内容多元化的综合类文学网站，另一类是针对女性读者的女性原创文学网站。

从企业角度来看，盛大文学旗下的起点中文网、潇湘书院、小说阅读网、言情小说吧、起点女生网、红袖添香，以及盛大拥有 50％股权的晋江文学城均登入榜单，盛大文学已经在中国网络文学市场中独占鳌头。

2011年中国十大用户粘性最强的正版独立文学类网站

网站	域名	2011.1-2011.12月均月度有效浏览时长（万小时）
起点中文网	qidian.com	3622.0
晋江文学城	jjwxc.net	1200.8
潇湘书院	xxsy.net	1048.8
纵横中文网	zongheng.com	812.3
小说阅读网	readnovel.com	643.5
言情小说吧	xs8.cn	532.5
逐浪文学	zhulang.com	449.1
起点女生网	qdmm.com	376.1
红袖添香	hongxiu.com	354.4
17k	17k.com	302.0

注：1.本次用户粘性最强的独立文学类网站排行榜的分析数据，主要来源于艾瑞咨询网络用户行为监测工具iUserTracker的监测数据，艾瑞选取了80个网站作为备选；
2.评选依据是根据各文学类网站2011.1-2011.12连续12个月月均月度有效浏览时长排序。

Source: iUserTracker，家庭办公版2011.12，基于对20万名家庭及办公（不含上网地点）样本网络行为的长期监测数据获得。

©2012.3 iResearch Inc.　　　　　　　　　　　　　　　www.iresearch.com.cn

在用户粘性最强的10家独立文学网站中，综合类文学网站占据了一半的席位，其中盛大文学旗下的起点中文网以月均月度有效浏览时长3611.0万小时位列榜单第一，同样是盛大旗下的综合类文学网站小说阅读网位列第五。此外，完美时空旗下的纵横中文网、大众书局旗下的逐浪文学以及中文在线旗下的17k也纷纷入围榜单，分别位列榜单第四、第七、第十位。入围榜单的10家网站中，定位于服务女性读者的原创文学网站有5家，其中晋江文学城和潇湘书院分别以1200.8万小时和1048.8万小时的月均月度有效浏览时长位列榜单的第二位和第三位。其他的女性原创文学网站言情小说吧、起点女生网和红袖添香分别位列榜单的第六、第八、第九位。

2011年中国文学网站发展迅速，根据艾瑞咨询网络用户行为监测工具iUserTracker的监测数据，文学网站月度覆盖人数已经超过1亿人。中国文学网站在商业模式和运营模式上已经日渐成熟，线上用户付费、影视内容改版、无线增值服务等模式此起彼伏，用户付费习惯已经逐渐成型。在此，艾瑞根据网络用户行为监测工具iUserTracker的监测数据，以各网站的月均月度覆盖人数等用户访问数据为主要指标，评选出了2011年中国十大最佳独立非盗版文学类网站。根据艾瑞咨询对2011年各独立文学类网站用户数据分析发现，盛大矩阵全面领跑行业榜单，占据前10中的6个席位。

2011年中国十大最佳独立非盗版文学类网站

网站	域名	2011.1-2011.12月均月覆盖人数（万人）
起点中文网	qidian.com	2731.7
小说阅读网	readnovel.com	1063.7
红袖添香	hongxiu.com	981.4
晋江文学城	jjwxc.net	871.0
言情小说吧	xs8.cn	706.1
潇湘书院	xxsy.net	613.2
纵横中文网	zongheng.com	535.1
起点女生网	qdmm.com	497.5
逐浪文学	zhulang.com	483.9
17k	17k.com	482.5

注：1、本次最佳独立非盗版文学类网站排行榜的分析数据，主要来源于艾瑞咨询网络用户行为检测工具iUserTracker的检测数据，艾瑞选取了80个网站作为备选；
2、评选依据是根据各文学类网站2011.1-2011.12连续12个月月均月覆盖人数排序；
Source:iUserTracker,家庭办公版2011.12,基于对20万名家庭及办公（不含上网地点）样本网络行为的长期监测数据获得。
©2012.2 iResearch Inc.

(4) 2012年文学网站覆盖人数排行

根据 iResearch 艾瑞咨询推出的网民连续用户行为研究系统 iUserTracker 最新数据显示，2012年12月，垂直文学网站日均覆盖人数达1443万人。其中，起点中文网日均覆盖人数达200万人，网民到达率达0.9%，位居第一；晋江原创网日均覆盖人数达104万人，网民到达率达0.5%，位居第二；纵横中文网日均覆盖人数达92万人，网民到达率达0.4%，位居第三。

iUserTracker-2012年10月垂直文学网站日均覆盖人数排名

排名	网站	日均覆盖人数 万人	日均网民到达率 %	排名变化
1	起点中文网	200	0.9%	→
2	晋江原创网	104	0.5%	↑
3	纵横中文网	92	0.4%	→
4	快眼看书	91	0.4%	→
5	小木虫	82	0.4%	→
6	笔趣阁	75	0.3%	→
7	搜读	75	0.3%	→
8	潇湘书院	61	0.3%	→
9	17k	54	0.2%	↑
10	小说阅读网	48	0.2%	↑

注：日均网民到达率=该网站日均覆盖人数/所有网站总日均覆盖人数
Source: iUserTracker.家庭办公版2012.10,基于对40万名家庭及办公（不含公共上网地点）样本网络行为的长期监测数据获得。
©2012.11 iResearch Inc.   www.iresearch.com.cn

(5) 2013年文学网站覆盖人数排行

根据iResearch艾瑞咨询推出的网民连续用户行为研究系统iUserTracker最新数据显示，2013年12月，垂直文学网站日均覆盖人数1366.2万人。其中，起点中文网日均覆盖人数达176万人，网民到达率达0.7%，位居第一；晋江原创网日均覆盖人数达114万人，网民到达率达0.5%，位居第二；小木虫日均覆盖人数达114万人，网民到达率达0.5%，位居第三。

iUserTracker-2013年12月垂直文学网站日均覆盖人数排名

排名	网站	日均覆盖人数 万人	日均网民到达率 %	排名变化
1	起点中文网	176	0.7%	→
2	晋江原创网	114	0.5%	→
3	小木虫	114	0.5%	→
4	17k	112	0.5%	→
5	纵横中文网	63	0.3%	→
6	潇湘书院	50	0.2%	→
7	小说阅读网	41	0.2%	→
8	起点女生网	32	0.1%	→
9	中国散文网	29	0.1%	↑
10	红袖添香	27	0.1%	→

注：日均网民到达率=该网站日均覆盖人数/所有网站总日均覆盖人数
Source: iUserTracker. 家庭办公版 2013.12，基于对40万名家庭及办公（不含公共上网地点）样本网络行为的长期监测数据获得。
©2014.1 iResearch Inc.   www.iresearch.com.cn

二、文学网站现状

1. 文学网站栏目设计

文学网站栏目设立的本质是以各种分类依据推荐产品的一种营销手段，其目的在于方便网友快捷找到自己所喜好的内容。所以，文学网站分类的依据不同于中国图书分类法，不是按某一种标准把所有的文学作品统一进行分类，而是综合各种标准设立。综观起点中文网、榕树下、红袖添香、晋江文学城、幻剑书盟五家文学网站，其栏目设立方法大致有如下几种：

(1) 按题材分类

这是当今文学网站栏目设计采用最多的一种方法。如前所述，言情、都市、武侠、玄幻等内容的作品是当今网络文学的主打产品，体现在栏目设立上，这些词汇自然而然地成为文学网站首页阅读导航中的关键词。如起点中文网的首页排列了玄幻·奇幻、武侠·仙侠、都市·言情、历史·军事、科幻·灵异等题材概述词汇；榕树下则为都市、青春、言情、悬疑、军事、历史、幻想、其他；晋江文学城按古言武侠、都市言情、青春言情、古代穿越、玄幻奇幻、科幻悬疑等进行分类；幻剑书盟则集中地体现了它的网站特色，主要栏目有奇幻·玄幻、武侠·仙侠、悬疑·科幻等。

相比上面四家网站，红袖添香的首页栏目设计要详细得多。如"言情小说"一项下面，又分了穿越时空、总裁豪门、古典架空、魔法幻情、青春校园、都市高干、白领职场、女尊王朝、耽美同人、玄幻仙侠、台湾言情、出版作品、风尚阁等13类；"都市小说"则分了商场小说、官场小说、婚姻家庭、职场励志、武侠仙侠、玄幻奇幻、惊悚小说、军事小说、悬疑小说、历史小说、科幻小说、网游小说等12类。

（2）按体裁分类

这种分类原则一般在文学网站的一级页面得不到体现，而是子级页面才予以采用。并且只有榕树下和红袖添香这两家偏文学性网站才有。其原因是大部分网站只保留了小说这一最讨巧、最卖座的文学体裁，而没有了散文诗歌等文学样式的阵地。榕树下和红袖添香两家网站相对来说传统文学色彩浓重一点，故在子级页面上有多种体裁作品的位置。如红袖添香，通过首页上的"经典文学站"进入二级页面，即可找到散文、杂文、诗歌、歌词、剧本等板块。榕树下则是通过点击首页上的"短篇文学"进入二级页面，就有散文、杂文、诗歌等体裁作品。

（3）按营销手段设立栏目

相对于以题材和体裁分类，按营销手段设立栏目是当今文学网站栏目设立的一个新特色，充分体现了市场经济的时代特征。为了打造自己的拳头产品，形成热点效应，一些文学网站往往会设立加荐作品、精华作品等栏目，有倾向性地引导网友阅读。在这类栏目中，最有代表性的当属排行榜。与编辑推荐、评论推介等主观性营销手段相比，按作品点击量自动生成的排行榜，无疑是更有说服力的一种评价方式。是故，各大文学网站都非常重视排行榜这个栏目的制作和经营。

（4）按创作方式设立栏目

网络文学的创作方式大致分为两大类，除占总量绝大多数的纯原创作品外，还有一类叫做"同人"的原创作品。所谓同人，是指读者对自己喜爱的作品进行再创作的一种文学样式。这是一种新形态的原创。同人创作是网络时代的产物，在前网络时代，这种创作形式是不太可能出现的，因为很难有传统出版商会为其提供版面或书号资源，只有网络的海量空间才能容纳它的存在，这也让这种创作从纯粹的自娱自乐变成了传播。最重视同人创作的当推晋江文学城。该网站把所有作品按"原创言情站"和"耽美同人站"分为两大块，为同人创造提供了广阔的舞台。此外，起点中文网也设有同人专区。

2. 文学网站内容

网络汉语文学历经近20余年的发展，从内容到形式都发生了翻天覆地的变化。这里，我们先来看一份2013年11月"搜狐"和"百万书库"两家网站的文学板块分类统计资料，它代表了文学网站目前的一般存在形态。

"搜狐"网站的文学视窗在"作家/作品"栏目中做了这样的分类：

古代作家作品（350）　　　现当代作家作品（4783）
港台作家作品（829）　　　海外华人作品（89）
外国作家作品（140）　　　诺贝尔文学奖获奖作家作品（126）
女作家文库（1293）

随即还列出了如鲁迅、老舍、巴金、钱钟书、贾平凹、三毛、卡夫卡、海明威、大江健三郎等中外78位著名作家的个人专集，并介绍了另外33个查阅中外文学名著的专门网站。

"百万书库"对上网的传统印刷品文学作了这样的栏目索引：

武侠小说：金庸系列；古龙系列；黄易系列；梁羽生系列；以及温瑞安、云中岳、卧龙生、司马紫烟、风云系列等。
言情小说：琼瑶系列；席娟、亦舒、董妮、凌淑芬、于晴、梁凤仪、岑凯伦等。
现代文学：路遥文集；李敖文集；贾平凹、高阳等。
科幻小说：倪匡系列；黄易、田中方树、阿西莫夫等
古典小说：红楼梦、三国演义、水浒传、西游记等

从以上资料可以看出，草创之初，文学网站通过电子化处理把文学名著搬上网络，目的是为了提升网站的艺术品位，吸引更多网民点击，增加访问量。而遍观今天的起点中文网、榕树下、幻剑书盟、红袖添香、晋江文学城5家著名文学网站，几乎找不到经典名著的踪影了，取而代之的是清一色的原创文学作品。

从原创文学作品的内容来看，也发生了很大变化。我们来看一下2013年11月搜狐网站的"搜狐原创文学"视窗中的22778篇作品的数据统计，这反映了早期文学网站的选择方式：

作品类别	发表篇数	所占比例	作品类别	发表篇数	所占比例
网上燃情	5226	22.9%	诗词韵文	4836	21.23%
心情告白	4095	17.97%	文学评论	180	0.79%
琐屑人生	1036	4.54%	菁菁校园	897	3.93%
武侠天地	380	1.66%	旅游笔记	195	0.85%
失恋况味	663	2.91%	留学生活	78	0.34%
小说杂文	2240	9.83%	科幻世界	234	1.02%
散文随笔	2262	9.93%	其他类别	456	2%

再来看看2013年11月几家网站的首页文学分类，这代表了当前文学网站的

主流选择：

  起点中文网：玄幻·奇幻、武侠·仙侠、都市·言情、历史·军事、科幻·灵异、漫画·同人

  红袖添香：言情小说、都市小说、社科人文

  榕树下：都市、青春、言情、悬疑、军事、历史、幻想、其他

  幻剑书盟：奇幻·玄幻、武侠·仙侠、都市·游戏、悬疑·科幻、军事·历史、竞技·同人

  晋江文学城：古言武侠、都市言情、青春言情、古代穿越、玄幻奇幻、科幻悬疑网游

  从以上对比可知，当今文学网站所刊载作品的题材已越来越集中化，纯文学的色彩日益淡化，诗词韵文、散文、随笔杂文、文学评论等文学样式已基本被排除在网站之外。在5家文学网站中，仅有榕树下和红袖添香两家保留了一些纯文学栏目，但也是安排在二级页面中，并未在首页予以体现。以红袖添香为例，它在首页中将所有作品分为言情小说站、玄幻小说站和经典文学站三个区域，网友点击"经典文学站"进入二级页面，才能找到散文杂文诗歌等板块。而在这5家网站的首页，则是清一色的以都市、言情、玄幻、武侠题材为主的网络小说，它们占据了文学网站的绝对主流。在5家网站中，起点中文网和榕树下题材更为宽泛，都市、言情、玄幻、武侠、军事题材应有尽有，红袖添香和幻剑书盟则选取了主题文学网站的路子，前者以言情为标牌，后者拿武侠和玄幻做独门暗器，这从网站名称就能看得出来。晋江文学城则综合了两家网站的成功经验，以言情和玄幻为主打产品。

  在占网络人口绝大多数的年轻一代尤其是女性中间，最受欢迎的要数言情小说。在这方面，"红袖添香"是最具代表性的网站。这家盛大文学有限公司旗下的文学网站，顾名思义，以发布言情小说见长。据统计，该网站的日平均浏览量超过3100万人次，固定读者有150万人，大部分是14岁至35岁的女性。

  如果说红袖添香的主要网友是女性，那么，幻剑书盟则是年轻男性网友的乐园。这家网站的奇幻武侠小说在国内文学网站中独占鳌头，曾打造出被誉为"后金庸武侠圣经"的网络武侠文学杰作《诛仙》。《诛仙》是作家萧鼎创作的长篇武侠巨著，最初在幻剑书盟连载，后由朝华出版社、花山文艺出版社出版。《诛仙》情节跌宕起伏，气势恢宏，人物性格鲜明，以独具魅力的东方仙侠传奇架空世界，令人击节长叹，不忍释卷。

  文学网站内容方面的上述特点，反映了当今的大众阅读心理，即快餐化的轻松阅读。小说作为最具阅读性的文学样式，自然成了各大网站的主打产品。散文、杂文尤其是诗歌，因其阅读需要一定的文学修养，就成了这个全民浅阅读时代的弃儿。

3. 文学网站存在的问题

文学网站是网络原创文学发展的平台，正是借助这个平台，"网络文学"这个概念才开始出现并日渐为学界所认同。自20世纪90年代互联网络进入民间社会以来，文学在互联网上的传播经历了电子邮件、ACT、文学网站、BBS论坛、博客等不同形式。文学网站有自己的独立服务器，有相应的编辑队伍，也有自己的经营管理模式。中文网络文学站点从海外发展到国内，网站的数量已发展到数千家，其中影响较大的文学网站有百余家。考察中文网络文学网站的发展历史我们看到，网站的兴衰演变带来的是网络文学内容和风格的变化，由此也折射出网络文学发展过程中所遇到的挑战与问题。

（1）文学网站的作品质量危机。作品的数量众多但质量不高是网络文学存在的一个首要问题，网络文学的自由写作精神在为大众带来写作自由的同时，也不可避免地把缺乏质量审核的问题摆在人们面前。如：作品文学性弱化；文学内容低俗化、色情化；文学网站过于功利性等。目前，由于文学网站的分化，不再是初期只有榕树下、天涯社区的少数几家网络门户的情况。不断出现的新文学网站、个人文学主页、博客等的空前繁荣，使得每天发布的网络作品数以万计。以榕树下为例，其每天发布的文学作品数以千篇，就这个数目还是经过网站编辑、社团编辑审核过的数目。但是这么多的作品，优秀文章却少之又少，在目前发表的3509592篇作品中，得到榕树网站总编辑部推荐的精品文章仅为42754篇，其优秀率仅为1/90。其他如网络论坛、个人文学主页、博客中的作品，由于缺乏审核，质量问题更为突出。

（2）商业利益催生文学网站的虚假繁荣。网站本身是市场化的产物，网站的生存要靠市场、靠读者点击，那些经营不善、人气不足的文学网站就常常动歪脑筋作假。这主要有两种方式：一是依靠"马甲"制造网站的虚假繁荣，二是文学网站间的激烈竞争，让一些网站为制造"繁荣"，不惜编造后台虚假数据来增加作品的点击率，导致网站首页的作品阅读量看起来很高，但是进入网站内部各个栏目看，阅读量并不尽人意。

（3）网站经营者艺术承担感缺失和社会责任感淡化。随着近几年图书出版商对文学网站的介入和网站商业化经营模式的日渐形成，经济利益遮蔽艺术承担和社会责任的现象在一些网站、特别是那些小型网站变得更加突出，唯利是图成为一些网站的选择。

（4）文学网站尚未形成科学管理机制。如网站编辑（网关）水平不高，对来稿把关遴选无从选择或过于放松，导致作品质量参差不齐；网站经营缺少规范的制度保障和长效机制，有的甚至难以为继。由于文学眼光和技术水平的原因，有许多文学网站用搜集整理代替了原创，用拷贝抄录代替创意，用自由上传代替编辑遴选，没有自己的宗旨和创意，必然缺乏自身的特色和个性，时下的一些文学网站，特别是那些学生社团办的校园文学网站和文学发烧友办的个人网站，多是靠列入各类搜索引擎和转贴他人作品撑得门面，它们中有的是自得其乐的活着，有的是不死不活的活着，有的是一盘散沙的活着，有的甚至靠美女图片加网恋故事而低三下四的活着。懂文学的不懂网站经营，懂网站建设的人不一定懂文学，再加上资金和技术的限制，难免使网站与文学同网异梦。如何实现文学性与商业性的接轨、技术与艺术的统一，是众多文学网站需要认真解决的难题。另外，网络盗版和盗版网站泛滥，更是网站发展的最大障碍。网络侵权事件影响作者及原创文学网站权益，由于网络文学作品传播广、复制简单，因此不仅在线上存在着大量的侵权事件，即使是在线下的平面出版中也存在着大量的侵权事件，不仅侵犯了原创作者知识产权，而且也破坏了网络文学市场的公平竞争环境，不利于网络文学健康发展。

三、文学网站举隅

1. 专业文学网站

依据流量监测网站 Alexa 的 2012 年统计报告，下列网站可作为近年来我国汉语原创文学网站的代表。

(1) 起点中文网（www.qidian.com）

起点中文网在 Alexa 上全球综合排名第 601 位，国内排名第 100 位。该网站创立于 2001 年 11 月，原是一家以发布娱乐文学为主的原创文学网站。2003 年 10 月率先开创了在线收费阅读新模式，在我国网络文学产业化路径探索上居功之伟。经过 10 多年努力和奋斗，起点中文网逐步建立起较为完善的创作、培养、销售为一体的电子在线出版机制，树立了具有影响力的行业领导地位。"读书在起点，创作无极限"，这个口号一直是起点众多玄幻、魔幻、武侠、军文小说作者的创作目标。起点拥有众多签约写手、一流水平的原创作品和庞大的阅读群体，获得过书博会"年度最佳品牌"奖、优秀网站评选"优秀传统企业"奖和"福布斯中国新锐媒体"大奖等多项荣誉。2006—2007 百度小说年度搜索排行榜前 10 部作品中，有 8 部来自起点中文网，点击率超过千万的作品众多。网站流量排名一直居于全国网站 30 强。该网站 2004 年被盛大收购。

(2) 幻剑书盟（www.hjsm.tom.com）

幻剑书盟在 Alexa 上全球排名第 665 位，国内排名第 112 位。该网站创立于 2001 年 5 月，由书情小筑、石头书城、小书亭等网络文学爱好者所创立的文学书站合并而成。创站伊始便广聚网络写手，开创网络奇幻、武侠盛世。奇幻武侠方面在国内文学网站中独占鳌头，驻站原创作家 2 万多名，中文网站排名 30 左右，页面访问量 1200－1500 万/天，注册会员 50 多万人，已经成为国内最大的原创文学网站之一。

幻剑书盟于 2003 年下半年正式从个人网站向商业化网站转型，以繁荣网络文学市场为己任，以为读者营造良好网上阅读环境提供更多高质量精品书为目的，以为创作者提供更大发展空间更好创作平台为宗旨，在为作者提供创作平台的同时，也为作者提供了完整的出版体系。2006年3月13日，"TOM在线"以2000万元注资幻剑书盟，是迄今为止SP进行的首笔针对文学网站的注资。2008年，幻剑书盟08版上线，成为首家实现作者自主签约、自主上架的原创阅读网站。2009年，幻剑全力出击新兴的无线阅读市场，成为中国移动阅读基地第一批内容提供商。2010年，幻剑抓紧数字出版的热潮，在各个阅读领域取得令人瞩目的成绩。2011年，幻剑书盟全新改版，推出"免费看书"的全新运营模式，更有抢鲜、皇冠会员、夺标、推荐、赞助等互动环节，使得读者与作者有了更进一步的交流。

（3）纵横中文网（www.zongheng.com）

纵横中文网在Alexa上全球综合排名第2677位，国内排名第350位。成立于2008年9月的纵横中文网用了仅仅一年半时间，就杀入中国网络文学网站前五强，成为网络文学领域具有强大号召力的网站之一。全站PV突破1000万，并在网络文学圈中树立了精品作品最多、含金量最高的口碑。纵横中文网原是北京幻想纵横网络技术有限公司旗下的大型中文原创阅读网站，致力于本土优秀文化的传承与全球化扩展，力求打造最具主流影响力与商业价值的综合文化平台，扶助并引导大师级作者与史诗级作品的产生，推动中华文化软力量的增强。开站伊始，江南、今何在、萧鼎、血红、唐家三少、燕垒生、马伯庸、流浪的军刀、酒徒、阿越、骑桶人、楚惜刀、匪我思存、白饭如霜、月关、静官等数十位著名网络作家发来联名祝贺，其间大神级作品更如恒河沙数，网站筹划阶段众多杂志、门户媒体就曾经预言纵横中文网将成为起点中文网最强有力的竞争对手！随着完美时空对纵横中文网投入力度的加大，这家因氛围宽容、重视作者著作权保护、尊重文学创作规律而备受网络作家青睐的网站，不断汇聚众多明星作者，其发展前景不可限量。

（4）小说阅读网（www.readnovel.com）

小说阅读网在Alexa上全球综合排名第3339位，国内排名第404位。该网站成立于2004年5月，成立之初，就以其独特的风格和丰富的内容受到广大文学小说爱好者的推崇，靠广大会员自发的推荐等，目前日访问量近6千万，每天在线用户200万，原创作品达20万，全球流量排名历史最高171名。网站按内容分为"女生版"、"男生版"和"校园版"三个分站，主要提供言情类女性文学、青春校园及仙侠玄幻类男性文学作品。网上的作品遍布小白文，适合年轻人阅读。著名小说有《绝品邪少修神录》《风流修真特种兵》《绝品邪少封神录》《重生之风流修真》等。其中小说论坛为国内最大的文学在线交流平台，每天同时有百万人在线交流创作心得，拥有国内最大的写作素材库。该网站2010年被盛大收购。

（5）晋江文学城（http://www.jjwxc.net）

晋江文学城原名晋江原创网，在Alexa上全球综合排名第3488位，中国排名第493位。

网站创立于2003年8月1日，是全球最大的女性文学基地。网站具备完善的投稿系统、个人文集系统、媒体联络发表系统及高创作水平的原创书库。2008年被盛大收购。晋江是福建泉州所属的一个县级市，晋江文学城的前身是晋江电信所创办的一个小BBS，后来在此基础上创建了晋江原创网和晋江文学城。从2003到2010年，晋江原创网经历了近7年的风风雨雨，在同晋江网友们共同迎接第7个春节之际，为了更好的规划网站功能、为作者作品提供更广阔的平台，为读者提供更明晰的分类导引，晋江对现有的晋江原创网站进行了一次完整的改版重组，正式由现有的晋江原创网正式更名为晋江文学城。一切为了作者，一切为了让大家更好的看书是该网站的办站理念。

(6) 潇湘书院（www.xxsy.net）

潇湘书院在Alexa上全球综合排名第4966位，国内排名第666位。网站创办于2001年，由几个热爱武侠文学的伙伴开始进行建设。经过长达8年的默默耕耘，目前潇湘书院已经发展成为集原创、武侠、言情、古典、当代、科幻、侦探等门类齐全的公益性综合小说阅读网站。潇湘书院的用户主要集中在广东、江浙沪、山东、北京、天津、湖北等经济发达地区。用户年龄层基本分布在15－40岁之间，女性用户偏多。

潇湘书院一直以做中国最好的女生原创网站为目标，立志为广大的原创作者提供一个公平、公正，健康的文学发展平台。优秀的工作团队和人性化的管理模式，使潇湘书院成为女性原创作者群体以及读者群体中最具吸引力和归属感的原创网站。作为最早实行女生原创付费阅读的文学网站，潇湘书院的VIP订阅量一直稳居同类女生原创网站之首，在女生原创文学领域培养出了一批批优秀的原创作者，在成就了无数作者文学梦想的同时，也成就了无数个单本作品稿酬收入超过十万的神话。穿越、架空题材一直是女生原创的主流，潇湘书院一直努力打造女生原创文学多元化的品牌，成功打造了"红楼同人小说"的经典品牌，拥有一大批红楼同人作品的优秀创作者及铁杆读者，"女性玄幻小说"《傲风》创造了单章订阅突破5万的巅峰纪录，颠覆了男生玄幻作品一统天下的格局，为女生原创作品开创了一个更为广阔的新天地。该网站2010年被盛大收购。

(7) 17K小说网（www.17k.com）

17K文学网在Alexa上全球综合排名第6423位，国内排名第683位。该网站成立于2006年5月，原名叫"一起看小说网"，是中国数字出版领跑者——中文在线旗下，集创作、阅读于一体的国内领先在线阅读网站，也是一家集网络文学版权收集、版权交易、版权推广等服务为一体的专业性网站平台。17K小说网日均访问量超3000万，手机平台网日均访问量超5000万。目前，像《鸿门宴》、《钱多多嫁人记》、《后宫·甄嬛传》、《建党伟业》、《非诚勿扰》、《李春天的春天》、《诡案组》等众多同名影视热播的作品，均授权在17K小说网上连载。网站以"让每个人都享受创作的乐趣"为使命，以"成就与共赢"为价值观，目前已拥有超过100,000名驻站网络作者，以及2,000余位知名作家和400余家出版机构的正版数字内容资源，日均访问量超过3,500万。

值得一提的是，17K小说网与中国作家协会等权威机构合作，举办了"网络

文学十年盘点"、"鲁迅文学院网络作家培训班"等多项大型文学活动，推荐酒徒、烟雨江南等多名作者加入中国作协。他们还成立了第一家专业的网文编辑训练营和第一家专业的作者培训机构"商业写作青训营"，为网络原创文学行业培养了大量人才，赢得广泛赞誉。2013年12月17日，腾讯文学旗下文学网站创世中文网与中文在线旗下17K小说网在京举行战略合作签约仪式，双方在版权合作与开发、作者及编辑培养、版权保护等方面达成战略合作。

（8）红袖添香（www.hongxiu.com）

红袖添香在 Alexa 上全球综合排名第 6672 位，国内排名第 933 位。网站创办于 1999 年 8 月，是全中文女性阅读第一品牌，也是目前国内最具影响力的纯文学网站全球领先的女性文学数字版权运营商之一，已经形成了以女性为阅读受众、言情小说为特色的原创氛围，深受白领女性喜爱。红袖添香拥有完善的投稿系统、个人文集系统、媒体联络发表系统及高创作水准的原创书库，为超过 240 万注册用户提供涵盖小说、散文、杂文、诗歌、歌词、剧本、日记等体裁的高品质创作和阅读服务，在言情、职场小说等女性文学写作及出版领域独占高地。网站拥有长、短篇原创作品总量超过 192 万部（篇），日浏览量最高超过 5600 万次。为现存历史最悠久的文学网站之一。面对3G时代发展新机遇，红袖添香率先建立了无线互联网领域强大的渠道，将丰富的小说资源提供给日益壮大的手机阅读群体，开发出中国首个"无线版权结算平台"，成为国内第一家实现全球范围内"移动阅读"的女性文学网站。

红袖添香出版了一批有影响力的女性图书。签约作者唐欣恬的《裸婚》成为 2010 年度最受争议的畅销婚恋小说，引来多方媒体报道狂潮；浅尝辄逝的《浮生紫云》，网络文学红人涅盘灰的《逃婚俏伴娘》、MOQI 的《我们的小世界》、寂月皎皎的《幸福的黑白法则》等作品后续出版相继形成浪恋婚恋小说品牌效应，随后出版的《蜗婚》、《草婚》、《隐婚》、《前妻来袭》等作品也都引发社会关注。该网站 2007 年被盛大收购。

（9）榕树下（www.rongshuxia.com）

榕树下在 Alexa 上全球排名第 17876 位，国内排名第 2755 位。该网站源于 1997 年 12 月 25 日美籍华人朱威廉创作的一个个人主页，后发展成为国内成立最早、最具品牌的文学类网站，拥有全球最大的原创文学作品稿件库之一，并与国内多家出版社、影视公司、平面媒体、新闻机构建立了良好的合作关系。2009 年，榕树下由盛大文学控股，在盛大文学集团旗下的文学网站中，榕树下作品以接地气、贴近现实、情节曲折丰富著称，逐步发展成影视改编的文学源头之一。网站凝聚了一批在华语文学界极具影响力的作家，如韩寒、慕容雪村、宁财神、李寻欢、安妮宝贝、邢育森、蔡骏、今何在、郭敬明、阿娜尔古丽、刘小备、三盅、楚惜刀、画龙、韩殇、贾飞、滴呐、左边一度爱……网站多次举办网络文学大赛，余华、苏童、王安忆、王朔、阿城、陈村、麦家、邱华栋、李敬泽、高群书、马原、陆川等名家均曾出任大赛评委，吸引了全国各地媒体的关注，引发了以榕树下为代表的"网络文学"现象的全国大讨论，在我国汉语网络原创文学领域有筚路蓝缕之功。

(10) **创世中文网**（http://chuangshi.qq.com）

创世中文网成立于 2013 年，是门户网站腾讯投资、由网络文学业界资深团队精心打造的，集阅读、创作、互动社区、版权运营于一体的全开放网络文学平台。该网站拥有业界最为资深的编辑和运营团队，是目前中国网络文学从核心商业模式、行业标准到具体通用功能的主要创造者。网站起步虽晚，但起点很高，一上线便建立了网络文学的运营机制、作家制度、编辑制度、版权运作制度等，并一手将网络文学由小众爱好推广为拥有几亿用户的网络主流文化产品。依托腾讯平台优势，基于团队经验和影响力，以及旗下大批知名网络作家，创世中文网在资深、专业、高创新力的基础上，全力推进网络文学泛娱乐运营、用户阅读和互动体验、原创扶持力度的全面升级，正努力将网络文学推向一个全新时代，成为网络文学强势崛起的新锐力量和行业格局的主要变革者。

2. 门户网站文学频道

CNNIC 数据研究发现，各个梯队的文学网站中，均包含专业文学网站和非专业文学网站，而非专业文学网站，以门户网站的文学频道表现最为突出。门户网站的文学频道，是依托门户网站而开设的网络文学服务频道。由于门户网站用户资源庞大，覆盖面广，因此网络文学受益于门户网站的用户资源，更容易聚集人气。其中覆盖人数比较多的有新浪、网易、搜狐、雅虎和腾讯等。

搜狐网的文学频道栏目设计主要分为：古代作家作品、现当代作家作品、港台作家作品、海外华人作品、外国作家作品、诺贝尔文学奖获奖作家和女作家文库。随即还列出了如鲁迅、老舍、巴金、钱钟书、贾平凹、三毛、卡夫卡、海明威、大江健三郎等中外 78 位著名作家的个人专集，并介绍了另外 33 个查阅中外文学名著的专门网站。

新浪网的文学频道栏目设计主要分为：出版图书，原创小说，人文·社科，生活·经管，都市·婚姻，官场·商战，言情·青春，军事·历史·乡土，恐怖·推理，玄幻·武侠，全本，团体专区和短篇精华等。

腾讯网的文学频道栏目设计主要分为：免费精品，原创男频，原创女频，畅销图书，新书上架，热门作者和精彩书斋。热门作者栏目主要为当下点击比较高的作者的热门图书推荐。精彩书斋则为一些传统文学作品中的精彩摘要。

门户网站文学频道更像是网络文学的门户网站，它的文学作品除原创文学外，还包括纸质书籍的电子版本，其文学作品的形式和题材较专业文学网站更为多样，能够满足不同类型用户的需求。从用户喜爱的文学网站类型来看，偏爱门户网站文学频道的用户比例也高于专业文学网站。门户网站中的文学频道发展相对比较稳定。同时因为作者和读者都需要较长时间积累，原创文学网站的进入门槛相对较高，新进入者难以在短期内形成影响。下图为 2013 年底互联网追踪机构 Netcraft 的最新统计报告。

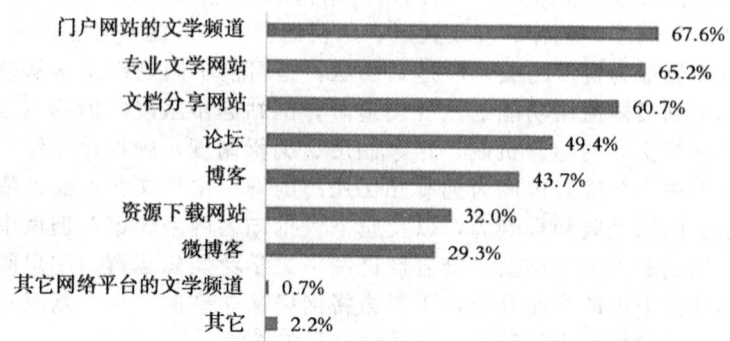

参考文献

[1] 何春桦:《朱威廉图葩盛开榕树下》,《华人世界》2007年第9期。
[2] 马季:《文学网站和博客现象》,《红豆》2007年第7期。
[3] 姜小玲:《起点中文网开创文学创作和阅读新天地》,《解放日报》2008年5月7日。
[4] 陈香:《风声越来越紧了:网络原创"逼宫"传统出版?》,《中华读书报》2007年8月22日。
[5] 吴婷:《一个文学网站的传奇写手也能成为百万富翁》,《中国图书商报》2005年12月2日。
[6] 裴蕾、刘若辰:《作家年终奖,为何高低两重天》(上),《四川日报》2008年2月2日。
[7] 《网络文学商业化中前行》,《沈阳晚报》2008年7月10日。
[8] 彭致:《英国书稿甄选渐趋网络化》,《中国新闻出版报》2007年11月15日。
[9] 黄坚:《盛大开辟网络文学新"起点"》,《解放日报》2008年6月9日。
[10] 欧阳友权:《网络文学的学理形态》,中央文献出版社2007年版。
[11] 禹建湘:《网络文学产业论》,中国社会科学出版社2011年版。

第 2 章　网络写手

一、网络写手的数量与分类

自网络文学诞生以来，因其入行门槛低、创作方式便捷，吸引了大量文学爱好者加入创作队伍，从而造成了网络写手数量巨大和作品种类繁多的行业特点。网络写手作为整个行业的基石，伴随着近年来网络文学产业的发展也体现出了新的变化，越来越多的网络写手摆脱了业余式、小作坊式的写作状态，与文学网站签约成为签约作者而走向职业化。据了解，仅盛大文学旗下的 7 家网站（包括起点中文网、红袖添香网、潇湘书院、榕树下、小说阅读网、言情小说吧、晋江文学城等）拥有 160 万写手从事写作[1]，中文在线旗下（17k 中文网、四月天言情小说网）写手数量超过 10 万[2]，百度旗下纵横中文网、多酷文学网写手数量约为 5 万人，此外腾讯创世中文网、幻剑书盟等网站也拥有大量签约写手。目前我国有规模型文学原创网站超过 100 家，写手总数超过 200 万人。网络写手已成为网络文学产业链上的重要一环。

值得关注的是，2012 年 11 月 26 日，第七届中国作家富豪榜推出全新子榜单——"中国网络作家富豪榜"，将中国网络作家的生存状态和中国网络文学的发展脉络完整而清晰地呈现出来。而这些上榜作家基本都是各大文学站点签约的大神级写手，因此，对于 2009—2013 这 5 年间网络写手的观察，首先要从网站签约写手谈起。

1. 网站签约写手数量

随着互联网时代的发展，网络这一媒介正在改变人们的思考和行为方式，给社会生活带来颠覆性的变革。网络写作，使得文学表达从线下走到线上，越来越多的文学爱好者打破了原本的发表壁垒，写作者可以自由地在网络中发表自己的作品。当人们都坐在电脑前噼噼啪啪敲打键盘，将思维的内容直接上传网络；当

---

[1] 《盛大文学产业链》，《生活周刊》，2013 年 7 月 9 日—2013 年 7 月 15 日，第 1478 期。

[2] http://baike.baidu.com/link?url=IO9_x5GcQGttes69l7gMN1COPLjft95Hbcj9qaZsR8JUhZ6G_tFolG-ES1UI6pw29V9a0U7GaNFpI−vGerS_22_.

人们越来越习惯通过液晶屏阅读文字，随时将观感与作者沟通。当一群人逐渐分化出来，成为"码字"挣钱的职业写手，网络写作就已经成为当今文化社会生活中一道不可忽视的景观。

网络写作市场的繁荣，不仅仅指网络文学的兴盛，博客写作、时评影评、短信创作等依靠网络平台起家的各种写作形式，共同造就了网络写作的今天。网络写作的规模之庞大令人不禁惊呼：全民写作的时代即将到来。

目前，以文学命名的综合性文学网站有 300 多家。但是在激烈的市场化竞争和盗版网站的侵袭下，使文学网站经营日益艰难。能够维持下来的网站本就不多，能鏖战群雄的网站更加寥寥无几。但在国内屈指可数的几家网站仍有雄霸一方之势，他们是榕树下（1997 年）、红袖添香（成立于 1999 年）、幻剑书盟（成立于 2000 年）、起点中文网（成立于 2001 年）、17K 中文网（成立于 2006 年）等，近 5 年来，以纵横中文网、小说阅读网、书香门第等综合性文学网站以及凤凰读书、新浪读书等二级频道为代表的网站先后崛起，日均访问量已经突破千万。

基于国内文学类网站如此庞大的数量，在这一平台上发布作品的写手无法统计一个精确的数值，目前盛大文学旗下 7 家文学网站，以及中文在线 17K、百度纵横、大众书局逐浪网、幻剑书盟等主流文学网站签约原创作者分别达到 160 万人、10 万人、5 万人、2 万人、2 万人[①]，排除同写手异 ID 等因素，文学网站签约写手数量已经超过 200 万人[②]，专职从事网络小说创作的写手也达到 1 万人左右。

2. 网络写手分类

目前活跃在线上的网络写手，根据其作品题材、发表网站、写作风格等等有众多分类，学界对于其界定标准也众说纷纭，这里简单从作品类型、女性网络写手等方面对近 5 年来活跃的网站签约写手做一归纳：

（1）按作品类型分类的网络写手

玄幻小说写手。玄幻小说是一种类型小说，通常以冒险、战争为主题，时代背景、世界观等皆无拘束，可任凭写手想像力自由发挥。与科幻、奇幻、武侠等幻想性质浓厚的类型小说关系密切，代表作有：《浮生紫云》、《神墓》、《斗破苍穹》、《斗罗大陆》、《星辰变》等。近几年在网络文学领域掀起了一股玄幻风，涌现了大量优秀热门的玄幻小说作品和作者，例如：

作 者 名	代 表 作
唐家三少	《斗罗大陆》、《光之子》、《天珠变》
天蚕土豆	《武动乾坤》、《魔兽剑圣异界纵横》
我吃西红柿	《星辰变》、《盘龙》、《莽荒纪》

---

① http://www.zhulang.com/help/zl_help.html.

② 《2013 市场收入达 46.3 亿网络文学进入资本时代》，《西安日报》2014 年 2 月 24 日。

续表

作者名	代表作
流浪的蛤蟆	《焚天》、《天鹏纵横》
梦入神机	《永生》、《圣王》
辰东	《不死不灭》、《长生界》、《神墓》
血红	《光明纪元》、《龙战星野》
风凌天下	《异世邪君》、《凌天传说》
树下野狐	《搜神记》、《蛮荒记》
萧鼎	《暗黑之路》
蓝晶	《魔法学徒》
烟雨江南	《亵渎》

修真小说写手。修真类小说是从仙侠小说神魔志怪小说以及武侠小说发展而来，小说一般讲述主人公通过秘法修炼到达更高的境界。严格意义上说，修真小说与玄幻小说在内容和主要框架上区别不大，重点在于修真小说中往往存在一种内在修为的系统，同玄幻小说一样，修真小说由于题材的广泛吸引了大量充满想象力的写手来创作。目前国内比较出名的修真小说写手及作品代表作：

作者名	代表作
天蚕土豆	《斗破苍穹》、《大主宰》
忘语	《凡人修仙传》、《魔天记》
梦入神机	《佛本是道》、《阳神》
萧潜	《飘渺之旅》、《歧天路》
为雪飘眸	《仙逝今生》
我吃西红柿	《寸芒》、《星峰传说》
幻雨	《百炼成仙》
方想	《修真世界》
府天	《凌云志异》
官平潮	《仙路烟尘》
苍天白鹤	《武神》
耳根	《仙逆》、《求魔》

都市小说写手。都市小说大多是以都市生活为题材的小说，无论是普通的都市爱情小说，还是异能的都市修真传奇都是都市小说的分支。都市小说因为其现代的特质，对于感情的描写往往更加深刻。网上都市小说可大多是男生版的言情小说，作品大多深谙男性心理，写手也已男性为主。代表写手及其作品有：

作者名	代表作
血红	《我就是流氓》、《升龙道》
烽火戏诸侯	《极品公子》、《陈二狗的妖孽人生》
六道	《坏蛋是怎样炼成的》
柳下惠	《市长千金爱上我》、《捡来的老婆》
无罪	《流氓高手》
禹岩	《极品家丁》
撒冷	《艳遇谅解备忘录》、《天擎》
何不干	《黄花黄》
跳舞	《邪气凛然》
云天空	《混也是一种生活》、《邪神传说》
柳依晨（女）	《地产女皇》
鱼人二代	《很纯很暧昧》、《校花的贴身高手》

网游竞技小说写手。网游小说主要分为网游竞技、虚拟现实、网游穿越三种类型。网游竞技类较为贴近现实，主角多为电子竞技高手，文章内容多以电子竞技为主，由于该类小说对于场景、人物的描写要求较高，并且写手必须对电子游戏有一定的造诣，所以在网游小说中较为势弱。虚拟现实类大多为主角参与的网络游戏，拟真度和自由度极高，该类小说对于写手的各项要求较低，剧情可写性较大，是目前网游小说写手进行创作的主流。网游穿越类大多为主角穿越到类似于网络游戏的世界，可以理解网络游戏世界观下的玄幻小说，此类小说对于作者及读者的要求较低，所以写作该类网游小说的写手近年来呈异军突起之势。网游竞技小说的写手及代表作有：

作者名	代表作
火星引力	《网游之修罗传说》、《网游之天谴修罗》、《天辰》
蝴蝶蓝	《独闯天涯》、《全职高手》、《网游之近战高手》
雷云风暴	《从零开始》、《生化危机之重生》
林海听涛（竞技类）	《冠军之光》、《冠军教父》
发飙的蜗牛	《网游之练级专家》
落日蔷薇（女）	《全服第二》
临墙菜	《皇者》
小小野人	《宇宙纵横者》
晓风守候	《网游之霸枪战天下》

历史军事小说写手。此处所言历史军事小说并非某些穿越 YY 类型的小说，而是着力于刻画战争场面或者基于历史大背景创作出的网文，往往弘扬了男性爱国英武阳刚之风，在网络小说领域里有较大影响。此类小说作者大多以男性为主，比较出名的有以下几位：

作者名	代表作
卷土	《王牌进化》
纷舞妖姬	《弹痕》、《兵锋》
酒徒	《盛唐烟云》、《家园》、《开国功贼》
骁骑校	《国士无双》、《橙红年代》
录事参军	《重生之武大郎玩转宋朝》
月关	《回到明朝当王爷》
风似刀	《大汉骑军》
撞破南墙	《帝国狂澜》
宁致远	《楚氏春秋》
菜刀姓李	《战地狼烟》

考古探险类写手。自 2006 年《鬼吹灯》开创盗墓小说之风以来，这种融合探险、悬疑、推理、惊悚等种种元素的小说题材便风靡一时，成为众多写手竞相模仿的对象。不过，由于最近几年玄幻修真小说的异军突起，考古探险类小说的热门程度大不如前；同时，因为创作此类小说若想吸引读者，需要写手有一定知识积累和文学素养，因此近 5 年来涌现的优秀写手和作品较之以前大为减少。代表性写手和作品如：

作者名	代表作
南派三叔	《盗墓笔记》、《大漠苍狼》
金万藏	《天崩》、《地藏》
本物天下霸唱	《活见鬼之雨夜妖潭》
悟空能净	《寻石迷踪》
七麒	《鬼宗师》
大力金刚掌	《茅山后裔》

(2) 写手等级分类

网络写手等级的多样和分类标准混乱给广大读者带来了许多困扰，不清楚什么是大神什么是一二流写手，什么又是扑街写手。这里根据国内网络小说讨论论坛"龙的天空"的归纳，① 整理出多数网站划分网络写手的等级，为读者提供一个较为具体的等级体系。

大神写手：指在网络小说界具有最高人气的写手，分为顶尖大神和普通大神。以起点中文网为例，通常在月票排名前50、收入在5万元以上的写手称顶尖大神，收入在1万以上至5万之间的称普通大神。顶尖大神大致有：唐家三少、我吃西红柿、天蚕土豆、辰东、烽火戏诸侯、耳根、忘语、血红、流浪的蛤蟆、打眼等。普通大神有贼道三痴、蝴蝶蓝等。

一流写手：指在网络小说界有较高人气但却次于大神的写手，通常在起点月票排名在200名以前，月稳定收入在8千到1.5万元之间，写过有影响力或盛行一时的书，如牛笔，鸿蒙树，秣陵别雪，犁天，老猪等。

二流写手：指在网络小说界小有名气的写手。码字最起码100万字以上，月票排名前500，月收入4千到9千元之间的写手，这类写手人数太多，详见各大文学网站月票榜。

三流写手：指入行不久写过一两本够自己基本生活的书，码字在50万字以上。有点名气，有固定的读者群和作品订户，月收入3千到5千之间，有足够的推荐票。人数也太多，详见起点中文网、纵横、17K等网站。

扑街写手：指与网站签约后，一个月订阅惨淡，只能拿到写手最低生活保障的（约2千元）的写手。这类写手是各小说网站的主力人群，占了70%以上。这类写手靠执著坚持写作，值得鼓励。正扑街写手的不断坚持、不断进步，可以上升为更高级的网络写手。

（3）**女性网络写手**

文学历来就不是男性的专利，网络写作更是如此，女性网络写手撑起了网络文学的半边天。一般而言，女性写手在穿越、宫廷、言情、耽美等小说类型的创作中有先天优势，因此近年来改编为电视剧的网络小说多由女性写手创作。同时，各大文学网站也主打女性作家专栏、女性写手频道，女性网络写手已经成为整个网络文学界举足轻重的力量，以下列举部分具有代表性的女性网络写手以供参考：

作者	代表作	作者	代表作
匪我思存	《千山暮雪》	步非烟	《今古传奇》
沧月	《护花铃》	初恋璀璨如夏花	《我的老婆是公主》
老庄墨韩	《太虚幻境》	榛生	《姜花那么凉》
南方玫瑰	《转生》	桐华	《步步惊心》
玄色	《魔豆魔豆》	鱼歌	《错跟总裁潜规则》
煌瑛	《一年天下》	白槿湖	《蜗婚》

---

① http://www.lkong.net/forum.php.

作者	代表作	作者	代表作
禾晏山	《锦瑟江山》	安宁	《放爱入局》
连辰	《爱情魔咒》	秋夜雨寒	《跨过千年来爱你》
紫月君	《我的黑道男友》	天下归元	《扶摇皇后》
流潋紫	《后宫·甄嬛传》	涅槃灰	《逃婚俏伴娘》

二、网络写手的生存状态

1. 网络写手收入

网络文学界犹如一个巨大的自然生态圈，整个行业写手包括职业的、业余的、跨界的等等，总数量超过百万，并且分别散在各大文学网站、论坛社区，对于这一群体的生存状态、经济收入等所知不多，不过，通过各种榜单和报道我们可以窥见这个圈子的一些生活状貌。

据《第33次中国互联网络发展状况统计报告》显示，截至2013年底，我国网络文学用户已达2.74亿人，注册写手200多万人，市场年收入40多亿元。部分"神作"已开始辐射影视、游戏、动漫等多个行业，实现全版权开发。经常写作、有签约的写手大概有150万，其中2万—3万人从中能获得经济收益，3000—5000人从事专职写作。专职写作的这部分写手收入稳定，月收入少则一两千，多则10万以上。目前，网络写手挣钱的方式通常有这几种：第一，写手按字数所得稿费。他们选择签约级授权在网站发表作品，文学网站按照与作者的相关协议支付稿酬。不同的签约级作品拥有不同的稿酬标准，例如起点作者最高电子稿酬收入可达千字180元以上，平均稿酬为千字近30元标准[①]；第二，通过转让作品版权分成。主要是影视、游戏作品改编，以及转印纸质作品获得的版税，通常依靠这类方式，网络写手们能获得大量报酬；第三，网络写手与网站签约后会有最低工资保障。各个文学网站待遇和保障的标准不尽相同，写手在完成一定作品要求后即能获得报酬，同时，每月或每一段时期网站会根据写手作品的受欢迎程度（通常是月票榜等）给予一定的奖励。以上几种方式构成了网络写手收入来源的基础。

自2012年起，中国作家富豪榜推出子榜单——中国网络作家富豪榜，该榜单首次将中国网络作家的生存状态和中国网络文学的发展脉络完整而清晰地呈现出来。著名网络作家唐家三少、我吃西红柿、天蚕土豆分别以3300万、2100万、1800万的版税收入荣登"网络作家富豪榜"前三甲。第一年的统计数据包括了自

---

① http://zhidao.baidu.com/link?url=24PhMMR5G4ruCar8AiwmaU_tR0KCD9XX5n_FZUsLPmKb-ganawI-theuJpleWTBbPKvE8kE6fny04GkrKTPI0-q.

2007—2012年5年的版税收入，而在2013年发布的第八届中国作家富豪榜中，唐家三少的2650万，与其过去一年的单年度版税收入大体相当，与其2012年上榜的5年版税总和3300万相差并不太多。天蚕土豆的2013年单年版税2000万，与其2012年上榜的五年版税总和1800万几乎扯平。这也说明，网络大神靠自己的努力，"吸金"速度明显加快。不过，对比2012年的中国网络作家富豪榜，2013年的榜单，新面孔并不多。除了唐家三少、天蚕土豆、血红等大神的名字，我吃西红柿、骷髅精灵、月关、辰东等名字，也是熟面孔。此外，上榜题材也多集中在玄幻、仙侠、奇幻等领域。这些人的收入其中7成来自网络点击，3成是影视游戏改编、纸质出版等。当然，对于庞大的网络写手群体而言，能获得这样收入的人毕竟是位于金字塔顶的少数。绝大多数网络写手收入微薄，抛开没有稳定收入的自由写手，单是与文学网站签约的写手，其收入也十分微薄，大部分平凡写手只能吃每月2000元左右的低保，稍微有点名气的网络写手月薪不过5000至8000元，这与他们每日码字上万的生活状态形成强烈反差。

为何不同的写手收入差距却如此之大呢？首先离不开网络小说付费阅读制度的建立。在网上，花钱看书已经被越来越多的读者所接受并渐成潮流。正是付费阅读的兴起，在支撑网络写作有力地朝前走。现在，若想在起点中文网阅读一部小说，可以先免费阅读一部分公众章节，然后申请成为VIP用户，付费阅读剩下的VIP卷。它的收费很低廉，初级会员阅读每千字的价格是3分钱，高级会员则只需2分钱。以每千字2分钱计算，阅读20万字只需要4元钱，比起在书店买纸质书要便宜得多。读者点击所得的费用由网站和作者按比例分享。

毫无疑问，付费阅读制度对于网络写作的意义不可估量，它开创了真正意义上的网络文学赢利模式。这种模式最大的意义还不止于此，它终于使网络写作作为一种职业和生活方式开始获得社会的认可，数以千计的作者靠网络写作谋生，从而终止了网络上的"无功利"写作。在地域分布上，传统写作者大部分居住在一线、二线城市，而网络写作者分布极其广泛，很多在小县城，甚至边远山区，当地生活成本也低于大城市，因此网络写手这一职业才得以维持生计并引发其队伍日渐发展壮大。

2012年中国网络作家富豪榜

出品人：吴怀尧 发布媒体：华西都市报				
排名	作家	籍贯	版税	年龄	代表作
1	唐家三少	北京	3300万	31	《斗罗大陆》
2	我吃西红柿	江苏扬州	2100万	25	《吞噬星空》
3	天蚕土豆	四川德阳	1800万	23	《斗破苍穹》
4	骷髅精灵	山东烟台	1700万	31	《圣堂》
5	血红	湖南常德	1400万	33	《光明纪元》
6	梦入神机	湖南常德	1000万	28	《圣王》

		出品人：吴怀尧	发布媒体：华西都市报		
7	辰东	北京	800万	30	《神墓》
8	耳根	黑龙江牡丹江	700万	31	《仙逆》
9	柳下挥	河南信阳	650万	28	《火爆天王》
10	风凌天下	山东莱芜	620万	30	《凌天传说》
11	跳舞	江苏南京	600万	31	《猎国》
12	鱼人二代	黑龙江哈尔滨	450万	29	《很纯很暧昧》
13	苍天白鹤	浙江宁波	450万	37	《武神》
14	高楼大厦	山东淄博	410万	32	《僵尸医生》
15	无罪	江苏无锡	400万	33	《仙魔变》
16	月关	山东平原	370万	40	《回到明朝当王爷》
17	天使奥斯卡	江苏南京	300万	36	《篡清》
18	忘语	江苏徐州	260万	36	《凡人修仙传》
19	猫腻	湖北宜昌	230万	35	《将夜》
0	打眼	江苏徐州	200万	35	《天才相师》

注：本届榜单是2007至2012五年间，中国网络作家通过网络写作以及由此产生的纸质图书版税及相关授权总收入。

2013年中国网络作家富豪榜

		榜单出品：吴怀尧	发布媒体：华西都市报		
排名	作家	籍贯	版税	年龄	代表作
1	唐家三少	北京	2650万	32	《斗罗大陆》
2	天蚕土豆	四川德阳	2000万	24	《大主宰》
3	血红	湖南常德	1450万	34	《光明纪元》
4	我吃西红柿	江苏扬州	1300万	26	《莽荒纪》
5	梦入神机	湖南常德	1200万	29	《圣王》
6	辰东	北京	1000万	32	《完美世界》
7	骷髅精灵	山东烟台	890万	32	《圣堂》
8	打眼	江苏徐州	800万	36	《宝鉴》
9	柳下挥	河南信阳	600万	29	《火爆天王》
10	跳舞	江苏南京	550万	32	《天骄无双》
11	高楼大厦	山东淄博	530万	33	《僵尸医生》
12	耳根	黑龙江牡丹江	500万	32	《求魔》
13	无罪	江苏无锡	430万	34	《冰火破坏神》

		榜单出品：吴怀尧	发布媒体：华西都市报		
14	鱼人二代	黑龙江哈尔滨	400万	30	《校花的贴身高手》
15	月关	山东平原	380万	41	《锦衣夜行》
16	烽火戏诸侯	浙江杭州	300万	28	《雪中悍刀行》
17	方想	江西德安	280万	28	《不败战神》
18	风凌天下	山东莱芜	250万	35	《傲世九重天》
19	苍天白鹤	浙江宁波	200万	38	《武神》
20	鹅是老五	安徽宣城	180万	38	《最强弃少》

注：本届榜单是2012年11月至2013年11月期间，中国网络作家通过网络写作以及由此产生的纸质图书版税收入总和。

2. 网络写手的生活状态与困境

网络写作使得一部分网络文学爱好者成为专职写手，这一群体面对互联网浪潮的冲击，与传统作家生活状态相比有着翻天覆地的变化，同时也面临着更多困境，具体表现为：

(1) 发表易、成名难，日写千字成常态

在浩如烟海的网络写手中，要想脱颖而出，比传统作者更难。在起点中文网这个堪称国内最大的原创文学网站，按照更新字数、作品点击数、月票得票数、书友收藏数等排位的各种榜单时时处在不断更新当中，要想保持住位次和获得稳定的读者群，首先要保证按时大量的更新而不得"断更"。传统作家"十年磨一剑"的做法远远适应不了网络的速度。占据起点热门榜前几位的小说都已经更新到近1千万字，并仍在续写中。

如起点"码神"唐家三少，每小时写四五千字，从2004年初到现在，他坚持每天在网络上上传8000—10000字，每年写作量不低于280万字，最多的一年写了400万字。就这样，在将近10年的时间里，唐家三少总共创作了10余部作品，总字数超过3000万。2012年4月23日，盛大文学在"世界读书日"宣布，旗下作者"唐家三少"已连续100个月"不断更"，每天发表新章节。在起点中文网连载写作86个月，创下备受读者关注的写作记录，盛大文学已将相关数字统计整理报给吉尼斯世界纪录官方机构。[①] 在网络写手中，唐家三少这样的高速大量写作绝不是个案。20—30万字的作品在传统概念里已经算是长篇小说，而网络上的长篇小说动辄几百万字。没有足量的更新作保证，写手几乎不可能在瞬息万变的网络世界赢得一席之地。这种几乎无休止的高速写作模式无疑是残忍的，高强度的劳动使得很多写手调侃自己是"体力劳动者"，他们要想成名，必须高产，而高产不

---

① 《唐家三少已连续创作100个月欲申报吉尼斯》，《中国新闻网》2012年4月23日。

易,成名更难,这就是网络写手的真实生存状态,毕竟,唐家三少能有多少?

(2) 工作强度高,收入与身体透支状况难以平衡

在如此高强度的工作状态下,网络写手的健康状态成为一大隐患。近年来,有越来越多的网络写手被爆病逝,在社会上引起不小的震动。"网络写手"这个隐藏在各种网络阅读终端背后的群体,突然被推到聚光灯下。虽然有人功成名就,但更多的网络写手过着社会地位低、权益无保障、被读者追着骂、每天伏案码字的日子,而承受如此压力换来的可能只是千字20元封顶的稿费。

例如,2012年25岁的网络女写手"青鋆"溘然病逝,其朋友说,她去世前整夜写稿,没晒过几天太阳。网络写手的日子真的那么苦吗?曾任一家文学网站编辑的"狂马"说:网络写手最大的痛苦是必须每天码几千字。写网络小说的一大特点是每天必须更新,一天不更新读者便会发评论骂街,两天不更新大量读者就会流失,转去看别人的小说。更新的字数还不能少,少则几千字,多则上万字,这样才能抓住耐心不足的读者的眼球。即使是出了名的作家,如"大神"级写手张威(网名"唐家三少"),每天也必须写1万字。写手西来说,他写得最苦的时候,半个月只出门一次,一个月才出门采购一次生活必需品,有时候一天要写2—3万字。

不过,狂马也说道,写手的生活也没人们想象中的那么阴暗。网络小说是快餐文化,和地摊文学的档次差不多,读者以农民工、学生和年轻白领居多,看网络小说的目的只是为了消磨时间,他们对文字水平没什么要求,看的就是个故事情节。"编故事自有套路,熟练的写手打开电脑坐下来就编,写得快的6000字3个小时就能搞定。"写手"泣森"说,凑字数很容易,两个人打架,你一招我一式,让他们多打一会,打个几千字也不在话下。而且,大多数网络写手是兼职,不靠这个挣钱养家。"真正苦的是写出头之前。""狂马"说,每天码字不止,也拿不到多少钱。

网络写手的稿酬有几种计算方式。其一是点击收费分成。文学网站一般收取读者每千字2至3分钱的阅读费,实际上写手拿到的份额非常少。点击量产生的收入,网络运营商和文学网站先按6∶4的比例分,网站再和写手对半开,但网站经常称没有拿到那么多,所以写手只能拿到全部收入的1/5甚至1/10。分成对写手来说风险很大,万一没有点击量,写多少字也是白写,某网站的稿酬计算标准是这样的:普通写手在网站上写到3万字,网络编辑会主动审核文字,通过后与作者签版权合同;如果第一次没有通过,需要写到5万字后由写手主动申请审核,再不通过就要10万字;如果10万字还没通过,这本书基本就白写了。

写手逐渐被读者认可后,网站给的计酬制度也有改善。按千字计酬的写手基本能拿到稳定收入,提交多少字网站都有统计,每个月结一次稿酬。但稿酬听起来低得可怜,一般写手千字20元已经是封顶价。还有些网站对签约写手有个"全勤奖",只要每天更新2000字,无论质量好坏每月都有500—1000元不等的酬劳,有些大学生就冲着这个全勤奖而来,挣点零花钱。当然,这都只是针对签约写手而言,更多的人是埋头写作无人问津的"工蚁",一般20个人中有1个能签约就

不错了。

此外,当写手的作品在网络上积攒了大量人气后,有可能成为影视圈改编的对象,《失恋33天》就是来自网络热帖,最终创造了票房神话,而该故事作者如今已经成为一个"抢手"的编剧。2013年,《与我长跑十年的女朋友就要嫁人了》走红网络,曲折感人的青春爱情故事打动很多网友。随后著名导演、制片人陈国富买下了该帖子的电影改编权。不过,像《失恋33天》那样,由爆红帖变成成功的电影,从整体数量比例来说,那毕竟是一个几率极少的案例,大量的网络草根的小说,还是改不成剧本的。

面对巨大的生存压力,网络写手们不得不处在巨大的劳动强度下生活,因此各种身体、心理疾病成为这个人群的常见病。2013年4月,靠《盗墓笔记》系列红遍大江南北的写手南派三叔徐磊被爆罹患精神疾病,随后宣布永久封笔,让读者唏嘘不已。同样,国内原创爱情小说写手匪我思存因患病停止更新手里的小说。匪我思存患上的是重度抑郁症,而且是复发,情况比较严重,不但无法工作,甚至无法进行日常的生活。匪我思存被称为悲情天后,由她的小说《千山暮雪》改编的同名电视剧曾在各大卫视热播惹来关注。2010年,北京的申先生去派出所自首,称自己是杀人犯,最终被发现他是患上了精神分裂的起点中文网的签约网络作家。

为何网络写手群体成为各类心理疾病的高发人群?因为作家本来就比一般人敏感,创作小说的时候心理上极度封闭,并且会产生很多幻想,是心理疾病的易发人群,而网络作家的环境更封闭,面对读者的指责更直观,因此自然成为这种疾病的高发区。

(3) 网络写手与文学网站间存在利益纠葛

除开疾病的困扰,网络写手与文学网站之间的关系也十分微妙,写手往往处于弱势,常受到网站的制约。网络写手的社会地位和主流作家没法比。由于网络文学不入主流,文笔和内涵都较差,从纯粹的文学角度去看,大部分只能称为"文学垃圾",所以网络写手总是被人瞧不起,甚至一些写手对自己的作品也不屑一顾,直斥其为"垃圾"。

在面对网站时,写手总是底气不足,尤其在网络文学出现的早期,文学网站少,写手只能完全听命于网站,网站给什么权益就得什么权益,不给就没有,根本不可能去争取。写手常被网站要求签"卖身契"。一份文学网站的电子合约上明确规定:在合同有效期内,作者不得以与本协议中笔名相同或类似的各种笔名、作者本名,或其他任何名称,将网站在签约期间内创作的新作品交于或许可第三方发表、使用或开发。实际上很多写手都以不同笔名在多个网站开专栏,赚取更多报酬,"卖身契"一签,虽然有了保障但也断了财路,这种情况下,要么继续铤而走险,要么死心塌地为签约网站服务。

网站将签约作家分为"大神"和"小神",写得好的作家被称为"大神",是网站的宝贝。有时候,为了阻止"大神"被人挖走,网站会监控他们的站内邮箱,只要看到大神的收件箱中有疑似约稿信件就给删了。作者们还有自己的QQ群,这些群也由网站管理，不允许外人随便加入，以免被"猎头"钻空子。

2012年闹得沸沸扬扬的知名网络写手梦入神机私下与一家网站签约发表连载作品，被原东家起点中文网的运营商告上法庭索赔100余万之事，就是整个行业生态的缩影。2010年1月18日，起点中文网运营商玄霆公司与王钟签约，双方约定，协议期间王钟创作的作品著作权均归玄霆公司所有。若违约，王钟须支付1万元人民币并加上其获得的相关费用总额的十倍金额违约金。2010年2月10日，玄霆公司依约向王钟预付10万元创作资金。但仅过4个月，王钟就与另一家网站纵横中文网签约，并发表连载作品《永生》。为此，玄霆公司起诉要求判令王钟继续履行协议，停止在其他网站发布其创作作品，承担违约金101万元，并确认王钟创作的《永生》著作权归玄霆公司所有。王钟则反诉请求撤销与起点中文网的协议。一审法院判决玄霆公司与王钟的协议继续履行，王钟停止在纵横中文网上继续发表《永生》，并赔偿玄霆公司违约金20万元，确认《永生》著作权归玄霆公司所有。王钟与第三人幻想公司不服上诉。上海一中院审理后认为，王钟构成合同义务的违反，依法应当承担相应的违约责任。但委托创作合同中设定的义务涉及到王钟的创作自由，具有人身属性，在性质上不适于强制履行，所以王钟违约后，玄霆公司不得请求王钟继续履行，只能请求王钟支付违约金或者赔偿损失，故作出如上判决。

(4) 盗版猖獗，网络写手知识产权难以保障

除开疾病的困扰和与网站的纠纷，网络写手面临的另一个困时是商业化运作模式带来的盗版隐患。如果把整个网络文学的商业运作模式比作一条河流，写作只能算是源头。在网络上连载小说、获取点击率、聚拢人气，才刚刚迈出第一步。接下来，还有很多事情可以做，比如出版纸质书，改编影视作品、游戏、漫画等等。近年来，网络写作的产业化趋势越来越明显，由网络文学作品改编而成的电影、电视剧、游戏越来越多，仅盛大文学旗下最近一两年出售的改编权就有2000多种。与此同时，网络小说遭遇了极其严重的盗版问题，2013年，网络文学的市场年收入为40亿多元，而盗版带来的利润是它的50倍之多，这个对比不得不引人警醒。

盗版小说网站是最大的盗版源头。作者在正规的原创网站上传新文字，10分钟之后，盗版小说网站不用花费一分钱就能下载到最近更新的全部文字，而盗版小说网站的收益则来源于广告点击和"钓鱼"网站。盛大文学推出的《2010中国网络文学蓝皮书》指出了一个令人啼笑皆非的事实，网民对于盗版大多持反对态度，但超过八成网民阅读过盗版，超过七成网民认为搜索引擎是盗版内容的出口，搜索企业应对盗版负责。目前活跃的盗版网站数量将近400家，盗版文学网站总数量超过1万家。据业内人士透露，盗版网站已呈现小规模零星分散化的趋势，越来越多的盗版站点将其服务器向国外迁徙，这也是打击盗版的困难之一。

盗版书的流毒也不可小觑。几百万字的网络文学作品十分常见，而正常情况下一本书的容量只有20多万字，这也就意味着，作品走纸质出版就必须成套出书，其印刷成本和售价定然不菲。唐家三少作品的简体版本已经陆续出版了90余

部，每一部作品少则几本，多则十几本，购买一套正版书，需要花费两三百元，而盗版书二三十元就能搞定。网络上火热的小说，基本在市场上都能找到盗版。

总而言之，由于在网络文学产业中知识产权保护观念匮乏、制度缺失，造成大量侵权事件严重影响到网络写手的生存，这一问题需要得到相关部门的重视。

三、30位著名网络写手

1. 唐家三少

唐家三少，连续两届"中国作家富豪榜网络作家之王"得主。原名张威，生于1981年1月10日。起点中文网钻石作家，网络顶级人气名家，自正式开始长篇创作以来，平均一年一部作品。代表作《光之子》是他创作的第一本网络小说，随后，《狂神》、《善良的死神》等题材不同的小说相继问世。目前正在创作的作品是《绝世唐门》，总字数已经超过200万，已有超过2000万人次在网上看过这本小说。这是他写作的第13本网络小说。

2. 我吃西红柿

我吃西红柿，又名番茄，他的另一个作者号名字叫"江南俊林"。中国网络写手收入三甲之一。原名朱洪志，出生于江苏宝应，起点专栏作家，原是苏州大学数学系2005级学生，在校两年多时间发表了600多万字的网络小说，大三上学期退学从事专职写作，已出版1000多万字的小说。著有《星辰变》、《盘龙》、《九鼎记》、《寸芒》、《吞噬星空》等作品，2011年5月1日与网络作家九穗禾结婚，婚后生有一个男孩。现在正创作小说《莽荒纪》。

3. 天蚕土豆

天蚕土豆，真名叫李虎，起点网白金写手，1989年出生在四川德阳。2008年凭借处女作《魔兽剑圣异界纵横》一举折桂新人王，2009年创作的《斗破苍穹》获得在起点中文网高达一亿四千多万的点击率，他因此奠定了在网络原创界难以动摇的人气顶级写手地位。2012年创作《武动乾坤》在起点网连载，于2013年5月16日完结。天蚕土豆连续两年入选中国网络作家富豪榜，是新生代网络写手中的佼佼者。

4. 骷髅精灵

骷髅精灵，真名王小磊，山东烟台人，起点中文网的作者，生于1982年7月13日，代表作有《圣堂》、《机动风暴》、《雄霸天下》等。骷髅精灵擅长第一人称写作，小说中塑造的女性角色，大多性格饱满，有血有肉。他作品的电子版、手机版、出版成绩都非常不错，实体书在台湾更是有着很高的销售量。骷髅精灵的写作风格以热血著称，善于刻画人物心理。他的小说在港台地区繁体出版多年蝉联销售冠军，连续九年入选盛大文学年度作家峰会，也是仅有的一位参加了创办以来所有年度峰会的作家。

5. 南派三叔

南派三叔，本名徐磊，80后浙江人。中国作家富豪榜上榜作家，《惊叹号》创办人兼主编，《倩女幽魂2》剧情创意总监。创作《盗墓笔记》系列、《大漠苍狼》系列、《怒江之战》、《藏海花》、《沙海》等作品，被誉为中国探险类第一畅销书作家，也是盗墓探险类小说之鼻祖，拥有众多粉丝。代表作《盗墓笔记》系列荣获2012第七届中国作家富豪榜最佳冒险小说奖。2013年3月22日，南派三叔微博宣布封笔，不再进行任何文学创作活动，引发广泛关注。随后曝出南派三叔罹患精神分裂疾病，更是引发了社会对整个网络作家群体的关注。

6. 梦入神机

本名王钟，湖南常德人，1984年出生，在网络文学界享有盛名，代表作《佛本是道》。2012年，梦入神机以5年1000万元的版税收入荣登富豪榜第六名，2013年，他以一年1200万元的版税收入名列富豪榜第五，所谓名利双收。

7. 月关

月关，原名魏立军，起点中文网白金作家，中国作协会员，网络写手中少见的70后。处女作《回到明朝当王爷》横扫网络，囊括多项年终大奖，堪称网络架空历史小说代表作家。《锦衣夜行》荣获台湾金石堂销量第一名。2011年至2012年，月关连续两届分别获得起点中文网金键盘奖年度作家和年度作品两项冠军。其新作《醉枕江山》正在起点中文网连载。

8. 辰东

生于1982年，原名杨振东，中国石油大学本科毕业，现居于北京朝阳区，为起点中文网签约作者，亦为著名的网络写手之一，2013年1月成为中国作协成员。辰东以《神墓》一文扬名立万，其他的代表作有《不死不灭》、《遮天》等，新作《完美世界》正在连载中。辰东擅长的领域集中在仙侠神话类小说，是该体裁网文写手中的佼佼者，被很多书迷誉为"燕京才子"。

9. 血红

原名刘炜，80后生人。苗族，祖籍湖南常德，毕业于武汉大学计算机专业。2003年起，开始从事网络小说创作，数年下来，已创作十余本网络小说，代表作有《林克》（新旧2个版本）、流氓四部曲《偷天》、《光明纪元》等，字数达1400多万字。第七届中国网络作家富豪榜中，血红以5年1400万元的收入荣登富豪榜第五名，2013第八届中国网络作家富豪榜上，血红凭借《光明纪元》一书的良好表现，收获1450万版税，名列第三。

10. 打眼

打眼，原名汤勇，1977年生，江苏徐州人，现居广东东莞，起点新晋白金作家，著有《宝鉴》、《黄金瞳》、《天才相师》等。打眼具有丰富的文化知识，所著小说均以主人公为线索，铺展出一幅庞大的文化画卷，让读者享受文化大餐。

11. 耳根

原名刘勇，黑龙江哈尔滨人，80后起点中文网白金作家，喜爱中国古典神话故事，并以此为基础，进行网络小说创作，现已成为起点仙侠类小说的一面旗帜。其主要代表作《仙逆》，受到无数读者的喜爱，并长期占据起点仙侠类小说月票榜的前列。

12. 柳下挥

本名黄卫，河南信阳人，曾用笔名"坐怀不乱"。著名网络作家，都市小说代表人物之一。现移籍纵横中文网。柳下挥作品包括《市长千金爱上我》、《近身保镖》等（2009年）均已完结。移籍纵横中文网写有《天才医生》（2012年）、《火爆天王》（2014年完本）。柳下挥写作风格轻松幽默，常有妙语惊人，其作品中的女性角色各有灵性，令人过目不忘。

13. 风凌天下

风凌天下，山东莱芜人，起点作者，退役军人，1982年10月生人。他的作品中含有许多顺口溜，得到读者好评，这也是他书的一个亮点。风凌天下写书勤奋，能以读者为重，代表作包括《凌天传说》、《异世邪君》等。

14. 跳舞

跳舞，原名陈彬，江苏南京人，起点中文网白金作家，中国作协会员，是近年来最具号召力的网络作家之一。自2004年创作《嬉皮笑脸》以来，已完成了《恶魔法则》等七部作品，作品网络总点击量超过一亿，作品以简繁体出版，多部作品完成网络游戏跨平台改编。

15. 高楼大厦

原名曹毅，山东淄博人，1980年出生。著名网络文学写手，前起点中文网白金作家，现为创世中文网签约作家。台湾幻武小说最强作者，销量第一。2012年度入选中国网络作家富豪榜第十四名，2013年入选中国作协。代表作《僵尸医生》、《武帝》等。

16. 鱼人二代

本名林晗，黑龙江人，2006年11月开始从事网络小说创作，起点中文网白金作家，中国移动手机阅读基地畅销名家。2013 中国网络作家富豪榜中，鱼人二代以 400 万元年度版税收入，位居第 14 位，引发广泛关注。代表作《重生追美记》、《校花的贴身高手》。

17. 无罪

本名王晖，出生于 1979 年 9 月 12 日，江苏无锡人，毕业于中南大学应用物理及热能工程系。代表作品《流氓高手》、《流氓高手 II》、《罗浮》等，目前为纵横中文网签约写手，是将网络游戏代入小说获得成功的第一人，流氓系列更奠定了其在网文界的地位。

18. 忘语

原名丁凌滔，江苏徐州人，1976 年 10 月生。毕业于无锡机械制造学校，后自学完成大学法律专业，现为起点白金作家之一。个人处女作《凡人修仙传》广受欢迎，起点中文网网络首发，实体书籍也已出版。第二部小说《魔天记》已开始创作。

19. 烽火戏诸侯

本名陈政华，1986 年 11 月 8 日生于浙江杭州。原为起点中文网专栏作家，现为纵横中文网专栏作家，网络小说新一代人气作家。代表作《极品公子》、《陈二狗的妖孽人生》、《天神下凡》。2014 年 1 月 7 日，担任浙江省网络作家协会副主席。

20. 苍天白鹤

起点中文网白金作者，本名陆晓宁，浙江宁波人。代表作品有《武神》，《苍天霸血》，《战天》，《异界之光脑威龙》等。2013 年 9 月 29 日，开始连载玄幻作品《无敌唤灵》重返起点中文网后，人气持续增高，多次在起点中文网读者点击榜、推荐榜、月票榜等诸排行榜占据一席之地，2013 年 12 月获得起点中文网月票榜第十名。

21. 方想

本名陈艾阳，江西九江人，80 后，毕业于中国民航学院，代表作《师士传说》、《卡徒》、《修真世界》。作品以庞大丰富的想象和干净简洁的文笔为人称道，受到千万粉丝的狂热喜爱，成为网络文学界众人瞩目的"大神"。

22. 猫腻

本名晓峰，起点中文网白金作家，1977 年出生，毕业于四川大学，湖北夷陵人，其作品《朱雀记》获得 2007 年新浪原创文学奖玄幻类金奖，代表作《庆余年》连载于起点中文网，便获得巨大反响，其文风细腻，文学性很强。新作《将

夜》正在连载中。

23. 撒冷

本名付强，出生于1982年10月，毕业于深圳大学传播系，从事过网络、策划、广告多个行业，其作品游走在文艺小说与玄幻小说之间，属于网络写手之中的怪才。代表作《苍老的少年》、《天擎》、《YY之王》等。

24. 卷土

起点网知名作家，四川成都人，原名陈圣夫，医学系毕业。2010年8月开始创作《王牌进化》，他走出无限流的老路，开创了属于自己的新风格，并将无限流文学推上了一个新的高峰。在剧情战斗方面，以人物的细腻刻画而成名，对作品细节的把握非常到位。代表作品有《最终进化》等。

25. 酒徒

本名蒙虎，当今知名网络写手。1974年出生，内蒙赤峰人，东南大学毕业，现为中国作协会员，曾在北京从事电力设备调试多年。其成名作是历史架空长篇《指南录》。酒徒作品气度恢宏、语言凝练、情节曲折，历史架空小说凸现民主救国思想。目前正致力于新书《盛唐烟云》的创作中，作为"隋唐三部曲"终章，目前连载于17K文学网。

26. 骁骑校

本名刘晔，1977年生于江苏徐州，17K小说网专栏作家，江苏省作协会员，中文在线签约作家，曾在鲁迅文学院培训学习。著有：《铁器时代》、《武林帝国》、《橙红年代》等作品，近期发布新作品《国士无双》，几年间共发表作品字数近600万，在读者中享有很高的赞誉。

27. 录事参军

本名张伟，河北省唐山人，现为创世中文网签约写手，其作品《重生之武大郎玩转宋朝》、《重生之官道》带动了起点网络文学官场小说热潮，在都市类网络小说长期雄踞第一的位置。作品文字优美，官场描写波澜诡诈，人物刻画深刻，笔下角色个个栩栩如生，堪称经典，同样为穿越文，张伟能将轻松过瘾和历史的厚重感结合，取得不错的效果。

28. 蝴蝶蓝

本名王冬，生于1983年11月，北京人，起点中文网著名作家，网络原创游戏类小说代表作家。其原创作品《全职高手》已成为2013年度起点最红网络小说之一，大有赶超前辈唐家三少、天蚕土豆之势。主要作品有《独闯天涯》、《星照不宣》、《全职高手》等。蝴蝶蓝的作品语言文字诙谐幽默，每部作品都有明确的主题，多数以生活中的网游为载体，贴近生活之余更在字里行间体现出教育意义。

29. 何不干

原名何文，安徽安庆人，70年代生人。现为逐浪网签约作家。小说《黄花黄》在网上掀起都市小说阅读高潮，综合点击已突破10亿，是唯一一部在百度、谷歌小说排行榜50强中连续两年均上榜的纯都市小说，被誉为21世纪初中国都市青年的心灵史与陈情书，一部终结网络小说与传统文学隔阂的标志性小说。何不干的小说文笔美学色彩浓厚，文字清新淡雅，对人物的掌控能力较强。值得一提的是何不干的很多小说故事的发生地点都是在他的家乡安徽和大连，这也使得他的作品给人很强烈的现实感。

30. 流潋紫

本名吴雪岚，浙江湖州人，1984年生。杭州市作家协会会员，2014年1月7日，担任浙江省网络作家协会副主席。2005年末开始从事业余写作，陆续在各大杂志发表短篇小说及散文，并成为各文学网站专栏写手。2007年正式出版50万字长篇小说《后宫·甄嬛传》三部，由此崛起于网络文学之中，同年毕业于浙江师范大学行知学院汉语言文学专业，因其作品《后宫·甄嬛传》而名动网络，并被誉为浙江80后作家群的领军人物之一。

第3章 网络文学作品

将时钟拨回到 2009 年,那一年网络文学发展速度好似井喷,带来一场又一场草根的狂欢盛宴,同时也伴随着此起彼伏的舆论质疑。直至 2013 年,网络文学的狂欢盛宴依然在继续,层出不穷的网络文学作品创造出了一片巨大的数据海洋,而这一片海洋带给我们的不仅是阅读空间的丰富、选择的多样,更重要的是它定义了一个全新的文本概念。

笔者意图通过归纳整理 2009 年至 2013 年中网络文学作品的相关数据,描绘出这 5 年中网络文学作品的发展轨迹及其中的闪光足迹。

一、网络文学作品基本面貌

1. 网络作品数量

至今为止,由于网络文学作品所特有的分散性,尚未有任何一家权威调查机构发布网络文学数量统计数据。为尽量精确体现网络文学作品数量及其发展速度,笔者选取了国内十家大型原创网络文学网站,根据其提供的数据,对其中网络文学作品数量进行粗略统计。

(1) 起点中文网作品存量

2001 年成立的起点中文网,是国内目前最大的文学阅读与写作平台之一。据统计,其原创小说库中共计有 111.91 万部作品。面世于 2008 年的起点女性频道,共收录原创文学作品 23.64 万部。

(2) 小说阅读网作品存量

2004 年成立的小说阅读网,目前日访问量近 6 千万,每天在线用户达 200 余万人。网站按针对受众不同分为男生版、女生版与校园版。其中,女生版共收录 11.21 万部原创小说,男生版共收录 6.12 万部,校园版收录 4.32 万部。

(3) 红袖添香作品存量

1999 年创立的红袖添香,可谓是中文女性阅读第一品牌,拥有超过 240 万注册用户。网站分为言情站与幻侠站,共收录长、中、短篇原创作品总量超过 192 万部。

(4) 榕树下作品存量

创办于 1997 年的榕树下被称为国内历史最悠久、最具品牌价值的文学网站，共收录 150.68 万部原创网络作品。

(5) 潇湘书院作品存量

2001 年创办的潇湘书院是盛大文学旗下的一大文学网站，是最早实行女生原创文学付费的网站，共收录约 4 万部作品。

(6) 幻剑书盟作品存量

网站于 2001 年 5 月，由书情小筑、石头书城、小书亭等网络文学爱好者所创立的文学书站合并而成，不仅有以武侠和奇幻为主的作品，同时也拥有女生版栏目，共收录原创作品 7.78 万部。

(7) 纵横中文网作品存量

2008 年 9 月成立的纵横中文网，是北京幻想纵横网络技术有限公司旗下的大型中文原创阅读网站，网站拥有男生版与男生版两大分站，收录原创作品共 4.95 万部。

(8) 17K 小说网作品存量

2006 年成立的 17K 小说网，原名为"一起看小说网"。目前网站已拥有超过网络作者 30 万人，知名作家 2000 人，出版机构 500 余家，日均访问量 5000 万。网站主站收录原创小说约 28.8 万部，女生频道收录原创小说约 10.82 万部。

(9) 晋江文学原创网作品存量

网站成立于 2003 年，拥有注册用户 700 万，注册作者 50 万，签约作者 1.2 万人，共收录作品约 132.31 万部，同时根据晋江文学原创网页面简介，网站平均每天增加 750 部新网络作品。

(10) 逐浪网作品存量

网站成立于 2003 年，被称为中国最大的小说综合门户网站之一。据统计，网站拥有 700 多万注册会员，每天独立访问用户超过百万，并仍在高速增长中。逐浪网主站收录原创作品约 19.65 万部，女生版网站收录原创作品约 5.03 万部。

2. 网络作品类型

相较于传统文学作品，网络文学作品有着截然不同的分类方式。从网络文学作品题材类型而言，随着网络文学的逐渐发展，读者群的逐渐扩展，网络文学作品从 2009 年开始呈现出较稳定、明显的题材划分，类型化写作趋势明显。

以国内颇具影响力的几家大型原创文学网站分类看，起点中文网分类为：奇幻/玄幻、武侠/仙侠、都市/职业、历史/军事、游戏/竞技、科幻/灵异、古代言情/现代言情、浪漫仙侠、异界/奇幻、同人/美文等。

小说阅读网则首先对性别进行了分类，在女生版中，主要分类为：穿越、都市、宫斗、青春；在男生版中，主要分类为：奇幻、修真、仙侠、网游、军事。

红袖添香网则将其分类为：游戏、都市、言情、玄幻、武侠、惊悚、悬疑、科幻、历史、军事等。

榕树下的分类则为：都市、青春、言情、悬疑、军事、历史、幻想、其他、童话。

由此可见，由于各类题材之间并未有明确区分，也未有统一分类标准，各网站分类方式可谓五花八门。为方便读者了解网络小说类型，笔者综合网站划分方式，将网络小说进行粗略划分，并在每一类中列出几部作为代表作。

第一类：言情

（1）古代言情，指纯古代言情小说，背景包含中国古代正史各朝代及架空朝代的作品。

《后宫·甄嬛传》：小说首发于晋江文学网，由网络作家流潋紫撰写，共计7册，于2007年首次出版，后在2012年经修订再版。小说以中国古代历史为背景，塑造了一个天真浪漫的少女甄嬛在被选入宫后，被卷入后宫纷争，为自保而斗争，最终从"贵人"成长为"皇太后"的故事。

《未央·沉浮》：由网络作家瞬间倾城创作的历史言情小说，于2008年首次出版，2010年被改编成电视剧《美人心计》登上银幕与观众见面。小说描写的是西汉窦太后窦漪房在皇室权利中央浮沉的一生，描述了宫廷争斗的血腥与残忍，却又清丽哀婉，重现了那一段波澜壮阔的历史画卷

《倾世皇妃》：由网络作家慕容湮儿首发于新浪，三个月内便取得站内千万点击、互联网总数超越一亿点击的浏览量。于2009年出全版，2011年改编成同名电视剧。小说描写女主人公夏国的亡国公主馥雅，在宫廷血腥之斗中沉沦起伏，感受到世间的爱，也感受到了现实的冷酷与残忍。

（2）穿越时空类言情小说，指主人公由于某种原因穿越时空，到了另一个时代，在这个时空生活、恋爱的作品。

《扶摇皇后》：小说首发于潇湘书院，由网络作家天下归元创作，2011年由江苏文艺出版社出版。讲述穿越至异世大陆的现代人孟扶摇，在乱世中跋涉，成长，最终抵达陆地极北穹苍神殿，完成内心最终的回归执念。作者不仅讲述了孟扶摇与异世界的爱恨情仇，同时还表现了孟扶摇作为一个穿越的现代人对于家的依恋，对于家人的爱。小说中包含多样元素，如爱情、武侠、宫斗、战争、盗墓、玄幻等，使作品内容丰富多彩。

《唐朝好男人》：起点网络作家多一半创作的穿越小说。2008年出版实体书，已出版6册，未完结。2013年由乐视网改编创作为同名网络剧。故事讲述了现代白领王子豪因车祸穿越到唐朝永徽年间，成为没落贵族小侯爷，身边更有一妻一妾二美相伴。主人公凭借超越当时社会千多年的见识，在古代唐朝混得风生水起，一路从男爵升至侯爵。最终实现了从"现代屌丝小职员"变身古代"高帅富好男人"的华丽转身。

《木槿花西月锦绣》：晋江文学网作者海飘雪所著穿越时空类言情小说，2007—2008年出版第一版，2013年由青岛出版社推出典藏版。小说讲述守义爱、胸藏智慧、拼搏坚忍的现代都市女子木槿穿越回了大兴王朝，却因为前世的一碗孟婆汤，而在今世被没有选择地投错胎、被卖、被欺负。在乱世中，主人公

游走于欲望、野心、杀戮、王位、权利之间，开启一段不寻常经历。

（3）青春言情，指文章内容时尚，一般以青春少年为主角的爱情作品。

《微微一笑很倾城》：晋江文学网作者顾漫创作的现代青春言情小说，2009年首次出版。故事主要以网络游戏为基础，男女主人公在游戏里认识，走进现实，然后相恋。男主人公是校园王子外加游戏高手，而他对同是网游高手的贝微微一见钟情，只因为她在打游戏时那飞舞灵动的手指和镇定自若的气势。小说中描写的年轻人的爱情理念极其契合当下潮流理念：喜欢一个人不需要太多理由，一个瞬间就足够。在一朵花开的时间里，一场爱情就悄悄展开了。

《致我们终将腐朽的青春》：起点女生网作家辛夷坞于2007年创作的网络言情小说，同年实体书出版。小说影视改编也进行得如火如荼，2008年同名电视剧筹备开拍，2013年同名电影登陆银幕。小说讲述的是一个小城姑娘郑薇在自己的青春年华里与林静、陈孝正两位男生的爱情故事，大学生在面对感情与现实之间的矛盾时所表现出来的纠结与无奈，极易唤起读者对于青春的回忆与感慨。

《翻译官》：网络写手缪娟创作，2006年首次出版，2011年再版。小说简单清新，描写了穷苦人家出生、漂亮、倔强、自强的外语学院学生乔菲和外交部长的儿子程家阳间的爱情纠葛。文中对于翻译官职位的描写，让人在读过后不知不觉迷上这一貌似遥不可及的职位。

（4）都市言情，指以都市为背景的言情小说，描述时尚男女在现实生活中的爱恨纠葛。

《千山暮雪》：网络热门作家匪我思存创作的现代都市情感虐恋小说，2009年首次出版，2011年由新世界出版社推出新版。作品讲述了商场精英莫绍谦和大学生童雪因世仇而彼此折磨又心生爱慕的感情纠葛。小说中涉及商战、家族情仇，充分展示了现实生活中爱情的无奈与悲伤。

《盛夏晚晴天》：红袖添香作者柳晨枫创作的都市高干类小说。小说讲述了首席房地产商华朗集团董事长的千金夏晚晴，在遭遇好友算计、男友悔婚的窘境下，被乔氏集团继承人、"花花公子"乔津帆解救，在经历了险恶的商业斗争和惨痛的家庭变故后，乔家大少开始成熟，真正承担起作为男人的责任，而两个原本已经不相信爱情的人也在彼此身上找到了真爱。

《失恋33天》：由独立艺术家鲍晶晶创作，为首部出自豆瓣的日记体直播小说。2010年出版，2011年被改编为同名电影。小说描述了一个失了恋正好又擅长文字的姑娘有话要说，她一天天的把失恋后的生活以日记的形式记录下来的故事。

第二类：玄幻

（1）东方玄幻，指在东方化背景之下，描写法术或异世界的作品。

《星辰变》：由起点中文网人气作者我吃西红柿所著以传说为背景的东方玄幻小说。2011年，由小说改编的同名网络游戏桌游版面世。主角秦羽是一位王爷的三世子，故事讲述的就是他得到一块流星泪后的故事。为得到父亲的关注，主角努力练习，克服了重重困难，最终产生了仿佛破茧化蝶一般的变化。

《完美世界》：由起点中文网作者辰东创作的小说。小说描述了拥有皇室血统的主角石昊，被寄养在小村庄中。由于被谋害，使其重病衰弱，最终喝百兽奶才得以成长。随着石昊的长大，他开始走出村庄，踏上征途，经历磨砺，感受人生悲喜。

《武动乾坤》：由网络写手天蚕土豆创作，首发于起点中文网，2012年首次出版，2013年完结后被百度游戏改编为同名网络游戏。本书主要讲述了，在大炎王朝天都郡炎城青阳镇，一个落魄的林氏子弟林动，在山洞间偶然捡到一块神秘的石符，从此主人公林东被卷入命运洪流。

（2）远古神话，指根据各种神话故事演绎的带有西方、东方特色的上古传奇作品。

《蛮荒三部曲》：由树下野狐创作的《蛮荒三部曲》包含三部小说，分别为《搜神记》、《蛮荒记》、《云梦记》。小说以远古时代的传说为背景，讲述自神农帝驾崩，直至尧帝一统华夏，大荒数百年间风云变幻的神话传说。树下野狐开创了中国新神话主义的东方奇幻风格，被誉为"本土奇幻扛旗人"、"北大蒲松龄"、"当代新神话主义浪潮的领军人物"。

《长生界》：是由网络作家辰东在起点中文网上推出的一部极富神话气质的玄幻小说。小说虚构了一个超脱于人世间之外的浩大的长生界，并以此延伸出一个庞大的位面体系，通过主角萧晨被动追寻上古遗秘的行迹，串联起无数光怪陆离的故事，演绎出无数曲英雄悲歌，借此传递给读者去伪还真、保家卫国的思想，具有一定的教育意义。

《死亡开端》：由网络写手zhttty创作，小说中，有灵魂、有酆都，叙述横跨5个纪元，5个纪元、5个文明、5个世界的主角，为了传说中的末日预言，不断地提升实力，迎接末日之战。

（3）异界大陆，指以与现实完全不同的一个神奇异世界为背景叙述的作品。

《斗破苍穹》：由天蚕土豆所著，在起点中文网曾获得高达1亿4千多万的点击率，2013年搜狐游戏将其改编推出同名游戏。小说讲述天才少年萧炎在创造了家族空前绝后的修炼纪录后突然成了废人，整整3年时间，家族冷遇，旁人轻视，被未婚妻退婚……种种打击接踵而至。在他即将绝望的时候，一缕幽魂从他手上的戒指里浮现，一扇全新的大门在面前开启，他开始了新的修炼。

《异世邪君》：由风凌天下所著的另一异界大陆类小说，2012年同名页面网游推出。小说主人公前世是一代杀手之王邪君君邪，为保护鸿钧塔不被M国特务抢走，被炸死，后穿越到了玄玄大陆，拥有了显赫帝国家世。机缘之下，主人公得到传世神物，最终踏上异世巅峰，成为一代邪君。

《斗罗大陆》：起点中文网白金写手唐家三少的长篇玄幻小说，2009年首次出版，2011年推出新版。小说描述了唐门外门弟子唐三，因偷学内门绝学为唐门所不容，跳崖明志时却发现没有死，反而以另外一个身份来到了另一个世界，一个属于武魂的世界，名叫斗罗大陆。进入异世界后，他开启新征途，在斗罗大陆建立唐门，成为宗主。

第三类：奇幻

（1）西方奇幻，指以西方奇幻体系为参照，带有浓重魔法系列幻想的作品。

《佣兵天下》：由说不得大师首发于起点中文网的西方奇幻类小说。2012年，小说被改编为同名电脑游戏，2013年同名手机游戏推出。在拥有魔法与骑士的大陆上，一群平凡的年轻佣兵被历史滚滚洪流卷入了三大势力中。小说从三个小佣兵的角度，描述了一场跨越诸个大陆、十多个国家的旷世大战。

《盘龙》：由我吃西红柿首发于起点中文网的西方玄幻类小说，小说改编的同名网络游戏于2013年发布。作者把整个世界分为鸿蒙空间、宇宙（分主宇宙和副宇宙）、位面等坐标系。在这个世界中，楼房大小的血睛鬃毛狮、力大无穷的紫睛金毛猿、毁天灭地的九头蛇皇、携带着毁灭雷电的恐怖雷龙……主人公林雷无意中从祖宅捡到一枚神奇的戒指，而后踏上了梦幻之旅。

《湛蓝徽章》：网络写手 Deathstate 创作。小说主角名为萨林·梅塔特林，起初是一个普通的魔法师，为了实现理想，改变命运，最终成长为一个正统的法师，负担起了整个大陆的责任。

（2）魔法校园，指在异世界中，描写教授魔法、骑士知识等校园生活的作品。

《光之子》：由唐家三少首发于读写网的魔法系玄幻小说。在这一世界中，有各种各样的魔法招数。主人公是一个懒惰的少年，因性格原因选学了无人问津的光系魔法，却无意中踏近了命运的巨轮，一步一步的成为传说中的大魔导师。正是在他的努力下结束了东西大陆的分界，让整个大陆不再有种族之分，成为了后世各族共尊的光之子。

《冰火魔厨》：唐家三少创作的另一部魔法校园类作品，首发于起点中文网。讲述了男主角融念冰作为华融帝国融家三代弟子、鬼厨传人，将魔法与厨艺结合在一起，通过不断学习与修炼，最终成为冰火九重天的魔法厨师的故事。

《罗罗娜的异世之旅》：网络写手牛B且带闪电的小黑创作。小说主人公是一个普通的大学生，不幸死于一场事故，后却意外在异世获得重生，无法修炼任何魔法斗气，没钱没地位，举目无亲的她做了十多年的贫穷萝莉后，意外地在爷爷遗留下来的炼金工房发现了一颗宝石，而且那颗宝石是跨时代的神奇客户端，小萝莉从此踏上了制霸大陆的道路。

（3）异类兽族，指在异世界中，以非人类的智慧生命为主角的作品。

《兽血沸腾》：起点文学网写手静官创作，2010年由百汇世通公司改编推出同名网络游戏。一名牺牲在南疆战场上的中国侦察兵，神奇地在异时空中重生，意外成了兽人王国的龙祭祀。作者描写了主角面对自己的新的身份，用高亢的兽人战歌去挑战强大人类的魔法、无敌的军团，书写出一段零死亡的传奇故事。

（4）亡灵骷髅，指在异世界中，以亡灵、骷髅为主角的作品。

《骷髅魔导师》：由情终流水创作，2010年由台湾鲜鲜文化出版。情终流水被誉为骷髅类小说的鼻祖，网友们戏称其为"骷骨君王"。故事主人公格里斯为一名仅有半身的骷髅，但是他拥有独立的思维能力，并且智商不低，在毁灭性灾难中逃过一劫。被亡灵法师唤醒后，它建堡垒，收亡者，发展领地，一不小心成了影响魔法体系发展的伟大魔导师。

《超级骷髅兵》：网络写手爱喝可乐创作，曾于 2009 年 9 月 22 日累积获得 80 万点击，并由起点网首页强力推荐。作品讲述了一个骷髅兵在死亡阴影的大地上的历险故事。

《亡灵进化专家》：由网络写手大巫师创作。小说男主角刚晋升公司部门主管，在与哥们喝庆功酒之后突然穿越，附身成了异世界大陆的一个骷髅。在战争肆虐之时，主人公踏上了一条艰难求生之路。

第四类：科幻

（1）未来世界，指以未来世界为背景的幻想作品。

《吞噬星空》：网络写手我吃西红柿创作，2012 年小说改编漫画推出。小说描述地球经历一场大灾难后引发各物种的变异，优胜劣汰，主角罗峰得到陨墨星主人传承，成为地球三强者之一，与星空吞噬巨兽一战后失去肉身，夺舍成为星空吞噬兽，在体内世界育出人类分身，之后迈出地球，走向宇宙。

《星际判官》：网络写手古剑锋创作。小说描述主人公轩辕南星手持一把激光剑闯星际，有他之处就有终极审判。

（2）星际战争，指描写星际时代，战争背景下演绎的传奇。

《掌中星际》：网络写手钻石雕塑创作。小说讲述了一心想要做出一番大事的主人公杨鹰，带领着三族的军队横扫天下，打到宇宙的尽头的故事。

《特勤舰队》：网络写手暴君的家人创作。小说描述了一个地球人飘荡在陌生星空的故事。一个找不到回家路的孩子，在另一个世界守护着自己的祖国，自己的信仰，自己的民族。

《星际游轮》：网络写手古剑锋创作。小说讲述沉船村少年林西索遭到星盗劫持，从而踏上了星际舞台的科幻冒险故事。

（3）末世危机，指因为战争、科技时空，或因为某种灾难，人类面临灭亡危机，以此为背景进行创作的作品。

《黑暗血时代》：网络写手天下飘火创作。小说描写了太阳消失后的世界，地球陷入了黑暗，从此没有了阳光，没有了星空，只有无尽的寒冷与黑夜，人类从此进入黑暗的血与色的时代。

《重启家园》：由网络写手九头怪猫创作。小说主人公楚翔醒来后发觉世界已经末日，为生存楚翔不得以接受这个事实并开始为生存思考。

第五类：武侠

指讲述仗剑天下、行侠仗义等传统武侠世界的作品。

《大唐行镖》：网络写手金寻者创作，原名为《大唐之战神天兵》，2012 年盛大游戏改编推出同名网页游戏。小说讲述了一名镖局少年的成长历程。一次无意之间的偶遇高手，让他习得了高超武功，在瑰丽迷人的武林世界，他纵横天下，成为一代高手，最后重振彭门镖局。

《姑苏南慕容》：网络写手找一个角落创作。故事主角在一次阴差阳错中穿越，成为了慕容复。作者创作了一个全新的慕容复，也创作了一个全新的武侠世界。

《三京画本》：网络写手盛颜创作，2010年出版。所谓三京指的是辽国都城上京、北宋都城汴京和南宋都城临安，作品对三京之生活风土等进行了极为细致的描绘，几可媲美于大画家张择端的《清明上河图》，可是又不仅仅局限于一隅，而是以三京为背景，以时代为横轴，以成长为纵轴，形成一个既具历史感，又具时代感的恢宏画卷，主角观音奴、萧铁骊、耶律嘉树等在其间上映着喜怒哀乐、悲欢离合。

第六类：仙侠

指以中国古代传说为背景，描写追求仙道的故事。

《道缘儒仙》：作者鬼雨被誉为中国仙侠小说儒家学派开山大师。这是一本纯粹中国文化的武侠玄幻小说，描述的是一个博学多才的青年书生成仙、成神而又入世为官的故事。跟着本书一路行去，读者可以领略到博大精深的传统文化、深沉含蓄的美好情感、优美无限的自然风光以及奇妙莫测的仙家成长。

《佛本是道》：网络写手梦入神机创作，首发于起点中文网，并于2013年改编为同名手机游戏。它借鉴了封神演义、西游记、蜀山剑侠传、山海经、三言两拍等中国古典神话。小说重新塑造了多位古典传说中人物，整理归纳出一个独特的完整而庞大的仙佛世界系统。

《遮天》：网络写手辰东创作，2012年被改编为同名网页游戏。小说以九龙拉棺为引子，带出一个庞大的洪荒世界，引出许多上古神话的遗秘，卷帙浩阔、设定繁杂、人物众多。小说主角叶凡，一次同学聚会时被九龙拉棺带离地球，进入北斗星域，辗转四方，最终成为天帝，率领天庭举教成仙。

第七类：都市

（1）职场生活，指以现实生活为背景，描述职场种种，进而感悟人生的作品。

《杜拉拉升职记》：网络写手李可创作，被誉为白领女性的职场宝典。2009年小说改编同名话剧问世，2010年，同名电影、电视剧也相继问世。小说关注当今社会女性白领在职场上面临的压力、挑战，讲述了都市白领杜拉拉从一个默默无闻的职员，经过自己的不懈努力，成长为一个企业高管的故事。

《沉浮》：网络写手崔曼莉创作，2012年小说被改编为同名电视剧搬上银幕。小说以外企职场为背景，通过讲述职场上各色人物际遇的浮浮沉沉、潮起潮落，真实地展现了缤纷的职场风云和商战玄机。点滴的细节，串成完整而实用的职场生存法则。

《一个外企女白领的日记》：网络写手绝望沧海创作，小说堪称是中国首都全景式职场生存日记。它讲述了迄今为止职场最全面的生存法则以及培训师永远不会教你的职场"潜则"，书中内容涉及作者在日常工作中积累的工作技巧、注意事项、人际关系处理、工作细节的把握等等，也有一些心情小故事。

（2）励志青春，指反映在现实生活中，都市男女拼搏、努力、奋斗的作品。

《橙红年代》：网络写手骁骑校创作，首发于17K文学网。小说以主人公为视角和主线，描述了一个个社会底层弱势群体的生活态势和矛盾冲突，以及边缘青年的彷徨迷茫，自强不息，最终成为社会栋梁的故事，具有现实批判意义和催人奋进的作用,被广大读者誉为"男人的童话"。

《陈二狗的妖孽人生》：网络写手烽火戏诸侯创作,2011年出版。小说讲述了一个穷山恶水出来的刁民用自己时刻不停息的努力终于在大城市站住脚,给原本瞧不起他的人一个一个地还以耳光的故事。最终作者用陈浮生的故事告诉读者,处在社会底层不是罪过,罪过的是不知道奋斗。

《一路彩虹》：网络写手月关创作。小说讲述了一个被时代浪潮抛弃,搁浅在生活滩涂上的年轻人,无意间抓住了那个飞速发展时代中的一个小小契机,由潮底翻上了潮头。然而当他自以为踏上的是一条五彩缤纷的快意坦途,却发现困难与挑战让他应接不暇。

（3）商战风云,指讲述当代商场、创业、股市、金融等领域生活、冲突的作品。

《工业霸主》：网络写手齐橙创作。故事主角为机械系研究生林振华,一次穿越,使主角回到1979年到成为了一名工厂青工。想起上辈子奇迹崛起,但又备受歧视的中国制造,林振华决定通过自己的努力改变未来,凭借扎实的技术功底和对历史的些许预见,林振华带领工人师傅们挥洒汗水,打造出一个横跨欧亚的重型工业集团,成就了一段工业霸主的传奇故事。

《重生之金融大亨》：网络写手黑色尼古丁创作。小说讲述了一个金融天才重生至1979年,通过努力打造现代"罗斯柴尔德"的故事。

（4）官场沉浮,指描述时代变迁中官场变迁的作品。

《二号首长》：由人物传记、官场小说作家黄晓阳创作,首发于新浪读书。本书被评为2011年《亚洲周刊》十大好书之一。小说讲述传媒人唐小舟,当人生处于低谷时,被任命为新任省委书记赵德良的秘书。唐小舟在这之中体会到了人在官场的那种如履薄冰的感觉。一幅全景式官场画卷在他的生命中展现,而他以特殊的视角,发现官场之上,每一件小事,都闪射着政治智慧的光芒。

《官策》：网络写手寂寞读南华创作。小说主人公陈京是一名文艺青年,也是最早的大学生公务员。小说向读者展示了一个没有背景,没有后台的年轻人,如何在官场中做到步步高升。

《侯卫东官场笔记》：由网络作家小桥老树创作,2010年首次出版。作者力图通过304位各级别官员,84起官场风波,66个党政部门,23次微妙的调动与升迁,交织进一个普通公务员的命运——侯卫东的这本笔记,带领读者深深潜入中国公务员系统庞大、复杂而精彩的内部世界,从村、镇、县、市一直到省,随着主人公侯卫东的10年升迁之路,逐层剥开茫茫官场的现状与秘密。

（5）娱乐明星,指以真实或虚拟娱乐圈为背景,讲述明星镜头背后故事的作品。

《娱乐世纪》：网络写手啸尘创作。小说讲述了一个处于2010年的写手,穿越至2001年,附身在了一个一心想成为大明星的少年身上,一步步不情愿地走上了娱乐之路。

《韩娱之天王》：网络写手呓语痴人创作。小说讲述了一个默默无闻的S.M歌手，在成年之时决定代表公司前往服役，两年后归来，从一档综艺节目的固定嘉宾起步，成长为韩国娱乐天王的故事。

《醉枕香江》：网络写手忧郁的青蛙创作。小说讲述了主角杨森因为一次穿越，回到了1983年的香港，附身在林宥伦身上。一梦30年，他回到了香港电影里跑马跳舞、纸醉金迷的黄金年代。

（6）异术超能，指描写在现实生活中意外获得超能力，从而改变生活的作品。

《最强弃少》：网络写手鹅是老五创作，首发于起点中文网。男主角叶默蓦然清醒过来的时候，才发现周围的一切似乎都变了，美女师父也不见了。从此他开始了修炼，最终凭着自身的修炼，成为了超强战神。

《超级医生》：网络写手叶天南创作，小说累计获得了超过1千万点击率。故事讲述医学院大三的徐泽，得到了一个来自未来的超级医护兵辅助系统。从此以后，这个小宅男有了新的目标，靠着自己的努力和勤奋，在这拥有无限辅助功能系统的帮助下，不断创造奇迹。

《天才相师》：网络写手大眼创作，2013年出版。小说讲述乡村少年叶天师在一次意外中，得到了古代大相术师的传承。最终通过自身努力，终于改变了风水相术在人们心中的印象，成为一代国学相术宗师。

第八类：历史

以史实方式，纪述朝代历史、表现历史人物的作品。

（1）上古先秦

《大争之世》：网络写手月关首发于起点文学网，讲述主人公在春秋战国时期的征战故事。所谓大争，就是争得全面，争得彻底，争得漫长，争得残酷无情。主人公席斌穿越附体于吴王僚之子庆忌之身，经过铁血征战，成为吴国大王。

（2）秦汉三国

《楚汉争鼎》：网络写手寂寞剑客撰写，首发于起点中文网。故事讲述绰号"屠夫"的解放军老兵于一场边境冲突中牺牲，灵魂穿越到了楚汉相争的年代，并且成为项羽的堂弟项庄。此时，楚汉之争已经进入尾声，项羽已经穷途末路，主人公临危受命，力挽狂澜。

（3）两晋隋唐

《上品寒士》：作者为贼道三痴，小说以干净的文字，写优雅的时代和艺术化的生活。描述了现代资深驴友穿越到东晋年间，寄魂于寒门少年陈操之，面临族中田产将被侵夺，贤惠的寡嫂被逼改嫁的困难局面，陈操之突破门第的偏见，改变自己的命运，也维护了自己和族人的利益。

（5）五代十国

《混在五代当皇帝》：康保裔所著的历史小说。小说主人公郭炜是现代社会成功的企业家、擅长潜水的军史爱好者，因为一次好奇心过盛导致的意外回到五代十国，成为小宜哥。面对民不聊生的乱世，面对危如累卵的命运，郭炜不得已被卷入命运转轮。

（6）两宋元明

《锦衣夜行》：起点签约作家月关创作的历史类长篇小说。作品以明代为背景，描述主角夏浔穿越到明初，辅佐朱棣，成就一代伟业，无论是靖难削藩，迁都修典，还是五征蒙古，七下南洋等，夏浔都参与其中，并深刻影响着历史的进程。

（7）清史民国

《我的老婆是军阀》：录事参军创作，发布仅半年即获得五百万点击量。小说再现了一部开国皇帝的奋斗史，一部中华文明的开拓史。主角弄权于庙堂之上，颠覆晚清，既有穿越文的轻松，又有着那个时代所赋予的历史厚度与深沉。

（8）外国历史

《帝国雄心》：网络写手天空之承创作。主角穿越到了二战德国，却只是个小小的伞兵中尉，壮志雄心今犹在，何惧身后留骂名，从军事菜鸟到战争大虾，主角在短短几个月内完成了常人无法想象的蜕变。

（9）历史传记

《大唐传记李承乾》：网络写手萍水创作。小说描写了一个来自21世纪的世家公子的灵魂，来到了刚刚发生了玄武门事变的大唐，成为了日后被废的大唐太子李承乾。随着作者的讲述，读者们看着李承乾如何走过他的人生，打造一个强大的大唐。

第九类：军事

（1）军事战争，指以现实为主，描写近代、当代战争题材的小说。

《鹰隼展翼》：网络写手纷舞妖姬创作，作者被誉为当今国内军事小说作家中的中流砥柱。作品风格以阳刚、热血、震撼著称，他笔下塑造的每一个主人公的血性都有一种可以撼动读者心灵的神奇力量。小说描述一个从战场上一步步崛起、一步步成长的小兵，最终站在世界的巅峰，被誉之为"人中龙凤，上将之才"。

《第五部队》：网络写手纷舞妖姬创作。这是一部描写中国第五特殊部队创始人传奇一生的小说，内容贯穿抗日战争、抗美援朝、对印自卫反击战，再现了战火纷飞的血之篇章。

《燃烧的海洋》：网络写手闪烁创作，2011年出版。小说通过讲述一段鲜为人知的铁血征程，从鸦片战争到解放战争，从中国海到大西洋，中国海军与"海上霸主"英国海军的一次合作、两次激战，小说全景式展现了中国海军重建的伟大历程。

（2）抗战烽火，指以抗日战争为背景，写实或虚构的作品。

《驻马太行侧》：网络写手寂寞剑客所著。小说讲述了热血青年岳维汉因一场意外来到了1937年的淞沪战场，眼见国土沦丧，同胞涂炭，国家危急，民族危急，岳维汉挺身而出，保家卫国。

《抗战狙击手》：网络写手孤独手创作，2006年首次出版，2012年有声小说出版。小说以真实地历史事件为背景，以"战壕真实"为写实手法，从一个普通抗战士兵的视角再现了伟大抗日战争的惨烈与悲壮。

《抗日之兵魂传说》：网络写手丑牛创作，目前仍在起点中文网连载中。小说主人公是一名现代特种兵，阴差阳错穿越到了抗日时期，变成了一个傻小子，叫二愣子。二愣子一把步枪百发百中，令鬼子闻风丧胆。他天不怕地不怕就怕团长来骂他。没事就去县城买烟杀鬼子，他开始发挥自己的优势，想尽办法给鬼子捣乱。

（3）间谍特工，指围绕间谍、特工这两个特殊身份而展开的作品。

《特工全球》：网络写手虾写创作，曾为首届全球华语原创文学大展参展作品。小说讲述了主角叶迁，在某次机缘巧合之下进入了特工局，开始特工工作的故事。

《国家利益》：网络写手玉晚楼创作，2010年出版实体书。小说主角刘帅是一名普通白领，突然有一天得到了一大笔无意中得来的金钱，同时也面对着无法想像的危险。幸而安全局某处处长将他从堕落的边缘拉回，从此他肩负起了对国家的责任。

《一级安保》：网络写手小炸虾创作，发布后得到百万余次点击。伴随中国的发展，国际大盗、暴力组织、杀手集团等等看见了中国潜在的商机。外强内虚的中国安保公司遭遇前所未有的挑战。小说主人公白然，因为神秘人构陷，化名李起前往中国听海市成为一名普通的保安寻找事情真相。

（4）军旅生活，指讲述现代或当代各军种军人生活、训练的作品。

《弹痕》：网络写手纷舞妖姬创作，2012年出版。小说向读者展现的是一支神秘特殊的第五类部队。主人公战侠歌，一个孤独桀骜的特种兵魂，在他身上我们看到了一个血性男儿抛洒热血孜孜追求正义的英雄形象。

《最后一颗子弹留给我》：网络写手刘猛创作，2005年首次出版，2011年被改编成电视剧《我是特种兵》。被海外读者誉为"中国第一部真正具有国际意义的军旅小说"。整个故事围绕着爱情、战友兄弟情、父子情展开，真实地记录了中国陆军特种兵成长的心路历程。

第十类：游戏

（1）虚拟网游，指描写虚拟现实网游、未来世界网游生活的作品。

《全职高手》：网络写手蝴蝶蓝创作。小说描写了一个在网游荣耀中被誉为教科书级别的顶尖高手，因为种种原因遭到俱乐部的驱逐，离开职业圈的他寄身于一家网吧成了一个小小的网管。拥有十年游戏经验的他，在荣耀新开的第十区重新投入了游戏，带着对往昔的回忆，和一把未完成的自制武器，开始了重返巅峰之路。

《网游之天谴修罗》：网络写手火星引力创作，目前小说仍在纵横中文网连载。为了拯救绝症妹妹的最后希望，作品中的凌尘进入新开启的虚拟游戏世界，并加入一个全是女孩子的小型工作室，从此踏上他的巅峰之路。

《踏破虚空》：网络写手妒风流创作的一本武侠网游，是一部融合了所有武侠小说而形成的一个网游，游戏中每个人物都堪比真人的高智能，阴谋陷害层出不穷，主角在其中闯荡江湖。

（2）电子竞技，指讲述职业玩家团队或个人征战电子竞技比赛的作品。

《神级英雄》：网络写手大烟缸创作。主人公大飞，曾经专治各种不服的网瘾治疗专家，在阔别游戏多年后，他看准了英雄创世纪的无限商机开始了职业游生涯。

《无声的王者》：网络写手海南小蟋蟀创作。主人公徐枫，是海桥中学的一个简简单单的高一新生，一次好奇之下接触了风靡全球的即时战略游戏——冰月王者，无意之中他成为了整个游戏中的王者，为赢得心爱之人，他开始了不断的挑战。

《网游之天地》：网络写手隐为人创作。主人公是一个游荡在虚拟网络和真实世界的玩家，在真实与虚拟的交错中，他奋起抗争。

第十一类：体育竞技

指描述传统体育竞赛及运动员成长的作品。

《制霸空权》：网络写手终极 BOSS 飞创作，讲述了篮球运动员张空成长为杰出篮球运动员的故事。

《飞翔篮球梦》：网络写手八戒创作。小说主人公陈俊豪在一次救人过程中意外身亡，移魂转体到了一个小孩子身上。从一个八尺青年，变成了一个垂髫小儿。带着20几年的人生经历，他重新开始人生，永远挑战高手，追求胜利，直至最后站在了最高点。

《冠军传奇》：网络写手林海听涛创作。小说主人公楚中天是一个曾经被迫放弃了足球的中国留学生。2002年夏天，楚中天从英格兰的业余联赛中重新开始踢球，他不仅在自己的留学生涯中留下了缤纷绚烂的记忆，还给世界足坛留下了属于他的一片色彩，一段属于楚中天的绿茵传奇。

第十二类：灵异

（1）灵异奇谈，指描述魑魅精怪，深夜怪谈，秘术达人，畅谈民间异事的作品。

《我当阴阳先生的那几年》：网络写手崔走召创作。小说讲述主角崔作非，在一次美术课出外写生时意外溺水身亡。死后在阴市，偶遇高人传授回魂之法。复活之后，在现实世界经历了种种奇特经历。

《东北灵异档案》：网络写手爱会永恒创作。小说以第一人称视角，讲述了一个体弱多病的人，经常看到灵异现象的故事。

《青囊尸衣》：网络写手鲁班尺创作，2008年首次出版，小说被誉为天涯史上最强帖。小说讲述了一个赤脚医生的儿子，得到倾囊经、尸衣经，成为精通阴阳与医道大师的故事。

（2）恐怖惊悚，指讲述刺激心跳的恐怖小说，吸引眼球的惊悚故事的作品。

《地狱公寓》：网络写手黑色火种创作，2012年出版。小说塑造一群鲜活的人物，因为某种特殊原因被强行拉进公寓。在一幢诡异的公寓里，住户为了生存不得不完成各种挑战，在恐惧中生活。

《驱魔人》：网络写手柳暗花溟创作。小说已出版3本，2011年有声小说推出。作品讲述了一个潜藏在都市中的道术传人，利用自己的能力解决一个又一个诡异而恐怖的事件。

《诡案组》：网络写手无欲创作，于2009年首次出版，2012年被改编为同名电视剧。小说讲述了"诡案组"在调查一宗宗恐怖、悬疑案件时的经历。

(3) 推理侦探，指模仿福尔摩斯、柯南等小说，讲述破案、推理故事的作品。

《安蓦然推理事件簿》：网络写手黑色火种创作。小说讲述主人公安蓦然将一件件匪夷所思的诡异案例抽丝剥茧，解开一个个令人毛骨悚然的谜团真相的故事。

《推理名探》：网络写手天沫创作，2010年出版。小说由一个个小故事组成，作者在其中展现了缜密的推理思维。主角是大学少年叶少钧，凭借其超人智商，破解一个个谜案。

(4) 悬疑探险，指讲述扑朔迷离的事件、主人公在人迹罕至处追寻真相的作品。

《茅山后裔》：网络写手大力金刚掌创作，2013年出版。这是一本描述中国传统秘术——茅山道术的小说，故事讲述张国忠、张毅城父子运用茅山道术踏足天下，从驱鬼镇邪到探秘寻奇无所不及。它带读者领略博大精深的茅山道术，在异域神迹破解谜团。

《盗墓笔记》：网络写手南派三叔创作，出版时间横跨2007年至2011年。小说讲述主人公吴邪在一次无意中参与的一次盗墓行动，让他陷入了一个巨大的陷阱中，谜团向他涌来，为解开一个个心中的疑惑，他开始四处闯荡寻找解答。

《活人禁地》：网络写手鬼若创作，2012年正式出版。小说遵循《鬼吹灯》、《盗墓笔记》的悬疑探险路线。但该作品并非盗墓，而是描写主角一行人为了寻找一个奇异的远古民族而发生的探险经历。

第十三类：同人

(1) 动漫同人，指动漫读者以已出版动漫作品的背景、剧情或人物为基础，进行再创作的作品。

《火影之完美世界》：网络写手我正在减肥中创作。小说以日本著名动漫《火影忍者》为背景，讲述了主角洪浩穿越至火影漫画中的世界，在火影的世界中生活的故事。

(2) 小说同人，指小说读者以已发布小说的背景、剧情或人物为基础，进行再创作的作品。

《穿越令狐冲》：网络写手小胖子上山创作。以金庸原著《笑傲江湖》为背景，讲述了主角宅男令狐达在一次穿越中偶然变身令狐冲，练成神功笑傲江湖的故事。

《斗破苍穹之无上之境》：网络写手夜雨闻铃创作。以网络小说《斗破苍穹》为背景，以续集的形式讲述主角萧炎在斗气大陆的辉煌旅程。

第十四类：耽美

(1) 现代耽美，指以现实社会为背景，描写男性相恋的故事的作品。

《天王》：网络写手天籁纸鸢创作，2011年出版。小说讲述了两个娱乐明星，经历世事变迁，从最初彼此看不顺眼到最终深深依恋的故事。

《唇诺》：网络写手冠盖满京华创作，2007年首次出版，2011年有声小说推出。小说共分三部，主要写的是上个世纪六、七十年代出生的两个出身、性格完全不同的男孩，在那个时代背景下相依相伴，虐恋情深的爱情故事。被网友评为

最感人,最令人痛心,最刻骨铭心的耽美文。

(2)古代耽美,指以古代社会为背景,描写男性相恋的故事的作品。

《男儿也会流泪》:网络写手易人北创作。小说讲述了一对皇室兄弟的故事,二人之间有过误解、猜忌,但最终疑团解开后,二人终成眷属。

《凤于九天》:网络写手风弄创作,小说讲述以主人公凤鸣穿越后的经历见闻为线索,着重塑造了数十位性格特征鲜明,有血有肉的人物。笔调诙谐又不乏细腻,线索众多而头绪分明。内容丰富,情节生动,处处设悬,步步解惑,同时又带有对人生及现实的思考。

综合而言,国内网络文学可根据题材不同粗略分为上述14大类,每一类都有其独特的情节模式、背景设置、人物设置等。随着类型文学的逐渐发展,网络文学特别是网络小说开始逐渐脱离依照刻板模式创作的痕迹,而开始呈现出更多的创造力与想象力。

3. 网络作品特征

(1)创作的开放性与大众化

网络文学作品在创作上的开放性与大众性主要表现于两大方面,一是从创作阶层而言,众多网络文学原创网站为网民提供了无门槛发布原创作品的平台,作家的身份失去了意义,文学创作主体由专业作家变成了广大草根平民,文学创作这一平台第一次在真正意义上对全民开放;二是从生存模式而言,网络小说的创作与发表有着极大的自由度,越过传统编辑出版过程中所需要面对的层层把关遴选,寻找到了一块畅所欲言的天地,写手在这里尽情抒写自己的故事,传递自己的观点。这就好似一个无限开放的舞台上举办的一场大众狂欢舞会。

(2)风格的情感化与个性化

从网络文学写作风格而言,网络文学作品讲述极具情感张力,充满作者个性化特色。高度发达的互联网给网络文学作者提供了发挥无限想象力及创造力的广阔平台。在这个平台上,作者们敢于创造一个只属于自己的世界,在这个世界里,他们是游戏规则的制定者,是价值观念的设定者、是人生发展的规划者,他们或宏大壮丽或细腻温情,但是同样都呈现出较强的作者个人风格。

由于网络具有的匿名性特征,使网络写手们即使写出有争议的文章,也不会对自己的现实生活产生实质性的影响。这种相对安全感的存在,使得许多网络写手敢于在作品中展示自己的真实经历,将无法在现实中讲述的感触写入作品中,这些都向网络文学作品注入了真实情感与充分个性化的特色。

(3)题材的多样性与交融性

从题材而言,网络文学题材范围宽泛多样。传统文学由于严格的审稿制度和报刊杂志审查制度,对有关题材内容控制较严,不能随便涉及。网络文学则因为网络的匿名性、自由性和随意性,大大突破了上述环节的限制,创作取材更加自由,言情、武侠、科幻、玄幻、军事、历史等等不同题材的作品在网络文学中一应俱全,其中涉及的内容有许多是传统文学无法挑战也无法创作的。

网络文学发展过程中逐渐形成了其特有的分类模式，但有些类型化作品太过照搬模板导致作品单调又呆板。回顾近几年的类型文学创作之路，照搬类型小说模式的情况显然已经大有好转，越来越多的网络文学作品倾向于将多种类型题材融入到一部作品中。

如天下归元创作于 2010 年《扶摇皇后》，作者在网络文学作品研讨会上发言提到，本书最初的架构灵感来自于当时比较风靡的玄幻小说，玄幻步步升级的设定，很容易引起读者的追逐兴趣。作者经过研究发现，玄幻小说读者多定位为男性读者，因此缺少情感因素。而作者希望能创作一个定位为女性读者的玄幻小说，因此文中又融合了感情因素。为吸引读者，读者陆续在文中融入穿越、盗墓、悬疑、武侠等类型小说元素，最终作品呈现给读者的人物设定、悬念设置、情感设置都呈现出明显类型化特征，但其综合表现的方式，又使得读者在阅读过程中有着熟悉的阅读体验，充满新奇的感受。

（4）写作方式的多样性与综合性

随着计算机技术的飞速发展，一些先进技术不断被应用到文学创作、文学欣赏和文学作品传播之中，这将全面突破传统的文字写作与阅读方式。

例如，当某人物在小说中出现时，我们可以链接到人物的肖像；当文章回忆某段故事情节时，我们可以欣赏到这一段回忆视频；当提到某段音乐时，可以通过电脑播放这段音乐。随着数字技术、网络技术、多媒体技术的广泛应用，文学的发展将突破纸张平面的限制，形成了一个巨大的交融性链接文学网络。

网络文学同其他艺术形式、电脑技术空前融合。在网络文学作品中，以文字语言为主体，或配上照片、图片，或配上音乐，读者自由选择字体与排版，这使得网络文学作品的艺术魅力大大增加。多媒体与超文本的运用，让网络文学不再拘泥于独立的文字，作品更像是一种艺术形象的立体展示，为读者提供了无限想象空间。

（5）传播交流的迅捷性与互动性

网络技术让作品的双向传播得到强化。除了在每章节后提供作者与读者的交流区之外，许多新兴社交媒体工具也成为了作者与读者、读者与读者之间交流工具。小说 QQ 群号一般都会附在小说首页上，作者通常也会在其中大方留下自己的微博、微信、人人等账号，方便与读者的互动，并在互动中不断完善文稿。

对于传统页面而言，各文学网站也添加了不少新的创意在其中，为能最快得到读者的反馈，有的网站专门开辟了给读者选择"送鲜花"、"扔鸡蛋"、"打赏"、"催更"的区域，确保读者们能够在第一时间传递出自己的真实感受。

还有部分网络小说为尽量满足读者需求，开启了剧情由读者投票决定的模式。如《网王之婚姻告急》，小说在每章结尾处都设置多项情节供读者选择，而票数最多的选项将成为小说的下一段剧情。读者们纷纷在小说讨论区中表达自己的选择，作者通过统计以后马上创作下一段剧情。传播互动成为了小说中不可缺少的一部分。网络文学中的传播相较于传统传播模式而言，时间差缩小，广度却被拓宽了。

(6) 语言的时代性与鲜活感

从网络文学作品语言特征而言,作品语言多生动幽默,鲜活灵动。由于网络作品创作和阅读属于"快餐文化",对于读者而已,在阅读过程中一般都是快速浏览、即时阅读。对于作者而言,也都是边写作边发表,并未在一开始就考虑到出版,也就没有修改与定稿之说,因此用词简练、极富时代感。如在《武动乾坤》中,一段描述为:"在测试结束,林动正准备打道回府时,却是遇见了几个平日关系并不好的家伙,原本他是不想理会,但却忍不住对方的故意挑衅,愤怒之余,年少的林动自然是忍不住的出手,而结果也很明显,他直接被胖揍了一顿,还被打昏了过去……"语言简练又醒目,还极具口语化特色,符合网友的阅读习惯。

4. 网络作品出版代表作

出版年份	作者名	作品名	出版社
2009 年	黄易	寻秦记	云南人民出版社
	黄易	封神记	云南人民出版社
	慕容湮儿	眸倾天下	重庆出版社
	慕容湮儿	倾世皇妃	中国画报出版社
	树下野狐	搜神记全集	万卷出版社
	树下野狐	蛮荒记全集	万卷出版社
	天下霸唱	鬼吹灯全集	安徽文艺出版社
	天下霸唱	谜踪之国	安徽文艺出版社
	辰东	长生界	九州出版社
	顾漫	微微一笑很倾城	江苏文艺出版社
	辛夷坞	致我们终将逝去的青春(珍藏版)	江苏文艺出版社
	唐家三少	斗罗大陆(1—14)	太白文艺出版社
	寂月皎皎	问镯(前世今生)	万卷出版社
2010 年	忘语	凡人修仙传	太白文艺出版社
	我吃西红柿	寸芒	太白文艺出版社
	我吃西红柿	九鼎记	太白文艺出版社
	南派三叔	黄河鬼棺(全集)	文汇出版社
	南派三叔	盗墓笔记:吴邪的盗墓笔记	万卷出版社
	盛颜	三京画本	明日工作室
	天下霸唱	死亡循环	作家出版社
	打眼	天才相师	译林出版社
	匪我思存	佳期如梦	新世界出版社

出版年份	作者名	作品名	出版社
2010年	天蚕土豆	斗破苍穹	湖北少年儿童出版社
	唐家三少	酒神（第一卷）	太白文艺出版社
	匪我思存	来不及说我爱你	新世界出版社
	梦入神机	佛本是道2	中国友谊出版社
	顾漫	骄阳似我	金城出版社
	血红	邪龙道	太白文艺出版社
2011年	寂月皎皎	情晚帝宫九重天	江苏文艺出版社
	寂月皎皎	薄媚 恋香衾	江苏文艺出版社
	寂月皎皎	碧霄九重春意妩	时代文艺出版社
	骁骑校	橙红年代（1）：风云乍起	山东人民出版社
	月关	步步生莲	太白文艺出版社
	天下归元	扶摇皇后（全集）	江苏文艺出版社
	桐华	曾许诺殇	湖南文艺出版社
	天籁纸鸢	最后的女神	时代文艺出版社
	打眼	典当	中国戏剧出版社
	匪我思存	千山暮雪	新世界出版社
	说不得大师	佣兵天下	地震出版社
	辛夷坞	我在回忆里等你	朝华出版社
	辛夷坞	许我向你看（修订版）	朝华出版社
	顾漫	杉杉来吃	江苏文艺出版社
	桐华	步步惊心（新版）	湖南文艺出版社
	唐家三少	天珠变	太白文艺出版社
	南派三叔	盗墓笔记（全集）	上海文化出版社
	天籁纸鸢	天王	甘肃人民美术出版社
	我吃西红柿	星辰变小说（上中下续）	太白文艺出版社
2012年	风凌天下	傲世九重天	安徽少年儿童出版社
	江南	此间的少年	北京联合出版社
	南派三叔	藏海花	北京联合出版社
	南派三叔	怒江之战（全集）	文化艺术出版社
	南派三叔	大漠苍狼（全集）	上海文化出版社
	流潋紫	后宫甄嬛传（典藏版）	浙江文艺出版社
	流潋紫	后宫如懿传（全套）	中国华侨出版社
	唐家三少	琴帝1：千手观音	太白文艺出版社

出版年份	作者名	作品名	出版社
2012年	唐家三少	神印王座	山东画报出版社
	猫腻	将夜：花开彼岸天	武汉出版社
	耳根	仙逆	云南教育出版社
	慕容湮儿	帝业如画	二十一世纪出版社
	我吃西红柿	吞噬星空（全集）	湖北少年儿童出版社
	唐七公子	三生三世十里桃花	湖南文艺出版社
	唐七公子	三生三世枕上书	湖南文艺出版社
	唐七公子	华胥引	湖南文艺出版社
	寂月皎皎	云鬓花颜之风华医女	青岛出版社
	今何在	西游日记	湖南文艺出版社
	月关	锦衣夜行（5册套装）	湖北少年儿童出版社
	天籁纸鸢	夏梦狂想曲	中国华侨出版社
	天籁纸鸢	奈何	中国华侨出版社
	我吃西红柿	盘龙	太白文艺出版社
	辛夷坞	蚀心者	江苏文艺出版社
2013年	天下霸唱	河神：鬼水怪谈	安徽人民出版社
	天下霸唱	鬼不语之仙遁鬼泣	湖南人民出版社
	南派三叔	沙海	新世界出版社
	桐华	长相思（全套）	湖南文艺出版社
	辰东	完美世界1	湖南少年儿童出版社
	辰东	遮天	太白文艺出版社
	意千重	良婿：完结篇	重庆出版社
	意千重	再嫁侯门	北方文艺出版社
	意千重	世婚之再嫁公子	北方文艺出版社
	意千重	良婿：盛世浮华	重庆出版社
	大力金刚掌	茅山后裔	百花洲文艺出版社
	梦入神机	圣王1	太白文艺出版社
	我吃西红柿	莽荒纪全集	江苏文艺出版社
	辛夷坞	晨昏	江苏文艺出版社
	唐家三少	绝世唐门	湖南少年儿童出版社
	唐家三少	狂神（全集）	湖南青少年儿童出版社
	Ek巧克力	剑逆苍穹3：声名鹊起	长江文艺出版社
	EK巧克力	剑逆苍穹：2：内门真龙	长江文艺出版社

出版年份	作者名	作品名	出版社
2013年	寂月皎皎	君临天下	青岛出版社
	寂月皎皎	莲上仙	北京联合出版公司
	血红	光明纪元	黑龙江美术出版社
	梦入神机	圣王2	太白文艺出版社
	梦入神机	阳神（全集）	同心出版社
	打眼	宝鉴	文心出版社
	打眼	黄金瞳（黑市猎宝）	九州出版社
	打眼	秘藏	四川文艺出版社
	耳根	求魔1：火蛮传说	湖北少儿出版社
	南派三叔	盗墓笔记老九门大画集：九门异闻录	长沙文艺出版社
	天蚕土豆	魔兽剑圣异界纵横	湖南人民出版社
	天蚕土豆	武动乾坤	湖北少年儿童出版社

二、网络超文本和多媒体作品

1. 网络超文本作品

超文本文学是一种以网络为载体，以超文本链接技术为支撑的新型文学品类，"超文本文学作品在文本内部或文本结尾设置有超文本链接点，提供不同的情节走向供读者在阅读时选择，不同的阅读选择会产生不同的结局，因此也称为多向文本文学"[1]，读者在阅读过程中有着极高的参与度。西方超文本小说发展起步较早，因此作品较多，国内由于技术难以达到要求及创作难度等原因，导致此类小说多以"文字冒险游戏"的形式存在。

文字冒险游戏是以精彩的剧情为卖点的游戏，以文字叙述为主，并以CG或动画为辅演出剧情，并设有分支和多个结局，它们可以看作是冒险游戏的一个分支，也叫电子小说。

网络超文本小说代表作品

作者	作品名	发布站点
李顺兴	《城》	http://benz.nchu.edu.tw/~garden/castle/castle-index.htm
李顺兴	《文字狱》	http://benz.nchu.edu.tw/~garden/castle/castle2.htm
李顺兴	《蚩尤的子孙》	http://benz.nchu.edu.tw/~garden/castle/chiyiu/chiyiu.htm

---

[1] 詹丽：《超文本文学特征及其价值研究》，中南大学硕士论文，2009年。

作者	作品名	发布站点
李顺兴	《猥亵》	http://benz.nchu.edu.tw/~garden/defecate/abj-index.htm
苏默默	《物质诗组》	http://benz.nchu.edu.tw/~garden/defecate/abj-index.htm
苏邵连	《孤挺花》	http://benz.nchu.edu.tw/~word/milo/milo-index.html
苏邵连	《风雨夜行》	http://benz.nchu.edu.tw/~word/milo/milo-index.html
苏邵连	《小丑》	http://benz.nchu.edu.tw/~word/milo/milo-index.html
苏邵连	《诗人总统》	http://benz.nchu.edu.tw/~word/milo/milo-index.html
苏邵连	《沙漏》	http://benz.nchu.edu.tw/~word/milo/milo-index.html
苏邵连	《蜘蛛》	http://benz.nchu.edu.tw/~word/milo/milo-index.html
代橘	《超情书》	http://enews.url.com.tw/enews/40001
宋乐镜	《失落的世界》	http://lejing414.blog.163.com/blog/static/92122030201183084345778/
寰宇之星	《楼兰：轮回之轨迹》	http://www.cncrk.com/downinfo/64354.html
开水工作室	《灭魂》	http://www.mie99.net

2. 网络多媒体作品

网络多媒体作品一般被认为是一种集文学、音乐、绘画和互联网为一体的文学艺术形式。对于我国而言，多媒体作品一般表现为在文字的基础上，综合使用背景音乐或配图等辅助表达方式。

近年来集大成者莫过于由南派三叔创作的《沙海》，小说于2013年推出了在移动终端运行的多媒体小说。小说几乎全部用画面组成，将剧情拆分为"角色"、"场景"、"对话"和"动作"等视觉元素，以场景变换、动作表现、实时音效、游戏选项等多媒体元素的融合，让原本以文字呈现的小说体验在手机中变为了一个虚拟的声画世界。

下表为笔者选取的几篇较为典型的多媒体小说：

作者	作品名	发布站点
苏绍连	《美丽新文字》	http://benz.nchu.edu.tw/~word
	《数位汉字》	http://dcc.ndhu.edu.tw/el/digitalword/
	《文字具象》	http://www.sinologic.com/concrete/
曾志涟	《涩柿子的世界》	http://www.sinologic.com/persimmon/index.html
姚大钧	《妙缪庙》	http://www.sinologic.com/webart/
狂笑千言	《斜阳若影》	晋江文学城
猫锦	《布兰登堡之舞》	晋江文学城
尤尔达	《永生之王》	起点文学网

作者	作品名	发布站点
南派三叔	《沙海》	读游科技
白发魔少	《魔武皇》	17K 文学网
屁屁球	《东北的邪乎事》	听中国网

三、网络小说代表作

笔者参考百度搜索榜与几大网络小说原创的排行榜，整理出从 2009 年至 2013 年，每年的十大经典网络文学作品，附表如下：

2009 年十大网络小说代表作

作品名	作者	首发网站	附注
盘龙	我吃西红柿	起点中文网	2009 年出版实体书；2013 年改编为同名网游；
斗罗大陆	唐家三少	起点中文网	2009 年出版实体书；2013 年改编为同名网游；
凡人修仙传	忘语	起点中文网	2010 年出版实体书；2011 年改编为同名网游；
长生界	辰东	起点中文网	2009 年出版实体书；
坏蛋是怎样炼成的	六道	逐浪文学网	2013 年改编为电影《谢文东》
魔兽剑圣异界纵横	天蚕土豆	起点中文网	2012 年出版实体书；
卡徒	方想	起点中文网	2009 年出版实体书；
龙蛇演义	梦入神机	起点中文网	2012 年出版实体书；
机动风暴	骷髅精灵	起点中文网	2010 年出版实体书；
大魔王	逆苍天	起点中文网	

2010 年十大网络小说代表作

作品名	作者	首发网站	附注
斗破苍穹	天蚕土豆	起点中文网	2010 年出版实体书；
十宗罪	蜘蛛	天涯	2010 年出版实体书；入选"类型文学双年奖双年奖"组委会；
网逝	文雨	晋江文学城	2012 年出版实体书；2011 年被翻拍为电影《搜索》；入选第五届鲁迅文学奖品；
斗罗大陆	唐家三少	起点中文网	
九鼎记	我吃西红柿	起点中文网	2010 年出版实体书；
凡人修仙传	忘语	起点中文网	
扶摇皇后	天下归元	潇湘书院	2011 年出版实体书；2012 年 3 荣获 "2011 优秀女性文学"；2012 年 6 月获镇江市政府文艺奖
阴阳冕	唐家三少	起点中文网	2010 年出版《酒神：一代酒神》

作品名	作者	首发网站	附注
重生之官道	录事参军	起点中文网	
仙逆	耳根	起点中文网	2012年出版实体书；2011年改编为同名网游；

2011年十大网络小说代表作

作品名	作者	首发网站	附注
斗破苍穹	天蚕土豆	起点中文网	
吞噬星空	我吃西红柿	起点中文网	2012年出版实体书；
遮天	辰东	起点中文网	2012年出版实体书；2011年被改编为同名网游
永生	梦入神机	起点中文网	
橙红年代	骁骑校	17K小说网	2011年出版实体书；2011年参评茅盾文学奖；
天珠变	唐家三少	起点中文网	2011年出版实体书；2013年改编为同名网游；
步步惊心	桐华	晋江文学城	2006年出版实体书；2011年改编为同名电视剧；2013年改编为同名越剧
盗墓笔记	南派三叔	起点中文网	2007年出版实体书；2011年改编为同名网游；
异世邪君	风凌天下	起点中文网	2012年改编为同名网游；
重生之贼行天下	发飙的蜗牛	起点中文网	

2012年十大网络小说代表作

作品名	作者	首发网站	附注
武动乾坤	天蚕土豆	起点中文网	2012年出版实体书；
遮天	辰东	起点中文网	
吞噬星空	我吃西红柿	起点中文网	
后宫甄嬛传	流潋紫	晋江文学城	2007年出版实体书；2011年改编为同名电视剧；2013年改编为同名越剧；
将夜	猫腻	起点中文网	2012年出版实体书；"花地华语文学榜""2012年度网络小说榜"第一名
神印王座	唐家三少	起点中文网	2011年出版实体书；
罪恶之城	烟雨江南	17K小说网	2012年出版实体书；入选"花地华语文学榜""2012年度网络小说榜"
傲世九重天	风凌天下	起点中文网	2013年出版实体书；2013年改编为同名网游；
杀神	逆苍天	起点中文网	2012年出版实体书；2013年改编为同名网游
斗破苍穹	天蚕土豆	起点中文网	

2013年十大网络小说代表作

作品名	作者	首发网站	附注
大主宰	天蚕土豆	起点中文网	2013年出版实体书；
遮天	辰东	起点中文网	
致我们终将逝去的青春	辛夷坞	起点女生网	2007年出版实体书；2013年改编为同名电影；
绝世唐门	唐家三少	起点中文网	2012年出版实体书；2013年改编为同名网游；
莽荒纪	我吃西红柿	起点中文网	2013年出版实体书；
完美世界	辰东	起点中文网	2013年出版实体书；
天才相师	打眼	起点中文网	2013年出版实体书；
最强弃少	鹅是老五	起点中文网	
剑道独尊	剑游太虚	起点中文网	2013年出版实体书；
校花的贴身高手	鱼人二代	起点中文网	2013年出版实体书；

第4章 网络文学阅读

随着计算机网络技术的普及和发展,网络文学应运而生。从上个世纪90年代兴起以来,汉语网络文学发展迅速。根据中国互联网络信息中心于2014年1月发布的第33次中国互联网网络发展状况统计报告显示,截至2013年12月,我国网络文学用户数为2.74亿,网民网络文学使用率为44.4%。① 目前,汉语网络文学已经形成了一个完整的产业链,依托于网络阅读的一大批产业得以产生并快速增长。网络文学的快速发展带来了大众阅读方式的转变。无论是在网络文学阅读主体方面,还是网络文学阅读客体方面,都出现了很多不同于传统文学阅读的特点。本章分三节分别讨论了网络文学阅读的方式、网络阅读的主体及网络阅读的影响,重点关注了近年来网络文学中的付费阅读,手机阅读和青少年阅读群体。总之,网络文学阅读作为一种新型的阅读方式,既融入了许多传统文学的元素,又有其不同于传统阅读的地方,既拥有独特的魅力,也存在一定缺陷。

一、网络阅读方式

1. 网民休闲阅读

所谓休闲,就是指"在非劳动及非工作时间内以各种'玩'的方式求得身心的调节与放松,达到生命保健、体能恢复、身心愉悦的目的的一种业余生活。"② 休闲的方式有很多种,在古代来说文人墨客喜好琴棋书画,古玩奇珍的把玩等,至于普通老百姓来说,斗鸡斗蛐蛐,喝茶听曲也是不错的选择。在现代社会,由于科技带来的生活方式的改变,我们的休闲方式变得越来越多种多样,独自一人的时候我们可以看看电影,听听歌,看看书等等,和众人在一起时我们又可以唱唱歌,爬爬山等。无论古今中外,我们不可避免的一种休闲方式就是阅读。培根在他的《论读书》中指出"读书可以作为消遣,可以作为装饰,也可以增长才干。"从这句话中我们就可以将阅读分为几个不同的层次,最低一个层次就是"消

---

① 中国互联网络信息中心:《第33次中国互联网网络发展状况统计报告》, http://www.cnnic.net.cn/hlwfzyj/hlwxzbg/,2014年1月22日查询。
② 休闲:百度百科, http://baike.baidu.com/subview/6495/11100288.html,2014年1月22日查询。

遣"，也就是休闲。现代社会中，城市中人们每天都在快节奏的生活，因此也承受着巨大的生活压力，有压力自然就要有释放的出口，这使得人们在阅读上更趋向于那些娱乐性、趣味性较强的作品。这种需求从根本上决定了网络阅读就是一种简单意义上的休闲阅读。

纵观各大文学网站，我们可以看到网络文学大致分为玄幻、武侠、都市言情、历史、军事等，其中玄幻、言情这种传统意义上登不上大雅之堂的作品最受推崇，一部小说随便就可以写上几百万甚至上千万字不等，这与传统文学作品中字句精炼的要求截然相反，这么多的文字背后更多的不是深层次的思考，而是靠连篇累牍的简单码字完成的，没有经过长时间思考出来的作品更符合现代都市人为了"消遣"而做出的选择，不需要深层次的思考，只是简单的打发时间。这同时也造成了网络文学中的"一窝蜂"的现象，什么类型的小说受推崇，网络文学的写手和网站便一起创作、宣传这一类型的小说，例如2011年是网络上盛行"穿越年"，无论是网络小说和由此改编的电影、电视剧都大放异彩。由此，我们可以看出，网络文学阅读不是传统文艺青年的盛宴，而是普罗大众的狂欢；它不再停留在传统文学阅读追求精神享受的层面，而是成为一种普遍的世俗的娱乐休闲方式。

2010年1月发布的第27次中国互联网络发展状况调查统计报告中显示，首次添加了网络文学应用的研究。调查结果显示，截至2009年12月31日，中国网民规模达到3.84亿人，网络文学用户规模达到1.62亿人，使用率为42.3%。2011年1月发布的中国互联网络信息中心（以下简称CNNIC）第29次《中国互联网络发展状况统计报告》显示，截至2010年12月，中国网络文学用户规模达到1.95亿人，较2009年底增长3300万人，使用率达到42.6%。2012年1月发布的第27次中国互联网络发展状况调查统计报告中显示，截至2011年12月底，网络文学使用率为39.5%，用户规模达2.03亿。2013年1月发布的第31次中国互联网络发展状况调查统计报告中显示，截至2012年12月底，我国网络文学用户数为2.33亿，较2011年底增长了3077万人，年增长率为15.2%。网民网络文学的使用率为41.4%，比2011年底增长了1.9个百分点。2014年1月发布的第33次中国互联网络发展状况调查统计报告中显示，截至2013年12月，我国网络文学用户数为2.74亿，较2012年底增长4097万人，年增长率为17.6%。网民网络文学使用率为44.4%，较2012年底增长了3个百分点。[①]

从以上数据中我们可以看到中国网络文学的阅读人数一直呈稳定上升的趋势，网民网络文学的使用率除2011年有短暂下滑外，其它四年一直都处于上升态势。网络文学的使用率也再次证明网络文学不再是传统意义上的精英文学，而是一种大众的，全民的休闲方式。

网络文学用户快速增长得益于网络文学的商业化推进，近几年来文学网站不断增加其投资金额，加快网络文学产业链的生成与发展，其中2008年成立的盛大

---

① 中国互联网络信息中心：《第33次中国互联网络发展状况调查统计报告》，http://www.cnnic.net.cn/hlwfzyj/hlwxzbg/hlwtjbg/，2014年1月16日查询。

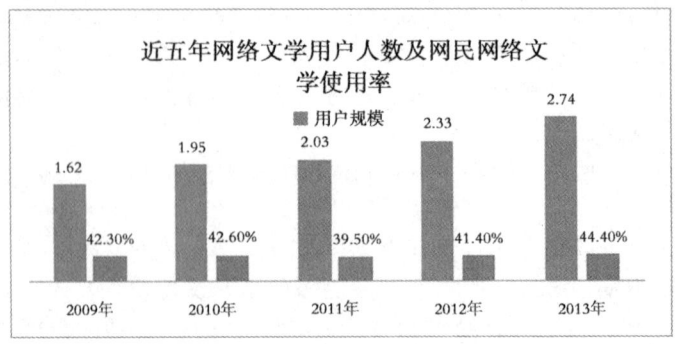

文学是网络文学网站中的中流砥柱。盛大文学运营的原创网站包括起点中文网、红袖添香网、言情小说吧、晋江文学城、榕树下、小说阅读网、潇湘书院七大原创文学网站以及天方听书网和悦读网。盛大文学拥有三家图书策划出版公司："华文天下"、"中智博文"和"聚石文华"。2010年12月开卷数据显示：盛大文学已经成为国内最大的民营出版公司。随着国内手机阅读市场需求逐渐扩大，盛大文学成为中国移动阅读基地最大的内容提供商，2010年年度畅销榜前十作品盛大文学占7成。2011年2月，盛大文学宣布云中书城正式独立运营，云中书城是盛大文学的运营主体平台，为消费者提供包括数字图书、网络文学、数字报刊等数字商品。用户可以通过云中书城网站、Bambook电子书阅读器、Android、iPhone手机端应用、iPad应用、电视等多种平台设备随时随地下载阅读云中书城的海量内容。[1]

网络文学用户量激增还得益于3G时代手机网民的迅速增长，以及手机用户对无线网络的需求激增。2008年中国移动率先推出3G网络的使用，2009年中国电信和中国联通先后推出3G服务，这使得中国的手机用户可以随时随地用手机上网，大大提高了手机上网阅读的便利性，手机不再是一个简单的通讯工具，而是成为一个集手机办公，手机上网，视频通话，多媒体娱乐以及通讯等多功能于一体的"小电脑"。

网络文学在20世纪90年代开始兴起，经过十余年的发展，现已逐渐形成一个完整的产业链。

网络文学最开始之所以能够得到广大读者的认可，首先就离不开它的免费性。在网络文学发展初期，大部分网络文学网站的浏览阅读都是免费的，对阅读有一定兴趣的那些人来说，网络文学无疑是一顿丰盛的"免费晚餐"，读者只要确定自己想要看什么样的作品，并以此作为关键词搜索，不需要付任何费用，就可以看到成千上万的作品。正是因为这样的免费性，大众才能很容易的就接受了网络文学这一新鲜事物。在网络文学经过一段时间的发展之后，免费所带来的问题开始凸显，在21世纪初，由于网络泡沫破灭，大量的原创网络文学网站纷纷倒闭，所剩无几的网站为了生存不得不另辟蹊径，来维持网站的生存，在探索过程中诞生

---

[1] 盛大文学：http://baike.so.com/doc/5432205.html，2014年1月22日查询。

了一种新的阅读形式——网络付费阅读。

2. 付费阅读

付费阅读通常被认为是 B2C（Business To Customer）模式在网络小说产业中的延伸。它泛指通过线上或线下（通常是在线支付）的支付途径来阅读一些通常被运营商加密或隐藏的文字图像内容。2002年，"读写网"和"明杨·全球中文品书网"率先开始了付费阅读的尝试。随后，起点中文网、幻剑书盟、天鹰等玄幻小说文学网站也纷纷推出了自己的付费阅读模式。2008年7月成立的盛大中文网整合晋江原创、起点、红袖添香三个网站，实行付费阅读，作品前半部分免费，后半部分按千字2—3分钱收费，写手与网站五五分成。付费阅读一般分为三种。第一种就是整本书买下来。买下以后你可以选择在线阅读或者下载到电脑上阅读。价格大概是纸质书的1/3。第二种就是租书看。有些书提供了租阅服务，把一本书租下来，到期了就收回权限了，默认租期是一周时间，价格是标价的1/4，也就是纸质书的1/12啦。最后一种就是包月馆。打包了一些题材的图书，每个包月馆有几百本书呢，包月以后随便看，平均下来三四分钱一本书。[①]

网络付费阅读机制的形成对于网络文学的发展有着重要的意义。首先，付费阅读有利于一种新的写作价值观的建构。在免费阅读时代，网络文学更多的是写手们一种情绪的发泄，表达的只是纯粹个人的价值观点，这种观点不需要对任何人负责。付费阅读的产生就使得网络文学的创作者和阅读者在中介的作用下连接起来，要想作品能够得到中介和读者的认可，写手们所传达的就应该是中介、读者和自己都能接受的价值体系，不再是一个人的自我欣赏。其次，免费阅读对于网络原创文学的产生有重要的促进作用。在网络文学的市场上，一直呈现着一种鱼目混杂的情况，网络付费阅读机制的出现在一定程度上刺激了那些优秀的网络文学写手们将更多自身精力投入到网络文学的创作中去，这样势必导致更多更优秀的网络文学作品的产生。从2006年开始每年发布的中国作家富豪榜当中，我们总是可以看到一些网络文学写手的身影。2012年11月首次发布中国网络作家富豪排行榜，展现的是中国网络作家2007至2012五年间所获的版税及相关授权总收入。著名网络作家唐家三少、我吃西红柿、天蚕土豆，分别以3300万、2100万、1800万的版税收入，荣登第七届中国作家富豪榜子榜单"网络作家富豪榜"前三甲；榜单中的20名上榜的网络作家，在文学网站行情是以1000字1.4分钱起步，但凭借自身的坚持不懈，在短短5年内敲出1.77亿元的个人财富[②]。2013年12月，中国网络作家排行榜发布2013年的新榜单，此榜主要根据2013年网络作家作品产生的版税及相关授权总收入，从榜单的名单上来说与2012年相比并无

---

① 付费阅读：http://baike.baidu.com/view/1634293.html，2014年1月22日查询。
② 中国网络作家富豪榜：百度百科，http://baike.baidu.com/view/9667240.html，2014年1月22日查询。

太多变化,唐家三少依然位居榜首。① 第三,网络付费阅读对于读者来说也具有十分重要的意义。由于付费阅读,读者与写手之间的关系不再同于免费阅读时代,读者的主体地位得到确立,读者分享与评价的权利得到认可,避免了免费阅读时代,作家为了获得经济上的收益,在小说中不断插入广告的可能性。总之,网络付费阅读无论是对于网络作家还是读者来说都有着重要的意义,使得网络文学的发展步入一个更加成熟、自主的机制当中,这是网络文学发展的必经之路。②

根据2014年1月易观网发布的2013年中国网络文学产业年度研究报告显示,2013年中国网络文学产业处于产业高速发展期。此时,以用户付费为基础的商业模式逐渐形成,网络文学付费市场处于稳定增长阶段,而且经过大浪淘沙式的洗涤,市场准入门槛得到提升,进入市场内的网站或企业掌握着核心资源,但大规模的盈利尚未形成,尽管如此,市场前景仍然可观。③

从以上数据我们可以看出中国网络文学市场收入一直在稳步上身,这不仅得益于付费阅读,还得益于以付费阅读为基础的网络文学产业链。目前来说,网络小说付费阅读收益以及由网络小说所带来的影视剧改编、游戏改编以及线下实体书出版一起构成了一个完整的网络文学的产业链。网络文学已经走过了过去那种单纯的售卖文字版权的时期,进而发展成为如今的多版权运作。网络作家也不再仅仅是依靠网上码字挣钱更多的是依靠其背后的产业链运作。

从上表我们可以看出我国网络文学用户付费基本分为以下几种主要方式:按

---

① 中国网络作家富豪榜:百度百科,http://baike.baidu.com/view/9667240.html,2014年1月22日查询。
② 傅其林:《网络文学的付费阅读现象》,《学习与探索》2010年第2期。
③ 2013年中国网络文学产业年度研究报告:易观网,http://data.eguan.cn/qitashuju_184245.html,2014年1月22日查询。

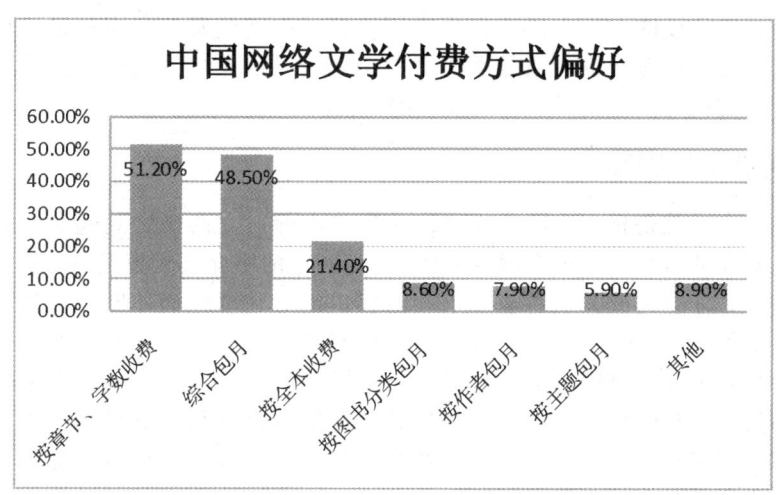

章节、字数收费，综合包月，按全本收费，按图书分类包月，按作者包月和按主题包月等。其中，最受读者偏好的是按章节、字数收费，综合包月和按全本收费，分别占到51.2％，48.5％和21.4％，而按图书分类包月，按作者包月和按主题包月所占份额较少，分别为8.6％，7.9％和5.9％，均不足10％。

从网络文学的体裁来看，我们可以分为网络小说、网络日志、网络散文、网络诗歌、网络戏剧等，但最受阅读者欢迎的网络体裁还是网络小说。从大多数文学网站的分类可以看出最受推崇网络小说类型有：都市职场类、玄幻奇幻类，宫廷穿越类和情感言情类，其中都市职场类的受欢迎程度最高占到48.6％，玄幻奇幻类占到36.9％，宫廷穿越类占到26.5％，情感言情类占到23.8％。①

根据2013年4月中国新闻出版研究院最新公布的第十次全国国民阅读调查数据显示，2012年超四成数字化阅读方式接触者能够接受付费下载阅读，能接受一本电子书的平均价格为3.27元。2012年，在我国接触过数字化阅读方式的国民中，有40.1％的人表示能够接受付费下载阅读，这一比例比2011年的41.8％下降了1.7个百分点；其中，手机阅读群体中45.8％能够接受付费阅读，而有54.2％的人只看免费手机读物。接触过数字化阅读方式的国民能够接受一本电子书的平均价格为3.27元，价格接受程度相比2011年的3.50元略有下降。具体来看，我国国民对单本电子书的价格承受能力仍然较低，超过三成（32.9％）的成年国民只能接受5元及以下的电子书价格，能够接受6元以上电子书价格的成年国民比例不足一成（7.4％）。②

近年来，由于网络文学门户网站与中国联通、中国移动和中国电信等电信部

---

① 2013年《中国网络文学产业年度研究报告》，易观网，http://data.eguan.cn/qitashuju_184245.html，2014年1月22日查询。

② 第十次全国国民阅读调查报告：http://www.chuban.cc/ztjj/yddc/2013yd/201304/t20130418_140005.html，2014年1月22日查询。

门合作，付费阅读的支付手段变得更方便快捷，为阅读某些付费小说，读者只需发送短信或者直接在网络上通过手机话费余额就可以完成支付，大大满足了部分不习惯于用网银等其它支付手段的读者的需要。

3. 阅读中介选择

所谓中介，就是指在不同事物或同一事物内部对立两极之间起居间联系作用的环节。对立的两极通过中介联成一体。① 而阅读的中介其实也是书写的材料，正是有了书写，才有阅读。从古至今书写材料也因时代变化而不断发展进步。在中国古代，书写材料的发展经过了几个重要的时期，最开始，文字记录在动物的骨头上，后来发展成为竹简木简，因其携带不便，后产生帛书，由于帛书的制作成本较为昂贵，后被轻便易收藏的纸张所替代，随着科学技术的发展，现代社会的文字不再仅仅书写在纸张上，更多的是在电脑，手机等电子设备上完成，所以网络阅读的中介也主要是不同种类的电子设备。

根据"网络"和"阅读"的同步与否，一般可以将网络阅读分为在线阅读和离线阅读；前者主要借助计算机，后者还可以依靠各种电子文本阅读器（E-book）。网络文学的繁荣，也带来了阅读方式的改变。通常意义上由于阅读设备的不同，我们将离线阅读分为以下几种：手机阅读、电子阅读器阅读、光盘阅读、PDA/MP4/MP5阅读等。②

据中国新闻出版研究院2013年4月公布的第十次全国国民阅读调查数据显示，2012年我国18－70周岁国民的网络在线阅读、手机阅读的接触率增长明显；电子阅读器阅读、光盘读取等数字化阅读方式接触率均出现不同程度的下降。2012年我国18－70周岁国民数字化阅读方式（网络在线阅读、手机阅读、电子阅读器阅读、光盘阅读、PDA/MP4/MP5阅读等）的接触率为40.3%，较2011年的38.6%上升了1.7个百分点。其中，有32.6%的18－70周岁国民接触过网络在线阅读，比2011年的29.9%增加了2.7个百分点；31.2%的国民接触过手机阅读，比2011年的27.6%增加了3.6个百分点；4.6%的国民在电子阅读器上阅读，比2011年的5.4%下降了0.8个百分点；1.6%的国民用光盘取读，比2011年的2.4%下降了0.8个百分点；有2.6%的国民使用PDA/MP4/MP5等进行数字化阅读，比2011年的3.9%下降了1.3个百分点。可以看到，各类数字化阅读方式中，手机阅读的增幅最大，为13.0%，而光盘阅读、PDA/MP4/MP5阅读的降幅最大，均为33.3%。③

2011年4月中国新闻出版研究院发布"第八次全国国民阅读调查"成果。调

---

① 中介：百度百科，http://baike.baidu.com/link? url=eQZzpWy1rBEJpmElxlEH3JAZEaWDTavD0CpOj5RtaaIP8CHDu4kXEmBOoNbEqK_8，2014年1月22日查询。

② 曾克宇：《网络时代的大众阅读——"网络阅读"研究综述》，《高校图书馆工作》2007年第2期。

③ 2013年第十次全国国民阅读调查：《中国出版网》，http://www.chuban.cc/ztjj/yddc/2013yd/201304/t20130418_140005.html，2014年1月22日查询。

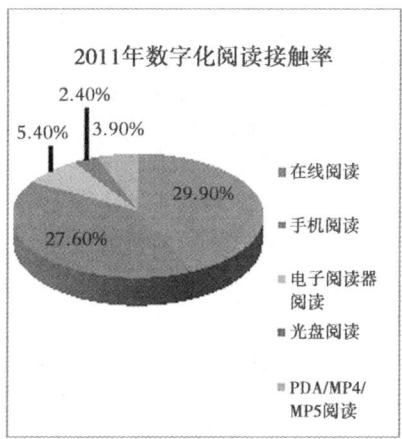

查结果显示，2010 年我国 18 周岁至 70 周岁国民数字化阅读方式的接触率为 32.8%，比 2009 年的 24.6% 增加了 8.2 个百分点，增幅为 33.3%。对数字化阅读方式的进一步分析发现，我国 18 周岁至 70 周岁国民中分别有 23.0% 的国民进行过手机阅读，比 2009 年的 14.9% 增加了 8.1 个百分点；3.9% 的国民在电子阅读器上阅读，比 2009 年的 1.3% 增加了 2.6 个百分点；18.1% 的国民通过网络在线阅读，比 2009 年的 16.7% 增加了 1.4 个百分点；2.6% 的国民使用 PDA/MP4/电子词典等进行数字化阅读，比 2009 年的 4.2% 降低了 1.6 个百分点；1.8% 的国民用光盘阅读，比 2009 年的 2.3% 降低了 0.5 个百分点。各类数字化阅读方式中，电子阅读器的接触率增长幅度达到了 200%，增幅最大。①

2009 年我国 18—70 周岁国民各媒介综合阅读率达到 72.0%。国民中接触过数字化阅读方式的人口占 24.6%，网络在线阅读和手机阅读是两大主要数字化阅读方式。2009 年，我国 18—70 周岁国民中接触过数字化阅读方式的占 24.6%，比 2008 年的 24.5% 增长了 0.1 个百分点。分别有 16.7% 的国民通过网络在线阅读，比 2008 年的 15.7% 增加了 1 个百分点；14.9% 的国民接触过手机阅读，比

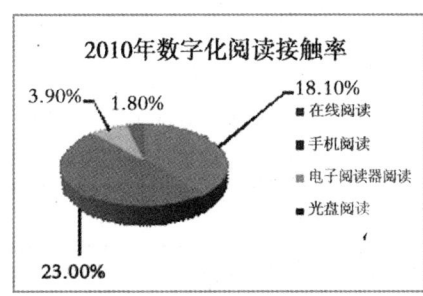
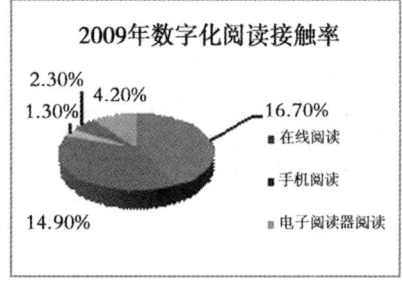

---

① 2011 年第八次全国国民阅读调查：《中国出版网》，http://www.chuban.cc/ztjj/yddc/2011yd/201104/t20110421_87108.html，2014 年 1 月 22 日查询。

2008年的12.7%增长了2.2个百分点;4.2%的国民使用PDA/MP4/电子词典等进行数字化阅读,与2008年持平;2.3%的国民用光盘取读,比2008年的3.3%减少了1个百分点;1.3%的国民使用其他手持阅读器进行数字化阅读,比2008年的1%增加了0.3个百分点,增幅为30%。由此可见,网络在线阅读和手机阅读是两大主要数字化阅读方式。①

从以上图表和数据中我们可以看到在线阅读和手机阅读一直是最常用的阅读媒介。在线阅读的比例不断攀升得益于计算机和互联网的不断普及。根据2014年1月中国互联网络信息中心（CNNIC）在京发布第33次《中国互联网络发展状况统计报告》显示,截至2013年12月,中国网民规模达6.18亿,全年共计新增网民5358万人。互联网普及率为45.8%,较2012年底提升3.7个百分点。②而在2009年7月发布的第24次《中国互联网络发展状况统计报告》中显示,截至2009年6月30日,中国网民规模达到3.38亿人,普及率达到25.5%。手机网民规模达到2.33亿人,占整体网民的60.8%。其中只使用手机上网的网民3070万,占整体网民的8%。手机上网成互联网用户新的增长点。③从以上数据中我们可以看到无论是网民规模还是互联网的普及率,在过去五年的时间里几乎是翻了一番。这首先得益于政府在信息化领域所采取的一系列政策方针,国家持续加强基础网络设施建设,为互联网的普及打下了良好的网络基础条件。其次,各大运营商和计算机的厂商积极推动着互联网的发展,产品价格不断下降,这也为互联网的普及提供了可能。第三,由于新旧媒体的联动作用,整个社会对互联网的认知不断加强,吸引着越来越多的人使用互联网。最后,由于互联网本身的便捷性和快捷性,使得网民对互联网存在一定的依赖性并不自觉将其不断推广。总之,计算机和互联网的不断普及是多方面作用下的产物,它们的普及是时代的产物。④

至于手机阅读方面,根据2014年1月中国互联网络信息中心（CNNIC）在京发布第33次《中国互联网络发展状况统计报告》,截至2013年12月,我国手机网民规模达5亿,较2012年底增加8009万人,网民中使用手机上网的人群占比由2012年底的74.5%提升至81.0%。⑤而在五年之前的第24次《中国互联网络发展状况统计报告》中显示,手机网民规模达到2.33亿人,占整体网民的

---

① 2010年第七次全国国民阅读调查：《中国出版网》,http://www.chuban.cc/ztjj/yddc/2010yd/201004/t20100420_68834.html,2014年1月22日查询。

② 《第33次中国互联网络发展状况统计报告》：中国互联网络信息中心（CNNIC）,http://www.cnnic.net.cn/hlwfzyj/hlwxzbg/hlwtjbg/201401/t20140116_43820.html,2014年1月22日查询。

③ 中国互联网络信息中心（CNNIC）《第24次中国互联网络发展状况统计报告》,http://www.cnnic.cn/gywm/xwzx/rdxw/2009nrd/201207/t20120710_31648.html,2014年1月22日查询。

④ 第32次《中国互联网络发展状况统计报告》：中国互联网络信息中心（CNNIC）,http://www.cnnic.cn/hlwfzyj/hlwxzbg/hlwtjbg/201307/t20130717_40664.html,2014年1月22日查询。

⑤ 中国互联网络信息中心（CNNIC）《第33次中国互联网络发展状况统计报告》,http://www.cnnic.net.cn/hlwfzyj/hlwxzbg/hlwtjbg/201401/t20140116_43820.html,2014年1月22日查询。

60.8％。其中只使用手机上网的网民 3070 万，占整体网民的 8％。① 过去五年，我国手机网民的增幅巨大，人数达到五年前的两倍以上。这么巨大的增幅主要是由于 3G 网络的普及、无线网络的发展以及智能手机价格的不断下降，这些都为手机上网提供了较好的使用基础，吸引各类用户对不同手机应用的使用，为手机阅读提供了可能。根据工信部 2013 年 12 月发布的报告显示截至 11 月底，全国移动电话用户达到 12.23 亿户，其中 3G 用户 3.87 亿户，占比达到 31.6％。智能移动终端呈现加速增长态势。1—10 月，我国智能手机出货量达到 3.48 亿部，同比增长 178％。② 今天，手机上网已经成为互联网发展的主力军。具体到网络文学的阅读上，手机能够便捷的上网搜索刺激了手机阅读人数的攀升。另外手机阅读还拓宽了网络文学的传播渠道，手机的便捷性使得网络文学的阅读呈现碎片化的特点，不仅如此，手机阅读还较便捷的解决了网络文学运营商向读者收费的问题，只要通过手机话费就可以完成手机阅读付费的问题，目前中国移动、中国电信、中国联通三大运营商均设立了手机阅读业务基地，负责各自无线阅读业务的运营和推广。可以说，手机阅读对于网络文学的运营商来说是十分重要的网络文学分销渠道。相信在未来随着 3G 网络甚至 4G 网络的不断发展，各类智能终端将不断普及，在三大电信运营商网络资费不断下调以及 WiFi 网络覆盖面不断扩大之后，手机网络文学的发展会越来越好。

随着 Kindle 电子书阅读器和 Kindle Fire HD 平板电脑在亚马逊中国官网上市，出版行业专家认为中国付费电子阅读将进入新时期。商务印书馆总经理于殿力认为 Kindle 电子阅读器在中国的上市为中国读者带来新的阅读选择。电子阅读和纸质阅读优势互补，可以满足不同客户的需求。③ 面对 Kindle 的全面上市，国内的电子书提供商也相继推出了与之相抗衡的电子书设备。如汉王出了定价相同的新款电子书；当当则发布了"都看"二代，配置更高，售价更低。在 Kindle 进入中国之前，中国国内的电子阅读器产品已经陆续面市。2010 年，盛大就已正式推出了自己的电子书品牌：Bambook，起初在市场上反响不错，2012 年 Bambook 推出第二代产品，反响处于平静状态。目前，Bambook 与全球领先的中文正版数字书城——云中书城实现无缝对接。云中书城拥有海量中文正版数字内容。累计近千亿字原创文学内容、数百万部版权作品、千余种电子期刊杂志，上百家传统出版社、几百位中国当代传统作家和编剧、百万名盛大文学旗下作家辛勤写作，每日新增上亿字。云中书城将为 Bambook 读者带来数字时代全新的阅读体验。④ 2012 年当当网发步"都看"第一代产品。与盛大 Bambook 也不同，"都看"上面

---

① 中国互联网络信息中心（CNNIC）《第 24 次中国互联网络发展状况统计报告》，http://www.cnnic.cn/gywm/xwzx/rdxw/2009nrd/201207/t20120710_31648.html，2014 年 1 月 22 日查询。

② 中华人民共和国工业和信息化部：《2013 年中国工业通信业运行报告》，http://www.miit.gov.cn/n11293472/n11293832/n11294132/n12858387/15801467.html，2014 年 1 月 22 日查询。

③ 2013 年 6 月 9 日《楚天金报》第 41 版，2014 年 1 月 24 日查询。

④ Bambook：百度百科，http://baike.baidu.com/link?url=aGAV7Lh8qCBXEU2k5h0daXQfQnC_kPodYRr95aHsGcRhssvTdQEQAHsdHoIizvUdbTAEAkRXNa2luoxq5fGM7a，2014 年 1 月 22 日查询。

所看到的不仅有快速消费的网络文学,更多的是来出版机构授权的百家名流、热门畅销等图书;也不同于iPad,"都看"更加轻巧,仅重230克,电子墨水屏不仅能保护视力也更加专注阅读[①]。当然,无论电子书阅读器有多少优点,在苹果公司推出IPAD平板电脑之后,国内平板电脑市场激烈增长,大大影响了电子书阅读器的销量,用户对阅读设备的轻便易携度更为看重,而对阅读体验的要求不高。并且,用户更倾向于选择多功能的综合设备,而非单一阅读功能的专用设备。

4. 网络延伸阅读:听书

听书,顾名思义,是用听的方式来"看书",相对于用眼看书,听书是用耳朵听专业演员按书上的内容讲故事。听书这种方式来之已久,我们所熟悉的评书、评话、评谈,都属于听书的范畴。文学作品的朗读,或直接将文学作品分角色演绎成的广播剧,成为听书的新内容分类。[②] 现在我们所说的听书不再是以前我们在茶楼酒肆等场所实时实地所听到的评书之类的东西,而是将现代科学技术与阅读结合起来的产物,最早源于美国,供那些有阅读障碍的伤残军人使用。时下流行的网络听书,包含以下四种方式:(1)在线听书:可在网上在线听别人读书。(2)下载:将自己需要的"书"下载下来,可下为mp3格式,再放到MP3,MP4等中,便可像听音乐一样听书。(3)用软件(手机软件)将TXT转MP3格式,也可实现听书。(4)用听书软件直接朗读文章,即电脑机器人说话,从而实现听书。[③]

听书与其它阅读方式相比,对阅读者来说有着明显的优势:首先,听书对于阅读的时间与地点不设限,无论何时何地,只要你拥有能够支持听书的设备,你就能听。现代社会中,人们的工作生活节奏飞快,尽管阅读方式越来越多,但是仍然有大量时间是处于无法阅读的状态,例如上下班途中,旅行途中等,此时听书的存在一方面能够节约这些多余的碎片化的时间,另一方面能丰富听书者的见闻,起到陶冶情操,增加见识的作用;第二,听书能够减轻对眼睛的伤害。在现代多媒体的时代,电脑,电视,手机等已经成为了人们生活的必需品,眼睛得不到足够的休息,导致如今社会近视的比率越来越高,听书的出现,不仅解决了人们对阅读的需要,还能让眼睛得到充分的休息,特别是对于那些有视觉障碍的人来说,听书是唯一能够解决其对阅读需求的方式;第三,朗读的方式比纯粹的视觉的阅读来说更容易吸引人的注意,引人入胜。无论是纸质书还是电子书,阅读时都需要全神贯注,如果不能完全投入进去就很容易分神,自然影响到阅读速度和阅读质量,但是听书则不同,只要打开听书设备,耳边传来的声音就像是有人

[①] 都看:腾讯网,http://tech.qq.com/a/20120725/000078.html,2014年1月22日查询。

[②] 听书:百度百科,http://baike.baidu.com/link?url=rFx9Fx3Gj3oQvVJprWSmBzQYLHWTvdg0IhjuIZa-EuqpTPuP3DXmjOsTBiqLCXo3,2014年1月22日查询。

[③] 听书方式:百度百科,http://baike.baidu.com/link?url=rFx9Fx3Gj3oQvVJprWSmBzQYLHWTvdg0IhjuIZa-EuqpTPuP3DXmjOsTBiqLCXo3,2014年1月22日查询。

在说话，不自觉的就会投入到书本中去。[①]

当然，任何一个事物有其好处必然也有其缺点，对于听书来说，有以下几个缺点：第一，听书的种类较少，与传统阅读相比，听书可选择的产品主要集中在文学类和畅销书类，自然科学方面还非常的少，这就很难满足读者多样化的需求，从而产生供需矛盾。其次，是版权问题。与纸质书或电子书相同，听书产品也面临着版权问题，进入公有领域的作品和超出版权保护年限的作品，其信息采集基本上不涉及法定许可。但对非公有领域作品的采集，就必须获得许可，因而听书产品内容制作信息采集中最大的问题就是如何获得法定许可。最后，由于人们传统阅读习惯以及某些专业性强的内容需要进行深层次研究，文字可给人更长的时间思考，而听书在这方面有其局限性。[②]

听书在国内发展的时间并不是特别长，我国第一家专业听书网站（listenbook.com.cn）于2003年开通，目前国内正规的听书网站已超过200家，除专业网站外，还有上百种的专门提供听书业务的应用和电子阅读软件，甚至大型门户网站如搜狐，新浪等也加入了听书市场，各大出版社，电信运营商自然也不甘居人后，目前中国出版集团、中信出版社，上海世纪出版集团，中国电信，中国移动等企业也都推出了自己的听书业务。尽管听书市场发展迅速，但仍然面临着许多的问题，广大听书网站盈利模式单一，仅仅依靠付费下载远远不能帮助其完成盈利的任务。此外，和电子书一样，版权问题是困扰听书提供者的头号难题。如何完善听书市场的版权问题是未来听书市场发展所急需解决的重点。

二、网络阅读主体

根据2010年《中国网络文学用户调研报告》，本章将从性别、学历、年龄和职业四个方面来探讨网络文学阅读的主体，也就是读者的阅读情况，其中青少年群体因其参与网络文学阅读的人数众多，本章将其重点介绍。农村因网络发展速度不如城镇，目前来说参与网络文学阅读的人数较城镇少，但随着农村网络建设的发展，相信将来能成为网络文学市场中快速成长的群体。

1. 性别结构

网络文学用户以男性居多。网络文学用户男女比例为55.7∶44.3，男性用户高于女性用户11.4个百分点。[③] 从目前各大网站的网络文学分类我们可以看出目

[①] 谈苹：《听书：阅读的时尚选择》，《大学图书情报学刊》，http://d.g.wanfangdata.com.cn/Periodical_dxtsqbxk201102023.aspx，2011年第2期。

[②] 张鹏：《网络环境下的阅读新方式》，《河北科技图苑》，文章编号1006-9925（2012）03-0038-03，2012年5月。

[③] 中国互联网络信息中心：《2010年中国网络文学用户调研报告》，http://www.cnnic.cn/hlwfzyj/hlwxzbg/mtbg/201206/t20120612_27451.html，2014年1月22日查询。

前受欢迎的作品主要有玄幻、奇幻类、武侠类、历史军事类等，这些类型的网络文学作品明显是男性读者更加偏好的类型。当然，还有游戏竞技类这些既可以成为文学作品，又可以改编成游戏的文学类型不能忽视。无论是这类网络文学作品以何种形态出现，都完全满足了男性读者的心理需求。而女性对于文学类型的重点关注对象，从起点中文网的女生网和定位于女性网络文学的红袖添香网站中我们可以看到主要是都市情感类和言情类。选择的不同由男女性别不同而决定，这也符合人们日常对男女性格的描述，男性更偏向于理性，女性则关注情感多一些，更加感性。

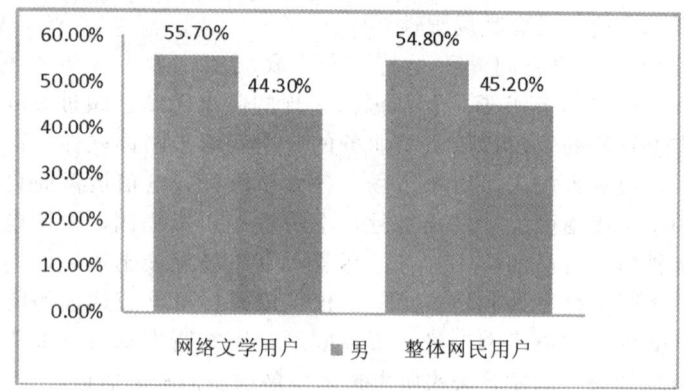

网络文学用户性别结构

起点女生网截图①

红袖添香小说网截图②

---

① 起点女生网截图：http://www.qdmm.com/，2014年1月27日查询。
② 红袖添香小说网截图：http://www.hongxiu.com/，2014年1月27日查询。

2. 年龄结构

青少年是网络文学主要用户群。在各年龄段网络文学用户中，15—24岁年龄段的用户比例达51%；30—39岁年龄段的用户比例为18.4%；50岁及以上用户群体占比最小，仅为1.8%。青少年构成网络文学的主要用户群体，一方面与青少年倾向于选择娱乐类应用有关；另一方面，网络文学在当前的发展阶段，仍然以轻松、前卫、娱乐化的内容为主，这些内容更能吸引年轻用户[①]。

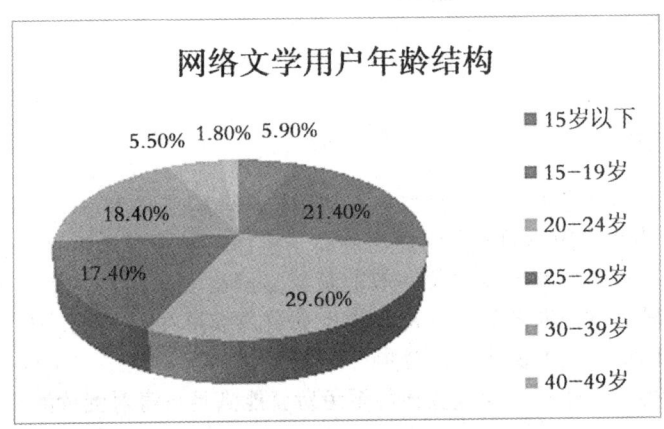

网络文学用户年龄结构

3. 学历结构

网络文学高学历用户居多。网络文学大学本科学历的用户比例为31.8%，构成网络文学用户的最大群体；硕士及以上学历的用户占3.5%。网络文学的大学本科及以上用户比例高出整体网民同等学历水平的用户比例20.5个百分点。网络文学大专学历用户比例为22.5%，高于整体网民大专学历用户；而高中及以下学历的用户比例均低于整体网民同等学历水平的用户比例[②]。网络文学的用户中有大量高学历人员，这是有历史和现实原因的。首先，汉语网络文学最开始就是由生活在海外的华人留学生为表达个人情感而创造出来的。其次，高学历用户对电脑和网络的熟悉程度超过其它学历人群。[③]

---

① 中国互联网络信息中心：《2010年中国网络文学用户调研报告》，http://www.cnnic.cn/hlwfzyj/hlwxzbg/mtbg/201206/t20120612_27451.html，2014年1月22日查询。

② 中国互联网络信息中心：《2010年中国网络文学用户调研报告》，http://www.cnnic.cn/hlwfzyj/hlwxzbg/mtbg/201206/t20120612_27451.html，2014年1月22日查询。

③ 中国互联网络信息中心：《2010年中国网络文学用户调研报告》，http://www.cnnic.cn/hlwfzyj/hlwxzbg/mtbg/201206/t20120612_27451.html，2014年1月22日查询。

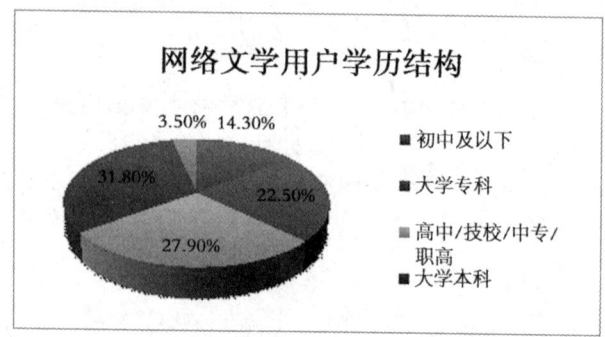

网络文学用户学历结构

4. 职业结构

  学生构成网络文学的最大用户群体。从用户职业构成来看，学生群体比例最大，为39.9%，网络文学用户的学生用户比例高于整体网民中学生群体的比例；一般职员（企业公司一般职员和事业单位一般职员）是网络文学用户的第二大群体，比例为25.6%。① 网络小说价格低廉，符合学生人群的实际生活情况。对于学生用户来说，一方面有阅读方面的需求，又受制于自身经济情况，网络文学的产生于他们来说可谓一举两得，只需付出少量金钱甚至免费就能满足自身对阅读的需求。②

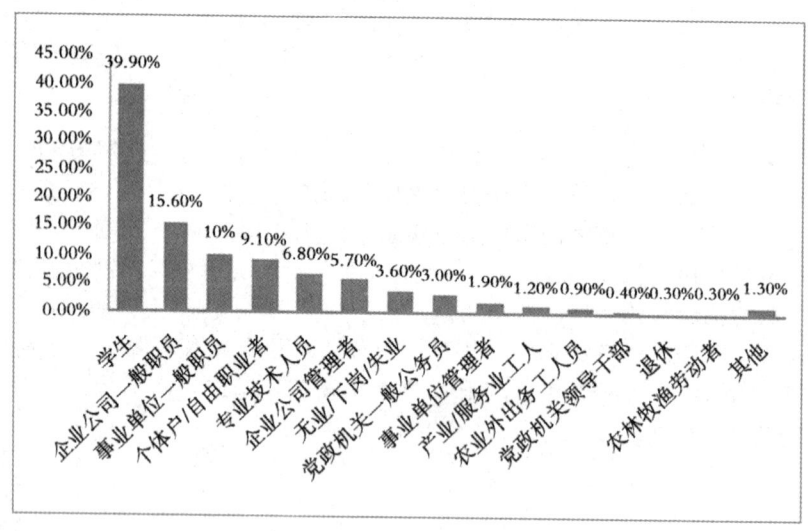

网络文学用户职业结构

---

  ① 中国互联网络信息中心：《2010年中国网络文学用户调研报告》，http://www.cnnic.cn/hlwfzyj/hlwxzbg/mtbg/201206/t20120612_27451.html，2014年1月22日查询。

  ② 中国互联网络信息中心：《2010年中国网络文学用户调研报告》，http://www.cnnic.cn/hlwfzyj/hlwxzbg/mtbg/201206/t20120612_27451.html，2014年1月22日查询。

5. 青少年的网络文学阅读

青少年网民一直以来都是中国网民中参与网络文学阅读最多的群体，根据2014年1月中国网络信息中心发布的第33次《中国互联网络发展状况统计报告》显示，2013年我国网民的年龄结构呈现普遍年轻化的态势，其中20－29岁年龄层的网民占到31.2%，10－19岁的占到24.1%，10岁以下占到1.9%[①]。

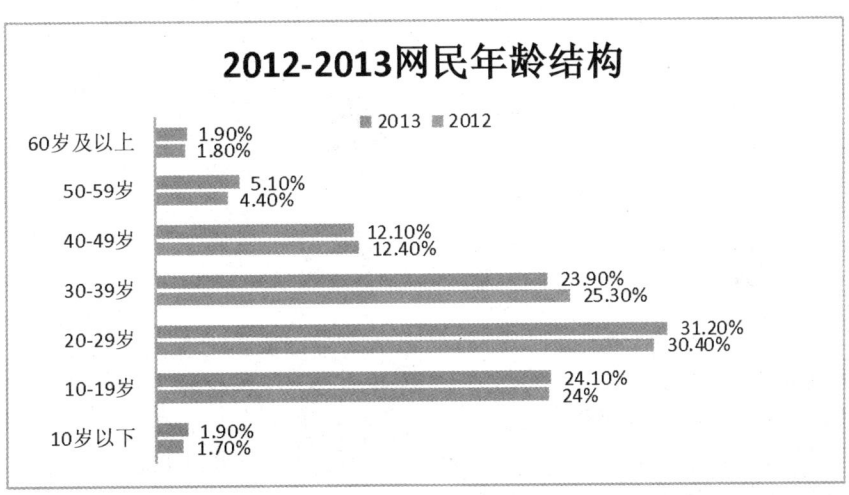

而根据2012年《中国青少年上网行为调查报告》显示，由于网民人口红利时代的结束，以及近年来人口自然增长率的下滑，青少年互联网渗透率在高位前行缓慢，青少年网民规模增长速度进一步放缓。截至2012年12月，我国25周岁以下的青少年网民人数就已经达到了2.35亿，占青少年总体的66.4%，超过全国平均水平（42.1%）24.3个百分点，较2011年增加2个百分点。2012年中国新增青少年网民313万，同比增长1.4%，远远低于全国9.9%的网民增幅，同时，青少年网民在整体网民中的占比从2011年的45.1%下降到2012年的41.6%。2012年，中国青少年网民男女比例为51.2∶48.8，网民性别结构进一步达到均衡，且远远小于全国网民男女比例差异（全国网民男女比例为55.8∶44.2）。从年龄分布分析，青少年网民集中分布于12－18岁年龄段和19－24岁年龄段，所占比例分别为45.7%和46.5%。中国青少年网民中，中学生群体和非学生群体规模最大，所占比例分别为40.5%和39.8%。与2011年相比，中学生网民群体所占比例下降4.2个百分点。近年来，青少年互联网普及率持续上升。截至2012年12月，中国青少年网民规模达2.35亿，占青少年总体的66.4%，超过全国平均水平

---

① 中国互联网络信息中心：《第33次中国互联网络发展状况统计报告》，http://www.cnnic.cn/hlwfzyj/hlwxzbg/hlwtjbg/201401/t20140116_43820.html，2014年1月22日查询。

（42.1%）24.3个百分点，较2011年增加约2个百分点。①

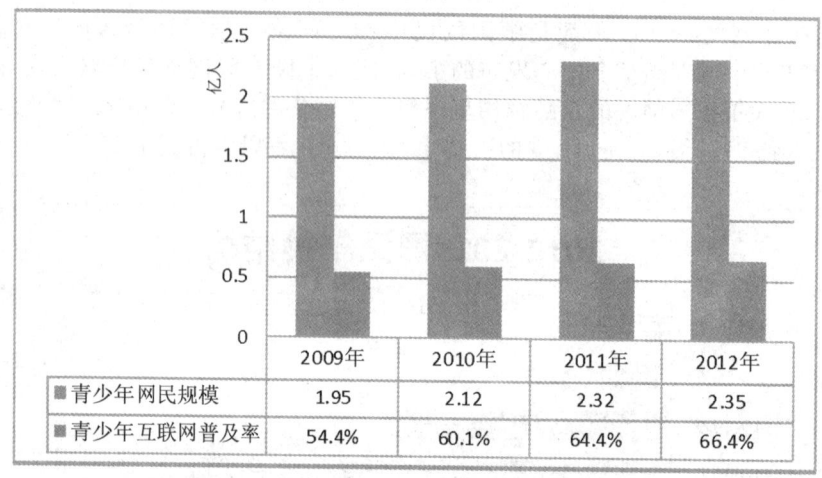

中国互联网络信息中心于2011年发布的《中国网络文学用户调研报告》，从中我们也可以发现青少年是网络文学主要用户群。在各年龄段网络文学用户中，15—24岁年龄段的用户比例达51%。在男女比例上，青少年网络文学用户的男女比例为51.7：48.3，男性用户高出女性3.4个百分点。相较于整体网络文学用户的性别分布，青少年用户的男女比例较为均衡。手机是青少年用户的第一大阅读设备，用户比例达43.7%。使用PSP、MP3/MP4和电子阅读器阅读网络文学的青少年用户也较整体用户更多，分别占到用户总量的48.9%和14.3%。②而根据2013年发布的2012年《中国青少年上网行为调查报告显示》截至2012年12月，从年龄分布分析，青少年网民集中分布于12—18岁和19—24岁年龄段，所占比例分别为45.7%和46.5%。而6—11岁年龄段青少年占比，仅为7.8%。中国青少年网民男女比例为51.2：48.8，网民性别结构进一步达到均衡，且远远小于全国网民男女比例差异（全国网民男女比例为55.8：44.2）。③

之所以青少年能占如此大的比重，首先与青少年的对电子产品的接受能力较强有关，从报告中我们可以发现在青少年网络文学用户当中，手机是第一大阅读设备，同时使用PSP、MP3/MP4和电子阅读器的用户也比整体用户要多。其次，从当时流行的网络文学作品来看，比较偏向于娱乐化，大众化，青少年本身的天

---

① 中国互联网络信息中心：2012年《中国青少年网络行为调查报告》，http://www.cnnic.cn/hlwfzyj/hlwxzbg/qsnbg/201312/t20131225_43524.html，2014年1月22日查询。

② 中国互联网络信息中心：《2010年中国网络文学用户调研报告》，http://www.cnnic.cn/hlwfzyj/hlwxzbg/201108/P020120709345276389530.pdf，2014年1月22日查询。

③ 中国互联网络信息中心：2012年《中国青少年网络行为调查报告》，http://www.cnnic.cn/hlwfzyj/hlwxzbg/qsnbg/201312/t20131225_43524.html，2014年1月22日查询。

性使然，这样的作品更能吸引他们的注意力。①

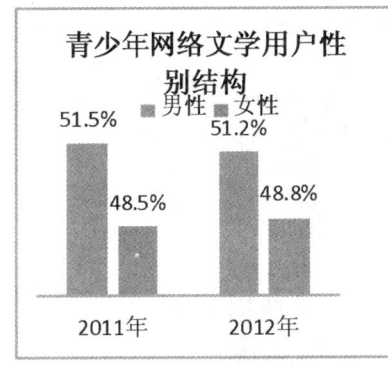
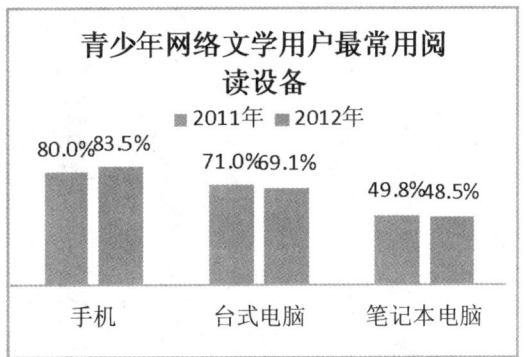

然后我们可以来看看青少年网民的受教育阶段和阅读时间。2012 年《中国青少年上网行为调查报告》中显示，青少年网民中，中学生群体和非学生群体规模最大，所占比例分别为 40.5% 和 39.8%。与 2011 年相比，中学生网民群体所占比例下降 4.2 个百分点，为 40.5%；而非学生群体网民上升 6.3 个百分点，为 39.8%。从整体上看，学生群体的网民规模有所下降，这与课业负担和逐渐加大的升学压力不无关系。截至 2012 年 12 月中国青少年网民平均每周上网时间达 18.4 个小时，比 2011 年增加 1.9 个小时，且各个群体上网时间普遍增加。非学生网民的每周上网时间从 2011 年的 21.3 个小时上升至 23.6 个小时；在学生网民群体中，大学生网民上网时间最长，为 22.8 个小时/周，比青少年网民平均上网时长长 4.4 个小时/周；中学生网民平均每周上网时间增加 1.5 小时，达 13.3 个小时/周；小学生网民平均每周上网时间略有增加，为 6.7 个小时/周②。根据 2010 年《中国青少年上网行为调查报告》，在青少年网民中，中学生群体规模最大，达到 9012 万人，占青少年网民的 42.6%，比重与 2009 年相比仍在上升；其次是非学生群体，规模为 7335 万人，占到 34.6%；大学生和小学生分别占比 14.7% 和 8.1%。2010 年，青少年网民平均每周上网时间为 16.4 小时，比 2008 年减少 0.1 小时。分群体看，大学生和非学生上网时长明显增加，周上网时长分别增加了 3.1 和 3.8 小时，达到了 21.7 和 25.4 小时/周的水平。中小学生网民平均每周上网时间减少到 9.5 和 5.7 小时。③

---

① 中国互联网络信息中心：2012 年《中国青少年网络行为调查报告》，http://www.cnnic.cn/hlwfzyj/hlwxzbg/qsnbg/201312/t20131225_43524.html，2014 年 1 月 22 日查询。

② 中国互联网络信息中心：2012 年《中国青少年网络行为调查报告》，http://www.cnnic.cn/hlwfzyj/hlwxzbg/qsnbg/201312/t20131225_43524.html，2014 年 1 月 22 日查询。

③ 中国互联网络信息中心：2012 年《中国青少年网络行为调查报告》，http://www.cnnic.cn/hlwfzyj/hlwxzbg/qsnbg/201312/t20131225_43524.html，2014 年 1 月 22 日查询。

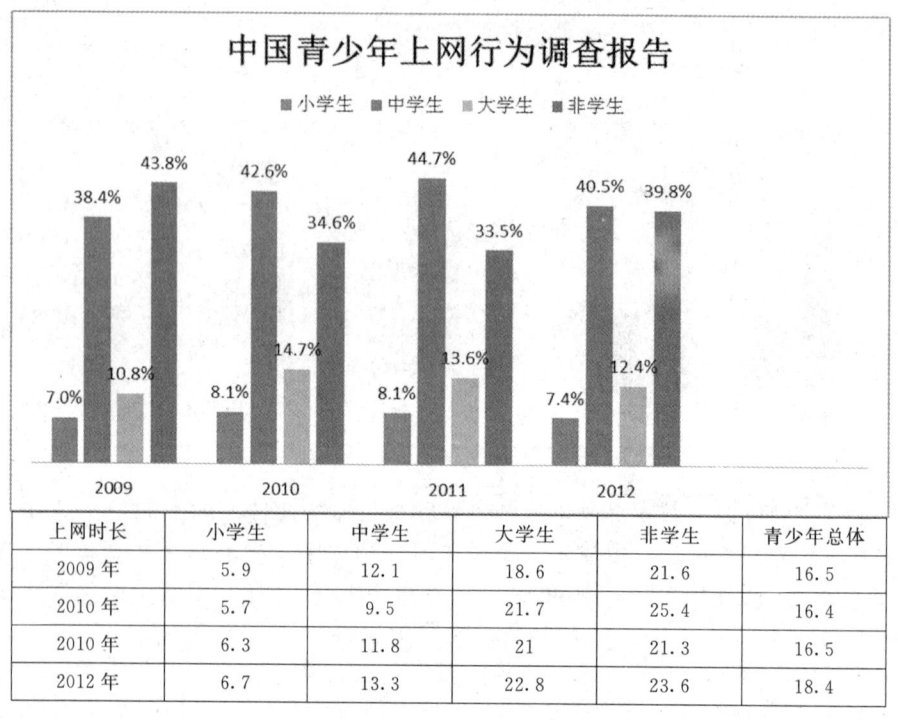

上网时长	小学生	中学生	大学生	非学生	青少年总体
2009 年	5.9	12.1	18.6	21.6	16.5
2010 年	5.7	9.5	21.7	25.4	16.4
2010 年	6.3	11.8	21	21.3	16.5
2012 年	6.7	13.3	22.8	23.6	18.4

不同学龄期青少年网民周上网时长

三、网络阅读的影响

1. 网络阅读对文学的影响

从上个世纪末开始，随着互联网的发展，网络给文学带来巨大影响。网络阅读同时对文学的阅读，题材以及创作等都造成了不同程度的影响。从阅读方式来说，纸质的书籍不再是唯一的阅读载体，网络阅读带来了电子书，听书等与互联网相结合而诞生的新型阅读载体；从创作上来说，网络阅读扩大了传统文学的题材，大量带有作者对过去和未来美好幻想的作品得到推广，例如玄幻魔幻类，时空穿越类等等，但网络阅读并没有改变文学本身关注社会，关注时代的作用，大量讲述当代社会生活的作品出现；网络阅读还给文学创作带来了平民化的语言文字，以及隐藏在文字背后的网络写手。

就阅读本身来说，网络阅读发展了文学阅读的形式，首先，网络阅读是借助一定的媒介来阅读的，与传统的纸质阅读相比，具有更大的便利性，只要有手机，电脑等设备，读者随时随地可以阅读；其次，网络阅读的价格较传统阅读的价格更便宜。在网络阅读时代，读者不需要进入书店花钱购书，只要在网上下载免费或即时付费的书本就能阅读，即便需要付费的读本最多也不超过几元钱的价格，这对收入微薄的读者来说，更具吸引力；第三，网络阅读能够实现多媒体的合一，改变了过去纸质阅读只能停留在书本上的时代，除了文字，视频和音频的结合更有利于读者对文学作品的接受与传播。网络文学用户从09年的1.62亿人次发展到2013年底有2.74亿人次，增势非常迅猛，五年时间里增加了1.12亿人次。

就文学的创作来说，因为网络阅读的读者本身娱乐化的需求，所以网络文学所推崇的题材不同于传统文学作品中以教化或揭露现实的主题，主要是以娱乐性为目的的。纵观各大网络文学网站，排名靠前的无疑是玄幻魔幻类，时空穿越类，都市情感类等。例如近年来备受推崇的网络小说《斗罗大陆》、《吞噬星空》、《致我们终将腐朽的青春》、《失恋33天》等。另外，近年来网游小说的发展再一次证明网络文学时代阅读者自身兴趣决定作品的创作。在体裁上来说，与传统文学中推崇诗词题材等不同，网络文学作品中最受欢迎的往往是网络小说。尽管网络上也出现有一部分的诗歌和散文创作，但在传播广度和深度上来说远远不及网络小说。在语言上，网络阅读因受阅读媒介的影响，发展了那些杂合了数字、字母、叠字等因素的语言表达方式。

网络阅读对传统文学的影响还体现在网络文学的作者身上，因为网络阅读的媒介是电脑、手机等电子设备，网络文学的创作者也必须通过电脑来完成网络文学的创作。因为网络和电脑的普及，在网络阅读时代，人人都可以成为网络文学的作者，同时网络文学的创作方式只需通过电脑打字完成，无论是速度还是便捷程度比传统文学强。对于传统文学的作者来说，大多是受过一定教育，文字功底较强，文学素养较高的部分人群，如今，只要有想法，语言足够吸引眼球，就能成为专业网络写手，可以说大多数网络文学作家都不是科班出身。因为网络文学的交互性特征，网络文学的创作不再仅仅是作家的一家之言，也不再像过去纸质文档一旦出版便不能修改，网络文学的读者在阅读时可以对文学作品发表看法，作家可以参考读者意见来修改作品，网络文学更像是网络作家与读者的集体创作。网络阅读时代对作者的影响不仅在以上几个方面，网络文学的作者总是藏在作品背后，我们对于作者本身的熟悉程度大大不如传统阅读时代，即便我们知道的网络文学作者的名字也只是他们的网名。另外，因为网络阅读的即时性，网络文学作品大多是在网上定期更新，缺乏传统文学时期文学作品的深思熟虑，作品按字数收费的规定又使得作者片面追求文字数量，可以看到目前网络文学作品的大部头著作越来越多，但大多文字内容雷同，缺乏传统文学中必要的厚重感。[①]

尽管网络文学阅读和传统阅读在载体上有很大不同，但是阅读本身并没有改变，读者所阅读的是作品本身。而且目前看来网络文学作品更多的是与传统文学相融合，近年来传统文学也以开放的姿态拥抱网络文学，中国作协举办"网络文学研讨会"，鲁迅文学奖向网络文学敞开大门，新闻出版总署将网络文学纳入中国出版政府奖评选范围，2008年—2009年，17K网站和《长篇小说选刊》在中国作协的指导下还承办了网络文学十年盘点，从以上所有活动我们可以看到，网络文

---

① 顾吉霞：《浅析网络阅读与传统阅读》，《黑龙江科学》2013年第6期。

学正在慢慢走向传统文学,也许到将来,今天与传统文学想区别的网络文学也将成为将来的传统文学。①

总之网络阅读给传统文学提供了更宽广的阅读平台,覆盖面更宽广的阅读群体与创作群体,更多样化的表达形式,更具娱乐化与口语化的文学语言。

2. 网络阅读对青少年网民的影响

近些年网络文学的迅猛发展成为大家有目共睹的事实。大家对其发展的过程中给青少年带来的影响有不同的观点和见解,我们应该怎样去看待这个问题,是以积极乐观、开放宽容的心态去看待,还是要深刻的认识到网络文学给青少年的成长带来的消极负面的影响。广大青少年在接触网络文学的时候往往会被其平民立场、游戏精神、休闲娱乐等特点所感染,他们觉得这些文学作品可以适应他们彰显个性、张扬青春、纾解情怀的心理需求。但同时,网络文学作品中大量暴力色情的因素又对正处于成长过程中不具备必要辨别能力的青少年产生了不良影响。

在我们的认知世界里,文学作品主要都是来源于生活,是现实生活的真实反映,所以对文学作品的阅读,可以对阅读者产生多多少少的影响,他们的情感可能会受到文学作品中观点的影响并且产生波动,而且在某种程度上还可能会对他们的世界观、人生观、价值观造成改变。而网络文学同样是属于文学作品,甚至其中的某些作品存在着低俗的文字和情节,弥漫着灰色的情调,如对暴力的主张、对性欲的描写、一夜情的浪漫追求等等,这些对于仍处在世界观、价值观成型时期的青少年而言,都是一种极大的诱惑和危害,并且会对青少年的思想意识造成混乱,最后导致这些思想单纯的青少年一味沉迷某些网络文学作品表现的消极、沉沦、毁灭的负面情感中,无法正常进行学业,导致他们世界观、人生观的扭曲。例如因为深受网络文学作品《盗墓笔记》的影响,就曾有青少年前往偏僻地方进行盗墓活动。盗墓本身是应该得到谴责的事情,因书籍的宣传,削弱了对这种不法行为的批判,导致青少年形成不正确的价值观。另外,因为没有任何专业背景知识就擅自行动,极有可能危及其生命安全。

很多网络文学作品不具备甚至消弭文学该有的深沉、大气、庄重、严肃等艺术风格和特点,并且采取游戏人生的态度,为了迎合世俗而使文学作品充斥游戏精神,缺乏厚度和深度,为追求娱乐性而写作。很多青少年正处在求知成长阶段,还没有树立健全的价值观,很容易被这种游戏精神误导,沉迷其中,而且这种游戏性淡化了他们对社会、家庭的责任感,导致他们采取敷衍的生活态度,对于他们的健康成长极其不利。除此之外,现代生活人们对物质、功利的追求越来越疯狂,导致浮躁情绪上涨,网络文学为了迎合社会的商业性,使消费意识盛行其中,所以很多网络文学作品的标题十分新潮吸引人,以扩大人们的点击率,但是这些新潮的标题背后内容却十分空泛、语言贫乏,无形中对青少年的心态进行了浮躁性地催化。例如,网络作家血红的处女作《我就是流氓》,一经推出就备受网友关

---

① 欧阳友权:《网络文学:从"草根庶出"到主流认可》,《学习与探索》2010年第2期。

注，进而开创了血红流氓四部曲（《我就是流氓》、《流氓之风云再起》、《流花洗剑录》、《龙战星野》）。书中写的是一个小流氓如何因为奇遇变成一个超级大流氓的故事。之所以能够写成一个系列，必然是背后有着巨大的读者支持。书名《我就是流氓》，似乎是书中主角在骄傲的宣扬自己的身份，网络文学中这种类型的作品不在少数，尚未形成独立思维的青少年受其吸引，严重影响了他们的是非观，若沉迷其中必然造成极坏的影响。

  在我们的印象中，传统文学往往追求的是深刻的思想和人文关怀，其对于审美的要求极高，以此彰显它们的文学价值和精神价值。随着通俗易懂的网络文学的出现以及它的迅速发展，人们在忙碌的生活中逐渐减少对传统文学的阅读，而更倾向于利用碎片化的时间阅读方便快捷的网络文学，因此网络文学渐渐成为文学阅读的主流。互联网技术的迅速发展成就了网络文学，其中青少年更是网络文学作品的主要阅读者，在其去崇高化、深刻化，追求娱乐化的审美影响下，青少年日渐喜爱网络文学，并拒绝接受传统文学的高雅和深刻，以至于他们无法形成正确的审美观，懒于对深刻经典的文学作品进行解读和分析。并且网络文学的创作门槛低，没有严格的把关审核，导致一些网络文学作品胡乱遣词造句，出现诸多的语法和错误，青少年长时间阅读这些网络文学作品，势必会影响到他们的语言能力的运用。例如现在有很多网络文学作品中都存在有错别字的现象，长期观看此类作品，青少年在自己的书写过程中极易造成错误。另外，中国古代文学中一直崇尚用词的精炼，中国的古典诗词就是用极其简单的文字表达丰富的情感内容，这种观念近年来得到极大的削弱，甚至很多青少年对于一些成语、习语的用法都难以正确使用。

  网络文学的负面影响很多，对青少年的影响作用效果更是明显。所以我们必须在青少年的阅读过程中应该进行必要的引导，引导他们多学习传统文化知识，积极阅读经典文学作品，以树立正确的世界观、人生观和价值观，并提高审美能力和语言文字能力，对社会和生活富有责任感，积极乐观健康生活。对于网络文学的作者来说，也应该提高自身责任感，努力提高自身文学素养，创作更多能正确引导青少年的作品。另外对于如何引导青少年树立正确的阅读观念，广大学校、家庭和社会也应该联合起来一起行动。例如，学校老师在平时的教学过程中应该注意自身教学方法，适度增加一些娱乐性和灵活性，吸引学生注意，让青少年能够在轻松愉快的氛围中接受中国传统文化。而家庭中，广大家长也应做到言传身教，自身加强对中国传统文化的接受，在潜移默化中对子女造成一定程度的影响，如果发现子女阅读网络文学作品，注意不要用盲目粗暴的方式，而应换位思考，循序渐进的引导子女的阅读。对于社会来说，顺着目前文化强国的东风，广大出版商应该出版一些更加适合青少年阅读的书籍，避免一些质量不佳的网络文学作品面世；广大媒体也应该更加注重传统文化的传播与推广，让整个社会进入一个比较良好的文化氛围当中。

3. 网络阅读对大众文化的影响

  "大众文化"在英文中包含两个概念，即 MASS CULTURE 和 POPULAR

CULTURE，但由于中国与西方社会在社会制度、文化背景和意识形态上的差别，中国的大众文化，更多指的是 POPULAR CULTURE。① 大众文化的界定，有这样几层含义：一是大众文化是在工业社会随着文化进入工业生产和市场商品领域而产生的新的文化现象，带有浓厚的商业色彩。二是大众文化以大众传播媒介为文化传播形式，以现代技术手段为文化生产形式，因此能够成为被大众广为使用的文化消费形式，大众文化要按照市场规律去运作。三是大众文化以现代都市大众为主要受众，大众文化成为现代都市大众普遍的消费品。它与以往的革命大众文化和民间的通俗文化既有联系，但又有很大的区别。大众文化的出现改变了当代社会审美风尚的基本格局。中国的大众文化崛起于20世纪后半叶。它伴随着改革开放春风的吹拂而觉醒，植根于市场经济的沃土而成长，在短短的不到20年的时间里，便迅速壮大为与来自官方的主流文化、来自学界的精英文化并驾齐驱、三足鼎立的社会主干性文化形态。② 大众文化与大众文学是截然不同的两个概念，大众文学包含于大众文化当中，是大众文化的重要组成部分，但是大众文化不仅仅指大众文学他还包括很多其他的方面。大众文学是指现代文学中一种具有广泛群众性或通俗性的文学的总称。大众文学和"纯文学"相对应，在商品经济流通过程中，侧重于追求群众趣味，注意消遣性和娱乐性。现代题材小说、传奇小说、剑侠小说、冒险小说、侦探小说、打斗小说、政治小说、言情小说、推理小说、科学幻想小说等，在广义上都可以列为大众文学。③ 从大众文学的角度来说，因为网络文学本身就是植根于群众之中，注重娱乐性与通俗性的文学样式，所以网络文学属于大众文学。同时我们看到因为网络文学是以网络为载体，目前处于商业化运作时期，所以它也是目前大众文化中备受关注的一部分。④

从积极的意义上来说，网络阅读推动了大众文化的发展，大众文化之所以称为大众，首先在于它是在群众中传播的文化。相比较于其它娱乐休闲方式，网络阅读丰富了群众的业余生活，给予群众以美的享受，更有利于其身心健康。网络阅读还推进了大众文化主体的多元化，任何行业，任何背景，任何年龄的人都可以加入到这个文化中来，成为推动其发展的主要力量。在内容上来说，因为阅读的受众面对的是广大群众，大量与之生活相关的作品得到迅速推广并引人思考小说背后的社会问题。例如《裸婚时代》关注的就是现代社会中刚从学校毕业的年轻人的婚姻与家庭，小说中关于婆媳关系，独生子女家庭，工作等等问题的描写都非常的接近现实。《小儿难养》关注的就是年轻人在面对子女抚养，父母赡养，以及如何平衡工作与家庭时所面临的难题，可以说这些问题正是现在的社会热点问题。

---

① 陆扬、王毅：《大众文化与传》，上海二联书店2000年版。
② 大众文化：百度百科，http://baike.baidu.com/link?url=04fOvS_6CUmwqOm44r8Nvw—SpZ-vdyKWMI5ScND8YOwKMKEif8GxMaAI8lvO9xShW，2014年1月25日查询。
③ 大众文学：百度百科，http://baike.baidu.com/view/484477.html，2014年1月25日查询。
④ 张天舒：《网络文学对文学大众化的影响研究》，东北师范大学硕士论文，http://d.g.wanfangdata.com.cn/Thesis_Y1465185.aspx。

关注网络阅读对大众文化的影响就不得不提目前社会上大量流行的网络文学作品改编成电影、电视剧、游戏以及漫画的情况，这些作品在某一特定时期造成了大众文化众多热点现象。例如，《甄嬛传》改编成电视剧之后，深受观众喜爱，微博上甚至某些电视节目都传播了所谓的甄嬛体，即模仿剧中人物甄嬛的说话方式；改编成网络游戏的《诛仙》在网络上引起热烈追捧；改编成电影的《失恋33天》，因为男女主人公独特的说话方式，备受人推崇，甚至连剧中出现过的道具都成为人们购买的热点。这些社会热点的出现，首先就是因为作品的阅读人数多，形成一种粉丝经济，才会有更多的投资商愿意将其发展成为产业链，相信在未来，依托于网络阅读，将网络文学作品出版成书，改编成电影、电视剧、游戏或漫画等各类形式，进而推出与作品相关的周边产品的产业链会发展的更加完善。

　　当然，凡事必有好坏，网络阅读对大众文化在某些方面也造成了消极的影响。例如，因为读者选择阅读作品时多半是根据自己的喜好来进行，这就造成了网络文学作品中有大量作品失去了传统文学的教育性和功能性，全民进入娱乐时代，作者为了吸引读者的关注，盲目的以读者喜好为基础，失去了作者本身的思考，导致大众文化当中缺乏了必要的精神给养。从目前网络文学的发展历程中我们可以看到，网络文学作品的创作和阅读非常容易陷入跟风的现象当中，流行穿越小说的时候，大家集体创作穿越小说，读者也扎堆参与其中；流行盗墓类小说的时候，人们也一起进入盗墓的空间中，人云亦云的现象非常严重，这就造成了大量网络小说的情节雷同，网络小说没有因更多人的参与而变得更加多元化，反而集中在几个特别的大类当中，不利于文学的正常发展。同时对于读者来说，网络阅读改变了其阅读状态，以往静坐于书桌台灯前的个人阅读变成了网络上大家不断读帖跟帖的群体性活动，读者深受他人影响，对于网络阅读的内容也逐渐缺乏反思，甚至盲目的沉溺其中。另外，因为阅读媒介的改变，网络阅读从单纯的阅读文字转向读图，多媒体合一的阅读方式，纸质文档也逐渐被电子文档所代替。[①] 大众对汉字的书写逐渐走向陌生，书写不如从前那样工整，汉字的熟悉程度也大大减弱，电子书以及公共传播的媒介经常出现错别字，这大大影响了大众文化对于中国传统文化的继承与传播。

　　随着网络文学的发展，参与网络文学阅读的人越来越多。从网络文学发展的历程中，我们可以看到大量批评的声音，有人批判网络文学的阅读削弱了文学阅读的意义，有人批判网络文学阅读的存在价值。其实，网络文学阅读作为伴随网络文学发展而来的新鲜事物必然有其存在的价值。在现代社会，人们的娱乐方式与过去相比更加的丰富多彩，网络文学阅读的产生将一部分人的休闲方式从看电影电视剧等方面拉回到文学阅读上来，这对文学阅读本身极具意义。另外，目前来说网络文学的发展尽管如火如荼，但真正称得上经典的作品非常少，希望在未来随着网络文学的不断发展，经过大浪淘沙式的洗礼，能够有更多精致的网络文学作品出现来供人阅读。

---

① 蒋金玲：《网络文学阅读研究》，中南大学硕士论文，http://d.g.wanfangdata.com.cn/Thesis_Y1719556.aspx，2010年。

第5章 网络文学语言

一、网络文学语言类型

1. 火星文

火星文是近些年来流行程度很高的一个网络新词,字面的理解为"火星人使用的文字",它在形式和意义上与常规文字出入较大,既是一种新潮的文字,又为一般人所未知。

火星文最早发源于台湾的中小学生中,他们为了防止老师和家长了解他们的私密对话,成为火星文的最初使用者;大陆火星文在2002至2003年间,由于网络游戏《奇迹》一炮而红。随着MSN和BBS等网络工具的出现和输入法的更新,火星文的发展呈现迅猛之势。

早期的火星文似乱码或错字,用法无规律,台湾使用者大量运用缩写、注音符号、谐音等方式创造火星文,并自创了简体中文的输入方式。如:"劳工"(老公)、"偶喷友"(男朋友)、"芴口耐"(很可爱)、"伱傸誰"(你是谁)等。目前,火星文已发展成为由中文繁体、日文、英文、古文字、表情符号组合而成的字体。例如:"煙錴瓚僦咃鰆鯫緽渼麗,曇詴凋瀰啲潃後嘬淒媄"表示"烟花绽放的时候最美丽,昙花凋谢的时候最凄美"[①]。

当火星文的使用范围逐渐扩大时,便出现了"火星文"输入法、"繁体字火星文转换"、"火星文"软件、"火星文"转换器,它们使得"火星文"具备了密码功能,乃至成为一个群体保护隐私的方式。

由于分类标准的不同,火星文的类别也是众说纷纭的。从产生的角度我们可将其分为:

其一,由于错别字而出现的火星文。如:"我最喜欢再空闲的时候看输了"中

[①] 北方网:《网络"火星文"扰乱汉语》,http://edu.enorth.com.cn/system/2007/07/30/001794721.html,2007年7月30日查询。

的"再"应为"在","输"应为"书"。① 其二,由于异体字而形成的火星文。如:"烸天爱伱哆---点"为"每天爱你多一点"。其三,注音符号的火星文。如:"我爱我ㄉ家人"中"ㄉ"应为"的"。其四,因方言差异而形成的火星文。如:"嘿咩"正写为"系咩",是客家话"是啊"之意。其五,表情符号。如:"orz"意为"跪在地上的小人";"你↓到我了"中的"↓"即"吓"字。

运用火星文创作,使网络语言呈现出趣味性、时尚化的特点,为网络一族的语言交流增添了情趣。

2. 注音文

最早的"注音文"源于北洋军阀时期,北洋教育部曾以"ㄅㄆㄇ"等注音符号取代汉字。后来,由于国家语委推行汉语拼音方案,注音文就限于在台湾使用了。互联网兴起后,尤其是随着BBS、IRC、线上聊天室、网络游戏等传播媒介的发展,快速输入汉字变得重要,因而在中国大陆和韩国也出现类似注音文的形式。

注音文的流行与台湾承袭自日本的"装可爱"文化现象有着密切相关性。注音符号总是与幼稚园牙牙学语的小孩子相连结,很容易与"年幼"、"可爱"、"思考不精密成熟"等意思联系在一起,从而在网络上给人一种清新、幼小、可爱、不具威胁的观感。

今天的"注音文",亦称为"断头注音文",是为了适应快速打字而发展出来的特殊用字,具有省时、演变迅速等特点。常表现为以注音符号的子音部分来代替本字,因而在某种程度上加剧了人们的理解难度。

根据流行地区的不同,注音文可以被分为台湾的注音文和大陆的注音文。台湾的注音文有:其一,"白痴拼音文",如:"LKK——老伺伺",意为"年迈"。其二,利用数字谐音的注音文,如:"987——就北七",意为"很白痴"。其三,旁注标记的注音文,如:"国(ㄓㄨㄥ)际(ㄍㄨㄛˊ)化",意为"表面上说要国际化,实际上只有中国化"。大陆注音文有:其一,使用汉语拼音首字母,如:"PF"意为"佩服"。其二,其他拼音文字,如:"FT(Faint)"意为"昏倒"。其三,利用数字谐音,如:"B4(BS)"意为"鄙视"。② 过度使用注音文会造成阅读理解的困难,但作为一种塑造自我、张扬个性的方式,有它存在的合理性。

3. 字母文

网络字母文多数是由拉丁字母、希腊字母等西文字母构成,也可与符号、数字、汉字混合构成。字母词有多种分类标准。

第一,从形式上看,包括英文单词形式:如"DJ"意为"主持人";汉语拼音

---

① 中国台湾网:《安东. 今天你"火星文"了吗?》, http://www.taiwan.cn/tsh/mtxy/tsh/200802/t20080202_583613.html, 2008年2月2日查询。

② 维基百科:《注音文》, http://zh.wikipedia.org/zh/%E6%B3%A8%E9%9F%B3%E6%96%87, 2012年8月17日查询。

形式，如"jiage"意为"价格（特定语境中）"；英文缩略语，如"AIDS"意为"艾滋病"；汉语拼音缩略语，如"RMB"意为"人民币"；混合形式，如"4D 影院"。

第二，从来源上看。一类是汉语外来字母词，另一类是汉语拼音字母词。如："X 光"是汉语外来字母词，但它的汉化程度高，在日常生活中使用频率高，属于典型汉语字母词。

第三，从造词方法上看。一是谐音，以单纯字母的发音代替原有的汉字，如"MM"意为"妹妹"；二是缩写，有汉语拼音缩写，如"GG"意为"哥哥"，还有英文缩写，如"BBS"意为"电子公告牌系统"。

字母文作为一种新兴的网络语言现象，从形式上看，主要是通过字母的缩写形成，从内容上看，常用缩写的字母表达具有黄色、暴力色彩的男女关系，即"高 H 的耽美文，内涵各种 H、各种 play"。如 BL 表示"男男文，男男相恋"，GL 表示"女女文，女女相恋"，h 就是"少儿不宜"，HE 指"好结局"，BE 指"坏结局"，cj 指"纯洁"等。[①]

4. 数字文

互联网兴起后，一些键盘符号、标点、数字被大量应用于网络表达，并进入网络文学的写作内容。数字文是从网络聊天中产生的是一种用数字代替词语的交流方式。每个数字都有不同的含义："0"代表"圆满、完美、无尽"；"1"代表"唯一、你、起点"；"2"代表"爱、两人世界"；"3"代表"想念、生命、生活"；"4"代表"是的、时时"；"5"代表"我，不分你我"；"6"代表"顺利、溜达"；"7"代表"请、起、气"；"8"代表"发、拜拜、不"；"9"代表"久、就、求"。[②]

根据其所代表的意义不同，数字文可以分为数字谐音、数字象形、数字密码等三类。

数字谐音。一是通过普通话谐音而形成的数字文，如："345"意为"相思苦"，"9494"表示"就是就是"，"1314520"表示"一生一世我爱你"等；二是通过方言谐音而来的数字文，如："7456"表示"气死我了"。

数字象形。例如，"177155"是根据英语单词"MISS"仿造的，"177"是"M"，"1"是"I"，"5"是"S"；"31707"是根据英语单词"LOVE"仿造的，要把 31707 上下颠倒；"505"是根据"SOS"仿造的。

数字密码。通过把阿拉伯数字进行组合得出特殊的含义，如："007"表示我有一个秘密要告诉你；"0001000"表示"我真的好孤独"；"1"表示"一个人"，"0"表示"空乏"，取数字的象形意味。

数字文是人们表达思想、感情的一种奇特方式，它赋予使用者丰富的想象空间，而且由于它使用起来简便、快速，使整个文本显现出灵动、新颖、鲜活的个

---

① 百度知道：《"字母文"是什么意思呢?》，http://zhidao.baidu.com/，2010 年 6 月 29 日查询。
② 散文网：《数字谐音》，http://www.sanwen.net/subject/542642/，2013 年 1 月 5 日查询。

性特点,所以备受众多网友喜爱。

5. 谐音文

谐音文是指伴随网络产生,并在网络语言中广泛使用的"谐音化"现象,表现为大量的同音词、近音词、数字、外文等相互替换,形成了具有鲜明网络色彩的、独特、幽默、风趣的谐音修辞手法。

网络谐音语言大致可以分为三类:

第一是用汉语词谐音,即利用汉字音同或音近的条件,用同音或近音字来代替本字。一是用普通话词语谐音。如:"斑竹"(版主),"驴友"(旅友),"大智若娱"(大智若愚)等。二是用方言词语谐音。如:"银"(人),这是谐东北方言的字音;"孩子"(鞋子),这是谐兴化方言的字音。三是合音谐音。如:"酱紫"或"绛紫"(这样子)即属此类。

第二是用外语词谐音,即利用汉语和英语同音或近音的条件,用音同或音近的字来代替本字,又称为音译谐音。一是英语-汉语谐音,如:"Viva"——"万岁","Faint"——"分特(指因为激动或震惊而昏倒,网络上用来夸张感情的强烈)"。二是英语-英语谐音,如:"btw(by the way)"意为"顺便再说一句","g2g(got to go)"意为"要走了"。

第三是其他谐音。一是阿拉伯数字谐音,如:"2"开头——2030999 表示爱你想你久久久,259758 表示爱我就娶我吧;"3"开头——3344587 表示生生世世不变心。二是谐音为字母、数字、符号的混合物,如:"Thank you"——"3Q","加油"——"+U","—)"——"我们之间的秘密,千万不要跟别人说"。

6. 叠音文

叠音文是指在网络文学创作中大量使用叠音这种构词手法的文章。从作用上看,这些叠音结构主要有两类:一类是模仿童言稚语而产生的,其作用是为增加无声的网络语言的音乐美,转写口语表达中童真、俏皮、亲昵的语气。如:重叠单音节名词,把"饭"写成"饭饭"、"车"写成"车车";重叠合成词中的某个语素,把"坏蛋"写成"坏坏"、"屁股"写成"屁屁"等。另一类是网民为转写口语中的强调重音而特别创造的。如:"一般般"要比"一般"更具强调意味。

从结构上看,叠音词按词形可分为如下几类:AAB 类、ABB 类、AABB 类和 ABCC 类。AAB 类:面面观、呱呱叫、麻麻亮、娘娘腔、飘飘然、泡泡糖、毛毛雨;ABB 类:乐呵呵、乐陶陶、乱哄哄、圆滚滚、肉墩墩;AABB 类:吃吃喝喝、松松垮垮、拖拖拉拉;ABCC 类:大腹便便、文质彬彬、生气勃勃、兴致勃勃。①

叠音词在使用过程中具有词性多样、儿童化色彩较重的特点。如:"饭饭、睡

---

① 百科百度:《叠音词》,http://baike.baidu.com/link? url=5yCySHv4GvbDlDk−1dpUrb1g4fcrrINIx1aRckN5ZhK3d4DKRlXBwRL0Zg3PBzFJ,2013 年 6 月 8 日查询。

觉觉、水水、尿尿、坏坏、片片"，它们中有名词、动词、形容词等等，说出的感觉似乎像是对着婴孩交谈，使对话更有趣、好玩。此外，叠音词明显带有儿童语特征，如："狗狗、漂漂"。

总之，叠音文能使一种回环往复的语音美感，进而表达亲切、爱怜的情感。

7. 戏仿文

戏仿也叫嘲仿、谑仿、"滑稽模仿"、"戏拟"，源自英文"parody"，是在自己的作品中对其他作品进行借用，以达到调侃、嘲讽、游戏甚至致敬的目的。戏仿的对象通常都是大众耳熟能详的作品。如：周星驰在《大话西游》和《功夫》等影片中大量使用了戏仿，引用的来源有《西游记》、李小龙的影片、《黑客帝国》等。戏仿文运用摹仿、搞笑、变形、夸张的手法，使文章显得嘻嘻哈哈、不正经，变得玩世不恭而又世俗化。如戏仿文天祥《过零丁洋》①：

辛苦遭逢弃一经，人生寥落半世星。山河兴旺谁人事？身世浮沉知天命。
英语试里说英语，文明史上叹文明。人生自古谁无死，留取丹心照汗青。②

再如有网友戏仿《游击队之歌》："我们都是大美女，每一次点击消灭一颗痴心；我们都是狐狸精，哪管它网恋真不真……"。

周星驰主演的《大话西游》中那几句经典的台词："曾经有一段真挚的感情摆在我面前我没有珍惜，等失去后才后悔莫及，尘世间最悲哀的事莫过于此……"，在网上出现各种各样的戏仿之作。网络戏仿的盛行与宽松的社会语境有关，相对宽松的语言环境为戏仿文学提供了良好的创作与传播氛围，而真正促使戏仿大行其道的无疑是互联网等现代复制技术。

8. 动漫文

动漫作品中的语言，即动漫语言，由于内容新颖，表达形式生动活泼、诙谐幽默，不仅受到了动漫爱好者的热捧，更受到了广大年轻人的喜爱，从而带动了一股在网络上使用动漫文的热潮。

动漫文大致可以分为：第一，表人的，如："萝莉"——作为名词，指长得很可爱或者穿得很可爱的小女生，作为形容词，指具有萌属性的萝莉风格；"御姐"——"成熟的强势女性"；"达人"——指在某一领域非常专业，在某方面很精通的人，即某方面的高手。

第二，表特征属性的，如："腹黑"——形容一个人机智，"恶趣味"——出丑、搞笑或幼稚的行为，"治愈"——温暖人心、净化心灵。

第三，表行为的，如"吐槽"类似于抬杠、拆台、掀老底的意思，"恶搞"是

---

① 诗生活：《仿文天祥〈过零丁洋〉》，http://www.poemlife.com/thread-538798-1-1.html，2005年5月29日查询。
② 新浪博客：《王渔洋论诗绝句》，http://blog.sina.com.cn/s/blog_59eba8080100etvh.htm，2009年8月5日查询。

恶意搞笑的意思。如：《蚁族的奋斗》台词遭恶搞，"马诺语录"被澄清未植入。[①]"扑倒"用来表达一种想要亲近某人的想法，也是一种表达友好的用词，带有调侃意味。如："我只扑倒怪叔叔"。

第四，表同性恋方面的，"耽美"：描写男男恋爱的动漫作品。如：一入耽美深似海，从此良知是路人（凤凰网·资讯频道）。"腐女"：主要指喜欢小说或动漫、幻想男男爱情的女性。如：广州后悄现"腐女"族，最爱男同性恋漫画（腾讯网）。[②]

在经济和文化趋于全球化的情形下，技术的发展和传播手段的日益便捷，动画逐渐演变为动漫产业，动漫产品及其生产制作和营销传播的过程正日益影响着人们的生活方式，动漫文也成为具有流行和时尚特征的一种网络语言。

9. 缩略语

在虚拟的网络世界中，网友有时为了省时省力，在不改变词语原有意义的情况下，用词或短语中的部分形式替代整个词或短语，并作为一个基本语言单位使用，所谓缩略语就是对这种术语性专有名称的简略称呼。网络语言中出现的缩略语主要有以下几种类型：

第一，字母缩略语。用字母代表单词或音节表示原词义。主要有：由英语单词的首字母构成的缩略语，如："STD"——"standard"；由汉语拼音首字母构成的缩略语，如："HSK"——"Hanyu Shuiping Kaoshi"。

第二，谐音缩略语。用原词语所谐字母音、数字音表达语义。一是用英语字母音谐音替代构成，如："HRU"——"How are you"；也有将英文译为汉语后谐音的，如"W我退网，还怕他？"，"W"的读音与"大不了"近似。二是用阿拉伯数字谐音，如由阿拉伯数字谐音代表汉语，如："1314"——"一生一世"；由阿拉伯数字谐音代表英文，如："88"——"Bye－bye"；由阿拉伯数字混合英文字母谐音代表英文，如："B4"——"before"。

第三，借形缩略语。这类缩略语表现为借用大众熟悉的语词的形式，根据需要重新对该语素赋予相关或相应的语义并构成一个语词，然后再由这些语词构成的短语或语句简缩成缩略语。如："超人"——"超级蠢人"，"可爱"——"可怜没人爱"，"早恋"——"早上锻炼"等。此外，借形缩略语也有由英语单词构成的，如"KISS"不表示"吻"，而是"keep it simple, stupid"。[③]

网络缩略语的产生有着特殊的背景。首先，网络语言是在键盘上敲出来的语言，同时又是一种口语，即书面形式的"口语体"。其二，汉字没有拼音、英文字母简便，因此，网民喜欢使用网络缩略语。其三，网络交际打破了地域的限制，

---

① 人民网·娱乐滚动新闻：《蚁族的奋斗台词遭恶搞 马诺语录被澄清未植入》，http://www.022net.com/2012/2－22/443659322318306.html，2012年2月22日查询。
② 胥俊：《浅议网络语言中的日本动漫词语》，《名作欣赏》2012年第12期。
③ 李军华：《符号的颠覆与重构：网络缩略语研究》，《甘肃社会科学》2007年第3期。

通用符号使得世界各地的网民能够通过网络进行实时即时的交流；其四，网友在精神上更追求时尚、新潮和多变。

10. 表情符号

在以计算机和互联网为媒介的信息时代里，交际对象彼此看不见对方的表情神态和身体姿势，仅有网络文字的交流。因而，网络表情符号顺应时代而生，成为一种表达内心情感的方式。网络表情符号，是指网络中表达情绪情感的符号，用符号、动画、图形等非文字来传情达意，是近年来兴起的一种"网络方言"。

网络表情符号起源于美国，1982年斯科特·法尔曼教授在电子公告板上，第一次输入了"：－)"字符，用来代表笑话以免开玩笑被当真，从此，网络表情符号就开始迅速普及和使用。

最初的网络表情符号是由标点、字母、数字等一些特殊的符号组成的表情达意的辅助性交际手段，其实质是一种象形符号。在英文中被称为"Emoticon"，"在日语中，则以汉字'颜文字'（かおもじ）称呼表情符号，'颜'字意为脸庞。'颜文字'这个词的意思就是指用文字和符号组成表情或图案来表达撰写者的心情"①。

网络表情符号经历了由简单单一到复杂生动的三个阶段：第一阶段为简单的键盘符号组合，是网络表情符号发展的初期。第二阶段则由键盘符号组合转向彩色的小图片，如腾讯QQ、人人网、阿里旺旺等。第三阶段的网络表情符号以漫画、明星的照片以及反应时政热点的各种各样的动态性的图片引领潮流，出现了图片与文字的结合，呈现出系列性的特征，如阿狸、悠嘻猴、兔斯基等表情包。

网络表情符号是一种特殊的视觉符号，它具有一般符号的特点，同时，又有自己的特殊性。形象鲜明，如："*\(^_^)/*"表示"为你加油"，"[{(>_<)}]"表示"发抖"；趣味性和幽默性，如："〒_〒"表示"我在哭"，"（⊙o⊙）"表示"目瞪口呆"②；创新性，如：失意体前屈"orz"这个符号的发展有"●rz"、"Or2"、"★rz"、"○rz"、"6rz"、"orZ"、"OTz"、"Xrz"、"崮rz"、"囧rz"、"茴rz"、"商rz"、"囗rz"、"益r2"等共几十个变体，每种变体都赋予了其特殊的时代含义；即时性，表情符号随着当前发生的时事政治、社会热点不断更新；多元时尚性；系列化色彩，如：腾讯上的经典表情是以小太阳为原型勾勒出的面部表情系列，搜搜网络表情中有很多表情包，如兔斯基、阿狸、炮炮兵等。

表情符号的大量使用和自身表义的模糊性，可能会破坏既定的语言规范，因而应该慎用。

---

① 百度文库：网络表情符号初探，http://wenku.baidu.com/view/f8b6f21f227916888486d773.html，2013年。

② 百度百科：表情符号，http://baike.baidu.com/link?url=Up_n6AagVZh_g8FpG6aNfD1p1QAGc6_Xq_Ehqof8EGHP81qidT－x0cl_EPjCtJIq，2013年8月5日查询。

11. 甄嬛体

《后宫甄嬛传》的热播，掀起了一股"甄嬛体"的浪潮，剧本里带有文艺气息的对话成为网友模仿的对象，如"本宫"、"极好"等词迅速蹿红网络。于是网友竞相仿造出具有剧本特色的词语、句子，这些即被称为"甄嬛体"。"甄嬛体"具有语调平缓得当、语气错落有致、古风古韵犹存等语言特色。

据网友概括，"甄嬛体"的句式有：说话时必称"本宫、臣妾、嫔妾、朕、哀家、孤"；好用双音词，如"方才、想来、极好、左右、罢了"。常用短语和短句："若是……想必是极好的，但……倒也不负……"①。

以《后宫甄嬛传》中人物的经典台词为例句，如："这路走错了不打紧，这东西交错了人，那可就不好办了！""在本宫身边，只有卑躬屈膝之人，没有痴心妄想之人，更不能有夺我宠爱之人！敢跟本宫争宠，就全都得死！""奴才不在于多少，只在于忠心与否。"②

甄嬛体在网上流行后出现了很多版本，各具特色。如："不想上班版"——"今儿倍感乏力，恐是昨夜梦魇，扰了心神。加上五一度假后，玩了真人 CS，不想身子越发疲累，连续休息两天也未能恢复。今儿个早上看错了时间，半路上方才明白，当真是春困至极。若能睡个回笼觉，那必是极好的！春困甚为难得，岂能辜负？说人话：今儿真的不想上班！"③

12. 舌尖体

美食纪录片《舌尖上的中国》在中央电视台的热播，衍生出了"舌尖体"这一新兴的网络文体，"舌尖上的……"成为网络流行语。不仅有"舌尖上的安徽"、"舌尖上的平潭"，甚至出现了"舌尖上的母校"如"舌尖上的清华"、"舌尖上的北大"等。其中，以"舌尖上的母校"最为著名。网友创作"舌尖上的清华"七集纪录片来展现高校美食。后来，官方微博也加入秀美食行列。山东省旅游局官方微博直接发布："山大、山师、海大、石大、青大、济大……哪些舌尖上的母校食堂，你还想再吃一遍？"

"舌尖上的母校"版层出不穷："北苑是最幸福的，饭菜再难下咽，至少品类繁多……想到能咸死木乃伊的韭菜鸡蛋水饺，喝完舌头苦得都发甜的瓦罐汤，还是让人忍不住想念学校"④。此外，还有美国版"舌尖体"："入冬了，缅因州人民

---

① 百度百科：甄嬛体，http://baike.baidu.com/link?url=AORJiFIgYvtDlhV－Y9xUNA－KxK－Eqhu473rgAfhaasqBilBkCDugy42－6w－jSa－PvTsWEvTReb7F1tpL－2D4Ca，2013 年 11 月 7 日查询。
② 网易：《"甄嬛体"造句受网友追捧 5000 条妙语大 PK》，http://ent.163.com/12/0424/07/7VRBV53B00031GVS.html，2012 年 4 月 24 日。
③ 微卓网：《亲，你今天甄嬛体了吗？》，http://www.ychol.com/i/1480.html，2012 年 10 月 26 日查询。
④ 中国宁波网：《〈舌尖上的中国〉引爆网络话题"舌尖体"出炉》，http://news.cnnb.com.cn/system/2012/05/25/007330649_01.html，2012 年 5 月 25 日查询。

吃了一次麦当劳 1 号餐，远在千里之外的南国佛罗里达人民更喜欢 2 号餐，而远离大城市的田纳西山区中的山民吃了个 3 号餐，而同样处于海边的加州人民却更喜欢 4 号餐"。①

13. 元芳体

元芳体来源于《神探狄仁杰》电视剧。剧中狄公断案时常征求李元芳的意见，因而，网友将其戏称为"元芳体"，典型句式是前面陈述事情，后面加上"元芳，你怎么看？"2012 年 10 月，网友总结出《神探狄仁杰》的语言特色，如："元芳，你怎么看？"而李元芳的回答也固定化："大人，此事定有蹊跷。""此事背后定然隐藏着一个天大的秘密。"一时引发了网友跟风模仿，形成了"元芳体"。

"元芳体"的结构新颖、有趣，但内容空洞，没有实际内涵，纯粹是网友用来娱乐的词语，一时间却广为流传。它的流行有强烈的现实意义，人们借"元芳"来发问，其实是对现实生活中的问题提出自己的疑惑，他们未必需要正确答案，只表达了自己的疑惑即可。如：发泄型的"元芳体"——我怎么觉得我被骚扰当作"元芳"了，他每次聊天说完一句话后都要加个"你怎么看？""你觉得呢？""对吧？"，受不了啦。元芳，你怎么看？②

14. 咆哮体

咆哮体最早起源于豆瓣网，网友奉在影视作品中经常表情夸张，以咆哮姿态出现的电视演员马景涛为教主。之后，便出了文字版的"咆哮"，也就是咆哮体。咆哮体一般出现在回帖或者 QQ、MSN 等网络聊天对话中。咆哮体没有固定的格式或内容，就是带许多感叹号的字、词或者句子。使用者会觉得一个感叹号不能表达自己的情感，而打出很多感叹号，有些人却用感叹号来凑字数。

2011 年 3 月 7 日 14 时许，李可在人人网内发表了"学法语的人你伤不起"的帖子。一时间各种专业版本的咆哮体文章陆续出现，甚至各路粉丝也纷纷开始撰写关于他们的偶像的咆哮体文章。

如：《学摄影的你们伤不起》——"尼玛的老子是文科，读得文学院啊有没有！！！上来摄影师就开始讲蛋清显影法，硝酸银氯化银有没有！！！！！！！！！！！你他妈知道什么是氯化银么！！！！！！！你以为氯化银就是银啊！！！！！！！跟老子有毛关系啊！！！！！！！！！！老子要懂了老子去读化学了有没有！！！！！！！！"③

咆哮体一般是用来自嘲，诉说自己的遭遇和感受，充分表达自己的惊讶、愤

---

① 新华网：《"舌尖"泛滥凸显文化过度消费的尴尬》，http://www.cq.xinhuanet.com/2012-07/07/c_112382043.html，2012 年 7 月 7 日查询。
② 紫风网：《元芳，你怎么看？》，http://www.zfancy.net/html/fengwenhua/lailiangxiang/2013/1023/233880.html，2013 年 10 月 23 日查询。
③ 豆瓣网：《学摄影的孩纸你们伤不起啊伤不起！！！！！！！！！！！》，http://www.douban.com/group/topic/18130154/，2011 年 3 月 9 日查询。

怒的心情，让人看了之后忍不住哈哈大笑，这种自嘲是一种乐观、积极的生活态度的表现。

15. hold 住体

"hold 住"这个有点时尚、有点混搭、又有点喜感的流行词来源于台湾综艺节目《大学生了没》。在 2011 年 8 月 9 日的《大学生了没》节目中，一位名叫 miss lin 的女网友以夸张另类的烟熏造型、一口做作中英混搭的英语、扭捏妖娆的姿态向大学生们介绍什么是 Fashion，"我刚从法国巴黎的时尚大学毕业的，今天就是要教大学生 what is fashion……"其极度夸张搞笑的表演震撼了所有观众，miss lin 的口头禅是"hold 住"，"千万不要这样，not fashion，整个场面我要 hold 住""就算我搞错 party，整个场面我要 hold 住！"

后来，"hold 住体"在新浪微博中流传。8 月 23 日，在众多网友的造句热潮中，由青年作家钟二毛在其新浪微博中发起的一串排比句力压众言，脱颖而出，受到网友的热烈追捧："B 股被郭登峰毁了，A 股、H 股还在，hold 住！"[1] 从此，hold 住体风靡网络。

16. 坑爹

"坑爹"一词据说源自地方方言，原意是"羞先人"，意为做了不道德的事，使祖先蒙羞。网友用这个词表示自己被对方欺骗，或者感叹自己对某人某事的不满。

网友"冷笑话精选"："无意间发现手机居然有飞行模式，这可乐坏我了，我打开飞行模式，哈了一口气，往天上用力一扔，结果你猜怎么着，居然掉下来了，屏幕也摔碎了！你这不是坑爹吗！！"

17. 淘宝体

淘宝体的特点就是逢人就叫"亲"。它最早在淘宝网上使用，见于淘宝网卖家对商品的描述，后因其亲切、可爱的方式逐渐在网上走红，并被用于诸多场合，以营造亲切、愉悦的氛围。如：2011 年 7 月南京理工大学向录取学生发送"淘宝体"录取短信。"亲，祝贺你哦！你被我们学校录取了哦！亲，9 月 2 号报到哦！录取通知书明天'发货'哦！亲，全 5 分哦！给好评哦！"[2] 淘宝体常见字眼有："亲，……哦！"如："亲，熬夜不好哦！！！亲，包邮哦！！！""来嘛亲！逆流包邮呦亲！亲你怎么了，亲你怎么冻死了亲，亲冻死了不退邮费的哦亲～"

"淘宝体"一直是默默而持久地存在，如今它能突破购物网站的交流区域，是

---

[1] 酒仙网：《网络流行变幻大王旗："hold 住"爆红"给力"退位》，http://post.news.tom.com/7E001D771216.html，2011 年 8 月 26 日查询。

[2] 豆瓣网：《亲，祝贺你哦！你被我们学校录取了哦！》，www.douban.com/note/161902226，2011-07-18。

因为人们突然发现了它那种"亲切又腻歪"的语言魅力和情感深度。

18. 土豪

土豪原指在乡里凭借财势横行霸道的坏人，后在 ACG 界引申为无脑消费人民币的玩家。2013 年 9 月 9 日，微博上发起"与土豪做朋友"以及"为土豪写诗"活动，诞生了"土豪我们做朋友吧"这句流行语，再次加速了土豪的走红。"土豪"现指气质够土，花钱够豪，用于讽刺那些有钱又很喜欢炫耀的人，尤其是通过装穷来炫耀自己有钱的人。该意义衍生出"土豪，我们做朋友吧"等句子。有些人把比自己肯花钱的人都称之为"土豪"，其社会意义与之前人人争当"屌丝"是相同的，展现了网友自嘲的方式和对自我生活诠释的角度。

19. 高富帅和白富美

"高富帅"的命名是由日本动漫"高达"演变而来。由于该动漫主人公以动漫创作者高富帅命名，1 米 85，体重 145 斤，长相帅气，为独生子女，父母是国家高级干部，家庭生活条件殷实，某名校毕业等特点，受到了广大观众的认可和喜爱。该主人公从此在中国风靡起来，其思想和行动都受到各界的强烈关注。"高富帅"一词最早风靡于百度李毅贴吧，是具有浓厚贴吧文化色彩的一个词汇，后在各大电视台、网站、论坛、贴吧等高频出现，对应于"屌丝"、"矮挫穷"。

"白富美"一词最早风靡于百度贴吧李毅吧，与高富帅、矮穷挫等词产生于同一时期。指的是皮肤好（白里透红），家庭条件富裕，五官端正，身材好，气质佳的女子，也指白痴，富态，臭美，具有讽刺意义。

二、网络文学语言特点

1. 简洁化、生活化、时尚化

相对于传统的文学语言，网络文学语言更加强调简洁性，表现为用词、短句或句群代替长篇大论。在传统文学中，为了详尽地表达作者的思想情感，作者常采用借景抒情的表达方式，用大量篇幅描写景物环境，并经常引经据典。而网络文学为了节省时间，同时也为了阅读简便，网友常将长篇大论分割成较小的片段，字数缩减了，格式要求不严格了，只用几个词就将意思说明白，而且常采用诗句一样的分行排列。例如，痞子蔡的《第一次的亲密接触》就具有这样的特点。此外，网络语言常用数字、字母或表情符号代替汉字复杂的表达方式，也使得表情达意更加简洁。如"1314520"表示"一生一世我爱你"，"GB"表示"国家标准"，"ISO 认证"表示"国际标准化组织认证"，"（＞_＜）"表示"小生气"等。

网络文学语言更加大众化，贴近生活。网络文学创作常以亲朋间、同学间、邻里间的身边小事为创作对象，书写随意，浅显易懂，便于和读者互动。

如：网络文学作品《情殇》，讲述了一个 70 年代风华正茂的姑娘失恋并失业后学电脑时，在网络上邂逅了一位优秀的网友，两人间产生了一种莫名的情愫，却换来一个凄凉的结局。

> 八年的焦灼心折的日日夜夜。
> 我是真的爱他，爱到愿意匍匐在他的脚下，亲吻他脚边的尘埃。
> 十年生死两茫茫，不思量，自难忘。
> 算算日期，我们的爱，恰有十年。
> 如今，却有人来告诉我，你最爱的那个人，并没有死。
> 他活的很好，而且还有个幸福的家庭。

这优美、伤感的语言真实动人，又透露出现实的沧桑感。

另外，网络文学语言更注重与时代新潮接轨，变得越来越时尚化。如在以爱情为主题的文学作品中，常把古代的"才子佳人"模式，转变成现在的"俊男靓女"形象，让读者在虚拟世界中感受到爱情的魅力，有时体现了一种小资生活情调，如安妮宝贝的《告别薇安》。

2. "粗口秀"表达方式

"粗口秀"（vulgarity show）是一种运用凡俗话语模式传情达意的语言策略，它原是一种民间智慧，现在却被广泛用于网络写作，逐渐成为网络文学语言的一大特征。网络是一个俗众狂欢的共享空间，一个消解崇高、颠覆神性、贱视权威的"渎圣"世界。与之相适应，网络文学是"脱冕"的文学，而不是"加冕"的文学。"脱冕"姿态与"粗口秀"策略互为表里，这和传统写作大相径庭。戏嘲崇高、拼接凡俗和渎圣思维，是网络"粗口秀"语言表达的常见形态。让充满欢笑的怪诞、嘲弄、调侃、滑稽、耍贫嘴、假正经，以及各种民俗民间文化智慧来颠覆尊贵和典雅，从而以"新民间文学"形式实施"脱冕"后的俗众狂欢。如：

> Girl（女孩）和 Boy（男孩），
> 何必拼命 Study（学习），
> 不如挣几个 Money（钱），
> 生个漂亮的 Baby（婴儿），
> 天天生活 Happy（幸福）。

网络语言的"粗口秀"还表现为语言的拼接，网友常在创作网络文学的时候利用链接、复制等计算机技术将不同文本进行粘合，常见的有"语词拼贴、语段拼贴、故事拼贴、人物拼贴、意义拼贴、符号拼贴等"[①]。

---

① 欧阳友权：《论网络文学的"粗口秀"叙事》，《曲靖师范学院学报》2004 年第 4 期。

3. 炫技性娱乐技巧

网络文学语言常常表现出以幽默、滑稽为主要特征的炫技性娱乐技巧。被誉为"网上第一部畅销小说"的《第一次亲密接触》就采用了幽默、诙谐的表现手法。如："痞子……请继续放吧……小女子洗鼻恭闻"，"洗鼻恭闻"化用了"洗耳恭听"，给人一种熟悉的陌生感，增加读者的阅读兴趣。炫耀谐谑的技巧，展示幽默的智性，巧置诙谐的语言，编织搞笑的噱头，常常能为作品招徕更多的看点，也能为感觉的撒播提供更为诱人的审美张力。李寻欢的《边缘游戏》、《数字英雄》的搞笑煽情，邢育森的《活得像个人样》的浪漫和悖谬，宁财神《在路上之金莲冲浪》、《网恋鬼故事系列》、《歪歌瞎唱》等作品的幽默调侃、装神弄鬼，龙吟《智圣东方朔》的"文侠"智慧和东方式幽默，以及 flying－max 的获奖小说《灰锡时代》表现出来的黑色幻想和生存狡智等等，都是网络文学作品谐谑炫技的代表作。

4. 随意性与不规范性

网络文学语言主要是为适应网民在网上交流而产生的，网络这种特殊的交流环境，决定了其语言除了简洁、粗俗、炫技等特点外，也伴随有随意性强、规范性差、内容低俗等缺点。

网络文学创作注重语言使用的标新立异和个性化，但却加重了语言的随意性，表现之一就是各种类型的文字、符号杂糅在一起。如："PF"表示"佩服"，"TST"表示"踢死她"。表现二是各种错字、别字、怪字层出不穷，如在《扑倒老公大人·在遗忘的时光里重逢》中："陶子的名言：没有扑不倒的男人，只有不努力的妹纸！""妹子"被写成"妹纸"；"偶稀饭粗稀饭"指的是"我喜欢吃稀饭"；"偶8素米女，偶素恐龙"指的是"我不是美女，我是恐龙"等等。表现三是内容低俗，如在小说《鬼差的爆笑生活：哥在阴曹地府当鬼差（续）》中的人物语言："'妈的，我是不是长了痔疮？'如厕完毕正做清理工作的凌云突然觉得后庭处传来一阵剧痛。""'我操！'半天才反应过来发生了什么事的凌云发出了一声愤怒的咆哮。"小说中有大量类似的不雅、粗俗的文字，给读者带来一定的负面影响。

网络文学语言的随意性和不规范性给语言的规范性带来一定负面影响。

5. 约定俗成性

网络语言中出现了众多的新词新语。这些新词新语中有些具有较强的生命力，被许多人所接受和采用，经得起时间考验的那部分最终被收入字典或词典，成为人们约定俗成的词语。

根据《中国语言生活状况报告》一系列的资料显示，2009 年我国共诞生了 396 条新词语，包括"甲流"、"蚁族"、"保八"、"开胸验肺"、"钓鱼执法"、"杯具"、"中学校长实名推荐制"等，而"躲猫猫"、"70 码"、"不差钱"、"低碳生活"等成为年度热词。

2010年出现500条新词语，除"～族、～门、～奴、～男、～女、～客、～二代、被～、楼～"等类词缀继续使用外，"～哥、～姐、～帝、～体"以及"微～"也特别活跃。其中最引起社会关注、流行范围最广、最具年度特色的恐怕是"给力"。

2011年共有新词594条，延续往年风格出现了诸如"咆哮体、淘宝体、宝黛体、撑腰体、高铁体，微电影、微访谈、微小说、微生活、微招聘"等类的新词。

2012年，新出现的词语有585条，以往的类词缀的使用量逐渐减少，新增"最美～、中国式～、房～、末日～"之类的格式。其中，"中国梦"、"美丽中国"、"中国好声音"、"莫言热"、"最炫民族风"、"你幸福吗"等成为热词，在社会生活中广为流传。

2013年出现的网络新词如"光盘"、"倒逼"、"逆袭"、"微××"、"大V"、"女汉子"、"土豪"、"奇葩"、"点赞"、"中国大妈"、"高端大气上档次"等，有些慢慢被人们习惯和接受，甚至主流媒体上也开始使用，这便是网络文学语言的约定俗成性。

第6章 网络文学理论批评

2009年到2013年的五年间,网络文学理论批评领域成果丰硕,研究论文数量不断增加,研究著作也逐渐系统化、专门化,国家社科基金项目、教育部项目、各类省级课题中频频出现以网络文学研究为主题的立项课题,集结了一批网络文学研究成果。

一、网络文学理论批评五年成果检视

以网络文学论文、网络文学理论批评著作、网络文学立项课题和网络文学成果奖励作为考量范围,这里对2009—2013五年间网络文学理论批评领域的主要成果进行普查和整理。

1. 网络文学论文

截至2013年12月31日,笔者在中国知网上以"网络文学"为主题,以2009、2010、2011、2012、2013五个年份为时间节点进行了论文数据统计工作,除去匿名文章,搜索到的期刊论文共有856篇,其中2009年146篇,2010年129篇,2011年214篇,2012年171篇,2013年196篇;以网络文学作为研究主题的硕博论文共有179篇,其中2009年28篇,2010年34篇,2011年44篇,2012年54篇,2013年19篇。从整体来说呈递增趋势,研究内容不再局限于网络文学的基本问题研究,逐渐向系统性、针对性、多样性转变。越来越多的专家、学者、教授介入网络文学理论批评中,许多研究生把网络文学作为自己的学位论文,从事网络文学理论批评的队伍不断扩大。

(1) 2009—2013年代表性网络文学研究论文100篇选目[①]:

作者	文章名	发表期刊	发表时间
张永清	新媒介 新机遇 新挑战——网络文学刍议	江西社会科学	2009年第2期
白烨	新的异动与新的问题——由2008年文情再谈新世纪文学	文艺争鸣	2009年第4期

[①] 资料来源:中国知网文献数据库,http://epub.cnki.net/kns/brief/default_result.aspx,2013年12月31日查询。

作者	文章名	发表期刊	发表时间
欧阳友权	网络文学：前行路上三道坎	南方文坛	2009年第3期
欧阳友权	网络文学：盛宴背后的审美伦理问题	探索与争鸣	2009年第8期
欧阳友权	数字媒介时代的图像表意与文字审美	学术月刊	2009年第6期
张颐武	当下文学的转变与精神发展以"网络文学"和"青春文学"的崛起为中心	探索与争鸣	2009年第8期
马季	十年网络文学：集体经验与民间智慧	南方文坛	2009年第3期
马季	网络文学的此在和未来	创作评谭	2009年第5期
张永清	媒介文化与文学创作	江西社会科学	2009年第2期
黄鸣奋	能入能出：在线世界的离线思考	中国文学研究	2009年第1期
周志雄	网络文学与中国当代文学的发展	理论学刊	2009年第4期
周志雄	论网络文学的创作群体	北方论丛	2009年第5期
陈定家	网络"超文性"写作的几点缺失	西北师大学报	2009年第6期
欧阳友权	微博客：网络传播的"软文学"	文艺理论研究	2010年第4期
欧阳友权 吴英文	网络文学批评的价值和局限	探索与争鸣	2010年第11期
欧阳友权 罗鹏程	博客文学的结构体式与创生形态	学习与探索	2010年第2期
傅其林	网络文学的付费阅读现象	学习与探索	2010年第2期
白寅	网络文学产业化的新趋势及其后果	学习与探索	2010年第2期
何志钧	网络文学类型化写作管窥	学习与探索	2010年第2期
白烨	有限性与可能性——传统批评与网络文学	南方文坛	2010年第4期
马季	网络文学：直逼文学价值认同断裂的现实	南方文坛	2010年第4期
曾繁亭	签约写手：暧昧的身形与尴尬的身份	学习与探索	2010年第2期
王干	网络改变了文学什么	文艺争鸣	2010年第11期
田忠辉	对立与融合：略论纸介文学与网络文学的互动——以"80后""90后"阅读群体为背景	文艺争鸣	2010年第15期
姜春	现实主义文艺思想观照下的"网络文学"	文艺理论与批评	2010年第5期
江冰	"80后"与网络：文学批评的双重阻隔	南方文坛	2010年第4期
李星辉	网络文学语言的四个特性	求索	2010年第6期
禹建湘	在网络文学前沿开辟诗学荆林	理论与创作	2010年第4期
韩啸	论网络文学的审美嬗变与价值重构	中州学刊	2010年第6期
刘东方	网络文学与"文学大众化"	文艺争鸣	2010年第19期
严锋	新媒体中的青春写作	文艺争鸣	2010年第7期
赵小雷	数字消费时代作为艺术的文学作品	文学评论	2010年第4期
欧阳友权	手机短信的文学身份与文体审美	江海学刊	2011年第4期

作者	文章名	发表期刊	发表时间
欧阳友权	网络文学：从书页到网页的博弈	福建论坛	2011年第10期
欧阳友权	网络文学的价值取向及其自逆式消解	高校理论战线	2011年第10期
欧阳友权	中国文学的世纪转型与数字化生存	中国社会科学（英文版）	2011年第1期
欧阳友权	网络时代的文学形式	文艺理论研究	2011年第3期
马季	网络文学边缘性主体解析	南方文坛	2011年第2期
马季	少数民族网络文学的价值与意义	南方文坛	2011年第5期
马季	话语方式转变过程中的网络写作——兼评网络小说十年十部佳作	中国社会科学（英文版）	2011年第1期
马季	文学网站的历史沿革	文艺争鸣	2011年第16期
贺绍俊	马季：关注网络文学的批评家	南方文坛	2011年第2期
贺绍俊	新世纪带给文学的一份厚礼——关于网络文学的革命性和后现代性及其他	东岳论丛	2011年第2期
吴英文	数字媒介下的文论逻辑	理论与创作	2011年第4期
黄鸣奋	面对新兴文学体式的呼唤	文艺报	2011年8月17日
单小曦	"网络文学"抑或"数字文学"？——兼谈网络文学研究向数字文学研究的提升	上海师范大学学报	2011年第5期
单小曦	数字文学的命名及其生产类型	中州学刊	2011年第6期
单小曦	莱恩·考斯基马的数字文学研究	文艺理论研究	2011年第5期
邵燕君	面对网络文学：学院派的态度和方法	南方文坛	2011年第6期
张永清	反思网络文学	中国社会科学（英文版）	2011年第1期
江冰	"80后"文学与网络的双向互动	文艺争鸣	2011年第16期
黄发有	网络文学的可能与限度	文艺争鸣	2011年第3期
蒙星宇	寄生、自生、延伸——全球华文网络文学探源	名作欣赏	2011年第9期
陈定家	网络文学文本的持守与创新	中国社会科学（英文版）	2011年第1期
欧阳文风、李玲	十年行程：网络文学研究的理论视域及其问题	云梦学刊	2011年第5期
欧阳文风	由网络到新媒体：移动的文艺学边界	湖南城市学院学报	2011年第5期
黄发有	消费寂寞——网络文学的游戏化趋向	南方文坛	2011年第6期
周善	80后与网络文学：传统出版的"新丝路"	南方文坛	2011年第6期
李明洁	网络时代的语言变异与文学转型——浅议流行语现象对当代文学转型的标志意义	文艺理论研究	2011年第1期
王晓明	六分天下：今天的中国文学	文学评论	2011年第5期
曾军	有限包容及其问题——"新世纪文学"视野中的"新媒体文学"	文艺争鸣	2011年第3期
白烨	新变、新局与新质——为新世纪文学把脉	海南师范大学学报	2011年第1期

作者	文章名	发表期刊	发表时间
寇超颖	文化资本与文学审美的网络博弈	探索与争鸣	2011年第10期
宋玉书	网络文学：商业写作中的自由折翼	网络文学评论	2012年第3辑
单小曦	从网络文学研究到数字文学研究的范式转换	学习与探索	2012年第12期
单小曦	"改编热"的虚妄与数字文学性的开掘——评网络文学的影视剧改编现象及其发展路向	艺术评论	2012年第5期
曾繁亭	网络文学之"自由"属性辨识	文学评论	2012年第1期
邵燕君	在"异托邦"里建构"个人另类选择"幻象空间——网络文学的意识形态功能之一种	文艺研究	2012年第4期
杨燕	网络文学何以存在？	文艺争鸣	2012年第5期
周保欣	网络写作：文学"常变"的道德与美学问题	文艺研究	2012年第2期
马季	繁花似锦 流云无痕——2011年网络文学综述	文艺争鸣	2012年第2期
崔宰溶	艺术界与异托邦——对中国网络文学研究的一些看法	南方文坛	2012年第3期
邵燕君	网络时代，精英何为	探索与争鸣	2012年第5期
邵燕君	网络时代：新文学传统的断裂与"主流文学"的重建	南方文坛	2012年第6期
丁国旗	手机媒体带来的问题与挑战	学习与探索	2012年第12期
江冰	一场关于网络与代沟的师生对话	粤海风	2012年第1期
孙佳山	多重视野下的《甄嬛传》	文艺理论与批评	2012年第4期
周志雄	关于网络文学入史的问题	浙江社会科学	2013年第2期
马季	规模持续增长 期待原创发力——2012年网络文学综述	文艺争鸣	2013年第2期
许鹏	新媒体艺术研究的理论设定与网络文学的研究视野	中国人民大学学报	2013年第1期
欧阳友权	重写文学史与网络文学"入史"问题	河北学刊	2013年第5期
欧阳友权	当下网络文学的十个关键词	求是学刊	2013年第3期
欧阳友权	网络类型小说：机缘和困局	学习与探索	2013年第2期
欧阳友权	新媒体与中国文艺学的转向	文学评论	2013年第4期
曾繁亭	网络文学之商业机制辨识	学习与探索	2013年第2期
聂庆璞	网络超长篇：商业化催生的注水写作	学习与探索	2013年第2期
汪代明	网络文学不能承受之轻——中国网络文学质量与数量反差的思考	学习与探索	2013年第2期
李胜清	网络诗学的在场绽放与深度言说	武陵学刊	2013年第3期
于爱成	网络文学与传统文学：差异性与互补性	南方文坛	2013年第1期
金昭英	网络文学的非物质劳动性	文艺理论与批评	2013年第2期
马季	网络文学：文学的个人化与民间化	文化纵横	2013年第2期
尚静宏	网络文学对传统文学秩序重构的可能性	文艺理论与批评	2013年第3期
王颖	茅奖与网络文学——兼谈网络文学中的几个问题	小说评论	2013年第3期

作者	文章名	发表期刊	发表时间
康桥	网络文学中的愿望—情感共同体——读者接受反应研究之一	南方文坛	2013年第4期
黎杨全	"女扮男装":网络文学中的女权意识及其悖论	文艺争鸣	2013年第8期
徐仲佳	"临屏写作"的魅力与陷阱——评蒋子丹新作《囚界无边》	文艺争鸣	2013年第2期
禹建湘	新媒体冲击下文学的悖反式存在	中州学刊	2013年第2期
武翩翩	网络文学在创新中发展	文艺报	2013年8月5日
马汉广	网络文学的间性存在与文学性	吉林师范大学学报	2013年第5期
郭文成	新媒介革命与当代文艺学研究的新道路	创作与评论	2013年第7期

(2) 2009—2013年网络文学研究硕士和博士学位论文目录[①]:

作者	题目	论文类别	所在单位	年份
顾宁	网络社会环境下的当下中国文学研究	博士	辽宁大学	2009
王珊珊	论网络文学的审美特性	硕士	西北大学	2009
景志萍	论网络文学的通俗化特征	硕士	山东师范大学	2009
张化夷	新世纪网络小说的消费特质	硕士	山东师范大学	2009
张天舒	网络文学对文学大众化的影响研究	硕士	东北师范大学	2009
黄凯	网络文学对高中课外阅读的冲击及应对	硕士	华中师范大学	2009
何兰香	网络文学的文体分析	硕士	东北师范大学	2009
张洪权	网络小说精品缺失初探	硕士	中南大学	2009
李炜	数字化艺术的文本形态与审美价值研究	硕士	中南大学	2009
杨妮娜	慕容雪村创作研究	硕士	华东师范大学	2009
马海燕	网络"清穿文学"研究	硕士	吉林大学	2009
翁陶	网络原创小说对当代青年思想的影响及对策	硕士	福建师范大学	2009
陈晓敏	博客:消费文化背景下新的文学生态的整合	硕士	中南民族大学	2009
韦宁钰	网络小说:一种当代文学时尚的分析	硕士	苏州大学	2009
廖宏斌	起点中文网的发展探析	硕士	西南财经大学	2009
李秀杰	论博客文学的兴起与发展	硕士	河北大学	2009
刘宝娜	大众传媒时代的文学存在	硕士	河北大学	2009
蒙星宇	北美华文网络文学二十年研究(1988—2008)	博士	暨南大学	2010
尹俊	"E时代"背景下网络写作对学生课堂写作的影响研究	硕士	西南大学	2010

---

① 资料来源:中国知网文献数据库,http://epub.cnki.net/kns/brief/default_result.aspx,2013年12月31日查询。

作者	题目	论文类别	所在单位	年份
王黎	女性网络文学作者的创作倾向	硕士	山东大学	2010
赵光卫	消费文化语境下当代文学困境研究	硕士	西南交通大学	2010
肖咏理	数字化时代的网络文学生存方式	硕士	湖南师范大学	2010
刘攀	网络文学产业化发展模式研究	硕士	广西师范大学	2010
王海军	接受美学视角下的网络玄幻小说发展研究	硕士	山东大学	2010
赵红军	网络文学的大众审美取向	硕士	东北师范大学	2010
蒋金玲	网络文学阅读研究	硕士	中南大学	2010
董亚楠	后现代文类视野下的赛博朋克小说	硕士	东北师范大学	2010
李莹	从网络热门小说透视新媒介与文学的关系	硕士	东北师范大学	2010
刘斌	互联网时代文学发展的新图景	硕士	山西大学	2010
叶剑松	消费语境下的游戏式写作	硕士	复旦大学	2010
翟培培	网络时代的都市故事	硕士	山东师范大学	2010
宿亚琳	慕容雪村论	硕士	山东师范大学	2010
孟婧轩	当代网络文学性文本初探	硕士	云南大学	2010
梁昱	从"五要素"角度看《明朝那些事儿》	硕士	河北师范大学	2010
乔丽华	论新媒体环境下青少年亚文化及其价值意义	硕士	河南师范大学	2010
徐建峰	微博文学的定义、体裁与价值研究	硕士	华中科技大学	2011
易真	我国文学网站发展对策研究	硕士	中南大学	2011
吴英文	微博客创作的审美解读	硕士	中南大学	2011
王珂	网络玄幻小说受众分析	硕士	湘潭大学	2011
宋婷	网络文学批评特征论	硕士	广西师范大学	2011
姚菲菲	新媒介环境与移动文学	硕士	南京师范大学	2011
叶菁	数字化传播途径下的网络文学读写关系研究	硕士	南京师范大学	2011
陈丽	新技术条件政府中国网络文学网站发展研究	硕士	南京师范大学	2011
张涵茗	网络穿越小说初探	硕士	东北师范大学	2011
杨昱婷	网络文学及其版权保护模式研究	硕士	黑龙江大学	2011
袁松茂	从网络文学看古典文化的主动回归	硕士	云南大学	2011
蔡斌	基于"文化工业"理论的手机文学出版研究	硕士	湖南大学	2011
王欢迎	技术哲学视野下的网络文学	硕士	东华大学	2011
吕晓春	数字化环境与新世纪文学	硕士	鲁东大学	2011
焦雯	女性文学网的文化研究	硕士	北京邮电大学	2011
付冬玲	20世纪末至21世纪初中国网络文学与传统文学辩证关系研究	硕士	兰州大学	2011
乌吉斯古楞	蒙古语网络文学的调查研究	硕士	内蒙古大学	2011

作者	题目	论文类别	所在单位	年份
许会	从唯美到耽美	硕士	四川外语学院	2011
韩茜	专业文学网站研究	硕士	河北大学	2011
苏日娜	蒙古族网络文学研究	硕士	内蒙古师范大学	2011
颜瑶	从80后作家创作看网络文学生产方式	硕士	湖南师范大学	2011
杨拓	电子媒介文学研究	博士	江西师范大学	2011
崔宰溶	中国网络文学研究的困境与突破	博士	北京大学	2011
林雯	论北美华文网络文学的第一个十年	博士	福建师范大学	2012
韩建续	泛文学视阈中的微博研究	硕士	山东理工大学	2012
王宇景	对网络小说代入感的叙事分析	硕士	华东师范大学	2012
贾舒	微小说的后现代特征研究	硕士	内蒙古大学	2012
李杨	网络视域下的文学接受研究	硕士	西北大学	2012
吴辉	短信文学的悖论现象研究	硕士	中南大学	2012
李珏君	网络女性原创写作研究	硕士	陕西师范大学	2012
衡云云	论网络传播背景下的文学情感	硕士	西北师范大学	2012
吴瑾	《红楼梦》网络同人小说研究	硕士	中南民族大学	2012
朱婉莹	论新世纪盗墓文学	硕士	西北师范大学	2012
刘芊玥	作为实验性文化文本的耽美小说及其女性阅读空间	硕士	复旦大学	2012
于晓辉	我国网络原创文学的出版研究	硕士	南京师范大学	2012
胡金霞	文学自由的乌托邦:网络时代的文字书写	硕士	河北师范大学	2012
张萱	网络女性言情小说初探	硕士	河北师范大学	2012
刘忠辉	新媒体环境下文字传播的再发展	硕士	重庆大学	2012
郭静	"榕树下"网站的文学生产机制及文学趣味的建构	硕士	哈尔滨师范大学	2012
许闻君	论网络文学中的"玄幻"小说	硕士	内蒙古师范大学	2012
李艳	穿越小说的创作模式与文化意蕴研究	硕士	河北师范大学	2012
金小英	网络小说语言词汇分析	硕士	华中科技大学	2012
吴玲玲	网络文学的产业链分析及其发展趋向	硕士	浙江工业大学	2012
关云波	论读者介入对网络文学创作的影响	硕士	云南大学	2012
张金海	网络文学的去分化初论	硕士	山东师范大学	2012
吕海刚	数字艺术消费论	硕士	山东师范大学	2012
韩学历	生产性受众的十年—对网络写手的研究	硕士	兰州大学	2012
方辇泙	大学校园网络小说研究	硕士	兰州大学	2012
徐熙	互文性视野下的网络玄幻小说形象研究	硕士	暨南大学	2012
宋玉霞	网络女性小说研究	硕士	兰州大学	2012

作者	题目	论文类别	所在单位	年份
史晓兰	多元视角下的网络文学研究简论	硕士	华中师范大学	2012
李静	原创网络文学出版经营策略探析	硕士	河南大学	2012
吕融融	原创文学网站多元化经营的 SWOT 分析	硕士	华中师范大学	2012
刘志礼	新媒体时代下的网络文学发展研究	硕士	南京理工大学	2013
卢俊颖	试论同人小说中的"玛丽苏"现象	硕士	杭州师范大学	2013
张裴裴	数字艺术传播论	硕士	山东师范大学	2013
房丽娜	网络小说电视剧改编的叙事策略研究	硕士	山东师范大学	2013
范雪立	论"80 后"文学的玄幻写作	硕士	山东师范大学	2013
车晴	论网络文学的价值与局限	硕士	山东大学	2013
张倩南	网络同人小说的传播研究	硕士	北京邮电大学	2013
孙爱哲	《后宫甄嬛传》网络热门小说改编影视剧分析	硕士	西南交通大学	2013
孙嘉咛	"耽美文学"出版研究	硕士	西南交通大学	2013
王䶮	论中国网络文学批评的特征与发展趋向	硕士	内蒙古大学	2013
张思宁	消费文化语境下的中国网络文学探析	硕士	内蒙古大学	2013
宋姣	中国网络文学改编的影视剧研究	硕士	辽宁大学	2013
陈姝颖	论当下文学艺术作品中的"穿越"现象	硕士	华中师范大学	2013
刘湘宁	我国网络文学批评存在的问题与对策研究	硕士	中南大学	2013

从这些网络文学论文可以看出，网络文学研究在逐步升温，《文学评论》、《文艺争鸣》、《小说评论》等主流期刊对于网络文学研究的力度加大，研究队伍除了老牌网络文学研究专家外，还涌现出一批优秀的青年研究者，所关注的问题由基础性问题向深度化、专业化、精细化转变。研究点不断探索到网络类型文学、女性文学、少数民族文学等领域，研究面发散到与之相关的影视、版权、网站、产业运作、教育教学等领域，同时拓展到博客、微博、手机文学等新媒体文学以及数字艺术、数码艺术研究领域，极大地丰富了网络文学研究内容，具有开拓意义和创新价值。

2. 网络文学理论批评著作

笔者根据读秀学术搜索引擎所提供的书籍资料做数据统计，2009—2013 年间除去网络语言学、网络传播学方面的书籍，以网络文学为主题出版的著作有 59 部，2009 年 10 部，2010 年 12 部，2011 年 25 部，2012 年 8 部，2013 年 4 部，其内容涉及网络文学的热点现象，网络文学理论、评论及鉴赏，网络文学阅读、写作、教学，网络文学的产业论、价值论，新媒体艺术，数码艺术，赛博空间，网络文化等领域的讨论，包括教材、论稿、论文集、演讲集、理论史、词典等各类。

2009—2013年出版网络文学理论批评著作选目①：

作者	书名	出版社	出版时间
杨剑虹	新生 新力 新潮：关于汉语网络文学的审视与思考	河南大学出版社	2009
马立新、邓树强	中国网络文学概论	吉林文史出版社	2009
欧阳友权	比特世界的诗学：网络文学论稿	岳麓书社	2009
黄鸣奋	新媒体与西方数码艺术理论	学林出版社	2009
高素英	新媒体文学的写作艺术	吉林大学出版社	2009
马立新	数字艺术论纲	吉林文史出版社	2009
莫茜	大众文化与网络文化	北京邮电大学出版社	2009
李大玖（主编）	海外华文网络媒体：跨文化语境	清华大学出版社	2009
王文宏	网络文化多棱镜：奇异的赛博空间	北京邮电大学出版社	2009
石磊	新媒体概论	中国传媒大学出版社	2009
梅红（主编）	网络文学	西南交通大学出版社	2010
马季	网络文学透视与备忘	中国社会科学出版社	2010
马季（主编）	21世纪网络文学排行榜	百花洲文艺出版社	2010
吴信训（主编）	世界传媒产业评论（第6辑）新媒体产业国际研讨会论文集	中国国际广播出版社	2010
管宁（主编）	传媒时代的文学书写	江苏大学出版社	2010
叶炜	冷眼看文坛：在学院与媒体之间	金城出版社	2010
黄鸣奋	新媒体与泛动画产业的文化思考	厦门大学出版社	2010
严彦（主编）	中国式寂寞：新时代网民逆势狙击	外文出版社	2010
蒋述卓、李凤亮（主编）	传媒时代的文学存在方式	广西师范大学出版社	2010
周志雄（主编）	网络空间的文学风景	人民文学出版社	2010
方维保	消费时代的情感印象：中国当代文学与批评的文化观照	辽宁教育出版社	2010
马宝民（主编）	网络写作实务	中国人民大学出版社	2010
刘克敌（主编）	网络文学新论	凤凰出版社	2011
杨克（主编）	网络文学评论（第1辑）	花城出版社	2011
蒙星宇	网里花落知多少：北美华文网络文学二十年研究 1988—2008	中国社会科学出版社	2011
蒙星宇	网络少君	九州出版社	2011
周娜	边缘化文学风景：新世纪文学热点览要	电子科技大学出版社	2011
庹祖海	网络时代的文化思维	北京邮电大学出版社	2011

---

① 资料来源：读秀学术搜索，http://www.duxiu.com，2014年1月3日查询。

作者	书名	出版社	出版时间
欧阳友权	数字媒介下的文艺转型	中国社会科学出版社	2011
曾繁亭	网络写手论	中国社会科学出版社	2011
禹建湘	网络文学产业论	中国社会科学出版社	2011
欧阳文风	短信文学论	中国社会科学出版社	2011
聂庆璞	网络小说名篇解读	中国社会科学出版社	2011
苏晓芳	网络与新世纪文学	中国社会科学出版社	2011
欧阳友权（主编）	网络·网络文学·公共空间	中南大学出版社	2011
黄鸣奋	西方数码艺术理论史	上海学林出版社	2011
刘元荣、王凤英（主编）	网络文献阅读研究	吉林大学出版社	2011
宫承波（主编）	新媒体概论	中国广播电视出版社	2011
J.希利斯·米勒著 易晓明编	土著与数码冲浪者：米勒中国演讲集	吉林人民出版社	2011
李玉萍	网络穿越小说概论	南开大学出版社	2011
山顺章、高静、孙悦（主编）	网络文化	吉林大学出版社	2011
李萍、肖国香（主编）	网络文化概论	中央广播电视大学出版社	2011
陈定家	比特之境：网络时代的文学生产研究	中国社会科学出版社	2011
黄健（主编）	新媒体浪潮	广西教育出版社	2011
林迅	新媒体艺术	上海交通大学出版社	2011
莱恩·考斯基马著，单小曦、陈后亮、聂春华译	数字文学：从文本到超文本及其超越	广西师范大学出版社	2011
江河、王大根	新媒体艺术鉴赏	合肥工业大学出版社	2011
杨克（主编）	网络文学评论（第2辑）	花城出版社	2012
杨克（主编）	网络文学评论（第3辑）	花城出版社	2012
李文明、吕福玉	网络文化通论	学习出版社	2012
王绯	21世纪新媒体与文学发展	社会科学文献出版社	2012
杨剑龙等	新世纪初的文化语境与文学现象	中央编译出版社	2012
熊澄宇、金兼斌（主编）	新媒体研究前沿	清华大学出版社	2012
王贞子	数字媒体叙事研究	中国传媒大学出版社	2012
文红霞	新媒体时代的文学经典化	南京大学出版社	2012
欧阳友权（主编）	网络文学词典	世界图书出版公司	2013
姜英	网络文学的价值	巴蜀书社	2013
金民卿、王佳菲、梁孝	矛盾与出路：网络时代的文化价值观	经济科学出版社	2013
杨克（主编）	网络文学评论（第4辑）	花城出版社	2013

其中，中南大学欧阳友权教授的著作《数字媒介下的文艺转型》是国家社科基金项目的结题评优成果，其与《网络写手论》、《短信文学论》、《网络文学产业论》、《网络小说名篇解读》、《网络与新世纪文学》同属于"新媒体文学丛书"系列，由欧阳友权教授主编，全部由中南大学文学院网络文学研究团队成员执笔撰写，是国内首套研究新媒体文学的专题理论丛书。以数码艺术作为网络文学研究重点的代表性著作有黄鸣奋教授的《新媒体与西方数码艺术理论》，该著对于构建数码媒体艺术理论具有深远意义。《数字文学：从文本到超文本及其超越》是一本与西方网络文学接轨的译作，它由莱恩·考斯基马著，单小曦、陈后亮、聂春华等译，这标志着我国网络文学研究已具备国际学术视野的理论自觉。"数字文学"这一概念的提出和相关研究，有效拓展了网络文学的研究内容。陈定家的《比特之境：网络时代的文学生产研究》探讨了网络时代文学生产与消费的文化背景、超文本、博客、文学消费方式的革命、数字化语境中的文学经典等问题，贴近时代，切中肯綮，将网络时代的文学生产与消费问题进行深入研究。马季的《网络文学透视与备忘》对网络时代的民族文学生态，网络文学现状、理论、价值进行了清晰而独到的阐述，梳理了网络文学的发展脉络，是网络文学理论研究与文本分析的专精之作。从近5年的网络文学研究著作来看，理论性和专业性程度增加，网络文学基本理论问题研究依旧持续，数字艺术、新媒体文学、网络文学写作、网络文学价值评判构建等为前沿研究热点。

3. 网络文学立项课题

2009—2013年的国家社科基金项目、教育部项目、各类省级课题中，均有网络文学方面的课题获得立项。其中，国家社科基金项目是我国最高级别的社科研究项目，与网络文学有关的论题入选国家社科基金项目情况为：2009年1项，2010年7项，2011年3项，2012年3项，2013年8项，这一数据不仅标志着网络文学已成为文学领域不可或缺的重要组成部分，也表明了未来网络文学研究将有广阔前景。

（1）2009—2013年网络文学获国家社科基金项目立项情况[①]：

项目名称	负责人	工作单位	项目类别	立项时间
网络时代中国儿童文学发展趋势研究	汤素兰	湖南师范大学	一般项目	2009年
图像文化时代的影像诗学研究	黎风	四川大学	一般项目	2010年
媒体化语境下新世纪文学的转型研究	张邦卫	浙江传媒学院	一般项目	2010年
电子媒介时代文学变革与文论话语转型研究	胡友峰	温州大学	青年项目	2010年
当代电子媒介的审美文化逻辑研究	李勇	河南大学	青年项目	2010年

---

① 资料来源：中国高校人文社会科学信息网，http://www.sinoss.net/xiangmu，2014年1月5日查询。

项目名称	负责人	工作单位	项目类别	立项时间
当代数字媒介场中的文学生产方式变革研究	单小曦	广西师范大学	青年项目	2010 年
青少年网络小说阅读研究	曾少武	湖北职业技术学院	青年项目	2010 年
网络美学研究	周伟业	解放军南京政治学院	青年项目	2010 年
网络与新世纪文学研究	苏晓芳	中南大学	青年项目	2010 年
网络文学文献数据库建设	欧阳友权	中南大学	重点项目	2011 年
网络影视评论的功能与态势研究	王俊秋	吉林大学	一般项目	2011 年
媒介化时代的美学问题研究	杨光	山东师范大学	青年项目	2011 年
文学图像论	赵宪章	南京大学	重点项目	2012 年
视觉文化境域中的文学发展问题研究	何林军	湖南师范大学	一般项目	2012 年
技术现象学视域下文艺基本理论问题研究	王妍	哈尔滨工业大学	一般项目	2012 年
艺术视野下的文字与图像关系研究	赵炎秋	湖南师范大学	一般项目	2013 年
图像叙事与文字叙事比较研究	龙迪勇	江西省社科院	一般项目	2013 年
媒介、符号与中国文学流变研究	朱恒	中南财经政法大学	一般项目	2013 年
数字化语境中新世纪以来的文艺审美实践研究	何志钧	鲁东大学	一般项目	2013 年
媒介转型与当代中国青年文学研究	董丽敏	上海大学	一般项目	2013 年
网络文学的媒介转型研究	许苗苗	北京市社科院	青年项目	2013 年
图像时代文学演变与发展趋向研究	徐巍	上海财经大学	青年项目	2013 年
香港跨媒介文化叙事研究	凌逾	华南师范大学	后期资助	2013 年

(2) 2009—2013 年网络文学获教育部项目立项情况①：

项目名称	负责人	工作单位	项目类别	立项时间
视觉文化传播中的诗歌形态研究	梁笑梅	西南大学	规划项目	2009 年
网络小说的生态性文学图景	李盛涛	滨州学院	青年项目	2009 年
图像时代的文学选择及趋向研究	刘巍	辽宁大学	青年项目	2009 年
电子媒介时代文学变革与文论话语转型研究	胡友峰	温州大学	青年项目	2009 年
网络写作与新世纪传统文学创作的关系研究	苏晓芳	中南大学	青年项目	2009 年
视觉文化研究中的凝视理论	朱晓兰	河海大学	青年项目	2010 年
"数字媒介与文学批评的转型"研究	黎杨全	孝感学院	青年项目	2011 年
80 后 90 后网络新生代审美行为研究	田忠辉	广东商学院	规划项目	2012 年

---

① 资料来源：中国高校人文社会科学信息网，http://www.sinoss.net/xiangmu/，2014 年 1 月 5 日查询。

(3) 2009—2013年网络文学获省级课题立项情况①：

课题名称	负责人	工作单位	项目类别	立项时间
新媒体文学产业化研究	禹建湘	中南大学	湖南省哲学社会科学基金项目	2009年
网络与新世纪文学研究	苏晓芳	中南大学	湖南省哲学社会科学基金项目	2009年
网络媒体下的文学转型与发展对策研究	欧阳友权	中南大学	湖南省社科基金委托项目	2010年
网络新词语理据研究	姜愈	合肥师范学院	安徽省教育厅人文社会科学研究项目	2010年
网络客文化生态环境研究	吴琪	九江学院	江西省高校人文社会科学研究项目	2010年
网络时代浙江大学生流行话语分析与重构	许敏燕	浙江工业职业技术学院	浙江省社科联研究年度课题	2010年
网络传媒下的传统戏曲研究	周秋良	中南大学	湖南省社科基金委托项目	2011年
网络境域下虚拟形象的文化融合	曹玉珍	南昌理工学院	江西省高校人文社会科学研究项目	2011年
理性与智慧——新媒体艺术的思维与语言	宫林	北京电影学院	北京市教育委员会科研计划项目	2011年
网络文学类型化及其文学意义研究	禹建湘	中南大学	湖南省社科基金委托项目	2012年
网络文学出版研究	杨光宗	湖北民族学院	湖北省教育厅人文社会科学研究项目	2013年
网络文学之商业机制考辨	曾繁亭	中南大学	湖南省社科基金委托项目	2013年

从上述立项情况可以发现，在网络时代，文学与图像的关系成为研究热点。南京大学赵宪章教授主持的"文学图像伦"、四川大学黎风教授主持的"图像文化时代的影像诗学研究"、湖南师大赵炎秋教授主持的"艺术视野下的文字与图像关系研究"、江西省社科院龙迪勇教授主持的"图像叙事与文字叙事比较研究"等项目都是探讨新媒介发展下文学与图像关系的问题，这一研究领域由文字层面向数码技术层面延伸，拓宽了网络文学的研究范围。在网络文学众多立项项目中，也有一些具有首创之举的项目。例如中南大学欧阳友权教授主持的"网络文学文献数据库建设"为国家社科基金项目中的重点项目，该项目将对网络文学自诞生以来的所有文献进行梳理，从网络文学词典、网络文学编年史、网络文学研究成果集成、软件开发和网站建设等多个角度入手，对网络文学成果进行系统性整理，工程量十分巨大，是众多网络文学项目中唯一对文献数据领域进行综合整理研究的项目。网络文学立项课题情况展示出"学院派"研究者对于网络文学的科研实力。网络文学课题获得立项，不仅标志着主流学术对于网络文学研究的认可，而且推动了网络文学研究的发展进程。

---

① 资料来源：中国知网科研项目数据库，http://projects.cnki.net，2014年1月10日查询。

4. 网络文学成果奖励

网络文学的研究涌现出一批优秀的研究成果，其中有不少被授予国家级、省部级荣誉奖项。网络文学的成果奖励不仅体现了国家对于网络文学研究的重视，而且促进了网络文学研究队伍的壮大，对推动网络文学研究的健康有序发展具有重要意义，标志着网络文学这门新型文学样式被主流学术认可，鼓舞越来越多的专家学者投入这一研究领域。

2009—2013 年间网络文学研究成果获奖情况：

成果名称	获奖者	奖励名称与等级	获奖时间
数字化语境中的文艺学	欧阳友权	第五届中国高校人文社会科学研究优秀成果奖三等奖	2009 年
数字媒介与中国文学的转型	欧阳友权	获第七届中国文联文艺评论奖一等奖	2010 年
追溯网络小说的传统	周志雄	第七届中国文联文艺评论奖三等奖、山东省第二十四次社会科学优秀成果奖	2010 年
新媒体文学的写作艺术	高素英	山东省教育厅高校优秀科研成果三等奖、山东省文化厅艺术科学优秀成果三等奖	2010 年
当代文艺理论的媒介研究"转向"——从艾布拉姆斯接着说	李勇	河南省社科优秀成果二等奖	2010 年
数字媒介下的文艺转型	欧阳友权	第一届湖南省文学艺术奖	2012 年
网络文学创作与欣赏	欧阳友权	国家精品视频公开课	2012 年
新媒体与西方数码艺术理论	黄鸣奋	福建省第九届社会科学优秀成果奖	2012 年
比特世界的诗学——网络文学论稿	欧阳友权	第六届高等学校科学研究优秀成果奖三等奖	2013 年
微博客创作的审美解读	吴英文	湖南省优秀硕士论文（导师：欧阳友权）	2013 年

二、网络文学理论批评热点事件

2009—2013 年的网络文学研究朝纵深方向发展，呈专业化、精细化、多样化特点，理论批评热点事件不断，广受学术界关注。五年间主流文坛与网络文学对话交流力度逐渐加大，传统作家、评论家、专家学者、媒体精英等纷纷加入网络文学理论批评队伍，主流的文学管理机构多次举办网络文学研讨活动，伴随网络文学发展而来的版权维护、影视改编、类型化写作现象也日益受到重视，网络文学学会、网络文学研究会等学术组织的建立，使网络文学研究向规范化、成熟化迈进。2013 年盛大文学历经高层人事动荡后，腾讯、新浪、百度等网络巨头纷纷进军网络文学，这意味着新一轮的网络文学版图势力划分将重新开始。网络文学书评人体系的建立、网络文学大学、网络文学本科专业的成立，使得网络文学创作和研究逐步向职业化、专业化、学理化转变。

1. "网络文学十年盘点"活动

2009年6月25日,历时7个月的"网络文学十年盘点"活动落下帷幕。该活动由中国作家出版集团、北京中文在线文化发展有限公司主办,就十年来海量网络文学作品进行了一次较为全面、系统的盘点。网络读者推荐了1700余部网络文学作品,近50万读者参与投票,经过海选和淘汰筛选后再由专家进行评审。评审组为著名评论家、作家以及《人民文学》、《收获》等知名文学期刊编辑50余人,以文本价值、记录价值、边际学术价值和娱乐价值作为综合考评标准,撰写了百余篇作品评论。活动最终,《尘缘》、《家园》、《紫川》、《韦帅望的江湖》四部作品同获"十佳优秀作品"和"十佳人气作品",被评为"十佳优秀作品"还有《此间的少年》、《成都,今夜请将我遗忘》、《新宋》、《窃明》、《无家》、《脸谱》等,"十佳人气作品"还有《亵渎》、《都市妖奇谈》、《回到明朝当王爷》、《巫颂》、《悟空传》、《高手寂寞》等。

2. 鲁迅文学院举办网络作家培训班

2009年7月15日,鲁迅文学院于北京举办首届网络文学作家培训班。由陈建功、蒋子龙、白描等知名作家、评论家为29位网络作家进行为期10天的专业培训。2010年1月17日,鲁迅文学院与17k小说网联合举办第二届网络文学作家培训班,共有20位网络作家参加了培训。据悉,网络文学作家培训班每年举办一次,2013年1月16日,连续举办6届的网络文学作家培训班在北京开班。许梁(虾米XL)等44位网络作家参加了为期15天的培训。

3. 全国30省作协主席小说巡展

2009年8月31日,历时一年的"全国30省作协主席小说巡展"活动落下帷幕。活动由起点中文网主办,参赛者均是全国30个省的作协主席或副主席。作品的评选由两部分构成,第一部分为评委评分,由组委会邀请著名文学评论家白烨、程永新、陈村、张颐武、王干、谢有顺组成评议团,评分比重占总分数的70%;第二部分为网络评分,由推荐票数量、点击数和评论数三项组成,占总分数的30%。经过严格的评选后,张笑天的作品《沉沦与觉醒》获得第一名,郑彦英的《从呼吸到呻吟》、风马的《你走不出你的鞋子》分获第二、三名。

4. 网络文学版权研讨会

2009年12月17日,"网络文学版权研讨会"在北京召开,本次研讨会由中国文字著作权协会、盛大文学主办,会议就网络文学版权问题进行了一系列讨论,张抗抗等近百名政府部门、行业协会的负责人以及著名作家、评论家、高校教授、媒体人出席了会议。与会人员讨论认为,搜索引擎是盗版的罪魁祸首,并对避风港原则、红旗原则与侵权内容、删除时间等的话题等进行了深入研讨。盛大文学对百度盗用作品、侵害作者版权、操纵排行榜等行为提出了七大罪状,欲起诉百度侵权,并在会上发起了"反盗版宣言"活动,呼吁完善版权保护的法律法规,得到中国文字著作权协会以及张抗抗、莫言、韩寒、陆天明等近百名作家的支持。

5. "网络时代的文学处境"话题讨论

2010年4月7日,第八届华语文学传媒大奖系列活动之一的"网络时代的文学处境"研讨会在成都举行。阿来、徐敬亚等作家、学者就网络文学与传统文学的处境进行了一系列讨论,部分与会者对网络文学持积极态度,慕容雪村认为没必要把严肃文学与通俗文学分离开,读者的认可最重要。路金波认为网络的出现解放了文学,改变了文学的存在方式,使更多人参与写作。徐敬亚认为在网络时代,传统文学面临许多新的问题和挑战。阿来认为网络作家与传统作家的内心差距并不大,网络文学对自身认识的不够会影响网络文学的质量。苏童和程永新认为,网络文学和传统文学并不对立,它们是互相融合的;也有部分作家、学者并不认同网络文学,周立民认为网络文学对文学性是最大的损伤。麦家认为网络没有门槛,99.9%是垃圾文学。这一论断将讨论推向了高潮,之后许多媒体断章取义的新闻报道也使他身陷"批评门"。麦家对此回应,网络文学发表自由的最大好处现在也成了它的问题,呼吁提高网络文学质量。

6. 贵州省成立网络文学学会

2010年6月20日,由共青团贵州省委、贵州省作协指导的贵州省网络文学学会在贵阳成立。大会选取贵州省政协原副主席李嘉琥担任会长,赵崇南、冯祖贻、井绪东、张兴、杨胜利、潘年英、农文成、田原、殷平、龚国强、涂万作、陈炜任副会长,田原任秘书长,罗文骅、张超等任副秘书长,贵州省人大副主任顾久为其授牌并致辞。届时,首届贵州网络文学大赛随成立大会一同启动。

7. 文学类型化及类型文学研讨会召开

2010年7月10日,文学类型化及类型文学研讨会在大庆召开。该研讨会由《文艺报》与哈尔滨师范大学文学院联合主办。会议就类型文学的产生背景、创作主体、兴起原因、内质特点、主要类型、缺陷不足以及类型文学经典化等问题进行了深入探讨,赵毅、郑新英为研讨会致辞,白烨、夏烈、王干等全国40余位专家学者与会。

8. "新媒体文学丛书"出版

"新媒体文学丛书"一套六本,由中南大学文学院欧阳友权教授主编,执笔成员均是该学院网络文学研究团队成员,包括《数字媒介下的文艺转型》(欧阳友权著)、《网络写手论》(曾繁亭著)、《短信文学论》(欧阳文风著)、《网络文学产业论》(禹建湘著)、《网络小说名篇解读》(聂庆璞著)和《网络与新世纪文学》(苏晓芳著)等。该套丛书是全国首套研究新媒体文学的理论丛书。该丛书2011年5月经中国社会科学出版社出版后,董学文、赵宪章、黄鸣奋、李春青、陶东风、

陈定家等众多知名学者发表评论，高度赞扬该套丛书的价值意义，引起了学术界的广泛关注。

9. 网络作家与传统作家"结对交友"

网络作家与传统作家"结对交友"活动举办了两届。2011年8月4日，网络作家与传统作家"结对交友"活动在北京举行，活动由中国作协主办，张抗抗、陈崎嵘、侯小强以及众多著名作家、评论家、网络作家、媒体人士与会。会上，欧阳友权、麦家、白烨等18位作家、评论家与天蚕土豆（李虎）、高楼大厦（曹毅）、七十二编（陈涛）等18位网络作家结成对子。2012年2月16日，中国作协举办第二次网络作家与传统作家"结对交友"活动，王刚等15位作家与来自幻剑书盟、盛大文学等15位网络作家结成对子。

10.《网络文学评论》创刊

《网络文学评论》是我国首家网络文学评论刊物，由广东省作协网络文学院创办，邀请国内网络文学专家学者倾力合作，该刊由杨克主编，欧阳友权、邵燕君担任副主编，于2011年10月创刊发行。该刊聚焦网络文学前沿，针对国内外网络文学的热点现象和作品进行研究，推出印刷和电子两种版本，设有特约·网事、聚焦前沿、在线类型、热点现象、高端研究、文本欣赏、全球对话、专题·研讨、今日论坛、网文言说等内容板块，开辟了国内第一家网络文学理论批评阵地。

11. "广东网络文学十年精品回顾"活动召开，广东网络文学院授牌

2011年12月13日，广东网络文学院授牌仪式、"广东网络文学十年精品回顾"活动及《网络文学评论》首发仪式在广州举行。与会专家讨论了网络文学的发展态势，对广东省网络文学精品成果进行了回顾，并对未来网络文学的发展做出了探索和展望。广东网络文学院是国内第一家网络文学院，由广东省委宣传部指导，广东省作协筹办策划近一年时间得以成立。成立前期以"广东网络文学十年精品回顾"系列活动为主题与各大媒体展开了四场研讨会，探讨了"网络文学和传统文学的对接"、"网络文学的产业空间"、"网络写作现象和发展趋势"、"网络文学的全版权运营时代"、"网络自由与文学担当"、"文学商业化与网编功效"等话题，在社会引起较大反响。

12. 盛大文学推出百位白金书评人招募活动

2012年5月23日，盛大文学宣布举办招募百位白金书评人活动。活动投资百万，历时三个多月，盛大旗下云中书城与微软、诺基亚达成深度合作，为网民读者提供海量网络作品和完美阅读体验。活动第一轮由云中书城用户网络投票产生500位书评人，再由评委团投票从中产生30名白金书评人和"最佳作品奖"。盛大文学将与30名白金书评人签约，并对书评人及其作品进行媒体推广，并提供每月基本创作保障金以及上不封顶的分成，对优秀书评作品将支付高额稿酬，并予以

出版发行，还可优先获得赴鲁迅文学院专业培训、与影视制作方、游戏制作方的合作机会。

13. 湖南省网络文学研究会成立

2012年6月26日，湖南省网络文学研究会成立大会在中南大学隆重召开，这是国内首家专门进行网络文学研究的学术机构。会议选取中南大学欧阳友权教授担任会长，季水河、赵炎秋、魏饴、谭伟平、余三定、胡良桂、阎真等担任副会长。湖南省社科联党组书记周发源、中南大学副校长周朝科等出席了会议并致辞，250余位网络文学研究者、创作者与会。

14. 中国作协举办网络文学作品研讨会

2012年6月28日，网络文学作品研讨会在北京举行。此次研讨会由中国作协主办，这是中国作协自建国成立以来第一次研讨网络文学作品，李晓敏的《遍地狼烟》、天下归元的《扶摇皇后》、酒徒的《隋乱》、阿越的《新宋》、杨鎏莹的《凝暮颜》在众多网络作品中脱颖而出成为研讨对象。会议以网络作家与批评家面对面的交流点评形式进行网络文学作品探讨，欧阳友权、马季、梁鸿鹰、于爱成、王祥、刘英、陈福民、邵燕君、白烨、吴长青等担任评论专家，每两位专家负责点评一部作品，对其优点和不足进行了切中肯綮的点评，并对网络作家提出了希冀。

15. 盛大文学高层接连出现离职风波

2013年，盛大文学接连出现高层离职的风波。3月，起点中文网高层出现人事动荡，创始人兼董事长吴文辉等22位中高层同时递交辞呈，起点高层的集体离职带走了旗下百余名优质网络作家，盛大文学资产估值由8亿美金降至6亿，打破了原本4月进行的上市计划，盛大文学CEO侯小强接管起点中文网。吴文辉团队离职后已与腾讯达成合作。昔日的核心战将成为了竞争对手，盛大文学遭受前所未有的损失。起点高层团队离职后，侯小强等迅速采取了一系列措施稳住局面，5月14日，盛大文学新管理层正式与媒体见面。7月，盛大文学撤回在美IPO计划，上市计划搁浅。自起点高层离职风波后，侯小强遭受了外界前所未有的压力。国庆前后，侯小强以身体原因向陈天桥递交辞呈，12月侯小强宣布离职专心休养。盛大文学高层人事接连动荡，盛大文学的日常运营随后由盛大网络总裁、盛大文学董事长邱文友负责。

16. 中国作协、广东作协召开广东网络文学作品研讨会

2013年5月18日，中国作协、广东省作协在北京举办广东网络文学作品研讨会，就阿菩、贾志刚、无意归、乱异、邱晓玲、猗兰霓裳六位广东网络作家的作品进行探讨，中国作协副主席陈崎嵘、广东省作协主席廖红球等出席会议并发表讲话。广东是网络文学创作大省，此次被研讨的6位作家中有4位是80后青年，

作品均是玄幻、仙侠、历史、架空等网络文学流行类型，走"大众"、"精品"、"创新"路线，较好地反映了广东网络文学的创作水平和发展趋势。其中，阿菩的作品《山海经密码》获得第九届广东省鲁迅文学艺术奖（文学类）。欧阳友权、白烨、马季、陈定家等12位网络文学专家学者、评论家对作品进行了深入点评和交流。

17. 创世中文网成立，腾讯、新浪、百度等纷纷发力网络文学

2013年5月30日，创世中文网成立。该网站由原起点中文网吴文辉领衔的高层团队与腾讯联合打造，是腾讯文学旗下一家以网络小说为主，集阅读、创作、互动社区、版权运营于一体原创文学门户网站。创世中文网建立了一套包括运营、作家、编辑、版权运作等一体的网络文学运行机制，又依托于腾讯的渠道、平台、用户优势，将是网络文学行业的新锐力量。9月10日，腾讯文学正式成立，将打造全内容、全用户、全平台、全产业链文学。12月17日，创世中文网与17K小说网结成战略合作伙伴。与此同时，新浪、百度也纷纷发力网络文学。据悉，新浪已拆分读书频道与微漫画、微读书整合，收购果壳小说网，成立新浪文学。百度旗下多酷文学网也于6月8日上线；12月27日，百度收购纵横中文网，与旗下多酷文学网、百度文库、91熊猫读书等连成网络文学阵地。

18. 中国网络文学研究会成立

2013年7月26日，中国文艺理论学会网络文学研究会在拉萨成立，它是我国第一家从事网络文学研究的国家级学术组织，属于挂靠在中国文艺理论学会下面的二级学会。会议选取全国著名网络文学研究专家、中南大学文学院院长欧阳友权教授为会长，中南大学禹建湘教授等人为副会长，欧阳文风教授为秘书长。本次会议由中国文艺理论学会、中南大学文学院和《文艺理论研究》杂志社联合主办，百余名教授、专家、学者以及网络作家与会。

19. 中国作协举办"起点中文网作家作品研讨会"

2013年11月29日，中国作协与盛大文学在北京举办"起点中文网作家作品研讨会"，针对起点中文网《醉枕江山》、《很纯很暧昧》、《黄金瞳》、《地师》、《涩女日记》等5部小说进行研讨，欧阳友权、白烨、马季等10位著名网络文学专家深入探讨了起点白金作家月关、鱼人二代、打眼、徐公子胜治及柳暗花溟的5部作品。陈崎嵘在会上发言呼吁建立网络文学评价体系，强调了思想价值和审美趣味对于建立网络文学评价体系的重要性，对网络文学理论批评具有建设意义。

20. 网络文学大学、网络文学本科专业相继成立

2013年10月30日，全国第一家网络文学大学在北京成立。该大学由中国作协指导，中文在线发起，纵横中文网、逐浪小说网、17K小说网、创世中文网等十余家知名原创文学网站共建，莫言担任网络文学大学荣誉校长，童之磊任校长，

血酬任副校长。网络文学大学分为青训学院、精英学院、创作研究院三个层级，分别针对不同阶层的网络文学创作者进行培训，聘请马季、白描、王祥、邵燕君、庄庸、酒徒、骁骑校等名家学者以及资深编辑、网络作家为导师。继网络文学大学成立以后，2013年12月25日，我国第一个网络文学本科专业"文学策划与创作专业"在上海建立。该专业由盛大文学和上海视觉艺术学院联合创办，属于本科全日制艺术教育网络文学专业。该专业除了学习高校必修课程外，还将开设"小说与故事创作"、"网络文学史"、"网络文学策划"、"微电影剧作"等课程，由王安忆、叶辛、唐家三少、我吃西红柿、天蚕土豆等担任授课老师。

第7章 网络文学影响力

互联网的出现和网络时代的来临,极大地改变了世界的面貌,使社会各个领域都融入了新的浪潮,文学也不例外。在网络技术迅猛发展和互联网普及运用的背景下,网络文学横空出世,并与电视剧、电影、游戏、娱乐等产业互相融合,展现出一个崭新的局面。如果说,从1998年至2008年这十年,是中国网络文学发展的起步期,是网络文学开始走入千家万户,开启网上写作、网上阅读及相关产业融合时代潮流的阶段,那么从2009年至2013年这5年则可看做是网络文学发展的成长期,是真正实现"网络文学创作大众化"、"网络文学阅读大众化"、"网络文学传播普及化"、"网络文学产业链成熟化"、"网络文学影响力扩大化"的时期。

在这5年里,网络文学的创作机制、创作人群、创作工具、创作平台、传播生态、传播途径、呈现方式、延伸产业、激励机制、读者群体、盈利模式……无不走向成熟并日渐清晰。网络文学的影响力已经走出了传统的文学爱好者的圈子,网络文学变成了影响全部互联网、移动互联网用户,并影响到广大电视用户、电影观众、游戏玩家乃至作为大众文化受众的全体国民的一种重要的文化现象。它影响了文学这一人类最古老的创作活动的当前发展与未来走向,也因为俘获了大批的作者和读者,影响着整个社会的文学和文化发展格局。

一、网络文学对创作的影响

网络文学的影响力首先体现在了对文学创作的影响上。网络是人类认识世界和改造世界的一种工具,网络文学正是人们充分利用这一工具进行文学创作的产物。由于互联网技术以数字化、虚拟化的形式将现实世界中的种种事物"搬"到了网上,形成一个复杂、多元与丰富的网络世界,才导致了现实世界与网络世界的并立共存。在文学领域,网络催生了传统文学与网络文学的并列及交融,网络文学的创作方式、现状也对整个当代文学的创作产生了深刻影响。

1. 上网写作由时尚成为职业

互联网应用初期,华文网络文学创作本是少数留学或旅居海外的华人精英知识分子才能拥有的"新体验"。在随后中国网络文学成长、扩散的头一个十年,网上写作仍主要在文学爱好者圈子里盛行。很长一段时间里,网络作者群里都极少有全日制从事网络文学创作并专以网络写作为生的人,多为一些业余创作的"发烧友",创作目的也只为个人抒发和相互分享,不以经济利益为主要目标。进入新世纪以后,互联网技术在国内大中城市普及,越来越多的人成为电脑拥有者,一些原创网络文学网站,如起点中文网、红袖添香网、晋江原创网、幻剑书盟网、黄金书屋、17K 小说网及新浪等商业网站的读书频道才纷纷建立,成为网络写手和网络文学读者的集聚地、网络文学作品的电子书架。不过,一来网络还主要是在城市阶层里盛行,占中国绝大多数人口的农村和小城镇居民上网贵、上网难,二来便携式电子设备与移动互联网不发达,而且网络文学的商业化运营仍处于低级阶段,覆盖面不够,因此网络文学受众面依然有限、盈利较为困难。总体上来看,全职网络文学写手不多。

从 2009 年至今,网络文学的发展走上了"快车道",其中重要的推动力量是互联网和移动互联网更大范围的普及。截至 2013 年 12 月,中国网民规模达 6.18 亿,相比 2008 年的 2.98 亿新增 3.20 亿人,互联网普及率达到 45.8%,较 2008 年底提升 23.2 个百分点,翻了一番还不止,连农村网民规模都达到了 1.77 亿,远超 2008 年全部网民总数。其中,我国目前的手机网民规模达到了 5 亿,较 2008 年底增加 3.824 亿人,翻了 4 倍还多,网民中使用手机上网的人群占比提升至 81.0%,绝大部分网民均在使用移动互联网。[①] 在这样的条件下,大量的城市、农村网民、手机网民成为网络文学读者。

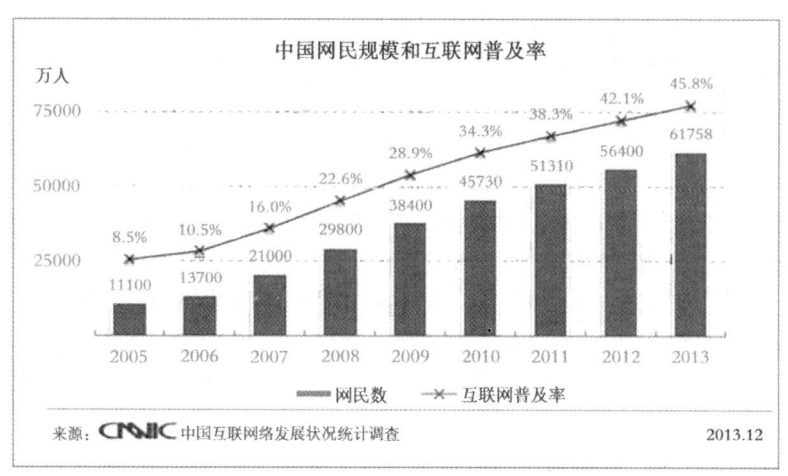

图 1　2005—2013 年中国网民规模和互联网普及率增长图(来源:中国互联网络信息中心)

一方面是庞大的读者群体已然形成,另一方面,在发展中,从网络文学、到图书出版,再到影视、网游、动漫等,一条独特的网络文学产业链也逐渐形成,它不

---

① 中国互联网络信息中心:《第 33 次中国互联网络发展状况统计报告》。

但为整个文学市场带来了可观的经济效益,也吸引着不少抱着淘金想法的网络文学爱好者加入网络文学创作阵营,因此网络作家的数量逐年上升,并成为一个不容忽视的群体。据网络文学专家马季给出的一组调查数据,截至 2010 年底,"从事各种形式网络写作的人有千万以上,排除重复注册等因素,经常写作的签约作者大概有 100 万,其中 1 万—2 万人从中能获得经济收益,3000—5000 人从事专职写作"①。2012 年 6 月 26 日,中国社会科学院文学所发布的《文学蓝皮书》则透露:"截至 2012 年,在网络平台上坚持写作并靠稿费得以存身的写作者有 3 万多人。这个从业数量,和体制内专业作家和半专业作家的数量总和不相上下。"② 2013 年,又有媒体报道称,"全国大约有 5000 万名注册网络作者,其中签约网络作家 250 万名"③。

2. 网络写作由消遣走向市场

在写作目的方面,网络文学创作一个突出的变化是——从以消遣为主转变为以经济利益为主,不断对接市场、走向市场、融入市场,既借助市场的力量,顺应市场的需求,也追求市场认可的最大化。这个过程并非一蹴而就。

汉语网络文学自诞生以来很长时间里都是文学爱好者们自娱自乐的产物。早期网络作者们的创作都可归为"我手写我心"的一类,主要书写自己的经历、情感和想象,供个人抒发、网友分享为主,较少追求经济利益。随着互联网一步步普及,不少的中国机构、企业和家庭个人连上了网络,商业网络文学网站这才开始出现。1997 年,朱威廉主办的"榕树下"网站成立,大陆的网络文学也开始起飞。很快,一个个商业文学网站兴建起来,一大批文学爱好者开始在网络文学网站上创作作品。不过,虽然网络文学市场价值此时已经初步显现,但整体而言该阶段的网络文学作品仍然更多是网友的兴趣激发、业余消遣所造就。网络文学作者们大多仍是"写作"与"生存"并举,不以写作为谋生手段。到 2004 年,大陆的网络文学网站已经多如牛毛了,也开始步入新的阶段,特别是开始商业化运作。网络写手们通过在网站发表作品,出售数字版权,依据合同约定的分成比例获得基本稿酬。稿酬的多少与付费阅读的读者点击数成正比。在发展前行中,以起点中文网为代表的"千字付费"商业模式基本成熟,并开始出现文学网站的进一步细分。当时的主流网络文学网站起点文学网、纵横中文网、红袖添香网、晋江文学等逐步形成了自己的特色,《诛仙》《明朝那些事儿》《鬼吹灯》等一批网络文学作品在读者的追捧上动辄上千万点击率,使网络写手们依靠网络写作获得很好的经济收益。

从 2009 年至今,网络写作的市场化进程不断加速,登上一个新的巅峰,网络文学进入了全方位的"商业化时代"。在一些热门网络作品市场成功的刺激下,更多的

---

① 参见吕莎:《我国网络写手数量超百万 整体水平不高遭诟病》,《中国社会科学报》2011 年 1 月 25 日。
② 张中江:《文学蓝皮书:文学阅读浅俗化走向应当引起重视》,http://www.chinanews.com/cul/2012/06-26/3988058.shtml 2012-06-26。
③ 张薇:《岁月催人,网络作家 15 年走出第 4 代》,http://news.gmw.cn/2013-10/04/content_9080757_3.htm 2013-10-04。

作者开始以赚钱为目的从事该行业，出版业、游戏业、影视业等相关产业的投资人也纷纷进军网络文学，使行业细分领域越来越成熟，并形成依靠收费阅读、版权收费和广告收费的综合商业模式，整合起一条完整的产业链。除了网络文学经营的市场化，各大网络文学网站还与市场结合建立起系统的网络写作薪酬福利激励机制，针对网络写作新人、职业网络写手、签约网络作家等不同人群提供对应的分成奖励体系、买断保障体系、全勤奖体系、特色单项奖励体系等，激励写手写出适销对路的作品。例如，起点文学网2013年即为作者提供了包含17个项目的福利保障体系。

2013年起点文学作者福利保障体系		
1. 订阅榜奖励	2. 新书订阅榜奖励	3. 上架保底
4. 完本续约奖	5. 新书保底签约	6. 电子买断
7. 全版权营销	8. 中短篇直签	9. 全勤奖
10. 免费作品保障	11. 渠道拓展福利	12. 新人成神
13. 职业作者	14. 全年奖励	15. 道具增值福利
16. 正版网站保值	17. 女生网特别奖励	

图2　2013年起点文学网作者福利体系图（来源：起点文学网）

在互联网市场之外，网络文学还很快走向了移动互联网市场，并吸引了数量庞大的用户。

据中国互联网络信息心发布的《中国手机网民娱乐行为报告》显示：截至2013年8月25日，中国手机网民中使用手机进行阅读的户比例为56.5%，用户规模为2.62亿，手机阅读成为手机用户使用最多的阅读方式，占比达75.1%，远高于纸质书籍阅读和电脑阅读。而在手机阅读用户阅读的内容中，最多的便是"网络小说"。①

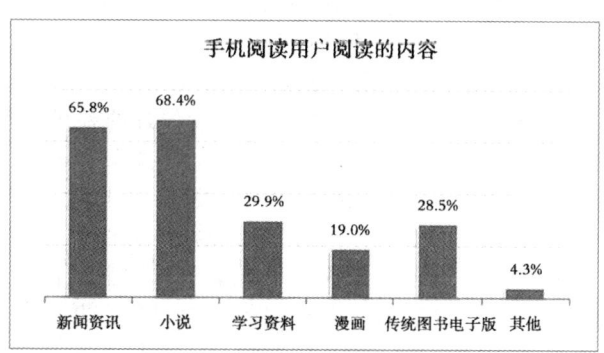

图3　2013年中国手机阅读用户阅读内容分布图（来源：中国互联网络信息中心）

根据Openbook数据，"2008—2010，国内原创网络文学市场规模由1亿人民

---

① 中国互联网络信息中心：《中国手机网民娱乐行为报告》。

币增至3亿，年复合增长率为73.2%。Openbook 预计，2011—2013，市场总规模分别增至5.3亿、9.8亿、19.2亿人民币，年复合增长率为85.7%。"①

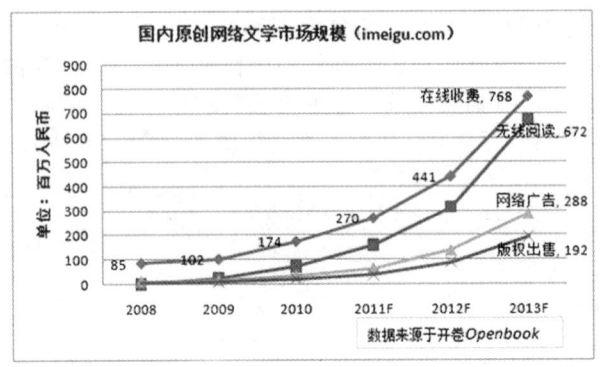

图4　2008—2013国内原创文学市场规模走势图（来源：Openbook 杂志）

3. 网络写手"以读者为中心"的创作立场

"以读者为中心"的取向也是网络文学带来的一个极为重要的影响。作为兴起于"山林草莽"之中的"野路子"文学，网络文学一开始就是"接地气"的，极有"读者缘"；在网络文学发展过程中，特别是最近五年网络文学商业化进程加速、产业链不断延伸的背景下，网络创作者们出于积攒人气、获取利润的考虑，更是主动拥抱"大众"，拥抱"读者"。因此同所有的大众文化品类一样，网络写手"以读者为中心"的创作立场也越来越深入。

具体而言，该特征主要体现在两个方面：

一是作者在作品构思、酝酿、写作中对读者进行"预设"，头脑中存有"读者"意识，并在创作中迎合读者兴趣和期望。这种预设包含多种元素，并贯穿网络文学作品创作的全过程。具体体现为两点：

一方面，鉴于网络文学读者圈里，存在着阅读偏好的差异化现象，不同性别、年龄、生活环境、知识层次的读者具有不同的阅读喜好，并造成了网络文学作品和读者分化及网络文学网站的市场细分的情况，网络文学作者在创作之初就会主动考虑作品对接的读者群，据此来选择合适的网站与文体风格，以赢得对应读者群的青睐。同时在具体写作过程中，自觉不自觉地琢磨普通网民的阅读兴趣、阅读习惯和阅读期望，将作品设定为面对特定的读者对象，并站在目标读者群的角度上思考塑造什么样的人物、设计什么样的情节、采用什么样的叙述方式、运用什么样的语言风格来创作作品。如在著名作家二月河的清宫小说里，多描述皇帝、大臣纵谈国家大事的情节，用宏观视野记叙，读者只是隐形人；而同样是清宫题

---

①　胡龙飞：《盛大文学发展史：商业模式及营收构成》[EB/OL]，http://tech.hexun.com/2011-06-22/130792387.html 2011-06-22.

材，网络小说《步步惊心》则从小处着眼，从一个普通的清宫少女——马尔泰·若曦进宫谈起，引领读者同她一道走进故事，读者看到与自己相近的底层人物一步步逐渐成长，因而感同身受，自然而然成为作品的"粉丝"。

另一方面，网络文学作者以写作为生，要考虑作品的市场前景，而已畅销的作品作为获得市场证明的产品，必然成为其他创作者模仿的典范。因此网络小说作者在创作中经常仿作和跟风，形成类型写作、私人写作、边缘写作、另类写作、快餐写作、知识分子写作、民间写作等多样化的局面。在网络文学读者眼里，只要是能够受到大家追捧的作品就是好作品。一些被改编为电视剧、电影、网络游戏后依然受到大众喜欢获得巨大成功的作品会引发网络写手们模仿、借鉴的热潮。例如热门玄幻小说《盘龙》、《神墓》、《阳神》等，在想象力、人物形象、情节结构方面可圈可点，历史小说《家园》、《明朝那些事儿》等，则娱乐中带着严肃，既有精彩的故事，也有家国理想的表达，令人称道。这样的作品市场反映好，可以创造收益，网站和出版方就会要求创作者拖长故事情节，读者也会跟贴要求故事慢点结束。在这种状态下，网络小说的创作和传统小说的创作差异性显现出来。

二是在整个作品更新、完善过程中，作者与读者充分互动，每更新一个章节，都会得到广大读者的丰富、及时的反馈，并在接下来的写作中考虑读者的意见和建议，努力满足读者需要，与读者相辅相成。

网络文学是一种基于"粉丝经济"的文学，粉丝既是过度消费者，也是积极生产者，他们是作者收入的来源，也是其创作的智囊团。传统作家创作过程中，由于作品未成之前读者读不到，读者自然也无法反映自己的意见，网络文学是在网络上公开更新，读者与作者互动的产物，只要读者发声，哪怕是一个简单的"好"与"坏"的评判，也可以及时被作者看到，可以使作者参照读者的意见适时调整创作想法。为了便利读者与作者交流，各大网络文学网站均提供了多种途径，甚至开辟专门的QQ群、BBS等供读者谈感受和创作者作解释。一部网络小说在写作中吸引大量粉丝日夜追随，他们的议论和评价考验着写手的能力，也给予作者监督、启发和激励。这使作者与读者之间的关系不同于传统意义上的作家和读者的关系，作者由被膜拜者变成了分享提供者。如创世中文网首发的小说《余罪》是网络作家常书欣的一本都市小说，讲述了一个警察不择手段、追求正义的英雄故事。在写作过程中，他十分关注与读者的互动，"实体小说是一个人在写，网络的小说很可能我们作者和读者的互动，很可能10个人，100个人，更多人在写，所以从内容的丰富性上和贴近性、现实性上要高。"他在接受采访时说，连他的书友QQ群里，都有不少读者参与了他一些作品的创作。

4. 网络作品的数量膨胀和质量"灌水"

几千年来，人类的写作工具和材料经历了诸多变革，但几乎都离不开笔，都是以书写工具或刻或画或写来记录思想，创作实物的作品，网络却改变了写作工具和存储、展示材料。在互联网上，人们"以机代笔"，键盘的输入代替了挥笔书写，字母字符的一声声敲击代替了文字笔画的一笔笔构筑，电脑磁盘的记录、呈现，代替了传统手稿的记录、呈现。由于互联网是一个开放的网络，写作门槛更低，速度更快，又易于补充、删减，任何人只要有了电脑（或手机）和网络，随时随地都可以进行文学创作。这为更多的文学爱好者提供了创作和发表的机会，同时也造成了网络文学数量的膨胀及质量的下降。

  网络文学的数量与质量矛盾集中被关注始于2003年。当时起点中文网率先推出后来风靡一时的"订阅收费"模式，使网络写手的收入有了一定的保障，并造就了最早一批年收入上百万的网络作者。在利益驱动下，如今各大网站迅速聚集了大批的网络写手，作品的数量也开始爆炸式增长。在主流网络文学网站上，每天都有上千作者加入网络文学写作的行列。由于网络文学是按字数计酬，千字才2—3分钱，写手要获得收益全看付费阅读的读者数量，因此作者们都拼命写作，每个月动辄更新几十万字，5年时间就能够写出上千万的作品。拿知名网络小说《第一次亲密接触》来说，这部长篇小说总共三四十集，写作时间却只用了两个月零八天。"据盛大文学总裁吴文辉介绍，目前最大的原创文学网站'起点中文网'每天有超过3亿的PV流量、1千万的用户访问量和3400万字以上的作品更新，有一大批高产写手不断上传20多种风格类型各异的作品，积累有超过25万部的原创文学作品，总量超过120亿字。另一大型文学网站'晋江原创网'的简介上写着：'网站拥有注册作者26万名，超过30万部线上作品，平均每2分钟有一篇新文章发表，每10秒有一个新章节更新，每2秒有一个新评论产生'。另一网站'幻剑书盟'宣称，他们拥有注册会员200万人，驻站原创写手1万多名，收藏原创之作2万多部，有400部原创小说周点击率在万次以上，日访问量保持在2000万左右。老牌的文学网站'榕树下'，每天能收到近5000篇投稿，创办12年来已收藏有140万部以上的原创作品。女性文学网站'红袖添香'拥有240万注册用户，拥有长、短篇原创作品总量超过192万部（篇），日浏览量最高超过5600万次……"① 另据统计，截至2013年3月19日，几大网络文学网站的书库中各类作品的总量约有3 446 464部，日均访问量达到3 028 400人次。

  与庞大的数量形成强烈反差的是网络文学作品的质量"灌水"。由于作者和网站盈利都要靠读者数量，特别是付费阅读读者数量的增长，不少作者走上了色情淫秽小说写作的歪路子。一些商家为了争取人气不顾道德将此类作品炒上网站首页，使得网络小说呈现出明显的低俗化倾向。加之本来就严格的时效性的要求，迫使一些网络作者根本来不及仔细思考就要完成更新数量，这造成了网络文学题材的狭窄、主题的泛化、审美的弱化、意义的缺失及模仿抄袭盛行。据欧阳友权教授对搜狐网站上的22778篇网络原创文学作品进行的统计②，结果显示，在网络文学创作中，情爱题材、搞笑题材和武侠题材占据了原创作品的前三位，合计占总数的62.1%。其中，以爱情题材特别是网恋题材的作品竟占了43%。题材的狭

---

① 欧阳友权：《网络文学的影响》，《文艺报》2011年5月16日。
② 欧阳友权：《互联网上的文学风景——我国网络文学的现状调查与走势分析》，人大复印资料《中国现代、当代文学研究》2002年第3期。

窄使网络文学片面发展，成为惊世骇俗之作的温床，也是陈词滥调的衍生之地。大部分网络作者都没有严肃的写作精神，而视之为笔墨游戏，创作动机也主要为情绪宣泄和经济利益，不求深度。这类快餐文学作品写作随心所欲，表达低俗粗鄙，抒情无病呻吟，文字垃圾居多，很难看到对于人文关怀、社会理想和美学价值的追求。

二、网络文学对读者的影响

1. 网络文学读者群增长的数据统计

网络文学有机结合了传统文学与互联网，使网民们通过电脑在线阅读、移动手机阅读、下载后阅读等多种阅读方式阅读到种类繁多的作品，丰富了广大网民的读书生活。2003年以来，特别是2009—2013年五年间，网络文学读者的数量翻了数番。

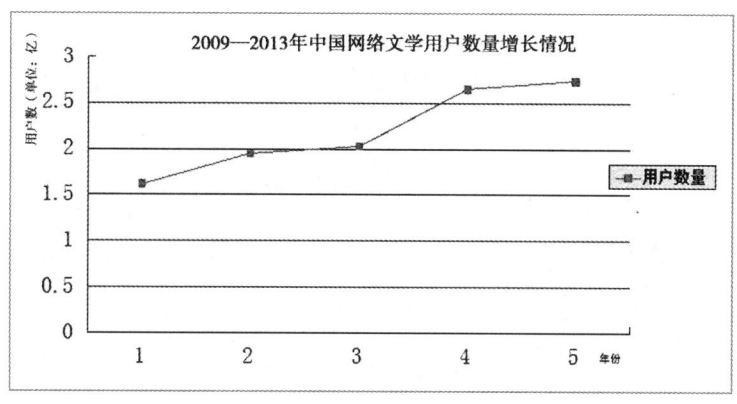

图5　2009—2013年中国网络文学用户数量增长图

据中国互联网络信息中心（CNNIC）的统计[①]，2008年12月31日，我国网民规模为2.98亿人，普及率22.6%，当时网络文学尚未进入互联网7大类主要应用之列，远远落后于网络媒体，信息检索，网络通讯，网络社区，网络娱乐，电子商务及网上银行、网上炒股等；2009年12月31日，中国网民规模达到3.84亿人，普及率达到28.9%，网络文学用户的规模达到1.62亿人，使用率为42.3%，网络文学相关数据首次进入该中心每年发的《中国互联网络发展状况统计报告》；2010年12月，中国网民规模达到4.57亿，较2009年底又增加7330万人，网络文学使用率为42.6%，用户规模增至1.95亿，较2009年底增长19.9%，是互联网娱乐类应用中用户渗透率唯一增长的应用；2011年12月底，中国网民规模突破

---

①　中国互联网络信息中心：《第29—33次中国互联网络发展状况统计报告》。

5亿,达到5.13亿,全年新增网民5580万,与此同时,网络文学用户规模达2.03亿,使用率为39.5%;2012年再次成为网络文学用户的"成长年",《第31次中国互联网络发展状况统计报告》显示,截至2012年12月,网民数量达到5.64亿人,网络文学用户规模则达到2.65亿人,较2011年底增长3300万人,使用率达到45.7%;2014年1月16日发布的数据显示,截至2013年12月底,我国网络文学用户数再增至2.74亿,网民网络文学使用率为44.4%,排在网上支付、网上银行、电子邮件等之前,且年增长率超过搜索引擎、网络新闻、网络游戏、社交网站等。

此外,据 iResearch 艾瑞咨询基于40万家庭及办公样本网络行为进行的网民连续用户行为研究系统 iUserTracker 最新数据显示[1]:2013年12月,垂直文学网站日均覆盖人数1366.2万人。其中,起点中文网日均覆盖人数达176万人,网民到达率达0.7%,位居第一;晋江原创网日均覆盖人数达114万人,网民到达率达0.5%,位居第二;小木虫日均覆盖人数达114万人,网民到达率达0.5%,位居第三。截至2013年12月,垂直文学网站的月有效浏览时间达2.7亿小时。

iUserTracker-2013年12月垂直文学网站日均覆盖人数排名

排名	网站	日均覆盖人数 万人	日均网民到达率 %	排名变化
1	起点中文网	176	0.7%	→
2	晋江原创网	114	0.5%	→
3	小木虫	114	0.5%	→
4	17k	112	0.5%	→
5	纵横中文网	63	0.3%	→
6	潇湘书院	50	0.2%	→
7	小说阅读网	41	0.2%	→
8	起点女生网	32	0.1%	→
9	中国散文网	29	0.1%	↑
10	红袖添香	27	0.1%	→

注:日均网民到达率=该网站日均覆盖人数/所有网站总日均覆盖人数
Source: iUserTracker,家庭办公版 2013.12,基于对40万名家庭及办公(不含公共上网地点)样本网络行为的长期监测数据获得。
©2014.1 iResearch Inc.   www.iresearch.com.cn

图6 2013年12月网络文学网站日均覆盖人数及网民到达率排行图(来源:艾瑞咨询)

从文学网站对网络文学总访问次数的统计来看,我国的网络文学用户遍及各个年龄阶段,基本呈橄榄形,其中尤以青少年和中年人为最盛。在中国互联网信息中心2010年12月首次发布的《中国网络文学用户调研报告》中统计显示[2]:网络文学用户以男性居多,男女比例为55.7:44.3;用户整体学历水平较高,大学本科及以上学历用户比例为35.3%,月收入集中在1001—3000元,用户比例为33.9%。对网络文学用户的年龄分布特征,中国互联网络信息中心分析师阿丽艳

---

[1] 艾瑞 iUserTracker:2013年12月垂直文学网站行业数据,http://www.iresearch.com.cn/View/225937.html 2014—1—27.

[2] 中国互联网信息中心:《中国网络文学用户调研报告》。

将文学网站受众主要分为三类：均衡的年轻人，即年龄段在 10－29 岁的用户群体，总体占比为 42.4％。集中的中年人，即年龄段在 30－49 岁的用户群体，总体占比 44.10％。分散的老年人，即年龄段在 50－59 岁的用户群体，总体占比为 13.4％。50 岁以上网民对网络文学的使用率远低于年轻人和中年人。[①]

2. 文学网站注册会员消费情况

如此庞大的读者数量，当然也不缺少注册会员了。作为网络文学的忠实粉丝，注册会员是绝大多数全职网络作者收入的主要来源，也是网络文学网站的重要收入来源之一。网络文学网站建立了多层次的付费体系，刺激用户消费。

以起点中文网为例，该网站设有初级 VIP 会员、高级 VIP 会员和非 VIP 三类用户。初级 VIP 会员权利有四项：1. 可阅读起点 VIP 作品内容，价格仅每千字 3 分钱。2. 一次性增加起点积分 300 分。3. 通过使用起点虚拟货币，可提前阅读起点中文网独家签约的作品章节。4. 有资格参与每年举行的各类 VIP 奖励和投票活动。用户在起点消费的前 12 个月内累计达到 3650 元，系统会在达到消费金额的第二天将该用户升级为高级 VIP 会员，高级 VIP 会员有 5 项权利：1. 以 2 分每千字价格阅读起点 VIP 作品内容。2. 一次性增加起点个人书屋藏书量 40 本，并单独享有无限量藏书的 VIP 书架权利。3. 一次性增加起点个人书屋短信量 10 封。4. 通过使用起点虚拟货币，可提前阅读起点中文网独家签约作品章节。5. 有资格参与每年举行的各类 VIP 奖励、投票活动。而此外的非 VIP 用户阅读则需每千字 5 分钱。除真金白银的往来，起点设计了虚拟的起点币：100 起点币对应 1 元人民币。阅读期间，读者可以花费自己愿意的价格对作品进行打赏，打赏的钱部分成为作者的收入。读者在订阅花费到一定程度可以获得一张评价票，一部作品仅有一次获得免费评价票的机会，想要为喜爱的作品投更多评价票需要花费起点币，每一张票价值 200 起点币。当读者读上瘾了，作者写得慢想要作者加速更新时，用户又可使用催更票，有 3000 字，6000 字，9000 字，12000 字之分，价格相同，每张票价值 100 起点币。目前起点拥有 4300 万读者，93 万作者，平均每天有 2 本书完结，有 30 本书通过审核，起点有驻站游戏，出版实体书，还上市了 Bambook 阅读器，目前拥有忠实驻站初级 VIP10 万以上，高级 VIP 读者近万人。

《中国网络文学用户调研报告》中统计显示[②]：在整体网络文学用户中，有 9.4％的用户在网络文学阅读过程中产生过花费。用户花费以小额为主，月均花费集中在 15 元以下。在有过阅读花费的用户中，月均花费在 6－15 元的用户比例最大，为 35.3％；月均花费在 5 元以下的用户比例居第二位，为 25.6％；月均花费在 100 元以上的用户比例为 4.2％。

调查发现，大部分读者没有付费阅读经历主要是因为他们认为网络文学作品

---

① 阿丽艳：《网络文学用户群体的年龄差异化、性别差异化特征分析》，http://blog.sina.com.cn/s/blog_5101b9050101d6ch.html.

② 中国互联网信息中心：《中国网络文学用户调研报告》。

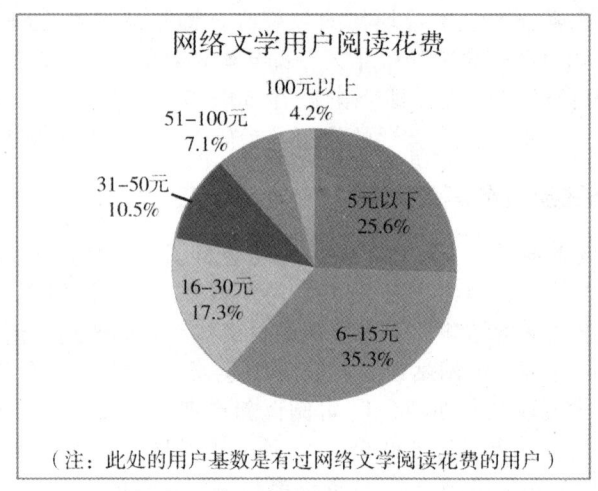

图 7　中国网络文学阅读花费情况（来源：中国互联网信息中心）

能在网上找到免费版本，因此没有必要付费。此外，互联网的海量内容资源培养了用户免费使用的习惯和首选免费内容的思维。不过，在没有过网络文学阅读花费的用户中，未来有付费倾向的用户比例占到33.2%。[①]

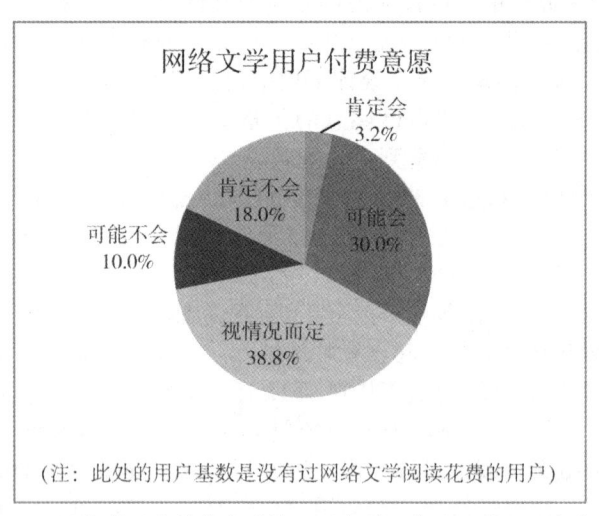

图 8　网络文学用户付费意愿情况（来源：中国互联网信息中心）

截至2013年第一季度，起点文学网的东家盛大文学的注册用户为7650万，其中1.4%用户在一季度期间有付费行为。虽然比率低，但由于总数较大，盛大文学线上付费用户仍收入3464万元。人均付费约为32元。统计显示，过去3年，

---

① 中国互联网信息中心：《中国网络文学用户调研报告》。

盛大文学注册用户分别为 2800 万、3800 万以及 7210 万。其中来自线上用户付费的收入分别为 3736 万元、5416 万元以及 104 亿元,在总收入中的占比分别为 70.5％、40.3％以及 26.4％。①

3. 网络作品图书市场销售状况

万千粉丝对心仪作品的追捧,不仅导致了网络阅读的火爆,还延伸到线下促成了网络作品改编的图书在图书出版市场的一片火红,甚至超过绝大多数传统文学图书。在一个文化访谈节目上,著名作家王树增对网络文学作品与传统文学作品在市场上的表现感慨不已:他的长篇新写实小说《长征》,虽出版发行方组织做了不少宣传工作,但 4、5 年时间也才卖出 40 万册,而部分网络作家的作品出版发行后,几个月内便轻轻松松销售百万册。他坦言:网络作品在图书市场上畅销,对纸质图书销售的压力已是客观事实。

图 9　2013—2014 京东商城网络小说图书年度销售榜 Top 10(来源:京东网)

---

①　牛千:《盛大文学截止一季度注册用户 7650 万》,http://www.techweb.com.cn/data/2011－05－25/1040522.shtml,2011 年 5 月 25 日查询。

2013年第八届作家富豪榜子榜"网络作家富豪榜"揭晓,多位网络作家称霸富豪排行榜,给正热的网络文学再添一把火。其中,起点中文网旗下作家唐家三少蝉联冠军,榜单显示,2012年11月20日至2013年11月期间,唐家三少版税收入高达2650万,天蚕土豆、血红和我吃西红柿也分别收获了2000万、1450万和1300万,多数作家年收入达到甚至超过了2012年榜单中的2007到2012年五年的总收入。①

这已不是偶然现象。"中国作家富豪榜"从2006年至今发榜8届,第一届的榜单里网络作家还极少,有网络文学写作背景的安妮宝贝虽成功入榜,也只排到第11名,远在余秋雨、唐浩明、二月河等传统作家之后;到2009年,网络作家当年明月即以1000万的收入排到第3位,同时痞子蔡、孔二狗等网络作家也登上榜单;到2011年,不仅网络作家南派三叔以1580万收入成为年度亚军,江南、当年明月、桐华、何马、小桥老树、沧月等近十位网络作者都可以排在全国作家收入前列。《斗罗大陆》、《斗破苍穹》、《凡人修仙传》、《长生界》、《近身保镖》、《盘龙》、《鬼吹灯》、《坏蛋是怎样炼成的》、《泡沫之夏》、《盗墓笔记》、《诛仙》、《秒杀》、《狩魔手记》、《合租奇缘》、《橙红年代》、《甄嬛传》、《天珠变》、《武动乾坤》、《医道官途》、《天才医生》、《步步惊心》、《求魔》……一大批网络文学作品都在图书市场上获得极好的成绩。以《斗破苍穹》为例,该书简体书累计销售量已突破500万册,漫画单行本发行量也突破了300万册。

三、网络文学对当代文学发展的影响

网络文学的出现对中国当代文学的发展造成了深远的影响,它打破了原有的文学发展格局,冲击着当代文学的语言、形式等方面的特点,成为当代文学无法回避的一部分。

1. 网络文学影响文学发展格局

一是遏制并改变了传统文学"一家独大"的格局。

在网络文学火爆以前,中国当代文学基本上由三个板块组成,即以文学期刊杂志为代表的精英文学圈、以纸质书籍为代表的图书文学市场以及以网络为阵营的网络文学,这其中前两者占据了绝对的份额,事实上"统领天下"。随着网络的普及化,文学的大门在虚拟世界里敞开,这里没有对学历的限制,没有对天赋的苛求,从"菜鸟"们的信笔涂鸦到造诣高深者的苦心孤诣之作都可以在同一个平台上走近读者,就像一句名言所说的,"网络的触角有多长,网络文学的枝蔓就能延伸多长。"因此广大文学爱好者们做起了"人人都可以成为文学家"的美梦。短短几年间,网络文学的作者数、作品数、读者数都疯涨起来,逐渐抢夺了一部分

---

① Donews:《盛大文学网络作家称霸富豪排行榜2013年收入超五年总和》,http://www.donews.com/net/201312/2670567.shtm.

传统读者和市场。国家对文化产业的政策扶持、社会资本的持续流入、居民文化需求的迅速增长、网民自我表达欲望的日益膨胀等，又推动了网络文学进一步走向繁荣。移动互联网和手机阅读的盛行为网络文学发展打了一剂强心针，开辟出"新门道"。这些因素都给网络文学攻城略地、乘势而上提供了难得机遇。在这样的背景下，网络文学开始了在文学原野上的纵横驰骋之旅，迅速打下半壁江山，把传统精英文学期刊挤到了悬崖边缘，并压缩了传统图书出版市场，打破了传统文学"唯我独尊"的局面。

二是为现当代文学发展贡献了大量素材。

这体现在三个方面：首先，网络文学为文学发展注入了"互联网基因"，增加了互联网题材作品。具有代表性的例子如痞子蔡的《第一次的亲密接触》，小说描写"我"与网友"轻舞飞扬"网恋的故事，其中"网恋"主题是互联网出现以后才有的新事物，也是首先在网络文学里得到反映才扩散到传统文学中。其次是网络文学促进了类型文学的集聚，并互相交融、借鉴，形成新的独特文学门类。例如，网络文学网站上数量巨大的玄幻、穿越、异术超能、都市激战、架空历史、异界征战、灵异悬疑等类型的作品在传统文学中是十分少见的，不过在网络上却人气颇高，成为了网络文学作品的基本类型。再次，网络写作与发表均面对网络"山野草民"，使业余作者找到读者、得到鼓励并有动力有压力继续创作，使一些小众题材作品和创新方式创作的作品得以为世人所知。譬如科幻小说，该类小说在国外很受欢迎，但在国内却一直没有地位，几乎沦为科普类的儿童读物，名存实亡。网络的扩散效果使一群喜爱科幻的作者、读者摆脱时空的限制联系在一起，促成专门的科幻小说网站和知名网站的科幻频道纷纷建立，提高了科幻类小说的知名度和阅读率。最后，网络文学作品的出版充实了传统的图书出版市场。如每年登上《中国作家富豪榜》的网络作者其作品出版后，发行量和受欢迎程度都极高。许多文学报刊也选登网上佳作，推进了当代文学发展。近年来，各级作协纷纷向网络作家适度开放，一些传统文学领域的文学最高奖励也开始关注网络文学作品。这一切表明网络文学具有不可替代的作用和意义。

三是创造了独特的网络语言风格。

网络文学多是通过电子计算机完成，网络语言深刻影响了网络文学的语言风格。网络上新词不断，流行语迭出，热门事件和网络红人层出不穷，都反映在了网络文学作品里。网络语言常见的特点主要是简单、口语化、直观、活泼、多种语言符号交叉使用，极具冲击力，它们通过网络文学传播，也为汉语语库不断提供新材料。例如在网络小说里，数字语言和脸谱符号很常见，通过数字语言，如518（我要发）、181（要不要）、886（拜拜罗）轻松而又隐晦地表达一些情感，通过表情脸谱，如"：－)"（微笑）、"：－("（不满）或"~~~~(>_<)~~~~"（呜呜呜，大声哭）等模仿人的面部表情，传递情感意向，达到人与人之间的会心交流。此外中英文混杂使用及缩略语的流行也是网络文学鲜明的特点。如宁财神的《爱的进行式》开头这样写："在一个彻夜狂欢的 rave Party 中，和着震耳欲聋的 TECHNO 舞曲，我大喊'Will you marry me?'，Catherine 忘情地舞着，

摇头冲我笑：'No, not yet'，见我一脸迷惑，她把脸凑过来小声说：'because ur so young.'"同时类似于BT（变态）、NB（牛逼）、ASAP（as soon as possible，尽快）、何弃疗（为何放弃治疗）、喜大普奔（喜闻乐见、大快人心、普天同庆、奔走相告的简称）等常用语缩略语也并不少见。另一些在网络上诞生的新词汇，如"顶"（表示支持、赞成、起哄等）、"屌丝"（对拥有矮、胖、穷、丑、矬、呆、撸等属性特征的各种雷人行径及想法表示轻蔑、讥讽，泛指人身份低微、生活平庸）、鸭梨山大（身心上的压力重负宛若泰山压顶之感）也是应用广泛。这些打上鲜明网络烙印的语言使读者与作者之间的认同感增强，又显得新鲜、有趣，使两方之间更容易产生共鸣。

四是创新了文学的创作形式和表现方式。

网络文学可使用超文本，形成多媒体叙事，可以做到图、文、声、视频互相结合，实现立体效果，这是传统文学所没有的。精美的网页、漂亮的flash动画、动听的音乐、清晰的图片组合在一起，为读者提供了广阔的欣赏视野，提高了文学话语的表现力。在国外，采用多媒体融合的超文本小说一度十分火爆，在国内也曾出现不少试水者。除了呈现形式上的不同，由于网络文学接纳平民创作，还使一些具有创新性的文学创作手法浮出水面，例如网络历史小说《明朝那些事儿》，作者为了适应网民的阅读兴趣，把历史写得好看，采用通俗易懂、幽默诙谐的语言，刻画一个个鲜活生动的历史人物，还加入自己的议论，串联起来讲述了明朝的故事，展现出一种新的历史叙事方式。同样，小说《步步惊心》对清朝故事的叙写走得也不是传统文学的路子，而是采取适应网络的独具特色的表达方式，也取得了巨大的市场成功。

2. 网络文学影响创作队伍构成

一是扩充了文学创作队伍的人员数量。

据统计，到2012年6月，中国作家协会会员共有9648人，再加上各省和自治区及行业作家协会的成员，共约5万人（不包括地级市作家协会成员）。[①] 而这已经发展算快了，因为过去六七年来每年都有三四百人加入作协组织。不过，假如拿传统作家的数量与网络文学的写作者相比，那就差距大了。目前全国共有超过5000万的庞大网络写手队伍，其中各大文学网站的签约作家数量就达到了200万以上，是作协成员的数百倍。大多数签约写手均是职业网络写手，没有加入任何作协组织。可是，网络给他们提供了创作的舞台，他们一样可以自由写作，并吸引数以百万计的粉丝。许多素来高高在上的传统作家则有不少陷入作品出版无人问津的窘境，与读者群体渐行渐远。在当前，网络文学已然成为中国当代文学的一部分，作家、作品、作者一应俱全，不管传统作家群体是不是完全认可、接纳，网络文学作家也是事实上的当代文学创作队伍的成员。这一批队伍的加入，"更新了中国作家队伍的结构，并作为一支强大的新生力量，给中国作家增添了活

---

① 杨炳忠：《网络文学影响论与价值论》，《广西民族师范学院学报》2012年第5期。

力和人气,才使得中国当代文学开始摆脱沉寂的局面,踏上曙光初照的'破冰之旅'"[1]。

二是改变了文学创作队伍的组织形态。

中国文坛几十年来一直由一支专门的传统作家队伍"把持",从国家到各省市及地方组织,都建立了作协组织,作协作为拥有一定行政编制的官方机构,行使对辖区内会员的管理,只有成为作协成员才可以成为被官方认可的作家,否则无论发表了多少作品也得不到承认。这种传统文学体制在长期的运行中难免或多或少的"圈子化",影响作家队伍的流动和文学创作"接地气",要想改变几无可能。网络文学从根子上动摇了传统文学体制。网络作者们创作和发表作品都不再需要传统文学圈子的编辑们认可,直接通过网络到达读者,是否适应市场很容易就看得明明白白。这使得大量的网络作家横空出世,并在作协之外逍遥自在,一下就削弱了传统作协的组织形态。正因为此,这几年不少地方的作协开始向网络作家抛出橄榄枝。截至2011年,当年明月、唐家三少、笑看云起、月关、晴川、跳舞、酒徒、烟雨江南、千里烟等20多位网络作家已经被全国作协接纳"入会"。年纪尚轻、粉丝众多的网络作家唐家三少、当年明月参加第八次全国作家代表大会,当选为作协第八届全国委员会委员。现如今,以作协组织为联系的传统作家组织与以商业文学网站为基地的网络作家群体实现了共存,并呈现出融合、并进的趋势。

3. 网络文学影响文学发展走向

一是促成文学形成相对自由的未来发展空间。

费瑟通说,"消费文化使用的是影像、记号和符号商品,它们所体现的是梦想、欲望与离奇幻想"[2]。文学创作是人的精神活动,它总会受到主流意识形态的影响及市场经济的制约,相对于传统文学而言,网络文学活动空间更大。网络文学自诞生起,既不以承担社会责任、透彻剖析人性为己任,也弱化了对于文学审美及艺术形式探索的追求,它一直以来都是以迎合大众的消遣和娱乐为目的,实现了自由发表、自由评论,自由交流,因此思想主旨上受主流意识形态影响更小,内容可以更加追求新意,表达可以更加随意,想象可以更加天马行空。网络的出现以不可逆转的方式为文学作者争取到了更多的创作自由。网络文学中,充满想象的情节、形象比比皆是。武侠、玄幻、穿越、修真、盗墓、耽美等类型的小说都是主要靠作者发挥丰富想象力的作品,创造出了很多前代文学没有的景象。从商场、职场、官场小说,到历史、军事、纪实、言情小说,都是写实与想象并存,但也从更加广泛的视角折射了人类生活。总之,网络文学很大程度上成为传统文学的补充,帮助文学争取到了更大空间和更多可能,这对于未来文学发展突破局限、展现新貌颇具意义。

---

[1] 杨炳忠:《网络文学影响论与价值论》,《广西民族师范学院学报》2012年第5期。
[2] 转引自欧阳友权:《网络文学:消费意识形态的文化表达》,《理论与创作》2005年第2期。

二是使文学创作开始具备广泛的民众基础。

根据学界公认的观点，文学最开始本是发源于民间的，它由远古初民的口头创作演变而来，是大众集体无意识积累的文化成果，后来随着记录载体的革新，才慢慢过渡到书面印刷文学阶段。到印刷文学阶段，文学写作演变成为精英知识分子的"专利"，只有有一定文化修养和经济基础的人才能从事文学创作，且发表时还要受到限制。进入网络时代以后，文学似乎又回到了民间，人人都可能成为文学的主体，每个人都可以公开公平的走进文学殿堂进行创作，虽然这些作品有许多都没有多少文学价值，不过大众被排斥在文学创作大门之外的情况却是千真万确的结束了。这种改变直接带来了文学作品类型的丰富多彩。反观近年来影响较大的作品，《莽荒纪》、《斗罗大陆》、《诛仙》、《悟空传》、《搜神记》、《藏地密码》、《鬼吹灯》、《邪风曲》，多借鉴在民间隐秘流传很多年的道教、佛教、中医、藏医、神话，西方古老宗教及传说等民间文化，包含人、鬼、神、仙、灵、妖、蛊、魔、吸血鬼及非常见的动植物等为角色，构成学校教育不能涉及的另一套"知识体系"，并以其民间性和传奇性获得读者青睐，令人眼界大开。网络文学夯实了当代文学在民众间的根基，也必将会激发出广大作者更多的活力。

三是影响并刷新文学读者的阅读兴趣。

网络文学对读者阅读兴趣的影响和改变，从它诞生起就没有停止过，目前也处于"进行时"。信息技术、数字技术对阅读的颠覆表现在多个方面，特别是在呈现形态和内容架构上。人与互联网的智慧碰撞造就网络文化，一切均可数字化的事物都逐步从现实世界"走"到了虚拟世界，人们认识世界的方式因此多了一种——"读屏"。由于电脑屏幕有众多软件的协助，可以轻易实现集文字、声音、图像于一体，创造出表现力极强的"快餐文学"，使网民们阅读"聚焦"的比率降低，并习惯了在浏览过程中一并调动视、听、触等多种感受方式，很快走近网络文学作品所描述的世界。此外，由于网络信息总量庞大、内容碎片化，每天都有海量资源上传，垃圾信息处处堆积，使有效信息阅读显得更关键。按照知名企业家李开复的看法：在互联网上阅读，阅读本身不是强需求，高效阅读才是强需要；社会化采集加社会化聚合，有可能大大提升知识获取的效率；碎片化和随时随地在线，意味着知识获得的渠道和机会更多，这很好地概括出了互联网阅读的特点。网络文学参与培养人们养成以"浏览"为主、而不是思考为主的阅读习惯，"泛读"的比率超过了"精读"。这些阅读习惯融入到了广大年轻人的生活之中，也会在未来继续影响文学的阅读和创作。

4. 网络文学对文学发展产生一定的消极影响

一是一些网络写手和网站经营者以赚钱为目标，催生并不断加剧文学创作的功利化。

网络文学有自己的优势，同时不可否认的是，"如今的网络文学，在商业化的不断腐蚀下，成了写手、网站、投资商合谋的掘金场……其商业价值被榨取到最大化……在文学网站的运作下，网络文学变得如同娱乐圈一般"①。一方面，在网络平台上，读者才是主人，网络写手们要适应消费者的需求才能赚到利润，但恰恰由于阅读者鱼龙混杂，且处于"匿名"状态下，他们并不太注重网络文学的文学性，而只求看得"爽"，这种取向使得网络文学总体品质较低。另一方面，大部分网络作者们本来自身文学艺术修养便不高，写作随意性太强，他们忽视文学作品作为一种精神文化产品的社会意识形态属性和精神引领、文化传承功能，不太注重文学的艺术性和严肃性，而多追逐文学的商品性。再加之文学网站、游戏公司和影视传媒机构推波助澜，使网络文学大大偏离传统的轨道。这种基于投机心理和逐利目标的文学创作，最终会导致网络文学整体品位低劣，丧失了传统文学的典雅艺术韵味，损害社会公众对文学的整体评价。

二是缺少"把关人"的网络写作制造大量文学垃圾，降低了文学应有的价值和品位。

由于写作门槛低，凑热闹的人很多，一些网络写手甚至没什么写作经验，一开始就写起长篇大论来。其作品的思想、情节、逻辑、语言都达不到要求。此外，一个很大的问题是，不少网络作者不爱"创作"，独爱"抄袭"，创作时常用"剪刀＋浆糊"的方式，且什么题材火了就拼凑出类似的作品，山寨货常常"忽如一夜春风来，千树万树梨花开"。例如，网络穿越小说《梦回大清》火了以后，很快引来一大批作者跟风写作，内容要素大同小异，几乎都是主人公由于某个原因离开原本的年代到了过去某个时代，在这个时代里他呼风唤雨、经历挫折，参与了很多历史事件，并遇到了一段段曲折的爱情。短短几年里，穿越小说所覆盖的范围，从夏商周到元明清"一网打尽"。据报道，晋江文学城以"穿越时空"为标签的完结作品已经达到 2749 页，每页目录有 50 部作品，并且绝大多数创作者名字各不相同。除了"山寨文学作品"，一些文学网站还装下了许多文学糟粕，这些网站设置了诸如古今色情文学、中外性爱文学等栏目，其下的内容大多数是淫秽文字和粗言鄙语，成为堆积在网络上的文学垃圾，污染了整个文学环境，损害了文学形象，降低了文学应有的价值和品位。

三是某些网络写手承担感缺失，引起人文精神滑坡。

在人们的传统认知里，作家群体是以探寻人类心灵和精神领域为职业的特殊劳动者，他们对社会、历史，对人类文明和人的尊严应当有所承担，既肩负着提供审美愉悦的责任，也为读者带来理想的憧憬、诗性的冲动和生活的感动，作家应当帮助人们看清世界风景和自己的内心，带领大家找到作为人的最基本的良知和道义。然而，在网络写手群中，这些要求几乎无从谈起。网络写手一来大多自身便缺少如此的觉悟，二来也不以此为写作目标。他们更多满足读者的生理欲望，而较少为他们的人性发展引航指路；他们不提供人性的救赎，而是迎合读者"恶"的宣泄；他们往往自身便是压抑、消极的生活的受害者和妥协者，同样也靠在虚拟世界中叱咤风云来求得象征性的满足，所以对于人文精神的撒播也漫不经心。

---

① 陈竞：《网络文学：繁荣背后的问题与反思》，《文学报》2009 年 5 月 14 日。

正因为此,网络文学中充斥着性与肉体赤裸裸地描写和放大,出现了粗俗的意淫文化、黄色文化、"扒粪文化"的盛行。一部分网络文学作品精神匮乏、内涵缺失、人性扭曲,对于社会和公众良好人文价值体系的建立,有消极作用。

四是不健康的作品污染青少年心灵世界,戕害文学读者群体。

目前网络文学最重要读者群体之一便是青少年。青少年受年龄和阅历所限,自身辨别能力不强,又正处于人生观、价值观、世界观的形成期,思想单纯且不稳定,容易被误导。很多网络文学作品文采简单、文笔粗糙、内容肤浅,但对于青少年而言却是通俗易懂、很合口味,其中描写的一夜暴富、黑白通吃、艳遇频频、巧合连连、智商超群、天资聪慧等元素恰好打中少年们的内心,满足了他们的一些幻想和愿望,因此少男少女们纷纷走进网络文学消磨时间、填补空虚,从阅读中想象未来,从意淫中寻找快感。然而这样的内容却对青少年成长十分不利,它们麻痹青少年的神经、侵蚀他们的心灵,让其沉溺其间、难以自拔,久而久之造成很多初中生、高中生执迷不悟,心理阴暗、性格扭曲,越来越走向负面和消极,以至于出现厌学、叛逆、暴力、孤僻、早恋、滥情、做白日梦等负面情绪和行为。总之,网络文学中的一些呈现负面倾向的内容,对意志和人格仍不健全的青少年群体具有较强的危害性,需要引起全社会警醒,并得到适当规范。

第8章 网络文学与传统文学的互动交流

随着网络的普及，网络文学迅速发展，产生了大量的网络文学作家和作品，网络文学成为文学领域一股不可忽视的力量。网络文学这种新颖的文学形式也吸引了传统文学的注意，两者之间自然而然产生了交集，近些年来，两者之间的交流互动融合成为了常态。

一、网络文学与传统文学互动交流事件

1. 作家协会积极吸纳网络作家

作家协会中逐渐壮大的网络作家阵营。随着中国网络技术的发展和人们生活水平的提高，在2000年后，网络在中国迅速得到普及，和电话一样成为了生活中的必备品，人们在网络上获得学习和娱乐资料，并发表自己的观点，分享自己的资源。在大量的网络交流中，形成了一个庞大的网络社会，产生了特殊的网络语言，网络作家及网络文学就在这样的大环境和土壤中出现并壮大。其实，刚开始并没有网络文学这个清晰的概念，很多写手或者作家是以写一般文学作品、传统文学作品的心态在网络上发表自己的作品，甚至只是简单地把一些平时写在纸上的、很传统的作品发表在网上，可以说，从广义上来讲网络文学是传统文学在网络社会上的延伸和发展，最终造就了具有自己鲜明特点和标签的网络文学。随着网络社会的极具活跃，网络文学作品的数量不断增加，质量不断提高，影响不断增加，已成为一个文学界不能忽视的一种现象和力量，所以，近些年来，作为文学界优秀作家聚集的殿堂，不管是地方作家协会还是中国作家协会都积极向网络作家伸出了橄榄枝，不断邀请、吸收网络作家入会。

2009年，湖北省作协公布的新成员名单中，成员"猫郎"张书成是国内第一个凭借网络作家的身份加入省作协的人。张书成在天涯社区和荆楚网东湖社区先后发表网络作品60多篇，深受广大网友的喜爱，具有很高的网络知名度，被称为是湖北省最活跃作家之一。2009年，张书成受湖北省作协邀请，正式加入省作协。实际上，早在2008年，张书成和湖北省作协之间就曾做过尝试，但受当时各方条件的限制，张书成并没有成功进入作协，此次的成功进入，是我国传统作家

与网络作家的一次握手,是两大不同形式作家合二为一的真正开始。①

2009 东莞市作家协会作家公布清单,共有 44 个作者被邀请加入到城市作家协会,其中包括 4 名网络作家,如广受欢迎的新浪 VIP 签约作家李云龙,禾丰浪。李云龙的网络小说《我是混子我怕谁》等名作在网络上深受网友喜爱,点击率突破千万人次;禾丰浪的《美女上司爱上我》等作品也因其精彩曲折的内容,吸引了大批网络读者。这两个作品除被正式出版外,禾丰浪的作品还被拍摄成影视剧。据了解,东莞市作协成员都致力于建立更加积极的东莞网络作家协会,其中 80% 以上作家对网络作家加入市作协都持积极支持态度。②

2009 年神笔作家缦彩笺进入四川省作协,这是四川省作协首次招收网络作家。缦彩笺的网络作品中,有《樱花逝》等 10 部作品已经被出版社出版为纸质作品。四川省作协副主席对缦彩笺作品的评价很高,认为它具有灵气和活性,字里行间透露出年轻人对生活的热爱。作协副主席对其作品的高度评价代表着传统作家对网络作家的认可和欣赏。缦彩笺成功加入四川省作协,不但是对其作品的肯定,更是传统作家与网络作家的交融与合作,相互欣赏与交流。③

2010 年,著名的网络作家当年明月、唐家三少、月关等成为了中国作家协会会员。

2011 年,当时明月、唐家三少成为第八届中国作协全国委员会委员,是网络作家首次进入全国委员会,网络文学作家"跳舞"陈彬等加入了中国作协。

2012 年,中国作家协会招收了 13 名网络作家,武汉作家协会也邀请了近 40 名的网络作家成为其会员。

2012 年 4 月份,湖南省作协召开理事会在长沙,确定在 2012 年将重视网络作家培养,多从网络写手中吸引年轻会员。

2013 年,网络作家被邀请加入作家协会人数较往年大幅度增加,网络作家增加的人数是前两年的总和,引起了外界的广泛的关注。而邀请网络作家加入协会的网络写手包括一些著名的影视剧的编剧,例如《甄嬛传》的作者流潋紫(原名吴雪岚),以及《步步惊心》的作者桐华(原名任海燕)、《裸婚时代》的作者小鬼儿儿儿(原名唐欣恬)等一些作者都有望正式加入中国作家协会。为了让网络作家能更好地适应中国作家协会的工作,此次对网络作家成立了单独的评审组。不可否认,网络文学的影响越来越大,成为了今日文学中一支不俗的力量。平心而论,网络作家之所以能够加入作协,并非他们的知名度的提高,而是真金不怕火炼,他们的文学创作水平达到了新的高度,也都符合入会的要求,中国作协网络

---

① 《对话"网络写手加入省作协"第一人张书成》,三峡新闻网,http://news.sxxw.net/html/20093/24/212342.html,2014 年 1 月 20 日查询。

② 《44 名网络作家进入东莞市作家协会》,http://dg.people.com.cn/GB/10647341.html,《广州日报》,2014 年 1 月 20 日查询。

③ 《"80 后"网络作家入作协》,http://sichuandaily.scol.com.cn/2009/09/02/20090902651044442712.html,《四川日报》,2014 年 1 月 20 日查询。

第 8 章　网络文学与传统文学的互动交流

办副主任马季也很赞同。①

2. 国家级大奖对网络文学开放

2011 年 2 月中国作协公布了新修订的《茅盾文学奖评奖条例》，明确网络文学可以参加第八届茅盾文学奖评选活动。各媒体也对这一文学界的重要新闻以《第八届茅盾文学奖向网络文学敞开大门》、《茅奖拟增"大众文学奖"将首次向网络文学开放》等标题进行了报道。一批网络文学作家也对参加评选表现出了浓厚的兴趣。网络文学也和茅盾文学奖之间由"我在一旁深情地注视着你，你却遥望着天边的云"的"单相思"转变为两者可以互相说些什么的面对面。很多网络文学作家和爱好者都对此次评选活动抱着殷切的期望。

其实在此之前，文学界中的另一国家级大奖鲁迅文学奖也首次向网络文学敞开了大门。2010 年的鲁迅文学奖评选中，有 31 部网络文学作品从 1008 部参选作品中脱颖而出，首次获得参评鲁迅文学奖的资格。其中更是有一部网络作品《网逝》入围，但最终以入选比例为 3%，没有成功冲击鲁迅文学奖，以失败告终。但这次网络作品参加鲁迅文学奖却在社会上获得很大的反响。鲁迅文学奖是国内级别很高的文学奖项，是很多作家终生追求的目标。但一直以来，鲁迅文学奖只对传统作家开放，这次的网络作品参评，是文学界的一大突破，是传统作家认可、接受网络作家的进步。有人称鲁迅文学奖是文学界的阳春白雪，网络作家属于草根作家，这次网络作品参评鲁迅文学奖是高层与草根之间的融合，既是我国传统文学的进步，也是网络文学的发展。另外，为了更公正、更准确的评选网络文学作品，评委会还专门聘请了熟悉网络文学作品的专家。②

由鲁迅文学奖的评选过程和结果可以联想到，这次茅盾文学奖和网络文学之间的对话也会同样不是那么直接和顺利的。新《条例》发布后，人们很快发现此次评选的两个条件对网络作家来说是个比较高的门槛，一是要实体出版，二是要是一部完成的作品，这就意味着那些虽然优秀但未出版为纸质书籍和那些虽然已出版但还在连载未完成的都不能参加这个评选。而以网络为载体，实行连载的方式是很多优秀网络文学作品的特点。这两个条件一卡，符合参选条件的作品就很少。虽然此次评选活动中，所谓的网络文学阵营则推出了 7 部参选作品，它们分别是新浪网推荐的《成长》、《遍地狼烟》、《青果》，起点中文网推荐的《从呼吸到呻吟》、《国家脊梁》、《办公室风声》，中文在线网推荐的《刀子嘴与金凤凰》③，但和网络作品巨大的数量和 180 部的入围作品比起来，网络文学作品参评

---

① 《16 位网络作家有望加入中国作协》，http://www.chinawriter.com.cn/news/2013/2013-07-05/166499.html，《重庆商报》，2014 年 1 月 20 日查询。

② 《"鲁奖"评委会不满译作称水平参差内容不够阳光》，http://book.people.com.cn/GB/69360/12692134.html，《人民网》，2014 年 1 月 20 日查询。

③ 《网络文学遭遇茅盾文学奖"苛责"》，http://www.bbtnews.cn/news/2011-08/1500000020692.shtml，《文化创意产业周刊》，2014 年 1 月 20 日查询。

的数量可以说少得可怜。很多人都很期待参选的《盗墓笔记》却被证实是"被参选",因为其不符合其中一个条件,那就是参选作品必须是一部已完成的作品,而《盗墓笔记》也因为还在连载中,所以不符合这个条件。

除了入围的网络文学作品少以外,人们也发现入围的几部网络文学很多名不副实。例如,作家王海鸰的作品《成长》就并非真正意义上的网络文学,只是新浪享有其电子版权。作家郑彦英的《从呼吸到呻吟》由于参加了"30省作协主席小说巡展"并获得二等奖,由起点中文网推荐而享有参评资格。但作品本身并非网络首发,语言也没有网络特色,作者本人则是河南文联副主席,属于主流作家行列。《青果》的作者顾坚也曾表示,自己的作品并不是真正意义的网络文学,只是通过网络书写的传统文学作品。有业内人士表示,之所以这些作品能被推选出来,更多是因为作品贴近茅盾文学奖的要求,增加作品获奖的可能性,并不能真正代表网络文学的作品。① 这种尴尬情况出现的根本原因还是茅盾文学奖的评选标准和网络文学的特点之间还是有很大不同,让人感觉参选的门槛高,条件有些苛刻。由此可见,网络文学被传统文学所接纳也许还要有很长一段路要走。

2011年8月,经过三轮遴选,七部被贴上"网络文学"标签的作品全部在前三轮的评选中被淘汰。针对此种结果,很多业内人士早有预测,青年作家孔二狗认为:"很多网络作家和传统意义上作家的作品相差并不多,最大的区别可能就是网络作家把作品发布到网上。但我认为近几年的网络文学获茅盾文学奖的可能性不大,因为现在的网络文学作品多数以玄幻为主,很少关注现实社会,这使作品欠缺了一定的厚重感。但是网络文学门槛低、自由发挥的程度更高这两个特点,注定要吸引更多的人参与进来。网络文学获奖虽然很难是近期的事,但也是早晚的事。"他很自信地表示:"我觉得我一定能得茅盾文学奖,但可能是在10多年之后,大概45岁吧,那将是我创作的黄金年代。"②

面对网络文学参评茅盾奖比较困难的情况,有关专家也提出了一些建议。

茅盾文学奖评委,陕西省著名评论家李星认为:"茅盾文学奖对网络文学开放是件非常好的事情,建议要宽容对待网络文学。毕竟网络文学门槛较低,质量也良莠不齐,有些难免艺术上比较粗糙。茅盾文学奖坚持的是纯文学标准和专业标准,而已出书的质量也就保证了。我最近在看《杜拉拉升职记》,我觉得有传统文学达不到的形式,也是不错的作品。对于有着很大影响的网络文学,我们绝不能轻视。但从评委来说,也不能拘泥于传统的眼光和茅盾文学奖刻板的标准,评委眼光要放开,要对网络文学报以更大的宽容。这才是对网络文学的鼓励、发展和提高。"

文学批评家叶匡政则提出,网络文学可以尝试发展自有评价体系。他表示,

---

① 《网络文学遭遇茅盾文学奖"苛责"》,http://www.bbtnews.com.cn/news/2011-08/1500000020692.shtml,《文化创意产业周刊》,2014年1月20日查询。

② 《第八届茅盾文学奖向网络文学敞开大门》,http://www.zsnews.cn/culture/2011/03/11/1659414.shtml,《文化资讯》,2014年1月20日查询。

茅盾文学奖为代表的官方文学奖项主流意识很浓厚，虽然这两年略有松动，但短期内网络文学无法在这一领域获得更大的进展。网络文学可以通过由圈内知名的机构，例如新浪、搜狐、起点中文网等发起成立网络文学评奖机构，建设符合网络文学特点的评奖体系和指导体系。可能在前期会有各种各样的问题，但只要这个评奖机构能召集一批在网络和文学方面都有造诣的文学评论家，并且能公平公正地评选作品，持续几年，自然可以树立在这一领域的绝对权威。①

可以说，现在茅盾文学奖这类型国家级大奖和网络文学之间还是或"欲拒还迎"或"欲迎还拒"的暧昧状态，什么时候两者之间真正产生碰撞，擦出火花，我们还需要等待一段时间才能知晓。但总的来说，国家级大奖对网络文学的开放是一个大趋势，具有积极的意义，表示传统文学对网络文学高度认同，传统文学和网络文学之间互相了解、互相学习、共同发展已成为一种趋势。

3. 传统文学和网络文学之间的交流与互动

（1）鲁迅文学院举办网络文学作家培训班。2009年7月，在充分意识到互联网文学已经成为一股不可小觑的文学创作洪流后，经中国作协推动，鲁迅文学院同盛大文学联合创办了首届"网络文学作家培训班"，培训周期为10天，首批参加培训的学员共计29人。2010年1月鲁迅文学院举办了第2届"网络文学作家培训班"，培训周期为10天，共有20位网络文学作家参加了培训。2011年4月，鲁迅文学院举办了第4届"网络文学作家培训班"，培训周期为15天，共有41位网络文学作家参加了培训，在4月21日的结业仪式上，中国作协党组成员、书记处书记陈崎嵘表示，中国作协将着手开展网络文学作家和传统文学作家之间的"结对交友"活动。2012年4月，鲁迅文学院举办了第5届"网络文学作家培训班"，培训周期为15天，共有45位网络文学作家参加培训。2013年1月，鲁迅文学院举办了第6届"网络文学作家培训班"，培训周期为15天，共有44位网络文学作家参加了培训。这几届培训班的举办都由盛大文学、中文在线等网络文学网站平台联合举办，参加培训的网络文学作家也都来自中文在线、盛大文学、新浪网、搜狐网等网络文学单位。

开展"网络文学作家培训班"是中国作协推动网络文学繁荣健康发展的一个重要举措，其旨在推动互联网作家的文学造诣提升，并力图打造稳定的互联网文学创作队伍，以期使互联网文学得以持续化、规划化和健康化发展。历届培训班中进行授课的老师都是中国文学领域中具有较高创作水准和理论水平的知名作家和评论家，培训班的举办为网络文学作家和传统文学作家提供了直接面对面交流学习的机会。网络文学为传统文学注入了新的活力，开创了新的文学创作方式和推广方式，而传统文学作家对网络作家的扶持和授课，也针对性地解决网络文学作家的创作素养和经验的不足、写作技巧和经验的欠缺、对现实生活理解的缺失

---

① 《网络文学遭遇茅盾文学奖"苛责"》，http://www.bbtnews.com.cn/news/2011－08/1500000020692..shtml，《文化创意产业周刊》，2014年1月20日查询。

和不深、后继创作的乏力和雷同等问题。一年一度的培训班的开展对中国文学的繁荣健康发展有着极为重大的推动作用。

（2）中国作协举办网络作家和传统作家"结对交友"活动。从2011年起，中国作协开始举办传统作家与网络作家"结对交友"见面会。在2011年8月举办的活动中，麦家、柳建伟、东西、周大新、徐坤、白烨等18位来自全国各地的传统作家、评论家与天蚕土豆、骷髅精灵、涅槃灰、纯银耳坠等来自7家网站的18位网络作家共聚一堂并结成"对子"。① 2012年2月，中国作家协会又举办了第二次传统作家与网络作家"结对交友"见面会，在本次见面会上共有15位网络作家与15位国内传统作家、评论家结成"对子"。

不管传统文学还是网络文学，它们都属于文学的范畴，只是由于体裁、传播途径、写作环境的不同，各自具有一些特点。举办结对交友活动，对于传统作家和网络作家的相互认识和了解起了积极的作用：使网络作家对传统文学的创作有了更大的了解，同时也使传统作家对网络文学有了新的认识，促进了网络文学与传统文学的交融。这不是所谓的拜师学艺或者传统作家收徒，而是文学发展过程中必然要发生的，这种交流能促进文学的繁荣，非常具有意义。

（3）传统理论批评家对网络文学的研讨。2011年5月，文学刊物《南方文坛》在其"批评论坛"板块，推出了以"网络文学"为主题的专题评论文章。黄咏梅、康桥、申霞艳、刘海涛四名关注网络的年轻作家、评论家，对网络文学的命名、价值等话题进行了阐释。

2013年5月18日，中国作家协会和广东作家协会在北京联合召开广东网络文学研讨会，对6位"80后"广东网络文学作家林俊敏（阿菩）、贾志刚、杨林清（无意归）、边晓琳（乱异）、邱晓玲和艾静一（猗兰霓裳）的作品进行了深入研讨。6位作家的作品涵盖了历史、玄幻、仙侠、架空、魔幻、言情、女性、都市、悬疑、推理等当今网络文学主流类型，代表了广东网络文学的创作水准和精品路线。其中作品评论由白烨、欧阳友权、杨早、王祥、马季、陈定家等12位评论家主持。②

有关网络文学的作用和意义，有各种各样的评论。有人说，网络文学代表着未来，像鲁迅先生所说的："它是远方地平线上已经看得见桅杆的那一航轮船，是挣脱母腹的婴儿的第一声啼哭，是林中的响箭，是报春的惊雷。"也有人以毛泽东在《星星之火可以燎原》中模仿鲁迅的话来描述网络文学的发展态势："它是站在海岸遥望海中已经看得见桅杆尖头了的一只航船，它是立于高山之巅远看东方已见光芒四射喷薄欲出的一轮朝日，它是躁动于母腹中的快要成熟了的一个婴儿。"③

---

① 《网络作家与传统作家"结对交友"》，http://www.chinawriter.com.cn/bk/2011－08－05/55305.html，《中国作家网》，2014年1月20日查询。

② 《评论家也应介入网络文学评论》，http://www.chinawriter.com.cn/news/2013/2013－05－21/162836.html，《中国作家网》，2014年1月20日查询。

③ 唐曼莲：《简论毛泽东的信仰教育艺术》，《思想理论教育论刊》2011年第8期。

用著名作家陈村的话来说:"未来的一切文学都是网络文学。"网络文学开辟了一种全新的文学创作方式,使 21 世纪文学领域异常丰富和活跃,代表着今后中国文学的一个重要的发展方向,颠覆了整个文学领域的结构和认识。

(4) 电视节目为传统文学与网络文学间的对话牵线搭桥。2012 年年底,江西电视台的《今视直播室》栏目的一期节目为传统文学同互联网文学的对话搭建了桥梁。在此期节目中,栏目组邀请到了南昌作协的常务副主席邓涛,以及互联网文学作家安以陌、野玉丫头二人——一位传统文学的代表人物同两位互联网文学的新生力量共同为传统文学与网络文学间的交流和互动献计献策。

邓涛认为:"对于蓬勃兴起的互联网文学而言,其与传统文学相比较来说,只是文字的传输媒介不尽相同,而究其实质是相同的,它们之间的区别在于传统文学诞生较早,因而在文化市场上处于支配性的主导地位,大众的认同度更高,但随着互联网的发展,在将来的某一天,互联网文学必将成为文学的主力军。"安以陌则指出:"在现今的信息时代,互联网文学同传统文学其实处于彼此交互影响的状态,一些成名作家也会选择线上发表的方式,因为这种方式读者受众更广,并且作品传递速率也更快,所以借助线上发表的方式能够使自己的作品得以快速传播,同样,一些互联网作家也会选择与出版社合作的方式,发行自己的纸质作品,原因在于先通过共享的方式使作品收获读者群,然后以实体书籍的方式出版,这样,读者出于珍藏的心理也会踊跃购买。"同时,安以陌表示,最初她是借由线上发表的方式收获了大批的读者,并获得了读者认同,不过在经济上的收益,仍然来自于出版社和期刊。在听取了安以陌的观点后,邓涛深表认同,并进一步指出:"对于传统文学的发展而言,不能固步自封,必须与时俱进,作家要敢于将自己的作品进行线上发表,供读者阅读评价,同样的,互联网文学也需要汲取传统文学中的养分。两者并非对立,只是在一些细节上不尽相同,如互联网文学的文字表达相对轻松,传统文学则更注重字斟句酌,但二者的本质都是文学,也都是社会现实的映像,因此二者有必要进一步彼此借鉴。"①

4. 网络文学成为文学界的宠儿和佼佼者

随着网络文学的兴起和发展,网络文学在文学界的影响日益重要,受到人们的广泛欢迎,在文学界很多重要活动中都能看到网络文学活跃的身影,甚至成为很多活动的主角和宠儿。

(1) 盛大文学牵头启动"青年作者原创公益基金"。2009 年 9 月第 16 届北京国际图书博览会(英文简称 BIBF)在北京中国国际展览中心隆重举行。在博览会上,盛大文学·起点中文网与中国最具影响力的奇幻文学品牌"九州"举行了"起点·九州志青年作者原创公益基金"成立发布会。该基金计划在三年的时间

---

① 《对话传统文学额网络文学"浪涛沙尽始见金"》,http://news.jxgdw.com/jszg/1936202.html,《今视网》,2014 年 1 月 20 日查询。

内，以一百万元的版权费，培养打造 10 位中国顶级畅销小说家。①

这次"九州志－起点"联合举办的活动，既是文学活动也是公益活动，旨在讨论中国奇幻文学的发展与现状和将来中国奇幻文学的发展趋势，支持中国奇幻文学的发展和新一代奇幻文学作家的培养。来自于草根，立足于原创，创作了海量奇幻作品的网络文学作家，必成为活动中的佼佼者。

(2) 网络文学作品在新浪原创文学大赛中屡获大奖。2006 年，广大文学爱好者翘首以待的第三届新浪原创文学擂台赛如期举行，评委阵容堪称"梦之队"，评委中有新派武侠大家金庸先生、有"回头浪子"之称的余光中先生、有被誉为"鬼才"的贾平凹先生、有先锋派小说代表余华先生、以《爱的权利》闻名的张抗抗女士、有《一地鸡毛》的作者刘震云先生以及著名编剧海岩先生。同期举行的还有第一届新浪博客短篇文学大赛。截至大赛截稿日，组委会共计收到五千多部长篇作品以及七千多部短篇作品。

2010 年，在第六届新浪原创文学大赛中，网络作品孟庆严的《一个人的战斗》、亦名的《秘藏 1937》以及杜树的《胜负》分获本届大赛的军事类一等奖、推理类一等奖以及情感类一等奖。同时，《秘藏 1937》还收获了最佳影视改编奖这一殊荣。

2011 年，第七届新浪原创文学大赛延续以往的风格，力邀"寻根文学"作家莫言、著名文学评论家白烨、《中国式离婚》的编剧王海鸰、八零后作家张悦然等人担任颁奖嘉宾。在本次大赛中，无非由（裴新艳）的长篇小说《引魂之庄》一举夺魁。

自 2003 年首届新浪原创文学大赛至今，累计参赛作品上万件，并涌现出了以网络文学作家为代表的诸多引领国内文坛起伏的新锐作家。现今，随着互联网的兴起，各类文学门户网站的勃兴，传统文学同互联网文学此前的壁垒已被打破，二者呈现交融之势，共同为大众奉献了炫丽的文学盛宴。

(3) "娇子·未来大家 top20"评奖活动中网络文学作家崭露头角。2011 年，《人民文学》联手盛大文学创办了"娇子未·来大家 top20"大赛，该项赛事历时四个月，评选方式涵盖线上和线下，评选对象为新锐文学作家，要求入围参评者的年龄在四十一周岁以下（包括四十一周岁），同时要彰显出杰出的文学创作特质，具备创新精神，并能够表现出引领未来国内文学走向的大师潜质。本次评奖活动的评委阵容十分强大，由七十余位青年文学评论家、出版人和媒体代表组成，最终评委们出炉了一份六十六人的大名单，并在此名单基础上，通过线上投票以及线下评委投票的方式，筛选出四十人，最终在四十人中评选出杰出的二十位作者。

---

① 《100 万打造 10 位顶级畅销作家》，http://gzdaily.dayoo.com/html/2009－09/07/content_693644.htm，《大洋新闻网》，2014 年 1 月 20 日查询。

第8章 网络文学与传统文学的互动交流

表1 "娇子·未来大家top20"候选作家名单（姓氏按英文字母排序）

阿乙	安知晓	畀愚	蔡骏	春树
戴来	笛安	东君	东紫	董夏青青
飞氘	风行烈	冯唐	付秀莹	格日勒其木格·黑鹤
葛亮	海飞	河西	黄惊涛	黄咏梅
计文君	寂月皎皎	蒋峰	金仁顺	金子
李浩	李师江	刘丽朵	鲁敏	路内
吕魁	马小淘	马笑泉	慕容雪村	那多
南飞雁	讴歌	七堇年	祁又一	乔叶
盛可以	手指	苏瓷瓷	孙睿	唐家三少
滕肖澜	田耳	庹政	王棵	王十月
王秀梅	魏微	徐则臣	薛舒	颜歌
颜桥	杨怡芬	姚伟	映川	张楚
张惠雯	张悦然	哲贵	朱山坡	朱文颖
朱岳				

在这份大名单中，有已经成名的、获得市场价值认同的张悦然、冯唐等人；也有部分崭露头角的新晋作家，如徐则臣、鲁敏等人，这类作家当前在国内的一线期刊中担纲主笔，文风犀利，但普通读者对其认知度不够。还有少部分作者剑走偏锋，如格日勒其木格·黑鹤选择动物题材为写作向度，飞氘以科幻类创作见长，那多则以惊悚悬疑为其风格等。此外，像名单中的阿乙等人尽管作品数量不多，但也已经有了忠实的拥趸。

表2 "娇子·未来大家top20"获奖作家名单

冯唐	张悦然	笛安	乔叶	鲁敏
盛可以	魏微	葛亮	朱文颖	李浩
王十月	唐家三少	蔡骏	颜歌	计文君
滕肖澜	吕魁	路内	阿乙	张楚

（4）中国国际版权博览会启动"中国网络文学节"。2009年中国国际版权博览会正式推出"中国网络文学节"。其目的在于推动互联网文学的百花齐放，并规划当前的网络文学格局，构建系统化的互联网文学知识产权体系，使互联网文学得以持续、良性地发展，同时使其能够与其他关联性产业，如动漫作品等，形成资源互补，使其市场价值得以充分实现。并且，"中国网络文学节"借助对国内互联网文学的年终盘点，使其不单纯是互联网文学的盛会，更是实现互联网文学价值最大化的重要载体。

"中国网络文学节"的设立宗旨在于将国内现有的互联网文学格局加以规范化、系统化整合、以知识产权保护方式鼓励互联网文学的发展，拓宽互联网文学发展路径，为国内的互联网文学营造健康的发展空间，并且使国内的互联网文化出版机构形成良性竞争。

表3 "中国网络文学节"与会机构

中国作家网	新浪网文化读书频道	搜狐读书	盛大文学	中文在线
起点中文	晋江原创	红袖添香	17写	17K
四月天	方正数码	腾讯读书	潇湘书院	幻剑书盟
小说阅读网	逐浪网	君子堂	达达网络文学社	天堂鸟文学城
大众网	大洋网	大河网	红网	

"中国网络文学节"所采取的活动方式，是提供参赛网址，由著作权人直接上传以及各文学门户网站推荐结合的方式，在作品上传至指定网址后，组委会将作品统一发布，并支持读者进行付费在线阅读，同时提供作品评分选项，最终根据读者对作品的打分分值，以及组委会综合评定，最终评选出国内互联网文学的获奖作品。

（5）全国首家网络文学评论刊物创刊。2011年，广东省作协会同广东网络文学院共同推出国内第一种互联网文学评论类刊物——《网络文学评论》，该刊旨在从社会文化进程、对后工业时代思考的角度，在文艺理论层面，对互联网文学作品进行全方位的点评，刊物内容上涵盖了对传统文学与互联网文学二者范式的比较，也对玄幻、耽美等凸显互联网文学特质以及特定表达方式的文学表达样式进行定位与反思，从文艺理论角度对互联网文学进行深入发掘，对其进行溯源性、归因性分析，并探讨其存在的不足以及其未来的发展路径。《网络文学评论》创刊号的问世，标志着国内互联网文学已经引起了文艺批评界的重视，也间接说明互联网文学已经成为国内文学中不可小觑的势力和现象。时至2012年，期刊《人间》正式停刊，《网络文学评论》受让了其刊号，开始以月刊的形式进行出版，成为国内首家网络文学批评类刊物。

5. 传统文学的上网和网络文学的下网

通过传统文学作家和网络文学作家的交流，双方都对对方的写作方式、传播方式等方面有了一定的了解。传统文学根基深厚、经济收益明显，而网络文学则内容形式灵活、传播快、受众多，这些特点所带来的优势都使双方不断尝试新的道路，近几年里，出现了很多传统文学上网和网络文学下网的新现象。

（1）"咖啡馆短篇小说奖"让传统文学走网络评选新模式。"咖啡馆短篇小说奖"同其他文学作品评奖有所不同，其主要是以短篇小说为评价对象。因为短篇小说最能体现作者的写作功底，所以能遴选出价值卓然的原创作品。该赛事每年

第8章 网络文学与传统文学的互动交流

举办一次,评选作品范围是上一年度国内出版的文学期刊中刊载的短篇作品,评选方式是由文学评论家、编辑以及读者共同组成的评审小组进行综合评定,最终通过隐名投票的方式评定出上一年度荣获"咖啡馆短篇小说奖"的短篇小说作品。

首届"咖啡馆短篇小说奖"评选赛事于2009年正式推出,浙江籍作家陈河凭借其刊载于《人民文学》的短篇作品《夜巡》荣登榜首。次年,黑龙江籍作家迟子建凭借《解冻》将大奖收入囊中。第三届赛事的获奖者是东君,他借由《苏静安教授晚年谈话录》这篇作品得到了评委会的一致认可。在赛事组织方面,从2011年开始有所创新,加入了网上推荐和网上评选的环节,并与豆瓣网合作,进行赛事推广,这种拓宽参与渠道的方式使国内的短篇小说创作和优秀作品的传播找到了新的路径。

(2)从作协主席集体在网上晒作品到网络作家参加实体书展。2008年9月由全国最大的原创文学网站——中国盛大文学起点小说网举办的"全国30个省作协主席小说大赛"征文活动正式启动。参与本次活动的作家都是各省区作协主席或副主席,大多是中国文学创造力量和骨干。如北京作协副主席刘庆邦曾被誉为"短篇小说之王",以《乔厂长上任记》荣获国家奖最佳短篇小说的天津作协主席蒋子龙,凭借《男孩贾里德》《女孩嘉美》和以流行儿童小说作家的其他作品获誉的上海作协副主席秦文君,还有被誉为河北文学的"三驾马车"之一的河北省作协副主席谈歌等等,所有参赛作品均为中长篇小说,边写边连载,参赛作品的排名由网络来决定。在经过网络综合评分和评委打分后,吉林作家张笑天的作品《降解和觉醒》因得分最高,获得了大赛第一名,河南省作家协会副主席郑岩鹰的《从呼吸到呻吟》,青海作协副主席风马的《你走不出你的鞋子》分别赢得了第二第三。此次活动中传统文学作家到网络上的试水开创了传统文学和网络相结合的新模式,提高了传统观文学在网络上的影响力。①

2009年9月,郭敬明成为了中国第一个试水网络收费阅读的畅销书作家。继他之后,也有一些畅销书作家,包括慕容雪村,石康,郑渊洁,刘震云等,有意向和网络文学网站合作,在其网络平台上发表自己的作品。由此看来,网络不会远离主流文化,传统文学作家把自己纸质出版的作品上传至网上供阅读成为一种必然和趋势。

当很多传统作家开始把自己的作品发表到网上时,一些网络文学作家却反其道而行之,同出版社合作,出版自己的网络文学作品,并参加纸质实体书书展。在2011年7月的第22届香港书展上深圳作协同深圳文联把握机遇,遴选了130多位作家的150余部作品在书展中布置展台参展,其中就有深圳网络小说作家把网络作品出版为纸质书参加书展,以香港网络小说作者Pizza的网络悬疑小说《红van》推出了纸质版本,《红van》与另外两本网络热门书籍,在书展首日就卖出了5000本,成为书展大赢家之一。丰厚直接的经济收益吸引着更多的网络文学作家

---

① 《作协主席网上PK》,http://news.sina.com.cn/c/cul/2008-10-22/104116502892.shtml,《新浪网》,2014年1月20日查询。

同传统文学作家一样把自己的网络作品出版为纸质书籍,让自己的作品走下网络,走进各个大小书店。

6. 网络文学面临维权难题

随着当前互联网文学高速发展,以及由于线上传播的共享性,侵犯线上作品著作权的现象大量出现。在网络上,出现了大批未经著作权人许可、盗取付费阅读作品的网站和论坛。2010年召开的互联网文学知识产权保护研讨会上,与会人士均认为当前层出不穷的互联网文学侵权现象已经由先前的分散化逐渐形成了产业化模式,危害日益加深。据不完全统计,每一年度盗版市场能实现五十亿的天价盈利,正规出版市场受其冲击,盈利只为其盈利的五十分之一,即一亿,此种情况使互联网文学的健康发展态势遭遇极大的阻滞,由于互联网文学的知识产权保护不到位,举证困难,造成了国内互联网文学市场的畸形化发展。据有关部门估算,当前国内规模较大的侵权盗版网站和论坛大致在十万左右,规模相对较小的侵权盗版网站和论坛则有百万之巨,盗版侵权的作品数量不等,多在百位数和千位数左右,更有甚者,部分侵权盗版的论坛能够做到同付费阅读的线上论坛保持同步更新,多数热门作品成为侵权盗版的重灾区。根据现行立法,对于对互联网文学作品内容的直接复制行为,规定为如果没有以盈利为目的则按照民事侵权处理,同时责令侵权盗版网站或论坛关闭,并对被侵权人给予一定数额的经济赔偿;如果以盈利为目的的侵权盗版,则构成刑事犯罪,依照《刑法》进行规制,对侵权盗版的网站或论坛的责任人判处主刑,单处或并处附加刑。2008年,起点中文诉云霄阁侵犯其著作权一案正是以前述法律规范为依据。

在搜索引擎方面,由于搜索引擎只是对于作品内容的搜索,因而无法辨别正版和盗版,因而客观上也造成了侵权行为的肆虐。曾有人做过试验,利用GOOGLE搜索《明朝那些事儿》,结果显示的2343万条搜索结果中,有2210万条均为侵权盗版的非法链接,此例并非个别现象,而是每一部热门互联网作品都会遭遇的无奈境地。

1998年,王蒙等几位作家曾对某家互联网公司提起民事诉讼,认为其未经著作权人许可,擅自使用著作权人作品的行为已经构成民事侵权。此后,2011年,引起广泛关注的几十位作家联名发表的《3·15讨百度书》,直指百度文库把关不严,造成了作家作品被侵权的事实,此次行动得到了新闻总署的支持。此外,苹果公司在未得到著作权人许可的情形下,也擅自为客户提供作品下载,使著作权人的权利受损。基于前述问题,国内司法机关加大侵权打击力度,关闭了大量的侵犯著作权网站,保护了著作权人的合法权益。

著名作家张抗抗曾在政协会议上建言献策,张抗抗指出:"要界分好避风港原则的范围,对出现侵权和盗版的网站和论坛要及时处理,可以采取首犯告诫,再犯屏蔽,累犯则关闭的方式,借助这些方式,势必能够有效遏制侵权盗版网站对互联网文学作品的侵权,保障著作权人的合法权益,引导互联网文学走向健康发展之路。"

第 8 章　网络文学与传统文学的互动交流

二、网络文学与传统文学互动交流的各家之言

网络文学和传统文学有着各自鲜明的特点，但又有相通之处。如何看待网络文学和传统文学之间的迥异和联系，如何促进网络文学和传统文学之间的交流与互动，网络文学和传统文学以后的发展趋势如何，都需要我们去探讨。一些相关作家和评论家针对网络文学和传统文学之间的交流互动和共同发展提出了自己的观点和建议。

1. 中国作家协会主席铁凝：传统文学与网络文学共同发展

在"中国当代文学"专访活动中，铁凝表示：传统文学与网络文学是共同存在的，就其个人认为，网络文学的存在，并未给传统文学带来实质上的威胁或是致命的打击。由于网络写作的自由空间很大，当然在优势存在的同时，它的负面影响也是不容忽视的问题。文学一词，从形式上来讲，范围很大，然而从内容上来说，并不是所有写成字的都被称之为文学，他具有一定的标准与规律。[①]

著名作家铁凝在 2010 年 3 月的媒体见面会上针对记者提出的"追溯到十年之前，网络文学的兴起作为文坛时代的非主流。然而在如今，网络文学在频繁步入人们视野的同时，也获得了大众的认可，也有很多网络写手加入到作家协会的队伍中。那么在文坛中，网络文学处在一个怎样的位置？"这一问题进行了回答。铁凝说，她以前出任过网络媒体的评委，所以读过一些优秀的网络文学作品。这些网络作品带给她更多的感触和感想。网络作者的作品，用语新奇而有特色，字里行间都能感受到作者真情的流露。同时，网络作者的创作方式与传统文学作者相比也具有其独特的一面，情感表达真实而朴素，没有丝毫的造作，这正是目前传统作家所缺乏的。正是如此，铁凝认为网络文学的崛起，不仅给了每一个热爱写作的人一个平等、便捷的平台，还颠覆了传统文学的话语主导权。但是，这并不意味着网络文学对传统文学就是一种威胁。随着国内文学生态属性的多元化发展，网络文学的出现和存在是必然的。它的出现，给传统文学带来了新鲜的血液和活力，给传统文学新的思路和空间，因此传统文学和网络文学时可以共同发展，这也是文学领域未来发展的一种新的特征。[②]

2. 中国作协党组书记、副主席李冰：网络文学和传统文学具有同等价值

作家李冰于 2010 年 5 月 20 日出席网络文学研讨会时表示："现时代，网络文学的崛起，给传统文学带来了新一轮的文字挑战。那么，传统文学和网络文学真

[①]《铁凝、王蒙论说文坛现状》, http://wxb.wenxuebao.com/6b/200808/t20080814_1990128.htm, 2014 年 1 月 24 日查询。

[②]《作协女作家：网络文学颠覆传统话语霸权》, http://e.chinacqsb.com/html/2010-03/31/content_70352.htm, 2014 年 1 月 24 日查询。

的不能并行吗？答案是否定的。"在很久以前，由于电视、电影的面世，传统文学也随之发生改变，推理小说、武侠小说和言情小说背离人们眼中的"高雅文学"。但是，大众文化的流行、发展和幡然，并不能取代高雅文学和传统文学在提升审美格调、审美情趣、揭示人性、思考生活以及反映现实和历史等方面的贡献。与其相反，这种分化和挑战的存在，分别弥补欠缺、丰富思考和美学方面提供了更为有力的证据，为文学的未来发展提供了更大的舞台。可见，网络文学的兴起或发展绝不会是以传统文学的终结或萎缩为铺垫的，它们之间并不属于你死我活、有你无我的关系。甚至从某些方面来看，传统文学与网络文学能够共同发展、相辅相成。世界是多元且丰富多彩的，同样，人们对文学的需求也是多形式、多层次和多方面的。不管是在中国亦或是在整个世界，艺术形式的发展趋势无非是这样的，美声并未因流行唱法的兴起而失去市场，芭蕾舞也并未因现代舞而失去内涵和光芒，古典风格的绘画也并没有因新型画派失去观赏价值和艺术价值。同样的，传统文学只要能够不断地勇敢地向前走，网络文学的兴起，也无法终结它强大的生命。通过互联网的优势，网络文学能够获得一大批忠实的读者，传统文学也可以利用这一点来拓展自己的粉丝队伍。我们认为，网络文学在搜寻艺术方式与文字审美形态等一系列过程中，应以传统文学为标榜，加强网络文学的艺术水准与思想内涵。当然，网络文学也具有很多优势，传统文学可以学习它鲜活灵动的表述方式。在彼此学习的过程中，连接起沟通传统文学与网络文学的纽带，使他们得以共同存在，共同发展。[①]

在网络多媒体的背景下，我们应该加强网络文学的正确引导和重视扶持。所谓的高度重视，是要求文学工作者重点关注网络文学，认识网络文学的潜力、影响力与自身富有的功能。以正确的审美观点与创作思想，不断加强网络作品的艺术思想，为读者呈现文学艺术与审美品位结合的好作品。要热情的关注网络文学的发展态势，挖掘有潜力的网络作家，并在适当的时候对其给予帮助。

3. 王蒙：传统文学与网络文学共存

王蒙先生在 2011 年 12 月首届"QQ·作家杯"征文大赛上发表了他个人对网络作家与网络文学的看法。他认为，在这个时代，很多作家让人怀有失望的情绪，他们憎恨市场、厌恶读者，老是抱怨读者无法理解或欣赏自己的作品。但是在网络作家或网络文学身上，这种毛病是不存在的。即使现今网络文学体制发展的还不完全，但是年轻就是活力，活力延续生命。作为前任文化部部长、著名的作家，王蒙认为："传统文学与网络文学是能够共同生存，彼此督促的。他以自己的亲身经历为例进行说明，一部新作品，在网上被关注得多了，它新出版发行的书就要比其他的书卖得好。很多时候互联网上还会出现盗版的书籍，从客观的角度来说，这种行为也起到了宣传和促销的作用，所以他很少关注自己的作品是否被盗版的

[①] 《李冰在网络文学研讨会上的讲话》，http://www.chinawriter.com.cn/news/2010/2010-05-20/85737.html，《中国作家网》，2014 年 1 月 24 日查询。

问题。而且,网络作品和纸质作品各有优点,很多读者在看完网络作品之后仍会继续购买纸质实体作品。所以从这方面来说,网络作品对纸质作品的出版发行是没有影响的。而且,网络中作者所面对的都是年轻的读者,有时候跟着起哄、有的时候随心撒野也是屡见不鲜的。这个时候,就显现出它们的不同,网络文学风格与受众和传统文学并不是全部相同的,但是也并不打架。"

王蒙还表示:"目前,有一些网络作家因为开通博客,在互联网上宣传自己的作品,或是一些写手的产出速度十分之快,短时间内就出版了很多作品,这些都十分成功。截止到目前,传统文学的出版作品质量极差,当然,网络文学出版的作品亦是如此。这些劣质作品的涌现,是文学民主所要承担的最大责任。"所以说,网络文学与传统文学之间并不存在大的冲突。从现实的角度来说,也并不存在网络作家和传统作家之争的说法。王蒙表示,他始终关注网络文学的发展形势,对网络文学的发展前景也十分看好。虽然目前,文学界对网络文学还有着争议,但是从某种程度上来说也未尝不好,这样能够敦促网络文学的完善和发展。①

4. 莫言:传统文学与网络文学不是两个文学

2010年5月11日,莫言先生接受新华网的在线访谈,与广大文学爱好者进行线上互动,一起探讨文学。在被问及网络文学创作是否对传统文学创作形成冲击时,莫言指出:"当前随着网络文学的发展,确实对传统文学创作形成了较大冲击。尽管还有相当一部分传统文学创作者轻视网络文学,认为网络文学的线上发表是作者缺乏写作自信的表现,然而,事实说明这种看法是错误的,当前很多网络文学作品十分优秀,读起来让人无法割舍。从实质上来分析,传统文学依赖于纸质出版物,而新兴的网络文学依托于线上传播,二者其实区别不大,只不过是传播媒介不同,如果就此否定一部优秀作品的文学价值,无可置疑是荒唐的。当网络文学作者将其在互联网上影响很广的作品出版发行,那无疑是优秀的文学作品。所以,传统文学与网络文学其实不存在明显的差异性,但如果仔细推敲的话就能够发现,在文字的运用方面,网络文学的文字运用相对略显粗犷,更宜于快速阅读,除此之外,其结构的安排也过于相似,以办公室小说为例,如果说有上万部办公室小说在线上连载,仔细评点后能够发现,优秀之作不外乎几部。同样的问题,其实传统文学作品也存在,如现在每年有上千部纸质文学出版物发行,但是哪些真正会成为经典而流传下去,恐怕数量十分有限,甚至有些出版物在发行的次年就会被造纸厂重新回收。但不论怎样,在出版流程上,纸质出版物要远比互联网出版物严格得多,因此水平也大致要高出网络文学作品一些。"②

2013年9月10日,在腾讯举办的文学战略发布会上,莫言受邀出席并发言,

---

① 《"QQ作家杯"征文大赛丛书出版》,http://www.gmw.cn/01gmrb/2005-06/08/content_246971.htm,《光明网》,2014年1月24日查询。

② 《莫言:网络文学和传统文学不是两个文学》,http://news.xinhuanet.com/book/2010-05/11/content_13478974.htm,《新华网》,2014年1月20日查询。

莫言指出，网络文学是不可忽视的文学存在。前些年谈及网络文学，多数人未能给予足够的重视，而现今网络文学的关注度空前，如本次文学战略发布会即是在对互联网高度认同的基础上发起的。在此次发布会上，莫言坚持了以往的观点，认为没有必要对传统文学作家和网络文学作家进行分类，二者的创作领域本质上是共通的，不存在障碍。①

5. 欧阳友权：网络文学与传统文学应该交流互补

在著名的《网络文学，离茅盾文学奖有多远？》的演讲中，中南大学文学院欧阳友权教授分别以网络文学应该克服的"短板"、网络文学作品参评的基本意义、网络小说的落选因素以及网络文学和茅盾文学奖的尴尬等四个角度为出发点，具体讲述了网络文学和传统文学两者之间的关系。欧阳友权教授认为："茅盾文学奖接纳了现代网络文学，这充分说明了传统经典文学已经逐步认可新媒体文学所带来的一系列影响，改善了传统文学和现代网络文学两者之间相互观望的局面，实现了两种文化的互补交融，最大限度地敦促网络写手了解优秀作家、了解古典文学，同时，指引评论家与传统作家了解网络写作，最终融入到现代网络文学的环境当中，优化现有的文学格局。"②

除此之外，欧阳友权教授还提出："网络文学与现代高科技、网络媒介以及新兴媒体之间的关系密切，新一代的年轻人天生就被网络文学所吸引。随着读者眼光的提升与文学市场的成熟，网络文学也会随之发生翻天覆地的改变，进而成长起来。传统文学与网络文学必须主动加强互动交流，实现彼此间的优劣互补，中国文学才能迎来大发展大繁荣。"

欧阳教授曾说过："相对于传统文学来说，大部分年轻文学者更加亲近现代网络文学。据统计，截至 2011 年，我国网民的总数已经超过 4.85 亿人次，而五十岁以上的人群不足 5%，三十岁上下的人群占有 85%，网络文学俨然被年轻一代所领导者。如今，每年所出版的网络原创作品存量与专著数量也开始大批量增长，网络在线阅读人群和文学网站的访问量已屡创新高。同时，各个省市的社团组织和作家协会也开始参与到研究网络文学的队伍当中"。此外，他还认为，应该注重网络文学的前景与未来发展的趋势，新生的网络文学即便是存在一定的缺陷，也属于文学发展中的正常现象。学术界需要摒弃以往不成熟的文学观念，树立起网络时代正确的准文学观与大文学观。

---

① 《莫言等文学巨匠亮相腾讯文学战略发布会》，http://kfq.ce.cn/kfqsy/gdxw/201309/13/t20130913_1095554.shtml，《北青网》，2014 年 1 月 20 日查询。

② 欧阳友权：《网络文学与传统文学应相互交流互补》，http://www.chinanews.com/cul/2011/11-01/3429742.shtml，《中国新闻网》，2014 年 1 月 20 日查询。

6. 唐家三少[①]：网络文学与传统文学最大不同在于内容

2012年11月29日，山东商报的记者对网络作家唐家三少进行访谈。在访谈中，记者提问唐家三少对"网络文学和传统文学相比，谁的优势要更大？"这一观点的看法时，唐家三少回答说："就我个人认为，目前的网络文学并不具备统筹的界定方法，我们通常会将其称为通俗文学与传统文学两者的区别，因为网络是一个大的载体，你可以将任何东西发布在上面。譬如说，莫言老师的作品也会发布在网上，但是我们都知道，这并不属于网络文学的范畴。而发布在网上的原因是因为大部分严肃文学领域的作者都不会通过网络来宣传自己的作品，因此，会显得网络文学和传统观文学的差别较大，然而时代不断进步，阅读媒介也会随之改变，可以断定，以往传统纸质出版在未来一定会被网络所取代。当然，在十年之内，还是纸质出版的天下，过渡到网络需要一个具体的转化过程。"

关于"传统文学与网络文学的不同之处是否可以从内容上显现出来？"，唐家三少给出了肯定的回答。他说，从内容上来讲，网络文学和传统文学还是存在很大的区别的，比如说网络文学作者更加注重与读者的交流，因为网络作家的作品多数都是在网上连载的，在这个过程中，读者的反馈与评论是至关重要的。通过网络作家和读者之间的交流、沟通，读者会准确地告诉作家他们喜欢什么样的内容和创作方式，让网络作家能够在第一时间了解到读者的好恶。所以，网络作家在进行创作时，就会潜移默化地贴近读者的喜好，让文章内容更加实质化。

在采访的最后，记者提问"如何看主榜单与网络榜单之间的区别以及南派三叔是否属于这种类型的作家？"，唐家三少说，不管你怎样创作、在什么地方创作，都是在文学的围墙之中，不论是传统文学作家还是网络文学作家都属于文学作家，所以这些区别并不是很大，但是在计算时，网络作家与大多主榜单的计算方式不同，一般都会把延伸版权计算在内。随着时代的发展，网络作家和传统作家之间的差异性也逐渐缩小，很多作者即是网络作家，同时也出版很多纸质作品。而有些传统作家，除了出版纸质作品之外还会在网络上转载自己的作品，所以传统作家和网络作家本身就很难界定。唐家三少以自身为例进行说明，在进行排榜时，他自身的界限也很模糊，既可以算是网络作家也可以算是传统作家。经过综合之后，他最终选择了网络作家榜。因为在网络文学中，他本身属于一个具有传奇色彩的网络作者，而且其从事网络文学创作的时间也较长，因此唐家三少选择了网络榜。[②]

[①] 唐家三少：原名张威，80后网络作家，法律本科毕业，起点中文网白金作家，网络顶级人气名家，自正式开始长篇创作以来，平均一年一部作品；唐家三少连写96个月未断更新，已申请吉尼斯纪录。

[②] 钟莹：《唐家三少：网络文学与传统文学最大不同在内容》，http://news.cnwest.com/content/2012-11/29/content_7773478.htm，《中国作家网》，2014年1月22日查询。

7. 老草吃嫩牛①：网络文学与传统文学并没有区别

2009年9月1日，赛迪网资讯中心邀请著名网络作家老牛吃嫩草进行个人网络文学访谈。记者问到如何看待"网络文学作品缺乏深度和思想"这一问题时，老草吃嫩牛直接给了了否定的回答。老草吃嫩牛说，网络作品的最大特色就是进入门槛低，属于草根阶层。在网络上，每个人都有创作和发表的权利。对网络创作者来说，他本身的意愿是美好的，他希望自己思想上的东西能够被人认可，能够和他人进行交流，其次才会有创作。因此，网络作品都来源于生活，表达了作者对生活的认识和看法，所以它本身具有一定的深度和思想。

老草吃嫩牛说，对于个人来讲，传统文学亦或是网络文学并不存在明显的区别，有时候还会觉得对它们进行区分也可能是一种不正确的行为。在老草吃嫩牛看来，文学是以文字来表达情感的一种方式，即便分为多种流派，但是却是以相同的笔法来描绘这个世界，用个人的情感与笔触阐述我们的故事。写书是一种娱人娱己的过程，一样都是写故事，所以她认为传统文学和网络文学之间并没有什么区别。另外，在对待两种文学创作转型的看法时，老草吃嫩牛说，她一般都是将人生分段，五年为一个区间。岁月流逝，人的年龄也会随之增长，对人生、对整个世界的认识也会随着很多外在因素和个人情感而发生改变。她认为转型是一种自然的过渡，所以并不会对她存在威胁或困扰。思想在哪里，情感在哪里，她的创作就在哪里。②

8. 刘震云：传统作家和网络作家的界定并不科学

刘震云作家曾在腾讯文学战略会上说：网络作家亦或是传统作家这样的界定是不科学也是不正确的，他认为科学的区分应是"一本几百次写成的书"与"一本一次性写成的书"这样的。"连载"可以说是网络文学最为显著的特点，作者通过网络发表每一天的构思和创作，然而，这种创作在上世纪二十年代就已经存在了。张恨水先生在《申报》连载自己的小说，跟如今网络文学的一样，都属于每天创作。这种方式尤其适用于武侠、爱情、盗墓等题材的小说，从结构上来说，一气呵成的小说与连载的文章是截然不同的。

2009年3月，刘震云参加盛大文学主办的"首届全球华语原创文学大赛"，在启动仪式上，刘震云对传统文学和网络文学的区别提出了自己的看法。他认为，网络文学符合现代读者的需求，深受广大读者喜爱。目前传统文学作者和网络文学作者之间在认识上还存在一定的区别，但相信随着双方沟通交流的不断深入，

---

① 老草吃嫩牛，晋江文学城耽美作者，原名李颖。著有《蚌珠儿》、《贺岁书》、《难得门当户对》等作品。现实里老草的另外一半比老草小，他经常这样说"我这只可怜的嫩牛，终于被你这根老草拿下了。"老草吃嫩牛因此得名。

② 阴逆旅：《老草吃嫩牛：网络文学与传统文学并没有区别》，http://news.ccidnet.com/art/1032/20090901/1874231_4.html，《赛迪网》，2014年1月22日查询。

网络文学必将和传统文学融为一体。刘震云以北大百年讲堂为例，说明传统和新兴的区别。同时，还对网络作者提出了新的建议，希望在大家的共同努力下能将我国的文化事业发扬光大，希望网络作者在创作时重视文字的出错率问题。刘震云还说：以往有文学的读者越来越少的说法，但是现在，随着时代的进步，互联网的出现，成为连接作者和读者之间的纽带，这是好现象。①

2009年6月在传统作家与网络作家峰会上，刘震云说，随着时代的发展，科技的进步，网络文学逐渐趋于成熟。互联网传播快、覆盖面广的优势弥补了纸质出版的不足。同时，刘震云还明确表示，如果未来有机会，也希望能在网络上发表自己的文章。②

9. 网络写手：传统文学和网络文学有望融合

2011年12月13日，东南快报记者针对"网络文学垃圾"一说，对部分大神级网络写手进行了访谈。

blue安琪儿③：网络文学和传统文学必将融合。当记者问到blue安琪儿对"传统文学最终会取缔文学，所以才会靠拢作协，以及传统文学与网络文学之间是否存在矛盾、冲突"等问题时，blue安琪儿说到：现在报纸对网络写手或网络文学的报道都充满着调侃和轻视，流于网络文学的表面现象。虽然她本身是写实体出版小说的作者，但就她个人认为，传统文学与网络文学是能够融合的，它们一个属于电脑文字，另一个则属于纸质文字，只是表现形式存在区别罢了。网络文学的主要特点是进入门槛低，任何人都可以将自己的想法通过文字表达出来，但这并不意味着网络文学就是垃圾。以其自身来说，在进行网络文学创作时，她经常需要进出图书馆查阅相关资料，并不是凭空想象的。在创作时，网络作家同样需要灵感，需要良好的文学基础和过硬的文学功底。但是，也并不是所有的网络小说都是精品，不可否认网络文学中也有一些不好的作品。大家在看待网络文学时应带着辩证的态度和思想，既要对优秀作品进行肯定，同时也要对不好的作品提出批评改进意见，这点和传统文学是相通的。

在针对网络文学和传统文学是否能相互融合时，blue安琪儿说："现在网络上比较热门的小说，最终都会走出版的路线，也有很多经典的传统文学能够在网上阅读了。从这点上看，网络文学和传统文学的界限划分本身就是不正确的，两者之间并没有明显的区别，而且在很多时候他们之间是相容相成的。"blue安琪儿说，她申请加入作家协会，并不是所谓的妥协，而是将两种文学融合在一起。这

---

① 《刘震云劝网络作家重返"人间"》，http://epaper.jinghua.cn/html/2009-03/27/content_405409.htm，《京华网》，2014年1月23日查询。

② 《网络作家齐聚——刘震云批：离文学还差23公里》，http://www.chinawriter.com.cn/2009/2009-06-28/61730.html，《光明网》，2014年1月23日查询。

③ blue安琪儿：原名吴淑萍，网络作家，已出版《校草爱上花之帝国威廉》、《不良笑草》、《小巫女的绿野仙踪》。短篇作品都见于青春杂志，长篇小说在各网站推荐加精，小说作品参加腾讯第二届"作家杯"大奖赛，超五百万点击，获得极大好评。

样会使文学气氛更为浓重，在这样的背景下进行学术交流，会使自己受益匪浅。不论是传统文学作家还是网络作家，其共同目标是一致的，就是为我国文学事业的发展做出贡献。

"神"侃翔尘①：网络文学也有精品。网络作家翔尘认为，如今的网络文学，总带给我们一种"草根"或"快餐"的感觉，它发展十分迅速，满足了大量读者的阅读需求，促使更多的作者加入到网络文学这个家族中。当前，从整体上来说，网络文学优势与劣势不同，但不可否认的是网络文学也创作出了一些优秀的文学作品。

禾早②：网络文学和传统文学共存。禾早认为，目前很多热卖的实体书都是作品在网上发布以后，被读者认可、推荐之后才编册成书的。读者是第一审阅人，之后编辑才会做好一系列的筛选工作，这种筛选方式更有分量、更加科学、合理。网络文学与传统文学的区别，就如同焦点访谈与央视新闻，怎样不能共同存在？禾早对网络写手进行了新的定义，她认为，网络写手指的是文学作品被大家认可的作者才是网络写手或成为网络作家，而其他的则属于网络文学爱好者。在网络作家与网络文学爱好者的区分上则应该借鉴文学爱好者和作家的定义。很多人对网络文学抱有批判的态度，主要是因为网络文学作品的发表门槛低，所有人都可以在这里发表自己的作品，包括文学爱好者和作家。因此文学作品的把关程序不严，但这也是网络文学亲民化的主要特点。而传统文学的纸质出版和发行都会有出版社进行把关，一般文学爱好者的作品发行很难，量也较少，所以给人一种传统文学层次较高，网络文学层次较低的错觉。从本质上来说，传统文学和网络文学是没有区别的，两者是相通的。③

10. 辛夷坞：网络文学属于文学的一部分

青春文学领军人物、80后著名作家辛夷坞④是网络上家喻户晓的神级作家，她就是《致我们终将逝去的青春》电影⑤的原作者。她表示：网络文学并不应该是一个独立的个体，载体不一样可谓是网络文学与传统文学之间存在的最大差异。

---

① 翔尘（台湾新月出版社笔名酒圣）：原名李翔，1984年出生于福建福州，现任职某上市集团公司，擅长多种文学题材，其文唯美，风格独树一格，目前为起点网、逐浪网、看书网等知名签约作家。

② 禾早：全职写手，起点女生网白金作者。其笔下的作品，以语言的诙谐幽默，赢得了粉丝的拥护。已出版《胭脂大宋》、《江湖遍地卖装备》、《猫游记》、《宠宠欲动》、《红杏泄春光》。

③ 《网络文学PK传统文学—看"大神"级写手怎么说》，http://fj.sina.com.cn/edu/cb/jz/2011-12-13/09497359.html，《东南快报》，2014年1月24日查询。

④ 辛夷坞，女，1981年生，原名蒋春玲，北京儒意传媒旗下北京儒意欣欣文化发展有限公司的金牌作家。当下最炙手可热的80后女作家，青春文学新领军人物，独创"暖伤青春"系列女性情感小说，其所有作品均长居销量排行榜冠军位置，并陆续被改编成影视作品，累计销量突破300万册。

⑤ 《致我们终将逝去的青春》改编自著名作家辛夷坞的小说《致我们终将腐朽的青春》，是赵薇的导演处女作。影片由赵又廷、韩庚、杨子姗、刘雅瑟、江疏影等领衔主演，华语歌坛天后王菲演唱主题曲《致青春》，于2013年4月26日全国公映。上映首日票房超过4500万，创下国产2D电影首日票房新纪录。其后票房连续攀升创下5亿的佳绩。

第8章　网络文学与传统文学的互动交流

当然，作为一个网络文学作家，我认为和传统文学的距离，也并非是那么的遥不可及。从作品内容上看，两者之间并没有区别。从受众上看，凡是能被大众所接受、所认可，能让大众产生情感共鸣，能真实反映当前社会现象的作品就是好作品。

辛夷坞于2013年8月以"我们需要什么样的青春文学"为话题，做客人民网和广大网友进行在线互动。

网友寒劲草就传统文学和网络文学的区别对辛夷坞进行了提问，他说"就目前而言，网络文学争议颇多，当然热点也十分高，王安忆曾说过，网络写作主要是靠'点击率'而成功，这种行为是悲哀的，网络作家并不是从自己的思想出发，而是将读者放在首位，卖书成为一个终极目的。作为一个家喻户晓的网络作家，您是否也认同这种想法，认为网络文学与传统文学大不相同，随波逐流，没有标准与中心？那么您认为，古典文学和网络文学最大的区别是什么？"

辛夷坞回复到，"我个人认为，创作媒介的差异是古典文学与网络文学之间存在的最大差异。我从不以作为一名网络写手为耻，当然也并非以传统文学为荣。网络文学最大的优势是降低了文学的进入门槛，使得一般具有创作激情的人都可以在这个舞台上展示自我。而创作方式，我认为从来都跟传统文学或网络文学无关，是以人为标准的，人的思想不同，那么创作方式同样也存在差别。传统文学并不全是精品，网络文学也不一定就是粗制滥造，不管是什么，用心的人永远都会受到读者的拥戴"。辛夷坞的观点表明，传统文学和网络文学的最大差异在于传媒方式的不同。一个以纸质为主，一个以网络为主。另外，网络文学的最大特点是降低文学门槛，这既是网络文学的优势，也在一定程度上限制了网络文学的发展。一方面，低门槛为网络文学赢得了大量的写手和作者，使所有文学爱好者都可以通过网络发表自己的作品，和别人分享自己的人生观点、想法和生活态度。另一方面，低门槛不能有效阻止不良文学作品的进入。从数量上来说，网络文学作品的量很大，但从优秀作品的比例上来说，这一比例明显低于传统优秀文学作品的比例。但是，从文学内容和文学创作方式来看，传统文学和网络文学之间是相通的，两者相辅相成，犹如人的左右手，缺一不可。①

---

① 《"暖伤青春"作家辛夷坞：不以网络文学为耻，也不以传统文学为荣》，http://fangtan.people.com.cn/n/2013/0822/c147550-22662390.html，《人民网》，2014年1月24日查询。

第9章 网络文学产业经营

2009—2013年,中国网络文学产业处于产业高速发展期。在这个阶段,一方面,网络文学用户数量急剧攀升,特别是付费用户越来越多,根据易观智库2013年中国网络文学市场研究报告所得出的数据显示,阅读网络文学的活跃用户达到4.3亿人;[①]另一方面,网络文学用户付费的商业模式逐渐形成,在该模式支撑下,市场进入门槛提高,主要参与厂商掌握核心资源,市场份额稳定增长。不过,目前我国网络文学产业尚未形成大规模的盈利,仍需通过进一步的用户积累及市场扩容形成规模效应,从而促使产业链各环节走向大规模盈利状态。

一、网络文学"全版权"产业链

"全版权"一词并不是严格的学术概念,而是作为网络"热词"逐渐被接受并广泛运用的。它的形成给版权界带来了深刻的影响,也给相关权利人带来了丰厚的版权收益。

1. 什么是"全版权"

关于全版权概念的界定及提法,网络文学业界及学术界有不同的提法。本文通过在中国知网键入"全版权运营"后获得的文献资料中,按照被下载和引用的频次,挑选2008年后发表的前十篇文章并整理其对"全版权"概念的界定及提法如下。

盛大文学前CEO侯小强曾说,网络文学的全版权运营就是建立一个多元业务的完整产业链,使纯粹的网络版权经营拓展到实体出版、游戏、音乐、影视、动漫等多个环节,实现价值的最大化。[②] 按照网络作家唐家三少的观点,"同一部作品至少要做到五种版权以上才能叫全版权运营"。[③] 中南大学文学院院长欧阳友权教授在《当下网络文学的十个关键词》一文中将"全版权"一词作为十大关键词

[①] 易观网:《中国网络文学产业年度研究报告2013》,http://www.eguan.cn/download/zt.php?tid=1998&rid=2000。

[②] 夏雯:《盛大模式造福文学——访盛大文学CEO侯小强》,《计算机世界》2009第47期。

[③] 赵肖丽:《网络作家唐家三少目标写作1亿字》,《济南时报》2012年3月1日。

之一进行了深刻阐述,他认为,文学网站的"全版权"是采用不同媒介的多种版权方式全方位运营,即把网络作品转让给电视、电影、广播、手机、纸媒、网游、动漫等不同传媒领域,通过文字、声音、影像、表演、视频等表现手段,对作品进行全方位、多路径、长链条的版权经营,在满足受众市场细分需求的同时,让网站、作者和作品经营者一并获得商业利益。① 中国新闻出版研究院的张凤杰在《"全版权运营"热议》一文中写道,"全版权运营"是数字、网络时代针对某一种版权资源多次开发、多元化运用的代名词,是"'多'版权运营"发展的极致②。武汉理工大学的贺子岳认为,所谓"全版权"是指一个产品的所有版权,包括网上的电子版权,线下的出版权,手机上的电子版权,影视和游戏改编权以及一系列衍生产品的版权等。③

自 2009 年起,盛大文学开始实施网络文学"全版权"经营策略,虽然"全版权"并没有形成一个准确的概念界定,但无疑版权资源已经成为网络文学发展的核心资源,"全版权运营"一词一语中地道出了网络文学产业经营的本质与核心,更深刻反映出网络文学经营的运行规律性。

2. "全版权"产业链要素分析

"全版权"产业链的形成是不断积累和拓展的过程,从早期的付费阅读和 VIP 模式,到后期的影视改编等,以盛大文学为代表的网络文学全版权运营模式不断成熟。目前网络文学"全版权"产业链的要素主要包括签约写手、付费阅读、版权分销以及广告培育等。

(1) 签约写手

2004 年起点中文网年会宣告了"签约写手"模式成功确立,也预见了网络文学巨大的利润空间。庞大的读者市场、高额的利润以及自由的工作状态是该群体持续壮大的原动力。盛大文学官网介绍,截止 2013 年年底盛大文学拥有超过 230 万名作家,累计创作超过 700 万部作品,且还在快速增长过程中。经过 10 年发展,从网络写手到网络签约写手,网络文学写手已经成为了万众觊觎的新兴高收入群体,部分黄金写手年入千万。目前,网络文学运营的产业链基本成熟,独大的盛大文学更是枝繁叶茂,不断扩充其业务端口。2013 年 4 月,盛大文学投资 10 亿成立了全国首家编剧培训公司;2013 年 12 月,盛大文学联合上海视觉艺术学院一起创办了国内首个网络文学本科专业,开启我国文学教育新模式。

随着签约模式的成熟,网络文学写手在网络文学产业链中所扮演的角色也悄然嬗变。萌芽初期的网络写手与读者之间是直接的利益关系,文学网站为其提供平台,发展成熟期的网络写手受文学网站中介的支配,与读者之间变成了间接利益关系。

---

① 欧阳友权:《当下网络文学的十个关键词》,《求是学刊》2013 年第 3 期。
② 张凤杰:《"全版权运营"热议》,《中国版权》2013 年第 5 期。
③ 贺子岳、邹燕:《盛大文学发展研究》,《编辑之友》2010 年第 11 期。

(2) 付费阅读

付费阅读的一般流程是这样的：读者通过注册成为网络文学网站的会员，进入网站后有部分小说供读者免费阅读，这些作品多是完本，此外，还有一些作品只公开了一部分，如正在更新中的作品，其公众章节可以阅读。为了维护作者的利益，VIP章节是需要收费的，每千字2—5分钱费用，即所谓的VIP制度。网络小说市场上通行的虚拟货币，如起点中文网的100点起点币等值于1元人民币，读者充值到账户就可以了。读者每次付费的金额都比较小，称"微支付"，读者对此也较易接受。为了激励读者阅读，VIP会员有初级VIP会员和高级VIP会员之分，高级VIP会员可以以更加优惠的价格阅读起点VIP作品内容。读者支付的费用，网站将和作者分成。起点对VIP会员提出的不传播不泄露原则，违反此原则将被取消VIP资格。[①]

在早期付费阅读的网站中，做得最成功的是起点中文网，其逐步确定了"VIP订阅制"付费阅读模式。2003年10月10日，起点正式推出第一批VIP电子出版作品，VIP会员计划正式启动，开创了在线收费阅读即电子出版的新模式。读者群付费阅读习惯的培养是该模式的关键，由用户自己创造内容到用户自己消费内容，起点作了大量的探索，如今盛大文学旗下网站多数采取这一商业模式，这部分收费业务一直是盛大文学线上业务的主要营收来源。2008—2010，盛大文学在线收费业务营收分别为3726万、5415万及10361万人民币。[②]

一部100万字的网络VIP小说，如果按照普遍的付费阅读标准，大约会有30万—60万字产生收费，按每千字3分钱计算，要读完该本小说每位读者需付9—18元。付费阅读所产生的收入使签约写手和文学网站按照各自的收入分配比例分红。付费阅读的赢利模式以VIP制度为基础，VIP的数量与写手和网站的利益正相关，这也是文学网站进行内容生产的内在支柱。

易观网《中国网络文学市场研究报告2013》显示：目前，中国网络文学用户多数已接受按章节、字数收费的方式，其占比达到51.2%；另外，由于综合包月能够使深度阅读的用户更加实惠，而且运营商也主推包月方式，其接受程度占比达到48.5%；随着移动支付产业的发展，用户的付费形式向多元化发展，网银支付、第三方支付等方式的占比将进一步提高，通过运营商通道付费的比例将被削弱；2013年，中国网络文学用户付费意愿明显提升，达到28.9%，但实际上付费用户的比例仍然不足10%，网络文学用户可接受的月付费额度也有所提高，尤其是较高额度的月付费用户占比有不同程度的提升，3—10元是用户主要接受的付费额度，占比接近50%。该报告预测，2013年中国网络文学市场收入规模将达46.3亿元，较2012年环比大幅增长66.7%。预计在2015年，整体市场规模将突破70亿。

---

① 潘冰洁：《盛大文学的经营模式研究》，《中国—东盟博览》2013第4期。
② 严琼：《起点中文网网络出版商业模式研究》，湖南大学硕士学位论文，2011年。

(3) 版权分销

一是实体出版。网络文学具有先天的市场确定性优势,在实体出版之前已经经受了网络用户的考验,其出版相对简单。文学网站将其拥有的作品版权出售给出版社,出版社按照传统文学的标准编辑出版并发行实体图书,同时返还该图书的电子版。

以盛大文学为例,盛大文学出版公司已经成为了我国最大的民营出版公司。起点中文网主页上介绍,截至2013年,与该网合作的出版公司多达40多家,2013年9月至2014年1月,仅起点中文网出版的优秀网络文学作品就有20多部,该网站还建立了实体出版频道,并在该频道推出出版推荐榜、最新签出作品榜、签约作者出版排行榜、热销作品排行榜、出版分类排行榜等榜单;更有出版作品封面秀、强力出版推荐等栏目。

CNNIC发布的《2010年中国网络文学用户调研报告》数据显示,网络文学用户中会购买网络文学改编的书籍的用户比例为43.3%。网络文学实体出版是另一个值得挖掘的方向。仅是网络文学用户中就有43.3%的用户愿意购买网络文学实体出版的书籍,而当书籍出版后,网络文学还将覆盖到一批线下读者。

2013年8月,上海书展上明星写手及大量网络文学作品的出现吸引了大量人气。但是业内人士却直呼网络文学实体出版"只赚面子不赚钱"。有人拿天蚕土豆的《斗破苍穹》算了一笔账。按照通常的收益计算公式:作者收益=3分/千字×50%,《斗破苍穹》全文532万字,除去免费阅读章节,剩下大约509万字,其2012年底的订阅数突破7万,依此计算该作品作者所得的订阅收入约530多万,加上电子书出版、改编成网络游戏等版权转让以及在线的"打赏"和"月票"等现金收入等,《斗破苍穹》的线上收入已达上千万元。然而根据网络作家富豪榜的数据来看,天蚕土豆5年间网络作品的总收入约为1800万元。除去《武动乾坤》和《魔兽剑圣异界纵横》等两部力作的收入,虽然《斗破苍穹》实体出版量累计销量超过300万册[1],但其实质收入不容乐观。

二是作品改编。包括影视改编,游戏、漫画改编及无线阅读等。

影视改编是网络小说全版权运营中极为重要的环节。2000年,电影《第一次亲密接触》在台湾上映,一年后,这部大陆与香港两岸合拍的改编电影在北京与观众亲密接触。作为网络文学影视改编的开始,虽然人气颇高,但由于对作品的把握不充分以及网络文学与影视作品之间的隔阂,同一时期诸多改编作品屡遭诟病。网络文学的影视改编一度停滞不前。随着电子媒体的不断发展,网络文学凭借互联网的巨大影响力迅速发展,悄然成为一种新兴文学形式。2002年,70后网络作家慕容雪村在发表的《成都,今夜请将我遗忘》再一次掀起网络文学狂潮,创下了每天几百万的点击量神话。2006年,由秦海璐等著名演员出演的同名电视剧播出;2007年,该作品的改编电影上映。虽然电影反馈并不理想,但从电视剧的改编成功上,影视工作者还是看到了网络小说巨大的改编价值,大量高人气的

---

[1] 严琼:《起点中文网网络出版商业模式研究》,湖南大学硕士论文,2011年。

网络文学作品备受青睐。此后,《亮剑》、《双面胶》等网络文学改编的电视剧热播,好评如潮。2008 年,网络文学影视改编进入发展高潮,大量优秀的网络文学作品遭到抢购。2011 年,仅盛大文学就出售网络文学版权作品近 700 部。[①] 2012 年 1 月至 9 月,盛大旗下文学网站共售出近 80 部影视改编作品,《一代军师》、《新怀孕时代》、《我的侦察排,我的兄弟》等人气作品位列其中。陈凯歌导演的电影《搜索》;江苏卫视的《裸婚时代》、《美人心计》、《我的美女老板》;湖南卫视的《步步惊心》;中央电视台的《我是特种兵》等等,大量热播作品不断创造出银幕神话。2012 年 10 月,"文学改编影视的第二次浪潮"论坛在北京举行,网络文学给影视艺术市场带来的活力和生机成为了所有人的共识。对于网络文学的内容源头是否能走到最后这一疑问,盛大文学前 CEO 侯小强对此持乐观态度,认为网络文学改编刚开始不久,一定会创造出更多的经典作品。2013 年,银幕上同样活跃着诸多网络文学原创作品。CNNIC《2010 年中国网络文学用户调研报告》[②] 数据显示,网络文学用户中表示愿意观看网络文学改编的影视艺术作品的用户比例达到 79.2%,远高于实体出版和游戏改编的比例。这一数据充分体现了受众对于网络文学改编的影视作品的肯定。影视剧改编的成功极大程度上得益于网络文学本身具有的内容海量、类型化明确等特点,这些都为影视作品的改编提供了极大的方便。同时,更多的网络文学原创作品投身影视改编怀抱,影视改编也会为网络文学增添更大的附加值。

　　受网络小说影视改编的启发,众多网络游戏开发商将目光转向了网络文学,目前网络小说的游戏改编已相对成熟。据不完全统计,17173 游戏、腾讯、网络游戏网等网络游戏门户中由网络小说作品改编的游戏分别占总量的 23%、17% 和 25%。网络小说作品已经成为了网络游戏制造重要的内容供应源,著名网络小说《星辰变》、《诛仙》和《鬼吹灯》等都已被改编成为了高人气网络游戏。网络文学最大的内容供应商盛大文学是网络游戏改编的重要作品来源。2010 年盛大文学的网络小说游戏改编计划中,仅第一批就有多达 20 多部作品,包含《猎国》、《九鼎记》等日均浏览量达 10 万人次以上的作品。盛大游戏推出的《星辰变》、成都页游出品的《仙逆》、橡皮泥科技创作的《杀神》、百游打造的《凡人修仙传》、4399 平台制作的网页游戏《将夜》、搜狐畅游研发的 MMORPG 游戏《斗破苍穹》等等改编自网络小说的网络游戏都备受玩家的喜爱。其中,改编自同名网络小说的游戏《星辰变》连续两届获得"最受玩家期待十大网游"冠军;开服不久的《凡人修仙传》在短期内就取得了 20 万同时在线人数的高峰成绩。在网络游戏制造商获得高额利润的同时,网络文学运营商也能获得高达数百万元的版权销售额。

　　一些人气高的漫画作品也都与网络文学有关。截止 2013 年,盛大文学授权漫画改编作品共计 50 多部,知名漫画杂志《漫友》《神漫》《漫客》等均有由盛大文

[①] 周志雄:《论网络小说的影视改编》,《海南师范大学学报》(社会科学版) 2010 第 1 期。
[②] 中国互联网信息中心(CNNIC):《2010 年中国网络文学用户调研报告》,http://www.cnnic.net.cn/hlwfzyj/hlwxzbg/mtbg/201206/t20120612_27451.htm。

学网络小说改编的漫画作品,其中,《漫友》改编连载了我吃西红柿的作品《盘龙》和猫腻的作品《将夜》。《神漫》连载了禹言的《极品家丁》以及根据白金作家唐家三少的《斗罗大陆》改编的同名漫画作品,《漫客》则连载了根据白金作家天蚕土豆《斗破苍穹》改编的同名漫画,其单行本发行量达 350 万册,而《斗罗大陆》单行本发行量近 1000 万册。[①]

此外还有无线阅读。根据 CNNIC 的数据显示,截止 2013 年 8 月,我国网民数量接近 6 亿人,环比增长 2656 万,同期移动互联网用户增长高达 4379 万,几乎两倍于网络用户整体增量;其中仅手机互联网用户的覆盖率增长至接近 80%,互联网用户基本上完成了从 PC 端到移动端的转变。网络文学从 PC 端向移动端转变已经成为了我国网络文学市场发展的既定趋势,这对网络文学市场的重构具有重要的战略意义。目前,网络小说的主要阅读终端除了电脑外,移动电子阅读终端设备主要包括平板电脑、手持电子阅读器以及手机等三大类,当前比较普及的是手机小说的无线业务,已经成为手机五大常用业务之一。目前手机小说的版权大多归网络小说创作者所有,相关网站通过移动运营商或者与彩信牌照持有者(SP)合作将作品传送给手机用户。手机小说的业务模式主要有:一、通过手机下载或在线阅读,由运营商收取单次或包月的费用,流量部分归运营商所有,内容的收入由运营商与小说的版权方分成。二、免费 WAP 网站,这类网站其基本业务是免费的,用户注册后,即可免费阅读或下载网站上的手机小说。手机除了在阅读设备的选择上占据优势之外,在网络小说的付费阅读方面更突显其渠道优势。CNNIC《2010 年中国网络文学用户调研报告》数据显示,由于网络文学用户对于手机的高使用率以及手机话费小额支付方式与网络文学微支付相契合,在付费阅读的网络文学用户当中,通过手机话费付费阅读的比例最大,为 59.4%。

(4) 广告培育

文学网站的广告大致可分为两种,第一种是依靠高人气的网络小说带来商业广告,一般以广告横幅或多媒体等形式出现;第二种则是网络小说文本中的植入广告。相对于第一种广告而言,文本的植入性广告目前可操作性比较局限,但却是未来网络文学广告培育的主要方向。由于网络文学创作是个性化的创作行为,作者受情感、情节表达的干涉,刻意植入广告的意识并不强烈,存在一定的人为和可操作性空间。

植入广告最初出现在影视作品当中,《爱情呼叫转移》、《奋斗》等热门电视剧的播出,使人们对于植入广告日渐熟悉和被接受。对于网络小说而言,纯文本的阅读空间所带来的封闭性给植入广告创造了有利条件。影视作品的植入广告过于直观,一瞬即逝,太过频繁的视觉冲击更有可能激起反感情绪。而网络文学于无形中将广告与文本内容相结合,每一个广告的出现都结合着小说人物的情感,也给读者创造出了更大的想象空间和更真实的情感体检。跟随小说情节的发展,品牌广告贯穿始末,给读者留下非常深刻的印象。

---

① 韩浩月:《盛大文学:以版权为核心缔造文学产业链》,《中国版权》2013 年第 4 期。

热播电视剧《奋斗》的续集《奋斗乌托邦》就是一个很好的例子。该作品当中三家品牌赞助商的广告费用高达900多万,[①] 其中包含文本植入广告和插页网告等。该书的女主人公是一个著名服装设计师,而文中其它人物的日常着装都源自于女主人公的设计。国外某服装品牌通过作为女主人公设计的对象来传播其品牌的设计理念,这个品牌广告的植入通过人物角色的设计达到了意想不到的效果。更有新闻爆出某网络小说作家还未动笔,其作品的植入广告费用就有10万进账。相比较于影视作品,网络小说的植入广告尚处于萌芽阶段,主要盈利模式还不成熟,但其对于网络文学的意义不可限量。

二、网络文学产业内容提供商举隅

1. 盛大文学

(1) 经营现状

盛大文学官网介绍,自2003年收购起点中文网伊始,盛大集团就开始涉足网络文学产业。盛大文学成立于2008年7月,是盛大集团旗下核心的网络文学业务板块,负责盛大集团文学业务的运营和实体公司的管理,是中国目前最大的网络文学内容提供商。目前盛大文学已经发展成为了我国网络文学的领军企业,占据了我国78.2%的网络文学市场,运营着起点中文网、言情小说吧、晋江文学城、红袖添香网、小说阅读网、潇湘书院、榕树下等七大文学网站以及"中智博文"、"华文天下"和"聚石文华"三家图书出版公司。根据2011年盛大文学图书出版的零售额计算,其旗下的三家图书出版公司也已成为我国最大的民营图书出版公司。2013年10月,盛大文学在艺恩咨询"紫勋奖"之文娱企业50强的评选中,位列17,成功跻身前20强,在新媒体视频领域更是以总分7.38的成绩成功打败小马奔腾等著名企业。截止2013年6月,盛大文学拥有的写手超过200万,创作的作品超过600万部,并且呈现出持续快速增长的态势。在网络文学的传统互联网领域,盛大文学拥有绝对的优势,其网站的热门小说长期占据各种排行榜首位,大部分的高人气小说主要来自盛大文学。在移动互联网领域,近几年,盛大文学取得的成绩也让人瞩目,仅2012年盛大文学通过移动互联网提供的网络文学内容所吸引的总访问量就达1.5亿,是我国网络文学内容提供商的翘楚。同时,盛大文学不断创新,打造自有移动阅读平台,争取更大的市场份额。2013年上半年,盛大文学自有移动阅读终端的日均活跃用户达500万,月均3000万,这些数据已经超过了通过电脑终端产生的数据。

在"全版权"运营方面,盛大文学更是走在了行业之首。大量的畅销实体书的出版带来了巨大的零售额,成就了中国最大的民营出版公司,《你若安好便是晴天》以及《蔡康永说话之道》等图书的发行量均超过200万册。漫画出版方面也

[①] 李佩兰:《植入式广告为中国电视剧产业带来的新机遇》,重庆大学硕士论文,2009年。

取得了不菲的成绩，人气作家天蚕土豆的《斗破苍穹》漫画发行300万余；白金作家唐家三少的《斗罗大陆》更是创造了近1000万册的改编漫画发行量奇迹。影视改编网络小说是盛大文学的一大亮点，2012年全年，盛大文学出售了约1000部网络小说版权作品，正在筹拍和即将面世的作品达100部左右。①电影《致青春》、《搜索》等不断创造小成本电影的票房佳绩；《步步惊心》、《裸婚时代》等电视剧作品排列各大电视台收视率首位；网络游戏《盘龙》、《鬼吹灯》、《斗破苍穹》、《星辰变》等等作品，版权均归盛大文学所有。至2013年，盛大文学一直占据网络文学市场领导者的位置。但2013年3月，起点中文网吴文辉核心团队出走离开盛大，带走了大量的作者资源。2013年12月，侯小强也辞去盛大文学CEO。易观分析认为，年内"出走"多位高管，对盛大文学无疑是沉痛的打击，其一家独大的垄断格局将被打破，但其凭借多年在网络文学产业的积累，以及多品牌的运营，未来几年内，其仍然能够在市场中占据一席之地。

2013年7月盛大文学在北京宣布，已完成总计1.1亿美元的私募融资，将把此次融资所得，投入新推出的开放战略以及移动战略等方面。易观分析认为，盛大文学的开放战略与吴文辉团队出走有着必然的联系，而此战略表明，盛大文学将走向以内容为导向的开放平台，从而提高内容的丰富程度，而逐渐弱化编辑与作者一对一的模式；而移动战略旨在建立强大的自有移动互联网渠道，此战略势必会影响与其他移动互联网渠道的合作关系。

（2）经营战略

第一，开放战略。盛大文学的开放战略是其网络文学运营的基本战略。该战略主要是通过不算完善起点中文网这个主要平台，实现写手作品的自主销售，作者能够自主决定是否上架、自主从事网站内外的促销活动，网站为其提供分成及奖励。第二，移动战略。盛大文学通过移动互联网技术战略重组自有移动端产品，创新网络小说移动阅读端，打造手机阅读平台。目前，盛大文学在手机阅读方面的收入已经超过了电脑终端，并持续增长。

（3）旗下代表网站分析——起点中文网

起点中文网建立于2003年5月，前身是起点原创文学协会，目前是我国最大的原创网络文学网站。它于2008年被盛大集团收购，并成为了盛大文学网络文学市场最主要的武器。2003年10月起，起点中文网以巨大得人气和丰富的内容资源为基础，首创网络文学"付费阅读"模式，实现了网络文学网站真正意义上的盈利，是网络文学赢利模式探索过程中巨大的突破。随后，起点中文网开启了网络文学产业化道路，制定作家福利制度、实行文学交互机制，发掘和推广优秀作品，打造明星作者，创建版权管理体系。目前，起点中文网已经形成了成熟的网络文学运营机制，从创作到销售到全版权营销，起点中文网得到了全方位的发展。通过与优秀的出版企业、影视艺术团队和网络游戏制作公司合作，对文学作品的版权进行全方位的分销，将优秀的网络小说改编成实体书、影视艺术作品、游戏以

---

① 乐天茵子：《当下网络小说线下传播渠道研究》，大连理工大学硕士论文，2013年。

及漫画作品等等,形成了一条完整的产业链条。同时,依托盛大文学这个平台,起点中文网在移动阅读领域也同样占据优势。培养优秀网络写手,成就顶尖作家,保证内容的供应;通过移动互联网及终端,拓展内容销售渠道。无论在PC端还是移动阅读端口,起点中文网都占据了绝大部分的市场。根据艾瑞咨询推出的网民连续用户行为研究系统 iUserTracker 最新数据显示,2013年11月,垂直文学网站日均覆盖人数1265.6万人。其中,起点中文网日均覆盖人数达171万人,网民到达率达0.7%,位居第一。垂直文学网站有效浏览时间达2.2亿小时。其中,起点中文网有效浏览时间达1602万小时,占总有效浏览时间的7.3%,同样居第一位。

2. 中文在线

(1) 经营现状

中文在线最早于2000年在清华大学成立,是我国数字出版早期的开创者之一。其通过聚合和管理来自各大出版社和作者的正版作品,向各种阅读终端提供网络文学作品,同时也为发行机构和数字出版机构提供出版运营服务,并且提供版权衍生产品等增值服务。

除了对于传统文学数字内容的收纳之外,中文在线特别注重网络文学编辑和作者的培养。据易观网《中国网络文学市场研究报告2013》统计,与中文在线合作的版权机构有近510家;与其签约的作家超过2000多位,其中包括莫言等知名作家和其他畅销书作家等;拥有网络写手30万,数字作品20多万。其签约的作品中有不少优秀的传统文学作品,其中,2013年,著名作家莫言的小说《蛙》获得了中国首个诺贝尔文学奖;《被雨淋湿的河》、《大雅村言》、《山居笔记》等作品曾获得过鲁迅文学奖;《冬天里的春天》、《穆斯林的葬礼》以及《东藏记》等作品曾获得过茅盾文学奖;更有原创都市小说《橙红年代》于"17K小说网"上创造了点击量过亿的神话。与其它网络文学内容提供商不同,中文在线所拥有的数字内容更加全面。在发展网络文学的同时更注重传统文学内容的传播。除了拥有历史军事、青春言情、经管励志、官场职场以及名家经典等大量畅销文艺作品之外,中文在线对于社会科学和教育类的数字内容储量较大。这在一定程度上更能满足不同类型读者的阅读需求,也因为全面的覆盖率而积累了丰富的作者和读者资源,市场发展潜力巨大。目前,中文在线是我国最大的正版数字内容提供商之一。

中文在线一直走在数字出版的前列,在全媒体出版方面涉足较早,并率先提出"一种内容、多种媒体、同步出版"的发展目标。其曾全媒体出版了《橙红年代》、《精武风云》、《见证奇迹的人生》、《非诚勿扰》、《十月围城》、《师傅》、《爱.盛开》、《也该穷人发财了》、《贫民窟的百万富翁》、《孔子》、《曾有一个人.爱我如生命》、《李春天的春天》、《建党伟业》《我的兄弟叫顺溜》、《战火中青春》、《美元是张纸》、《关云长》、《越狱》等多部高人气作品,《非诚勿扰》和《橙红年代》等作品还在中国数字出版博览会上获得过多个大奖。这些作品的成功尝试打造出了一条完整的数字出版产业链,实现了传统出版业向多渠道、多形态发展的转变和一次生产、多次创作、N次盈利。不同形态、不同类型的创作拓展了作品的传播渠道，提高了作品的覆盖率，充分挖掘了数字内容的版权价值。

中文在线对于作品版权的重视和保护也已成为了其最大的特色。2005年7月，中文在线联合国内知名作家、律师事务所和大型出版机构，共同成立了"中文在线反盗版联盟"，目前已成为我国打击网络侵权行为的重要利器，也是我国影响力最大的反盗版机构，2006年中国版权协会反盗版委员会在中文在线设立了秘书处。对于数字出版版权的重视给中文在线带来了很多荣誉，其中包括2009年的"全民阅读活动先进单位"、"国家文化出口重点企业"；2010、2011年的"年度数字出版示范企业"；2011年的"现代服务业创新发展示范企业"；2012年的"全国版权示范单位"等等。

2006年，中文在线开始涉足网络文学并创立了"17K小说网"，这也是我国较早成立的网络文学网站。目前，无论是在作品的收藏还是编辑和作者的培养方面，都积累了坚实的基础。其还为作者的培养创办了网络文学大学，该机构为网站吸引了大量的文学创作者，使网站也成为了拥有活跃作者数量最多的平台之一。同时，网站还为这些作者建立了大规模的编辑团队，以充分保证网络文学内容生产的质与量。中文在线网站介绍，目前中文在线互联网阅读拥有注册用户超过1,200万，日均访问量超过3,500万。

(2) 经营战略

在作者的培养方面，中文在线为作者建立了一套从培训到晋升再到认证的培养机制，作者或者编辑不仅能通过良好的环境充分实现价值的最大化，同时也能通过网编认证体系，得到更加专业和规范的发展。其次是内容的全渠道分销。目前中文在线已与百度、腾讯、新浪、凤凰网等互联网媒体以及淘宝、京东、亚马逊等知名电商建立了稳定的合作关系，形成了成熟而全面的销售渠道。2005年，中文在线抓住了中国移动通信公司拓展手机阅读业务的契机，深度参与了其手机阅读基地的建设工作。2008年，中文在线成功地成为了中国移动手机阅读业务的战略及运营合作伙伴。目前，中文在线是移动公司手机阅读业务的服务支撑方，长期为该公司的基地服务提供大量的人力物力，成为了中国移动手机阅读业务最大的内容提供商之一。除此之外，中文在线还极力发展"全版权运营"，大量的精品内容被改编成优秀的影视剧作品、游戏以及其它，这也为该公司创造越来越大的收益，逐步完善了其数字出版产业链条。再次是良好的竞争与合作关系。中文在线善于建立良好的竞争与合作关系，这一点很好地体现在腾讯创世中文网与17K小说网的合作关系上。

(3) 旗下代表网站分析——17K小说网

17K小说网是中文在线于2006年创立的专门的网络文学网站，依靠中文在线强大的数字出版，该网站目前已发展成了我国主要的网络文学网站之一。易观网《中国网络文学市场研究报告2013》显示，截止2013年，该网站拥有驻站网络文学作者10万，知名作家2000多位，与400多家出版机构有合作关系，日均访问量达3,500万之多。网站内容资源非常丰富，涵盖包括都市、惊悚、玄幻以及历史等题材在内的近38万册网络小说，完本近4万册，每日更新的连载小说内容达

2000多万字。受中文在线的影响，17K中文网十分重视网络文学作者的培养。2013年10月，网络文学大学顺利开学，这个由中文在线发起并建立的学校免费为网络文学培养具有专业素质的写作者，并聘请2013年诺贝尔文学奖得主莫言担任该校荣誉校长。与此同时，它还积极引导优秀的网络文学作者加入中国作家协会，为网络文学的发展提供成熟的、良好的发展土壤。对于编辑队伍的建设也成为了17K小说网的竞争力所在。该网站到目前为止用有30名策划编辑、100名正式网编以及400名兼职网编。并且通过"编辑任用——管理——激励——晋升——认证"的培养机制，促进网络文学编辑队伍的健康成长，为网络文学提供人才保障。

3. 腾讯文学

（1）经营现状

2013年5月，盛大文学吴文辉团队集体出走，随后加入腾讯集团，悄然创立创世中文网。9月，腾讯集团召开战略发布会，文坛巨腕齐聚"腾讯文学大师顾问团"，"腾讯文学"品牌正式确立。腾讯副总裁程武表示，2012年腾讯集团仅移动电子阅读的单项市场产值就达30亿，"相信很快将会超过百亿，未来整个关联产业可能超千亿。"

上线仅3个月的创世中文网，加盟作家达200多位，更新作品4000多部，作品总收藏量达到30000部。据易观智库统计，自2013年8月启动VIP模式以来，截止2013年底，创世中文网上架小说150多部，日收入超过10万元。同时，腾讯文学预计将投入近4亿元人民币用于畅销书产品线上对于传统文学版权的购买，并将投入1000万元建立作者奖励制度。除此之外，腾讯文学还组织了2013年文学创作比赛，设立奖励基金500万元。目前，腾讯文学数字出版平台正在建立，大量畅销书已经与凤凰出版传媒、人民文学出版社等知名出版机构取得了合作。腾讯力求同时兼顾传统文学和网络文学，并将这些内容资源进行整合，通过统一的产品渠道推送出去。在文学作品的版权营销方面，腾讯文学目前已与新丽传媒、华谊兄弟、腾讯视频等多方合作，成立了"优质剧本影视扶持联盟"，致力于优质小说及剧本的影视改编。

2013年9月，腾讯更是将网络文学进一步与其主营业务QQ联系起来，推出腾讯手机QQ4.5版。该版本QQ最新推出"阅读中心"轻阅读板块，试图通过文学内容嫁接其社交平台，打造"社交化阅读"的新兴概念。与腾讯"游戏中心"相同，腾讯"阅读中心"主要依靠其自有QQ平台强大的社交网络，向用户推广社交化的阅读方式，营造一站式移动社交轻阅读的用户体验，通过腾讯QQ及其丰富的平台运营经验进一步推动腾讯文学业务的快速发展。

（2）经营战略

腾讯文学战略发布会于2013年在北京召开。据会议分析，腾讯文学欲整合其多个平台资源包括WAP阅读平台QQ书城、基于QQ空间的QQ读书、腾讯读书频道以及手机阅读应用QQ阅读等，形成一个涵盖内容生产、全用户体验、全平台推送的产业链体系。通过庞大的用户资源，依托游戏和社交网络平台，拓展全新的商业运营模式；打通游戏、社交、阅读以及影视等领域，形成多平台的互动和全产业链的流通，建立全新的盈利模式。目前，腾讯文学已逐渐打通网络文学产业链的各个环节，随着创世中文网不断的发展，编辑以及作者资源的持续积累，必将成为日后网络文学市场上的重要力量。

(3) 旗下代表网站分析——创世中文网

创世中文网于 2013 年 5 月 30 日正式上线，是腾讯文学旗下网络文学业务的主要平台。创世中文网的团队成员大多是从业 10 余年的业内精英，包括资深编辑和专业运营团队。他们是中国网络文学早期的探索者和开拓者，形成了业内统一的行业标准、实现了网络文学商业模式的从无到有。网络文学的运营机制、编辑制度、作家制度以及版权运营等产业运行机制的建立受到他们极大的影响，是他们一步步推进了网络文学的产业化进程，将网络文学变成主流文化产品，目前拥有用户几亿人。其次是良好的平台优势。腾讯是国内最大的社交平台之一，拥有相当丰富的平台运营经验和模式。在影响力如此巨大的平台上建立起来的创世中文网，在队伍的打造和培养、内容的生产和积累、渠道的拓展和巩固、产品的推广和营销上困难相对较小。同时，借助腾讯强大的社交平台和巨大得用户资源，其产业链的形成也相对简单。目前创世中文网已经完成大量的作者和内容资源的储备，在产业链各环节业已打通的基础上，创世中文网拥有比同行业诸多网络文学网站更突出的优势。

4. 纵横中文网

(1) 经营现状

易观网介绍，纵横中文网隶属北京幻想纵横网络技术有限公司（北京完美时空（PWRD）公司投资建立），成立于 2008 年 9 月，是国内成立较早的原创文学网站之一，2013 年 12 月被百度公司以 1.915 亿元人民币的价格收购，纳入百度旗下。

纵横中文网成立不到两年，就取得了很大的进步，一举成为我国排名前五的网络文学网站，据易观智库《中国网络文学市场研究报告 2013》统计，目前其总浏览量超过 1000 万。网站成立初期便吸引了大量的高级别作家，推出了无数大神级作品。因为优秀作品较多、作品质量较高，纵横中文网在业内赢得了良好的口碑。强劲的势头，使该网站曾被预言将会是起点中文网最强大的对手。其中，在纵横中文网连载的玄幻巨作《罗浮》自上线伊始，点击率就一直位列网站第一，作品尚未完本就创造了累计点击率超过 1000 万的佳绩，获得了 98% 的好评。截至目前，《罗浮》任然位列我国最后欢迎的玄幻小前 10 名，被读者誉为玄幻小说的"百科全书"。[①] 2013 年 12 月，加入百度后的纵横中文网，依托百度庞大的点击率的基础，赢得了更大的发展空间。目前，纵横中文网已经成为网络文学业内影响力最好的网站之一。

---

① 易观智库：《中国网络文学市场研究报告 2013》。

(2) 经营战略

纵横中文网的经营战略主要有以下几点：

首先是打造精品。在创立伊始，其主要目标便是通过高质多量的网络文学作品为完美时空公司的主营网络游戏业务提供创作的内容资源。这在很大程度上决定纵横中文网的精品路线。在作品数量和作者数量上，纵横中文网相对国内网络文学老大起点中文网而言相差甚远，但是大牌作者的实力和经典作品的质量上，纵横中文网却也毫不逊色。

其次是尊重作者版权。在普通作者的福利方面，网站给予其打赏收入的70%，高于大部分业内的文学网站；对于作品的版权分销收入，例如影视及游戏改编或者手机电子出版等收入，网站会将大部分或全部收入给予作者。在知名写手的培养上，纵横中文网给予设立专属板块并享受独立命名的待遇。同时福利分成上，作者也占据绝对优势，可获得全部版权营销收入。同时，网站还会对人气作者进行全方位的推广营销，作者在纵横中文网能实现名利双收。

5. 塔读文学

塔读文学作为国内网络文学移动阅读新的领跑者，于2010年7月正式上线，是天音集团在无线阅读领域全新打造的基础平台。塔读文学凭借其全新的阅读体验和高质量的阅读资源，同时充分挖掘和利用移动阅读终端的强大优势，发展成为了国内最主流的文学内容的生产、整合及推送平台。塔读文学官方介绍，塔读文学移动阅读软件作为目前国内功能最强大、内容最丰富的移动阅读平台，汇集传统经典与网络巨作，海量精品涉及内容涉及军事、玄幻、都市、穿越、历史、灵异、武侠等34大类；目前，塔读文学客户端已实现全平台运营，实现了对PC端、手机以及各种移动阅读电子设备等7000多款阅读终端的全覆盖服务，也成为了目前最受欢迎的手机移动阅读应用之一。

2010年塔读文学上线之期，国内网络文学正处于被盛大文学绝对垄断的境地。轰轰烈烈的收购案使盛大文学在短期内强势膨胀并占领绝大部分的国内网络文学市场，几乎没有任何实现良性竞争的余地。在时机并不成熟之际，塔读文学凭借其敏锐的市场洞察力，发掘了移动互联网在网络文学领域的巨大潜在价值，并着手建立移动阅读平台，试图通过移动互联网一举打入网络文学领域。虽然移动阅读市场正在不断扩大，但根据目前的行业数据来看，盛大文学着力打造的移动阅读平台云中书城甚至没能跻身市场占有率的前5强，这给拥有更成熟的移动平台的塔读文学似乎留下了更大的可发展空间。

塔读文学通过全新的编辑和作者培养机制，吸引了大量杰出的作家，创作了许多点击过亿的作品。许多传统文学作家看中了塔读文学的数字平台，也纷纷与其合作。这为网络文学融入传统文学提供了一条正面的示范性的渠道。同时因为不断增大的影响力，塔读文学现已积累了7000多万的忠实粉丝。上线以来，塔读文学不断为用户推出全新的阅读功能，创造不一样的移动阅读体验。精美的界面设计、齐全的书架款式以及3D翻阅手势等不断吸引着用户的眼球。与多米音乐的合作也让读者在阅读的同时能够享受音乐所带来的美好体验，满足了网络文学用户对于阅读和音乐的双重需求。

6. 逐浪文学

"逐浪文学"百度百科词条介绍：逐浪网成立于2003年10月，前身为国内著名的文学站点——文学殿堂，曾经获得电脑报编辑选择奖和二十大个人站称号。2006年6月，逐浪网归入大众书局旗下，被收购后的逐浪网发展迅猛，短短6个月时间已成功进入行业网站三甲位置。站点全球排名攀升至500位，每天访问量超过千万PV，拥有200万注册会员，2万多名原创作者，10多万部原创作品、有声读物、经典作品，并保持持续、快速的增长。2007年9月，逐浪网在其第二次改版的基础上成立了逐浪女生，为网络文学的女性用户创立了文学创作和阅读的新平台。截止2008年，逐浪文学网已经发展成为时下第二大网络数字出版平台，网络文学的付费阅读收入增长了近50倍，同时逐浪女生出版的实体作品也超过100部。2009年9月，逐浪女生的2周年之际，其出版的纸质作品的数量实现了成倍增长，多达200多部。2009年，网络文学网站及资源出现了被瓜分的狂潮，正值盛期的逐浪文学网被空中网以234万美元及空中网普通股100万股的总价收购。"截至2009年9月，逐浪网拥有500多万注册会员，每天独立访问用户超过百万，拥有十几万部长篇原创作品。"[①] 同年11月，逐浪文学网正式成为空中网的全资子公司。但逐浪网在空中网的经营之下各种负面消息充斥着网文界，逐浪网的创始人团队也因此悲愤出走，建立红薯网。逐浪网公司主页介绍，2010年，空中网对逐浪文学网进行了第四次改版，到2011年12月，逐浪网的网络游戏用户超过500万。据笔者统计，截止2014年2月15日，逐浪文学网共有入库作品196436部，15日全天共更新VIP小说作品133部。

7. 百度多酷文学网

2013年6月百度多酷文学网正式上线，这与腾讯文学的面世几乎同步。两大互联网巨头同时打入网络文学产业一度引起业内外人士的惊呼。自2013年2月开始，百度就开始在国内各大文学论坛招聘编辑及作者，在与其手机版的数据打通之后，6月正式上线并通过Hao123进行推广。多酷文学设立玄幻、都市、穿越等十多种文学栏目，内容覆盖面极其广泛。同时，百度多酷对作者实行丰厚的福利政策，与大部分业内同行采用的五五分成不同，百度多酷将付费阅读80%的收入给予作者，并可为作者垫付薪酬。在作品版权方面，除了无线阅读和互联网阅读之外，影视、游戏及其他作品改编的版权仍归作者享有并可自由销售，这对网络文学作者具有巨大的吸引力。百度多酷还拥有百度这个巨大的资源平台，作者及其作品可以通过百度的多平台进行推广，并且享有百度旗下多条业务端口的最优资源，多渠道增加作者及其作品的影响力。

---

① 空中网收购逐浪网 文学网站被瓜分，http://tech.163.com/09/1113/03/5NVIQA8N000915BF.html，2009年11月13日查询。

三、全版权运营的典型案例

1. 电视剧改编

案例一：《美人心计》。

电视剧《美人心计》改编自网络小说《未央·沉浮》，2010年于上海地面频道首播。首播当天就创下开播收视率6.1%的好成绩，大结局收视率超过10%，位列上海各电视频道当周收视率的首位，并在全国其他电视台不断创造收视热潮，近30万人互联网同步观看，作品版权更是以高价出售日韩，在亚洲地区形成了巨大的影响力。①《美人心计》属于宫廷剧类型，作品主要讲述皇室后宫勾心斗角、争权夺利的风云轶事。《美人心计》将故事时间架构在远离当下的汉朝，选择了一个史书里记载不详、无从考证的历史故事，窦太后的智慧与隐忍一别于观众心里的预期形象也勾起了观众的好奇心；宫廷斗争的外壳裹挟了家庭伦理等新颖桥段。在改编过程中，《美人心计》增加了很多小说里没有的人物角色和故事情节，精心选择了剧中人物服饰和拍摄场地，同时还放大了女主人公窦漪房与汉文帝之间的爱情，通过女主人公的心理矛盾塑造了一段传奇的君王之恋，增加了多个人物的感情故事和对家庭矛盾等情节的设计。在演员的选择方面，《美人心计》选择了网络票选演员的方式，制作方借助新浪平台对遴选的20位人气女演员让粉丝团进行投票。在拍摄的过程中，制作方不断用爆料的方式透露一些演员、剧组或该电视剧的相关花絮和信息，使《美人心计》在未开播之前就爆红于网络。由于前期网民极高的关注度，《美人心计》开播之后，立即在网上掀起了二次浪潮。百度搜索中有1,500,000个与"美人心计"相关的网页，同时网友还建立了"美人心计"贴吧，短时间内就发布帖子130多万篇，点击率超过40万。② 更有网友根据该电视剧创造了大量人物手绘、翻唱歌曲以及同人小说等衍生产品。通过网络和网友无限的热情和关注，《美人心计》一次又一次地创造出收视高潮。

案例二：《步步惊心》。

电视剧《步步惊心》同名网络小说早在2006年就在互联网上掀起热潮，创造出了数以亿计的点击率，实体图书销售量也达到50多万本。③ 2011年，电视剧《步步惊心》首播，在非黄金时间段创造出了该时段排名第一的收视率。当晚便在百度创造了近36万的搜索量，三倍于同类型电视剧《宫·锁心玉》；第二天全天搜索总量超过150万，仅土豆网两天的点击量就达1734万。④ 该剧主要以康熙

---

① 杨寅红：《盛大文学全版权运营模式研究》，兰州大学硕士论文，2013年。
② 余力：《网络小说改编剧的传播策略探析——以〈美人心计〉为例》，《媒体时代》2011年第4期。
③ 《〈步步惊心〉如何走红 2011最火剧成功秘诀》，http://www.gminfo.cn/html/201110/03/083306544.htm，2011年10月3日查询。
④ 《揭〈步步惊心〉成功秘诀版权经纪人让作品"无处不在"》，http://money.591hx.com/article/2011-09-20/0000070280s_1.shtml，2011年9月20日查询。

"九龙夺嫡"的典故为叙述背景，采用"穿越"的剧情设计，将一个现代普通白领穿越到了康熙盛世，并成为了该剧第一女主角若曦。围绕女主角，引发了一系列明争暗斗的宫廷故事。话题营销是《步步惊心》影视改编成功的关键，既包括剧中四位阿哥演员的遴选风波，主题曲的抄袭争议以及与同类型电视剧《宫·锁心玉》的斗智斗勇；制作方还策划了一系列炒作活动，如影迷见面会及同名游戏的发布等等。超高的人气一度引发了湖南卫视与网络视频网站的"抢播"争端，众多网络视频网站纷纷设置专题，搜狐更是高调宣称该剧的大结局在搜狐视频的点击量超过3亿。《步步惊心》凭借原著的网络人气和不一样的"穿越"剧情，成为了2011年最热的电视剧之一。2012年2月14日，话剧《步步惊心》于上海艺海剧院上演，在观众广泛关注下连演24场，也成为上海首演场次最多的原创话剧作品。

案例三：《千山暮雪》。

电视剧《千山暮雪》改编自网络作家匪我思存的同名小说，2011年1月，由导演杨玄执导改编成同名电视剧作品，刘恺威、刘雪华等演员主演。作品主要讲述男主角莫绍谦作为商场精英与女主角童雪的恩怨情仇，2011年10月22日，于湖南卫视金鹰独播剧场首播。承接《步步惊心》、《倾世皇妃》等电视剧的高收视率，《千山暮雪》以其虐心的剧情再次引起收视狂潮。根据风行网网上数据统计，《千山暮雪》播出后的首个周末两天的收视率达5.19%，位居同时段电视剧收视率首位。[①] 百度指数显示，"千山暮雪"词条搜索量在电视剧开播后直线飙升，达到45万之多，用户关注度增长12.45%。[②] 主演刘恺威、颖儿关注度也一路走高，成为热门明星。在微博上，《千山暮雪》顺利杀入了一周话题榜前五。由于原著作者匪我思存及其改编影视作品本身的话题性，《千山暮雪》上映之前就成为了网友的热议话题。剧中的情感纠纷虐心剧情甚至都被网友细分，网友将剧中的感人画面或情节发送到微博等互联网平台上，在相互转发的过程中对于剧情的评价甚至引起了作者匪我思存和主演刘恺威的关注。《千山暮雪》自播出之后其话题效应一直持续发酵。作为继《佳期如梦》和《来不及说我爱你》等作品之后根据匪我思存小说改编的第三部电视剧作品，作品本身的网络人气以及作者匪我思存的网络文学地位都为该电视剧的收视率奠定了良好的基础。有别于宫廷剧等，《千山暮雪》作为情感剧的走红再一次证明了网络文学改编影视剧的张力。

案例四：《裸婚时代》。

电视剧《裸婚时代》改编自当红网络小说《裸婚——80后的新结婚时代》，作者为唐欣恬（笔名：小鬼儿儿儿）。该小说最初发布于红袖添香网，产生阅读量近120万次，评论共计4771条。[③] 作品持续的网络热度和影响力直接催生了小说的实体出版。随后，光彩世纪获得该作品版权并将其改变成电视剧《裸婚时代》，

---

① 千山暮雪剧情花絮，http://www.funshion.com/subject/plots/99154/，2011年10月22日查询。
② 千山暮雪剧情花絮，http://www.funshion.com/subject/plots/99154/，2011年10月22日查询。
③ 那些由小说改编的影视剧，http://bbs.17173.com/thread-7293845-1-1.html，2013年5月28日查询。

该电视剧由滕华涛导演,著名演员文章、姚笛等参与演出,主要讲述80后情侣为了"裸婚"不惜与家人和社会抗争的故事。2011年6月1日该电视剧杀青并在江苏卫视首播,一开播便占据全国电视剧收视率的0.98%,成为同时段国内电视剧收视率冠军。6月25日,《裸婚时代》以1.98的收视率成功收官,根据江苏卫视2012年发布的年度收视统计报告显示,电视剧《裸婚时代》稳坐江苏卫视2011年电视剧收视率全年第一的宝座,同时在其他省级卫视的首播中也不断创造收视冠军。同时,该电视剧还创造极高的网络视频点击率。2011年6月1日,《裸婚时代》上线优酷视频网站,连续11天播放量达到1亿1千万,是优酷网电视剧播放量破亿速度最快的电视剧。① 仅仅十天,《裸婚时代》就打破了电视剧《回家的诱惑》创造的21天破亿的记录。《裸婚时代》还在微博上引发了热议和转发狂潮,电视剧中的经典台词成为网友高度关注的话题,并一度引起80后对于裸婚的追崇和效仿,使"裸婚"成为"蜗居"后的另一个热门社会名词。

2. 电影改编

案例一:《致我们即将逝去的青春》。

电影《致我们即将逝去的青春》改编自网络作家辛夷坞的同名小说,由编剧李樯改编、著名演员赵薇导演。电影于2013年5月正式上映,一个"五一"假期就创下了超过3亿的票房奇迹,首映日票房更是突破4520万,一举打败同期电影《泰囧》所创造的票房神话。受《杜拉拉升职记》、《山楂之恋》和《失恋33天》等电影成功的启发,《致青春》的创作团队清楚地看到了80后、90后一代对国内电影市场的主宰能力。电影《致青春》从名称到电影内容都极大地满足了年轻人缅怀青春的心理需求。电影中讲述的爱情、友情以及校园的温情都是年轻一代必经或曾经的生活写照。电影《致青春》的同名小说早在2007年就红遍网络,具有超高的网络人气。电影《致青春》的媒体推广主要从微博等新媒体取得突破。电影制作方为《致青春》申请开通了官方微博会员账号,截止影片上映之前,粉丝超过16万人,共发布微博2000多条,平均每天5—6条信息更新。同时参演的明星大腕也在其官方微博上进行同步推介,他们不断地将片场和与影片相关的消息发布在微博上,再经过无数粉丝的疯狂转发,将影片的影响力无限扩大,使影片成为口口相传的话题。② 除此之外,微信账号的信息发布也创新了电影的推介渠道。多种新媒体的公共炒作,成功地让电影《致青春》成为了全民皆知的人气影片。《致青春》通过其超过3亿的周票房再一次证明这条渠道的正确性。③ 这部清新、文艺的电影,通过讲述80后一代现实的大学爱情,用时间线索追忆逝去的青春,祭奠纯真的友情和爱情,用怀旧的爱情故事打破了国产电影的票房瓶颈,也

---

① 优酷新纪录:11天《裸婚时代》播放量破亿,http://soft.yesky.com/info/149/30175649.shtml,2011年6月24日查询。
② 袁洁平:《〈致青春〉全媒体营销揭秘》,《中国广告》2013年第6期。
③ 国志刚:《〈致青春〉票房策略浅析》,《中国电影市场》2013年第6期。

再一次证明了网络小说改编电影的成功。

案例二：《杜拉拉升职记》。

《杜拉拉升职记》是网络文学作品全版权营销的典型案例之一。该作品原著为李可，主要讲述当代白领女性的职场故事，主人公杜拉拉经过职场的重重考验最终由普通职员蜕变成企业高管。百度百科词条"杜拉拉升职记"介绍，该作品从2000字左右的文字片段逐渐形成巨著并于2007年出版，目前《杜拉拉升职记》实体书出版总计发行超过400多万本。2010年，该小说被同时改编成同名电影和电视剧，同时导演何念指导的话剧《杜拉拉升职记》也于2009年4月在上海首演。电影《杜拉拉升职记》由著名演员徐静蕾导演，小说原著的高人气为电影的面世奠定了受众基础，结合电影中当代职场故事内容本身所具有的吸引力，电影在1500万的资金投入下创造了高达1.2亿的票房收入。① 除了原著本身的影响力之外，电影《杜拉拉升职记》在上映前后进行了全面的媒体宣传和营销。"电影采用抱团式的宣传，对于原著、电影、电视剧、话剧等不同形式的作品内容总计进行新闻宣传及报道7990条。电影制作方还结合赞助商举办了十大职场语录征集大赛，该活动吸引了近280多万人参与。"（电影营销案例评点《杜拉拉升职记》）"根据其公司负责人的说法，截至目前，由'杜拉拉'所衍生出来的图书、话剧、电影、电视等文化产品，已创造出了3亿元的市场价值。"②

案例三：《搜索》。

电影《搜索》改编自文雨的网络小说《请你原谅我》，又名《网逝》，是入选"鲁迅文学奖"的唯一一部网络原创小说。该小说于2011年被改编拍摄成电影，并于2012年7月6日上映，由著名导演陈凯歌执导，高圆圆、赵又廷主演。该电影主要讲述了女主角叶蓝秋因在公交车上不让座而遭遇媒体过度曝光和网络暴力，最终被逼向绝境的故事。该电影创新了普通文艺片的叙事方式，通过当红人气演员的超级阵容和快节奏，营造出了紧张的故事情节和强烈的喜剧冲突。电影在前期宣传推广方面充分利用了微博等网络社交媒体的优势。电影上映之前，众多明星便开始大力宣传。电影中各主演各具特色的独白被网友改编成特定的句式，并被戏称作"搜索体"。制作方为了电影宣传，更是抓住这个噱头极力炒作。通过明星之间的相互转发，引起大量粉丝的跟随效仿，一时间"搜索体"引起疯传，为电影的上演攒足了话题和票房基础。由于成功的前期营销推广以及电影社会化的选材，该电影引起了80、90后观众共鸣，上映三个星期便斩获1.5亿票房，成为近几年为数不多的高评价高票房的文艺片之一。③《搜索》的成功不仅显示了网络

---

① 《杜拉拉升职记》营销案例，http://blog.sina.com.cn/s/blog_3e51995e0102dypo.html，2012年7月17日查询。

② 《杜拉拉升职记》营销案例，http://blog.sina.com.cn/s/blog_3e51995e0102dypo.html，2012年7月17日查询。

③ 《〈搜索〉票房过1.6亿创文艺片票房新纪录》，http://ent.qq.com/a/20120727/000733.htm，2012年7月27日查询。

小说影视改编的魅力,更加刷新了我国文艺片电影市场。

案例四:《失恋 33 天》。

电影《失恋 33 天》的网络文学原著发端于 2009 年的"豆瓣"网站,源于文艺青年鲍鲸鲸的一个叙述爱情的连载故事。电影于 2011 年 11 月 11 日正式上映,是我国第一部为"光棍节"量身定制的爱情治愈系电影,影片由滕华涛导演,著名演员白百合、文章等主演。该电影主要讲述女主人公黄小仙的失恋故事,于 2011 年"光棍节"当天上映,引起了良好的市场反响。电影拍摄之初,采用"情感营销"的宣传策略,采访、拍摄并制作了关于普通人的失恋故事的微视频,通过微博以及豆瓣等网络平台进行推广,根据网络数据显示,首段视频上线就创造了超过 2000 万的点击率。微博以及视频网站等网络营销手段几乎占据了电影营销宣传的 80%。① 除此之外,电影在节点营销上也别出心裁。2011 年 11 月 11 日"光棍节"正处年贺岁档上映之前电影市场的淡季,《失恋 33 天》选择在"光棍节"上映,这与该电影的题材等具有极大的契合度。制片人郝为曾在采访中说,"2011 年 11 月 11 日,这些数字加起来刚好是 33,这与电影名极为巧合;同时根据 2010 年淘宝光棍节一小时超过 4 亿的交易量,光棍节的市场购买力十分巨大"②。电影在营销宣传上也充分利用了传统媒体的优势,2011 年 11 月 19 日,《失恋 33 天》剧组参与录制的娱乐综艺节目《快乐大本营》播出,该电影的百度搜索指数随即上升到 121 万。电影《失恋 33 天》是网络文学影视改编张力的极佳证明,也是国内小成本大收获电影的典型案例,2011 年 11 月 11 日,《失恋 33 天》收获票房 4600 万元,创下 2011 年单日票房的最高纪录。③

3. 游戏改编

《星辰变》是网络小说游戏改编的代表作。该网络小说是网络作家"我吃西红柿"的经典高人气作品,曾在起点网上创造出了 4000 多万的高点击率,为作者和网站创造了巨大的收益。随着网络文学产业链的不断发展,2008 年,《星辰变》被改编成为网络游戏,翌年被评为"上海市重大文艺创作项目"。经过三年的改编创作,2011 年 5 月,游戏正式上线公测,上线当天其网上讨论区的用户就达 350 多万。目前,网络小说《星辰变》的游戏市场已经完全打开,不仅热销国内而且远销韩国、越南等国家和地区,在由网络小说改编的网络游戏领域中占据重要的地位。④ 作品以秦汉时代为背景,融合道家文化,讲述主人公秦羽从顽石到星辰的修真历程。游戏性的文本和奇幻的故事情节使作品在面对同类改编作品的竞争时

---

① 管方方:《〈失恋 33 天〉的成功学》,《中国新闻周刊》2012 年第 45 期。
② 管方方:《〈失恋 33 天〉的成功学》,《中国新闻周刊》2012 年第 45 期。
③ 徐梦雪:《国产中小成本电影营销分析——以〈失恋 33 天〉和〈钢的琴〉为例》,《影视艺术》2012 年第 3 期。
④ 杨晴:《从传播学视角浅析网络小说与电影"联姻"的成功——以电影〈致青春〉为例》,《新闻知识》2013 年第 6 期。

脱颖而出。超高的网络人气也给游戏的成功奠定了基础，据统计，网络小说《星辰变》70%的读者成功转变了成该改编游戏的注册用户。为了满足广大游戏用户的需求，改编团队的《星辰变》改编过程也异常精心。在游戏的场景设计上，游戏创作者游遍了国内30多个著名风景名胜，并利用传统的水墨画设计将壮美风景再现在游戏场景中。仙鹤驾云翱翔，瀑布山间倾泻，虽然是短短的几秒钟的画面，在设计的过程中却要好几个星期。在长达300万字的小说改编过程中，游戏设计研发者共编写了灵兽程序12000多个。① 与小说写作的信马由缰不同，不论是门派、法宝、功力等等，在网络游戏的程序编写里都是极其复杂的工作，为了确保游戏中不出现死循环，每一个情节和道具等都要经过精确的推算。相较于言情、都市等类型的作品，玄幻修真的作品本质决定了《星辰变》的游戏改编之路。

4. 漫画改编

以网络玄幻小说《斗罗大陆》为例。该小说是白金作家唐家三少2008年创作作品，主要讲述的是男主人公唐三偷学绝学，被驱逐出唐门而被迫跳崖穿越到另一个世界的故事。由于作品超高的人气和故事性，2010年其漫画改编权被购买，并由著名漫画家穆逢春主笔进行该作品的漫画创作，同年6月《知音漫客》开始连载。仅经过8次连载，作品就排列《知音漫客》人气作品首位，随即，《斗罗大陆》单行本也开始发行。一年后，《斗罗大陆》单行本仅前4册的销售总量就达200多万。漫画创作者也因为作品的漫画版权获得了230万元版权收益，位列中国漫画富豪榜第11名。② 《斗罗大陆》漫画改编成功的关键是准确的市场定位。在海量的网络文学作品中，改编成漫画作品的也不在少数，虽然大多也经过了精心的策划但真正获得成功地极少。很多著名作品甚至出现了大量滞销的现象。其中最大的问题就是缺乏准确的定位，改编的漫画作品不仅不能吸引网络文学之外的用户，甚至无法将原有作品的读者转化成漫画的读者。2003年，现代出版社出版了长篇漫画作品《看上去很美》，该作品根据网络作家工朔作品改编而来，首印2万本，两年之后却仍有库存4000本。根据该漫画最初的定位，作品的主要读者的年龄层大概在7—10岁，然而售后的调查数据却显示，该书的大部分购买者的年龄超过40岁。而作品《斗罗大陆》的原著和漫画的读者群体基本重合，这对漫画作品的销量有直接的刺激作用。③ 在网络小说的漫画改编中，优秀作品也不止《斗罗大陆》一个，2007年根据长篇网络小说《鬼吹灯》改编的同名漫画在获得良好的市场之后，于2011年推出新版漫画，一经上市就被抢购至断货，人气持续火热。

---

① 熊选飞：《论网络文学与游戏之间的关系》，《赤峰学院学报》（自然科学版）2013年第4期。
② 黎海滨、潘威、王有宏：《优秀连载漫画作品的创作模式分析》，《新闻研究导刊》2012年第5期。
③ 黎海滨、潘威、王有宏：《优秀连载漫画作品的创作模式分析》，《新闻研究导刊》2012年第5期。

第 10 章　博客、微博和微信文学

一、博客文学

从 1997 年"榕树下"的火爆到 2003 年"起点中文网"的后来居上，在国内文学读者的视野从纸质迁移到荧屏的过程中，文学发表平台和载体的发展起到了巨大的推动作用。2003 年，网络写手木子美以博客大胆推出性爱日记《遗情书》，使初出茅庐的博客平台迅速被网友关注，到 2005 年以新浪博客为主的各大博客运营商逐步上线，各行各业名人名家博客也开始盛极一时，博客文学开始迎来春天……在刚刚过去的 2009 年至 2013 年这五年期间，博客文学有哪些重大事件、重要博客写手和精彩博文呢？本章对此做了盘点。

1. 博客与博客文学

（1）博客及其近五年的发展

对于博客的起源目前学术界仍有一些争议，不过一般认为：博客是来源于 1997 年 7 月 Jorn Barger 运行的 "Robot Wisdom Weblog"，最初的博客被称之 Weblog，后来慢慢演变 Blog。博客是指"以网络作为载体，简易迅速便捷地发布自己的心得，及时有效轻松地与他人进行交流，集丰富多彩的个性化展示于一体的平台。它是继 E－mail、BBS、ICQ 之后出现的第四种网络交流方式，是网络时代的个人'读者文摘'，是以超级链接为武器的网络日记，它代表着新的生活方式和新的工作方式，更代表着新的学习方式"。[①] 2002 年，博客开始引入中国，当时博客用户数量不足 1 万人，到目前已发展 11 年，用户数量高达 4.01 亿人。

从 2002 年到 2008 年，博客在中国的发展可以划分为三个阶段。一是博客发展的应用初期（2002—2003 年）：该时期内各博客服务网站相对独立，缺乏交流，并且博客网络效应弱；二是博客发展快速成长期（2004—2006 年）：主要体现在博客作者和博客运营商快速增加，2005 年 9 月新浪推出博客服务，这是门户网站进军博客服务领域的标志性事件。三是博客发展的重要发展期（2007—2008 年）：各大综合型网站腾讯、搜狐和网易等纷纷推出博客服务，而且 SNS 如校内网、开

[①] 欧阳友权：《网络文学词典》，世界图书出版公司 2012 年版，第 25—26 页。

心网等迅速成为08年最热门的互联网应用。

2009年至今,微博的发展进入了一个调整期,尤其是2009年美国的金融危机引发了全球性的经济衰退,引起广告行业滑坡、消费者支出紧缩,大型互联网公司面临了极大的挑战,据数据统计2009年末大约有13万个独立博客被关闭。截止2010年10月博客网站开心网和千橡开心网历时三年的"真假开心网"案落下帷幕,千橡开心网与人人合并,账号"互联互通",千橡集团的旗下的"开心网"被判令停用"开心网"名称并赔偿40万元。整个五年来看,博客网站的数量在逐年递减,顾客的使用率和活跃度也在相应降低,相关博客文学活动也不大如前几年频繁。

根据中国互联网络发展状况统计第26、27、28、29、30、31、32和33次报告,近五年来我国博客用户与空间规模变化情况如下:

2009—2013年我国博客用户与空间规模发展情况汇总表

时间	博客用户/空间规模	使用率	备注
2008年12月	1.62亿		
2009年06月	1.81亿	62.7%	
2009年12月	2.21亿	57.7%	较上年底下降了5%
2010年12月	2.95亿	64.4%	
2011年06月	3.18亿	65.5%	
2011年12月	3.19亿	62.1%	较上年底下降了2.3%
2012年06月	3.53亿	65.7%	比上年底提升了3.6%
2012年12月	3.72亿	66.1%	
2013年06月	4.01亿	68.0%	
2013年12月	4.37亿	70.7%	总访问次数同比下降27.2%,总浏览页面下降22.3%

从以上数据的走向不难发现2009、2011和2013年博客使用率都出现下滑现象,"截至2013年6月底,我国网民规模达5.91亿,而网民中仍在使用博客的网民占比仅为17.8%。"[①] 这是由于近几年博客草根狂欢已转换成精英追求,其内容上也由俗到精、向专业化发展,这势必让大量草根博主力所不能及,他们逐步放弃经营,退而求其转移到平台较低更为自由的微博或其他社交网站上,事实也证明微博、微信等也更方便广大网友利用碎片时间来交流。而另一方面,到2013年12月为止,"中国手机网民规模达5亿,较2012年底增加8009万人,网民中使用手机上网的人群占比提升至81.0%。"[②] 智能手机技术的急速更新,也是博客网民逐步减少而"投身"于微博、微信的重要原因之一。

---

① 中国互联网络信息中心:《第32次中国互联网络发展状况统计报告》,2013年7月17日。
② 中国互联网络信息中心:《第33次中国互联网络发展状况统计报告》,2014年1月16日。

(2) 博客文学

由于博客平台和网络的变化性,目前关于博客文学还没有统一的界定,学者们各抒己见。陈庆认为:"博客文学是博主用电脑创作,在博客页面上发表的新的文学形式,是网络文学的一种较高层次的形态。博客文学具有杂语狂欢、虚拟主体、全息复制、超文本、有机评论等特点,不能下载转换。"① 欧阳文风觉得,"从作品形态上来看,博客文学包括两个层面,既包括博客原创文学作品(在博客里创作,且首次在博客上发布的作品),也包括那些以博客为传播载体的文学作品(搬进博客的纸质文学作品)。"② 在开设博客的大潮中,文学作家们都不甘寂寞,纷纷创建个人博客平台。矛盾文学获奖者余华敢于"尝鲜",较早开始在纸质媒体之外的博客上大展身手。目前则几乎每个的作家都有自己博客,在作家们的带领下,博客与文学已经是水乳相溶。博客文学的门槛是完全平等自由的,只要网民想要创造文学,都可以建立自己的博客文学世界,正如新浪博客广告语:"我虽然不是大腕,但我的粉丝成千上万。"

2005年10月8日,新浪与《读者》(原创版)、《青年文摘》共同举办新浪原创擂台赛之"新浪博客短篇文学大赛",并邀请了金庸、余秋雨等担任评委,这刺激了广大草根文学写手的热情,博客文学也得到传统文学的更多关注和研究。从2009年开始,博客文学由盛转衰。2009年年底,早在2006年在博客上连载刊登的《黑道风云二十年》以月销量10万册的成绩进入了新书热卖榜;此外2009年人民网开展了十大优秀博客评选活动,共有50位博主入选,最后评选出云中岳(文艺学博士)等人;不过当年博客网和博客中国员工给专栏作家的一封旨在讨薪的信被曝光,被认为这意味两大博客网站已近黄昏③;此后2010年作家博客陷于"真假"之辩,经部分作家证实,发现有作家找人代笔写博文,有知名作家"被博客",如陈忠实、贾平凹和毕飞宇都有类似经历,而一些作家博文大量注水,文学性较低,更有作家把博客当成"漫骂"平台等等,总的来说2010年作家博客很忙④。2012年方舟子质疑韩寒作品代笔事件中,二位在博客平台进行大战,引无数粉丝观战、参战。从整体来看,博客文学近五年的发展不如2005年前后。

2. 博客文学发展现状

(1) 作家博客

第一,老年小说家博客。

郑渊洁,2005年11月开通新浪博客,截至目前其博客等级为25,访问高达

---

① 陈庆:《"零壁垒"的"自媒体"文学形态——中国博客文学的兴起与研究现状》,《当代文坛》2010年第2期。
② 欧阳文风、谭德晶:《"博客文学"的兴起及其对文学发展的影响》,《湖南人文科技学院学报》2008年第1期。
③ 曝光:《致博客中国专栏住家的公开信》,http://news.itxinwen.com/2009/0106/26064.shtml,2009年1月6日。
④ 郑丽虹:《作家博客竟"作假"》,《深圳特区报》,2010年3月15日。

8030万。他于2007年4月10日开通腾讯QQ空间并发表博文,空间粉丝有2.8万,博客内容主要也是以其儿童文学作品的更新、出版、销售及相关活动为主,其中也有对于社会现象的个人意见,如《请让孩子输在起跑线上》一文阅读量超过17万。总体上来看,其以博客为传播载体的博文多于博客原创作品,但其博客与韩寒、郭敬明和叶永磊的博客被称为"新浪作家四大名博"。

余华,2005年第一个在新浪开博客的作家,开通后的两个月其访问次数超过13万,其中一篇《一个作家的力量》,一周左右点击率过一万。截至目前其新浪博客共有139篇博文,主要有文学作品和艺术随笔、作品的前言和后记、作品海外情况以及与读者的互动,最后更新时间在2011年11月11日。后期没有博文更新(2010年4月开通的腾讯空间日志同样如此),目前主要在腾讯空间通过"说说"功能更新。

刘醒龙,最早在2005年10月开始发表博文,共发表158篇。2009年发表博文55篇,2010年21篇,2011年13篇,2012年6篇,2013年5篇。其内容有三部分组成诗歌、散文随笔和个人文事。"生命之上,诗意漫天"是刘醒龙在第八届茅盾文学奖颁奖会上的获奖感言,这种诗意和对生命的体验,也是其博文文字的特点所在。

周国平,开通新浪、网易和搜狐博客,三家博客博文内容同步更新,根据新浪博客统计其共发表401篇博文,其中2009年45篇,2010年至2012年各有50篇,2013年46篇。博文内容较丰富,包含散文、杂记、诗歌、评论、演讲稿、出版信息和与回复读者等,其网易阅读次数超300多万,新浪更是高达2500万,散文阅读点击率也过万,如《逆旅与聚散》和《与万物交谈》都是读者喜爱的文章。

第二,中年小说家博客。

毕淑敏,其博客开通时间较晚,2008年开通新浪博客,2010年才开通腾讯QQ空间,博文数量也较少,新浪博客更新了53篇,QQ空间仅有5篇,其中新浪博客09年仅更新13篇,2013年无更新,但其文章在QQ空间转载都过万,有访客留言称"文字温暖人心"。

北村,2006年开通新浪博客,2009年博文更新24篇,2010年更新36篇,2011年4篇,2012年6篇,2013年2篇。2009年来博文中连续更新了6部小说,《武则天》、《我和上帝有个约》、《望着你》、《被占领的卢西娜》和《长征》,以及短篇小说《嗜睡者》。

第三,青年小说家博客。

韩寒,其新浪博客访问次数超过5.9亿,腾讯QQ空间拥有204.6万粉丝,博文阅读次数篇均超过12万次,其博文多紧跟社会热点问题并发表相关评论,甚至"韩寒又骂什么人啦"已经成为博客新闻的一大看点。如2012年与方舟子大战的相关文章《人造方舟子》点击率过百万,其博文风格惯于犀利,如《操,你想怎样——几部电影的影评》、《谈革命》等。

安妮宝贝,2005年1月开通新浪博客"安的夜游园",截至目前访客超过3000万,2009年至今发表20篇博文,博文内容主要涉及出版作品情况、个人状态和散文随笔,其心情随笔内容多配有图片,以及图片内容解释,此类博文与微博文学极相似。

张悦然,开通了网易和新浪博客,网易231篇博文,新浪167篇,内容相似,关乎读书、旅行、活动、随笔和散文。文笔细腻悠长,如《25岁的选择》"25岁的选择并非是一劳永逸,它不过是通向一段或长或短的生命体验。"

冯唐,虽然开通了搜狐和新浪博客,但前者在2006年8月、后者在2010年6月都停止更新,其网易博客从2008年10月开通,坚持更新至今,从2009年到目前共发表125篇博文,其原创博文非常少,主要是其发表在各类杂志、专栏中刊载和纸质作品的上传。

第四,散文家博客。

刘亮程,2007年开通新浪博客"刘亮程的村庄",自2009年至今共发表博文56篇,内容主要关注在西北农村地区的所见所闻,构筑其"农村哲学"。另外,也转载他人关于自己作品的文学批评文章,如《刘亮程研究十年综述》、《刘亮程时间》和《刘亮程论》。

苏北,2006年开通新浪博客,作为金融文学的最早参与者之一,多次获得金融文学奖,其博客包括小说、散文和个人相关活动,2009年到现在更新近340篇博文,但原创博文较少,其中内容涉及汪曾祺先生的博文不少,如《汪曾祺的金钱观》、《舌尖上的汪曾祺》和《汪曾祺的白莲花》等。

第五,诗人博客。

于坚,2006年2月开通新浪博客,2009年发表博文32篇,2010年34篇,2011年27篇,2012年19篇,2013年14篇。博文内容以诗歌、旅行游记和作品出版情况为主,并多配有于坚自己的摄影作品,这种形式引起很多读者的效仿——"图文诗"。

翟永明,女诗人,2008年4月开通新浪博客,属于作家博客队伍中较晚开通的。但博文数量自2009年来已经发表160余篇,博客访问量也已经超过92万,而与个人诗歌紧密相关的仅有18篇,18篇中还有部分不属于原创博文诗歌,如《整理90年代的诗》等旧诗。

第六,网络写手博客。

南派三叔,2006年7月开通新浪博客,目前博客访问次数超过4451万,由于南派三叔个人身体原因,此博客博文于2012年11月7日已经停止更新,今年其已经将阵地转移到微信公众平台。

当年明月,2006年5月开通新浪博客,2012年5月博文停止更新,2009—2012年共发表博文126篇,三分之二的内容是更新刊载《明朝那些事儿》,已更新到第七部,其次是刊载读者的评论,博客访问量达2.3亿。2007年开通腾讯QQ空间,2012年5月同样停止更新。2007年开通网易博客,从2009年以来发表5篇博文,2010年11月停止更新。

天下霸唱,以《鬼吹灯》成名,在2006年开通新浪博客,2009—2012年只发表14篇博文,博文内容多为鬼神诡异故事原创,每篇博文的阅读量最高达11万,

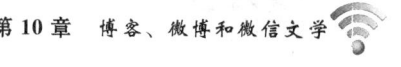

最低也有 1.5 万。网友称天下霸唱真能说鬼故事。

流潋紫,因其作品《后宫·甄嬛传》而名动网络。2008 年开通新浪博客,2009 年和 2010 年各发表 24 篇博文,2011 年和 2010 年各 10 篇,2013 年 2 篇,博文内容除《且行且珍惜》和《老歌》等心情随笔外,无一例外与《甄嬛传》息息相关。

第七,文学评论家博客

雷达,2007 年 4 月开通新浪博客,博文内容涉及散文、随笔、日记、作家作品评论和文学思潮等。2009 年发表博文 18 篇,2010 年 16 篇,2011 年 8 篇,2012 年 10 篇,2013 年 11 篇,其作品评价博文覆盖近 5 年获奖作品,如《平凡的世界》、《一句顶一万句》等,吸引了超过 160 万次的访问。

李敬泽,2007 年 6 月开通腾讯 QQ 空间,内容与其新浪博客相似,但于今年 3 月停止博文更新;2005 年 11 月开通新浪博文,目前已发表 162 篇博文,2009 年到目前截止发表 63 篇,内容包括个人随笔、作家作品点评和相关文学活动观点,其多篇博文对学术界影响较大,引起广泛评论和转载,如《庄之蝶论》。

张颐武,2007 年 6 月开通腾讯 QQ 空间,2008 年 8 月停止更新。2005 年开通网易、新浪博客,两博客更新内容一致。其紧跟时代、社会热点的博文深得读者喜欢,如 2013 年的电影从《泰囧》、《一代宗师》到《小时代》都有及时评论,社会热点"中国梦"、王林诈骗事件、国足和冯小刚导演春晚,也有深度思考,对于网络文学在 2013 年的发展,他多次发表相关博文,目前新浪博客已经吸引了超 1093 万的访问量。

3. 精彩博文举隅

1) 我说:"俺俩 PK 围脖童话吧,每篇不能超过 140 个字。"郑渊洁说:"你先来。"我说:"蜻蜓和蚊子原本是兄弟,体积一样。兄弟俩都靠吸人血生存。一日,蜻蜓目睹蚊子在吸血时被人打死。蜻蜓为自身安全,改为吃蚊子吸二手人血的方式谋生,而蚊子们一意孤行依然吃一手人血。结果截然不同:人类把蚊子定性为害虫,将蜻蜓尊崇为益虫。受保护的结果是蜻蜓的体积越来越健壮。"郑渊洁说:"动物界在每年除夕都举行生肖交替论坛,如去年除夕举行的是'牛虎论坛'。现在正举行'虎兔论坛',本围脖直播。马发言:'老祖宗也晕,为神马虎完了是兔,反差也忒大了,挺悲催的。'龙说:'咱祖先智商不软,老虎屁股摸不得的结果肯定是兔子尾巴长不了。'"①

2) 正在热播的反映高房价时代白领生活的电视剧《蜗居》,以其淫荡的台词吸引了无数观众的眼球。"人情债,我肉偿啦!现在开始步入职业二奶的道路!""你来咬我啊""我贱贱地爱上了你",但凡看过这部电视剧,而且生理机能又正常的人,这一声声令人酥麻的台词无不让人春心荡漾。在我们每一个人的身边,类

---

① 选自郑渊洁:《我和郑渊洁 PK 围脖童话》,http://blog.sina.com.cn/s/blog_473abae601017nsy.html,2011 年 2 月 23 日查询。

似《蜗居》的故事已经发生或即将发生。尽管我们没有像看电视剧那样直观地看到比电视剧里还要丑陋百倍的剧情,尽管我们没有耳濡比电视剧里的淫荡台词还要放浪千倍的声音,但凭中国人丰富的性想象力完全可以想象得到在那些灯红酒绿之下,森森豪宅之中,被包养的二奶喉管里发出的声音比《蜗居》里的女主人公呻吟出的还要龌龊……这就是一部《蜗居》值得人看的地方,悲剧就是将有价值的东西毁灭给人看,无论电视剧《蜗居》有再多的瑕疵,但敢于提示中国人生命困境的勇气就是该剧的闪光点。因此,与其说《蜗居》的淫荡台词是女人在叫春的话,倒不如说这是编剧在拿性的淫荡来讽刺社会生活中的丑陋。①

3)在任何专制体制下,都必定盛行严酷的道德法庭,其职责便是以道德的名义把人性当作罪恶来审判。事实上,用这样的尺度衡量,每个人都是有罪的,至少都是潜在的罪人。可是,也许正因为如此,道德审判反而更能够激起疯狂的热情。

据我揣摩,人们的心理可能是这样的:一方面,自己想做而不敢做的事,竟然有人做了,于是嫉妒之情便化装成正义的愤怒猛烈喷发了,当然啦,决不能让那个得了便宜的人有好下场;另一方面,倘若自己也做了类似的事,那么,坚决向法庭认同,与罪人划清界线,就成了一种自我保护的本能反应,仿佛谴责的调门越高,自己就越是安全。

因此,凡道德法庭盛行之处,人与人之间必定充满残酷的斗争,人性必定扭曲,爱必定遭到扼杀。②

4)你想让我活着/就先让我死去/在这里//你想让我死去/就让我活着吧//无论在任何一个地方/鬼都不会变成人/除了在这里//妖是用来做镜子的/平等用不平等来达到/永远还有更平等的事物//这里使用新的度量衡/有特色的道路/像十字架,只是像十字架//谎言重复一千遍就变成了谣言/谣言重复一千遍却变成了真理/真是神奇国家//在行政中心/更强烈的存在/是死//但不会使你的尸体更臻/巍然//你没有复活。③

5)这么多年来,一直是我脚下的流沙裹着我四处漂泊,它也不淹没我,它只是时不时提醒我,你没有别的选择,否则你就被风吹走了。我就这么浑浑噩噩地度过了我所有热血的岁月,被裹到东,被裹到西,连我曾经所鄙视的种子都不如。一直到一周以前,我对流沙说,让风把我吹走吧。

流沙说,你没了根,马上就死。

我说,我存够了水,能活一阵子。

---

① 选自凤凰网博报——2009年度最受关注的十大博客之秦建中的《〈蜗居〉的淫荡台词不是叫春是讽刺》,http://blog.ifeng.com/article/3536478.html,2009年11月19日查询。

② 选自周国平:《人性》,http://blog.sina.com.cn/s/blog_471d6f680100co2f.html,2009年3月15日查询。

③ 选自北村《这里》,http://blog.sina.com.cn/s/blog_488efcbb010199h2.html,2013年8月22日查询。

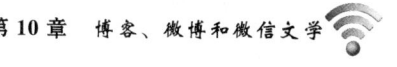

流沙说,但是风会把你无休止地留在空中,你就脱水了。

我说,我还有雨水。

我说,我会掉到水塘里的。

流沙说,那你就淹死了。

我说,让我试试吧。

流沙说,你怎么能反抗我。我要吞没你。

我说,那我就让西风带走我。

于是我毅然往上一挣扎,其实也没有费力。我离开了流沙,往脚底下一看,操,原来我不是一棵植物,我是一只动物,这帮孙子骗了我二十多年。作为一个有脚的动物,我终于可以决定我的去向。我回头看了流沙一眼,流沙说,你走吧,别告诉别的植物其实他们是动物。①

6)我不能替你去死,我的死亡不是你的。就像我不能为你而生。你被埋没的呼吸谁也无法延续。你被埋没的生命谁也不能拾起。你闭住的眼睛里那个曾经的世界被谁关闭。你腐烂的手心中那截紧握的铅笔我想替你收起。

死者,你遭遇地动山摇的死亡,你无能为力。你有房子,房子塌了。你有路,路埋了。你有亲人,亲人不见。死者。有多少人和你一起你知道吗?有多少人在赶赴的路上你知道吗?死者。你此刻的权利是不喊不说。你永远的权利是不喊不说。

人间的楼房塌了,人间的人埋在瓦砾中。再远的灾难都离我们很近。再近的死亡我们都无法追上。那些奔赴灾区的人,还在废墟中苦苦找寻的人,挪开水泥块和沉重的死者,营救出又一个顽强生命的人,死者需要什么?

我住在人间的另一处楼房里,和你曾经的居所一样。人间的楼房有许多没塌,人间的路还有许多人在走。这样的死亡原本为全人类而准备,你遭遇上了。这样的死亡亦不能告诉我们死亡的真相。

此刻我远在乌鲁木齐的街道上,我唯一能做的就是停下,头低下。②

7)帝国的终端/河流赶着冰雪走下喜马拉雅山/群峰下 疯狂的狮队在撕扯平原/神在哪儿 文明不停地争辩/语言精疲力尽 青铜舌头上密布花纹/印度庙有印度庙的熔炉/清真寺有清真寺的白布/沙睡在沙子里 骨头睡在石头中/哦 躺在菩提树下的又是何人/他好困 河岸上烟雾滚滚/十万香客跟着一头牛走/沐浴者与燃烧者都赤裸着/那一天我看见永恒之河穿过瓦拉纳西/我想立地成佛 也想跟着那位晾衣的赤脚妇/走进她的藕色被单。③

---

① 选自韩寒:《无题》,http://blog.sina.com.cn/s/blog_4701280b0102elmo.html,2013 年 9 月 27 日查询。

② 选自刘亮程《哀悼日——给死者》,http://blog.sina.com.cn/s/blog_4df3d77b0101jpuj.html,2013 年 4 月 27 日查询。

③ 选自于坚:《瓦拉纳西》,http://blog.sina.com.cn/s/blog_4889207c0101ejbz.html,2013 年 12 月 21 日查询。

8) 很多时候,爱是不必言说的。

或许连温实初自己都没有意识到,自己与眉庄一日日的相处里,情意早已超过了对青梅竹马的甄嬛。直到连卫临都以为实初一味味斟酌着用药是为甄嬛时,实初才醒觉,这样的用心,只对眉庄。

也是,年少时的向往,未必是一生的追求。天长日久的漫长相伴,远胜于青葱时的懵懂。

诚如你所想的,身为太医的实初,怎会尝不出那一杯暖情酒的异样。

心甘情愿服下的,何止是一杯暖情酒,更是长久以来未能也不敢鼓起的一份勇气。……

这样漫长而默默的爱情,也许不算惊天动地,但在生命最后的眉庄,得到实初如此肯定的回应,在他怀中含笑而逝,一定是无比幸福的吧。

这样的幸福,哪怕只有一瞬,在后宫之中,也实在太难得了。所以《甄嬛传》,总比《如懿传》的底色更温暖一些。

所以也最最喜欢这句话,安能展眉如初。①

9) 还有一个疑问也许是存在于每个人心头的:为什么自上世纪九十年代中期以来,长篇小说一直热度不减?它被人称为"第一文体",中国文学仿佛突然进入了"长篇时代",除了大量单行本行世,还有专发长篇小说的大型期刊,有些刊物办起了长篇小说增刊或选刊,还真能缓解一下经济困境;在文学类读物中,长篇小说忽然成了最有市场号召力的产品。出版者一面慨叹发行困难,一面仍保持着年产千部以上的数量。人们极不满意长篇,甚至以垃圾蔑视之,但某些长篇小说又始终是读者、公众或网民们各抒己见,聚讼纷纭的对象。这究竟是一种人为的虚张声势,还是别有深刻的原因?当然,国家意志曾对长篇小说有所提倡,长篇小说的进入市场化运作也有点如鱼得水——从古以来,市民趣味总是最能刺激小说发展的催化剂。可这一切并不足以说明问题。在我看来,最根本的原因在于需要——时代的精神需要,书写中国经验的需要。中国现当代一百年,历史的曲折,民族的磨难,个人的记忆,真是厚积如山,今天急剧变革的大落差,让人感慨万端,好像许多东西到了不能不用长篇这种文体书写的时候了。多少年来,我们一直动荡,某些隐秘的经验或体验一直不允许动用,而中短篇小说又无法承载这样大容量表现复杂的中国经验。所以长篇多了,写长篇的人多了。这可能是诸多原因中最重要的一个原因吧。不过,今天倾诉百年中国经验的迫切需要与今天浮躁时代的干扰又构成了冲突,不利于杰出作品的产生。②

附: 精彩博文链接

[1] 郑渊洁:《请让孩子输在起跑线上》,http://blog.sina.com.cn/s/blog_

---

① 选自流潋紫:《安能展眉如初——爱是一件漫长的事》,http://blog.sina.com.cn/s/blog_4a8ccbd30102e25p.html,2012年4月26日查询。

② 节选自雷达:《近三十年长篇小说审美经验反思(下)》,http://blog.sina.com.cn/s/blog_4cd60ad60100bp2e.html,2008年12月17日查询。

473abae60102dyai. html.

［2］余华：《罗伯特·凡德·休斯特在中国摁下的快门》，http：//blog. sina. com. cn/s/blog_467a32270100l0o3. html；《我们的安魂曲》，http：//blog. sina. com. cn/s/blog_467a32270100vwgw. html.

［3］刘醒龙：《生命之上，诗意漫天》，http：//blog. sina. com. cn/s/blog_46cd54b50100u0j0. html；《在母亲心里流浪》，http：//blog. sina. com. cn/s/blog_46cd54b50100hm5l. html.

［4］毕淑敏：《〈红处方〉被删节部分：吸毒者最初的快感》，http：//user. qzone. qq. com/622008663/2.

［5］安妮宝贝：《看花》，http：//blog. sina. com. cn/s/blog_45456f800100hi8q. html.

［6］陈跃然：《25岁的选择》，http：//zhyueran. blog. 163. com/blog/static/1152403672013386120454/；《风雪夜归》，http：//blog. sina. com. cn/s/blog_3de20b180100fqzz. html.

［7］苏北：《舌尖上的汪曾祺》，http：//blog. sina. com. cn/s/blog_4897e12f0102e7tk. html.

［8］翟永明：《2005年的诗：关于网络世界》，http：//blog. sina. com. cn/s/blog_518b17d401015g76. html.

［9］天下霸唱：《〈河神〉之外的"鬼水"奇闻》，http：//blog. sina. com. cn/s/blog_48c95ee90102ew7c. html；《我在听谁讲故事：灵戏》，http：//blog. sina. com. cn/s/blog_48c95ee90100drtf. html.

［10］雷达：《欲望时代的女性出路》，http：//blog. sina. com. cn/s/blog_4cd60ad60100bwfa. html；《当今文学的自觉与自信》，http：//blog. sina. com. cn/s/blog_4cd60ad60102ea10. html.

［11］李敬泽：《庄之蝶论》，http：//lijingze. qzone. qq. com/2；《鱼与剑》，http：//blog. sina. com. cn/s/blog_474002d30100u05u. html.

二、微博文学

1. 微博和微博文学的发展

（1）微博近五年的发展

2006年7月15日，美国twitter正式推出微博，微博开始在全世界"时尚"开来，并逐渐扩散到中国。2007年5月12日，中国第一家带有微博色彩的饭否网上线，成为微博在我国发展的开端；2009年8月28日新浪网推出"新浪微博"内测版，成为门户网站中第一家提供微博服务的网站；2009年12月14日搜狐微博上线，2009年12月22日人民微博上线，2010年1月20日网易微博上线，2010年4月1日腾讯微博上线……目前新浪、腾讯、网易和搜狐也被称为"微博四大家"。

  2009年微博还只是一个新鲜的词语，短短几年的发展其影响力远超预料：2010年新浪和搜狐的微博大战，搜狐张朝阳11月中旬在微博上发布"it is a good day，微博之战开打"，宣告了加入微博战场并亲自督战；2011年的郭美美事件引发网友对中国红十字会的热议和质疑，有关郭美美的讨论新浪微博超过980万条；根据网络写手桐华的同名原著改编的穿越剧《步步惊心》，其微博讨论话题近1700万条，《步步惊心》作客微访谈，提问数高达179297次，刷新了微访谈的最高纪录①。2012"伦敦奥运会"以近4亿提及量位居新浪微博年度热门话题首位；"无苦逼，不屌丝，无屌丝，不欢乐"、"做自己的屌丝，让高帅富们忧桑去吧"，2012年"屌丝"以超过1.5亿位居微博提及量第二位。② 2013年由同名小说改编的电影《致我们终将失去的青春》上映后位居新浪五月热点话题榜首，热议度达13 448 277次；网络新词"土豪"，席卷网络圈，截止9月，以"土豪我们做朋友"，在新浪微博的热议度达523 477，热搜度为3041次③。

  微博如此大的影响力，来源于浩大的微博用户。根据中国互联网络信息中心（CNNIC）先后发布的中国互联网络发展状况统计第26、27、28、29、30、31、32和33次报告，近五年来我国微博用户数量呈现出先急剧增长后大幅减少的趋势。以下是2010—2013年我国微博用户和手机微博用户规统计情况：

2010—2013年我国微博用户与手机微博用户发展情况汇总表

数据截止时间	微博用户规模	使用率	手机微博用户规模	手机微博使用率
2010年12月	6311万	13.8%	/	15.5%
2011年06月	1.95亿	40.2%	/	34.0%
2011年12月	2.5亿	48.7%	1.37亿	38.5%
2012年06月	2.74亿	50.9%	1.70亿	43.8%
2012年12月	3.09亿	54.7%	2.02亿	48.2%
2013年06月	3.31亿	56.0%	2.30亿	49.5%
2013年12月	2.81亿	45.5%	1.96亿	39.3%

  从以上数据可以看出，微博在中国最为活跃是时期是2010年和2011年，并已经成为网民获取信息、交流和发表舆论重要平台之一，它满足了人们弱关系的社交需求，并且逐渐成为大众化舆论的重要途径之一；2012年微博的发展进入一个相对平稳的时间，且手机微博用户增长态势良好，越来越多机构及公众人物也都通过微博来发布或传播信息，作家们也不例外，微博尤其成为网络写手与粉丝

---

  ① 新浪科技：http://tech.sina.com.cn/i/2011-12-14/07256495035.shtml，2011年11月4日查询。
  ② 新浪科技：http://tech.sina.com.cn/i/2012-12-19/13447902817.shtml，2012年12月19日查询。
  ③ 新浪微博数据中心，http://data.weibo.com/report/。

互动的"宝地"。调查显示"2013年中国新增网民中使用手机上网的比例高达73.3%，远高于其他设备上网的网民比例，手机依然是中国网民增长的主要驱动力。"① 值得注意的是，近一年来活微博用户的活跃度下降比例大于活跃度提高的比例，最严重的问题是微博的高端用户变动非常剧烈，目前统计仅有十分之一的人活跃度提升，对于微博文学发展较为不利。

(2) 微博文学近五年的发展

微博即微博客（MicroBlog），"是指140字的微博客服务，昵称'围脖'。微博客是一种非正式的迷你型博客，它是新兴起的Web2.0的表现形式，可以及时发布和接收消息。它最大的特点就是集成化和API开放化，可以通过移动设备、IM软件和外部API应用等多种途径向微博服务商发布消息"② 李存先生认为微博文学是"具有俳句体的凝练传神、即时化的个性表达、集聚式的实时互动特质的一种新文体"。③ 微博在内容上对篇章字数进行了限制，这给文学爱好者带了新的"玩法"，诸多文学性微博名帖、微博文学写手也趁着微博发展的良好势头，大量涌现，如何在140字内完成一首诗歌、一篇散文甚至一部小说的创造，在文学写手和爱好者的共同努力下，形成了很多具有微博体特色的文学作品。

从近五年来的情况看，微博文学的发展历经了初探期、发展期、急剧成长期和平稳期四个阶段。

微博文学初探期（2007年5月—2009年8月）：从我国第一家具有微博特性的网站饭否网上线开始，随后有嘀咕网、滔滔网、做啥网和叽歪网等陆续开通，这一时期用户们"践行"的事如Twitter的标语"What are you doing?"，主要借用平台记录琐碎生活、抒发心情和思索，虽这些内容都不能称为文学，但正是这种气势浩大的书写吸引了各大网站开发微博，并刺激草根开始创造网络文学。2009年8月新浪微博内测版的上线，将微博文学"带上道"。

微博文学的发展期（2009年8月—2010年10月）：发展主要体现在三个发面，一是微博文学草根写手、作家微博和微博客服端数量的急剧增加。在微博写手中最早被注意到的就是草根写手，2009年11月25日《南国都市报》刊登了"十大草根微博"：@胡淑芬（女）、@赵子墨、@白二少（女）、@妖娆男、@染香（女）、@传说哥、@吕小妍（女）、@刘清华；@千景（女）、@冰克尔。截止到2010年1月，根据相关统计，已有223位作家开通微博，④ 以青年新锐作家和网络写手为主，传统作家一小部分也紧跟信息步伐，与此同时四大网站也都在09年期间建立微博网站。二是微博文学作品开始走红。第一部微博小说《围脖时期的爱情》出炉，得到新浪官网推荐；由陈鹏从2010年5月开始在腾讯微博创作的《eilikochen京都生活记》，成为中国首部及时纪实性连载微小说，这时期还有

---

① 中国互联网络信息中心：《第33次中国互联网络发展状况统计报告》，2014年1月16日查询。
② 欧阳友权：《网络文学词典》，世界图书出版公司2012年版，第246页。
③ 李存：《微博文学的定义、发展、类型及特征》，《贵州社会科学》2010第10期。
④ 中国互联网络信息中心：《第33次中国互联网络发展状况统计报告》，2014年1月16日查询。

《2020》、《沧海桑田》等，为 2011 年微博文学大丰收开启大门。三是微博文学活动此起彼伏。据统计，2009 年 6 月红薯网举办了"和 Ta 在夏天的日子里"微文大赛，7 月齐鲁手机报和众众微博联合举办"众众杯"微博小说大赛；8 月新浪举办"旅游在海南"微博征文；10 月首届 My Space 聚友网 9911 微博客举行小说比赛；11 月《中华文学选刊》召开微博文学座谈会并增办"微博精选"栏目。其次微博作品也开始以图书出版，如《微博精选》、《读书微博》、《一个都不正经》。[①]

微博文学的急剧成长期（2010 年 10 月—2011 年 12 月）：2010 年 10 月 15 日新浪微博推出首届微小说大赛，据主办方新浪微博统计，该次大赛收到了网友创作的 23 万篇作品，相关微博数超过了 160 万条[②]，体现出微博文学的发展渐入佳境。2011 年是微博体爆棚的时候，2011 年最流行的十大微博体分别有淘宝体、TVB 体、咆哮体、海底捞体、扫地老太太体、见与不见体、小明体、撑腰体、文艺青年体、不相信爱情体。这时期微博文学的急剧发展的主要原因之一是微博用户增长空前膨胀，带来了宽阔的文学市场和普遍的阅读需求。微博的急剧增长最鲜明的表现是微博作品的大量出版，如《围脖时期的爱情》2011 年 3 月已由沈阳出版社出版，2011 年 5 月光明日报出版社的《大头条》与读者见面，这是国内以微博为媒介进行新闻事件报道的第一本作品，2011 年 5 月 1 日新星出版社推出《精神病学院毕业生》、2011 年 7 月 1 再推出《爸爸爱喜禾》，2011 年 7 月 11 日中信出版社以微博体出版的《非常道 II》，文化艺术出版社 2011 年 7 月出版宋英杰的《哪片云彩会下雨》等等。"截至 2011 年 12 月底，我国微博用户数达到 2.5 亿，较上一年底增长 296.0%，网民使用率为 48.7%。微博用一年时间发展成为近一半中国网民使用的重要互联网应用。"[③]

微博文学的平稳发展期（2011 年 12 月至今）：进入 2012 年，伴随微博用户的相对稳定和新鲜感的降低，微博文学进入一个相对平稳的发展时期，在这期间微博文学的文学类型基本定型，主要创作集中到内容上。与此同时，部分微博作品走上荧屏，如《围脖时期的爱情》在 2012 年被改编成电影，闻华舰担任出品人兼编剧。2013 年 10 月，一条长微博《与我长跑十年的女朋友就要嫁人了》被广大网友热传，著名导演陈国富已买下了这个故事的电影改编权，据悉影片将于今年下半年开机。另一方面，关于文学真假问题——韩寒 VS 方舟子在微博上对战了一番，从 2012 年 1 月 15 日麦田质疑韩寒作品代笔，之后方舟子强势插入，该事件波及面之广，被网友称为"在微博史上，前无古人，估计后无来者。"

2. 微博写手

（1）小说家微博

莫言，2009 年 12 月 21 日开通新浪微博，截至目前其粉丝数为 4 112 933，微

[①] 李存：《微博文学的定义、发展、类型及特征》，《贵州社会科学》2010 第 10 期。
[②] 张伊：《碎片化时代的新阅读方式，能否成为新的市场》，《中国图书商报》2011 年 5 月 10 日。
[③] 中国互联网络信息中心：《第 29 次中国互联网络发展状况统计报告》，2012 年 1 月 3 日查询。

博内容较少,主要关于其文学创造和出版情况及其博客内容链接。其中被广泛关注的两条是莫言对于微博文学的见解,"微博的社会意义不须我说,作为一种新的文体,即便从文学的角度,假以时日,依然可能产生传世作品。唐诗的绝句,五言20字,七言28字,依然产生了许多传世之作,何况140字的微博。"(2012-8-19)

阿来,已开通腾讯微博和人民微博,其腾讯微博粉丝数达 535 904 6。微博内容丰富多彩,有游记、生活思索和社会现象评论,最为粉丝喜爱的还是他的文学微博,阅读量基本超过10万。

严歌苓,开通了腾讯微博、搜狐微博和新浪微博。人气较高的是腾讯微博,粉丝数超过37万,不过,其搜狐和腾讯微博相继在2012年6月底停止更新,之后更新内容都集中在新浪微博上。微博内容主要是对自己文学活动的公布,如近期出版书目、采访活动和她相关的媒体消息,以及回答粉丝提问。

余华,已开通腾讯微博,粉丝数达 15 178 783,在传统作家中其粉丝数量可谓壮观。其微博也被粉丝们不定期搜集、整理成"余华微博集锦"等。微博内容包含对社会现象的剖析等,与其小说一样精辟、犀利。如"昨晚在暨大演讲,有同学问我《活着》改编电影时什么事情印象深刻?我说这是18年前的事了,还记得当时张艺谋时常说原作里的什么细节要改动,审查才能通过。看他胸有成竹的模样,心想他如此了解共产党,对他十分钦佩。可是张艺谋拍摄完成电影后,审查还是没有通过。我不再钦佩张艺谋,我钦佩共产党了。"(2011-10-14)

池莉,开通腾讯微博,粉丝数接近600万,微博内容较为丰富,对社会各类现象都有自己的见解,比如2013年12月对于张艺谋超生、曼德拉去世、大妈讹诈外籍男等事件,都有所议论,并在微博上创造了一些文学作品。

麦家,开通了腾讯微博、网易微博和新浪微博,内容上大致相同,三家微博粉丝数量都较高,其中腾讯微博超过1200万。微博中不定时发布些短小精悍的微博,如"心脏是一座有两间卧室的房子,一间伴着痛苦,一间住着快乐;人得意之时不能笑得太响,否则会吵醒隔壁的痛苦。"(2013-12-04)

王跃文,开通腾讯、新浪和网易微博,网易微博2012年底停止更新,新浪和腾讯微博内容相似。其微博内容多以自己作品的宣传、出版和生活所思所感居多。其中关于其在老家湘西溆浦的部分微博清晰、动人,多配照片说明。

郭敬明,开通新浪微博,粉丝数截止12月31日达 26 290 056,腾讯微博粉丝也达到了 25 197 342,其粉丝数量之高与其微博内容也有着关联,其内容既包含新书内容和推荐,也包括近几年公司的发展情况。

韩寒,开通新浪微博,粉丝数超过3000万,腾讯微博粉丝接近1500万,网易微博粉丝也超过了1390万。微博内容离不开他的文学,如长微博《太平洋的风》,赛车活动和与书迷、粉丝的互动。

(2) 诗人微博

于坚,目前已开通新浪微博和网易微博,网易微博粉丝高于新浪微博,新浪微博内容更为丰富。内容多为他的诗、诗集、美术以及与诗歌相关文学活动与

评论。

席慕容,开通新浪、腾讯微博,新浪微博粉丝达180多万,其内容主要节选已出版诗歌中的部分诗句、回答读者提问和诗化的心情,如"夜是温婉的姑娘,不吵不闹,静待黎明。"(2013—11—26)

汪国真,开通新浪、腾讯和网易微博,三家微博粉丝都在百万以上,腾讯更是高达500多万。微博内容多是汪国真通过微博媒介创作的诗歌,"任你弱水三千/我手中的一瓢/便是整个的楼兰//我不敢背弃当初的诺言/是害怕后来的一切/变得那么不堪//人贵在安宁的生活/凭什么让别人的一根鱼竿/却把自己静谧的水面搅乱"(2013—8—4)

赵丽华,开通腾讯、网易和新浪微博,粉丝数以新浪微博最高,达78万多,微博内容已不再是当年名噪一时的"梨花体",有了更多了如普通人的旅行照片、生活琐记和网络趣事分享,腾讯微博在2010年开通之初也有小部分微博文学作品。

北村,2009年8月16日开通新浪微博,其微博粉丝26万以上,对于社会现象和电影相关的微博内容较多。

(3) 文学评论家微博

张颐武,开通了腾讯、搜狐和新浪微博,前两家粉丝数量都在300万以上,后者达600多万。其以"年轻时"为开头的微博近350条,有网友调侃张颐武为微博"年轻体"忠告家。其微博内容也较多评论网络文学发展问题。如:"纯文学、类型文学、网络文学三分格局。追求复杂技巧、人性探索的纯文学,虽然小众,但够运作。它的总量并未减少。而且,这些年来政府支持的力度也不断加强。与此同时,类型文学和网络文学是新增出来的板块,并且在不断壮大。纯文学并没有缩小,只是没有增量。并不是文学总量缩小。"(新浪微博2013—12—9)

葛红兵,开通了新浪和腾讯微博,目前粉丝数均在30万以上,其微博内容游记期间更新比较频繁,每到兴致之处,必有诗词,如"朝辞铜陵夜金陵,日在雾里月在霾!飞机不送厌尘客,又忆澄迈在瀛洲!"(新浪微博2013—12—08)、"从此不问生死,只讲来世往生!从此不求逸乐,只求法喜充满!从此不问外物荣辱,只愿内心空寂了脱!——访法华学问寺夜归"(新浪微博2013—11—12)

鲁国平,网络评论员,开通腾讯、新浪、网易和搜狐微博,四家微博内容基本相似,四家粉丝数量相差较大,腾讯有30多万,网易仅有5000多。其微博内容较杂,各种类型都有。

(4) 网络写手微博

唐家三少,开通腾讯微博,粉丝数接近190万;开通新浪微博,粉丝数超过267万,在新浪微博活跃度更高,截止12月31日广播近三千条。其微博主要是和书迷们沟通的主要途径,沟通的内容以最新书籍内容的讨论、出版书目的情况和特色活动通知为主。

宁财神,作为"网络三驾马车"之一,开通了新浪微博,粉丝数高达664万。其微博内容较为风趣,常博得无数赞。如"好久没刷微博,刚才仔细看了一圈评论,我……居然也有女粉丝了,而且长得都不赖,大清早的差一点泪奔,陷入了深深的迷惘,先给谁发私信呢?"(2013-12-3)发表数小时不到,点赞超过五千。

天蚕土豆,开通网易、新浪和腾讯微博,网易人气最高,超过133万。天蚕土豆坚持更新微博,内容上自然比较多而杂,和其他网络写手一样主要是书目更新交流和行踪博文。

血红,原名刘炜,开通新浪和腾讯微博,网络玄幻领域最具人气的作家,目前粉丝仅有三万多人,但这并不影响其网络小说的阅读市场和销售市场,血红位居第八届中国作家富豪榜品牌子榜单——"网络作家富豪榜"探花。

六六,已开通腾讯和新浪微博,其新浪微博的粉丝已经超过922万,在网络写手中相当不懒。六六除了当年的《蜗居》改编为电视红极一时,今年3月以来,六六以微博战"小三",受到极大关注。

慕容雪村,开通了网易和腾讯微博,慕容雪村对历史显得情有独钟,在其腾讯微博中有大量原创和转发(常转发腾讯微博号为:作业本),内容大多与历史相关,言辞犀利。2011年5月18日慕容雪村在微博发布《给盛大的一封公开信》,引起网络一片哗然,成为微博维权的一件大事。

闻华舰,开通新浪、腾讯和网易微博,微博第一部小说《围脖时期的爱情》的作者。一直活跃在微博上,微博更新较多,内容丰富,不过目前新浪粉丝数不足10万。

3. 微博名帖

(1) 微博小说体名帖

① "83:感觉等于爱情吗?错!感觉只是爱情的基本前提。爱情是什么?是你看我时我激动的心跳;是强吻时我承认自己是流氓的幽默;是追你时说你是心肝是宝贝的感动;是做爱时说你是女巫是妖精是骚货后你的快感;是叮当做响的锅碗瓢盆油盐酱醋茶;是常来常往的三姑六婆二舅大姨妈……"(节选闻华舰微博小说《微博时期的爱情》)

② "110:昨回家路上听到有人说梦想有关的话题。忽然让 eilikochen 自己又多了一丝丝的感慨。勾起了对于梦想的……也彻彻底底的让自己觉得自己还有梦想。还有幼时的那……还记得吗?那近似于童话般的梦想。在洗澡后躺在床上,闭眼心里默默对着自己说:♯梦想♯!♯晚安♯!"(节选陈鹏微博小说《eilikochen 京都生活记》)

③ "一个初冬的深夜,空旷的垃圾场。明天是丢弃大型梦想的日子。每个人都会到这里来,丢弃自己伤痕累累的梦想。今夜,一个男子来到这里,与他成为棒球选手的梦想诀别。过了不一会儿,一个老人出现了:'这个看上去还能使。'老人一边将那个梦想装入大口袋,一边朝着驯鹿的耳边喃喃道:'你们说,把这个梦想放在哪个孩子的枕边呢?'"(选自日本超微小说辻仁成的《喃喃自语的人们》)

④ "妻子意外坠楼死了。丈夫获得了高额赔偿金。一年后再婚。新婚的早上,

丈夫叮嘱妻子，阁楼很危险，千万不要去。这样的话，丈夫几乎每天都说一遍。妻子不禁怀疑起来。终于，妻子找机会悄悄来到阁楼，开门，进入，接着一脚踏空，坠楼而死。不久后，丈夫获得了高额赔偿金，一年后再婚。"（选自首届小小说微博客大赛的参赛作品）

⑤"她车祸去世后，他思念万分，利用时光机回到过去，阻止惨剧发生。机器出了差错，比预定时间早了几分钟。他拿出钥匙开门，听见卧室传出她的娇喘和男人的声音。她手机响了，他记得这是他打来的。'我得走了，我男人催我呢。'。他听着，恼羞成怒，出门偷了一辆车，看着急匆匆的她，一脚踩下油门。"（选自首届新浪微博微小说大赛获奖作品）

⑥"父亲是一名退役军人，每天早上六点都会起床看报纸。我终于按照他的意愿考上了省外的一所重点军校。早上七点火车就要开了，六点起床，父亲还是在看着报纸，连一句注意身体之类的话都没说，我拿起行李失望地准备离开，关上门那一刻，眼泪瞬间流出来，原来父亲手中的报纸拿反了。"（选自新浪微博第三届微小说大赛特等奖良风阁的作品）

（2）微博诗歌体名帖

①我从眼睛里 读懂了你 你从话语里 弄清了我 含蓄是一种性格 豪放是一种美德 别对我说 只有眼睛才是 心灵的真正折射 如果没有语言 我们在孤寂中 收获的只能是沉默……（选自汪国真腾讯微博，2010－6－22）

②避雨之树 寄身在一棵树下 躲避一场暴雨 它用一条手臂为我挡住水 为另外的人 从另一条路来的生人 挡住雨水 它像房顶一样自然地敞开 让人们进来 我们互不相识 一齐紧贴着它的腹部 蚂蚁那样吸附着它苍青的皮肤 它的气味使我们安静 像草原上的小袋鼠那样 在皮囊中东张西望 注视着天色（选自于坚新浪微博，2009－9－7）

③男孩在西岗/用稚嫩的双手撒网/收网时，一条条/白色青色鱼/经他的手放入他的鱼篓/而我在东港/用充血的双眼撒网/收网时，一页页/屈辱悲怆史/经我的眼注进我的胸腔（选自冲浪杯全国微诗大赛获奖作品王干荣的《旅顺港》）

④白纸铺成的暗道，通向一道门/谁拿着那把万能钥匙？/那里住着祭祀女神。变换的修辞/落下蹄印——/一些被废除的词，正通过/验证（选自中国首届微博微诗大赛冠军作品宫白云的《历史》）

（3）微博散文体名帖

①我曾经用"肉体的迷宫"来评价川端康成的某些描写。我最初接触他作品时还年轻，还没有真正触摸过女性。川端康成如醉如痴地描绘了女性肌肤的光泽和女性肉体的奇妙。让我阅读时无限遐想又无比向往。后来与女性有了身体接触，才知道川端康成骗了我，准确说是文学骗了我。（选自余华新浪微博，2011－04－20）

②那一天，你为天涯，我为海角，两两相望，不能相依的绝望；那一世，你为明月，我为清泉，形影相错，不能交织的缘错；那一生，你在清水河畔，我在奈何桥旁；你浅浅的眉间，深深的呼唤，我淡淡的眼神，浓浓的情深。三生华发，

一生牵挂，我们终究不是童话，与你，只是我倾情一生错过的漫画。（选自席慕容腾讯微博，2013－12－3，引自东北神汉《领魂人》）

(4) 微博剧本体名帖

①姚晨：给闫妮童鞋（注：同学的意思）打电话经常无人接听，隔日她老人家倒是会打过来问：老姚，前两天你给我打电话啥事啊？我无奈：妮，我要是哪天遇到劫匪，真不能给你打电话求救，等你再打过来，估计我已经被碎尸了。（选自姚晨新浪微博11月23日）

②最新童话：白俄一狐狸开枪打伤猎人逃走。印度斗鸡弑主逃走。今我野外散步，见一大树被风雪摧垮，鸟巢却完好。我问鸟儿：小小鸟巢何以如此牢固？鸟答：鸟巢不牢固我还是鸟么？那我就是鸟人了。（选自池莉腾讯微博，2011－1－23）

③大妞："你看看你穿的衣服，整个一个农村赶集的妇女。还敢把照片往微博上放。"赵丽华："没那么严重吧，中年妇女里面，我还勉强过的去的。"大妞："走，跟我上街，我打扮打扮你。"逛了一下午，给她买了很多衣服鞋子，我啥也没买。她安慰我："女人过了30，就算完了。你得认命。"（选自赵丽华腾讯微博，2010－4－23）

三、微信与文学

"如你所知，微信不只是一个聊天工具，一切从照片开始，你拍了一张照片你就拥有了自己的相册，你可以记录每天的生活瞬间，朋友在给你拍照时甚至可以同时把照片发到你的相册，在朋友圈你可以了解朋友们的生活，如你所见，微信是一个生活方式。"这是腾讯微信4.0版本的宣传语。毋庸置疑，腾讯微信最初仅是腾讯的自救产品，而短短三年里，其强大的市场优势掀起了即时通讯市场更新的巨浪，更被外界称为腾讯的"移动互联网船票"。微信不仅挑战了移动物联网时代移动通讯行业的经济运营模式，同时也丰富了即时通讯的服务功能和信息传播方式，为网络文学在手机终端的发展提供了新平台。对于微信、微信与文学的未来，现在要定论，的确为时过早，且争议性很大。但我们能从其现在的状况和发展中找到点燃未来的星星之火。

1. 微信及作家微信

(1) 微信及其发展状况

2011年1月21日，腾讯推出了通过移动互联网快速发送语音短信、视频、图片和文字，支持多人群聊的手机聊天软件产品"微信"，微信借助用户通讯录和用户位置信息，与二维码业务相结合，成为融合通信、娱乐、生活、商务需求的新型信息服务和传播平台。[①] 微信软件本身完全免费，使用任何功能都不会收取费

---

① 袁琦：《2012年中国通信产业十大关键词点评文章（十）微信》，《数据通信》2013年第3期。

用,使用微信时产生的上网流量费由网络运营商收取。同时,从 2011 年 1 月 21 日腾讯公司推出微信以来,根据手机市场不同的应用软件平台 Apple、BlackBerry、Android、WindowsPhone、Symbian,腾讯不断推出更新版本,目前也已经推出了网页版微信;与此同时,2011 年 4 月,微信以 Wechat 之名正式进入国际市场,同年 10 月开发使用繁体中文语言界面,并且增加了港、澳、台、美、日五个地区的用户绑定手机号,加入英文语言界面,并在 12 月份实现了支持全球 100 个国家的短信注册。与微信同类型的移动 IM 即时通讯软件还有:国内小米公司推出的米聊,中国移动飞信升级版的飞聊、中国电信的翼聊、中国联通的沃友、陌陌、友加,国外有日本的 LINE、美国的 WhatsApp、韩国的 Kakao Talk 等等。

  从用户使用的统计数据上来看,目前微信的发展态势良好。在 2013 年 1 月 15 日也是微信开通二周年之际,微信官方公布总用户数突破三亿。在 2013 年 7 月 3 日举行的腾讯合作伙伴大会上,"腾讯总裁刘炽平宣布,微信(WeChat)的海外用户已超 7000 万,微信已经进入了马来西亚、泰国、印度、印尼、中东和墨西哥等国市场,且在墨西哥等国家的份额已经成为第一。随着近期在海外的发力,微信目前的总用户量估计在 4 亿 5 千万左右"[①]。"而在此过程中,微信在中国大陆之外的竞争对手,美国 WhatsApp 在 6 月 20 日宣布每月活跃用户超过 2.5 亿,日本 Line 在 5 月 2 日宣布用户达到 1.5 亿,韩国 Kakao Talk 在 7 月 2 日宣布用户数达到 1 亿。"[②] 微信在全球范围内的发展速度,相比美、日、韩目前的 IM 软件,要获得成功还是任重而道远。但不可否认,微信较好的发展势头已经引起国内三大移动通信运营商的高度重视和警惕,今年 4 月份以来针对微信收费与否问题,引发了关于微信的"信令风暴"问题,中国移动研究院官方博客在 4 月 23 日发表《微信收费究竟挑战的是什么》,文章表示,对于运营商来说,如果能正确引导这场"微信战争",将获得宝贵的财富,否则运营商的生存环境将更加艰难,更难以逆转形势。微信相对微博而言,作为即时通讯其优势得到了广大用户的认可,"从具体数字分析,2013 年微博用户规模下降 2783 万人,使用率降低 9.2 个百分点。而整体即时通信用户规模在移动端的推动下提升至 5.32 亿,较 2012 年底增长 6440 万,使用率高达 86.2%,继续保持第一的地位"[③]。

  微信如此强劲的发展动力,根源上在于其简单而意义深刻的功能。其一是语音、视频、图像为一体的即时交流功能,这打破了飞信等软件按信息量收费的局面及和音频信息不可同时交互的不足;其二微信具有良好的稳定性,一方面是交友的来源相对稳定,主要来自手机通讯录和 QQ,当然不排除"摇一摇"、"附近的人"和二维码,另一方面分享信息的接受范围相对稳定,因为微信设置的朋友

[①] 周璞:《腾讯:微信海外用户数量已超过 7000 万》,http://soft.zol.com.cn/383/3835471.html,2013 年 7 月 3 日查询。

[②] 黄龙中:《微信将在今天更新一组用户数据》,http://www.ifanr.com/309830,2013 年 7 月 3 日查询。

[③] 中国互联网络信息中心:《第 33 次中国互联网络发展状况统计报告》,2014 年 1 月 16 日查询。

圈仅限于在彼此为好友的前提下方能见,而且还增加了"朋友圈权限设置",这能避免不主动泄露个人信息,同时也有利于微信推送信息的有效性和针对性,目前很多企业和个人已经将微信列入新的营销方式和渠道;三是微信还推出了微信公众账号,微信公众账号主要是针对名人、政府、媒体、企业等机构推出的合作推广业务,微信根据粉丝的程度对此也有严格权限设置,只有关注数超过 1000 才能形成认证的公众帐号,并且为了避免公众账号信息对普通用户的打扰,微信规定 24 小时内腾讯只能推送 2 次新闻、每个认证和非认证的公众账号只能推送一次信息。

从目前来看,各个领域的"大 V"们都跃跃欲试加入微信,创建属于自己的公众账号,这不仅是良好的自我营销、自我展示的良好渠道,也是与粉丝互动的优秀平台,可以说是以最低的投入博取最大的收获,腾讯微信官网更是为微客们分门别类提供了各"大 V"的微信号与二维码,以行业微信公众账号导航分为:名人明星、影音娱乐、资讯阅读、生活购物、社区交友、文化教育和其他类别,并根据各个公众账号的粉丝数量,进行观众度排名。那么微信在网络文学发展中具体是什么角色呢?作家又通过微信平台使文学得到了怎样的发展呢?如传统作家刘震云:"微信把所有人划分成不同的群,不同群之间是相互屏蔽的,又是相互交接的。这样的社会结构,这样人和人之间的人群组成,对生活方式的改变是极大的。我坐地铁的时候发现,每个人都跟另外的人不交流,每个人都在通过手机,通过 QQ,或者通过微信跟他看不见的人在交流。他们对现实的世界视而不见,对看不见的世界,他感到无比的亲密。我觉得这个现象是过去几千年从来没有过的。"①

(2) 作家微信与文学

截至 2013 年 6 月底,我国手机网民规模达 4.64 亿,较 2012 年底增加 4379 万人,网民中使用手机上网的人群占比提升至 78.5%,2013 年上半年中国手机阅读用户数达 33753 万人,环比增长 35.9%。② 手机及智能手机的高度普及意味着微信拥有巨大的用户市场,而且能为各路网络文学作家提供个人平台。如 2013 年 5 月网络文学写手南派三叔开通微信公众账号:paibook,短暂的三个月后南派三叔联合微信支付功能正式推出会员方案,开始文学的微信商业化运营。微信官方数据统计,截止 2013 年 8 月 21 日,paibook 的关注量突破 5 万,并且创下了单日 32 万条互动的惊人记录。不少网络新锐作家和部分传统作家,都对微信的到来跃跃欲试。不过,微信平台的到来会不会对各大网络文学网站形成冲击呢?有关人士分析:"微信对于文学网站的冲击可能大于机会,因为微信为网络小说作者提供了最关键的传播渠道和收费渠道,有了自己的渠道,谁又会去跟网络文学网站分成呢?微信推出收费订阅功能后,网络小说作者纷纷单飞几乎即可预见,微信 5.0

---

① 苗炜:《微信与文学》,《三联生活周刊》2013 年 40 期。
② 中国互联网络信息中心:《第 32 次中国互联网络发展状况统计报告》,2013 年 7 月 17 日查询。

最先抄的很可能是盛大文学及其他网络文学网站的后路。"[1]

笔者根据微信官网的推荐和用户关注排名，选取了目前在微信中较为活跃的六位作家，并对他们的微信公众平台内容进行归类、总结。

1) 南派三叔，微信账号：paibook。南派三叔的微信平台是目前来说运营最成熟的，不过目前其主要不是利用微信平台来进行文学创作，而是对自己的作品进行运营。其微信内容分为：免费阅读、首页、个人中心和更多四大板块。其中免费阅读栏，输入：盗墓空间、沙海幻境，即可免费阅读三叔的小说；在首页栏中有大八内容：会员讨论区、小说、漫画、个人中心、三叔新闻、三叔博客、关于会员、独家短篇和同人文，在小说一栏中会员可以自由、免费阅读其最近更新的小说内容，而要阅读所有作品的全部内容则只对其微信平台会员开放。南派三叔的会员目前超过5万，其会员月卡6元，季卡15元，半年卡30元，年卡55元，成为其会员不仅可以阅读三叔的最新作品，包括独家短篇小说、小说连载以及漫画，还能在会员区发帖、评论以及回复，与三叔互动。个人中心栏主要是作为三叔会员的收到的消息、帖子和阅读记录。

2) 火哥，微信账号：huoge8。其原创小说《富家少年弑双亲事件》在微信上及时更新，并通过微信与微客分享其写的随笔、网络评论性文章等作品，如6月3日发表的《带着老妈看3D》、8月17日的《永远站在鸡蛋一边》和《无聊的时候，不妨听听书》，6月4日为提醒广大粉丝注意交通安全发表《交通违法的机会成本》。除了更新自己的原创小说和其他作品，火哥的微信平台也分享其他人的作品和相关个人新闻，包括他粉丝的作品，如6月7日在微信上与粉丝共同回忆《我的高考》，11月26日发表《获奖之后》的短文和图片。

3) 赵格羽，微信公众帐号：赵格羽，微信帐号：zhaogeyu。作家，"索斯比女人"概念创始人。著有《一辈子做女人》、《给爱情加点盐》、《慢活：女性格调主义》、《被单身》等。其微信平台主要由三大部分组成，一是微信在线更新自己的小说和短文作品，如首部自媒体小说《单身是幸福的前戏》在12月1日更新到49—"我不想谈一场没有结果的恋爱"，11月29日发表短文《我们都需要学会与岁月握手言和》；二是对女性时尚话题的专题，与本文无直接联系，故不陈述；三是"分享"，分享美文、分享幸福也分享本人的心声，如12月1日分享美文《在留念里等待花开》。

4) 蔡澜，公众帐号：蔡澜，微信帐号：chua_lam。美食家、专栏作家、电视节目主持人、作家，他和金庸、倪匡和黄沾并称为"香江四大才子"。蔡澜的微信平台开通已有两年多的时间，平均5天更新一次，一次更新文章数量一至三篇不等，都是自己的随笔文章，主要内容涉及美食文章、旅行思索、生活工作感想和人生体悟，其文章配有漫画，读来感觉较好，如2012年11月21日发表的《旧邻居》写自己旧居处的人和事，2013年10月18日发表与旅行相关的文章《在韩

---

[1] 王聪佶：《微信5.0商业化首抄盛大文学后路》，http://it.sohu.com/20130503/n374675747.shtml，2013年5月3日查询。

国，吃得饱》，与生死相关的感悟文章《〈身后事须知〉序》。

5）桐华，公众帐号：桐华，微信号：tonghua_tong。言情小说作家，代表作品有《步步惊心》、《大漠谣》、《云中歌》、《曾许诺》、《被时光掩埋的秘密》、《那些回不去的年少时光》。其微信如其文字，清新、淡雅，文字多配以图片如其声音甜美。目前有关于其最新小说《长相思》第一、二部的系列文章，如《长相思兮诉衷情》、《情之一字》和《心安即是归处》；也有类似心情随笔的文章，《最好的年华，最美的时光》、《Happy White Day》等；也有短篇小说《桃之夭夭》。总之，桐华的微信是目前运营微信平台中相对而言较"纯粹"的文学作家，其发表内容没有与文学、文字不相关的东西，坚守着她的文学世界。

6）陆琪，畅销书作家、励志作家、编剧，公众帐号：陆琪，微信帐号：lu-qi419。其微信内容相对而言比较杂，以陆琪语录、光阴的故事、女人课堂和在线答疑、今日更新栏目为主，对陆琪而言，微信平台主要是他经营自己产品的平台和塑造情感大师身份的渠道，陆琪语录都是其对爱情的观点，如：相爱的方法有千万种，但最好的方法只有一种：那就是对你好，并且只对你好；相爱，就是想找到一个生活的依靠，一个灵魂的陪伴。没有陪伴，还不如不爱等等，总的来说，文学价值较低。

(3) 媒体微信与文学

除了网络作家们渐渐活跃到微信平台，各大文学媒体，也充分重视起微信给文学带来新的机遇，各大文学网站、纸媒杂志都相继成立了微信公众平台。根据粉丝关注度，本文选取以下4个公众平台（排名不分前后），来介绍目前微信与文学媒体的结合情况。

1）腾讯文学。9月10日，腾讯集团在北京以"文学新生态，成长大未来"为主题召开了腾讯文学战略新闻会，翌日，腾讯文学微信服务账号正式与微客见面。目前，微信文学主要内容为介绍腾讯旗下"创世中文网"、"云起书院"、"畅销图书"、"QQ阅读"和"QQ阅读中心"的相关新书情况，和腾讯举办的与文学相关的活动，如10月23日发表《腾讯互娱艺术高峰论坛 论道科技与艺术》，以及相关网络文学发展的最新资讯，如11月1日的《央视报道：网络改变文学 提升全民阅读量》。

2）红袖文学。微信号：hongxiunovel，是红袖添香文学网站继红袖经典文学微博推出的又一个文学阅读平台，主要是传播、更新、连载网络新锐写手和传统作家的原创短篇小说、散文、杂文、诗歌、诗词和剧本。每天更新一次，栏目设置上没有固定，根据每天更新的内容不同而设立，主要以下几大方面：短篇小说、散文、诗歌、都市、出版、古典、女性仙侠和穿越等。从所更新的作品来看，其作品不一定就是写手近期作品，很多作品红袖文学选取的是写手之前已发表的作品，12月3日推荐的短篇三毛的《梦里花落知多少》，12月4日匿我思存的《爱情向左，天堂往右》等。当然红袖文学在微信上精选的都是在其网站上点击阅读率较高的作品。

3）盛大文学。面对微信如此巨大的用户市场，盛大2012年11月6日开始使用微信公众账号来推销其网站下的文学作品，每日更新。更新内容是推荐点击率较高的作品和盛大举行的各类文学活动以及盛大文学集团下的作品出版、改编为电视电影的相关情况。如 2012 年 12 月 15 日推出中文 24 小说畅销总榜第一名黄易在的《日月当空》，2013 年 1 月 3 日发布《鬼吹灯》作品将由万达影视投资改编为电影的消息。

4) 收获。微信号：harvest1957,《收获》作为一家重要的中文期刊，主要刊载小说和散文，是了解中国当代文学一个较好的窗口。在 11 月 25 日也是巴金诞生日正式在微信平台上线，杂志编辑钟红明表示，开通微信公众账号，"我们的目的很明确，就是在微信上做一个探讨、交流、欣赏文学的平台，传播文学理念。"收获微信平台除了同步更新《收获》杂志的内容并重点推荐一到二篇小说或散文，还不定时推出作家访谈、绘本和传统作家的轶事，每日更新。如 12 月 4 日，登出汪曾祺在西南联大代人写的文章《黑罂粟花》、12 月 3 日更新与《繁花》作者的对谈。

从目前微信在网络文学创作和传播上的作用和实际效果来看，微信平台带来的传播功能远远大于其创作效果，这和微信自身的功能设置相关，它既没有像微博那么严格的字数限制，也没有博客绝对的开放性。但是微信平台给网络作家经营自己的作品带来了新的机遇，使文学网站已经受到了一定的影响。

2. 微信文学举隅

(1) ……短短一个月，我就被人加了 249 次，粗略估计的。当无数微友用各种方式跟我交流，好奇的，打听价格的，问我是干嘛的。还有更符合时代潮流的，特殊人群也学会了与时俱进，在夜深人静的时候，向你发出符合人性最热情的问候。

但这都不是我想要的。

发生什么？

网上有句话，追随你的内心，做你自己喜欢做的事情。

屁话，那有这么高深莫测，我就是想摇一摇，试试神奇的微信，能给我一点不一样的人生不？每次我就这个问题跟朋友讨论时，总是被人一语点破天机，说，嗨，醒醒，你要的是阿拉丁神灯，先去做个梦吧。

公元 2012 年 11 月 21 日，离世界末日还有一个月的时间。谁告诉我，你心里真正想要的是什么？这时，我孜孜不倦发出的微信请求，终于得到了一个回应，一个叫艾艾的女孩通过了我的请求。头像清纯漂亮，不知装给谁看。……[①]

(2) 你能想象：一个超过三十岁的女人，已经向好友甜蜜宣布即将结婚的消息，已经准备带他回老家见父母时，却发现那个要和你结婚的男人爱上了别的女人，却发现他并不是你想要的男人而你根本不了解他，却发现他并不是那么爱你而你却全心全意的爱着他，却发现有别的女人存在并分享着你的男人，而你只得黯然分手，重新恢复单身。

你能想象那种感觉吗？你有过那种感觉吗？

那是一种被刀一寸一寸割的感觉，那是一种被人狠狠扇了一耳光的感觉，那

[①] 节选自国内首部微信小说《摇的是你，不是寂寞》，微信账号：weixinzazhi。

是一种天要塌陷的感觉，那是一种深陷大海你却找不到一根枕木的感觉。

是那么无助，是那么痛苦，是那么绝望。

是的，那个女人，那个31岁的女人，就是我。①

（3）……我准备好嫁衣，欢喜得等着出嫁，却传来你病重的消息，婚礼被取消。父亲打听出你不是生病而是失踪，舍不得把我这枚精心培育的棋子浪费在个死人身上，想要撤婚，我却眼前总是你的身影，花灯如海，你撑着小舟，笑吟吟地说'原来是你'！我不顾父亲的反对，穿上嫁衣，千里迢迢赶到青丘，唯一的念头就是找出害你的凶手，谁杀了你，我就为你杀了他！虽然你没有娶我，可我以你的妻子自居，尽心尽力伺奉奶奶。当我确定的涂山篌害了你时，我决心要为你复仇。……②

（4）今夜我要回家/抖落漂泊异乡的风尘和疲倦/抱着诗歌种子和险些丢失的乡音/从金钱泛滥的都市缝隙中快速逃遁/其实亲人影子嵌入生命嵌入灵魂/我听见一只候鸟饱满的声音划过天空/我知道/这个时候故乡满地的稻子已经成熟/在一片亲情的照耀中/踏上回家的路。③

（5）老满说，略有余钱，可奉父母，可养家小，可济亲友，可宴宾客，可作远游……

老满的理想一如佛前沉香，那种安慰，直抵人心。

想到老满这幅画时，经常会想这样一个问题——若我，略有余钱，最先做的是什么？最想做的是什么？这样的"想"让自己应接不暇，好在是一个单独的'想'，旁人不知，也就无所谓看笑话了。……所以说，"略有余钱"是一种梦想。身心健康，有知心的人，有知冷暖的人，即便没多少余钱，活着，也是幸福。④

（6）《小说月报》2013年第5期选载了方方的中篇小说《涂自强的个人悲伤》，引起强烈的回响。不论从哪个角度盘点，《涂自强的个人悲伤》都是这一年度重要的文学作品之一。然而越是力作，越需要不同角度的批评、解读，甚至更严格的检验。我们在这里摘录两篇《涂自强的个人悲伤》的评论，两文看似争锋相对，却以充实的论据、扎实的论证和平实的态度，一同深化了我们对于小说的认识。

欢迎读者通过微信、微博等渠道，分享您自己的看法。⑤

（7）移动改变中国人不读书的习惯？最新一期国民阅读调查表明，过去一年国人人均电子书阅读量增幅已过半。央视报道称，一方面，移动互联网的出现让阅读在地铁等日常碎片化时间里争得一席之地；另一方面，以腾讯文学为代表的网络平台也在通过引进经典作品丰富网络阅读的"深度"。⑥

---

① 节选自赵格羽首部自媒体小说《单身是幸福的前身》，微信号：zhaogeyu。
② 节选自桐华网络小说《原来是你——〈长相思3：思无涯〉防风意映》，微信号：tonghua_tong。
③ 选自收获12月3日诗歌：《今夜我要回家（外一首）》，微信号：harvest1957。
④ 节选红袖文学12月7日散文《略有余钱》，微信号：hongxiunovel。
⑤ 节选小说月报11月10日文学评论《争鸣：是否只是"个人悲伤"？》，微信号：xiaoshuoyuebaozz。
⑥ 选自腾讯文学11月1日新闻报告《央视报道：网络改变文学提升全民阅读量》，微信号：TencentLiterature。

第 11 章 网络视频和微电影

近五年来,我国网络视频业与网络微电影均发展兴盛,迎来了一个新的高峰。这主要表现在五个方面:一是作品数量爆炸式增长;二是作品影响力持续攀升;三是相关网站发展迅猛;四是观众数量日益增多;五是经济效益与日俱增。根据CNNIC发布的第 32 次《中国互联网络发展状况统计报告》显示,截至 2013 年 6 月底,中国网络视频网民达到 3.89 亿,半年增长率为 4.5%,是网民的第一大网络娱乐类应用。① 微电影发展同样火爆。据统计,2011 年共有 2000 多部微电影上线,在百度的搜索量达近亿条,各种名目的微电影节遍地开花,各大门户网站争相开通了微频道。②

一、网络视频普查

1. 我国网络视频概况

在我国,网络视频业起步于 2004 年,到目前为止,其发展主要经历了三个阶段:一是从 2004—2005 年,是网络视频的起步阶段。最开始网络视频仅是基于 P2P 流媒体技术的一种网络视频直播服务,只在高校等小范围内流行,当时视频网站处于初始阶段,网络视频用户数量也十分有限。二是从 2006 年—2008 年,是网络视频的成长期。在这期间,随着宽带和客户端设备性能的提升,网络视频赢得了越来越多的受众,视频数量和种类都迅速增长,但与此同时视频网站内容同质化严重,一些问题和矛盾开始显现。三是从 2009 年至今,是网络视频的成熟期,也是视频网站的内容竞争白热化阶段。在这个阶段,网络视频的数量、质量、影响力有了再一次的提升,观看网络视频已经成为广大网民上网最重要的应用之一,网络视频业也经历了新一轮的腾飞和整合,经历着市场的考验和洗牌。谁拥有优质的视频内容,谁能在市场赢得用户、赢得品牌,就能获得资本的青睐和更多发展先机。

---

① 中国互联网络信息中心:《第 32 次中国互联网络发展状况统计报告》。
② 腾讯娱乐频道:《微电影发展前景看好 防品质不高成拦路虎》,http://ent.qq.com/a/20120606/000707.htm,2012 年 6 月 6 日查询。

经过2009—2012年五年的发展，网络视频的总数已经只能以"海量"来形容。具有拍照功能的手机与数码相机的普及使人人都可以成为"拍客"，加之大量影视传媒相关机构、团队及一批视频拍摄爱好者分别生产制作了大量视频，很多上传到了互联网上，使得网上拥有极为丰富的视频资源。其长短各异、类型多样。就类型而言，以爱奇艺网站为例，该网站共设置了娱乐、资讯、综艺、电影、电视剧、微电影、动漫、片花、少儿、游戏、搞笑、生活、原创、特色、音乐、时尚、体育、旅游、教育、广告、财经、汽车、纪录片、风云榜等二十多个频道，每个频道又包含很多不同类别，如娱乐视频又分为情感、搞笑、访谈、选秀、播报、曲艺、盛会、伦理、职场、相亲、粤语、内地、日韩、港台、欧美、真人秀、脱口秀等数十个分类。每个分类下面均有数量惊人的视频资源。在众多类型的视频中，超过70%的用户经常看的是电影、电视剧、综艺节目和新闻资讯。据互联网行业研究资讯网站艾瑞网2014年发布的《中国在线视频用户行为研究报告》，用户最常看的电视节目为电视剧、电影、新闻资讯和综艺节目，占比分别为28.0%、25.2%、15.1%和14.7%[①]。

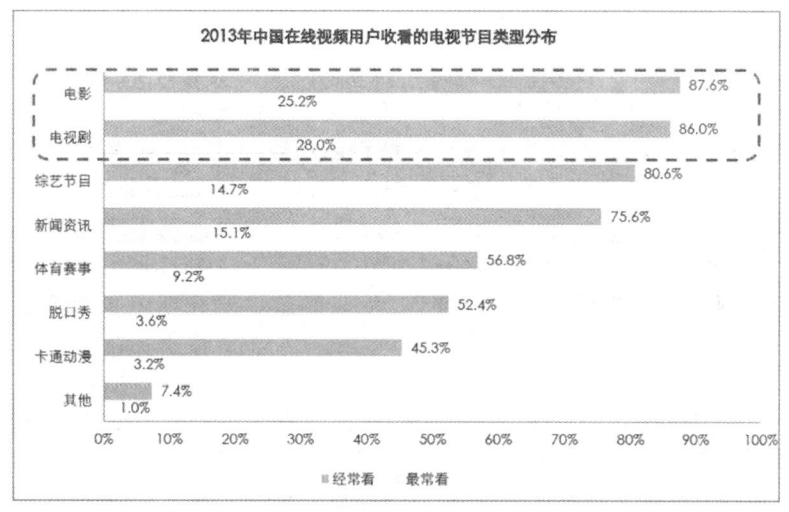

2013年中国在线视频用户收看的电视节目类型分布图（来源：艾瑞网）

在这五年间，网络视频行业也经历了一个爆发到整合的过程，我们以行业热点事件盘点来说明[②]：

2009年可谓是"网络视频探索突围年"，行业热点主要有：1. 版权大战升级，广告主首负连带责任。（代表事件：乐视网首次追究广告主第三方责任；搜狐起诉

---

① 艾瑞网：《中国在线视频用户行为研究报告》，http://www.iresearch.com.cn/Report/2014.html，2013年2月20日查询。

② 本部分内容由作者整合相关网络资料，并参考艾瑞网中国互联网行业年度盘点专题整理而成。

盗版案件中再次牵连广告主）2. 视频行业出现国家队，民营视频洗牌。（代表事件：央视推出视频网站"爱西柚"、"爱布谷"，打造国家网络电视台；华友世纪与酷6网合并，新华悦动收购新传在线；伊甸园等多家 P2P 视频下载网站因无证遭关闭）3. 视频网站角色拓展，多途径向企业端收费。（代表事件：优酷变身内容制作商；土豆、酷6、优酷、56网先后与淘宝网合作，推出视频购物）4. 内容制胜，探索向个人用户收费新模式。（代表事件：56网试水付费观看模式；优酷推出付费观看的郭德纲评书）5. 产业链多方布局，手机视频受重视。（代表事件：优酷等多家视频网站发布3G战略；中国移动、诺基亚等运营商、制造商争相布局抢占手机视频先机）

2010年是"网络视频市场升级年"，行业热点主要有：1. 运营商集体上市，视频行业进入市场化时代。（代表事件：乐视网国内A股上市；酷6借壳华友世纪上市；优酷纽交所上市）2. 流量变现初见成效，多元化经营成趋势。（代表事件：乐视网涉足游戏行业推出《三国无敌》；PPS成立团队跻身游戏运营队伍；CNTV与盛大达成战略合作协议；优酷试水自制剧，用户广告丰收）3. 版权纷争不断，自律加政策促使市场规范化。（代表事件：盛世骄阳与CNTV达成合作共同打击世界杯盗版；广电总局下文整顿盗版）

2011年是"网络视频携手合作年"，行业热点主要有：1. 视频公司资源整合，战略合作。（代表事件：搜狐投资迅雷；新浪成土豆第五大股东；土豆、乐视签订《合资协议书》）2. 社交网站携手视频网站创新商业模式。（代表事件：人人网全资收购56网；搜狐视频与MSN宣布合作；百度奇艺与IE9共推"PIN计划"）3. 移动互联网带来网络视频发展新机遇。（代表事件：土豆网携手摩托罗拉抢占平板电脑渠道；百度奇艺推出APP专区）

2012年是"网络视频发展深化年"，行业热点主要有：1. 并购与独立并存，改变行业格局。（代表事件：优酷土豆合并组建优酷土豆集团；百视通投资风行网络；迅雷看看及搜狐视频启动独立运营；百度回购爱奇艺）2. 视频行业再拓新战场，开启"多屏时代"。（代表事件：PPTV、乐视网、腾讯、小米纷纷进军电视平台；乐视、搜狐视频、56网、爱奇艺、PPS、优酷深入挺进移动互联网）3. 视频网站与电视台互动实现双向传播。（代表事件：湖南卫视与爱奇艺同步首播《深宫谍影》等；爱奇艺与浙江卫视合作推出《酷我真声音》；优酷携手十大卫视、十大唱片打造《我是传奇》；优酷自制脱口秀《晓说》携手浙江卫视；深圳卫视与凤凰视频共同出品《锵锵五环行》、《伦敦下午茶》）4. 系列动作促版权价格回归理性。（代表事件：搜狐视频、腾讯视频、爱奇艺共同组建"视频内容合作组织"；优酷等视频企业纷纷推出自制栏目）5. 视频内容同质化局面开始破局。（代表事件：搜狐视频上线美剧频道，主打美剧；乐视网建立行业最全影视剧库，主打电视剧；56网加速自制综艺节目制作；PPTV主打体育类节目；爱奇艺主打高清电影，动作频出；凤凰视频主打新闻节目；PPS提供丰富TVB港剧等）6. 网络视频社交化趋势明显，力推"短视频"。（代表事件：酷6推出社交化产品"新酷6"；56网加入人人网"分享+"计划；PPS推出"爱频道"；土豆网推交互视频产品

"豆泡")

2013年是"网络视频竞争PK年",行业热点主要有:1. 网络视频网站并购风潮再起。(代表事件:爱奇艺并购PPS;苏宁并购PPTV) 2. 视频网站继续抢占智能电视"大屏"。(代表事件:乐视推出首款60寸智能电视产品;爱奇艺、优酷土豆与硬件厂商合作进入智能电视领域;PPTV推出机顶盒和电视棒) 3. 视频网站再掀抢版权"圈地运动"。(代表事件:爱奇艺投资2亿获独播湖南卫视王牌综艺节目;腾讯视频2.5亿买断好声音第三季独播;PPTV与江苏卫视合作独播《非诚勿扰》等;风行网独播东方卫视《中国达人秀》;乐视独播湖南卫视《我是歌手》第二季) 4. 自制剧层出不穷,竞争激烈。(代表事件:优酷土豆推出《晓说》、《嘻哈四重奏》等;搜狐视频推出《冲刺好声音》、《屌丝男士》等;腾讯视频推出《大牌驾到》、《未昏男女》等;爱奇艺推出《青春那些事》、《在线爱》等;乐视网推出《午间道》、《PMAM》等)

经过最近五年的大浪淘沙,国内视频网站在一番大洗牌之后还存有数百家,但其中较为知名的大型综合网络视频网站只有二十余家。主要是优酷网、爱奇艺、土豆网、搜狐视频、迅雷看看、凤凰视频、腾讯视频、新浪视频、56网、CNTV视频、酷6网、暴风影音、乐视网、PPS、风行、PPTV、百度视频、糖豆网、芒果TV、激动网、第一视频、爆米花视频、华数TV、爱拍原创、百度影音、熊猫频道等。另外,电影网影院、电影天堂、放放电影、80s手机电影、人人影视、爱微电影网、V电影网、芭乐网、视友网、VeryCD综艺下载、百度视频综艺、中国网络电视台、凤凰卫视、湖南卫视、江苏卫视、东方卫视、北京电视台、浙江卫视、山东电视台、广东电视台、安徽电视台、TVB电视台、节目时间表、电视猫、风云直播、爱漫画、漫漫看、酷米网、哔哩哔哩动漫、有妖气等网站分别在电影视频、微电影、综艺视频、电视节目视频、动漫视频等领域拥有大量资源和较高人气。

在几家主要综合视频网站中,各站各自的优势可从它们曾经喊过的"第一"看出来,如2013年视频网站喊过的"第一"如下[①]:(1)优酷土豆:2013年5月的数据,在日均覆盖人数、月度覆盖人数两项指标上,优酷土豆以5,062万和32,642万排名榜首。(2)爱奇艺PPS:2013年4月在月度浏览时长方面优势明显,以12.5亿小时继续稳居首位,领先第二名2.35亿小时。(3)搜狐视频:2013年10月的月度用户覆盖量以2.58亿位居视频行业第一,从8月开始,搜狐视频已经连续三个月占据视频行业"第一"的位置。(4)风行网:2013年12月份PC客户端日均覆盖人数排名继续保持网络电视类第一位,并在数值上保持上升,连续几个月来排名位居榜首与其"台网融合"战略密不可分。(5)暴风影音:2013年11月,影音播放软件有效使用时间达18亿小时,稳居播放有效时长首位。另据2013年易观网发布的《2012网络视频市场年度盘点》显示,优酷网、搜狐视频、爱奇

---

① 肖芳:《2013年视频行业大盘点 那些被喊了无数遍的第一》,http://www.techweb.com.cn/internet/2014-01-09/1379007.shtml。

艺位居视频网站前三；优酷、PPS分别抢占IOS平板、手机视频应用下载量排行榜首位，安卓平台则由爱奇艺领跑手机视频应用市场；报告中列出了2012年中国网络视频市场实力矩阵，其中将优酷、搜狐视频、爱奇艺列为网络视频网站"领先者"，土豆、PPStream等列为网络视频网站"务实者"，乐视网、腾讯视频、风行网等列为网络视频网站"创新者"，暴风影音、PPTV、新浪视频等列为网络视频网站"补缺者"①。

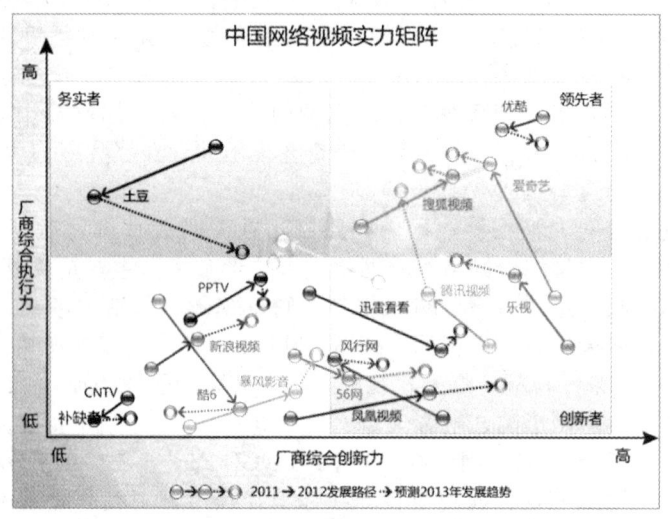

中国网络视频网站实力分布矩阵图（来源：易观网）

伴随着网站发展和资源暴增而来的是用户数量和浏览时长的大幅攀升。爱奇艺官方网站介绍，2013年5月7日与PPS合并以后，爱奇艺公司同时拥有iQIYI和PPS两大品牌，根据艾瑞IUT2013年8月数据显示，iQIYI和PPS在全平台用户规模、时长均达到行业第一，全网的月度用户覆盖3.57亿；移动端方面，两大品牌的移动视频累计月度用户覆盖高达6657.9万人，行业占比超过半数。②而由国内排名第一和第二的视频网站优酷网和土豆网合并形成的中国最大的网络视频集团——优酷土豆集团则更是规模惊人。优酷网官方网站介绍，目前，优酷土豆月度用户规模已突破4亿，意味着已有1/3的中国人成为优酷土豆的用户。据中国互联网络信息中心发布的《2011年中国网民网络视频应用研究报告》介绍：我国网络视频用户规模一直维持稳定扩大的态势，从2007年底的1.61亿逐步增长至2011年底的3.25亿，视频用户占网民比例由2010年底的62.1%提升至63.4%；各个网络视频网站或客户端之间往往存在较高的用户重合度，用户收看

---

① 易观网：《2012网络视频市场年度盘点》，http://data.eguan.cn/wangluoshipin_157269.html，2013年2月20日查询。

② 爱奇艺官网"公司介绍"，http://www.iqiyi.com/common/aboutus.html，2013年02月20日查询。

视频时主要使用的网站数量平均为 4.54 个,有 34.6% 的用户主要使用的视频网站数量达到 6 个甚至更多①。另据艾瑞网发布的《2013 年中国互联网年度数据—在线视频》报告显示,2013 年 11 月在线视频 PC 端网页与 PC 客户端的月度覆盖人数分别为 4.6 亿人和 3.4 亿人,环比增长分别为 1.6% 和 6.7%,整体来看,PC 端在线视频的用户规模已经趋于稳定,保持平稳态势。②

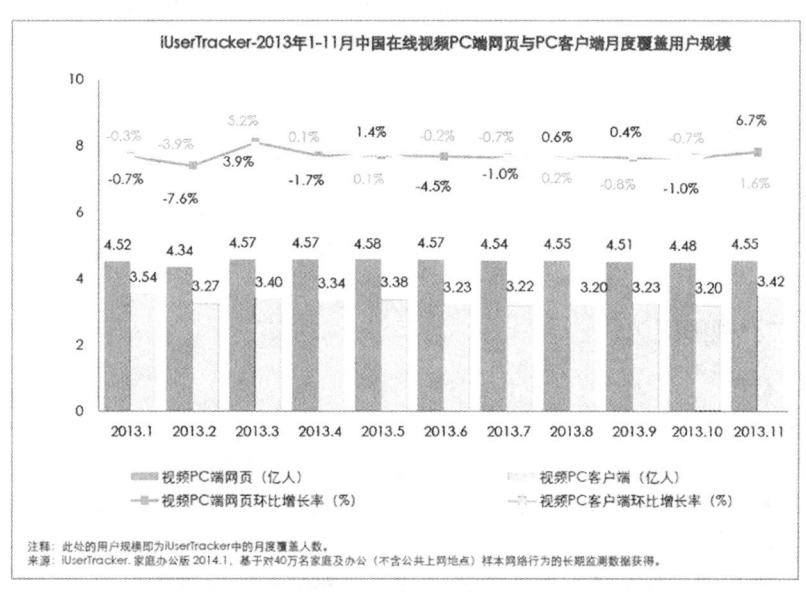

2013 年 1—11 月网络视频月度覆盖用户规模图(来源:艾瑞网)

在用户时长方面,网络视频用户浏览时长也呈增长态势,并在所有网络服务中份额排名第一。艾瑞网《2012—2013 中国在线视频行业年度监测报告》显示,2013 年 6 月,我国在线视频总浏览时间在所有网络服务中份额达 33.9%,较 2012 年 6 月的 27.2% 增长 6.7 个百分点。

在用户推动下,2008 年—2012 年,网络视频市场广告收入规模从 2008 年的 4.8 亿,增长至 2009 年的 8.4 亿,2010 年翻两倍多至 21.7 亿,2011 年增至 48.3 亿,2012 年已达到 88.3 亿。③ 最新数据显示,2013 年我国网络视频行业整体收入达到约 120 亿元。④

经过五年的快速发展,当前主要网络视频网站及网络视频节目如下:

---

① 中国互联网络信息中心:《2011 年中国网民网络视频应用研究报告》。
② 艾瑞网:《2013 年中国互联网年度数据—在线视频》,http://news.iresearch.cn/zt/225543.shtml。
③ 易观网:《2012 网络视频市场年度盘点》,http://data.eguan.cn/wangluoshipin_157269.html,2013 年 2 月 20 日查询。
④ 中研普华财经:《2013 年我国网络视频行业整体收入约 120 亿元》,http://finance.chinairn.com/News/2014/01/14/151438810.html,2013 年 2 月 20 日查询。

2008年—2012年中国网络视频市场广告收入规模增长图（来源：易观网）

2. 主要视频网站①

（1）优酷

优酷（http://www.youku.com/），是中国网络视频行业的第一品牌，诞生于2006年12月21日。优酷网设置了电视剧频道、电影频道、综艺频道、音乐频道、动漫频道、资讯频道、拍客频道、纪录片频道、体育频道、汽车频道、科技频道、财经频道、娱乐频道、原创频道、游戏频道、搞笑频道、旅游频道、时尚频道、母婴频道、教育频道等频道，坚持"快者为王"的理念，追求"快速播放，快速发布，快速搜索，多元化内容，全媒体覆盖"，注重不断提升用户体验，以满足用户多元化互动需求。2012年优酷合并土豆组成"优酷土豆股份有限公司"从2005年到2013年，网络视频网站走过了八年的光辉岁月，八年里优酷从PC延展到移动，从单屏发展到了多屏，不仅推动着整个互联网行业的发展，而且影响和改变着人们的生活。

（2）土豆网

土豆（http://www.tudou.com/），是中国最早的和最大的视频分享平台之一，诞生于2005年4月15日。土豆网的口号是"每个人都是生活的导演"，以"青春、个性、自主、有趣"为品牌定位，网站注重原创，贴近年轻人，关心青年人的成长历程。土豆网的内容优势主要体现在独家网络影视剧、土豆映像节、网民原创视频、自制大型节目及黑豆等土豆产品。土豆拥有原创频道、电视剧频道、电影频道、综艺频道、动漫频道、音乐频道、热点频道、搞笑频道、游戏频道、娱乐频道、体育频道、纪实频道、汽车频道、科技频道、健康频道、美容频道、风尚频道、乐活频道、成长频道、片库频道、App下载频道等二十余个频道，据官网介绍，每天独立用户数超过2500万，每月2亿用户，拥有超过8000万的注

---

① 下述网站简介部分参考了视频网站的官方介绍资料。

册用户。在与优酷合并以后,目前土豆网依旧保留着自己的品牌。

(3) 中国网络电视台

中国网络电视台(简称 CNTV)(http://www.cntv.cn/)于 2009 年 12 月 28 日正式开播,它是中国国家网络电视播出机构,全球化、多语种、多终端的网络视频公共服务平台。主要有首页、客户端和新闻台、体育台、综艺台、爱西柚、爱布谷、电影台、电视剧台、经济台、探索台、纪录片台等 10 个产品,以及用户中心和客服中心。中国网络电视台目前已建成网络电视、IP 电视、手机电视、移动电视、互联网电视五大集成播控平台,通过部署全球镜像站点,已覆盖全球 190 多个国家及地区的互联网用户,并推出了英、西、法、阿、俄、韩 6 个外语频道以及蒙、藏、维、哈、朝 5 种少数民族语言频道。央视网通过对全年各个重大事件的新媒体传播报道,奠定了自身的新媒体行业的领军地位,并凭借先进的新媒体传播技术、优质的媒体内容资源、多终端的整合报道能力,成为了主导中国新媒体未来发展与前行的重要力量。2010 年 7 月 1 日,央视网全面并入中国网络电视台。

(4) 搜狐视频

搜狐视频(http://tv.sohu.com/)是搜狐旗下专业在线视频平台,也是国内最为知名的网络视频网站之一。搜狐集团拥有搜狐公司(NASDAQ:SOHU)和畅游公司(NASDAQ:CYOU)两家美国纳斯达克上市公司,是中国最领先的新媒体、网络游戏、搜索及无线互联网服务公司,是中文世界最强劲的互联网品牌;搜狐为中国近 5 亿的互联网用户提供全面的网络服务,日均浏览量高达 8 亿,是中国互联网用户首选的门户入口。依托门户资源,搜狐视频设置了电视剧频道、搜狐出品、综艺频道、电影频道、动漫频道、音乐频道六个主要频道,为网友提供正版高清电影、电视剧、综艺节目、纪录片在线观看,是国内首家推出 100% 正版高清视频的网站之一。2010 年,搜狐视频提出并实践"台网联动",在自制影视剧方面持续发力,保持了市场领先地位和强大影响力。

(5) 爱奇艺

爱奇艺(http://www.iqiyi.com/),原名奇艺,是百度旗下独立视频网站。2010 年 4 月 22 日,奇艺正式上线,2011 年 11 月 26 日,奇艺正式宣布品牌升级,启动"爱奇艺"品牌并推出全新标志。它以"新主流视频媒体,全视频娱乐平台"为品牌定位,以"品质、创新、进取、专业、丰富、友好"为品牌个性,已成为最具价值的网络视频播放平台之一。作为最早布局"云+端"模式的视频网站,爱奇艺在业内率先启动"一云多屏、多屏合一"的无线战略,实施全平台的登陆布局,全面覆盖电视端、PC 端、手机端、PAD 端,满足用户多屏观看的体验需求。背靠百度强大的搜索数据资源,爱奇艺以"SWS"模式("Search"—"Watch"—"Share")为核心竞争力,创新性推出"蒲公英"计划和"一搜百映"精准广告产品,为广告客户提供了视频行业最大规模的投放平台和领先业界的视频营销服务。2013 年 5 月 7 日百度收购 PPS 视频业务,并与爱奇艺进行合并。合并后的爱奇艺公司同时拥有 iQIYI 和 PPS 两大品牌。

(6) 56网

56网（http://www.56.com/），又名我乐网，隶属广州市千钧网络科技有限公司，成立于2005年4月，是中国领先的原创视频分享网站。短视频和原创节目是56网的优势所在，"56首映礼"正在成为原创导演和影视工作室发表优秀原创视频作品的首播平台。56网致力于达到真正意义上的视听分享网站，趋向于社区型的视频网站，更加重视发布用户的原创内容，例如热门的栏目《美女主播》等，不同于搜狐腾讯等热点新闻视频，因为视频分享网站本身就已经拥有庞大的用户基础，这点意义非常重大，56网的商业模式已经非常清晰，也越来越得到用户的认可，让用户在56网得到不同其他网站的用户体验。

(7) PPTV

PPTV网络电视（http://www.pptv.com/）是PPLive聚力传媒旗下媒体，是全球最大、用户最多、内容覆盖最广、最具品牌价值的网络电视新媒体，服务于全球互联网用户，提供集视频网页端、PC客户端以及包括iOS和Android系统全平台下的Phone和Pad等移动多终端应用为一体的全方位、立体化的网络电视媒体服务。PPTV主要设置了直播频道、体育频道、电视剧频道、电影频道、动漫频道、综艺频道、热点频道，凭借强大的技术优势和极佳的用户体验，PPTV网络电视已经拥有超过2亿的庞大用户群体，是全球首家突破800万人同时在线观看的网络视频直播平台和全高清点播平台。PPTV是一个不断创新的网络电视平台，创下过六个第一：中国首家蓝光清晰度网络视频；中国首家3D在线电影频道；中国首次多视频直播平台；中国首家双屏交互网络电视；中国首个电视直播弹幕聊天室等。

(8) 风行网

风行网（http://www.funshion.com/）是以提供高清电影、高清电视剧、高清动漫、高清综艺节目为主的免费在线点播视频网，网站采用在全球范围内都极为先进的P2P点播技术，支持网络电视、在线电影及时点播、边下边看及大量免费电影下载。2005年起，风行网先后获得了多轮风险投资的大力支持，并组建了一支一流的网络营销团队，在此基础上，网站先后开发了点播软件、SNS社区、风行AdVideo等应用和软件，吸引了大批用户。在发展过程中，风行网探索出别具一格的"黄金15秒战略部署"，即风行网的每一个视频在播放之前均只播放一则固定时间为15秒的广告，这样一来，这则广告便可以独占观众的注意力资源，使观众更容易注意到和记得牢，起到更好的广告效应。此外，风行网还通过购买95%院线版权网络首映而进行大剧营销，并尝试手机、电视、个人电脑、平板电脑台网跨屏营销，取得良好效果。风行网官网数据显示，截至目前，风行用户超过9000万，每日播放文件数超过2700万，是目前全球最大的影视点播平台。

(9) 第一视频

第一视频（http://www.v1.cn/）是隶属于第一视频集团的视频网站。第一视频集团是资质齐全的新媒体产业集团，主要业务覆盖互联网和移动终端，包括网络视频、彩票业务、手机游戏等，旗下有第一视频网、第一彩票网、中国足彩网、彩票365网、"V1品"母婴用品网络商城及中国手游网。"第一视频"网主要设置了新闻频道、军事频道、社会频道、财经频道、娱乐频道、体育频道、汽车频道等几个专门频道，同时兼有拍客、音乐、文化、科技、游戏、女性、搞笑、乐活、旅游、专题、公益、电影、电视剧等内容。2013年2月4日，第一视频网推出了全新的云新闻平台——一个集视频、新闻、移动终端、UGC和SNS于一体的兼具强大的云计算、云存储、云搜索和云关联的综合性媒体平台，目前网站正着力打造中国第一家微视频新闻门户网站。"向世界直播中国，向中国直播世界"是第一视频的目标，第一视频以此著称于世。在直播方面，第一视频的优势在于尖端的直播设备、专业的直播团队以及业内的出色声誉，涵盖2065多万个视频播放终端及手机电视播放端等。

3. 主要网络视频作品

(1)《春天里》(农民工版)

2010年9月，一对住在北京的农民工趁着酒兴翻唱歌手汪峰歌曲《春天里》的视频在很短的时间传遍全国，并引起人们广泛共鸣。视频中的演唱者均是从农村来到京城打工的民工，其中"吉他手"叫刘刚、主唱名为王旭，两人远离家乡在外奔波劳碌，生活清苦，但是内心却执著而阳光，充满对梦想的坚持和对幸福的渴望。两人均是音乐爱好者，平常工作之余喜欢自己"鼓捣"音乐，汪峰的作品《春天里》唱出了他们的心声因此深受两人喜爱，在一个偶然的场合下两人在晚饭之余演讲了这首歌，被朋友拍下视频并传到网上。令他们意想不到的是，由于朴实无华的演唱风格、透着沧桑和悲壮的人生经历以及歌曲本身动人的语言和旋律，演唱视频不仅迅速在网友的接力传播下传开，还得到了很多音乐人的追捧以及很多上层人士的关注。名人力荐，给视频火上添柴，几天之内该视频仅在优酷的点击量就突破了300万，视频点击总量数以千万计，百度"春天里"的搜过词条，自动提示的第一条不是"春天里，汪峰"，而是"春天里，农民工"。视频还引起了时任湖南省委书记周强的关注，他极力推荐，并表示"每一次看，都感动得热泪盈眶"。后来，在央视三套《星光大道》舞台上，这对"农民工"歌手的演唱又再次征服了荧屏内外的观众，毫无异议地摘得周冠军。超高人气及人物代表性还使旭日阳刚组合登上了春晚舞台，开始了艺人生涯。

(2)《abcd said》

由于新的数码科技产品如iPhone、iTouch中有着各种各样的音乐类软件，其中乐器种类很多，音色有所不同，有些还不错，这吸引了"乐迷"张萱妍的注意，有一天她突发奇想想要依靠各种音乐类数码软件混搭制作一首歌曲，于是便开始尝试，后来真的通过这些工具完成了一首歌曲——"ABCDSaid"。她先参加过一次江苏卫视的《绝对唱响》节目，表演了自己的演奏，当时并未引发强烈关注。后来她又把自己演奏和演唱的过程拍摄成视频上传到了网上，结果很快被新浪视频等推荐，并一发不可收地引发持续热潮，视频在内地获得了超过千万次的转载和点击，还传遍了德国、英国、意大利、美国、日本、韩国等国的新闻频道，连英国的地铁和公交车里也不断的连续播放了这首曲子一段时间。2011年1月15日受湖南卫视《快乐大本营》栏目组邀请，张萱妍登上了"神马都给力"环节，再次表演自己的"独门秘籍"，她用手机录下"快乐家族"5位主持人发出的不同声音后，用手机软件简单编辑，几秒钟后，一段节奏动感的旋律就产生了，她还搭配吉他，现场演唱了《快乐你懂得》，激起在场观众惊声尖叫。节目视频再次火爆，也让《ABCDSaid》赢得了更多关注。

(3)《屌丝男士》

《屌丝男士》是一部由搜狐视频出品、赵本山第53位弟子大鹏自编自导自演的网络自制迷你短剧，是网络综艺脱口秀《大鹏吧唧了》衍生出的独立品牌，被称为"互联网第一神剧"。该剧每季7集左右，每集大约15分钟，每周三更新。自2012年上线至今，《屌丝男士》系列一直以超过10亿的播放量刷新着视频网站的播放记录，目前第三季强势回归，延续上两季"30秒一个笑点、1分钟一个明星"的模式。该片讲述的是一个平凡庸俗、快乐简单的男青年无厘头的风趣故事。不同于一集30分钟的电视剧、15分钟的短片里由好几个小故事穿插组成，《屌丝男士》故事之间没有因果联系，不需从头看到尾，即点即看也能看懂，每集有一个主题，精悍简洁的叙事方式非常符合现在的"快餐文化"。在微博上，关于"屌丝男士"的话题讨论十分火爆。《屌丝男士》一度同时占据四个榜单：热门微博视频榜Top1、实时热词影视榜Top1、热门微博神最右Top1、影视热搜榜Top1，令人惊叹。

(4)《唐朝好男人》

乐视自制剧《唐朝好男人》是由作者"多一半"的同名热门网络小说改编而成，2008年小说一上线就引来宁财神等众多大腕粉丝的追捧，在互联网引起网友高度关注。2013年5月22日，这部由乐视网投资、孙恺凯的导演的网络古装穿越大剧古装穿越大戏在网上热播后，不久就引来点击率破亿的好成绩，轻松入"网剧亿万播放量俱乐部"，并稳坐百度风云榜古装剧搜索前三的宝座。该剧以现代人王子豪穿越到唐朝生活经历各种考验最后从现代屌丝男变成古代高富帅的华丽变身，而剧中女主角兰陵公主扮演者殷旭精湛的演技与超高的人气成为收视的保证。

(5)《嘻哈四重奏》

《嘻哈四重奏》是中国第一个播放量超过1亿次网络自制剧。2008年，当网络自制短剧市场刚"小荷才露尖尖角"时，优酷网推出了第一部网剧——由卢正雨自编自导自演的办公室喜剧《嘻哈四重奏》第一季，它被称为"中国第一部真正意义上的互联网自制剧"，开启了"中国互联网自制元年"。该片将无厘头风格与时尚夸张的手法浑然天成地结合在一起，讲述了办公室白领群体独特的娱乐精神和搞笑的生活。《嘻哈》从2009年的第一季到2013年第五季历经了5年的成长岁月，已经拥有了大批70、80、90后"脑残粉"，截至目前五季播放量超过4亿，《嘻哈四重奏》已然成为视频行业内生命值最长、人气最高的网剧品牌。

(6)《极品女士》

2013年5月，由搜狐视频倾情打造的自制网络短剧《极品女士》第一季上线，第一集 24 小时内点击率直逼千万，零差评的口碑为其赢得了首胜。每季六集，每周四更新一集，每集 15 分钟，是一部以都市男女情感纠葛为基础的片段式短片，创作风格十分恶搞、诙谐、风趣、搞笑。女主角是由搜狐视频当家花旦担当、国内众多重量级明星热力加盟，第一季以 2 亿的播放量完美收官。随即而来的第二季在 11 月 27 日搜狐视频上重磅播出，增加 36 位艺人加入，剧情中的抓小三、拜金女、暗恋、求婚等各种段子使网友看得大呼过瘾，该剧演绎的故事很接地气，十分容易激起网友共鸣，几乎每个人都从短剧中找到生活的影子。许多网友直呼：好像是把我身边发生的事搬到了网剧里！虽然剧集风格搞笑幽默，但笑过之后却能引人深思。

(7)《罗辑思维》

2012 年 12 月 21 日，由原央视节目制作人罗振宇和独立新媒创始人申音合作打造的一档知识性自媒体互联网脱口秀节目《罗辑思维》问世了，每集一个大主题，时长 20—30 分钟，每周一集在网络平台播出，罗振宇担当主讲人。刚开始《罗辑思维》只推出了网络视频，半年后由于节目的火爆及商家加盟，《罗辑思维》产品形式蔓延至微信语音、线下读书会等，形成了一个广受年轻知识群体欢迎的互联网社群品牌。在短短不到 10 个月里，视频仅在优酷网一家视频的播放量便已破 4000 万。《罗辑思维》秉承"有种、有趣、有料"原则，做大家"身边的读书人"，而主持人罗胖给自己的口号是"死磕自己，愉悦大家"，所以节目很多话题和观点都是国内和世界各地敏感而尖锐的社会热点（如"反腐的曙光"、"大国的武器"等），加之主持人独到、风趣、接地气又理性的主讲风格，《罗辑思维》受到越来越多 80、90 后有求知欲的群体的热捧。有网友评价："接地气的脱口秀，好青年的好老师。歪嘴罗淡定，站得更高，更理解爷爷们想要什么，小的们需要什么。"

(8)《康熙来了》

《康熙来了》是台湾中天综合台的谈话性综艺节目，在周一至周五每晚十点播出，每集 45 分钟，每晚的节目收视率在 1.2%～1.3%，是台湾地区收视率最高的有线电视台综艺节目。主持人分别是娱乐圈的"文人"蔡康永和无厘头风格的女艺人小 S，所以节目名称也是从二位名字中各取一字组成"康熙"。节目邀请华人地区当红明星来做访谈，通过大胆的非即兴提问、聊天来了解他们不为人知的一面，主持人与嘉宾的无底线话题让现场总是惊喜爆笑的场面迭出。节目自 2004 年开播以来就通过网络视频的方式分享在内地的各大视频网站，引入内地视频网站十年来，尤其是近六年来，一直在各大网站节目热播榜居高不下，受到无数年轻网友追捧，很多人几乎把《康熙》里的衣、食、住、行、人都当成时尚的标杆，在《康熙》播出的事件隔天立马就成为大家争相议论的话题。《康熙》不仅征服了网友，还成为内地很多娱乐节目争相模仿的对象，被内地节目编导和主持人广为借鉴。目前，爱奇艺已取得《康熙来了》独播权。

(9)《晓说》

《晓说》是优酷网携手高晓松跨界打造的网络文化类脱口秀节目，节目名称为其好友韩寒所取。这是为高晓松量身定做的一台网络节目，每周一集，由主讲人高晓松来聊一个世界各地的热门话题，每个月高晓松还会请嘉宾来到镜头前制作一期有交流、有对话的节目。2012年3月，《晓说》在优酷网独家首播后引来热议，高晓松从那时"醉驾"形象摇身一变成了"公知"，在一开始从未做任何宣传的情况下，第一期的播放量就突破了100万，第一季也在总播放量1.5亿次的喝彩声中完美收官。随之而来的是对第二季的超高呼声，开播十个月就播放量就接近2亿，单集均播放量473万次，网友在节目下面热评更是高达15万条。高晓松渊博的学识、幽默的讲述方式，吸引了大批高知拥趸，据了解，该节目男性网友占总收视群体的74.1%；22岁以上的观众高达88%，其中30岁以上将近50%；本科以上学历超过50%。

(10)《爱呀，幸福女人》

《爱呀，幸福女人》是腾讯视频出品的女明星深度访谈节目，由阿雅担当制片人，邀请演艺圈内十位女明星在不同的城市参与，围绕"爱"、"幸福"等话题展开，揭露女明星的幸福密码。节目2012年2月16日在腾讯视频网络平台首播时就引起了不少媒体与网友的关注。《爱呀，幸福女人》是《幸福》系列第一季，其中有大小S、张惠妹、范玮琪、李玟等重量级嘉宾助阵，阿雅好友小S更是穿睡衣蓬发"献丑"出镜吸引了无数网友的眼球，播出时创下每集过千万的播放量、总点击率过亿的收视率，可以算的上是网络综艺访谈节目的佼佼者。第二季《幸福男女》在嘉宾与形式上同上一季做了比较大的改变，但仍然掀起了收视狂潮，为都市网友带来触及心灵的全新感受。2013年第三季刚开播2个月，单集播放量均接近千万。

(11)《一分钟性教育》

《一分钟性教育》网络视频短片2013年11月在网络热传，它是《一分钟性教育——给未成年人看的小电影》系列中的一集，每集一分钟，用一边解说一边画画的方式恰如其分的比喻和解释了性知识以及自我保护等。制作短片的导演说："最初就是为了让大人孩子都能看。"一方面，短片的内容由众多儿童熟知的卡通人物做比喻，讲述风格充满童趣，家长大赞其短片可以避免自己对孩子进行性教育时的尴尬，收获了很多网友的口碑。另一方面，短片的爆红也从侧面反映了中国教育体系忽视了儿童性教育的问题。《一分钟性教育》在各大视频网站都有转载，口碑均不错。

(12)《李献计历险记》

2009年，李阳完成了他时长20分钟的动画处女作短片《李献计历险记》，并通过网络渠道播出，没想到播出的网站"遭遇"疯狂的点击量，该短片被网友评为"2009年最牛的国产动画片"，也获得了2010年土豆映像节最佳动画片奖。故事的主人公李献计一直也来坐在PS3面前打一款很难打通关的游戏，因为他听说只要打通关就能回到过去，他一直心心念念想回到和他同患有时差症的女友王倩分手前的时候，不惜以卖肾为代价买装备，用尽各种手段，终于打通关回到了过去，可是在过去等待他的却是不一样的王倩，李献计难掩失落却仍坚强的回去重新打游戏，直到老去。当李献计在终于穿过那扇正确的门的时候，迎接他的，却是一个象征着永恒绝望的由雨后深渊所映照出来的自己。除了超高的点击率，这部剧也被网友称作是充满人生哲学味儿的一部动画短片。

（13）《泡芙小姐》

2011年由优酷和北京互象动画有限公司共同出品的系列都市时尚情感剧《泡芙小姐》在中国第一视频网站优酷网独家首播，该剧启用2010年"11度青春"系列剧《泡芙小姐的金鱼缸》原班人马，采用真实场景拍摄与3D动画人物结合的制作手法，成为截止至2011年优酷网最大规模的网络视频在线短片。泡芙小姐系列短片定位于中国版的《欲望都市》，目前已出第四季，每一季都有一个主题围绕泡芙小姐而展开，爱情、工作和大都市生活，每一集都由一个看似独立却彼此关联的故事组成，主要来源现实生活中的狗血情节，每集11~20分钟不等，共有104集，分为8季。作为"优酷出品"2011年的第一波，《泡芙小姐》第一季预告片一播出就引来数十万网友的热捧，历时三年的4季网剧截至2013年的总播放量已远远超过2亿，百度搜索43万条，微博搜索数也到达230万条，也拥有了近百万的泡芙小姐粉丝，无疑已为优酷网赚足了点击率。

二、网络微电影发展现状

1. 网络微电影5年清单

微电影，即微型电影，一般只在电脑、手机等新媒体平台播放，是一种在网络与数字化时代背景下从电影和电视剧基础上衍生而来的综合艺术，一种小电影。它通常也具有较为完整的策划、制作过程，有完整的故事情节，甚至同传统电影一样有知名的投资方、发行方，但是时长一般比较短，即"三微"——"微（超短）时（30秒－300秒）放映"、"微（超短）周期制作（1－7天或数周）"、"微（超小）规模投资（几千－数千/万元每部）"。由于这种电影以在互联网上播出为主，因此它实际上也是广义的"网络视频"的一部分。但与一般网络视频不同的是，微电影的商业性更强，其背后常有商业因素驱动，且更加偏向于专业影视制作，讲究人物、故事、对白、画面、配乐、主题等各种元素，有较高的质量要求。

按照业界公认的说法，一般将2010年定义为"微电影元年"。事实上，并非类微电影形式的视频作品2010年才出现，此前也有一些DV爱好者试水，不过其一直局限于小圈子内，得到的关注也不多，而从2010年开始，"微电影"才真正"火"起来，微电影的概念也才开始广为人知。2010年当年，中影集团策划，汇集11余位新锐导演的新媒体短片——《11度青春》系列微电影先后上线，其中《老男孩》一片在极短时间里迅速红遍网络，一个月内就获得了上亿点击量，登上各大网站搜索榜榜首，成为微电影最成功的范例。同一年里，由吴彦祖主演的动作悬疑微电影《一触即发》，周杰伦、陈冠希、古天乐、吴建豪主演的《自行我路》及由王大治主演的《生日》等一批微电影也纷纷播出，使微电影迅速走红。

此后的2011年—2013年，我国微电影实现了爆发式发展，每年都有数千部作品问世，点击量、转载率、评论数、影响力都不断增强，一些相关的比赛、颁奖活动也层出不穷，一些优秀作品还成功在市场中打开局面。在微电影走红的态势下，连一些一线电影界知名大导演也推出了微电影作品，如贾樟柯导演了公益微电影《爱的联想》，陆川导演了剧情片《北北，北北》，刘伟强导演了奇幻微电影《时间档案馆》，姜文团队制作了亲情片《看球记》、徐铮团队制作了喜剧片《一个佳作的诞生》……在这些片子里，有不少明星大腕加盟。这些均提高了微电影的档次和人气。

经过近几年的发展，目前国内已经形成了将近百个微电影网站，积聚了大量的微电影资源，这其中比较知名的网站有三十余个，主要是爱微电影网、V电影网、爱奇艺微电影、黑夜微电影、乐视网微电影、新浪微电影、央视微电影、腾讯微电影、乐乐微电影、大学生微电影、微影网、土豆微电影、爱微影、飞米网微电影、四川微电影门户、A67微电影频道、迅雷看看微电影、久久微电影、点点微电影网、好看的微电影排行榜、微电影天堂、网易微电影、重庆卫视微电影、2345影视微电影、中国微电影网、东北网微电影、美微网微电影、天翼视讯微电影、唯象网微电影、搞笑微电影、微电影之家、爱微丢电影网、爱上微电影网、好看的微影讯、爱微网微电影等。

与此同时，大批微电影协会组织也纷纷成立，其中既有包括光明网在内17家视频网站联合成立的"中国微电影视频网络平台协作体"，还有不少地方协会和民间组织，如绵阳微电影协会、广东微电影协会、香港微电影协会、郑州微电影协会、北京微电影协会、珠海微电影协会、中山微电影协会、苏州微电影协会、成都市微电影协会、惠州市微电影协会、中国微电影协会、唯妙微电影协会、清远微电影协会、无锡微电影协会、渤海大学微影协会等。一批微电影制作、交流网站也如雨后春笋般涌现出来，如提供微电影剧本的有教客网微电影剧本、扫花网微电影剧本、幻都网微电影剧本、360微电影剧本、没有电影微电影、爱微电影网剧本等，很多相关制作公司、机构也逐渐出名，如龙域光彩微影制作、润道传播微电影制作、深度传媒微电影、成都暴雨文化微电影、澎澎影视企业微影、广州市睿影微电影、北京零度数字、苏州方向文化传媒等等。

通过搜集、整理、汇总，2010年—2013年，我国主要微电影作品如下表：

2010年我国主要网络微电影列表

序号	片名	类型	时长	导演	出品方
1	一触即发	广告	90秒	Frank Vroegop	凯迪拉克
2	老男孩	青春	42分钟	筷子兄弟	中影、优酷
3	李雷与韩梅梅	爱情	13分钟	方刚亮	中影、优酷
4	泡芙小姐的金鱼缸	文艺	18分钟	皮三	中影、优酷
5	东本西游	爱情	9分钟	李冯	中影、优酷

序号	片名	类型	时长	导演	出品方
6	拳击手的秘密	喜剧	13分钟	张亚光	中影、优酷
7	L.I	剧情	13分钟	张亚东	中影、优酷
8	江湖再见	青春	14分钟	沈严、唐浚	中影、优酷
9	阿泽的夏天	青春	15分钟	张跃东	中影、优酷
10	哎	爱情	13分钟	尹丽川	中影、优酷
11	局外人	悬疑	15分钟	王冕	盛大影视
12	夏花	动漫	12分钟	何洁、蒋明海	未知
13	密室失踪	悬疑	27分钟	未知	未知
14	雷锋侠	励志	27分钟	马史	K2影像
15	疯狂的鞋子	剧情	27分钟	杨平道	未知
16	真实与谎言	科幻	28分钟	陈博	未知
17	最初的梦想	青春	53分钟	兰波	动静工作室

（数据来源：互联网资料整理而成）

2011年我国主要网络微电影列表

序号	片名	类型	时长	导演	出品方
1	希望树	公益	9分30	刘珍钊	诺奇时装
2	交易	亲情	5分钟	王崟鉴	王崟鉴工作室
3	青春期	青春	51分钟	管晓杰	光影华视、友缘影视、芭乐
4	小马	剧情	15分钟	罗永浩	优酷、东乐影音
5	曼陀罗	魔幻	19分钟	田蒙	腾讯
6	卡地亚真爱	爱情	16分钟	卢卡·圭达尼诺	卡地亚
7	雪之约定	广告	6分钟	杨松	三星
8	66号公路	动作	2分钟	Anthony Hoffman	凯迪拉克
9	极光之城	动作	3分钟/集	Gil Wandsworth	路虎揽胜
10	微绑架	喜剧	11分钟	金赫	金赫导演工作室
11	Find me	广告	1分钟	热雷米·阿孔	OPPO手机
12	私信门	爱情	15分钟	嘉伟	新浪
13	梦游症	音乐	15分钟	周楠	天娱、腾讯
14	双重保险	伦理	27分钟	宋川	北京艺云时代国际影视
15	相约山楂树	爱情	30分钟	杨冠玉	合润传媒、凤凰网
16	眼睛渴了	励志	13分钟	达奥	未知
17	看球记	剧情	10分钟	姜文	天润星影视

序号	片名	类型	时长	导演	出品方
18	路过死神的生命快递员	搞笑	4分钟	未知	匹克运动
19	桔子水晶酒店十二星座系列	爱情	31分钟	未知	桔子水晶酒店
20	起死回生的爱	爱情	28分钟	刘璇	合润传媒、新浪网
21	大话腐女	爱情	20分钟	高翔	疯人映像
22	穷二代的party	青春	10分钟	大超	4U乐队
23	我的路	动作	20分钟	许鞍华	优酷
24	土人高朝的救赎	温情	9分钟	焦阳	杨方电影工作室
25	我愿意	爱情	24分钟	田蒙	腾讯、天娱
26	城市映像2：神医	剧情	26分钟	王之	奇艺
27	特殊服务	喜剧	27分钟	黄渤	搜狐
28	小夫妻	爱情	3分钟	曲荣达	搜狐
29	你好吗，我很好	爱情	10分钟	马志翔	土豆网、三星
30	我们都还太年轻	爱情	45分钟	高桐	沈阳九鼎视像
31	叵测	喜剧	12分钟	郑成飞	飞圣电影工作室
32	女生日记	青春	8分钟	陈宇	腾讯

（数据来源：互联网资料整理而成）

2012年我国主要网络微电影列表

序号	片名	类型	时长	导演	出品方
1	干爹	亲情	25分钟	何自强	北京锐影空间
2	远方在哪里	亲情	20分钟	金赫	金赫工作室
3	3克的梦想	励志	45分钟	陈友康 张江	酱油瓶电影工作室
4	刷车	犯罪	18分钟	五百	优酷
5	黑短寿	剧情		郭三皮	陈双印
6	可以在一起	剧情	31分钟	李承鹏	灵思沸点影业
7	寻找	公益	4/9分钟	金卓	青元素微电影
8	外面的世界	青春	10分钟	王聿枫 洪伊列 邓苛	尚沃霖音乐/尚沃霖新媒体
9	杀手的礼物	悬疑	18分钟	沈攀	昆明珥玛数码影像工作室
10	田埂上的梦	励志	6分钟	林珍钊	金鸡服饰
11	十公分	青春	13分钟	李宗蔚	中影
12	爱，在四川	旅游	20分钟	未知	四川省旅游局与《中国国家旅游》
13	恋爱11天	情感	7分钟	陈乐毅	未知
14	被遗忘的梦	励志	15分钟	林建宇、龙春勇	广工大视觉设计系
15	80后集体的回忆	广告	9分钟	未知	健力宝

序号	片名	类型	时长	导演	出品方
16	平行相交	广告	16 分钟	未知	IBM
17	如果	战争	12 分钟	何晟铭	未知
18	鱼刺	情感	29 分钟	未知	酷炫空间
19	失恋 3.3 天	爱情	6 分钟	未知	网易网游《倩女幽魂》
20	青春遁走	爱情	33 分钟	邹城	北师学生工作室
21	别哭我的青春	励志	16 分钟	刘杨	天津博士达
22	对面车站的女孩	爱情	5 分钟	兰若	腾讯
23	勇敢爱系列	爱情	17 分钟/集	林书宇、陈正道、陈思成等	优酷网、湖南卫视、天娱传媒
24	音乐梦天平	励志	12 分钟	霍穗强	嘉媚乐化妆品
25	逆时,恒美	青春	30 分钟	江稚仑	上海佰草集
26	九零	青春	45 分钟	卢鹏飞	北京北广之星文化传播中心
27	110 米栏的天空	励志	20 分钟	曾庆杰	优酷
28	买房?创业!	励志	11 分钟	方星	北京天石和合文化传播
29	不再	励志	30 分钟	宋思阳、张炀	北京自由角度广告
30	再一次心跳	爱情	46 分钟	陈正道	上海全土豆网络科技
31	这一刻,爱吧 2012	青春	30 分钟	陈奕先	可爱多
32	在路上	励志	25 分钟	叶凯	绿源电动
33	你好!忧愁	爱情	25 分钟	马多	联想 idea 达人俱乐部
34	蓝颜	青春	19 分钟	卢安军	未知
35	爱,让我们在一起	励志	7 分钟	庚歌	阳光教育
36	历经艰辛之告白	爱情	16 分钟	路阳	红柿子信息科技、北京华影盛视、美我网
37	爱情只值 80 元	爱情	30 分钟	黄加洛	乐视天一文化传播
38	爱梦想	青春	35 分钟	王恩宇	锋尚文化传播
39	疯狂的乞丐	社会	33 分钟	李墨言、孙学明	安徽品道影视传媒
40	最美的记忆	青春	13 分钟	陈小明	腾讯博客
41	礼物	明星	15 分钟	丁宁	杰西女装
43	礼物	亲情	18 分钟	杜睿	成都新报新媒体
44	毕业那年	青春	88 分钟	姚宇	莱彼特文化传媒
45	面相	剧情	28 分钟	肖然	未知
46	我后来再也没交到像我二十三岁时遇到的那帮人一样的人	青春	8 分钟	2Julia	未知

(数据来源:互联网资料整理而成)

2013 年我国主要网络微电影列表

序号	片名	类型	时长	导演	出品方
1	我爸	亲情	18 分钟	南鑫	腾讯视频 & 原创动力
2	可以在一起	亲情	31 分钟	李承鹏	旗帜传媒
3	最熟悉的陌生人	剧情	23 分钟	赵晓鸥	PPS 网络电视
4	疯狂第一次	青春	49 分钟	任钊萱	峰之盟影视文化（北京）
5	平行交叉线	爱情	12 分钟	范翎	比格娱乐传媒、南京晨报
6	屌丝的逆袭	励志	21 分钟	伍越	中青宝
7	脑瓜子让驴踢了	励志	20 分钟	史彬	齐博传媒
8	初见	爱情	27 分钟	周拓如	腾讯播客
9	鼓舞	励志	17 分钟	张恒	中国网络电视台
10	妈咪	伦理	65 分钟	何迪	海视影视制作中心、锐影空间
11	特殊交易	亲情	22 分钟	姚婷婷	电影频道节目中心
12	青春期3	青春	90 分钟	管晓杰	光影华视
13	光辉岁月	怀旧	2 分钟	麦田	麦田
14	夫妻游戏	剧情	27 分钟	陈正道	洛阳北方易初摩托车
15	出租男友	喜剧	16 分钟	葡桃	未知
16	梦想与沃同行	励志	7 分钟	未知	中国联通
17	上位	青春	93 分钟	管晓杰	光影华视、芭乐、莱彼特
18	抱歉你只是个妓女	爱情	25 分钟	宋新宇	东北师范传媒科学学院院
19	毕业前需要做的十件事	青春	7 分钟	田梦华	潘小斌
20	我要进前十	喜剧	33 分钟	毕鑫业	优酷
21	我们都是坏孩子	伦理	98 分钟	张洋	鸟人艺术，芭乐互动（北京）
22	女王逆袭	励志	17 分钟	许靖少铠	福州乐圈传媒
23	我想大声告诉你	青春	32 分钟	张鹏、迟玉亮	未知
24	女人公敌	剧情	30 分钟/集	管晓杰	光影华视、聚美优品
25	绿茶妹	青春	43 分钟	郭力	麒麟影业新媒体部
26	禁欲	伦理	15 分钟	杨星	六娃传媒
27	这辈子再也不会做的事	青春	23 分钟	王昊	121 影像工作室 & 优卡摄影
29	妈妈的味道	公益	7 分钟	陈苗	华影盛视
30	兄弟	亲情	12 分钟	李长虹	腾讯
31	迷失	青春	16 分钟	邓婕	未知
32	流逝的记忆	青春	14 分钟	张猛	TIME 视觉工作室
33	献给几年后的自己	青春	17 分钟	王申	未知

序号	片名	类型	时长	导演	出品方
34	处男	青春	12 分钟	郭贵东	风象映画
35	2B 青年的无醉人生	喜剧	18 分钟	黄渤	黄渤工作室
36	乙方甲方	爱情	5 分钟/集	王伟	优酷
37	闺蜜	明星	9 分钟	王涛	中影
38	她说	青春	16 分钟	张馨予	未知
39	爱，毕业后	青春	23 分钟	赵宇阳	腾讯播客
40	最后一课	温情	20 分钟	张朗	腾讯、搜狐
41	唯一的你	剧情	27 分钟	陈达翔	陈达翔
42	咱们回家吧	明星	14 分钟	黄海波	优酷

2. 网络微电影代表作

（1）《一触即发》

2010 年，由香港男星吴彦祖主演的微电影《一触即发》标志着中国历史上第一部微电影的诞生。虽然是凯迪拉克投资拍摄的广告，但是投资雄厚、制作精良完全等同于拍电影的大手笔，不仅邀请了世界顶尖级导演 FrankVroegop（戛纳广告金狮奖得主），而且为电影投入一亿巨资专业制作，剧本也是来自同名网络微小说《一触即发》，如此豪华阵容让人赞叹。90 秒的《一触即发》剧情却是"麻雀虽小五脏俱全"，故事讲述的是吴彦祖扮演的特工要完成一笔高科技交易，在负责运送新产品到安全地点的途中遭遇袭击，为了完成任务他与女特工 Lisa 合作对敌人进行一场有勇有谋的斗争最终完成任务。2010 年，凯迪拉克与中影集团合作推出的微电影《一触即发》点击量破亿，引起行业的广泛关注，而这仅仅只是网络微电影的萌芽。

（2）《老男孩》

2010 年 10 月 28 日，一部名叫《老男孩》的网络微电影上线，当天立刻引来业内人士的关注和网友的疯狂转载，上线 5 天视频点击量就超过 300 万，网友跟帖达到 13000 条，它以病毒式的传播速度席卷整个网络。《老男孩》是 2010 年优酷出品《11 度青春》系列微电影的其中之一，无疑也是最受网友追捧的一部，点击率超过 4000 万。自编自导自演的这对组合筷子兄弟讲述的是他们到中年重新登台找回梦想和回忆青春的故事。它不仅有准确精良的制作水准，还有接地气的剧本、音乐，更有让观众"笑着流泪"的功力。《老》的横空出世引发了 70、80 后的集体大怀旧，接着引发了一系列的社会效应和商业效益，以至于后来它被业内人士称为成功微电影的代名词。

（3）《希望树》

2011 年，《希望树》服装品牌诺奇公司拍摄的一部慈善微电影，在该企业十周年之际为社会传达企业的"大爱"文化，影片虽只有 9 分 28 秒，但秒秒是泪

点,一个小细节令网友泪流满面,上线没几天播放量就突破百万。《希望树》是根据中国梦想达人秀第三季的高人气选手刘寅的真实经历改编的,讲述的是刘寅来到云南一处贫困小学教书,他的到来给那些穷苦的孩子们带来了欢乐和希望,在这个艰难的环境中他支教了三年,没有工资,便利用在酒吧卖唱、卖唱片赚的钱给那些可怜的孩子们买肉吃,和他们结下了深厚的感情,结束后他决定离开的故事。

(4)《李雷与韩梅梅》

2010年优酷《11度青春》系列微电影中一部未拍先火的片子——《李雷与韩梅梅》引来不少话题。因为这一对男女主公的名字从1993年起就出现在初中英语教科书中,虽然只是插图和对话,但难免会让许多同学充满想象。此部影片的男女主角化身成了一对打工的年轻恋人,讲述的是在他们之间发生的甜蜜而曲折的爱情故事,让曾经对他们的关系浮想联翩的80、90后们过足了瘾。此后以李雷与韩梅梅为主题创作的话剧、电视剧陆续出炉。

(5)《干爹》

2012年6月17日一部献给父亲节的电影上线,引来了超高的人气和关注度,获得网友的一致好评,56网上的播放量为6936万,是56网年度人气电影第三位,它就是《干爹》。故事讲述的是北漂女小莫为了虚荣搭上一个"干爹",从此沉迷于对物欲的追求。小莫的亲爹发现后对其警醒她却无动于衷,反而伤害自己的亲爹令父亲无比痛心。小莫和干爹的相处中遭遇到了挫折,她的亲爹为了女儿与干爹发起了抗争,使得小莫最终回归内心。影片想要表达的是一场伟大的父爱,告诫那些像片中女主角一样迷茫的人能够及时清醒,回到亲爹身边,摆脱这种虚荣的寄生虫生活。

(6)《交易》

《交易》是根据一个真实故事改编的网络微电影。2011年,著名广告导演王崇鉴的工作室推出了他们独立的微电影《交易》,讲述的是一个七、八岁的农村小女孩天天照顾卧病在床的妈妈起居,为了给妈妈治病,她每天都靠捡垃圾来给妈妈赚看病的钱,一天一天用稚嫩的小手在本子上计算着医疗费的差额,但是捡垃圾的钱实在太少了,她看见妈妈的病情逐渐恶化却无能为力,终于一天她找到人贩子要求把自己卖了给妈妈凑医药费。虽然《交易》只有5分钟,但影片中的小女孩的一句:"叔叔,你把我卖了吧,我还差一千八给我妈妈治病……"让数以百万计的网友心疼着。该剧在网上播放率很高,并引来数以千计的评论。

(7)《青春期》

2011年7月16日,光影华视、友缘影视、芭乐联合出品的网络微电影《青春期》在酷6、优酷、土豆、爱奇艺同步播出,播出50天后创下记录:酷6播放3000万次,引用数200万条,站外约7000万次,总播放数超过一亿,相关新闻稿件发布量达247篇,搜索引擎收录量综合超过3000万条。时长为51分钟的影片投放到网上之后,故事引起很多网友的共鸣。影片的女主人公是一个因父母离异造成价值观错误的90后叛逆女孩,名叫程小雨,男主人公是一位生来胆小的90

后男孩王小菲，小菲为了保护小鱼同时让小雨迷途知，用鲜血、勇气和意志换回了善良的人性，用沉痛的代价证明了90后误会的青春。影片的价值就是在于唤起社会对90后的关注，并思考如何让一个小龄群体健康成长。

(8)《远方在哪里》

2012年12月，一位朝鲜族导演金赫用他独特的视角自编自导了微电影《远方在哪里》。这是一部以故事取胜、以亲情动人的影片，故事情节是：一对姐弟出生在平凡工人家庭，家里重男轻女让姐姐嫉妒弟弟把他手风琴摔坏了，爸妈为了再给弟弟买个新的只能去危险的工厂打工赚钱，没想到出意外双亡。两姐弟寄养在姨妈家，姐姐重新看待弟弟，成绩好的姐姐选择辍学打工来圆弟弟的音乐梦。后来弟弟学琴略有小成却发现从未对姐姐付出过，于是亲自指挥送给姐姐一首饱含深情的曲子，可是过去的伤痛和代价已经无法找回。它是"首部城市感悟系列微电影"《生活相对论》的上海篇，网友们把它评为2012年微电影中的一记重磅"催泪弹"，导演带领观众回到过去的艰辛中看看，清清已被暗淡的伤疤，短短的二十分钟，却让人陷入无限的感慨，是一部很有代表性的佳作。

(9)《刷车》

2012年9月20日，由鬼才五百执导，实力派人气男星张译主演的悬疑类犯罪微电影《刷车》在优酷首播。这部由优酷出品的18分钟的微电影是2012年网络微电影市场上一道炫目的闪电，虽短却是一个完整惊悚故事，播出后掀起又一轮点播热浪，几天内就轻松拿下百万播放量。影片中三男一女四位主角一个狭窄、简陋的修车店为网友们上演了一场惊心动魄、悬念丛生的警匪故事，在影片结尾还给观众一个开放式结局，撩起了观众无尽的猜想。张译饰演的性格懦弱的刷车"怂男"也深得网友的喜爱，五百导演也获得了多个奖项：获南京金微奖－国际微电影节颁奖礼暨"2012华语影视动作、特技星光盛典"最佳剪辑奖；入围2012年微电影金瞳奖，最佳导演和最佳代言两项提名。

(10)《我爸》

这是一个展现父子情深的电影，一部长18分钟的微电影。2012年12月19日，由天使投资人甘健投资，南鑫导演的情感类微电影《我爸》在网上热播，2013年1月14日腾讯视频正式出品。故事讲述的一个在外地做事的酒鬼回到家乡发现自己有一个八岁的亲生儿子，面对不愿承认自己的儿子，酒鬼用尽各种手段，从粗暴到狡猾对于儿子来说都无济于事，为了满足儿子想要的电脑，酒鬼父亲付出了自由的代价把自己送进监狱，也不惜满足儿子，直到儿子捧着电脑承认他的那一刻。好的影片从不会被埋没，《我爸》一放到网上就引来网友们热烈的讨论与强烈的共鸣，引起人们对于中国式父爱的讨论。

(11)《3克的梦想》

2012年，PPS、爱奇艺、百度视频等各大视频网站纷纷买下《3克的梦想》播出版权，影片一上线不仅得到业内人士的肯定而且引来无数网民的热议以及超高的播放量。故事讲述的是一个年仅6岁的农村小男孩为了打上一个2毛钱乒乓球的励志故事。2.7克的乒乓球、0.1的毅力、0.1的智慧和0.1的挚爱竟然构成

了他小小年纪却沉甸甸的3克梦想。让人意想不到的是，这部手法纯熟的、感人肺腑的儿童励志影片竟然出自两名"上戏"学生之手，更可喜的是一出道就得到不少褒奖：台北国际短片电影节最佳新人奖、中国体育微视频剧情金奖、荣获第二届中国北京国际微电影节最佳影片奖、入围第四届澳门国际电影节金莲花奖单元、台北第五届全球华人数字电影第15强。

(12)《黑短寿》

2012年，新锐导演郭三皮完成了他自编自导的处女作微电影《黑短寿》。影片具有很多特色：首先拍摄地点是在他老家山西沁水县中山岭村；其次片中的每一个人全部是非专业演员，所以每一个人几乎本色演出；再次，剧本是根据真实发生的人和事改编而来的，很真实。"黑短寿"是沁水地区的一个方言，是对片中男主角的一种贬义的称呼。故事讲述的是在中山岭村过年时，从外面来了一个与之格格不入的人，他西装革履装得财大气粗想让大家对他另眼相看，反而得到村民们更冷漠的对待。三十儿的下午，一群不速之客含恨而来，在男主角遭遇袭击之时，无人伸手相助，只有村里一些天真无邪的孩子们同情他给予仅有的温暖。浓郁的地方色彩和微妙的细节描摹等让这本影片吸引着众多网友的眼球，也创下超高的播放量，同时还获得第九届中国独立影像年度展优秀短片、第二届大学生微电影节最佳剪辑奖、第六届土豆映像节最佳男演员和独立精神奖提名、入围第三届中国国际电影节等殊荣。

(13)《可以在一起》

2012年，国内最大的原创视频网站、优质微电影网络播放平台56网发布了2012年度十大人气微电影，在近百部高质量的微电影中由著名社评人、作家李承鹏跨界执导的《可以在一起》以622.8万播放量的好成绩名列第一。《可以在一起》选在六一儿童节期间上线，在短短四天的时间内网络播放量就闯破300万大关。真实、感动的情节不仅感动了百万网友，而且感动了无数各行各业的名人纷纷对其给予高度评价。影片讲述的是一位名叫"可以"的小学生想和爸爸妈妈一起参加一个亲子作文比赛，可却得知父母即将离婚的消息，为了阻止自己的爸爸妈妈分开，"可以"使用各种搞笑又心酸的手段，并闹出了很多感人的笑话。

(14)《寻找》

《寻找》由青元素微电影、吃亏是福慈善基金会共同出品，影片制作精良，发行借力合润的相关梦想系列，共同推出微博打拐季，助推公益微电影发展。全网播放量达到2000万以上，发布后获得了媒体、多家公益机构以及同行的广泛关注。先后获得联合国盖茨基金会社会化公益大会唯一展映影片，壹基金公益映像节最佳摄影奖，商务部指导主办的微电影大典最佳纪录片奖，李静、薛蛮子、邓飞、姚劲波等行业领袖微博推荐。故事讲述的是一位父亲花了七年的时间辗转23个城市，历经无数艰辛，解救了26个孩子，帮助21个家庭团度，而他的孩子至今下落不明。

(15)《外面的世界》

《外面的世界》是一部毕业季微电影，片中男主人公奥特曼经历了失恋后，决定做自己的超人，在事业上拼命打拼，在遇到挫折时独自一人买醉，直到他开始相信北京这座城市，因为他开始相信自己。女主人公上大学时家中贫困，迫于生计找了两份兼职工作，却在工作时被无良的顾客用面扣在了头上，无辜而委屈的她决定带上面具，用另一种态度面对生活。直到一天，两人相遇，男生摘掉了自己和女孩的面具，相拥而泣。整部电影男主人公一直都没有露出过自己的脸，女主人公在片中也戴上了面具。除了在生活中隐藏自己外，也预示着这两个人有可能是我们生活中的每一个人。

第12章 网络作品影视改编

一、网络作品影视改编清单

网络作品影视改编历经十余年,从无到有,并逐渐走向成熟。网络作品影视改编大致可以分为三个时期,这三个时期分别是:2000年至2003年,网络作品影视改编的起步期;2004年至2009年,网络作品影视改编的发展期;2010年至今,网络作品影视改编的初步成熟期。将2004年和2010年作为分隔点是因为,与前几年相比2004年推出的改编作品量突然增多,2010年张艺谋的《山楂树之恋》上映,网络作品影视改编正式被大众熟知并引起关注,且从2010年开始网络作品影视改编数量呈现"井喷"。网络作品影视改编发展至今出现百花齐放的局面,掀起了"文学改编影视的第二次浪潮"。

网络小说改编的影片清单

序号	网络作品	作者	发表网站	电影作品	改编者	上映时间	出品公司
1	《第一次亲密接触》	蔡智恒	台湾网站	《第一次亲密接触》	金国钊	2000	学者电影有限公司
2	《北京故事》	筱禾	网络杂志花语	《蓝宇》	关锦鹏	2001	关锦鹏工作室
3	《荒村》	蔡骏	榕树下	《荒村客栈》	张箐	2006	北京保利博纳电影发行有限公司
4	《我和一个日本女孩》	抗太阳	天涯社区	《意乱情迷》	徐宏辉	2007	北京星光大道影视制作有限公司
5	《三岔口》	周德东	红袖添香	《门》	李少红	2007	北京荣信达影视艺术有限公司
6	《地狱的第十九层》	蔡骏	榕树下	《第十九层空间》	黎妙雪	2007	美亚娱乐信息集团有限公司
7	《谁说青春不能错》	何小天	新浪网	《PK.COM.CN》	小江	2008	北京紫禁城影业有限责任公司
8	《和空姐同居日子》	三十	红袖添香	《恋爱前规则》	蒋钦民	2009	北京新表现影视文化传播有限公司
9	《我的美女老板》	提刀狼顾	红袖添香	《我的美女老板》	李虹	2010	九州中原数字电影院线有限公司

序号	网络作品	作者	发表网站	电影作品	改编者	上映时间	出品公司
10	《山楂树之恋》	艾米	海外网站"文学城"	《山楂树之恋》	张艺谋	2010	北京新画面影业有限公司等
11	《杜拉拉升职记》	李可	榕树下	《杜拉拉升职记》	徐静蕾	2010	中国电影集团公司、DMG娱乐传媒集团
12	《失恋33天》	鲍晶晶	红袖添香	《失恋33天》	滕华涛	2011	完美世界影视文化公司等
13	《请你原谅我》	文雨	晋江	《搜索》	陈凯歌	2012	新丽传媒、21世纪盛凯影业
14	《那些年我们一起追的女孩》	九把刀	台湾网站	《那些年我们一起追的女孩》	九把刀	2012年内地上映	群星瑞智艺能有限公司等
15	《致我们终将逝去的青春》	辛夷坞	榕树下	《致我们终将逝去的青春》	赵薇	2013	华视影视传媒有限公司

网络作品改编的电视剧清单

序号	网络作品	作者	发表网站	电视剧	改编者	上映时间	出品公司
1	诅咒	蔡骏	榕树下	魂断楼兰	王强	2004	中国文采声像出版总公司
2	蝴蝶飞飞	胭脂	新浪网	蝴蝶飞飞	何洛	2004	北京圣天骄影视文化艺术有限公司
3	小雏菊	洛心	书香中文网	斗鱼	柯翰辰、霍达华	2004	多曼尼事务所
4	血色浪漫	都梁	榕树下	血色浪漫	滕文骥	2004	广州优乐文化传播有限公司
5	爱上单眼皮男生	胭脂	新浪网	爱上单眼皮男生	王丽文	2005	北京博瑞杰国际影视文化传播有限公司
6	爱你那天正下雨	胭脂	新浪网	爱你那天正卜雨	何洛	2005	北京博瑞杰国际影视文化传播有限公司
7	亮剑	都梁	小说阅读网	亮剑	张前、陈健	2005	海润影视制作有限公司
8	幸福像花样灿烂	石钟山	起点中文网	幸福像花儿一样	高希希、王宛平	2005	八一电影制片厂、北京电视艺术中心
9	给我一支烟	美女变大树	红袖添香	夜雨	赵宝刚	2006	北京鑫宝源影视投资有限公司
10	会有天使替我爱你	明晓溪	晋江	会有天使替我爱你	叶鸿伟	2006	山东电视台北京二十一世纪影音公司等
11	向天真的女孩投降	冷眼看客	红袖添香	向天真的女孩投降	傅东育	2006	上海三九文化发展有限公司等
12	双面胶	六六	新浪网	双面胶	滕华涛	2007	北京华录百纳影视有限公司
13	成都，今夜请将我遗忘	慕容雪村	搜狐	都是爱情惹的祸	刘惠宁	2007	上海电影集团公司、上海大万文化

序号	网络作品	作者	发表网站	电视剧	改编者	上映时间	出品公司
14	王贵与安娜	六六	搜狐	王贵与安娜	滕华涛	2008	华录百纳影视有限公司
15	原来我不帅	Lowes	台湾网站	原来我不帅	张哲书	2008	中国台湾地区
16	天眼	景旭枫	天涯论坛	国家宝藏之觐天宝匣	达志	2009	慈文影视制作有限公司
17	蜗居	六六	网易	蜗居	滕华涛	2009	上海电视传媒公司等
18	理工大往事外传	ZT	新浪网	向周星驰致敬先	范小天	2009	苏州福纳公司
19	未央·沉浮	瞬间倾城	大学生小说网	美人心计	于正	2010	全盛时代、紫骏辉煌等
20	佳期如梦	匪我思存	晋江	佳期如梦	沈怡、宋洋	2010	湖南经视文化传播有限公司等
21	泡沫之夏	明晓溪	红袖添香	泡沫之夏	江丰宏	2010	上海电影
22	和空姐同居的日子	三十	看书网	和空姐一起的日子	何念	2010	深广传媒公司
23	碧甃沉	匪我思存	晋江	来不及说我爱你	曾丽珍	2010	北京光彩世纪文化艺术有限公司等
24	婆婆来了——玫瑰与康乃馨的战争	阑珊	文轩网	婆婆来了	梁山、陈宝华	2010	SMG影视剧中心、上海东霈
25	S女出没,注意	王芸	红袖添香	一一向前冲	王加宾	2010	中国国际电视总公司、安徽电视台
26	婚姻守卫战	伊如璟	晋江	婚姻守卫战	赵宝刚	2010	上海剧酷文化传播有限公司
27	杜拉拉升职记	李可	榕树下	杜拉拉升职记	陈铭章	2010	上海传媒公司、上海展杰文化公司
28	特战先驱	业余狙击手	铁血网	雪豹	陈皓威	2010	北京梦舟文化传播有限责任公司
29	裸婚——80后的新结婚时代	月影兰析	红袖添香	裸婚时代	滕华涛	2011	北京光彩世纪文化艺术有限公司
30	步步惊心	桐华	晋江	步步惊心	吴锦源	2011	上海唐人电影制作有限公司
31	倾世皇妃	慕容湮儿	红袖添香	倾世皇妃	梁辛全	2011	湖南广播电视台、林心如工作室等
32	千山暮雪	匪我思存	看书网	千山暮雪	杨玄	2011	浙江梦幻星生园影视文化有限公司等
33	后宫甄嬛传	流潋紫	晋江	甄嬛传	郑晓龙	2011	北京电视艺术中心
34	钱多多嫁人记	人海中	晋江	钱多多嫁人记	王小康	2011	北京搜狐公司
35	浮沉	崔曼莉	小说阅读网	浮沉	滕华涛	2012	SMG、尚世影业

序号	网络作品	作者	发表网站	电视剧	改编者	上映时间	出品公司
36	婆媳拼图	仇若涵	起点中文网	瞧这两家子	吕小品	2012	山东影视集团
37	刑名师爷	沐轶	起点中文网	刑名师爷	袁晓满	2012	北京华影盛视文化传播有限公司
38	AA制婚姻	张无花	红袖添香	AA制生活	赵晨阳	2012	冠亚文化传媒有限公司
39	遍地狼烟	李晓敏	搜狐	遍地狼烟	虎子	2012	浙江横店影视制作有限公司
40	妲己的任务	张鼎鼎	晋江	浪漫满厨	田隽	2012	上海中显影视文化传播有限公司
41	我和我的经济适用男	人海中	晋江	我的经济适用男	蒋家骏	2012	天视卫星传媒股份有限公司
42	卜案大唐李淳风传奇	小号鲨鱼	小说阅读网	卜案	王弈开	2012	海润影视
43	烟火阑珊	瞬间倾城	晋江	乱世佳人	吴锦源	2012	紫骏影视传媒集团
44	小人难养	宗昊	起点中文网	小儿难养	曹盾	2013	北京金逸盛典文化传播有限责任公司、湖南卫视
45	盛夏晚晴天	柳晨枫	红袖添香	盛夏晚晴天	麦贯之	2013	欢瑞世纪影视传媒，美亚传媒
46	长安三怪探	独孤门下	豆瓣	长安三怪探	庄宇新	2013	幸福蓝海影视文化集团股份有限公司等
47	到爱的距离	朱朱	晋江	到爱的距离	简川訸	2013	山东影视集团
48	新剩女时代	美良	网易博客	非缘勿扰	赖水清	2013	慈文影视、紫晶泉、中视美星
49	重生豪门千金	十三春	起点女生网	千金归来	罗灿然	2013	克顿影视四海兄弟影视
50	殇璃	雪灵之	晋江	倾城绝恋	何东兴	2013	西安曲江影视投资有限公司
51	棋逢对手	兰若小倩	榕树下	棋逢对手	刘心刚	2013	浙江华策影视股份有限公司
52	成了自己的碧海蓝天	蓝小汐	天涯	未婚妻	陈慧翎	2013	湖南卫视
53	当爱已成往事	朗琅	晋江	鸳鸯佩	黄家辉	2013	北京捷成时代文化传媒有限公司
54	花开半夏	九夜茴	红袖添香	花开半夏	李少红	2013	芒果影业荣信达影视
55	烟火阑珊	瞬间倾城	晋江	烽火佳人	袁英明	2013	紫骏影视传媒集团
56	被时光掩埋的秘密	桐华	新浪网	最美的时光	曾丽珍	2013	浙江梦幻星生园影视、湖南卫视

二、网络小说影视改编的利与弊

1. 网络小说影视改编的优势

（1）网络小说资源充足，改编价格实惠

自各大网络文学网站的建立，网络写手的层出不穷，为影视剧的改编提供了数量庞大、储存丰富的网络小说。这些小说不仅数量繁多，且题材多样，如都市、言情、穿越、后宫、官场、武侠、修真、玄幻、军事、灵异、纯爱等等。晋江网的总编王赫男就曾说过，网络小说作为影视改编的素材库有其自身的优势。第一，由于网络小说题材广泛，编剧可以根据自己的喜好选择不同题材的网络小说进行改编。第二，网络写手可以根据读者的阅读心态及时调整剧情走势，同时海量的作品可以满足不同读者的要求，这样编剧在选择时更有针对性。第三，经典的小说不会褪色。目前比较热门的网络小说影视改编如《致青春》、《步步惊心》、《后宫甄嬛传》等原著都是前几年为读者熟知的作品。由此看出，多元化、新颖性强的网络小说影视改编，能够更好的顺应受众的需求，满足不同人群对于影视剧的品味，带来巨大商机。

除此之外，网络小说影视改编价格实惠，这是网络写手与影视公司共赢的结果。一方面网络写手可以获得知名度，另一方面影视公司能够降低成本。编剧桂东鸣曾表示："网络文学改编时只要把原著改编成一个可适用于影视剧拍摄的脚本即可，这样的改编剧一集稿酬最多 2 万元，相比国内一线编剧 20 万元一集的价格，绝对是物美价廉。"据了解，收视火爆的电视剧《裸婚时代》，其改编权仅卖了 30 万元。

（2）网络小说内容的娱乐性和情节的起伏性符合影视剧改编要求

首先，从内容上来看，网络小说多为描写都市生活、情感经历、职场工作等内容，这些是普通百姓生活最直接的反映，因此能引起大多数读者的共鸣。由此可见影视剧改编时，往往会选择贴近百姓生活、阅读率较高的网络小说。如伊如璟的小说《婚姻守卫战》，描写的是都市男女对理想的夫妻关系、纯净的人类情感、健康快乐的人生进行不懈的探索和追求的故事。这一故事在现代社会中普遍存在，影视剧一经播出，就掀起新一轮收视高潮、引发无数话题。又如李可的《杜拉拉升职记》讲述了都市白领杜拉拉从一个默默无闻的职员，经过自己的不懈努力，成长为一个企业的高管的故事。而在现实生活中，这样的事情也是比比皆是的，这样的影视剧更能吸引年轻人。再如鲍晶晶的《失恋 33 天》讲述女主角黄小仙从遭遇失恋到走出心理阴霾的 33 天，在两性关系发生变化的今天，失恋已成为普遍性的社会问题。在该剧上映之时，便受到了年轻人的追捧。"现代戏会尽可能加入更多的社会话题，各个阶层、职业的情况都会涉及，观众在每部剧中都能够找到身边人的影子。"

其次，从情节上来看，大多数的网络写手都需要依靠小说的点击率来获得收入,一旦作品更新速度不快、不好看,点击率就会减少。因此为吸引读者的持续关注,网络写手一般会将情节安排得较为紧凑,悬念设置也较多。此外,为增加小说的耐读性,写手还会增加更多的矛盾冲突,令读者一直处于紧张状态。这就是网络小说与传统小说区别的关键所在。以往很多优秀传统小说,例如莫言、张爱玲的一些著作,虽然内容深厚,但是故事情节淡化,很难改编成影视剧。而网络小说在情节模式上的开拓,使其具备了戏剧化程度高、冲突性强等特点,符合影视剧的改编要求。

(3) 收视群体契合,为影视剧改编提供了收视保障

据CNNIC第27次《中国互联网络发展状况统计报告》显示,截至2010年12月,中国网络文学用户规模达到1.95亿人,其中80%的人表示愿意看网络小说的电影和电视剧。这就说明由网络小说改编的影视剧具有潜在的收视群。巨大收视群体的存在主要是两个方面因素引起的:

一方面网络写手的大众化、平民化。与传统文学相比,网络文学具有公共性的开放空间,任何人只要拥有互联网,就可以随时随地进行创作。这使得文学创作从少数精英作家的专利变成网民参与的创作活动。在网络世界中,网络写手可以自由地表达自己的感想与抒发自己的情感。同时,他们往往能站在普通百姓的角度来观察生活,展现最原生态的生活。如六六的《蜗居》、伊如璟《婚姻守卫战》、月影兰析《裸婚——80后的新结婚时代》等作品,写的都是一些生活中遇到的琐碎,但最真实地表达了现代都市人的生活状态。他们的文字里包含了对生活无奈的感慨,对命运不公的抗争以及对生活压力的反抗,这些都能得到大部分年轻人的情感认同。因此,这在一定程度,为网络小说影视剧的改编提供了观众群。

另一方面读者的参与性、互动性强。网络的交互性为网络文学的发展创造了自由、公开的环境,作者和读者的互动、读者与读者的互动变得便捷而平等。一部作品一经上网,马上可以得到读者的反馈,读者会对小说质量、情节好坏做出及时评判。大部分的作者会充分尊重读者的意见,根据意见对作品进行不断地修改。这种双向的互动为影视剧的改编打下了良好的群众基础。如流潋紫的《后宫甄嬛传》在起点中文网、天涯论坛以及新浪微博创下惊人的点击率,改拍成电视剧之后也成为2012年最热门的电视剧之一。又如桐华的《步步惊心》,该小说在网上受到读者热捧,改编成电视剧之后收视火爆,引起了穿越剧的热潮。再如辛夷坞的《致我们终将逝去的青春》,由于小说人气高,在被赵薇改编成电影《致青春》后,创下单日华语片票房纪录。

2. 网络小说影视改编的局限

(1) 题材选择的局限性

首先,题材选择的局限性导致无法满足观众的需求。在网络文学网站中,小说题材包括都市、言情、穿越、玄幻、武侠、仙侠、职业、历史、军事、灵异、同人等,而被改编为影视剧的小说类型多为都市、言情、穿越这些常见题材,如

《佳期如梦》、《爱上单眼皮男生》、《泡沫之夏》、《盛夏晚晴天》。这些类型小说由于情节冲突多,富有故事性是读者爱看而且影视公司感兴趣的题材。由此可见,网络小说影视剧改编的题材远没有其小说类型丰富。此外,有些网络小说人气甚高,但涉及的内容不符合当前的法律及行业规定,改编成影视剧难度系数较大。例如,蔡骏的《诅咒》、《地狱的第十九层》小说被改编成电影上映之前,广电就对电影进行了删减和改动,引起了观众的不满,觉得失去了小说本身的精彩之处。最受欢迎的惊悚玄幻小说《鬼吹灯》系列,也由于题材较为敏感,小说中呈现的波诡云谲的气氛以及宏大豪迈的场面难以通过影视展现出来还没能被改编。

其次,题材选择的局限性导致同质化内容和产业化跟风。网络文学的开放、多元和娱乐化为影视剧提供了更广泛的题材和充实的内容,但题材选择的局限性导致影视公司更加青睐于内容上占优势及成本低廉的网络小说。这就使得网络写手看到某部作品走红网络或创下高点击率时,便会随意跟风,比如家庭伦理剧火了,于是婆媳、公婆频繁出现;穿越剧火了,于是穿越小说轮番轰炸。网络小说的同质化内容和产业化跟风导致影视改编过程中出现类似问题,从《会有天使替我爱你》、《泡沫之夏》这类青春偶像剧,到《蜗居》、《婆婆来了》、《婚姻守卫战》这类家庭伦理剧,再到《倾世皇妃》、《甄嬛传》这类后宫宫斗剧,影视创作陷入一个井喷式的局面,造成观众的审美疲劳。

(2) 追求商业价值,忽略文学性

网络文学的兴盛和发展不仅活跃了文学市场,也繁荣了影视剧市场。在网络作品走向影视剧改编的道路上,受众通过传媒增强了对网络作品的消费性。这种消费性导致改编者更加注重网络作品改编后的商业利益。而商业化是一把双刃剑,一方面可促使更多优秀作品的出现,另一方面会造成恶性竞争的局面,在注重商业利益的前提下容易忽略影视剧的质量,因此改编者只有在商业利益与文化价值之间寻找平衡,兼顾商业利益与文学性,才能使得网络文学的影视剧改编走的更远。

2011年湖南台热播剧《步步惊心》讲述的是现代一名女子因车祸而穿越到清朝,在皇宫内发生了一系列故事。该剧播出后,收视率飙高,其中剧中与阿哥们的感情纠葛成为吸人眼球的亮点,满足了《步步惊心》原著读者的期盼,也使得穿越剧火爆起来。但有些业内人士和观众对这种穿越剧提出了质疑和不满,认为穿越剧的剧情不符合历史发展,是对历史的嘲讽。在穿越剧红火之时,也伴随着不少负面新闻,如某观众看完穿越剧后,由于过分投入剧情当中,认为自己也可以通过某种手段穿越到古代,发生一段奇遇,于是自杀等负面消息随之而来。

对于穿越剧这一现象,虽然火爆一时,但这些作品只能被称之为商品,是单一的娱乐化产物。穿越剧本身并没有什么问题,但问题在于创作者对历史的把握和态度都亟待提高和端正。如果没有正确的历史观和缺乏对当下社会的认知,那么写出和拍出的作品就只能沦为格调不高的商品,对这一题材而言绝无益处。影视剧不仅仅要看重市场和利润,要想让其走的更远,重要的还是百姓的口碑,因为在网络文学影视化的新时期,影视剧最终要迎合的毕竟是老百姓。网络文学需

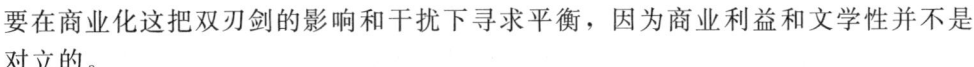

要在商业化这把双刃剑的影响和干扰下寻求平衡,因为商业利益和文学性并不是对立的。

(3) 从小说到剧本的改编难度

第一,情节设置艰难。网络文学网站上的网络小说并非一次性发表完成的,大多数是由网络写手随着读者的喜好进行创作。因而网络小说具有个人随意性,写手可能为获得高点击率改变故事初衷及故事情节。并且在这一过程中,写手会根据读者的反映,对某一个特别偏爱的角色增加故事情节。大部分的网络小说篇幅冗长,内容随意,情节繁杂而粗糙,文章主线不清晰,这就使得网络小说成为一种"快餐式文化",人们追求的不是咬文嚼字,思考故事情节线索之间的关系,而是追求片刻的阅读快感。影视剧作为一种空间艺术,通过声音和影像进行传达,因而对故事情节的完整性和逻辑性有更高的要求。网络小说影视剧的改编,使得受众更加广泛,但同时增加了难度,需要获得不同年龄、不同职业、不同知识水平的观众认可。面对网络小说情节繁杂的特点,改编者一般会梳理出最动人的情节及冲突感最强的情节,删除影视剧不宜表达的细枝末节,尤其是心理描写。但往往是这种删改有时会让影视剧脱离了原著,变得面目全非。如《泡沫之夏》在表现人物复杂的内心活动时,只注重外部的拍摄,忽视了原著主人公内在的思想起伏,甚至出现了没有看过原著的观众看不懂或者误会主角的情况。再如《倾世王妃》中,原小说信息量非常大,但剧本只保留了一个故事框架,其内在的丰富性没有表现出来。

第二,角色定位困难。影视剧通过声音和影像向观众展示故事情节,改编后的影片往往很难完全符合小说原貌,其中作品角色的选定是一个重要影响因素。究竟该如何选择演员这对影片导演来说是一个考验。"一千个读者就有一千个哈姆雷特",读者在阅读小说时已经对角色赋予了自己的想象和定位,而演员有其自身的局限性,不一定能完全体现小说中具有鲜明性格特征的人物形象。因而找到一个既能满足读者期待又能充分展示小说中人物形象的演员是非常困难的。如果读者对某一角色期待越高,往往会有落差,于是便会出现"收视火,骂声高"背离现象。比如电视剧版《杜拉拉升职记》中的主演王珞丹被质疑太稚嫩,撑不住场面,而电影版《杜拉拉升职记》中的主演徐静蕾又被批判太老气,不符合观众心目中青春靓丽的形象。

第 13 章 少数民族网络文学

网络媒体技术促使少数民族网络文学的传播、创作和研究都进入一个全新的时代。2009 年至 2013 年，少数民族文学网站规模面不断扩大，一批少数民族文学写手从网络中脱颖而出，创作出大量优秀的网络文学作品。随着少数民族网络文学的快速发展，研究者也开始将视角投向少数民族网络文学研究领域。

一、少数民族文学网站

文学网站是网络文学的重要载体，在少数民族网络文学发展过程中，网站起着至关重要的作用。据不完全统计，2009 年至 2013 年间，在 55 个少数民族中，已有苗族、藏族、侗族、彝族、回族、瑶族、满族、壮族、蒙古族、保安族、傣族、傈僳族、水族、羌族、佤族、土家族、拉祜族、布依族、哈尼族、白族、撒拉族等 20 几个民族建立起本民族的文学网站、文学频道、文学论坛等网络文学平台。目前，与少数民族文学相关联的网站总数在 100 个左右，如三苗网、侗族风情网、玉溪文学艺术网、毕节文学艺术网、穆斯林文学网、西域风文学网、藏人文化网、感动西部文学网、昭通文学艺术网、新疆作家网（胡杨树文学）、中国西部文学艺术网、梵净山文艺网、西北网络文学网、叶梅文学网、中国民间文学网、云南文艺网、大西北文学网、民族文学网、清水江文学网等。我国少数民族文学网站的兴盛，带动了少数民族网络文学创作的繁荣，但另一方面，我国约还有一半的少数民族没有建设起本民族的文学网站、论坛，一些民族的网络文学创作还处于相对薄弱或空白的状态，如阿昌族、布朗族、德昂族、独龙族、鄂伦春族、基诺族、景颇族、仡佬族、珞巴族、门巴族、怒族、普米族等。

1. 少数民族文学网站类型

目前，在我国少数民族文学网站中，部分网站是专门提供文学相关服务为主营的专业文学网站，其余大多是非专业文学网站，此类网站挂靠在族裔门户网站的文学频道，或是以论坛和博客为平台。根据我国少数民族文学网站的特点，大致可将其划分为以下四大类：

第一，民间个人或群团自发创办的公益性民族文学网站和论坛。

2009 年至 2013 年，公益性民族文学网站、论坛发展比较迅速。这类网站主要是由民间个人或群团自发创办，靠网友和爱心人士无偿捐助的非盈利性公益网站，以弘扬少数民族传统文化，增进民族交流为宗旨。此类网站是最具原生态的民族文学网站，人气要比其它类型的网站要旺很多，其在数量方面也具有绝对的优势，在少数民族文学网站中占到百分之五十以上的比例。

苗族同胞建立的苗族在线、苗人网、苗族文化网、三苗网、文山苗族网等都属于非盈利的公益性文学网站。例如，中国社会科学院民族学与人类学研究所石茂明博士创办的三苗网（http://www.3miao.net/），是一个以社区为主体的综合性苗族网站，在苗族地区具有相当的影响力。此网站的管理、运行经费都是靠网友和苗族同胞的无偿支持，历年来所有的捐款和活动账目都随时公布在三苗网上。网站包括主站、论坛、个人空间三大块，其中，论坛最为活跃，已经成为中国最大的苗族社区。三苗网文学论坛版的宗旨是"文学爱好者的乐园，独立思想者的天地"，论坛开辟小说、诗歌、散文、评论、艺术等栏目，张鸿、蒙伍、蚩尤浪子、李雪、寒松等苗族文学爱好者聚集于此。文学版版主张鸿还创建"三苗网论坛文学委员会"QQ群，目前此群有苗儿飞翔、苗妹欧桑、苗族风、虹玲、傻根、阿尤蚩、尤蚩浪子、龙见焯、苗山恋人、biaob、三苗等一百多个群成员。

侗族的公益性文学网站、论坛建设也得到快速发展，如今创办了侗人网、木楼人家、天下侗族网、中国侗族网、侗族风情网等多家网站。侗族风情网（http://dongzu8.com/forum.php）被誉为侗族门户网站人气最高的站点，自1999年由站长吴盛兴（无声行）个人主页发展而来，历经无数版本，多次换空间和域名，目前基本定型。侗族风情网开辟了侗乡文学论坛，论坛活跃的注册会员有近5千人，并以每天超过20人的注册速度增长，论坛同时在线300人以上，会员日发帖量300帖以上。

藏族建立的文学网站中，影响比较大的文学网站有藏族文学网、藏人文化网等。藏族文学网划分的专栏非常详细，设有藏族传统文学、藏族现代文学、藏族诗人专栏、格萨尔研究、雪域通道、藏族文学论坛、雪域画廊、文学评论、藏学研究等20个专栏。藏人文化网是西藏文化的中文平台，也是目前全世界最大的西藏文化中文门户网站。藏人文化网的文学专栏下设文学动态、经典文库、作家档案、专题专访、名家力作、新人秀场栏目，通过网站推介民族文学家、艺术家及其作品、发现和扶持后起之秀。藏人文化网团队荟萃了全藏区的藏族文化精英，丹增、才旦卓玛、阿来等藏族学者、名流担任编辑、顾问，其网站日访问量最高逼近50万人次。这些由个人或团体自发建立起来的互联网平台，在传播和传承少数民族文化，发展母语文学创作等诸多方面起到了促进作用。

第二，少数民族文学期刊搭建的网络平台。

互联网络带来传播媒介的巨大变革，传统的少数民族文学期刊也顺应时代潮流将视线投向网络。如《民族文学》（http://www.mzwxzz.com/）、《西藏文学》（http://xiza.qikan.com/）、《回族文学》（http://www.hzwxs.com/index.asp）、《满族文学》（http://mziw.qikan.com/）、《边疆文学》（http://q.163.com/bianjiangwenxue/）、广西民族研究（http://gxyj.qikan.com/）、《花的原野》（http://www.hdyy.net/hdy/Index.asp)、《贵州民族研究》（http://gymz.qikan.com/Default.aspx）等少数民族文学期刊纷纷搭建网络平台。

例如，《花的原野》采用蒙、汉双语形式实现了蒙古文学与网络时代的接轨，为传播蒙古文学搭建了网络平台；创刊于1981年的《民族文学》是由中国作家协会主管的我国唯一的国家级少数民族文学刊物。民族文学网站设有汉文、蒙文、维文、藏文、哈文和韩文6个版本，开设民族经典、原创在线阅读、地域风情、作家动态、报刊文摘等栏目，读者可以对最新出版的杂志进行点击阅读；中国蒙古文期刊网（http://journal.surag.net/login.jsp）则收录以蒙古学为主的用蒙古文出版的期刊杂志，旨在为蒙古学的学习研究搭建一个通畅、迅捷的交流平台，加强蒙古文化的传播，弘扬民族精神，提高民族素质。目前，入选的优秀蒙古文期刊有《内蒙古社会科学（蒙文版）》、《中国蒙古学》、《西部蒙古论坛》等十二种；《边疆文学》网站是集小说、诗歌、散文、摄影等为一体的纯文学圈子，立足边疆，面向全国文学爱好者提供良好的交流环境，以推崇纯粹的艺术为原则，力推精英。

民族期刊网络化不仅扩展民族文学与读者的联系，更好地展示少数民族作家的风采，也能让广大读者更快更详细地了解少数民族文学及民族文学的动态，从整体上推动了少数民族文学的繁荣发展。

第三，民族文学研究机构建立的民族文学网络研究中心。

各地的民族文学研究机构也纷纷建立起民族文学网络研究中心，如西南少数民族研究中心（http://www.swxnmzyj.org/）、新疆大学西北少数民族研究中心（http://www.rcmn.xju.edu.cn/）、广西民族大学壮学研究中心（http://zx.gxun.edu.cn/）、广西民族大学瑶学研究中心（http://yx.gxun.edu.cn/index.htm）、赣南师范学院客家研究中心（http://hakka.gnnu.cn/Webs/Index/Index.asp）、湖北民族学院南方少数民族研究中心（http://public.hbmy.edu.cn/xxxy/mzzx/article/index.php）、内蒙古大学蒙古学研究中心（http://mgxzx.imu.edu.cn/）、土家族研究网（http://public.hbmy.edu.cn/xxxy/minzw/index.php）等等。

隶属于云南省民族学会傣学研究委员会的傣族网（http://www.daizuwang.com/index.asp）是经国家信息产业部备案的省傣学会唯一门户网站。2009年1月18日，傣族网经省傣学会常务理事会会议批准成立，其宗旨是：汇聚傣族信息，传承傣族文明，搭建交流平台，共享精神资源。傣族网设中文、英文、傣泐文、傣纳文、傣绷文、傣端文6个版面。汉文版目前设有两个频道40个栏目和项目，以及19个州市傣学会的网页。傣族网目前已经组建了一个管理团队负责傣族网日常运营的各项事务。

兰州大学西北少数民族研究中心（http://rcenw.lzu.edu.cn/）是教育部人文社会科学重点研究基地。目前中心下设民族学研究所、西北少数民族史研究所、民族理论研究所、民族社会学研究所、民族心理学研究所、跨国民族研究所、藏学研究所等科研机构，在研国家及省部级科研项目30余项。网站设有研究中心数据库——"兰州大学西北少数民族研究中心方正阿帕比数字资源平台",该数字资源平台拥有电子书库和年鉴库两个大类,电子图书库资源众多,用户可依据关键词搜索。

中国社会科学院民族文学研究所开通的中国民族文学网(http://iel.cass.cn/),在网页设计和内容丰富程度上皆比一般的民族文学网站更胜一筹。中国民族文学网在首页设有"研究方阵"与"专题频道"两个板块,在这两个板块中又细分各个专栏,如研究方阵下设有为南方民族文学、北方民族文学、藏族文学、蒙古族文学、民族文学理论等,辐射范围广,也便于信息检索与查阅。中国社会科学院民族文学研究建成的"中国少数民族文学研究资料库"运用传统手段和现代数字技术,在文本资源、音声资源、视频资源及部分实物资源等多个向度上实现了资料学建设和理论创新的跨越式发展。资料库的收藏涉及"文类"20余种,涵盖13个省区,29个民族或支系,其典藏内容包括史诗、神话、叙事诗、歌谣、传说、故事、民间戏剧、格言、谚语、谜语、祝词赞词、寓言等不同体裁样式。目前,这套数据库资源正通过"中国民族文学网"逐步实现网络化的传播。

第四,民族作家协会以及各地文联创办的民族特色文学网站。

全国各地的民族作家协会以及少数民族地区文联也相继创办具有民族特色的文学网站,比如,甘肃省平凉市作协创办的大西北文学网(http://www.dxbwx.com/)、贵州省铜仁市文学艺术界联合会主办的梵净山文艺网(http://www.fjwyw.cn/index.asp)、广西文联艺术界联合会主办的广西文联网(http://www.gxwenlian.com/index/index.asp)、内蒙古自治区文学艺术联合会主办的内蒙古作协网(http://www.nmgwl.gov.cn/wyj/zj/)、新疆作家协会创办的新疆作家网(http://www.xjzjw.com/portal.php)等,他们通过网站推荐作家、文艺家的博客,为各县市的文联网站开辟通道。例如,大西北文学网形成了姚学礼、贾平凹、张贤亮、马识途、阿成、艾伟、曹文轩、迟子建、韩东、韩少功、苏童、邱华栋等作家组成的强大西北文学方阵。新疆作家网中除了设有作家文库、文学期刊、理论批评、作家博客、民族文学、地州文艺等传统栏目外,还开设原创文学与网络文学栏目,为作家提供在线创作的平台。依托网络,改变了民族作家局限在本民族的文化迷宫里的现状,让少数民族作家看到各民族的优秀文学成果的同时,也在网络中找到文化参照,反观自身,形成审视与再思的力量和品质。

2. 少数民族文学网站建设存在的问题

少数民族文学网站经过多年的发展已形成一定的规模,但它在发展的同时还存在自身的缺陷与不足。概括来说,少数民族文学网站建设中主要存在以下四个方面的问题:

(1)网站管理有待加强,管理机制尚未完善

少数民族文学网站大多数是以个人或个人联合个人的形式进行管理,网站管理人员并不专业,因此,很多少数民族虽然建立了本民族的文学网站,但在网站管理方面仍然比较混乱。

首先，网站页面搜索不便捷。很多少数民族文学网站没有设置更新榜、排行榜、推荐榜、搜索、收藏等功能；有的网站文章没有按时间倒序或者顺序的方式来排列，而是杂乱混合在一起；此外，部分网站所有文章都没有标明发表时间，也没有点击数据显示。这在无形中提高查找次数，降低操作效率，导致阅读者找到文学作品或进行数据统计需要花费很多的时间与精力，这也成为阻碍少数民族文学网站扩大影响的一个重要因素。

其次，网站页面背景设计不合理。例如，广西民族大学壮学研究中心首页背景为大红色，栏目页面背景颜色为浅黄色、深蓝色、紫色、深绿色、橘色、浅棕色，页面字体主体颜色为白色、灰色、黑色、浅蓝色、红色等，访客进到网页首页就有眼花缭乱的感觉；海南民族研究网首页下方的文字信息被覆盖，其中，有24条文字信息完全被黑色背景覆盖，需鼠标移动到上面才能显示文字，且文字为红色，看起来十分费力。这种不合理的背景设大大计降低了阅读者阅读时的舒适度。

其三，网站栏目设置出错。在少民族文学站中，都不同程度地存在栏目之间交叉重叠、主题归类错乱等问题。例如土家文艺网的下拉竖向菜单显示有访谈特写、评说天地、散文诗歌、书画欣赏、工艺收藏、作品分享、好书共享、作家档案、艺术家档案、摄影家档案10个子栏目，但页面菜单中却显示文艺动态、文艺大家、访谈特写、作家档案、机构期刊、小说纪实、艺术档案、评说天地、散文诗歌、杂笔随谈、好书共享、书画欣赏、工艺收藏、摄影家档案、作品分享16个子栏目。

其四，网站错、死链接多。少数民族文学网站中存在最突出也是最具普遍性的问题就是错链接、死链接和空链接。如贵州民族研究"刊社动态"、"本周文章Top10"、友情链接均为死链接，"人气栏目"为空链接。天下客家网——客家原创文学论坛网站首页底部的"关于我们"的栏目链接中，是梅州时空网的简介，为网民提供包括客家摄影网、时空购物、博客、论坛、同城信息、点评、游戏、音乐、电影等20多个频道的服务，同时为会员提供免费的博客托管，个人空间，相册，播客等服务，这些内容明显与客家原创文学论坛毫无关系。

其五，网站栏目仍沿用传统文学体裁分类。按题材分类是当今汉语文学网站栏目设计采用最多的一种方法，言情、都市、武侠、玄幻等内容的作品是主打产品，如晋江文学城就按古言武侠、都市言情、青春言情、古代穿越、玄幻奇幻、科幻悬疑等进行分类。目前，绝大多数少数民族文学网站依旧沿用传统文学体裁来设置栏目，以随笔、散文、诗歌、杂文、短篇小说为主，长篇小说难得一见。如保安族文化网"文学殿堂"专栏按照口头文学、诗歌选萃、田野笔记、文圃新苗、小说散文来分类；布依族网"文学天地"栏目设有原创诗歌、诗歌翻译、散文作品、剧本小说、佳作赏析、随笔小品、作者访谈、作品翻译等专栏；客家原创文学论坛划为分诗词分区、散文分区、小说分区、杂文分区、合作专区、合作刊物、征文分区与综合分区；三苗网"文学天地"栏目按照小说、诗歌、散文、评论、艺术、征文、原创、转贴分类；天下客家网"客家文学"版块则设有小说、诗歌、散文、评论、随笔、拍砖等专栏。

（2）网站数据更新滞后，访客点击量偏少

与汉语文学网站日更新几百万字甚至几千万字的繁荣景象相比，少数民族文学的数据更新则显得十分滞后。

少数民族文学网站普遍存在网站数据更新滞后的问题。有的少数民族文学网站就是在建站之初发表了一些文章，之后几年都不曾更新。如2013年2月，保安族文化网口头文学栏目最新发布文章为2010年1月4日，文囿新苗最新发布日期为2010年6月23日。叶梅文学网为个人文学网页，是中国少数民族作家学会常务副会长、中国作家协会主席团委员、《民族文学》杂志主编叶梅（土家族）创办，网站中的文章集中在2011年发表，点击量最多的也都在2011年，进入2012年后，作者发表的文章数量锐减，点击数量也从原来的几百剧减到几十。大西北文学网中，留言者2009年7月27日对网站建设提出相关意见和建议，网站管理员于一年后的2010年11月2日才对留言者进行回复。2010年10月27发布于该文学网站的公告，2013年3月仍然在网页首页公告栏循环播放。据不完全统计，2009年，大西北文学网青春校园版块共发表文章18篇，发表时间全部是2月3日；散文版块，2009年发表39篇，2010年发表26篇，2011年和2012年都锐减到4篇；小说共46篇，其中2009年41篇，2010年5篇；诗歌版块，2009年发表54篇，2010年6篇，2011年11篇；名家新作共25篇文章，其中23篇集中于2009年发表；纪实文学的22篇文章与作家专区中的30篇文章都集中于2009年发表，且这两个文学版块的文章此后两年都未见更新。

少数民族文学网站中的作品不仅更新速度慢，其点击量也相对较少。表1是2013年3月6日纵横中文网与草原雄鹰网点击量排在前5名文章的数据对比。草原雄鹰网站的点击量在少数民族文学网站中名列前茅，但与纵横中文网相比，则相差甚远。纵横中文网点击排名第一的《永生》点击量为268 304 447次，是草原雄鹰网站点击排名第一的《狼图腾》的2371.5倍，就连在纵横中文网排名第五的《罗浮》的点击率也是草原雄鹰网排名第一的《狼图腾》的419.7倍。

表1 纵横中文网与草原雄鹰网文章点击量比较表

名次	文章名/书名	所属网站	点击量（次）
1	永生	纵横中文网	268 304 447
	狼图腾	草原雄鹰网	113 135
2	天才医生	纵横中文网	88 926 790
	陪你一起看草原	草原雄鹰网	33 731
3	修真世界	纵横中文网	80 869 778
	天堂草原	草原雄鹰网	16 727
4	官道之色戒	纵横中文网	50 672 630
	为内蒙古自治区六十周年喝彩	草原雄鹰网	12 119

名次	文章名/书名	所属网站	点击量（次）
5	罗浮	纵横中文网	47 411 419
	永远的爱人	草原雄鹰网	11 112

（3）经营模式尚未成熟，网站无法实现盈利

少数民族文学网站经过十几年的发展，虽说在文学方面得到了民族和社会群体的肯定，但是从商业经营方面来看，却一直没有寻找到合理的经营模式。少数民族文学网站大半以上是由民间个人或团体无偿创办的公益型网站，大多靠网站创始人个人的使命感和兴趣驱使，自己出资、自己设计、自己推广，免费为大家服务，或是通过接受企业、个人、用户的捐助而发展起来。由于没有合理的经营模式，网站难以获得持续的资金投入，相当大一部分少数民族文学网站面临巨大的运营成本压力，因资金断裂而陷入停顿或关闭状态；一些少数民族文学公益性文学网站服务器长期超负荷运作，数据库趋于饱和，服务器老化，频繁受到黑客攻击，但因缺少资金，无法进行必要的技术改进而使网站处于瘫痪的边缘。如2012年10月11日，水族网发布公告称因网站建设经费问题，网站部分视频和音频文件和链接不能正常点击。三苗网、侗人网、吉祥满族网等少数民族文学网站也都曾遇到网络攻击以及服务器老化等问题，导致网站不得不暂时关闭。如果此类网站有合理的盈利模式，有足够的资金和技术投入网站建设，或许就可以在很大程度上避免这些问题的发生。

3. 少数民族文学网站发展对策

（1）引进专业技术人才，加强网站建设管理

网站页面是吸引阅读者的首要因素和条件，网站页面的评价主要包括页面的舒适度、吸引度、便捷度、交互度四个指标。相关研究表明，百分之八十的读者如果在7秒内不能读取网页就将关闭该网页。因缺乏专业网站建设及管理人才，我国少数民族文学网站不同程度存在页面搜索不便捷、页面背景设计不合理、栏目设置频出错以及错死链接等问题。对此，少数民族文学网站应该引进专业技术人才，加强网站的建设和管理，尽可能提高网站的舒适度、吸引度、便捷度与交互度。例如，可在网站首页采用更新榜、排行榜、推荐榜、目录导航、搜索、收藏等，使读者减少查找次数，提高操作效率，让用户以最少的点击次数达到最终阅读页面；此外，少数民族文学网站在网页设计、搜索信息等项目上可以发挥自己的特色，民族化、个性化的网页设计将会为少数民族文学网站留住更多的阅读用户。

（2）形成文学网络联盟，整合资源互助共赢

整体而言，少数民族文学网站目前处在自发、随意的创建过程中，各网站单打独斗，势单力薄。少数民族文学网站要发展壮大，就应该尝试走文学网络联盟路线，一方面，可以加强民族文学网站资源整合，增强文学原创力，打击抄袭、偷窃他人文字的行为，保护原创文章的著作权利；另一方面，可实现少数民族文学网站向文学精品网站的转变，促进文学网站与作者、市场运作等形成良性互动，最终达到互助共赢。目前，部分少数民族文学网站已经开始结成合作或联盟网站，不断发展壮大，如苗族在线合作网站有黔东南人民网、苗侗在线、侗族风情网、苗人网等，草原雄鹰网站则与花的原野结盟。

(3) 借鉴成功网站经验，探索成熟盈利模式

不难发现，一定程度上决定网络文学发展的并不仅仅是文学网站作品的内容，它在很大程度上还要受到网站经营模式的制约。目前，绝大多数少数民族文学网站无法实现盈利，难以获得持续的资金投入和必要的技术改进，导致网站时常会陷入停顿或关闭的状态。因此，少数民族文学网络要持续发展，就必须借鉴成功的网站经验，探索符合自身发展的盈利模式。

在众多的文学网站中，起点中文在网络经营、多元化产业模式上，给我国少数民族文学网站发展提供了成功的典范。起点中文网主要的盈利方式有用户阅读付费、版权增值服务分成、广告收入三种形式。用户付费阅读是起点中文网最早的盈利来源，随着起点中文网原创作品影响力的加强，其向作者提供版权增值服务，此后，版权增值服务分成也成为其利润来源之一；广告模式是伴随起点中文网流量攀升而产生的另一种盈利模式。起点建立起网络文学产业良性循环的经济链和产业格局，既保证了文学的原创动力，也使文学原创力在多元化产业经营中得到提升和发展。少数民族文学网站要获得持续健康发展，就需要顺应网络文学的发展潮流，打破少数民族文学网站不能商业化，不能盈利的传统思维，在借鉴成功网站建设的基础上，积极探索适合少数民族文学网站发展的盈利模式，为少数民族网络文学开辟一个更为广阔的发展空间。

二、少数民族网络写手与网络作品

1. 总体面貌

互联网成为新生一代民族作家成长的摇篮，2009年至2013年，在起点中文网、晋江文学城、新浪读书、藏人文化网、三苗网、草原雄鹰网、彝族人网、侗族风情网等文学网站和论坛上活跃着藏、蒙古、回、苗、土家、侗、满、彝等一大批少数民族文学爱好者、诗人和作家，形成实力名家与文学新秀并驾齐驱的创作队伍，如藏族的刚杰·索木东、嘎代才让、扎西茨仁、王小忠、白玛娜珍、旺秀才丹；苗族的血红、虹玲、巴佬、龙乌都巴、西子、苗族风、川苗之子、张鸿、寒松、苗岭遐思、苗歌、石尘、阿尤蚩、谐爱、玉龙春晓等；彝族的王国清、普驰达岭、沙辉、余继聪；侗族的侗族人生、花明居士、趴石鱼、柴棚、姚老庚、苍苍子、蝙蝠霞；满族的金子、赵天白、公里；蒙古族的孙树恒、木太苏荣；土家族的米米七月、非飞马；回族的石彦伟、兰喜喜等。

少数民族网络文学创作队伍逐渐壮大，作品也日渐丰富。例如，在藏人文化网中，刚杰·索木东发表《天水南宅子》、《向您和您的对手致敬——写给纳尔逊·罗利赫拉赫拉·曼德拉》、《在舟曲，怕惊扰那些远古的灵魂》、《喜马拉雅，向着苍穹》、《归去，抑或流浪》等作品。侗族风情网中，阳光叶影擅长古体诗词创作，发表《东坡引·农民交警》、《小重山·连日霪雨》、《夜半蛙声》、《湘西三绝》、《少年游·游勾良苗寨景区》、《诉衷情·住院》、《清平乐·杂草》、《游永兴古寺》、《凤栖梧·上山》、《重叠金·再到德江》、《鹊踏枝·德江觅石》、《采桑子·鸬鹚沙场觅石》、《清平乐·车过缠溪看云》、《少年游·游德夯苗寨》、《一剪梅·途经伞巷》、《踏莎行·游黔阳古城》等多首原创诗词；雨石创作了《冬日断想》、《梦境》、《听雪》、《阳光、花朵、童心》、《一尾小红鱼》、《走进春天》、《除夕夜，雪》、《一棵树被命名为神》、《这是一种表达方式》、《与我无关的电影》、《一个女人点着火把走远》、《宁静》、《五月》、《想象一个不成立的悲剧》等网络原创作品；侗族人生也用文字记录下人生中点点滴滴的感悟，发表《珍惜彼此爱过的人》、《懂了泪水，就懂了人生》、《文字，生命中的点滴》、《心存感恩、励志前行》、《雨滴飞溅的秋》、《岁月》、《生命需要经营》、《寒风愁语》、《分飞还作长相忆，一味莲心换相依》、《一个人的夜晚》、《为那盏淡淡的茶香》等作品；龙道炽则将笔触深入侗寨，创作出《泪洒歌宴》、《高坝听歌》、《风雨歌楼》、《西月歌坪》、《九个侗寨（组诗）》、《清水江，刻骨铭心的乡水》等情系侗寨的作品；穆斯林文学网中，庄稼人用一颗虔诚的心来写作，创作了《经堂语的口唤》、《最让我内心平静的是看见你礼拜的样子》、《唯有信仰让我感到像天使般高贵》、《晨礼之心》、《神圣地活着》、《斋月的夜晚》、《只有礼拜你才知活着》等作品；木头水壶活跃于穆斯林文学网的散文和诗歌版块，创作了《净土：雨中赞词》、《青云牧》、《喀什戈尔姑娘》、《水中的黎明》、《幸福开斋节》、《故乡水》、《晨礼中的歌声》等作品；鲁格曼发表了《我们是漂泊者》、《深秋寄歌》、《沉梦》等多首原创诗歌。在彝族人网中，王国清创作《听呼吸的声音》、《火把节的火把》、《一棵树的宿命》、《山那边，有一些人》、《当所有的猎物都走进都市》、《大凉山，我富有灵性的栖居地》、《是谁遗留的口弦》、《群山与高速公路》、《母亲佝偻的背》、《冷杉》等近百首诗歌。三苗网文学论坛中，蚩尤浪子先后发表了《写给二十岁》、《我零乱的脚步踩过四季》、《内心深处那些隐隐的痛》、《爱情的约定已被寂寞深深覆盖》、《耕牛歌》、《播种的农妇》、《父亲和他的庄稼》、《在一首诗里流浪》、《春天，走进乡间的分行文字》、《与两片叶子相遇》、《把遗失的爱寻找回来》、《我不想说出真相或内心的疼痛》、《纸上回乡》等一百多首原创诗歌；梦回当年专注于倾听内心的声音，创作《不安的魂》、《写在五十春秋的人生渡口》、《致别》、《震撼灵魂的梦》、《我的同胞们》、《我要把我心底的秘密藏在何处》、《通往你心底的路在哪里》、《梦回当年》、《心之境》、《殊途同归》、《心之音》、《我的三苗心》等多篇作品；龙乌都巴的原创作品也频见于三苗网文学论坛，如《静穆风雨故乡桥》、《苗山的香格里拉》、《苗岭丽人行》、《山寨的月光》、《融水苗族风情诗》、《爱在三月三》、《苗山情思游万里》、《穿梭在故乡的梦园中》、《难忘父亲的牵手》、《故乡的神树》、《苗山的酒》、《梦回岜沙》、《爱带母亲上天堂》等；玉龙春晓钟情于苗寨的一山一水，创作出《苗寨的山啊！贝江的水》、《飘香的苗山五色糯米饭》、《采桑子·苗岭采茶》、《我踩着春天的脚步在追云》、《苗山那是我的家》、《苗山的田园》、《贝江苗寨的情思在激荡》、《苗山的彩云飞了》、《绿水青山的贝江苗寨》、《我从江南苗山里来》、《苗寨的初春》等大量与苗族相关原创作品。草原雄鹰网中，那木太苏荣发表了《我的牙缸》、《翁牛特草原》、《和谐的乌丹城》、《我的松树山》等作品；孙树恒的作品《冬天，草原不再沉寂》、《牧羊犬，站成图腾的模样》、《秋日，我站在元上都的废墟上》、《秋日，我抵达锡林郭勒草原》、《阳光，总是我心中的镜像》、《去都市放羊》、《草原脉象（组诗）》等则植根于大草原，呈现出浓郁草原风情。

然而，大部分活跃于网络上的少数民族文学创作者的写作仍然处于一种随意的一己倾诉状态，只有少数人经过多年的历练和沉淀后，发展成为有相当实力和影响力的少数民族网络文学写手，创作出深受网民喜爱的网络文学作品，显示出强大的生命力和强劲的发展势头。

2. 少数民族代表性网络写手

起点大神级白金签约作家：血红。血红，原名刘炜，男，苗族，湖南常德人，是起点中文网玄幻领域里极具人气的白金签约作家。2003 年 6 月，血红与起点签约，开始从事网络小说的创作，2004 年成为起点第一个也是唯一一位年薪超过百万的网络写手，2006 年 7 月转战 17k，2009 年 4 月重归起点中文网。血红是圈内首屈一指的高产写手，其以超高的写作速度和强大的情节控制能力著称，被读者誉为"网络写手第一人"。2012 年 11 月 26 日，血红以 5 年 1400 万元的收入荣登第七届中国作家富豪榜全新子榜单"中国网络作家富豪榜"第五名。2009 年至 2013 年间，血红创作了《逍行纪》（2010.2.13）、《邪龙道》（2011.1.30）、《偷天》（2012.3.20）、《光明纪元》（2013）等多部小说。这些作品均在起点中文网首发，字数都在百万以上，在起点中文网上的点击率也都超过十万。其中，《光明纪元》处于新书上传状态，截至 2014 年 1 月 5 日，共完成字数 7136550，总点击量达到 15755738 次。《光明纪元》获得起点中文网 2013 年 11 月书评活跃度榜第十名和书友月推荐榜第十四名，2013 年 12 月起点中文网书评活跃度榜第六名。目前，《光明纪元》同名网游由盛大北斗工作室投入数亿研发，此外，该小说简体版图书近期各大书店上市。

引领"穿越"风暴的网络新锐：金子。金子，女，满族，20 世纪 70 年代生于四川，由于厌倦一成不变的职业生活，遂辞职写作，于 2005 年开笔于晋江文学城。2006 年，金子凭借《梦回大清》一战成名，引领全国书市"穿越"风暴，该小说被网民评为"时空穿越文的巅峰之作"。2009 年，金子推出军营穿越力作——《绿红妆志军营穿越》，这是晋江文学城上少见的军旅题材，该作已由百花文艺出版社出版，共 382 999 字。《绿红妆志军营穿越》是继《梦回大清》后的又一部"金式"京派穿越小说，小说上市一周即告断货；2010 年，金子在晋江文学城发表的《我不是精英》也已由沈阳出版社出版。该部小说一改她"穿越"题材的文风，变身都市情感类风格，用独特的文笔和京味儿语言抒写现实生活中小人物的喜怒哀乐。2010年5月该书上市，上市第一天在当当网上就创造了销售奇迹；2011年4月，金子在晋江文学城发表的《水墨山河》由沈阳出版社出版，作品清新、幽默、含蓄，深受读者喜爱。

新浪读书网络金牌女作家：虹玲。 虹玲，女，1978年生，苗族，云南省作协会员，是新浪异军突起的少数民族当红青年网络女作家。目前，虹玲活跃于新浪读书、晋江文学城、三苗网等各大文学网站。2009年至2013年间，虹玲在新浪读书频道创作了《情陷俏丽女主播：市长红颜》、《情殇：权力漩涡中的女人》、《争议厅长的官场涤荡：亲疏之间》、《越南总裁：月光下的凤尾竹》、《女主播爱情故事》等多部代表作品。她的代表作《情殇：权力漩涡中的女人》曾在新浪读书网创下连续三天点击突破百万点的纪录，这部小说成就了虹玲网络金牌作家身份，2012年1月，该小说由云南人民出版社出版。目前，虹玲都市小说《越南总裁：月光下的凤尾竹》与《女主播爱情故事》正在新浪读书频道连载中。

首届网络小说创作大赛特等奖获得者：公里。 公里，男，满族，1968年10月生于北京。其网络代表作品为《王老五相亲记》，在盛大文学旗下的晋江文学城首发。《王老五相亲记》于2010年3月21日更新完毕，共117 510字，小说讲述王老五相亲时遇到的种种搞笑、尴尬经历，在曲折动人的故事里，展现作者对新时代爱情观和婚姻观的探讨和反思，目前，该小说已由江苏文艺出版社出版。2010年，公里的《王老五相亲记》力压群雄，从4万余部参赛作品中脱颖而出，获得由中国文联、北京市委宣传部指导，北京网络媒体协会携手共同主办的"首届网络小说创作大赛"特等奖，并获20万元奖金。

最温暖的网络写手：忽然之间～。 忽然之间～，原名韦小丽，女，壮族，广西人，晋江文学城签约作家，是一位创造销量奇迹的超人气作者。她的代表作《暧昧》被网友评价为"2009年最不能言说的怦然心动"，2009年7月，该作品由国际文化出版公司出版，连续49周盘踞当当图书畅销榜前列，加印数次，销售量已超过三万册。2009年，忽然之间～在晋江文学城先后创作了《若即若离》、《你敢说你不幸福》、《一生只要一个你》、《柔道爱情》等作品，其中，《若即若离》深受学生喜欢，2009年11月由广东旅游出版社出版后畅销于各大校园。《一生只要一个你》于2010年4月由大众文艺出版社出版，上市即热销并加印；2010年，发表了《算你狠，腹黑男》、《不输》；2011年创作《赌狠》、《戒不掉》等小说。忽然之间～擅长用简单细腻的文字表达内心的强烈感动，将在生活中随处可见的温暖与幸福，通过笔尖慢慢呈现于读者面前，因此，被读者称为"最温暖的写手"。

"80后"最具名著气质的美少女作家：米米七月。 米米七月，原名黄菲，女，土家族，1986年出生，湖南省张家界人，做过野马导游、小报记者、酒吧歌手和人体模特，16岁开始在天涯舞文弄墨，2008年毕业于鲁迅文学院第八届高级研讨班，2009年签约榕树下。目前，米米七月活跃于起点中文网、榕树下、天涯、红袖添香等各大文学网站。2009年9月25日，米米七月的长篇小说《肆爱》在起点中文网首发。作者用丰富的想象力和叙述才华，讲述湘西小城里一段缠绵悱恻的情爱纠葛，小说语言犀利且灵动非凡。2010年7月，《肆爱》由盛大起点文化传媒全面包装推介，精彩亮相北京图书订货会。2010年1月，米米七月的散文《德夯——拟我所失的语言跟故乡》入选由湖南文化音像出版社出版的《芙蓉花开——2009湖南作家网作品精选》。米米七月以出众的写作才华获得吴虹、春树、格非、慕容雪村、白烨、张颐武等众多作家和评论家认可，被誉为"80后"最具名著气质的美少女作家。

云南白族农民网络写手：宋炳龙。 宋炳龙，男，54岁，白族，是云南省洱源县炼铁乡田心村一位爱好文学的农民。2011年7月27日，宋炳龙的原创小说《郁刃浪剑》在云南文艺网发布，小说共24章，于2012年7月更新完毕。《郁刃浪剑》为武侠类小说，总长53000字，小说以扣人心弦的故事情节，讲述了南诏国前期，苍山洱海之间各诏争雄、部落纷争的故事。作者以读者颇为喜爱的武侠语言，巧妙地将洱源山水、饮食、风物和民歌等地域元素融汇于小说之中，轻松完成了对唐朝初年六诏逐鹿苍洱大地的历史记述，深受读者好评。

行走在民族与世界边缘的灵魂：曲木伍合。 曲木伍合，汉名王国清，男，1970年生，彝族，四川凉山喜德县人，曲木尼乃家族。曲木伍合是一位热爱诗歌且富有激情的彝族青年，他书写生生不息的民族精神，被称为"行走在民族与世界边缘的灵魂"。2010年是曲木伍合网络诗歌创作的活跃期，这一年，他在彝族人网先后发表了近百篇诗歌，如《远古神鹰》、《听呼吸的声音》、《超越生命的火》、《大凉山，我富有灵性的栖居地》、《生命般的语言》、《偶然间，思绪漫过山岗》、《为日趋消瘦的黑土地发慌》、《寻父时代的母亲》、《"支格阿龙"我在这里》、《你，以及你的族人们》、《俄尔则俄雪山》、《伴着火塘安然入梦》等。2011年至2013年，曲木伍合在网络上创作的诗歌呈锐减趋势，如2011年，他在彝族人网上仅发表《多年以后》、《火把一直在场》、《我穷得只剩下诗歌》几首诗歌；2012年也只发表《是谁把山鹰定格在半空中（外一首）》、《梦的密码，在梦里》、《我们》三首诗歌；2013年，彝族人网上便很难见到曲木伍合诗歌的踪影。综合来说，曲木伍合的诗歌大多以大凉山为核心，把一切感受、体验、思索、担当与期待付诸于字里行间，建构起绚丽多姿的诗歌家园。

十年磨一剑的苗族网络写手：西子。 西子，男，苗族，台江人，活跃于三苗网文学论坛。2012年6月30，西子的长篇小说《蚩尤大帝》在三苗网发布，据悉，这是目前世界历史题材最古老的长篇小说，创作难度空前，西子在跟苗族老人学习苗族古歌之后，花十年的时间收集整理苗族历史资料，然后用五年的时间断断续续完成创作。同年，《蚩尤大帝》由精锐出版社出版。

新浪原创工作室年度最佳作品获得者：兰喜喜。 兰喜喜，男，回族，1982年生于宁夏，西南大学文学硕士，系北京写家文学第二届签约作家。其代表作《零度青春》获2009年新浪原创工作室年度最佳作品。同年，其作品《被遗忘的幸福时光》在新浪文化读书频道原创工作独家首发。2010年9月1日，兰喜喜以独立撰稿人的身份加入北京写家文学国际写家联盟，并成为终身制会员，其长篇小说《再见，松岛枫》得到写家文学院网站重点推荐。

穆斯林文学网原创诗歌的领军人物：鲁格曼。鲁格曼是穆斯林文学网站原创诗歌版块中的领军人物。据统计，截至2013年12月30日，穆斯林文学网"诗歌"版块共发表596首原创诗歌，其中，格鲁曼一人就创作了《悲喜歌——有仿人之意》、《我为你悲泣——巴勒斯坦》、《赠维族兄弟阿里木》、《致背叛者》、《因为善良在一起》、《忏思》、《宣言》、《半梦》、《静修》、《鲁格曼新体诗选》、《那座留守的清真寺》、《我们是漂泊者》等147首诗歌。鲁格曼孜孜不倦地写作，他似乎只希望通过诗歌诠释自己的信仰，安放自己的灵魂。

榕树下青春校园网络写手：苍苍子。苍苍子，80后，侗族，是榕树下青春校园网络写手。其代表作青春长篇小说《明日将来》（又名《青春正传》）与《离殇：不识红尘如一梦》均发表于榕树下。其中，《明日将来》发表于2011年1月7日，是一部关于教育、青春、爱情、世态的小说，小说渗透作者对学校教育、人生世态、义利取舍的诸多反思和探讨。《离殇：不识红尘如一梦》发表于2012年1月4日，描述大学里虚幻不实的梦想、山盟海誓、反复无常的聚散离合，以及追梦者、寻梦者、迷梦者、戏梦者的梦境沉浮。苍苍子的作品几乎都贴上青春、大学、教育、批判等标签。

畅游在诗歌王国里的阿里狼客：旺秀才丹。旺秀才丹，网名阿里狼客，男，藏族，1967年出生于甘肃省天祝藏族自治县。2004年，旺秀才丹与人合作创办藏人文化网并担任总监。目前，旺秀才丹活跃于藏人文化网、星星诗歌论坛、天涯社区等多家文学网站和论坛。2009年至2013年，旺秀才丹在藏人文化网先后创作了《出离》、《菩提》、《果子》、《一只从世俗走向真理的虎》、《美丽的兔角》、《尘世生活》、《海燕的绽放（组诗）》、《心会带梦一起走》等原创诗歌。旺秀才丹畅游于诗歌的王国里，倾心收缩于内心世界的书写，因此，他的诗歌汇集了一种内在的力量，有一种心灵的穿透力。

黔阳城里芙蓉一般的侗族女诗人：柴棚。柴棚，女，侗族，70年代生于湖南黔阳，系湖南省作家协会会员，建有个人文学博客，是侗族风情网文学论坛的活跃会员。因儿时常在黔阳城里的芙蓉楼上玩耍，柴棚的诗歌中总是不断提及她所生活的小城，她的诗歌也如同芙蓉一般清新雅致。她在网络上创作的作品频在《诗刊》、《民族文学》、《中国诗歌》、《星星诗刊》、《诗选刊》、《安徽文学》等纸质刊物发表。2009年5月，柴棚的诗歌《一个小女巫》入选由河北人民出版社出版的《中国网络诗歌前沿佳作评赏》。2010年1月，其作品《冬天一定要来》入选由湖南文化音像出版社出版的《芙蓉花开—2009湖南作家网作品精选》。

致力于弘扬苗族文学的苗族作家：巴佬。巴佬，原名刘燕成，男，苗族，贵州省天柱县人，活跃于清水江文学网、三苗网、侗族风情网，目前，巴佬在清水江文学网担任管理员与编辑，致力于弘扬苗族文化与苗族文学。2009年至2013年，他在网络上创作的部分作品在《名作欣赏》、《中国青年》、《中国诗乡》、《黔溪文学》等刊物公开发表。2013年12月，巴佬的《与书辞》获得由开阳县文联与开阳在线网站联合举办的"智成书店杯"第二届网络征文大赛二等奖。

少数民族网络文学不仅为少数民族同胞构筑了一个精神家园，让漂泊的心灵得到栖息，还让一大批少数民族文学爱好者走向文学创作的道路，成为具有相当影响力的民族网络写手。这些通过网络文学创作迅速成长起来的民族文学新人，给新时期的少数民族文学发展带来了空前的活力。

三、少数民族网络文学理论批评成果

网络文学影响力的日益扩大引起文学界专家和学者的关注和探究，网络文学研究的论文和著述颇丰，有关网络文学的研究已多次获得中国国家社科基金项目、教育部人文社科项目以及各省地社科基金项目。据统计，截至2012年7月，中国大陆共出版网络文学与文化研究丛书7套，网络文学研究理论专著68部，发表期刊网络文学论文1266篇，网络文学研究博士论文14篇，硕士论文159篇，2004年以来网络文学会议论文105篇，2005年以来网络文学博客论文64篇，人大复印资料全文转载网络文学论文83篇。① 少数民族网络文学经过十几年的发展已形成一定的规模，创作队伍逐渐壮大，作品也日渐丰富，但其研究却不尽如人意，与如火如荼的汉语网络研究相比，学界对方兴未艾的少数民族网络文学的研究显得十分冷清。据不完全统计，2009年至2013年，只有马季（回族）、杨玉梅（侗族）、潘年英（侗族）、苏日娜（蒙古族）、乌吉斯古楞（蒙古族）、石曼婷（侗族）等人将视角转到少数民族网络文学研究领域，少数民族网络文学公开发表的既有研究成果寥寥无几。

2009年，侗族作家潘年英的《互联网上的侗族文学》② 肯定互联网让侗族文学获得空前解放的同时，指出侗族文学新人锋芒毕露，在网坛上肆无忌惮地利用网络的自由原则与无限空间挑战传统和权威的现状。潘年英认为网络给侗族文学和侗族作家带来希望，但并未对互联网上的侗族文学作深入探究，而是侧重表达互联网导致苗延秀、刘荣敏、谭良洲、张作为、袁仁琮、粟周熊等侗族老一代作家受到冷落以及文学权威和经典的光辉形象骤然暗淡的忧虑。

2009年至2011年，马季连续发表《网络时代的少数民族文学》③、《网络时代的民族文学生态》④、《网络时代的民族文学创作》⑤ 与《少数民族网络文学的价值与意义》⑥ 四篇论文。在《网络时代的少数民族文学》中，马季认为少数民族文学正在步入网络时代，在某种程度上，少数民族地区成为网络传播革命的最大受益者。文章从网络以新方式培育民族文学新人，民族网站成为聚集少数民族作家的阵营、网络上的未来之星、网络拓展民族文学理论研究空间几个方面探究网络时

---

① 数据来源：中南大学欧阳友权教授2012年7月在湘潭大学暑期学校公布的数据。
② 潘年英：《互联网上的侗族文学》，《中国民族》2009年第2期。
③ 马季：《网络时代的少数民族文学》，《中国民族》2009年第1期。
④ 马季：《网络时代的民族文学生态》，《民族文学研究》2009年第1期。
⑤ 马季：《网络时代的民族文学创作》，《西部》2009年第2期。
⑥ 马季：《少数民族网络文学的价值与意义》，《南方文坛》2011年第5期。

代的少数民族文学,极大肯定了网络对少数民族文学发展具有重大的意义;《网络时代的民族文学生态》阐述了在互联网媒体变革中,少数民族文学创作理论研究和文学传承的发展,网络以新的方式培育民族文学新人,民族网站成为团结民族作家的阵营,网络拓展民族文学理论研究的空间等问题。作者认为,民族作家不仅是民族精神的守护者,也是社会生活敏锐的感知者、记录者和传播者,他们的作品必然是时代精神不可或缺的重要组成部分,在互联网变革中,少数民族文学创作、理论研究和文学传承得到了极大的发展,呈现出一派新的繁荣景象;《网络时代的民族文学创作》则是在"网络时代"的大背景下,研究少数民族作家文学出现的新的气象和景观。在《少数民族网络文学的价值与意义》中,马季从网络、网络化、文学网站、产生影响的少数民族新作家这四方面阐述少数民族文学的价值与意义。马季认为,网络是心灵还乡之旅的新航线,无形的网络为新生一代少数民族作家心灵还乡创造了条件,也改变了民族创作的生存空间;网络化是少数民族文学的新走向,网络传播给少数民族作家展现自己民族文化提供了最好的机遇;文学网站则是少数民族文学新平台,通过网络的平台传播民族文化,可以扩大民族文化的传播面和辐射面,让越来越多的人了解民族文化和民族文学。马季这四篇论文篇幅不长,导致其分析也未能深入,只是粗线条勾勒出少数民族网络文学的大致面貌,但其视角新颖,在少数民族网络文学研究方面有首发之功。

2011年,内蒙古师范大学苏日娜的《蒙古族网络文学研究——电子技术与蒙古新型文学》[①],是以少数民族网络文学作为研究对象的硕士学位论文,全文采用蒙文写作,作者在客观分析蒙古族网络文学现状的基础上,对蒙古族网络文学文本、主体性及审美范式进行综合分析,概括出其特性和发展原貌,对研究蒙古族网络文学具有学科价值和现实意义。

2011年,内蒙古大学乌吉斯古楞的硕士学位论文《蒙古语网络文学的调查研究》[②],认为蒙古语网络文学经过十几年的发展,在"网络作品"、"网络写手"、"网民"等方面已形成规模。通过调查"网络写手"和"网民",作者概括了蒙古语网络和蒙古语网络文学的总体情况,并在此基础上分析蒙古语网络文学的特点、影响及其蒙古语网络文学发展中的障碍因素。

2012年,《民族文学》杂志社编辑杨玉梅发表了《市场经济与网络时代民族文学的坚守》[③],她将少数民族文学放到整个中国文学发展格局中进行考量,指出市场经济时代文学和作家被经济浪潮推挤到社会边缘以及被现代传媒冲击的现状。同时,作者也指出文学在走向边缘的同时也出现多元化的趋势,文学写作也将走向平常化、通俗化、群众化、非专业化、庸俗化和媚俗化。作者从文学的根本问题——生活,少数民族文学的优势——民族性,以及艺术探索与作家素养三个方

---

① 苏日娜:《蒙古族网络文学研究——电子技术与蒙古新型文学》,内蒙古师范大学硕士学位论文,2011年。
② 乌吉斯古楞:《蒙古语网络文学的调查研究》,内蒙古大学硕士学位论文,2011年。
③ 杨玉梅:《市场经济与网络时代民族文学的坚守》,《杉乡文学》2012年第3期。

面探讨市场经济时代民族文学该如何坚守的问题。

2012年，石曼婷在《网络文学评论》中发表《少数民族文学网站对民族文学发展的影响》[①]，论文阐述了少数民族文学网站给处于边缘化的民族文学带来三个方面的影响。作者认为，少数民族文学网站拓宽了民族文学传播的范围；改变民族文学书籍与刊物远离民族聚居地的现状；少数民族文学网站为民族作家创作提供新平台，促进民族文学的整体繁荣。

2013年，石曼婷的《少数民族文学研究综述》[②]一文概括了目前国内外少数民族网络文学研究的现状，指出，目前学界一方面侧重对网络与民族文化传播关系的研究，研究主要集中在网络与民族文化传播关系的思考上，并未深入到少数民族网络文学这一领域；另一方面是综合性介绍、总结和展望网络时代的少数民族文学，研究者还未对其进行全面、系统、深入的研究。同年，其硕士学位论文——《我国少数民族网络文学研究》，[③]以少数民族网络文学为研究对象，以少数民族网络文学整体发展为主线，对少数民族网络文学进行研究。作者首先从少数民族网络文学发展规模和环境现状入手，阐述以少数民族网络文学作为研究对象的依据与缘由；其次，对整个少数民族文学的发展语境作宏观上的分析，肯定互联网对少数民族文学发展的积极影响，并在此基础上梳理少数民族网络文学发展脉络，全面、立体地概括少数民族网络文学的整体发展现状；其三，结合少数民族网络创作主体及其作品，对少数民族网络文学创作特征进行剖析；其四，阐述少数民族网络文学的价值与意义；其五，在展开网络田野调查，充分掌握少数民族网络文学的基础上，归纳出少数民族网络文学主要存在的问题，并对其发展作出理论思考；最后，对我国少数民族网络文学研究进行总结和发展前景的展望。这篇论文将我国55个少数民族的网络文学悉数纳入研究视野，对中国少数民族在网络上的文学存在进行全景式呈现和评论。湖南师范大学文学院汤晨光教授认为，这篇论文可视为少数民族网络文学研究领域迄今为止第一份完备的报告，这份报告将中国少数民族网络文学活动尽收眼底，也可将该文当作中国少数民族网络文学的指南或手册来读。但不可否认，由于论文题目较大，研究涉及面大，需要足够的专业知识、理论基础来支撑，客观的说，作者这方面的缺陷是存在的，这就导致论文在专业知识上阐发不够深入，理论分析有待提高。此外，一些民族用母语建设文学网站，因语言障碍，导致研究者无法对用母语进行创作的少数民族网络文学进行研究，导致研究不能全面和深入。

众所周知，创作和批评是文学的两翼，任何一支文学力量的发展都和文学批评紧密相连，但少数民族网络文学批评和理论研究在某种程度上明显滞后于创作，是尚待进一步发展的薄弱环节。目前，少数民族网络文学研究成果数量少，可供

---

① 石曼婷：《少数民族文学网站对民族文学发展的影响》，《网络文学评论》（第三辑），花城出版社2012年版。

② 石曼婷：《少数民族网络文学研究综述》，《神州》2013年第5期。

③ 石曼婷：《我国少数民族网络文学研究》，中南大学硕士学位论文，2013年。

研究的原始资料也比较稀缺，大都需要从零发掘整理。从整体上看，研究者也还未对少数民族网络文学进行条理清晰、全面系统的深入研究，这是少数民族网络文学研究不成熟的一种显现，不过这也从侧面反映出少数民族网络文学研究还有很大的拓展空间。

四、不同少数民族网络文学点评

在网络中，少数民族文学创作者带着民族特有的思想和情感进行创作，民族文化所培植的独特的文化认同能力和审美价值取向，在网络书写中以种种微妙、细腻的方式渗透在文本中，这势必会使创作出的作品显现出独特的民族审美倾向和精神追求。此外，由于各少数民族的网络文学处于不同的发展阶段，也使得其网络文学发展各具特点。

1. 彝族网络文学：根植"民族故土"之爱

近年来，彝族网络文学创作得到快速发展，尤其是有传统优势的诗歌呈现出持续、强劲的发展态势。彝族网络写手坚定地将创作语境植根于自己的民族精神和文化土壤，执著地表达本民族独特神奇的想象、生存和理想，创作出一大批原生态与现代色彩交织的网络作品。民族、土地、亲情和自然始终是这些彝族文学创作者最钟情也是最倾情的题材。石头、山鹰、火、火把、牛、羊、祖先、村庄、杉树、山地、田野等意象频繁出现在彝族的网络文学创作中，创作者通过这些意象展示彝族的图腾、信仰、思维、性格、情爱、生活、道德观、生命观和价值观。如王国清的《大凉山，我富有灵性的栖居地》、《穿过刻满母语的广场》，何宗林的《大凉山哟，我亲爱的大凉山！》、《独坐山口》、《家》、《依恋》、《会理我的家乡》，蒋志聪的《彝乡碎记》，阿克鸠射的《梦见了故乡的变迁》、雅姆凯西·阿松的《彝乡掠影（组诗）》，如吉克·布的《在孟获拉达自由行走》、《在别处》，阿古俄子的《一个吉勒布特孩子的告白》等，都呈现出一种自觉返根精神家园的情结。在彝族网络文学中，一方面，创作者表达对故土的眷恋和热爱；另一方面，则是彰显出彝族历史文化进程中的时代遭遇，为日益失落的民族文化痛心疾首、黯然神伤。

2. 蒙古族网络文学：描绘"草原风景"之美

虽然不能把整个蒙古族文学笼统地称为"草原文学"，但不管对蒙古族传统作家还是网络创作者而言，"草原风景"已然成为深入他们内心与叙事本质的一种民族精神，"草原就是他们的生命和灵魂，他们的作品中所表现的草原特色不是表层的而是深层的。他们的优秀文学作品是真正意义上的草原文学"[①]。蒙古族网络文学创作者创作了一大批以草原为题材的作品。在草原雄鹰网中，专门设有"草原

---

① 刘成：《"草原文学"界定及其它》，《内蒙古民族大学学报》（社会科学版）2011年第37卷第1期。

文学"栏目，此栏目中的作品无论是标题还是在内容方面都与"草原"相关。如葛·呼和少布的《草原放歌》、阿古拉的《天堂草原》、孙树恒的《秋日，我抵达锡林郭勒草原》、《陪你一起看草原》、《我在草原追逐阳光》、《冬天，草原不再沉寂》、《草原脉象（组诗）》、《我的草原》、《在草原上，等待太阳升起》等作品都与草原息息相关，呈现出浓郁的蒙古族风情和典型的草原风貌。可以说，蒙古族的网络文学作品植根于蒙古大草原，着力表现草原人民的风俗习惯、生活情趣、风土人情，创作者从具体可感的草原中引申出包含着无限情思和冥想的抽象草原，它存在于创作者的精神世界里，是生命体验和思想浸透过的家园，是借以传达内心精神诉求的一种媒介。

3. 藏族网络文学：偏爱"雄奇豪放"之美

"所谓共同的审美价值取向，是指为同一民族或区域内所一致认可的审美尺度和艺术追求，或者说，某些形态或类型的美得到人们特别的喜好"。[1] 藏族大多喜爱雄奇豪放之美，高山、群峰、大河、湖泊、牦牛、石头、雄鹰等都是藏族传统作家普遍偏爱的描写对象，在藏族网络文学创作过程中，这种偏爱仍然随处可见。创作者通过这些意象，表达对民族文化的积极思考、内心感触、生命体悟以及精神诉求。高原的大山群峰寄存了藏民族的心理诉求、精神渴望和宗教情怀。例如，在藏人文化中，泽仁康珠的《梦回拉萨》、《迪庆高原》、《在时间的荒原》、《心，丢失在玉隆拉措》等都与高山群峰有关，作者对那些高大的山峰和连绵不绝的山脉投注了深厚的情感与虔诚的信仰；藏族网络文学创作中另一个常见的意象是"石头"。自古石头就与藏文化密切相关，它在藏族同胞的日常生活乃至在精神世界中具有极其重要的地位。在藏人文化网中，有大量与描述石头相关的作品。在创作者笔下，看似普通的石头与人的精神世界和情感世界是相通的，它被看作是最好的也是最坚实的心灵停靠地；鹰在藏族文化中有特殊作用和含义，因此，"雄鹰"这一意象也不断出现在藏族网络文学中，传达创作者心中所追求和渴望的一种生命境界。

4. 回族网络文学：崇尚"圣洁纯净"之美

"洁净"是伊斯兰教的核心内容之一，回族是一个依托伊斯兰宗教文化背景成长起来的少数民族，崇尚"圣洁纯净之美"。水对回族人民而言特别重要，他们把水当作最圣洁的事物，它不仅是生命的甘露，更是纯净信仰的佑护，"水，是伊斯兰教净身进入圣域时的精神中介"[2]。此外，月亮、清真寺、汤瓶、白帽子等审美意象成为具民族特征的意象，也被视为是洁净的化身。回族网络文学作品中有大量关于水的描写，如在穆斯林文学网中，石彦伟的《面朝活水》，木头水壶的《故乡水》，ysf1357的《活水里的石头》，秦南夏雨的《礼拜——有感于陕西安康穆民

---

[1] 张海明：《审美文化的民族性、区域性特征及其超越》，《民族文学研究》1997年第2期。
[2] 张承志：《心灵史》，海南出版社1995年版，第329页。

朝觐归来》，居默的散文《如水的时光，如水的主命》则把水、时光和主命联系在一起，用水换来心灵的纯净，表达出对真主安拉圣洁美的向往。在这些作品中，水是知、情、意的统一，象征干净纯洁的身心，象征灵魂和精神的通透和明亮，水可以洗去人在尘世中受到的蛊惑、引诱和玷污，换来心灵的纯净和精神的纯粹。

5. 苗族网络文学：鼓励原创作品，重视苗族主题

三苗网中的"文学论坛"是苗族网络文学创作的大本营，该论坛网络文学的发展可以看作是苗族网络文学发展的缩影。针对文学论坛中灌水帖数量多，精华帖少的状况，2012年3月30日，三苗网的公告栏中贴出"对发布原创的'苗族'相关帖子进行奖励的新规定"，规定发布的原创文章或帖子标题中必须有"苗族"、"苗文"、"苗语"、"苗寨"、"苗装"等，即必须带有"苗"字才能给予奖励。此规定一出，三苗网络文学中的原创帖以及与苗族主题相关的帖子数量剧增，如流浪吉他的《苗城明月》、雪花飘飘的《花苗情》、龙乌都巴的《苗岭丽人行》、梦回当年的《我的三苗心》等，实现了苗族网络文学由量向质的转变，部分优秀的网络作品还被纸质期刊和报纸刊登。

6. 布依族网络文学：母语创作活跃，展现民族特性

母语文学是少数民族文学的核心组成部分，担负着民族历史文化的传承与重塑。在网络中，布依族的母语文学创作处于非常活跃的状态。例如，布依族网站"文学天地"栏目下的原创诗歌全部采用母语或母语与汉语双语写作的模式，如"aro"创作的《Hanh Gaanzyux——情人节颂》、《Hanh Jiuzrinl Xadtdal Gaus——Sianl Baangxdah》、《Wenz Hauc Baaih Laaux》、《Wenlbyac Hadt Langl》、《Dauc Nail》等作品。这些用母语或双语在线创作的作品，抒发了作者在生活中的体验、思想和情感，具有强烈的主观性。可以说，网络成为保留和延续着母语文明体系的链条，从这些母语原创作品中，我们发现了布依族母语文学的生动现场，这也将为布依族母语文学迎来新的发展机遇。

7. 侗族网络文学：原生态草根创作，抒写百味人生

与藏、回、蒙古、苗、彝等民族传统作家与文学新秀并驾齐驱的创作局面不同，侗族网络文学是以农民、市民、学生以及身处城市边缘打工的"草根"阶层为创作主体。如在侗族风情网"侗乡文学"版块，活跃着一大批在城市打工又热爱文学的"草根"创作者，他们的作品与"打工"这一主题相关，如若若的《打工路——我是这样走过来》，坳上行的《打工七年》，永乐的《流浪打工人》等，都是漂泊在外打工者生活和精神的写照。"草根"创作的根本原因是身历心感，他们叙写原汁原味的生活，突出表现自己的主观诉求及对自己所属群体的生存状态和生活方式的细腻感受，这种原生态的草根创作昭显的是创作者生存需要之外的一种理想追求与精神寄托。但因这些"草根"创作者大多未受过系统的专业创作训练，缺少文学创作方面的专业知识，也没有明确的创作方向，因此，导致侗族

网络文学创作一方面高度繁荣，贴近生活，另一方面又良莠不齐，流于庸俗。

8. 保安族网络文学：创作立足本土，地域特色鲜明

保安族大都聚居在甘肃省临夏大河家与积石山一带，保安族网络文学中绝大多数作品的创作也都是立足本地域，以地域物事为书写对象，呈现出鲜明的地域性。在保安族文化网中，大量的文学作品都是以乡土直接命名，如"小说散文"栏目中几乎所有的文章的内容都会涉及到保安族生活聚居的地区，其中《古风大河家》、《摇露泉》、《行走孟达峡》、《积石峡里望雄关》、《魂系大河家》、《独语积石山》、《积石民俗村》、《保安山庄》、《初过积石峡》、《美丽的大河家》、《大河家》、《他从积石山走来》、《积石山的路》等 20 几篇文章，标题就是以大家河、摇露泉、孟达峡、积石峡、积石山、临夏、保安山庄等这些与保安族生活息息相关的地域来命名，通过对山水、村庄、自然静物的描写，抒发对家园故土的热爱。

9. 水族网络文学：在线原创较稀缺，转载作品成主打

2009 年至 2013 年，是我国少数民族在线原创文学发展的繁荣期，这期间少数民族网络原创文学作品数量与质量都呈明显的上升趋势。但这一阶段，水族的网络文学却没有跟上我国少数民族网络文学发展的总体步伐，其网络文学还是处在以转载作品为主的阶段，在线原创的作品相对稀缺。目前，三都水族网是水族网络文学创作的重要阵地，在三都水族网"水乡文学"栏目中共有 218 篇文章，这些文章绝大部分都是通过其他网站、论坛、博客、报纸或者期刊杂志转载而来，如 2010 年 11 月 19 日发表的《水族"这熬美"的传说》转载于月亮树下文学论坛，2011 年 4 月 14 日发表的《记得年少是春风》来源于红袖文学，2011 年 5 月 30 日的《爱你，从左到右》，作者为潘文佳，文章原发表于《南国早报》，2012 年 1 月 1 发布的《一个人的风花雪月》则来源于《贵州作家》。

10. 壮族网络文学：正处发展雏形期，总体尚未成规模

在我国 55 个少数民族中，壮族是人口最多的一个民族，但其网络文学的发展并没有走在其他 54 个少数民族的前列。目前，壮族网络文学正处于发展的雏形期，总体尚未形成规模。当前，壮族只建立起两个与壮族文学相关的文学网站——贝侬论坛和僚人家园，这两个网站都是挂靠在族裔门户网站的文学频道与论坛，网站中缺乏相对有实力和影响力的网络写手，其创作大多处于散兵游勇的状态，因此，也导致壮族网络文学作品数量少，质量也难以保证。如在贝侬论坛的"僚人文学"版块中，主题帖总共只有 38 篇，且部分帖子是与文学无关的灌水帖。作为我国人口最多的少数民族，壮族在传统文学创作方面获得了令人瞩目的成就，我们也期待其在网络文学方面能有更大的发展。

简言之，一方面，由于受到传统民族文化的影响和熏陶，各少数民族的网络文学创作都呈现出相对鲜明的民族特色；另一方面，由于网络的开放性和互动性，

各少数民族网络文学个性化、自由化的创作倾向更加凸显，创作者以更加多元化的方式书写族群的历史记忆与现实生活。在今后的创作中，少数民族网络文学创作者应力争把民族性与时代性、民族化和现代化、民族特色和现代意识有机结合起来，以现代意识观照民族生活，不断提升文学的思想深度和艺术高度，使少数民族网络文学作品异彩纷呈，葆有持续的生命力和穿透力。

第14章 网络女性文学

现今,无论从网络文学的网站数量、作品数量,还是写手数量上来看,网络女性文学都已占据了网络文学的半壁江山,拥有数以亿计的忠实女性读者。2010年5月,中国网络文学女作家研讨会在北京召开,随后人民网发表评论文章《网络文学迎来"她"时代 女性写作潮流明显》,发展到今日,网络女性文学势头强劲,备受关注。截止至2013年12月31日,通过百度搜索引擎,搜索"网络文学网站"得到的相关网页数是44,900,000个,搜索"网络女性文学网站"的相关网页数达20,400,000个。

基于之前学者对"女性文学"的概念界定,本章将"网络女性文学"定义为:由女性作者创作,通过女性文学网站发表,表达女性生活、思想、情感,面向广大女性读者的原创网络文学作品。笔者将从网络女性文学网站、网络女性文学写手、网络女性文学代表作、网络女性文学研究、网络女性文学意义和局限五个方面对2009—2013年期间的网络女性文学进行全面普查。

一、网络女性文学十大网站

目前,国内以女性文学为主,写手群和读者群以女性居多的网络文学网站主要有红袖添香网、起点女生网、晋江文学城、潇湘书院、17K女生网、纵横女生网、言情小说吧、小说阅读网、云起书院、扫花网、四月天、女生小说网、凤鸣轩、蔷薇书院、若初文学网、长江中文女生网、雨枫轩、馨香小说网、采薇言情女生网、花雨言情网、烟雨红尘、新小说吧等。除此之外,各大综合性文学网站也都将女性文学摆在一个很重要的位置,纷纷开辟了"女生频道"、"女性频道"或者是"女生版"等,例如创世中文网、网易云阅读、幻剑书盟、360小说、飞卢小说网、看书网、3G书城、红薯网等。由此可见,网络女性文学已经在网络文学中占据了举足轻重的地位。在此,笔者选取了在2009—2013年五年内较具有代表性、人气较高的十大网络女性文学网站做详细介绍。

1. 红袖添香网

创建于1998年8月的红袖添香网,不仅是中文女性网络阅读第一品牌,也是全球著名的女性文学数字版权运营商之一,为用户提供了涵盖小说、散文、杂文、诗歌、歌词、剧本、日记等体裁的作品创作和阅读服务，在言情、职场小说等女性文学写作及出版领域独占鳌头。借助于中国首个"无线版权结算平台"的开发成功，红袖添香成为国内第一家实现全球范围内"移动阅读"的女性文学网站。此外，红袖添香拥有中国原创网络文学最具商业价值的"华语言情小说大赛"品牌，是稿酬发放数额较高、作者福利体系非常完善的女性文学网站。凭借丰富的内容、独特的风格、领先的技术和优质的服务，红袖添香已成为全球女性文学领域最受推崇的知名品牌，在业界享有极高的声誉，被出版业盛赞为"中国互联网上重要的语文力量"，并多次荣获由国家新闻出版总署、北京市新闻出版局颁发的"年度最佳文学网站"、"十大最具影响力文学网站"、"最具发展潜力文学网站"、"原创文学网站优秀奖"等荣誉[①]。

2. 起点女生网

起点女生网成立于 2009 年 11 月，其前身是"起点女生频道"，致力于对女性网络原创文学及作者的培养和挖掘。起点女生网依托起点中文网的成熟运作机制，成功实现了女性网络原创文学的商业化发展模式。版权运作方面，起点女生网的海量女性题材小说成为了影视改编剧的剧本摇篮。现如今，起点女生网拥有一大批具有超强创作能力的女性写手，囊括了《步步惊心》、《搜索》、《毒胭脂》、《致我们终将腐朽的青春》等多部热门影视剧的原著小说版权，正在全版权运营的道路上稳步前进。

3. 晋江文学城

创立于 2003 年 8 月的晋江文学城，是全球著名的女性文学基地。网站具备投稿系统、个人文集系统、媒体联络发表系统以及高水平的原创书库，下设原创言情站、耽美同人站、晋江台湾言情站、晋江商城、晋江论坛等 5 个子栏目，拥有言情、影视、都市爱情、穿越、职场婚姻、青春校园、武侠仙侠、耽美同人、玄幻等多种类型的作品。晋江文学城与国内强势出版公司均有合作，实体出版了《梦回大清》、《泡沫之夏》等若干部优秀作品，造就出明晓溪、顾漫、安宁、施定柔、蜀客、晴川、蒋胜男、吴小雾、谈天音等多位著名华语网络作家。已有多部网络作品被改编成影视剧或进行了影视版权销售，已经播出并产生较大反响的有：《会有天使替我爱你》、《来不及说我爱你》、《梦回大清》、《水北天南》、《请你原谅我》、《情何以堪》、《瞎子，原来我很爱你》、《眷眷浮生》。晋江文学城曾多次获得"年度最佳文学网站"、"十大最具影响力文学网站"、"原创网络文学评选优秀奖"、"最具成长性文学网站"等荣誉[②]。

[①] 欧阳友权主编：《网络文学词典》，世界图书出版公司 2013 年版，第 71 页。
[②] 欧阳友权主编：《网络文学词典》，世界图书出版公司 2013 年版，第 74 页。

4. 潇湘书院

潇湘书院创办于 2001 年，历经 10 多年的发展，现已成为集原创、武侠、言情、科幻、侦探等门类于一体的公益性综合小说阅读网站，女性用户偏多。优秀的工作团队和人性化的管理模式，使潇湘书院成为女性原创作者群体以及读者群体中最具吸引力和归属感的原创网站。致力于打造女生原创文学多元化的品牌，潇湘书院作为最早实行女生原创、付费阅读的文学网站，其 VIP 订阅量一直稳居同类女生原创网站之首，在女生原创文学领域培养出了一大批优秀的原创作者。其签约作品《红颜乱》曾一度成为最热门的女生原创小说，掀起一场女生原创文学的创作热潮；《第一皇妃》更是引领了当年穿越类原创小说的风潮。潇湘书院成功打造了"红楼同人小说"的经典品牌，拥有一大批红楼同人作品的优秀作者及铁杆读者。凭借多年的努力和独具创新的发展模式，潇湘书院获得了江苏省通信管理局和宣传部联合颁发的"行业特色网站"荣誉。[①]

5. 17K 女生网

隶属于中文在线，是 17K 小说网下的分网站，最初由 17K 小说网的"女生频道"发展而来。以言情小说为主，包含古装言情、都市言情、幻想言情、耽美同人等类别。以打造精彩的女性阅读为目标，在女性读者群和女性写手群里享有很好的口碑。

6. 纵横女生网

纵横女生网是纵横中文网旗下的专为女性读者开辟的分网站，开辟有古代言情、都市言情、幻想时空、耽美同人等版块。凭借着纵横中文网在业界的知名度，纵横女生网一创立就获得了大众的关注，纵横中文网的原女性粉丝也就自然成为了纵横女生网的铁杆粉丝。现有闲听落花、鸭圣婆等知名写手。

7. 言情小说吧

言情小说吧成立于 2005 年，秉承着为用户提供最好的言情小说阅读体验平台，打造全球华语言情小说阅读基地的理念，在网络文学界走出了一条专业化的独特发展道路。言情小说吧拥有人气超高的论坛、方便快捷的网游以及站内家园等，能给用户提供读书、休闲、娱乐的多方位体验。小说区设有原创小说吧、小说品评、耽行天下等栏目；女性区辟有减肥瘦身馆、美容化妆居、时尚潮流志等栏目；游戏区则有网页游戏、家园游戏等板块。网站作品以言情小说为主，深受广大女性读者喜爱。2009 年 7 月，言情小说推出付费阅读业务，网站的发展被注入新的活力。言情小说吧原创作品日更新字数已超过 300 万，并向着网络言情小

---

① 欧阳友权主编：《网络文学词典》，世界图书出版公司 2013 年版，第 74 页。

说写作首选平台的目标前进。①

8. 小说阅读网

小说阅读网是全球领先的文学综合版权运营商之一，成立于2004年5月，主要提供都市生活、婚恋职场、古言穿越、历史军事、青春励志、悬疑幻想等体裁文学作品的线上阅读、手机无线阅读、线下出版、影视改编、游戏改编、动漫改编服务。以其独特的风格和丰富的内容受到广大文学小说爱好者的推崇，网站内容以女性文学为主。2009年，小说阅读网的新版网站上线，网站下新设了女生版（http://yanqing.readnovel.com/），拥有古代言情、都市言情、穿越时空、玄幻女强、魔幻修仙、婚姻职场等多门类小说。

9. 云起书院

云起书院是腾讯文学旗下女性阅读网站。2013年腾讯文学正式发布"全文学"战略，推出女性原创文学网站——云起书院。网站设有玄幻言情、古代言情、现代言情、悬疑灵异等分类版块。为了提升作家群体的整体创作水平，云起书院还成立新人学院。目前，云起书院已与200余家业内主流的出版公司、50余家主流的影视公司达成合作意向，并计划与腾讯视频、腾讯游戏及腾讯动漫平台进行更多的跨界开发。

10. 扫花网

扫花网开通运行于2008年5月，原名闾巷扫花，2009年12月25日开知名作家阎连科为扫花网题辞始更名扫花网。扫花网以其页面端庄清秀，内容高雅纯静，功能强大精细，服务优质高效，深得文学爱好者尤其是纯文学爱好者的喜爱。网站创办以来，积极鼓励、扶持文学新人写作，开展各种文学活动，培养和发现了一大批文学新人，也激励一些辍笔多年的老作者重新拿起笔来，推动了纯文学创作的繁荣。2010年6月，其旗下网站"中国校园文学网"正式开通运行。②

二、网络女性文学知名写手

近五年内，网络文学领域涌现出了不少年轻的女性写手，据盛大文学运营官说，其旗下签约作家八成是女性。以下选取了在这五年内表现较为突出，受到读者、专家肯定的近30位网络女性写手代表人物。

1. 文坛新言情小说"四小天后"

（1）桐华。原名任海燕，早年毕业于北京大学，毕业后在深圳中国银行从事

---

① 欧阳友权主编：《网络文学词典》，世界图书出版公司2013年版，第75页。
② 360百科：http://baike.so.com/doc/6285991.html。

金融分析工作，后赴美国加利福尼亚州攻读财经类专业硕士。2005年开始发表作品，已出版作品有《步步惊心》、《大漠谣》、《云中歌》、《解忧曲》、《最美的时光》（原名《被时光掩埋的秘密》）、《那些回不去的年少时光》、《曾许诺》、《长相思》。因《步步惊心》迅速蹿红于网络，奠定其言情小说天后地位，被封为燃情天后，读者赞其文笔"平淡入笔、逐层深入、戳人心痛，她的爱情会燃烧"。2011年第六届"中国作家富豪榜"发布，桐华以290万元的版税收入位列作家富豪榜第14位，2012年第七届"中国作家富豪榜"以305万版税收入排名第16，成为最受瞩目的网络女性作家之一。

（2）藤萍。原名叶萍萍，福建厦门人，毕业于广州中山大学法律系，毕业后回到故乡厦门市海沧公安分局新阳派出所成为了一名民警。受到职业的影响，藤萍的小说里充满着狭义、正气，被封为"侠情天后"。她的武侠言情小说奇异的构思，文笔优雅美丽，创作故事简直就如同创造奇迹一样，令人不忍释卷。2000年以《锁檀经》荣获第一届花雨"花与梦"全国浪漫小说征文大赛第一名，此后作品便始终保持在浪漫小说销售榜的畅销榜上。2001年至今，已出版作品50余部，系列作品有"情锁"系列、"九功舞"系列、"十五司狐祭"系列、"吉祥纹莲花楼"系列、"中华异想集"系列、"杜撰组异闻录"系列、"千劫眉（狐魅天下）"系列、"夜行"系列。另有个人文集《青藤集》一部。2013年，她的全新力作《夜间刑事档案》又在网络上引发读者的热烈追捧。

（3）匪我思存。湖北武汉人，曾用笔名思存，又名费小存。80后女性网络写手代表，擅长言情小说，创造出了独特的爱情小说风格——悲情，并影响了最近两年青春小说的阅读风向，被封为"悲情天后"。作为国内原创都市爱情小说的领军人物，匪我思存是21部小说的作者，其中11部小说已授出电视连续剧改编权，目前已播出的改编作品《佳期如梦》、《来不及说我爱你》、《千山暮雪》都成为了收视率极高的热播剧。因此，匪我思存也被誉为"电视剧女王"。2005年，匪我思存正式出版第一部小说，其作品读者年龄层跨度比较大，最受80后及90后的女性读者欢迎。古代故事以《寂寞空庭春欲晚》为代表，民国故事以《碧甃沉》为代表，而现代故事以《佳期如梦》系列为代表。

（4）寐语者。80后原创作家，善于女性题材小说创作，小说情感充沛，情节跌宕起伏，被誉为四大言情天后之"浓情天后"。代表作有《帝王业》、《回首已是百年身》、《千秋素光同》、《明月照人来》和《在寂与寞的川流上》。目前，《帝王业》的电视剧版权已被金牌制作人于正的工作室购得，正在筹备拍摄。

2. 言情小说"六小公主"

（1）辛夷坞。1981年生，原名蒋春玲，广西南宁人，毕业于广西师范学院。是当下最炙手可热的80后女作家之一，青春文学新领军人物，独创"暖伤青春"系列女性情感小说，其所有作品均长居销量排行榜冠军位置，并陆续被改编成影视作品，累计销量突破1000万册。代表作有：《致我们终将逝去的青春》、《原来你还在这里》、《晨昏》、《山月不知心底事》、《许我向你看》、《我在回忆里等你》、

《浮世浮城》、《蚀心者》。其中《致我们终将逝去的青春》被赵薇拍成电影，创下破7亿的票房奇迹，辛夷坞也因此声名鹊起。2014年起，辛夷坞独家签约北京白马时光文化发展有限公司，即将推出作品珍藏全集及最新作品《应许之日》。辛夷坞所有作品皆被影视公司签约改编拍摄成电影或电视剧，她被媒体和读者追捧为华语界的新感动天后，也是未来最值得期待的影视剧作家。在2013年第八届中国作家富豪榜上，辛夷坞以500万元人民币的版税收入位列第18。

（2）顾漫。晋江文学网的驻站作家，曾是《仙度瑞拉》杂志编辑，其作品总体较为温馨轻快，充满青春气息，大多叙述都市爱情。2003年因为《何以笙箫默》一举成名，2010年凭借《微微一笑很倾城》获得第三届"中国网络文学节"最佳作者奖。代表作还有《杉杉来吃》《骄阳似我》《非我倾城》等。目前《何以笙箫默》、《微微一笑很倾城》、《杉杉来吃》、《骄阳似我（上）》均已出版发行。在顾漫的故事中，读者可以感受到女性对爱情的渴望与执著，这些或平淡温馨，或有一些勾心斗角的爱情故事，都深深吸引着女性读者，使顾漫拥有一大批忠实粉丝。

（3）缪娟。本名纪媛媛，沈阳人，原为专业法文翻译，在阿尔卑斯山谷小城生活。代表作有《翻译官》、《堕落天使》、《最后的王公》、《我的波塞冬》、《丹尼海格》、《智斗》等。最早因《翻译官》崛起于网络，风靡多家文学网站，是好评如潮的校园青春小说，点击高达1 400 000多次。目前已出版六部作品。

（4）金子。重庆作家协会会员，七十年代生，毕业于四川美术学院油画系。为了生存从事过教师、编辑、设计师等职业，厌倦一成不变的职业生活后辞职自由写作。丰富的生活经历，为其写作提供了许多素材。2004年，金子凭借着在晋江文学网上连载的《梦回大清》一战成名，引领全国书市"穿越"风暴，至今畅销不衰，并被网民评为"时空穿越文巅峰之作"、"网络十年最恢弘曲折、越看越好看的爱情故事"，成为知名女性阅读品牌"悦读纪"最具影响力的作家之一。2007年，《梦回大清》终结篇出版，作家金子成为网络文学界领军人物。2008年1月，《夜上海》出版，金子首次突袭"海派"文化。2008年7月，《夜上海》终结篇出版，数十家影视公司争购《梦回大清》、《夜上海》影视改编权。2009年，作品《绿红妆之军营穿越》出版。

（5）李歆。言情小说家，擅长穿越题材，2003年起陆续发表中篇小说刊登于《今古武侠版》、《武侠小说》、《武侠故事》等杂志。2008年，李歆初次荣登中国网络原创作家风云榜，代表作有《独步天下》、《秀丽江山》、《凤栖梧》等，曾获腾讯网"作家杯"第二届原创大赛第四期冠军。根据《秀丽江山》改编的同名电视连续剧，目前已由林心如工作室、安徽广播电视台等多家单位共同打造，由林心如、袁弘、关智斌等众多一线明星主演，预计在2014年上映。

（6）姒姜。浙江杭州人，中文科班出身，如今是一名老师。2004年6月，姒姜在晋江文学网上发表代表作《情何以堪》，开始在网络文学界崭露头角。与其他女性作者多写小情小爱不同，姒姜的小说开阔大气，多写战争、谋略、权术、野心、抱负、人心，上达庙堂之高，下及江湖之远。笔下人物多胸怀千壑，乃经世之才。虽如此,姒姜笔下亦有动人柔情之处,小说文字洗练,重立意、言志,寓理于文,自成一派。代表作有《情何以堪》、《上穷碧落》、《落蕊重芳》、《放生湫》等。

3. 言情小说"八小玲珑"

(1) 沧月。原名王洋,浙江台州人,浙江大学建筑学硕士,国内武侠奇幻市场中最受欢迎的写手之一。2001年底开始在网络发表作品,先以武侠成名,后转入奇幻领域。2002年开始为畅销杂志撰文,代表作有"听雪楼"系列、"鼎剑阁"系列、"镜"系列等。十年来出版作品二十余种,作品累积销量达10,000,000册,为中国最畅销及最受欢迎女作者之一。2013年12月,"2013第八届中国作家富豪榜"发布,沧月位列第52,版税收入185万,引发广泛关注。

(2) 明晓溪。武汉大学硕士。代表作品有《旋风少女》、《明若晓溪》、《泡沫之夏》、《会有天使替我爱你》等。文笔细腻,笔下的人物楚楚动人,爱情故事百转千回,善于描写富家公子与自强不息的草根少女之间的爱恨纠葛,有"现代小琼瑶"之称。其作品《会有天使替我爱你》和《泡沫之夏》在改编成电视剧后大受欢迎,明晓溪也成为最受年轻女性喜爱的女作家之一。

(3) 唐七。原笔名唐七公子,2013年更名为唐七。擅长古言小说,情节跌宕,文风暖萌,善于用幽默的语言述说令人心伤的故事,感动了无数年轻读者。2009年,唐七凭借《三生三世十里桃花》一举成名,后又创作了《岁月是朵两生花》、《华胥引》、《三生三世枕上书》等作品。2013年,唐七凭借《华胥引》获首届"西湖·类型文学双年奖"铜奖。

(4) 媚媚猫。吉林通化人,擅长武侠小说,作品故事结构较为奇特,语言有种北方特有的韵味,写人入木三分,人物沉稳而大气。2011年代表作《杜黄皮》、《青瞳(终结篇)》出版发行,2013年新作《傲娇与偏见》出版。

(5) 爱爬树的鱼。福建福州人,晋江文学网明星作家。已出版作品:简体版《扭转乾坤之肥女翻身》(出版名为:《我相信,幸福是会重生的》)、《君生我已老》;繁体版《复生》(又名《睚眦必报》)、《扭转乾坤之肥女翻身》、《君生我已老》(繁体版即将上市)。2009年发布的《莫笑我胡为》(颠覆妲己)在网上受到读者追捧;2010年签约预定出版作品《呜呼!佞臣当道》、《裙下之臣》。

另外,"八小玲珑"还包括木然千山、妖舟、米兰lady。

4. 天籁纸鸢

天籁纸鸢,知名幻想小说作家,也是一直雄踞晋江榜首的耽美作家,作品很多,流传甚广,文章风格统一。2005年,天籁纸鸢开始在晋江原创网发表作品,有多部脍炙人口的神话、奇幻、古风等架空题材作品,登陆过全国新华书店开卷排行榜和台湾地区图书畅销排行榜。其文风华丽大气,情节跌宕起伏、催人泪下。出版书有《奈何》、《夏梦狂诗曲》、《天王》、《奥汀的祝福》、《最后的女神》、《犹记斐然》、《月上重火》等14部小说(含繁体作品)。2006年至2012年晋江文学城连续8年作者排名第一。2013年7月,天籁纸鸢尝试全新文风的古风新作《画仙》(《奈何》姊妹篇)发表,人气持续走高。

5. 流潋紫

流潋紫,原名吴雪岚,浙江湖州人,1984年生,杭州市作家协会会员。2005年末,流潋紫开始从事业余写作,陆续在各大杂志发表短篇小说及散文,并成为各文学网站专栏写手。2006年2月流潋紫开始尝试写长篇小说,8月转战新浪博客从事博客文学创作。2007年2月,花山文艺出版社正式出版的50万字长篇小说《后宫·甄嬛传》三部使得流潋紫崛起于网络文学之中。2007年9月,《后宫》系列第四部出版。同年,流潋紫毕业于浙江师范大学行知学院汉语言文学专业,文学学士学位,并因作品《后宫·甄嬛传》而名动网络,并被誉为浙江80后作家群的领军人物之一。2012年,由郑晓龙导演、孙俪主演的同名电视剧在各大卫视热播,流潋紫这个名字被更多的人熟知。2013年,流潋紫当选浙江省作家协会第八届主席团委员,并在2013年第八届中国作家富豪榜上,以400万元人民币的版税收入位列第24。

6. 崔曼莉

崔曼莉,毕业于南京大学中文系。2001年开始自由创作,在《青年文学》、《花城》、《芙蓉》等刊物发表中短篇小说及诗歌。处女作《卡卡的信仰》入编《2003年中国最佳短篇小说选》;长篇小说《最爱》为2004年新浪网点击冠军;短篇小说《杀鸭记》获2006年金陵文学奖。2007年9月,崔曼莉化名"京城洛神",在网络发表长篇小说《浮沉》第一部,为2008年年度畅销书。2009年,她创作的民国历史小说《琉璃时代》荣获中国作家集团第一届长篇小说创作奖。2010年,作品《浮沉2》荣获最值得阅读的五十本小说之一。①

7. 柳晨枫

柳晨枫,原名张媛媛。作为较早进入红袖的签约作者,柳晨枫凭借《盛夏晚晴天》被读者熟知、认可,并凭此获得2012年华语言情小说大赛冠军,该作品现已被改编成热播电视剧。柳晨枫主要作品还有《暖冬夜微澜》、《总裁的外遇》、《一日老公不打折》。

8. 唐欣恬

唐欣恬,80后新生代网络写手。金融学硕士,曾于上海任对冲基金美股分析师,后回北京经商创业。丰富、精彩的学习、工作、生活经历令其作品充满浓郁的幽默时尚气息,写尽当代大都市女性情感生活真味。其发表在红袖添香的小说《女金融师的次贷爱情》引起不小轰动,网络点击人气居高不下,并被多家出版方

---

① 360百科:http://baike.so.com/doc/5330785.html.

相中，于 2009 年 4 月正式出版。随后发表的小说《大女三十》和《裸婚——80 后的新结婚时代》紧紧抓住了 80 后婚恋时代的脉搏，热播电视连续剧《裸婚时代》就是根据其小说改编而成。因此，唐欣怡也被喻为"新生代都市女性情感代言人"。

9. 天下归元

天下归元，中国作家协会会员，2008 年加入潇湘书院，A 级签约作家，现居江苏镇江。写作至今著有《燕倾天下》、《帝凰》、《扶摇皇后》、《凰权》、《千金笑》（天定风流系列）五部作品，都已签约陆续出版。其中《扶摇皇后》、《凰权》上市先后荣登当当青春文学畅销新书榜首；《帝凰》为潇湘书院十年经典作品第一；《扶摇皇后》于 2012 年 3 月荣获"2011 优秀女性文学"奖，作者凭借该书荣获"2011 优秀女性文学新人"；2012 年中国作协在北京召开第一次网络文学研讨会"京都论剑"，《扶摇皇后》为五部入选作品之一，同年并获镇江市政府文艺奖、潇湘书院 2012 年非凡成就奖。2013 年中国作协公布会员名单，天下归元为潇湘书院首位入选者，参加中作协第七届全国青年作家创作会议。同年，天下归元获得潇湘书院 2013 年非凡成就奖。

10. 李可

李可，大学本科毕业，有着十余年的外企工作经历，资深白领，擅长职场小说写作。2007 年 9 月《杜拉拉升职记》由陕西师范大学出版社出版，大卖 60 万册，李可因此受到大家关注。随后又陆续出版了《杜拉拉 2：年华似水》、《杜拉拉 3：我在这战斗的一年里》、《杜拉拉大结局：与理想有关》。凭借《杜拉拉升职记》系列小说，李可 2009 年至 2011 年连续三年登上中国作家富豪榜，且位居前列。

11. 步非烟

步非烟，本名辛晓娟，当代的女性武侠小说作家，被称为"北大才女"。毕业于北京大学中文系，2006 年获得北京大学古代文学硕士学位，2012 年获得北京大学中文系博士学位。代表作品有《华音流韶》系列、《武林客栈》系列、《昆仑传说》系列、《修罗道》等。其写作风格以武侠和魔幻色彩交相辉映为长，故事性与文学性兼重的写作特色以及学历背景，受到青少年和高学历人群追捧。步非烟作品大气磅礴，汪洋恣肆，想象力神奇诡谲，笔风变化万端，极大地突破了女性写作的局限，开启武侠界中性主张的风气，得到了"百变天后"的美誉，人称新武侠宗师，是近年来最具实力和号召力的新锐青春偶像派实力作家。2012 年 3 月，步非烟最新作品《云天之外·木兰花开》开始在《今古传奇武侠版》上登载。

12. 玄色

玄色，出生于 1985 年 12 月 5 日，毕业于南京财经大学金融系，2012 年第七届中国富豪榜第 23 名作家，也是当届上榜作家之中年纪最小的作家。以"青书无忌"为网络耽美笔名，玄色以一部《哑舍》红遍大江南北，是国内一线畅销青春刊物《紫色年华》、《漫客·小说绘》联合力捧的畅销青春作家。代表作有《武林萌主》、《快乐的变身生活》、《穿越大唐之我会魔法》等。

13. 安妮宝贝

安妮宝贝，原名励捷，1974年出生，曾在中国银行、广告公司、网站、杂志社等不同公司任职。1998年起发表小说，以《告别薇安》成名于江湖。其创作题材多围绕城市中游离者的边缘生活，探索人之内心与自身及外界的关系。至今出版长篇小说、短篇小说集、摄影图文集、随笔集《告别薇安》、《蔷薇岛屿》《清醒纪》、《莲花》、《素年锦时》、《眠空》等各种著作。文体自省疏离，风格清冽，拥有大量读者。作品均持续进入全国各类畅销书排行榜，更被引介到香港、台湾、越南、韩国、日本、德国、英国等地区和国家。早年出版的作品如《告别薇安》、《彼岸花》等作品至今仍具有很大影响力，仍是无数少男少女的追捧对象。2013年出版散文集《眠空》、文化随笔《古书之美》以及散文精选集《且以永日》。其中，作品《眠空》以215万元的版税收入，让安妮宝贝荣登2013年第八届中国作家富豪榜47名。安妮宝贝曾在第六届中国作家富豪榜排名第五，引发广泛关注。

14. 六六

六六，原名张辛，安徽合肥人。毕业于安徽大学国际贸易系，毕业后从事多年外贸工作。1999年赴新加坡定居，从事幼儿教育工作至今。从1997年起，以六六这个笔名开始在网上撰文。2003年以小说《王贵与安娜》蜚声海内外网坛，被看作继张爱玲、虹影之后的第三代海外华裔女作家的代表。2010年11月15日，"2010第五届中国作家富豪榜"重磅发布，六六以210万元的版税收入，荣登作家富豪榜第20位，2013年《女不强大天不容》以345万元的版税收入，让六六荣登第八届中国作家富豪榜第31位。其代表作《双面胶》、《蜗居》，均被改编成电视剧，剧中讲述的婆媳关系、房子等话题一度引发社会关注。

15. 饶雪漫

饶雪漫，出生于1972年，四川自贡人，青春文学著名作家。与伍美珍、郁雨君成立国内第一个作家组合"花衣裳"。她文笔独特，关注少男少女懵懂而纯净的情感世界，已出版作品五十余部，写有"青春爱情系列"、"青春疗伤系"、"青春疼痛系列"等系列作品。代表作品有《小妖的金色城堡》、《校服的裙摆》、《左耳》、《沙漏》、《离歌》、《秘果》等，作品多次登上全国各地（含港台地区）畅销书排行榜，是当之无愧的青春文学领军人物。饶雪漫首创"图书娱乐化"和"图书影像化"概念，在自己的书中启用海选出的平凡女生作为楷模，并在作品中附送主题曲、影视剧光碟等，成为青春文学界声色亮丽的风景线。在年轻读者群中有很强的影响力，多次登上中国作家富豪榜。

16. 苏小懒

苏小懒,本名苏姗姗,毕业于中国人民大学新闻系。因《全世爱》系列作品受到读者的喜爱,《全世爱》系列小说从 2008 年开始创作,到 2012 年已出版四部。2012《全世爱》版税收入达 180 万,苏小懒荣登第七届中国作家富豪榜第 27 位。

三、网络女性文学代表作

网络女性文学作品中,无论从数量还是从读者的认可度上,小说都以绝对的优势成为网络女性文学作品最重要的体裁。在这里,笔者统计的网络女性文学代表作也以小说为主。由于各类题材之间的界限不够清晰明确,业内也没有固定的分类标准,各分类不可避免地有重叠交叉之处,以下分类是参考了各大女性文学网站上的小说题材分类,为了读者阅读的方便,根据不同题材的特点,笔者将网络小说分为以下几类,每类选取几部代表作。

1. 架空历史

(1)《后宫·甄嬛传》。网络写手流潋紫的架空历史小说,共计 7 册,在网上连载以后,在起点、晋江、红袖、新浪引起了网友广泛的关注。小说讲述了天真浪漫,追求真爱的少女甄嬛被选入宫后,在后宫嫔妃争宠、勾心斗角的大环境下,几经沉浮,在爱恨纠葛中为了自保一步一步成为"腹黑女",最终成为皇太后的故事。被视为最经典的后宫争斗小说之一。从 2007 年开始,该书各册陆续由花山文艺出版社、广西师范大学出版社和重庆出版社出版。2012 年,由郑晓龙导演、孙俪主演的同名电视剧在各大卫视热播,引发新一轮收视狂潮。

(2)《绾青丝》。《绾青丝》是一部历史时空类小说,作者波波于 2006 年 8 月开始于起点中文网连载,2010 年 10 月连载完毕。网络总点击量超过两亿次,与《步步惊心》、《梦回大清》、《后宫·甄嬛传》并称为最经典的四部穿越奇书。小说讲述的是主人公叶海花是从 21 世纪回到了不同空间的古代,因为她在前世受过很多伤害,所以她希望找到一个能为自己绾青丝的人,找到心灵真正的归宿。目前已由花山文艺出版社出版四部,共五册,分别是青楼篇、沧都篇、风华篇、绝胜篇(上、下)。

2. 青春都市

(1)《致我们终将腐朽的青春》(又名《致我们终将逝去的青春》)。2007 年辛夷坞创作的网络言情小说,首发于起点女生网。小说文风朴素,故事情节也比较简单,带有一股淡淡的忧伤,讲述的是一个小城姑娘郑薇在自己的青春年华里与林静、陈孝正两位男生的爱情故事,大学生在面对感情与现实之间的矛盾时,所表现出来的纠结与无奈,具有一定现实意义。小说发布以来,受到众多女性读者喜爱，在起点女生网累计点击量超过 50 万。2007 年小说的实体书由朝华出版社出版，更名为《致我们终将逝去的青春》，获《时尚》、《羊城晚报》、《京华时报》等全国 200 余家媒体报道推荐，更当选《新京报》"网络文学十年记"青春类首推代表作。2008 年其同名电视剧开始筹备，2009 年制作成音乐广播剧在全国百家电台联播。2013 年其同名电影上映，该电影由著名演员赵薇导演，票房突破 7 个亿。电影上映后，唤起大家对青春的追忆，好评如潮。①

（2）《网逝》（又名《请你原谅我》）。晋江文学城签约作者文雨创作的中篇小说，最初发表在晋江文学城时名为《请你原谅我》，共计 10 万字。小说讲述了一个媒体暴力的故事，观照当时备受关注的人肉搜索现象，网络这把双刃剑再次引发社会深思。该小说曾于 2010 年入围鲁迅文学奖，是鲁迅文学奖首度认可的网络文学作品。2011 年 11 月，被陈凯歌导演改编翻拍成电影《搜索》，于 2012 年 7 月 6 日上映。

3. 穿越时空

（1）《步步惊心》。网络写手桐华的历史穿越小说，2005 年起在晋江原创网连载。小说讲述了繁华都市的白领张晓，因一脚踏空而穿越了时空的隧道，化身为十六岁的清朝少女马尔泰·若曦，进入风云诡变的宫廷之中，熟知清史的她卷入九子夺嫡的暗战之中无法自拔，个人情感夹杂在宫斗的惨烈中备受煎熬。作品不同于一般的言情小说，独具风格的历史演义和凄美绝伦的爱情架构结合得天衣无缝，被誉为"清穿扛鼎之作"，备受网友的喜爱。2006 年，小说的上册与下册分别由海洋出版社和民族出版社出版，2009 年，又由花山文艺出版社出版修订版，并被改编成电视连续剧。2011 年，由刘诗诗、吴奇隆主演的同名电视剧《步步惊心》在湖南卫视首播，受到了广大观众的喜爱。借着良好的势头，目前现代版《步步惊心》，即《步步惊情》也即将上映，更进一步增强了小说《步步惊心》的影响力。②

（2）《扶摇皇后》。潇湘书院作家天下归元创作的一部穿越时空小说。讲述的是在强者为尊的五洲大陆，一介孤女如何跋涉万里，夺得七国之令，最终抵达陆地极北穹苍神殿，完成心里最终的回归执念的故事。作者以爱情权谋为整篇小说的起点和终点，但不仅仅只写爱情，还包含友情，亲情，等真挚的感情。包涵了江湖、武侠、权谋、宫斗、悬疑、盗墓、玄幻等多种元素，让人耳目一新。2011 年，《扶摇皇后》由江苏文艺出版社出版，成为当年的畅销书目，是"新穿越"小说的代表作之一。

4. 职场官场

（1）《杜拉拉升职记》系列。网络写手李可的网络职场小说，女性白领的职场

---

① 欧阳友权主编：《网络文学词典》，世界图书出版公司 2013 年版，第 191 页。
② 欧阳友权主编：《网络文学词典》，世界图书出版公司 2013 年版，第 174 页。

宝典。小说关注当今社会女性白领在职场上面临的压力、挑战，讲述了都市白领杜拉拉从一个默默无闻的职员，经过自己的不懈努力，成长为一个企业高管的故事。正面、励志的主人公形象，深受读者喜爱。第一部《杜拉拉升职记》2007年9月由陕西师范大学出版社出版，连续荣获小说销售排行榜冠军。紧接着，2008年《杜拉拉2：年华似水》、2010年《杜拉拉3：我在这战斗的一年里》、2011年《杜拉拉大结局：与理想有关》相继出版。《杜拉拉升职记》还被改编为影视剧，2009年姚晨版话剧《杜拉拉升职记》出炉，2010年徐静蕾版电影《杜拉拉升职记》和王珞丹版电视剧《杜拉拉升职记》纷纷上映。此外，还有"杜拉拉"品牌的鞋子、衣服等，《杜拉拉升职记》成为网络文学产业化运作的典范。[①]

（2）《浮沉》。《浮沉》是作家崔曼莉创作的一部职场小说。小说主要讲述了以外企职场为背景，通过讲述职场上各色人物际遇的浮浮沉沉、潮起潮落，真实地展现了缤纷的职场风云和商战玄机。点滴的细节，串成完整而实用的职场生存法则。《浮沉》共有两部，第一部于2007年9月在网络发表，为2008年年度畅销书。2010年，《浮沉2》荣获最值得阅读的五十本小说之一。现两部小说均已出版，并在2012年改编成电视剧上映，由内地极具人气导演滕华涛执导，编剧由《失恋33天》作者鲍鲸鲸担任。主要演员包括张嘉译、白百何、王志飞等。

5. 总裁豪门

《盛夏晚晴天》。作为今年风头正劲的言情写手柳晨枫的代表作和成名作，《盛夏晚晴天》引领了整个网络文学高干、豪门小说的创作潮流，网络点击突破近2000万次，获得2012华语言情小说大赛年度总冠军。小说讲述的是市长千金夏晚晴与商界精英乔氏大公子乔津帆的爱恨纠葛，豪门商战。《盛夏晚晴天》的同名电视剧由当红明星杨幂、刘恺威领衔主演，于2013年播出。同名图书版权输出到越南、台湾，并被改编成漫画作品。

6. 奇幻武侠

（1）《云荒》。《云荒》是一个东方奇幻网络小说系列，由号称"云荒三女神"的丽端、沈璎璎、沧月合力打造，主要包括：沧月的《镜》系列（包括正传《双城》、《破军》、《龙战》、《辟天》和《神寂》以及一系列前传和外传）、沈璎璎的《云荒往事书》系列（包括《云散高唐》、《沧浪纪》、《云浮海事》以及一系列外传）、丽端的《云荒纪年》系列（包括《越京四时歌》、《隔云端》、《云泥变》等）。《云荒》系列架构起一个前所未有的庞大的中国化的世界，被读者评为网络上最好看的奇幻小说之一。[②]

（2）"华音流韶"系列。"华音流韶"系列是新生代武侠作家步非烟用十余年心血打造的大陆新武侠经典。包括三卷：第一卷《紫诏天音》、《风月连城》和

[①] 欧阳友权主编：《网络文学词典》，世界图书出版公司2013年版，第171页。
[②] 欧阳友权主编：《网络文学词典》，世界图书出版公司2013年版，第180页。

《彼岸天都》;第二卷《海之妖》、《曼荼罗》和《天剑伦》;第三卷《雪嫁衣》和《梵花坠影》。直到 2010 年 8 月,历时 8 年的超长篇系列《华音流韶》完结,这部 200 万字长篇小说单行册累计销售超过 200 万本,标志作者一个创作阶段结束。

7. 耽美同人

《天神右翼》。作为天籁纸鸢的代表作,作者于 2006 年 9 月就开始创作,2007 年年初完成初稿。该作品共有三部,总字数超过 60 万,以基督教的圣经与创世纪神话为蓝本、路西法叛变堕天为主线,描写了大天使长米迦勒与傲慢魔王路西法的爱恋,同时穿插了父神与子嗣天使众多创世纪神话角色的故事。其历史背景庞大,风格细腻,字里行间耐人寻味,带着淡淡的无奈使人潸然泪下,是耽美文中的经典之作。此书现已列入第七批禁小说名单,作者已于 2011 年 2 月在晋江重发《天神右翼》并于 13 年左右出版繁体版,并将删除米路的父子关系和一些不合理的设定。共有圣迹版、网络版、和谐版、全新版、永恒版五个不同版本。①

8. 婚恋生活

(1)《裸婚——80 后的新结婚时代》。网络作家唐欣恬的代表作,最早发表于红袖添香,受到众多年轻网友追捧,阅读率高达上百万次,并于 2010 年 4 月由华文出版社出版发行。小说讲述的是 80 后年轻男女刘易阳、童佳倩在"三无"(无房、无车、无存款)条件下奉子成婚,开始了他们的裸婚时代。在婚后的生活中,俩人因为经济压力、双方父母的矛盾、教育孩子的问题引发了各种矛盾和冲突。作品紧紧抓住时代脉搏,关注当今 80 后婚恋生活中出现的新问题,贴近现实,具有较强的现实意义,引起 80 后适婚年龄男女的强烈共鸣,能折射出当下年轻人婚恋观中存在的困惑。2011 年,由该小说改编的电视剧《裸婚时代》上映,由文章、姚笛、凯丽主演,是国内近年来最具代表性的婚恋题材电视剧,深受广大观众喜爱。

(2)《全世爱》。作为一部半自传体和半虚构的小说,《全世爱》是网络作家苏小懒的代表作,作者以真实幽默的笔调向读者展示了一对情侣的幸福生活,全篇文字均充满智慧性和饱含哲理的语句。每个故事均独立成篇,完全生活化的语言,语句简单轻快,没有过多的华丽修饰,读起来轻松诙谐,让人忍俊不禁。2008 年 6 月《全世爱》由长江文艺出版社出版发行,销量突破 100 万册。紧接着,2009 年《全世爱Ⅱ:丝婚四年》出版发行,2011 年《全世爱Ⅲ:家有虎崽》问世,2012 年《全世爱Ⅳ:幸福最亮处》与读者见面,每一部均成为当年的畅销书籍。2012《全世爱》版税收入达 180 万,苏小懒荣登第七届中国作家富豪榜第 27 位。

(3)《小人儿难养》。《小人儿难养》是写手宗昊在起点中文网上发表的作品,将视角对准 80 后生儿养儿的问题,作者作为一个在北京工作的新闻工作者,将她养孩子的经历及身边朋友的经历以小说的形式写出来,是年轻夫妻的最好借鉴。

---

① 百度百科:http://baike.baidu.com/view/856882.html。

小说在网上一经发表,就获得适婚适孕年龄段读者的强烈认同。2010年由江苏文艺出版社出版发行。2013年1月22日,由该小说改编而成的中国首部80后育儿大剧《小儿难养》在湖南卫视首播。该剧由曹盾执导、陈思成、宋佳主演,首播最高收视达到收视率3.35,份额8.28,轻松破三拿下晚间黄金档收视率全国电视第一。又是一例成功的网络小说改编成电视剧的案例。

(4)《失恋33天》。《失恋33天》是由中国大陆编剧鲍鲸鲸创作的一篇中篇爱情小说。小说的原型是自2009年5月开始,作者在豆瓣网上以"大丽花"网名连载的帖子《小说或者指南》。小说以日记的形式,介绍了在失恋的33天里性格直率的女主黄小仙在同事王小贱的帮助下,一步步找到真正的自己,开始新的生活。在这个爱情越来越物质的年代里,小说用略显诙谐的语调告诉人们要相信真爱的存在。2010年,小说以《失恋33天》为名由中信出版社出版发行。2011年,该小说被改编并拍摄成同名电影,鲍鲸鲸担任该片编剧。影片在中国大陆上映并大获成功,成为当周票房冠军,最终收获3.5亿人民币票房,成为当年最大的票房黑马。①

四、网络女性文学研究成果清单

目前,关于网络女性文学的研究还没有研究专著,在中国知网上进行高级检索,以"网络文学"并含"女性"为主题,检索2009年1月1日至2013年12月31日的相关文献共有83篇。具体统计如下:

网络女性文学硕士学位论文

序号	题目	作者	学校	发表时间
1	社会空间视域中的网络文学女性写作	童彩华	湖南科技大学	2010年
2	论网络文化视野中的穿越小说	董胜	苏州大学	2010年
3	女性网络文学作者的创作倾向	王黎	山东大学	2010年
4	女性文学网的文化研究——以晋江原创网为例	焦雯	北京邮电大学	2011年
5	当代青年女性在网络中的精神诉求——以女性穿越小说为例	崔玉玲	复旦大学	2011年
6	从唯美到耽美	许会	四川外语学院	2011年
7	网络穿越小说初探	张涵茗	东北师范大学	2011年
8	女性网络小说中的情爱伦理叙事研究	赵娟	广西师范学院	2011年
9	原创文学网站多元化经营的SWOT分析——以晋江原创文学网为例	吕融融	华中师范大学	2012年
10	网络小说的情爱伦理叙事研究	王丹	广西师范大学	2012年

---

① 维基百科:http://zh.wikipedia.org/wiki/%E5%A4%B1%E6%81%8B33%E5%A4%A9_(%E5%B0%8F%E8%AF%B4.

序号	题目	作者	学校	发表时间
11	作为实验性文化文本的耽美小说及其女性阅读空间	刘苹玥	复旦大学	2012年
12	论严歌苓的网络传播	高洁	陕西师范大学	2012年
13	网络女性小说研究	宋玉霞	兰州大学	2012年
14	网络女性原创写作研究	李珏君	陕西师范大学	2012年
15	历史与成长——论新世纪网络女性小说的双重主题	刘琳	浙江师范大学	2012年
16	网络女性言情小说初探	张萱	河北师范大学	2012年
17	穿越小说的创作模式与文化意蕴研究	李艳	河北师范大学	2012年
18	网络穿越小说研究	郭中平	温州大学	2013年
19	试论同人小说中的"玛丽苏"现象	卢俊颖	杭州师范大学	2013年
20	晋江文学城女性图书出版研究	张佩佩	陕西师范大学	2013年
21	女性的"他者"藩篱突围—网络言情小说改编电视剧的女性叙事探析	胡青青	南昌大学	2013年
22	网络文学改编电视剧研究	姚常龄	山西大学	2013年
23	网络小说电视剧改编的叙事策略研究	房丽娜	山东师范大学	2013年
24	论消费文化语境下的青春文学	宋薇	山东师范大学	2013年

网络女性文学期刊论文代表作

序号	题目	作者	期刊	发表时间
1	论当下网络文学的性别倾向	王浩	广西师范学院学报（哲学社会科学版）	2009年第4期
2	网络文学	刘志权	长江师范学院学报	2009年第6期
3	情美并擅的女性群体创作景观——比较分析明清江南闺秀文学与当代女性网络	周磊	柳州职业技术学院学报	2009年第4期
4	女人 爱情 婚姻 性——从网络言情小说说开去	陈村	学习博览	2010年第2期
5	从网络穿越小说中看现代女性的迷惘	司艳辉 田娜	文教资料	2010年第6期
6	女性视野下的网络原创文学受众研究	李未	新闻界	2010年第3期
7	试论网络言情小说的美学特征	詹秀敏 杜小烨	暨南学报（哲学社会科学版）	2010年第4期
8	网络文学中女作者的情爱叙事与性别文化	赵娟	广西师范学院学报（哲学社会科学版）	2010年第3期
9	新的批判动向及其危机——新世纪网络女性写作之检讨	王侃	文艺争鸣	2010年第15期
10	从网络文学演变看女性话语权	王翠芹	边疆经济与文化	2010年第9期
11	魏微小说漫议	梁鸿鹰	小说评论	2010年第5期
12	妇女/性别学科建设的新拓展——以在新世纪文学教学中贯注性别视角为例	孙桂荣	扬子江评论	2010年第5期

序号	题目	作者	期刊	发表时间
13	论女性网络文学的个人化特征	舒红霞 牛荣晋	陕西青年职业学院学报	2010年第4期
14	"她时代"网络写作——网络文化生态的价值切片	李正红	长春理工大学学报	2010年第12期
15	大众文化传播媒介中的男权意识——以电视剧、广告、网络文学为例	马俊丽	电影评介	2010年第24期
16	解读网络穿越小说近年来的发展	瞿云婕	文教资料	2011年第3期
17	垂直文学网站商业模式研究	彭哨	价值工程	2011年第5期
18	新世纪文学婚恋叙事的研究态势	徐杨	东北师大学报（哲学社会科学版）	2011年第2期
19	论安妮宝贝创作的一致性与转变	王源正洁	文学教育（中）	2011年第4期
20	女性通俗小说的历史差异与创作特色	沈倩倩	徐州工程学院学报（社会科学版）	2011年第3期
21	女性网络文学作者的崛起	白亚南	阴山学刊	2011年第3期
22	试析世纪之交女性写作的文化环境	刘亚美	安徽文学（下半月）	2011年第6期
23	关注女性网络文学 构建当代先进文化	舒红霞 孙惠芳	边疆经济与文化	2011年第8期
24	从穿越小说中女主"万能"形象塑造来看当今女性的期待	莫翠	文学界（理论版）	2011年第8期
25	网络武侠小说领域中的女性创作	秦宇慧	西南大学学报（社会科学版）	2011年第5期
26	父权的偷换——论耽美小说的女性阉割情结	张博	文学界（理论版）	2011年第9期
27	在网络世界构筑专属于"她们"的房间——浅析专业女性原创文学网站的兴起	周磊	作家	2011年第9期
28	论穿越小说"性别偏向"的原因	岳媛媛、梅健	文学界（理论版）	2011年第8期
29	网络言情小说女性色彩"YY"分析	冯馨子 赖敏	阅读与写作	2011年第11期
30	市场经济与女性网络文学的商业化	舒红霞 高海洋	陕西青年职业学院学报	2011年第4期
31	论网络文学女性写作的叙事特征——以盛大公司旗下红袖添香网站为例	唐晴川、李珏君	小说评论	2011年第6期
32	女性主义视野中的当下网络言情小说	亓丽	文艺评论	2012年第1期
33	网络女性文学两面观	张晓佳	新课程学习（下）	2012年第1期
34	新浪网络都市言情小说的性态与情态之分析	程英姿	东南传播	2012年第2期
35	从女性主义视角看网络文学之《活得像个人样》	向燕	《文学教育》（中）	2012年第4期
36	网络时代女性意识的多元化呈现	陆山花 和建伟 曹俊敏	重庆科技学院学报（社会科学版）	2012年第13期

序号	题目	作者	期刊	发表时间
37	安妮宝贝作品中"花"的意象解读	林晶	北京工业职业技术学院学报	2012年第3期
38	红袖添香出版影视网络小说亮相上海书展	饭饭	出版参考	2012年第24期
39	安妮宝贝小说中"女性"与"都市"的相互渗透和制约	杨树美	佳木斯教育学院学报	2012年第11期
40	论网络大众文化中女性意识的多元化——以女性清朝穿越小说为例	程朝霞	广播电视大学学报	2012年第4期
41	女性主义视野下的网络文学创作研究	黄伟珍	作家	2013年第2期
42	网络言情小说的"虐恋"模式与消费主义文化的悖谬	李静	名作欣赏	2013年第5期
43	网络文学的"她"世界	龙柳萍	广西教育学院学报	2013年第1期
44	论"穿越小说"中的人物类型	肖肖	作家	2013年第6期
45	从"清穿"小说看网络穿越历史小说的创作走向	黄健	北华大学学报	2013年第2期
46	网络穿越小说的女性形象分析	骆桂峰 廖桂湘	青年文学家	2013年第13期
47	女性主义与性别构建——都市网络言情小说的社会学解读	王梦怡	江西青年职业学院学报	2013年第3期
48	网络耽美小说的审美特性	廖文芳	滨州学院学报	2013年第4期
49	"女扮男装":网络文学中的女权意识及其悖论	黎杨全	文艺争鸣	2013年第8期
50	女性的个人主体意识与女性网络文学的发展策略	舒红霞、田双	牡丹江大学学报	2013年第8期
51	性别视域下的网络小说语言	陈熙熙	小说评论	2013年第5期
52	马化腾"肉搏"文学梦	孙冰	记者观察	2013年第11期

网络女性文学报纸文章代表作

序号	题名	作者	来源	发表时间
1	北京阅读纪 深读女性阅读者	厉林	中国经营报	2009年9月21日
2	网络给予女性写作更广阔空间	刘秀娟	文艺报	2010年4月28日
3	女性撑起网络文学半边天	程丽仙	中国文化报	2010年4月30日
4	网络文学重排文坛座次	秦雯	中华工商时报	2011年11月21日
5	过半女性青睐电子书	任晓宁	中国新闻出版报	2012年3月8日
6	女性网络文学:十年之变	郑焉乾	南方都市报	2013年1月11日
7	2012年网络女性文学十大女作家	马季	中国图书商报	2013年3月5日

五、网络女性文学的意义和局限

网络女性文学的庞大作品数量和作者人数,以及女性文学网站的商业运作模式,都表现出了与传统女性文学极大的不同,网络女性文学在新的时代背景下,也呈现出了自己的意义和局限性。

1. 网络女性文学的意义

第一,女性文学的多元化发展。由于中国"父权社会"传统社会意识形态长久以来所形成的对"女子无才便是德"的推崇,对女性才能、智慧的压抑,使得大部分女性无法获得和男性同等的创作权利和条件。而网络的出现,"女性创作者第一次取得了和男性创作者分庭抗礼的地位"。以开放、平等、自由为特点的互联网,为女性创作提供了一个广阔的书写空间。在这里,女性可以将自己的观念意识和审美体验自由地展现,这种自由也使得女性文学越来越个性化,女性特有的细腻情感或生活经历,女性看问题、看世界的独特视角,促进了女性文学的多元化发展。女性将自己的情感和对美好爱情、生活的追求寄托在其作品里,言情小说、穿越小说等题材作品空前繁荣。女性文学的题材得到了创新。另外在原本女性少有涉猎的武侠领域,也涌现了大量的女性作者,如沧月、步非烟等。在她们笔下,女性角色摆脱了传统武侠小说中男性附庸的地位,通过女性细腻的笔触,赋予武侠小说更多的情感,她们在主题、题材、人物形象、创作视角、价值观等各方面,都给武侠小说带来了新的元素[①],也吸引了新的一大批女性读者。同时,女性意识也通过其多元化的作品呈现出来。无论是女性独尊、女性依附、女性抗争还是两性均衡,多元化的女性意识在各类作品中有不同的表现,网络上自由的环境给每一种意识都提供了发声的机会,读者也可以不受限制地自由选择。新一代的网络女性写手和女性读者,能够全凭自己的兴趣喜好来选择题材、内容、主题等,不受传统思想、文化的束缚,这正是思想、文化解放的一种表征,意味着女性的创作真正实现多元化时代的到来。[②]

第二,女性诉求的自由表达。在网络写作时代,权威被消解,尤其是现实世界以男性为主导的精英话语权,彻底释放了女性在写作表达方面的压抑,真正赋予了女性自由表达自身诉求的权利。网络平台的匿名性,使得在互联网上读者只注重作品,性别在互联网上被忽视,这就更使得女性作者可以没有负担地为女性发声。现实社会中,女性很难真正获得和男性同等的权利,但女性又渴望能够像男性一样获得至高无上的荣誉与权利,于是将要求与男性平等,甚至是凌驾于男性的这种在现实生活中无法得到满足的诉求通过自己的作品表达出来,这种小说

---

① 秦宇慧:《网络武侠小说领域中的女性创作》,《西南大学学报》2011 年第 5 期。
② 陆山花、和建伟、曹俊敏:《网络时代女性意识的多元化呈现》,《重庆科技学院学报》2012 年第 3 期。

也被称为"女尊小说",在这类小说中,往往是作者虚构的母系社会或女尊男卑的社会,女主角通常可以是大将军、帝王等,拥有至高无上的权利,可以一女嫁多夫,几个男主角都听命于她。另外,还有职场小说也是网络中人气很高的一类小说,表达的是现代女性在职场中希望像男性一样实现自己的价值,取得事业爱情双丰收。从热门的网络小说类型中,我们都可以看出女性通过作品,表达自己要求独立、平等等合理诉求。

第三,女性群体的自我关照。与传统作家更加关注社会大环境、大背景,国家政治,社会民生不同,网络女性作者更加关注自身的感受。在当今社会,面对越来越大的竞争压力、生存压力以及五花八门的外界诱惑,女性所承受的压力不比男性少,她们的心理有着微妙的变化。网络成为她们抒发内心压力的出口,并且网络提供了一个交流互动的平台,所有有类似经历、情感的女性都可以在此彼此诉说倾听。例如饶雪漫专注于写花季少女的情感悸动,安妮宝贝略带灰色的文字写游走在城市边缘的年轻女性的生存样态,鲍鲸鲸记录下自己失恋后33天的情感变化、生活变化,成为女性走出失恋阴霾的教科书……这些女性作者的写作与社会宏大叙事无关,但确实以真实的情感、贴近生活的故事,深深打动读者。也让社会大众关注到现代女性情感和心理上存在的某些问题。在宏达叙事之外,开创出一片能与男性作者相媲美的文学领域。

2. 网络女性文学的局限性

第一,文学的消费功能取代审美功能。在"一切向钱看"的商业运作模式下,女性网络文学也不免流于俗套,一味追求点击量,功利化倾向越发明显,网络女性文学的价值功能不再是弘扬真善美,歌颂女性美好品质,而成为一种娱乐工具,赚钱工具。文学网站为了制造噱头,追求利益最大化,大肆炒作"美女作家",而写手为了赚钱,也将文学的审美功能抛之脑后,用无厘头的语言,拖沓离奇的情节,冗长的篇幅来增强点击率。更有"下半身写作者"利用女性的特征,肆意描述女性生理隐私和性隐私,以吸引眼球。在很多女性文学网站的首页上,各类推荐书籍标题都带有极强的挑逗意味,例如《一吻沉欢,叔叔温柔点》、《深度染指,总裁好心急》等等。在这些意淫文字中,毫无文学的味道,更谈不上艺术性、审美性了。

第二,"拜金"、"慕贵"、"外貌协会"背离主流价值观。在女性网络文学作品中,有着强烈的"慕贵"心理,对奢华、时尚场景浓墨重彩地描写,对金钱、权利疯狂地崇拜,对名表、名包的如数家珍,对"高富帅"、"白富美"形象的塑造。男主人公往往需要帅气又多金,才能赢得女生欢心,而女主人公可以贫穷,但一定要长得漂亮,最终麻雀变凤凰。这种"灰姑娘"的桥段是许多网络言情小说里必不可少的。小说描写只注重金钱和外貌,忽视了对人物其他品德的描述,对主人公铺张浪费、讲排场、任性妄为、轻视他人等背离主流价值观的行为不但没有加以批评,字里行间还透露出对这种行为的赞赏,与社会主流价值观相背离,错误地引导了价值观尚未成熟的青少年。

第三,"依附心理"的无意识残留。虽然网络女性文学常常标榜着要求平等、独立、自强,但在作品中却表露出女性希望依靠一个强大的男性从而过上衣食无忧的幸福生活,即使是在女尊小说中,这种情况也存在。女尊小说中的女主人公虽然机敏过人,独立强悍,活脱脱一个"女汉子",但造成女主人公走向最后的辉煌,还是依靠男性的因素。在各类"清穿"小说中,女主人公穿越到清朝,她们最终选择的另一半都绝非普通男子,都是阿哥、王爷、将军等拥有金钱和权势的大男人,也正是因为赢得了这些位高权重的男人的喜爱,女主才能在那个朝代躲过各种灾难。另外,女性的自我价值判断仍然受制于男性标准。如果不能够得到男性的欣赏和青睐,那么女性的美丽、聪慧便变得没有价值。这种潜在的依附心理与新时代女性强烈要求独立、自主、平等有所矛盾,这种自相矛盾会束缚了女性文学创作的深度和高度。

第四,沉溺局限于个人化写作。由于网络的匿名性和虚拟性等特点使得女性极易以自我为核心,沉迷于自我的经验世界,沉溺于狭隘的自我情感幻想中,缺少以天下为己任的抱负和忧国忧民的情怀。所以网络女性作品中占绝大多数的是讲述个体情感纠葛、悲欢离合的言情小说。另外网络女性文学的文化视野与读者群界定比较狭隘,创作局限于个人的生活体验,创作心理趋于流俗,很少作品能将个人体验上升到艺术审美层面。艺术来源于生活,而高于生活。但女性网络文学作品绝大多数只拘泥于生活,狭小的个体生活空间和孤芳自赏、自怜自艾的叙事方式,导致作品所涉及的文化视野不甚开阔,缺乏宏观视野及文学深度。女性作家的个人化写作倾向与商业化炒作结合,极易走向"下半身写作"的恶俗境地,迎合读者的窥私欲,例如"木子美现象",给整个网络女性文学的天空蒙上了黑纱。

的确,正如著名文学评论家张颐武所说:"中国女性的意识,中国女性对世界的看法,对生命的关照,她们的想象力、创造力、激情,通过网络的平台全部都展现出来了,这个意义非常巨大。"[①] 但与此同时,在网络女性文学发展愈加迅速,商业化运作模式愈加成熟的今天,网络女性文学也暴露出了其自身的局限性。"问渠那得清如许,为有源头活水来",女性创作者在创作时应更加注重作品的文学性,而非商业性;更加注重创新文学的体裁、题材,而非盲目跟风;更加注重个人情感与社会现实的联系,以女性的温柔情怀,给读者带来更多的心灵慰藉和人文关怀。同时,女性文学网站对作品的评判标准应建立和完善起来,不单单以点击率论英雄,引导读者阅读优秀作品。作者和网站共同来维护女性文学"源头"的清澈、纯净。

---

① 张晓佳:《网络女性文学两面观》,《新课程学习》(下) 2012 年 1 期。

第 15 章 网络儿童文学

网络儿童文学包括以下三种形态：第一种，儿童文学网站将中外传统儿童文学经典作品在网络上登录出来，供读者阅读、欣赏和评论；第二种，当代儿童文学写手乃至作家们将自己已经写作完成并发表在正式儿童文学刊物上的作品登录在网上，供读者阅读、欣赏和评论；第三种，当下一些作家或爱好者将自己的儿童文学作品首先在网络上原创发表出来，供读者阅读、欣赏和评论，便于自己快速听取读者与受众的反馈意见，从而，使自己极大缩短了获取读者反馈意见的时间和修改的周期，有的作品在网络上发表三五分钟之后便可获得相应的反馈意见。在这些网络儿童文学作品中，有的不仅仅局限于文字，还配有画片、插图、乃至 flash 动画和影视视频等，试图通过此种方式吸引少儿读者眼球，以达到领先于网络儿童文学竞争市场的目的。

笔者试图将从网络儿童文学网站、网络儿童文学写手、网络儿童文学代表作、网络儿童文学研究成果和网络儿童文学意义及不足这五个方面对网络儿童文学概况进行一个梳理。

一、网络儿童文学网站

1. 花衣裳青少年文学网

花衣裳青少年文学网是一个成熟的网络儿童文学网站，拥有比较庞大且活跃的用户数量和相对完备的网络文学网站设置。网站不仅会定期组织作文竞赛作为刺激文学创作的机制，还设定了一个具体的文学作家形象——"辫子姐姐"来吸引读者。此外，该文学网站还开展了线下交流活动——"阳光家族大本营"，为志同道合的青少年提供面对面交流的机会。

2. 中国作家网少儿频道

作为比较官方、正式的网络儿童文学网站，中国作家网少儿频道根据用户年龄详细分类，掌握了庞大的儿童文学信息与资源来满足不同年龄段的用户需求。网站内长期驻扎专业儿童文学作家，点评最新儿童文学作品，发布最新文学章节，是权威的网络儿童文学聚集地。

3. 意林少年版

意林少年版是《意林》杂志在秉承"一则故事，改变一生"的办刊宗旨上，特别为少年儿童打造的一本以"阅读、成长、童趣"相结合的，关注少年儿童素质教育的刊物。它以开发智力，启迪思维，培养创造为目的，集可读性、趣味性于一体。真正面向少年儿童，是少年儿童自己的阵地。结合电子杂志的特点，该网站推出了《意林少年版》的付费电子刊物，合理的价格在确保读者轻松阅读的同时，也保证了文学作品的质量，做到了网络儿童文学的专业化与商业化的结合。

4. 儿童文学·中国儿童资源网

中国儿童资源网以"绿色上网，快乐成长"为建站理念，为中国儿童提供内容健康、丰富多彩的娱乐学习资源。由于提供了 10 万以上的免费下载资源，网站开站以来得到了广大家长和孩子的好评，是国内极具影响力的儿童网站之一。同时，该网站针对儿童识字不全的情况，以有声读物为亮点，佐以色彩亮丽的图片，将儿童文学、小学作文、儿童游戏、儿童知识、猜谜语、少儿百科等内容蕴含其中，提高了可操作性，也进一步促进儿童的学习积极性。

5. 中国儿童文学网

中国儿童文学网是一家以儿童文学为主题的专业网站，意在为孩子提供一片纯净的文学天空。网站以公益为主旨，目前日访问量已近十万，主要受众为中小学生、老师、家长以及幼儿（有声读物）。该网站主要针对 6—12 岁受众，文学性更强。网站设置了大量以提高写作能力为目的的专题和板块，收集的故事也具备更复杂的情节和语言。

6. 小书房世界儿童文学网

小书房是一个为儿童阅读推广而存在的公益团队，前身是于 2004 年 2 月 27 日由儿童文学作家漪然自己制作的一个儿童文学主页，后由阅读推广人艾斯苔尔参与建设，在儿童文学作家流火等人的帮助下建立起了互动社区，并注册了 dreamkidland 的正式域名，形成了一个正规的网站。在莫音等一批网上义工的帮助下，网站内容渐渐丰富起来。在 2007 年 7 月 1 日，由漪然提出"阅读童年，收获梦想"的公益小书房阅读推广行动的倡议书发出，并得到众多网友的响应，纷纷报名成为公益小书房的志愿者，由此，小书房渐渐形成了自己的公益团队，并一直在网上网下为儿童阅读推广奉献着一份力量。如今的小书房，是为儿童文学读者搭建的一个公益性网络互动平台，它通过网络读书社区和网下读书会的形式，为儿童文学读者提供自己评论、自主交流、自发组织阅读活动的机会，共同分享阅读的快乐。小书房聚集儿童文学爱好者，为儿童文学的传播和创作贡献一份力量。它立于客观公正的角度，为孩子推荐最优秀的儿童文学作品，也为儿童文学作者提供发挥才华的宽广空间。

7. 榕树下童书馆

榕树下童书馆是依托国内历史最悠久、最具品牌的文学类网站——榕树下而创办的专业儿童文学网站。拥有丰厚的文学资源，借鉴"榕树下"的发展模式，童书馆积极举办网络儿童文学大赛，专业的文学指导和成熟的商业运作是他们的主要特色，不仅仅吸引着少年儿童的关注，更成为不少成年儿童文学爱好者的首选。童书馆频道作为榕树下的一个特色品牌，以打造中国原创儿童文学的源地为目的。旨在不远的将来，新一代的"郑渊洁"、"杨红樱"将在此诞生。

8. 儿童文学

中国少年儿童新闻出版总社（以下简称"中少总社"）成立于2000年，它的前身是成立于1951年的中国少年报社和成立于1956年的中国少年儿童出版社。中少总社是中国历史最长、规模最大的专业少儿新闻出版机构，它的读者覆盖了0—18岁各个年龄段的少年儿童以及他们的父母和老师。中少总社每年出版图书、音像制品1500种左右，同时拥有5种报纸和11种期刊、"中少在线"网站、中国少年儿童音像电子出版社以及以"知心姐姐"为品牌的系列教育服务产品。中少总社的产品曾获得多项政府和公众奖项，具有良好的公信力。中少总社与美国、澳大利亚、英国、德国、法国、比利时、荷兰、意大利、日本等国的许多出版商有良好的合作，引进出版了《丁丁历险记》、《长袜子皮皮》、《小淘气尼古拉》、《小熊布迪》、《图书馆老鼠》、《花袜子小乌鸦成长故事》、《猫武士》、《圣斗士星矢》、《小妖怪》等许多脍炙人口的外版图书。

9. 儿童文学吧

儿童文学吧是由儿童文学爱好者自发在百度贴吧建立的儿童文学交流基地。截止到2014年2月10号，共有20290位网友关注此网站，相关帖子数量达到891662个。网友们自发上传原创儿童文学作品，相互评价和学习，贴吧管理人员定期总结精华帖并且编辑成特刊发布。自发性为百度儿童文学吧的最大特色，也是其短板。由于缺乏严谨的管理机制，此网站总体松散，难以负担正式的儿童文学教育与传递重任。

10. 儿童文学大本营

创办于2008年6月8日的儿童文学大本营直接与儿童文学创作者接触，大批著名儿童文学作家授权此网站发表最新儿童文学作品。为了鼓励新人创作，该网站与全国各个报刊杂志社、出版社合作，推荐优秀的儿童文学作品。网站还将优秀作品集结为《中华原创儿童文学读本》8册出版，充分显示了网站的专业水准。

11. 北京青少年文学网

北京青少年文学网主要以培养儿童文学素养为目的，邀请著名儿童文学作家开展文学讲座，一方面培养少儿文学兴趣，一方面活跃儿童文学领域气氛。同时，网站还与北京多所重点中小学合作，挖掘和培养文学创作人才。

12. 童话乐城

童话乐城主要聚焦童话这一具体的文学体裁，用户群体并不局限于儿童，创作内容相对成熟，活跃度较低。

13. 六一儿童网

六一儿童网成立于 2007 年，是专注于为中国儿童提供服务的绿色门户网站。不仅仅局限于文学创作领域，该网站专注为学龄前儿童提供早期教育内容的高效研发团队，在大量浏览数据中密切关注学龄前儿童需求以及家长期望的同时，以新颖的构思，健康的内容提供优质早期教育内容。同时，网站还开设了儿童论坛，儿童博客等互动平台，开掘了未成年人上网的通路。

14. 红袖添香社科人文类

红袖添香创办于 1999 年，是全球领先的女性文学数字版权运营商之一。凭借丰富的内容、独特的风格、领先的技术、优质的服务，红袖添香成为中文女性文学领域最受推崇的知名品牌之一，在业界享有极高的声誉。其下的社科人文类有单独的儿童文学频道，主打原创作品，秉承一贯红袖添香网站的特色，作品也偏言情。

15. 云中书城少儿读物类

云中书城是全球领先的数字书城，内容囊括盛大文学旗下的起点中文网、红袖添香、小说阅读网、榕树下、潇湘书院、言情小说吧、天方听书网、悦读网等网站内容及众多全国知名出版社、图书公司的电子书，为消费者提供包括数字图书、网络文学、数字报刊杂志等数字商品。目前云中书城的海量电子书已经可以通过 Android 客户端应用、iPhone 客户端应用、iPad 客户端应用、Windows Phone 客户端应用、PC 客户端、云中书城网站、云中书城手机 WAP 站、盛大 Bambook 进行下载阅读。旗下的少儿读物类频道也主打下载业务，作品大都是已经出版了的儿童读物，可以使用电脑，手机随身阅读。

16. 网易云阅读儿童文学类

作为网易的年度重磅出品，网易云阅读儿童文学类是首款图书、资讯、社交全能型移动阅读应用，支持一站式阅读电子图书、数字杂志及海量互联网资讯。当前，网站正版电子图书及品牌杂志已逾 100 000 本。旗下的儿童文学类主打免费阅读，和云中书城一样主要推出的是一些已经出版了的儿童读物。

17. 且听风吟童话故事类

且听风吟是碧海银沙 2001 年底推出的原创文学栏目,为广大网友提供原创文学作品发表、欣赏的园地,深受全国网民喜爱。网站提供纯正、广涵、和谐的小说、杂文、诗歌、文集、散文。

18. 尖尖儿童故事网

尖尖儿童故事网是一个相对私密的网站,它拥有丰富的儿童文学资源,但用户必须注册才能下载使用。

二、网络儿童文学知名写手

1. 杨鹏(博客:http://blog.sina.com.cn/u/1210708282)

杨鹏,笔名雪孩,福建长汀人。著名儿童文学作家及少年科幻作家,中国首位迪士尼签约作家。中国社科院文学所副研究员,中国作家协会会员,北京作协儿童文学委员会委员,北京作协签约作家。出版作品 100 多部,共 1000 多万字,代表作《装在口袋里的爸爸》。1991 年,杨鹏在国内最权威的科幻刊物《科幻世界》上发表处女作《永恒》,并获得当年的校园科幻小说奖。从发表这篇作品开始,杨鹏以稿费为生活的主要来源,依靠稿费念完了大学、研究生;买房、办工作室、公司。1992 年在《科幻世界》上连续发表作品,作品《坠入爱河的电脑》获中国科幻界最高奖——中国科幻小说银河奖,这也是杨鹏成为中国科幻创作领军人物的标志。2000 年,杨鹏个人出版图书突破 100 部,印数最多的图书超过 10 万套。凭借菏泽卓著的创作成绩,杨鹏荣获儿童文学界最高奖"宋庆龄儿童文学奖"。2001 年作品获"中宣部五个一工程奖"、"国家图书奖"、"中国图书奖"、"全国优秀科普作品奖"、"蒲公英奖"等国家级奖项,几乎囊括了儿童文学界、科幻界、图书界所有的国家级奖项。2002 年,"杨鹏工作室"成立,成为国内首个以流水线方式创作儿童文学和科幻作品的作家工作室。但其提出的"儿童文学商业化写作"、"文化工业"等理念在儿童文学界影起强烈反响和争议。

2. 孙卫卫(博客:http://blog.sina.com.cn/u/1496864795)

孙卫卫,70 年代生于陕西省周至县,1998 年南京大学中文系毕业。曾在新闻出版报社工作近 12 年,历任记者、编辑、总编室主任、编委等职。现为机关工作人员、儿童文学作家。1990 年开始发表习作,1994 年被评为第二届"雨花杯"全国十佳文学少年。2003 年加入中国作家协会。出版文学作品近 20 部,主要有儿童小说《胆小班长和他的哥们》、《男生熊小雄和女生蒙小萌》、《班长上台》,散文集《正好年轻的故事》、《想成为别人家的孩子》、《小小孩的春天》,书话集《喜欢书》等。获全国优秀儿童文学奖、冰心儿童文学新作奖、冰心儿童图书奖,中国新闻奖、全国人大好新闻奖、全国政协好新闻奖等。作品被收入《中国新文学大系·儿童文学卷》(1977—2000)、《中国儿童文学六十年典藏》、《中国年度最佳儿童文学》等多种选本。图书入选中央宣传部、教育部、共青团中央决定向全国青少年推100种优秀图书名单，原新闻出版总署向全国青少年推荐的百种优秀图书、全国农家书屋重点出版物推荐目录等。

3. 李志伟（博客：http://blog.sina.com.cn/lizhiwei）

李志伟，男，1973年生于北京工科大学毕业，从事儿童文学创作。主要撰写童话、科幻、校园小说。出版过100多本书，发表过2000多篇童话。主要作品有"童话镇"系列童话，"开心学校"系列校园小说。"小鲤鱼历险记"小说版，"赛尔号官方小说"等。编写过"三毛奇遇记"、"三毛历险记"、"虹猫蓝兔光明剑"等动画片剧本。根据自己作品改编的200集动画片："大奇和童话镇"，于2011年9月15日开始播放。2013年作品："星纪元"系列科幻小说。作品多次入选"中国最佳童话"，以及各种选集。曾在一年内囊括儿童文学三大核心刊物的年度优秀作品奖，还荣获第三届儿童文学俊以奖、台湾第十届九歌现代儿童文学奖等。

4. 饶雪漫（博客：http://blog.sina.com.cn/raoxueman）

饶雪漫，2013第八届中国作家富豪榜上榜作家。中国四川自贡人，青春文学著名作家。与伍美珍、郁雨君成立国内第一个作家组合"花衣裳"，从十四岁发表文学至今，已经在青春文学经营了十八年，在许多读者的青春里留下浓重的痕迹，她的细腻笔触勾勒出许多青少年无处安放的情绪。目前已出版作品五十余部，代表作品有《小妖的金色城堡》、《校服的裙摆》、《左耳》、《沙漏》、《离歌》、《秘果》等，作品多次登上全国各地（含港台地区）畅销书排行榜。

5. 郁雨君（博客：http://blog.sina.com.cn/u/1953593052）

郁老师是我国著名儿童文学作家、校园小说作家，曾任《少女》《少年文艺》主编，现任上海九久读书人文化公司高级顾问，是全国无数小读者心目中"亲切知心、温暖优美"的辫子姐姐。迄今，郁雨君共出版近40余部儿童文学作品，曾获"陈伯吹儿童文学奖"、"全国优秀少儿图书奖"、《儿童文学》"小说擂台赛金奖"。其作品文采飞扬，青春灵动，字里行间流露出明亮的生活气息和活泼的青春气息，深受全国各地青少年的欢迎。

6. 伍美珍（博客：http://blog.sina.com.cn/ygjzbjb）

伍美珍，网名美美，又被称为"阳光姐姐"。现为安徽大学文学院副教授，安徽大学儿童文学创研中心主任。她曾是"阳光姐姐热线"主持人，专为小读者排忧解难。自2000年起，她在内地和港台三地共出版了70余部少儿题材的小说和报告文学作品，曾获文化部"蒲公英少儿读物奖"及新闻出版总署"全国优秀少儿图书奖"、"冰心儿童图书奖"等。2013年12月5日，伍美珍以880万的版税收

人荣登"第八届作家富豪榜"第12位,引发广泛关注。她创作的大都是校园小说,代表作"阳光姐姐小书房"系列,包括《外号像颗怪味豆》、《我的同桌是班长》、《做好学生有点累》、《永远的超级四班》、《老天会爱笨小孩》;"十二岁的青春物语"系列包括《闪闪惹人爱》、《在你鼻尖跳舞》等;"同桌冤家"系列包括《考试真疯狂》、《走过花儿街》、《爸爸我要钱》、《都是周记惹的祸》等;"同桌冤家的快乐冒险"系列包括《植物大战僵尸》《惜城灵魂出窍记》。这些作品风靡全国中小学校园。

7. 杨红樱(博客:http://blog.sina.com.cn/u/1645061557)

杨红樱,四川成都人,儿童文学女作家,中国作家协会会员。18岁开始当小学老师,19岁开始童话创作。曾任7年小学老师,7年儿童读物编辑,现为成都某杂志社副编审。2000年以《女生日记》拉开"杨红樱校园小说系列"序幕,与其后的《男生日记》、《五·三班的坏小子》、《漂亮老师和坏小子》、《假小子戴安》、《淘气包马小跳》、《笑猫日记》系列一起,在学生、老师和家长中引起巨大反响。作品《女生日记》的章节被选进了中国小学语文实验教材,《男生日记》获2003全国优秀畅销书奖,国家教育部指定的中小学图书馆必备书。2004年,作品《漂亮老师和坏小子》获全国优秀畅销书奖,并入选"中国新世纪教育文库·小学生阅读推荐书目100种"等。作为现代当红女作家之一,杨红樱名列2010第五届中国作家富豪榜首位。

8. 汤汤

汤汤是最近几年崭露头角的儿童文学作家,作品曾获浙江省优秀文学奖,冰心儿童文学奖,陈伯吹儿童文学奖,金近儿童文学奖,儿童文学十大青年金作家奖,冰心儿童图书奖,全国优秀儿童文学奖等。出版有短篇童话集《到你心里躲一躲》、《别去五厘米之外》等,中篇童话《喜地的牙》、《谷子遇见豆子》等,长篇童话《流萤谷》、《睡尘湖》等。她的"鬼童话系列"赢得了大家的广泛关注和好评。2012年,她的写作脱离"鬼童话系列"模式,开始尝试低年龄段的童话创作,创作出"汤汤奇异童话系列",她的作品想象大胆奇特,行文幽默,充满诗意和温暖。

9. 殷健灵(博客:http://blog.sina.com.cn/u/1177522557)

殷健灵,生于上海,18岁在《少年文艺》(上海)发表处女作,由诗歌起步,从此与儿童文学结缘。写作体裁涉及诗歌、散文、小说、报告文学、评论等。主要作品:长篇小说《纸人》、《哭泣精灵》、《月亮茶馆里的童年》、《轮子上的麦小麦》、《甜心小米》系列等,长篇幻想小说《风中之樱》,散文集《纯真季节》、《记得那年花下》、《听见萤火虫》,中短篇小说集《青春密码》、《一滴秘密的眼泪》,诗集《盛开的心情》等近300万字。2010年,瑞典系列引进殷健灵的多部儿童文学作品,是第一个被译介到瑞典的中国儿童文学作家,同时亦有部分作品翻译成英文、日文输出海外。曾获冰心图书奖大奖、陈伯吹儿童文学奖（四次）、"巨人"中长篇儿童文学奖、新世纪儿童文学奖、首届政府出版奖提名奖、台湾"好书大家读"最佳少年儿童读物奖等全国性奖项，并获第四届上海市十大文化新人、首届《儿童文学》青年金作家称号等。获2013年度国际林格伦纪念奖（世界最大的儿童文学奖）提名。殷健灵的作品以女性特有的观察力、想象力，敏锐细腻以及清新雅致的文字，道出少年儿童成长的困惑、失落、欣喜与收获。她的作品立足现实，视角独特，题材多样，风格典雅、宁静、唯美，充满人文关怀，善于探悉少年儿童隐秘曲折的心理世界。殷健灵的读者年龄层纵跨10岁到45岁，被媒体誉为孩子和家长共同的"成长知己"和"精神摆渡人"。

10. 李少白

李少白，1939年12月出生于湖南宁乡县，1978年开始文学创作，以儿童诗、童话、幼儿文学和音乐文学为主。已出版儿童诗集13本，童话故事集13本，社科读物和低幼读物10多本，故事盒带10余盒，影视文学剧本四部（共17集），发表歌词500余首。作品曾获第二次全国少儿文艺创作二等奖（1954—1979）、全国优秀少儿读物奖、全国"五个一工程"奖、文化部群星奖金奖、陈伯吹儿童文学奖、冰心图书奖、冰心新作奖、张天翼儿童文学奖、首届中华儿童文学奖、世界儿童音乐节优秀作品奖等奖项40余次。是中国作家协会会员，一级作家，湖南省音乐家协会名誉副主席。曾评为湖南省先进专业技术工作者、有突出贡献的专家、全国儿童少年先进工作者。

11. 北董（博客：http://blog.sina.com.cn/beidong7125351）

董天柚，河北省滦县人。中国作家协会会员，国家一级作家。著有长篇小说《凤凰城》、长篇童话《拇指牛》、小说集《蹈海》、散文集《孤蟹》、童话集《魔布手套》等70余种，中短篇作品2000余件，总逾1000万字。作品曾获中国文化部蒲公英奖、中日友好儿童文学奖、CCTV青少年节目展播一等奖、CCTV短剧、小品优秀作品奖、冰心儿童图书新作奖、陈伯吹儿童文学园丁奖、张天翼童话寓言奖、河北省文艺振兴奖、河北省"五个一工程"奖等。小说集《青蛙爬进了教室》被收入百年百部中国儿童文学经典书系。

12. 金朵儿

金朵儿，江西赣南客家人，榕树VIP作家。作为一个80后，金朵儿热爱生活热爱文字，偶尔忧伤，是个浪漫、唯美主义者。作品虹朵朵儿童系列小说（共十部）获得榕树下第一届童话大赛最高奖——"最佳童话奖"；小贝卡系列书（十部）被评为"2011十大佳作"，即将上市；《绝恋樱花雨》即将上市。

13. 两色风景

两色风景，原名黄振寰，福州人。性格矛盾的80后宅男，是十余家杂志专栏

作者。创作以童话为主，另发表小说、随笔、评论、幽默段子、动漫脚本等，总数近两千篇，逾四百万字。已在《漫客·童话绘》、《儿童文学》、《读友》、《故事大王》、《少年文艺》、《江苏少年文艺》、《童话世界》、《小青蛙报》、《儿童故事画报》、《文学少年》、《拼音报》、《童话王国》、《意林》、《东方少年》等逾百家国内著名儿童文学杂志发表童话六百余篇。从低幼童话到成人童话，均有适龄创作。风格时而抒情，时而热闹，想象力别出一格。作品以"神奇小子毛卡卡"、"校园神医康小夫"、"少年空侠"、"熊宝与兔贝"、"米浆博士"、"小魔女麻咪"等系列为主。曾获信谊图画书奖、蒲公英儿童文学奖、"读友杯"儿童文学优秀奖等奖项。

14. 亚东

亚东，本名王亚东，海归硕士，中国微童话第一人。2005年开始从事短信童话创作，作品屡见于中国移动增值业务；2007年开始从事微博童话写作，成为微童话这一新领域最早的探索者；2011年6月在新浪微博开始连续发布微童话作品。著有《一本最美的早晨：中国第一本微童话》一书。王亚东曾提出"大孩童话"理念，主张将童话文学分为面向低幼群体的低幼童话和面向年轻人群体的大孩童话。在他的童话作品中常会出现作者对于人生、时间、生命、环保等层面的思索和感悟，王亚东称之为"大孩童话"，即专为那些身已长大、心仍童年的年轻人创作的童话。

三、网络儿童文学代表作

1.《一本最美的早晨》

作为中国首部微童话书，《一本最美的早晨》以"微童话"体裁，用不超过140个字的篇幅进行创作，填补了国内"微童话"类书籍的空白。该书是一本定位于年轻人的"大孩童话"，全书包括八个章节、60篇精选原创微童话，讲述了作者对于生命、爱、环保等的思考和感悟，以一颗未泯的童心书写和怀念生命中的单纯和美好，短小的文字与风格独特的大幅配图相映成趣，为忙碌不堪的现代人带来些许清新和放松。

2.《重金属小弟》

重金鼠小弟是榕树下文学网站VIP签约作者——周郎赤壁的童话作品。故事讲述了一个叫小弟的老鼠，因为特殊的事件变成了"重金鼠"，并组建了重金鼠乐队，与一个叫笑笑的小女孩、一只叫咪咪的猫和一只叫小不点的大黄狗，展开的一场场天真有趣的童话故事。语言幽默从容、感情真挚动人、寓意深刻发人深省，是近年来少有的童话精品。

3.《彩色熊猫!》

《彩色熊猫!》是一部长篇童话,获得榕树下文学网 2011 年度十大佳作,榕树下文学网第六届文学大展第一批入围作品。作品讲述了在睿智的老黑熊帮助下与千年神龟指点下,五个熊猫携手走向追求彩色梦的路。追梦的路上,五熊猫携手并肩,惩恶扬善,救人于危难,最后拥有了超能力,变身彩色熊猫,无所不能,在与人的亲密合作下大显神威,成为战天斗地的熊猫奇侠。

4.《凯撒大帝·噩梦桃源》

《凯撒大帝》是一部发生在诸多神秘星球上的独有的神星球探险故事,它语言幽默,人物设计趣味,故事量大、耐读,而且还设计了许多四格漫画和天文学大讲堂。在《凯撒大帝》中,主人翁聪明机警的少年哥太萌为了寻找迷失于宇宙空间的爸爸妈妈,意外地与托斯卡拉行星上的毛球酋长——机灵古怪又有点自恋的异界探险家凯撒大帝在一颗超级神秘陌生的星球相遇,并一同开启了一次次的冒险旅程,经历了无数神幻莫测的物种大战与惊险离奇的事件,最终他们凭借智慧与勇气冲破重重阻碍与危机,破解了一个又一个星际之谜。全书充满幻想、悬念、推理、穿越、神秘、诙谐、幽默,又不失温情。满足青少年朋友无底洞似的好奇心与求知欲,彻底击败电脑游戏与电视泡沫剧,是一套极具魅力与正能量的儿童文学作品。

5.《崎龙和他的龙血》

《崎龙和他的龙血》的主人翁是一个名为赵崎龙的 12 岁普通小学生。自从他离开南阳老家去郑州上学后,他生活中的一切都改变了。由于无意间来到驿站城市,一个建立在地下,妖精和魔兽们的世界,他得知自己身体内流淌着的是危险而又强大的龙血。为了实现帮助中原沃土补满即将枯竭的龙脉的使命,他开始了寻找龙脉的冒险。

6.《三个超级坏小子》

《三个超级坏小子》是一部新闻体少儿长篇小说。作品从坏小子给全班 30 多名同学起了外号,制造了震惊学校的"外号门"事件作为开端……整个作品,童趣浓厚,人物性格突出,把艺术与现实结合得十分紧密,再现了现代小学生更活泼、更聪明、更有思想的特点。同时,作品表现了师生之间关系融洽、无障碍沟通、平等相处的美好氛围,在轻松、幽默的故事里,激发孩子们的创造潜能。

7.《笨笨鼠小弟漫游记》

《笨笨鼠小弟漫游记》讲述了一只叫做梅可的小老鼠的历险故事。梅可由于从一个农家小院里跑了出来,无意中进入了一座被胖老鼠国王统治的荒宅。为了破除巫婆的魔法,为了救出被巫婆施了魔法的矢车菊公主,小老鼠同他的朋友们在行进的路上用智慧破解了各种难题。

8.《野孩子的奇幻之旅》

《野孩子的奇幻之旅》是"冰心奖"大奖得主张文俊创作的一部童话。故事通过一个中国男孩在野外的奇幻历险，表现出中国儿童的环保意识、完全的自由精神和对真善美的追求。里面的情节非常有趣，而且想象丰富，比如放风筝被带上天空、洋洋吃草变成一棵树、洋洋被秃鹰叼上天空、根据鹦鹉的话破案、带领动物参观"人物园"、骑着大鲸在海里漫游、被白鹳送回家乡等。是一部不可多得的儿童文学佳作。

9.《丑小狐叮叮穿越传奇》

《丑小狐叮叮穿越传奇》讲述了主人公小狐狸叮叮因为一次意外的森林大火而和母亲在逃亡时掉入"皇河"的漩涡，从而穿越到了二百年前的"狮王32世"时代变成"小丑狐"叮叮的故事。穿越之后，在威风镇，他遇到了贪心狡诈的"旺财老爷"，意外地做了小青牛的书童，发生了一系统的事情……故事旨在告诉孩子们，外表的美与丑并不那么重要，天底下最幸福的事情就是和亲人在一起。

10.《虹朵朵系列童话》

《虹朵朵系列童话》系列一共有十部童话，分别讲述了主人公虹朵朵小朋友的各种奇遇、探险。文笔亲切，贴近儿童读者的语言习惯，描述生动活泼，形象别致。这个系列小说获得榕树下第一届童话大赛最高奖——"最佳童话奖"。在榕树下童书馆网站上人气颇高，被网友赞叹是不可多得的网络儿童文学读物。

四、网络儿童文学研究成果举隅

目前，关于网络儿童文学的研究并不多，也还未出现研究专著。在中国知网上以"儿童文学"为主题，以"网络"为关键词或者是以"网络"为主题，以"儿童文学"为关键词检索，相关文献共有17篇，如下：

序号	成果名称	作者	来源	数据库
1	电子媒介文化与儿童文学	郝月梅	上海大学学报（社会科学版）2000年03期	期刊
2	电脑网络与儿童文学作家	唐兵	文艺报 2000—10—17	报纸
3	对网络儿童文学的浏览和思考	阮咏梅	广西社会科学 2003年06期	期刊
4	后现代视野下的网络文化——兼谈网络文化对儿童文学的冲击	陈昕	求索 2004年05期	期刊

序号	成果名称	作者	来源	数据库
5	网络儿童文学原生态	陈昕	丽水师范专科学校学报 2004年03期	期刊
6	穿行在光影交错的空间里——略论网络对儿童文学创作主体的影响	陈昕	浙江师范大学学报 2004年03期	期刊
7	借助网络传播儿童文学——数字化时代培养学生语文素养之浅见	郭明杰	江苏教育 2005年12期	期刊
8	网络儿童文学的正负文化价值透视	侯颖	文艺争鸣 2007年06期	期刊
9	20世纪90年代中后期儿童文学的转型	李坚坚	南京师范大学	硕士
10	网络创作的游戏性与儿童文学的"游戏精神"	陈昕	牡丹江大学学报 2008年06期	期刊
11	略论网络对儿童期刊采编工作的影响	黄渊基	改革创新·科学发展——第7届全国核心期刊与期刊国际化、网络化研讨会论文集	会议论文
12	别让儿童文学迷失在娱乐至上的网络时代	舒晋瑜	成才之路 2010年11期	期刊
13	中国儿童文学当代传播之数字化征程——少儿出版界数字出版的趋势与展望	崔昕平	中国儿童文化 2011年00期	期刊
14	图像化与狂欢化:新媒介时代儿童文学的审美向度	刘彩珍	当代文坛 2011年06期	期刊
15	新媒介时代的儿童文学生产与传播	胡丽娜	当代文坛 2012年02期	期刊
16	大众传媒语境下儿童文学传播障碍归因研究	王倩	山东师范大学	博士论文
17	谈网络少数民族儿童文学创作	甄紫涵	语文学刊 2013年11期	期刊

五、网络儿童文学的意义和不足

网络是儿童文学寻求的新的传播方式和传播渠道。许多曾经深受少年儿童喜爱的儿童文学刊物,像《少年文艺》、《儿童文学》等,如今的发行量都不及其鼎盛时期的零头。儿童文学"艺术上的相对丰富和成熟,未能在读者接受方面获得相应的成功,这就是20世纪90年代的儿童文学现实。而当今儿童文学界的主要矛盾也由此锁定,即创作与接受,或者说是出版与市场之间的对抗、疏离与脱钩。"网络儿童文学的兴起在一定程度上缓解了这种矛盾,也为解决这种矛盾找到了一种较为行之有效的方式。

1. 网络儿童文学发展的意义

(1) 创作群体的丰富和多元化

网络打破了以往儿童文学写作基本由专业作家一统天下的局面,有助于儿童文学创作群体构成的丰富和多元化。互联网以其前所未有的开放性、包容性特征容纳了大量作者的参与,除去专业作者之外,网络上出现了一大批业余的儿童文学创作者,在业余创作者中,在校学生和有孩子的父母亲们占据较大比重,这里的"较大比重"不仅仅是指写作人的数量,更是指作品的质量。例如在"华文儿童文学网络大赛"中成人组一等奖空缺,学生组山东临清初二年级学生刘古雪的《穿越时空的古鸭》和四川平昌的高三学生孙泽贤的《大海》获得一等奖,网络的开放自由正在吸引着少年儿童的参与。又如"尖尖儿童故事网"就是由三个父亲自发设计制作的儿童读物资源型网站,有很多有孩子的父母,尤其是有写作经验的家长通过网络这个开放自由的平台进行儿童文学创作,并且已经出现了一批佳作。网络的出现,为人们提供了一个空前的展示自己和释放自己的空间。在网上世界,没有编辑挑剔的目光,没有期刊版面的限制,没有论资排辈,没有人可以生杀予夺。只要你热爱写作,只要你有表达的欲望,你就可以实现自己的愿望。网络激活了人们也许从未意识到的文学天赋和创作潜能,为每一个热爱儿童文学、关心儿童文学的网民提供了前所未有的自由驰骋的舞台,这在一定程度上将有助于儿童文学创作群体的迅速成长和壮大,使当前儿童文学创作队伍人才流失严重、创作后继乏人的状况得到改观。

(2) 创作形式的自由和平台的开放性

互联网将数字化技术、多媒体技术和超文本技术融为一体,开辟了文学创作的广阔天地和自由空间。超文本技术提供的灵活机动的多维结构模式,打破了传统文本创作和阅读的线性定式,赋予了作者和读者自由选择的自主权。而借助多媒体技术和超文本技术,人们可以创作出融语言文字、声音图片、动画影像等为一体的多媒体文学文本,从而突破传统文本单一的语言文字或诗画结合、图文结合的表现形式,呈现出迥异于静态书页的动态特性。基于网络技术而出现的这些具有网络特质的超文本、多媒体文本、互动文本等崭新的文本形态,给网络儿童文学的创作和阅读带来了无限的可能性。例如有"文字女巫"之称的儿童文学作家饶雪漫就是以"展示性生产"的方式在文学生产和传播中融合多种媒介样态高手。在保持故事情节等文字魅力的基础上,大胆采用图片、影像因素,将文学生产演化成为可展示的文化狂欢。如青春疼痛系列《校服的裙摆》、《左耳》、《左耳终结》、《沙漏》、《离歌》等创作,就糅合了音频和视频材料,且制作了作品相关单曲、MV等影视作品。《校服的裙摆》被认为是内地第一部音乐小说,另外饶雪漫还将作品的生产流程与读者互动,掀起了一场"图书娱乐化"革命。在《左耳》的创作中提出"青春互动小说"的新概念,从故事、封面、制作到出版后的阅读全程与读者互动:举办大规模的漫 girl 海选,启用普通学生为书模及演员等,这些在当时罕见的行为都收到了良好的效果和较大的反响。在当今大数据时代,微博、微信的兴起给网络儿童文学的传播提供了更加开放广阔的平台,比如曾风靡一时的微童话概念,在微博这个新鲜的网络空间展现了童话抚慰人心、思想启迪的无穷力量。微童话的成功是因为"微"的形式符合当今碎片化、图像化的信息趋势,迎合了当今人们的喜好与习惯。网络儿童文学只有紧紧跟随现代信息潮流,找到现在儿童、青少年的心理"G"点，才能真正把网络儿童文学做强做活。

(3) 创作内容的新鲜和多样化

新媒介时代的网络儿童文学与传统的儿童文学相比已经发生了很大变化。首先语言亦庄亦谐，充满张力。把各种日常生活中的语言、网络语言、节庆语言等交织在一起，各种谩骂与嬉笑，戏谑与赞美的语言相互组合，形成充满张力的狂欢化语言，而这种狂欢化语言是网络儿童文学的新特点之一。再者，儿童文学的取材也发生了很大变化。例如在榕树下的儿童文学原创作品库里按总点击量排列，前十篇里有六篇是以魔法、巫术、冒险为背景的儿童小说。在红袖添香的儿童文学小说分类里排名比较靠前的作品还涉及到了穿越，言情等元素的儿童小说。在新题材中特别亮眼的是"网游题材"，伴随着多元的儿童网络游戏，儿童网游文学图书创作呈现出多点开花、多层兼顾的态势。儿童网游文学成了儿童图书销售市场的一匹"黑马"，更成了儿童文学阅读的又一"时尚"。在强大的网络引力与市场引导下，儿童网游文学开始进入学术视野。网络儿童文学的题材受网络文学整个大环境的影响非常大，比如近年来网络文学流行"穿越"题材的小说，各式各样的穿越小说层出不穷，于是网络儿童文学也悄然出现了"穿越"儿童文学，穿越元素的加入受到了小朋友们的欢迎，点击率也是节节攀升。不仅是穿越题材，像仙侠，西方魔法等等在网络文学大热的题材也在网络儿童文学理流行，这些在传统儿童文学很少出现甚至不存在的题材现在却成为了热门题材，这也是网络儿童文学最明显的特点。

2. 网络儿童文学发展的不足

当今，儿童文学的日益边缘化已经是一个不争的事实。虽然网络作为新兴的"第四媒体"以其相对于传统媒介的自由与开放网络作为新兴的"第四媒体"，以其相对于传统媒介的自由与开放、交流与互动、高效与快捷等几大优势，为儿童文学的生存与发展带来了新的契机，给儿童文学创作主体的创作带来了更大的自由、提供了更多更新的创作素材等新的可能性。但正如所有的科学技术都是双刃剑，网络在给儿童文学创作者带来积极影响和机遇的同时也带来了新的限制和挑战。

(1) 新时代旧观念

网络等电子媒介的发达导致了书刊媒介影响力的相对下降。以网络为代表的电子传媒"以其特有的便捷、直观、舒适、可操作性、可参与性、可选择性等特点轻而易举地抢走了小读者。"五六十年代甚至八十年代初期儿童文学一统天下的局面已被打破，小读者日益被卡通片、成人电视剧、MTV、电子游戏、网络文化等分流"。而集游戏、影视、聊天、flash 动画、mp3 音乐、搞笑等于一体的网络文化，对少年儿童尤其具有致命的诱惑力。虽然网络儿童文学应运而生，不过就当前来看，这一概念并不够成熟。相比较于网络女性文学和整个网络文学的大环境而言，网络儿童文学只是其中的短板。这并不只是网络儿童文学的疲软，而是整个儿童文学市场的疲软。近年来，有影响力，有口碑，能有话题的儿童文学几

乎没有。青少年虽然早早的开始读小说，但是他们的选择已经被玄幻、武侠、奇幻、言情等全部霸占。网络文学的影响力非常强大，可是青少年却没有选择他们应该阅读的儿童文学。儿童文学、网络儿童文学似乎成为被遗忘的文学角落。

在当今网络时代，网络文化已经渗透到大众生活的各个方面，不论是生活方式还是思想理念都已经发生了重大转变。正因为如此，当下儿童、青少年对待儿童文学的态度，对题材类型的喜好与十年前、二十年前已经有了大大的不同，如果网络儿童文学只是给传统儿童文学披上网络的外衣，那他终究没办法扛起儿童文学复兴的大旗。当然，我们也看到了网络儿童文学的进步，例如文学素材开始吸收如穿越、盗墓等流行元素，让文学作品跟上时代的审美潮流，用新颖、刺激、符合当下文学审美的题材吸引小读者。但是好作品的稀缺、好网站的稀少、资金的短缺、产业链的不完整严重制约着网络儿童文学的崛起。

如果说网络文学的成功是顺应了时代发展的潮流，满足了现代社会人们希望通过虚幻又真实的文学世界来缓解现实压力的心理诉求，那么网络儿童文学又要怎么迎接这一群倾向于形象化、平面化、感官化的阅读而拒绝理性的思考；更喜欢主动的参与而非被动的接受；更反感于传统的说教；一切以自我为中心，我行我素，反权威、反传统，追求自由、另类、开放，渴望打破束缚自己的一切羁绊和枷锁的后现代小读者呢？什么样的作品才能贴上网络时代、追求通俗、易懂、直观的时代标签？

网络时代里少年儿童的精神状态、行为方式、心理需求、审美趣味的变异，不仅仅是教育工作者所面临的困惑，也同样对网络儿童文学创作者提出了严峻的挑战。既要在充分研究当代儿童的心理特征、情感和审美的实际需求的基础上尊重小读者的审美趣味，利用网络这个开放自由的平台，创作出为小读者所接受所喜爱的作品，尽量把读者的注意力和兴趣从网络等电子传媒文化中拉回到文学作品的阅读上来；又不能一味迎合小读者的阅读趣味甚至放纵他们的某些人性的弱点，放弃文学作品对儿童精神的滋养、引领和提升，把少年儿童从纷繁复杂的网络信息中解放出来，给他们提供一片净土。怎样才能恰到好处地做到这一点，对网络儿童文学创作者来说，实在是一个两难的却又是无法回避的问题。

（2）强技术弱利用

多媒体文本昭示着数字化时代各门艺术走向综合和创新的大趋势，同时也表明，这个时代，技术与艺术的联系比以往任何一个时代都更为紧密。但以当下有更新的网络儿童文学网站来看，他们都存在着一些共同的问题。

第一，同质化十分明显，每个网站的内容设置都大同小异，没有自己网站的特色，也没有体现网络儿童文学的特色。网站内容大多以上传中外传统经典的儿童文学作品为主，没有专门的原创网络儿童文学写手，原创文学作品非常稀少并且许多原创作品内容都不完整，而且网站内容更新也非常慢，甚至一些网站已经不再更新了。在为数不多的儿童文学网站中，有一些网站还只是把自己定位为资源共享型网站，仅仅将儿童文学作品作为资料，供网友阅读与下载，如"中国儿童资料网"、"小书房世界儿童文学网"、"小书包儿童文学教育网"等。也有个别以当代儿童文学作家或业余网络写手为主要组稿对象，经作者授权发表有质量的作品，如"红袖添香社科人文类"、"儿童文学大本营"、"榕树下·童话馆"等。就目前现存的网络儿童文学网站而言，原创儿童文学的稀缺是造成了同质化现象的重要原因之一。相比"起点"、"红袖添香"等知名网络文学网站而言，网络儿童文学的网站建设普遍粗糙，也缺乏对网站的基本管理。这如同一个恶性循环，网站建设差导致访问人数、点击量稀少，而点击量的多少直接影响着网站的运营，网络儿童文学的兴起首先要从打造一个具有影响力的文学网站开始，而打造一个成功的网站就必须跳开这个恶性循环的怪圈。只有跳开恶性循环的怪圈，寻找到一条可持续发展的网站运营方式，才能打造出像"起点"、"创世"那样红红火火的网络儿童文学网站。

第二，自身定位模糊。在当今网络文学的大环境下，网络儿童文学并没有像网络女性文学或其他网络文学品种一样有自身明确的定位。比如网络女性文学就针对女性读者推出言情、都市等题材的小说。网络男性文学就针对男性读者的心理需求主打玄幻、战争等题材的小说。而网络儿童文学却没有对自身有一个明确的定位，这直接导致网站内容分类模糊，对读者的吸引力不够。究竟网络儿童文学针对的读者群是哪些？网络儿童文学与传统儿童文学的区别在哪？网络儿童文学与其他类型的网络文学有什么不同？网络儿童文学要肩负的责任是什么？网络儿童文学的商业模式是什么？这些亟待解决的问题貌似还没有一个合适的答案。如果只是单纯把《格林童话》、《致小读者》等传统儿童读物上传到网站上，那网络儿童文学只是一个传统儿童文学的电子版，只是传统儿童文学的附庸。定位的模糊、商业模式的缺失、产业链的不完整对网络儿童文学产生了致命的打击，网络儿童文学就如同蒙上双眼的困兽，在整个网络社会蹒跚而行。

第三，原创作品质量参差不齐。在为数不多的网络儿童文学原创作品中，兼具影响力和口碑的作品几乎没有。阅览其他类型的网络文学可以发现有一个明显的特点：篇幅长。内容多、篇幅长可以培养读者的阅读习惯，吸引一大批固定的读者，从而可以购买 VIP 章节，获得盈利。而儿童文学多为童话故事、寓言，篇幅一般短小精悍。而且小读者的耐心、理解力也不如成年人，情节复杂的长篇小说似乎不太符合儿童的阅读习惯，这也决定着网络儿童文学不能走普通网络小说的发展路子。就目前来看，很多网络儿童文学写手仅仅是在自己的博客、微博更新文学作品，且作品多为几百字的小故事，很难培养小读者长期的浏览阅读的习惯。不仅如此，多媒体应用并没有想象中那样丰富多彩，很多都是简单的 flash 制作。

应该说，目前网络儿童文学的文本形态较传统纸媒丰富许多：有纯文字的，有文字为主、辅以插图的，有图为主、辅以文字的，有文字配上背景音乐和图的，还有音频、视频形态（主要是动画）的电子文本等。但实际上，真正的网络原创的多媒体文本并不多见，更多的是在传统的童话、儿歌的基础上进行的局部改进，如给传统文本配上插图、背景音乐，转换为音频形式等。网络儿童文学的文本呈现形态大多还是传统的形态，离理想状态还相去甚远。这与现在先进的电脑技术

不相匹配，与网络游戏、网络小说无法抗衡，网络儿童文学便成为儿童学习生活的鸡肋。网络时代，对于艺术工作者数字化技能的要求从来没有像今天这么普遍，成为一个文理俱擅的艺术家的难度从来没有像今天这么大。现阶段网络儿童文学的一个突出问题，就是创作主体在心灵获得充分的自由和解放之后，怎样才能克服技术上的限制，尽快地提高数字化技能从而获得真正的自由，变种种可能性为现实性，从而在网络上真正开拓出儿童文学的一片新天地。

面对网络带来的负面效应，有些儿童文学作家对网络等电子传媒深恶痛绝。然而，科技的进步、社会的发展是任何力量都无法逆转的。诚如麦克卢汉所认为的：媒体会改变一切，不管你是否愿意，它会消灭一种文化，引进另一种文化，网络的出现及其对儿童文学的影响是必然且自然的。网络时代，机遇与挑战并存，儿童文学创作者所要做的不只是表达对于"网络"的赞赏或鄙夷，以抱残守缺的心态斥网络为异端或盲目而固执地一味乐观，这两种心态都是不可取的。以一种开放的心态，对网络抱一种理性而冷静的态度，积极地认识它、了解它、适应它，进而考虑如何在趋利避害中更好地利用它，也许这才是明智之举。

第16章 外国网络文学概览

与中国网络文学发展时间短、规模大、产业化迅猛的特点相比,外国网络文学发源较早,规模小,影响力较弱。通过查阅资料,笔者认为外国网络文学大体上可以分为外国华文网络文学与外国外文网络文学。前者是由一大批20世纪七八十年代留学海外的青年学子为表达他们对祖国的思念之情而发起的;① 而后者是随着互联网出现,逐渐由最初的以技术性较强的实验文本为特征转变为如今的以商业性出版与发行为主的一种文学形式。

本章选取了四个最具代表性的外国网络文学区域作为调查对象,即北美、欧洲、日韩、东南亚。笔者将从文学网站、代表作家及作品、主要特点及不足这三个方面来了解每个地区的华文网络文学和外文网络文学的发展情况。

一、北美网络文学

1. 北美网络文学网站

(1) 北美华文网络文学网站

从最初的华文文学电子刊物到如今的华文文学网站,一大批华文网络文学网站在北美地区涌现:1993年创办的《窗口》;1993年创办的《枫华园》;1994年创办的《未名》;1996年创办的《涩桔子的世界》;1997年创办的《一角》;1998年创办的《晓风》;1999年创办的《汉林书讯》;2000年创办的《文心社》;2001年创办的《北美女人》;2003年创办的《火凤凰》;2004年创办的《纵横大地》等等。其中,具有代表性的北美华文网络文学电子刊物和网站主要有以下几个:

1)《华夏文摘》。作为全球第一家中文电子周刊,《华夏文摘》是由中国留学生梁路平、熊波等人于1991年4月5日创办,其前身是《中国新闻摘要》。《华夏文摘》每周一期,全年共52期,并设有文学增刊,是一种只需用户通过电子邮箱就可以免费订阅的电子刊物,并且是第一个海外华文网络文学的写作平台。

2) 中文诗歌通讯网。由纽约大学布法罗分校王笑飞于1991年在海外创办,同样作为一个主要通过邮箱订阅的电子刊物,该网内容主要以粘贴、转发古典诗

---

① 蒙星宇:《寄生,自生,延伸——全球华文网络文学探源》,《名作欣赏》2011年第3期。

词为主，也有少数作者在此发表自己的原创诗歌。目前，网站收录的《孙子兵法》是发现的第一部电子版中文典籍。

3）互联网中文新闻组（ACT：Alt Chinese Text）。最初是由魏亚桂邀请美国印第安纳大学的系统管理员在 USENET 上开设的。网站主要分为："诗歌唱和"、"文学评论"、"海外生活体验"、"旅游感受"等部分。1993 年，ACT 进入全面繁荣时期，固定用户高达上万，成为当时最大的华文网络文学论坛。在以英文为主要用语的网络里，ACT 是全球第一个独立使用中文的华文互联网空间和华文网络文学园地。

4）《新语丝》。华文网站《新语丝》是于 1994 年 2 月在美国创建的，内容以文学为主，且历时最长。方舟子是其创办者和主持人，而创刊作者主要有：竹人、星山、冬冬、晓拂、梦冉、方舟子、古平、散宜生、醉人、嚎、不光。从创办到现在，《新语丝》电子杂志每月出刊一期，创造了至今按时发刊且从未间断的华文文学网站奇迹，并收录了最齐全的中国文学经典作品。

5）《橄榄树》。作为北美第一个中文网络原创诗刊，《橄榄树》网站于 1995 年 3 月创建。该电子诗刊上的网络诗人组成了当时北美第一个华人网络诗人群体，主要成员有：诗阳、亦布、鲁鸣、秋之客、祥子、马兰、建云、京不特、梦冉等。

6）《新大陆》。《新大陆》诗刊（双月刊）是另一份在北美影响广大的诗刊，先是平面媒体印发，于 1996 年上网，由陈克华主办。不同于《橄榄树》推崇知识分子写作，在《新大陆》电子华文诗刊上，后现代的口语化更为流行，网站风格颇具江湖气。《新大陆》始终坚持自己的定位与理念，力图谋求开放宽松、多元多维，并且大胆探索和试验，保持着先锋性与独特性。

7）《花招》。1996 年 1 月电子华文刊物《花招》创刊，该网站的发起人是当时北美文学网络上的知名女作家：鸣鸿与红墙。[①] 作为专门为北美地区女性写手设立的一个文学发表地，其主要版块有："女作家文库"、"通俗小说选刊"以及"花会"等。主要刊登网上女青年女同志"酸甜苦辣"五味不限的各式文章。也欢迎网上男性文学爱好者投稿，条件是文中主角应是女性或与女性有关。

8）《国风》。由散宜生、嚎、竹人等人于 1997 年 3 月创办（2008 年 11 月停刊）。《国风》为月刊形式，却不是每个月定期出刊，而是每天刊登一篇新文章，其口号是"天天有新文章"，每月三周，每周一到五都是专栏作者的文章，最后一周主要留给非专栏作者发表。

9）文学城。由中国留学生陈茂等人于 1997 年 4 月创建，是最早成功实现商业经营的华文文学网站，是拥有最多访问量的海外华文文学网站。"文学城"内容涵盖广泛，其中最重要的部分是文学内容。电子文库等文学板块囊括了小说、诗歌、经史等多种内容，文学板块也在不断扩充中。1999 年春，China gate Inc. 公司收购了"文学城"网站，直接促使了如今的中国网络文学商业发展模式。

10）银河网。由汤大立等人于 1999 年创办。当时，与其他全球华文网站相

---

① 林雯：《论北美华文网络文学的第一个十年》，福建师范大学博士论文，2012 年。

比,《银河网》是写作量最大的、最为活跃的网络平台之一。该网站曾设立了100多位海外华文网络作家的专门版块,拒绝商业化运营和资本收购,主张保持独立的文学特质。①

(2) 北美外文网络文学网站

北美的外文网络文学网站形式多样,主要有文学博客网站、文学杂志自建网站、在线书库、在线阅读网站和文学论坛等等。以下是几个具有代表性的北美外文网络文学网站。

1) www.maudnewton.com。女博主莫德·牛顿可以称得上是北美文学博客的先驱。她创办的个人文学博客网站以个人化的评论视角和语出惊人的论点成为文学博客网站的典范之作,常常对持传统强势文学传媒的观点进行攻击、反驳。

2) www.tinglealley.com。博主卡丽·弗雷的个人博客在当时的文学博客网站中也属最活跃的之一。其文学博客网站不仅是各类文学信息发布、传播的平台,还会刊登大量的书评,从而引发用户为共同感兴趣的图书展开讨论。

3)《象鼻虫》。由霍华德·容克于1986年创办的文学杂志《象鼻虫》于2011年重新启动了网络版。新频道的增添,印刷版杂志的重新设计,以及之前的刊物档案的数字化等一系列事件揭开了《象鼻虫》迈向电子时代的序幕。

4) 美国国会在线图书馆。作为另一种形式的文学网站,美国国会在线图书馆有一定的公益性质。网站的在线书库拥有许多电子文学资源,以便于读者获取电子资料。

5) Xlibris.com。作为美国大型文学在线网站之一,Xlibris.com 是一个以个人出版为口号的全球领导性网站。网站内容主要分为四个板块:主页、服务、作者中心以及在线书店。个体作者只需缴纳几十到几百美元,便可自由决定作品出版的方式,同时可将作品放在这些网站的自有的销售平台上进行销售。网站的在线书店版块的设置也比较丰富,有特色书籍,畅销图书排名,评论家推荐,新书上榜等部分。在类型化小说设置方面,Xlibris.com 虽不及国内的网站那么全面,但以不同主题区分,大致类型仍有古董收藏,建筑,艺术,人物传记,家庭情感,小说,历史,诗歌,音乐等等。

6) Iuniverse.com。此网站跟 Xlibris.com 设置大体一致,也是可以为个体作者提供有偿的出版机会。但在书店部分,Iuniverse.com 分类更为清晰。作品主要以小说为主,分为探险,惊悚,悬疑,科幻,战争军事等等,倾向于国内的类型化小说分类。

7) Figment.com 文学论坛。是一个年轻人撰写小说的社交网络,允许用户通过手机或电脑阅读和写作文学作品、评论他人发表的作品,口号是打造成为文学版的"Facebook"。通过网站论坛,用户可以与其他作家合作写作,也可以对网站上的作品发表评论,从而达到互动的效果。到目前为止,Figment 论坛上的作品主要有侦探、爱情、科幻等类型。

---

① 蒙星宇:《寄生,自生,延伸—全球华文网络文学探源》,《名作欣赏》2011年第3期。

8)"超地平线"(HyPerizons)。在北美,允许网友在线连载上传作品。在线连载小说网站不仅数量少,而且参与者不多,网络流量也太大。其中,比较引人注意的主要是超文本连载小说网站,如"超地平线"(HyPerizons)的网站。该网站连载有分别由团体作者、个人创作的上百部超文本小说、超文本诗歌、杂集和一些理论批评文章。

2. 北美网络文学代表作家作品

(1) 北美华文网络文学作家及代表作品

北美华文网刊和网站的出现也培育了不少网络写手,其中比较知名的写手有:

男性:方舟子、图雅、散宜生、嚎、不光、诗阳、鲁鸣、祥子、刘擎、少君、马悲鸣、力刀、唐郎、雪阳、陈铭华、刘荒田、突秦、京人、苏讳、晓辰、亦布。

女性:晓拂、梦冉、洁冰、瓶儿、百合、莲波、鸣鸿、寄北、五月、湖衣、阿媚、柳蝶、雪焰、阿待(阿黛)、滴多、羽醇、娜斯、王瑞芸等。

在许许多多的北美华文网络文学作家中,具有代表性的主要有以下几位:

1) 张郎朗。作品具有代表性和时代意义,文章《太阳纵队传说》被认为是第一篇华文网络原创散文,而《不愿做儿皇帝》可以说是第一篇华文网络原创杂文。

2) 阿贵。阿贵的《文如其人》是目前发现的第一篇的华文网络原创文学评论,他用词细腻讲究,文风质朴平实,评论一针见血,为读者所喜爱。

3) 少君。德州大学的博士生,笔名马奇。他的《人生自白》系列,以自述的方式刻画出了海内外社会各色人物的形象。代表作有《大厨》、《杜兰朵》、《ABC》、《洋插队》等。① 在他的作品中,读者可以看到只有生活在这个环境中的作者才可能捕捉到的真切。

作品《奋斗与平等》被认为是第一部华文网络原创小说,全文虽篇幅不长,但却较为详细的描写了一个中国留学生的奋斗故事:从初到美国的失意落魄,再到努力融入美国主流文化,最后终于学有所成而崭露头角。

4) 图雅。作为奥利根州立大学的博士生,在早期北美华文网络文学领域里,图雅被公认为是最有影响力的网络作家之一。其作品接近30万字,包括诗歌、散文、小说等。由于图雅的作品中常常出现打趣的京城语句,因而被称为"网上王朔"。其小说《小野太郎的月光》和《寻龙记》在台湾获得主流报刊的文学奖。

5) 阿待。华人网络作家中最具专业写作水平的作家,她以高产的数量和上乘的质量在中、短篇小说网络华人作家中遥遥领先。作品既充满神秘色彩,又富含戏剧性的构思,主题深意千变万化。方舟子认为她的小说"每一篇都有着不同的特色,《儿子》的深沉、《我的太阳》的感人、《猫眼石》的怪异、《金手镯》的离奇、《拉兹之歌》的纯真等,绝不单调"。②

6) 王伯庆。美国西雅图的经济学博士,北美最受欢迎的网络散文作家之一。

---

① 王列耀:《北美华文网络文学的发展与网纸两栖写作》,《广东社会科学》2009年第6期。
② 转引自孙雯雯:《新语丝华文网络文学研究》,暨南大学硕士论文,2007年。

王伯庆的散文作品偏写实，作品《我家有个小鬼子》、《相识何必曾相逢》、《留待人间说丈夫》、《英雄无奈是多情》等都描写的是那群八十年代中、九十年代初留美学生的酸甜苦辣。他的文章让人感到他在喧嚣和繁华世界背后的叹息，让人觉得仿佛是一种心灵的隐话。他用一种毫不粉饰的语言描写出自己对现代社会的真实感受，仿若一股清新之风。

7）赋格。赋格的系列作品风格别具一格，其系列游记《寻欢》、《库玛里的烟雨楼台》、《香格里拉的地平线》、《偷渡伊比利亚》、《夜航车》等均采用了电影蒙太奇式的场景变换，这种特殊的写作方式反而能够凸显出蕴含在奇异的海外风情下的文化内涵。

8）方舟子。生物学博士，作为《新丝语》的创办人，他喜欢将诗歌的热情和科学的严谨结合到一起，并融入到他的历史描述中，从一种新鲜而客观的角度来探究历史。代表作品有明代人物系列《博物馆中的古墓》、《功到雄奇即罪名》、《严嵩的末日》、《人生舞台上的海瑞》、《黄道周之死》、《张居正二三事》等。

9）路离。1972年生于上海，后到加拿大留学，是近年来活跃在网络小说圈的新秀。路离的小说全部投稿于互联网，他用青春的创作方式为北美华文网络小说注入了新的活力，仿佛一阵春雨，渗入读者心田。[①]

10）艾米。作为一位华人女作家，艾米主要创作长篇小说，多在"文学城"网站上连载。作品大多比较纪实，代表作有《不懂说将来》、《同林鸟》、《三人行》、《十年忽悠》等。其代表作《山楂树之恋》因张艺谋将其改编成同名电影而轰动一时。

（2）北美外文网络文学代表作家作品

目前，与北美华文网络文学作家因高产而被人知晓相比，北美外文网络文学作家则多因某个单独的作品而为人所知。北美外文网络文学作品类型以超文本作品为主，同时也有部分博客文学等新型的网络文学。而就表现题材划分的话，主要有爱情小说、幻想小说、奇幻小说等类别，其中以科幻小说最多。以下举隅几个代表作家及作品：

1）麦可·乔伊思。麦可·乔伊思的《下午，一个故事》是首个磁盘版的超文本小说，由东门系统公司于1990年发行。《下午，一个故事》将可供读者选择的超链接置于每页文字的底部，读者通过选择不同路径来发展不同的故事情节，被称为"超文本小说的祖师爷"。[②] 但由于《下午，一个故事》的发行形式是磁盘，因而从严格意义来说还算不上"网络文学"。

2）史都尔·摩斯洛坡。创作的《胜利花园》也是由东门系统公司出品的超文本小说，不同于《下午，一个故事》，《胜利花园》将选择链接放在了作品的文字中，方便了读者在阅读中直接选定超文本链接，实现即时跳转。

3）斯蒂芬金。2000年3月，美国畅销书作家斯蒂芬金在网上出版了首部短篇

---

① 钱建军：《美华网络文学》，《世界华文文学论坛》2005年第2期。
② 姜英：《超文本网络文学及其审美价值》，《三峡大学学报》2004年第3期。

小说《骑弹飞行》。这本 66 页的电子图书是他的第一本网络出版小说，仅发表两日就被下载 50 万次，点击网站要求下载的读者更多达 200 万人次，一时在美国掀起电子图书风暴。

4）罗伯特·霍华德。西方奇幻文学著名作家，在其 12 年的创作过程中，罗伯特·霍华德共创作了 300 多篇恐怖、冒险小说，促使了"奇幻文学"中"剑与魔法派别"文学类型的繁荣发展。他的《蛮王科南》系列便是网络奇幻文学的经典之作。

5）乔治·雷蒙德·理查德·马丁。作为美国的奇幻小说巨匠，乔治·马丁以独特的人物刻画和细腻的情节描写，开创了幻想文学新的创作模式。1996 年，马丁以作品《冰与火之歌》重返文坛，开始奇幻文学的创作，在科幻奇幻界引起极大的反响。全书由七部作品构成：《权力的游戏》、《列王的纷争》、《冰雨的风暴》、《群鸦的盛宴》、《魔龙的狂舞》、《凛冬的寒风》和《春晓的梦想》，七部作品各有特点，却又相互呼应、浑然一体，共同组成了一幅壮丽而完整的画卷。

6）克里斯托弗·鲍里尼。由于长期以来对奇幻小说的迷恋，克里斯托弗·鲍里尼完成了《遗产》三部曲《伊拉龙》、《长老》、《帝国》（上）以及《帝国》（下）。在 15 岁时，他写出了自己的处女作《伊拉龙》。作为《遗产》三部曲的首部，小说一经发表，便迅速获得了北美甚至欧洲读者的青睐，雄踞美国各大畅销书排行榜最前列数月。

7）丹·布朗。美国作家丹·布朗在全心投入写作之前一直是一名英文老师。1996 年，由于对政府秘密组织破译密码工作的强烈关注，丹·布朗创作了自己的首部网络小说《数字城堡》。该作品以美国国家安全局为描写对象，揭示了美国在处理国家安全与公民隐私问题上的一系列行为。其代表作有《数字城堡》、《天使与魔鬼》以及家喻户晓的《达·芬奇密码》。

3. 北美网络文学的特点及不足

（1）北美华文网络文学主要特点及不足

北美华文网络文学是海外华文网络文学的主力军之一，也可以说是海外华文网络文学的发源地。作为华文网络文学的领跑者，北美华文网络文学以多年的努力造就了海外华文网络文学的繁荣，并开启了中国网络文学的发展。具体来看，北美华文网络文学最主要有以下两个特点和不足：

在主题方面，早期北美华文网络文学的内容整体上是以"怀旧"为主，这跟海外华人漂浮的生活状况和思乡的心理不无关系。尤其是早期的作品，许多网络作家纷纷通过作品来表达他们的思乡之情。如今，随着生活地位的提高和交通的便利，这种主题有所淡化，作品内容也向着更多元化的趋势发展。

在写作手法方面，基本上还是采用了传统文学的叙述方法，小说往往只是老套地围绕着男女主角来展开。而且在结构的处理上，故事一般只有对主线的刻画，缺少能够表现广阔的社会面貌的枝叶描写，细节把握能力不够。

(2) 北美外文网络文学主要特点及不足

北美外文网络文学作为外国网络文学的发源，其特点一是技术性强，即超文本技术的采用。超文本指由文字、图片等组成的可多链接选择的电子文本。超文本作品是北美网络中最初产生的文学作品类型，也是其网络文学中的代表类型。通过点击不同的超链接，读者可以实现不同页面的跳转，进行不同路径的文本阅读；二是科幻类风靡。北美网络幻想小说类型主要有科幻和奇幻。网络科幻小说在网络中的兴盛源于美国社会科幻文化氛围。20世纪中期计算机在美国诞生以后，传统作家对计算机虚拟空间的描写便激起读者的兴趣。因此，科幻文学作品在网络上一出现，就立刻受到了网络文学创作者和读者的推崇。

当然，北美的外文网络文学也有它的不足之处。严格地说，网络文学作品是指那些未曾在传统媒体上发表或出版过的网络原创文学作品；而北美外文网络文学更多的是通过网络销售已经出版的电子文学作品。因此，从这个意义上来说，在北美网络文学史上，至今还未产生过一部真正具有十足影响力的原创网络文学作品。

二、欧洲网络文学

1. 欧洲网络文学网站

(1) 欧洲华文网络文学网站

与北美地区相似，欧洲的华文网络文学网站也是以电子刊物网站为主，许多都是由留学同学会主办的，网站内容涉及留欧生活的方方面面，从朋友聚会到情感交流，从生活百科到学术互动，多数网站的开设主要是为了丰富在外华人的业余生活，拉近彼此的关系。以下是几个较为知名的网站：

1)《郁金香》。华文电子刊物《郁金香》是由中国留荷同学会于1994年主办的综合性中文电子杂志，[①] 提供留荷各种有用的信息，促进对荷兰和欧洲的了解。每年十二期。作为中国留荷同学会的会刊，《郁金香》一直被留荷学生所拥护，主要分为以下几个版块：

实事新闻报道及综述：对近期荷兰、西欧、欧洲和世界新闻进行总结和分类报道。对重点新闻进行新闻评论和追踪报道。

生活随笔：以散文随笔为主要形式，抒发留荷学子的生活感触。

诗歌散文小说：主要刊登原创文字及少量精华文摘。

学术天地：荷兰高校介绍，重点院系介绍，科技普及，中荷教育交流，百科知识等。

信息综合服务：提供各类生活服务信息。

2)《真言》。由吴铮1989年于德国创办的，此刊以原创为主，内容涉及德国、

---

① 孙兴盛：《欧洲华文报刊世纪谈》，《国际新闻界》1999年第4期。

欧洲和中国的政治、社会、经济和文化,重点报道在德国生活的华人的现状、活动和求学工作经历。1994年《真言》改名为《留德学人报》。

3)《维京》。由瑞典《维京》编辑部主办的中文电子杂志。目的是向在瑞典生活学习的广大中国留学生、学者及华侨提供各方面信息,开辟一扇了解瑞典的窗口。栏目有"瑞典要闻"、"随笔"、"神州掠影"、"宋词赏析"、"香江帆影"、"开心一刻"等。

4)《华德通讯》。德国华文电子月刊。该月刊由德国柏林留学服务中心于1994年10月主办。该刊注重服务性、知识性和趣味性,以推动中德之间教育文化民间交流,沟通国内外有关信息为宗旨,为留学人员之间搭建起了一座友谊的桥梁。在有关留学政策,回国工作,回国服务等方面,给留德学人提供咨询。

5)《北极光》。由瑞典中国学生学者联谊会于1993年创办的一份中文电子杂志,是一个微型的生活性杂志,集文学性和娱乐性为一体,主要栏目有:"瑞典要闻"、"留学生活"、"谈天说地"、"少儿习作"、"多棱镜"、"旅游天地"、"网海拾贝"等版块。《北极光》就如同冰天雪地里的一道光,为散居于北欧的华人提供了以母语交流感情的温暖之家。

6)《美人鱼》。由丹麦中国留学生于1995年创建,主要刊载与留学生活有关的文章,内容具有趣味性、知识性和启发性。电子版的《美人鱼》摘取了印刷版中由留学生自己创作或编译的以及个别摘自其它杂志的精彩片段,设有"小说"、"诗歌"、"散文"、"茶余饭后"、"百味人生"、"漫游世界"等栏目。

7)《利兹通讯》。是由英国利兹中国学生学者联谊会主办于1993年创办的综合性双月刊刊物,[①] 主要登载散文、杂文、诗歌、随笔等,同时也介绍一些实用信息,以及报导当地中国学生学者联谊会的活动。

8)《中国与世界》。1996年创刊,设有"特别报道"、"学友交流"、"百家争鸣"、"文艺之窗"、"祖国传真"和"时事评论"等版块,内容偏向政治性。在第一期发刊词中,肖冬这样评价《中国与世界》,他认为《中国与世界》是一个评析时局、探讨理论和思想问题、立场独立的民间刊物,不依附于任何经济政治势力,不囿限于任何思想主义的教条。

9)我是中国人论坛。作为一个综合性的华人论坛,"我是中国人论坛"为在德留学生提供了文学、情感、生活交流的机会。在众多的论坛板块中,"文学专区"是欧洲华人文学爱好者的交流天地,他们将这里当作发表心情感言、分享趣闻趣事的家园。

10)倍可亲。一个海外中文门户网站,主要报道国内外的实时新闻,其"论坛"专区设有:"文化沙龙"、"诗词古韵"、"网络文学"等文学频道。有对中国古典名著的评析、也有古诗词的原创、还有国内当红网络小说的转载,最大的满足在欧华人的文学诉求。

---

① 任贵祥:《中国改革开放以来海外华文报刊研究》,《中共福建省委党校学报》2009年第8期。

(2) 欧洲外文网络文学网站。

与北美外文网络文学网站相似，欧洲外文网络文学网站也多以在线电子书籍网站和在线图书馆为主，笔者未能找到在线原创外文小说连载网站。以下为几个具有代表性的文学网站：

1) 在线文学图书馆（Online Literature Library）。一个藏有完整未删节的经典英文文学文档的英国网站，创建者是一批文学爱好者而非专业人士。通过网站，读者可以找到许多著名作家的经典作品，从勃朗特三姐妹、杰克·伦敦到生物学家查尔斯·达尔文等。

2) Bibliomania。英国一家专门为读者提供大量免费电子书籍的网站。该网站囊括了 2000 多本经典文学文档，涉及小说，诗歌和短篇故事等各个形式；同时，该网站还设有读书笔记、作者自传、书籍总结等版块。

3) AllSpirit。英国一家以强调精神性为主题的文学网站。该网站为网友提供了大量跨越了从古代到现代、从不二论到禅学的精神性文学作品，表现形式有诗歌、哲学、语录以及歌词等。

4) 奥布罗网（Oboulo.com）。法国一家以成为网络上最大的公开文档数据库和付费作家在线发表平台为目标的在线阅读网站。想要在奥布罗网发布文学作品，作者必须通过来自各个领域专业人士（法律、历史和文学等）的审核以保证网站作品的质量。在奥布罗网站，读者通过支付一定的费用就能找到在其它搜索引擎或在线阅读网上很难找到的文档。

5) 法国诗歌网（Poésie française）。作为法国第一个诗歌网站，法国诗歌网收录了法国众多伟大诗人的作品，时间跨度从中世纪一直到二十世纪早期，为读者提供了一个免费阅读文学大家作品的机会。同时，为了促进法国网上诗歌文学的发展，该网站也鼓励用户在此发布自己的诗歌作品。

6) 俄罗斯国家图书馆。作为俄罗斯最古老的公共图书馆，俄罗斯国家图书馆网站为读者提供了一个有偿阅读珍贵图书资料的平台。其收录的资料包括欧洲、亚洲等各个地区，读者只需支付一定费用，便可享受到电子阅读机会。

7) Project Runeberg。免费在线阅读网站，建立于 1992 年，是一个专门为读者提供免费阅读瑞典和北欧国家经典文学作品的瑞典网站。除此之外，读者还可以在该网站上发布自己的书评，也可以提出问题与其他读者交流。

2. 欧洲网络文学的代表作家作品

由于欧洲的外文文学网站多为提供已出版作品的电子文档资源以及供网友网上出版机会的网站，因此笔者未能找到知名的、真正意义上网络创作的外文文学作家及作品。在此，笔者仅仅搜集了欧洲的华文网络文学作家及代表作品。

欧洲的华文网上杂志和网站筑起了国内外文学交流的一个通道，也孕育出一大批网络作家，有些因使用笔名而无以考证，有些如烟火滑落，一闪而过，消失在文坛。但仍有一批值得我们关注的作家，这其中，欧洲华文网络文学女作家的表现尤为突出，成为了华文网络文学的一道亮丽的风景。总的来看，知名的欧华

网络文学作家主要有以下几位：

1）钱跃君。德国《欧华导报》总编及社长，1989年与同仁创办《欧华导报》。其文学作品非常关注在德华人的权利和平等问题，在电子报刊《真言》上连载的系列文章《留德学人居留的现状、困境与前景》，引起全德留学生关注，帮助中国留学生的在读得到特殊保护。代表文章有《自由为魂·民主为骨——兼谈辛亥革命与爱国主义》，书籍《法庭内外：德国法律面面观》等。

2）泊洋。欧洲华文网络文学的高产作者，在瑞典的《维京》、《北极光》杂志等杂志均有投稿，文笔质朴清新，既有对留学生活的记录《琢磨不透的瑞典人》、《瑞典生活点滴》，也有杂文随笔《家书与文摘》、《期望与成功》、《人生哲理》等。

3）司乐。瑞典华文电子杂志《北极光》的留学生作者，常任杂志编辑，主要作品有《岁月》，《瑞典人什么样？》、《一个旅瑞学生的日记》，也著有诗歌《四季游思》等。司乐的作品用词颇为讲究，文学功底过硬，创作也多具巧思。在其小诗《四季游思》中，作者将全诗分为夏、秋、冬、春四个章节来展开，用"春"作为全诗的结束，寓意深刻。

4）颂雅。瑞典华人网络作家，作为《维京》的编辑之一，颂雅也参与其他华文电子刊物的写作工作。代表作为《欧洲五国游》系列，文章中介绍了荷兰的海牙，比利时的布鲁塞尔，法国的巴黎等5个国家的几个著名旅游景点，她以活泼的笔触和形象的描写为欧洲华人展开了一幅生动的旅游画卷。

5）顾芗。作为瑞典华人网络作家，顾芗作品也透露出对人生的感悟和对生活的热爱，因此"顾芗"这一名字的谐音不禁让人猜想作者是否对祖国对故乡有着深深的思念。代表作品主要有随笔《感动一回》、《儿子的教育问题》、《童言稚语》、《潇洒的瑞典人》等，其中很多都表现出了作者对子女、家庭和婚姻的关注。

6）山茗。瑞典《维京》电子杂志的总编，文笔自然而不造作，在欧洲华文网络作家中可以称得上高产女作家，主要作品有《新年的烟花》、《顽皮的小丫丫》、《文化夜散记》、《维市新貌》、《怎样做甜酒》、《朋友家宴》、《体育馆中的石展会》、《船内世界》、《血与人造血》、《被遗忘的花盆》和《遭遇轻骑》等等，文章内容主要以其在维京的生活见闻为主，既有生活琐事，也有往事回忆。

7）孙少波。丹麦华文电子刊物《美人鱼》的主要作者，也是创办者之一。他将《美人鱼》刊物上的优秀作品选编成册出版了《我们在丹麦的美人鱼》，其代表作品主要有《中国人名的变迁》、《有孩子的妈妈像个宝》等。在《中国人名的变迁》中，作者总结了中国人名经历的时代变化：从远古尧舜禹时期有名无姓、春秋战国的"孔老二"，到宋朝的"百家姓"、后来命名中的复姓，再到如今中国人取英文名。作者不仅仅是简单地梳理了中国人名的变迁，也表达了对中国人取外国名这一现象下文化异化和入侵的担忧。

8）话声。丹麦华文网络作家，本名王华胜，主要投稿于《美人鱼》杂志，写作风格幽默诙谐、谈论主题也比较轻松。主要作品有《北欧五国国名取联》、《鼠年话鼠》、《冰岛冬趣》、《布拉格印象点滴》、《虎年谈虎》等。在《羊年说羊》中，作者列举了国内十多种羊的种类以及跟"羊"有关的风俗与成语，具有知识性和趣味性的特点。

9) 瑶笺。法国华人街网站"文学广场"论坛的常驻作家，作品主要是诗词。代表作有《秋风清－秋水丹楼萦梦穿》、《七律－无题》、《凭栏人－白茅茶》、《临江仙－月是故乡圆》等。

10) 悠悠的岁月。法国网络文学华人作家，由于有过在法国的参军经历，因此其作品主要以日记的形式呈现，内容也以军队生活为主，比较写实。虽然文笔略显生硬，但却以真实性吸引了读者。代表作品有《黎巴嫩战地日记》系列、《我的战友 我的连》系列。

3. 欧洲网络文学的特点与不足

(1) 欧洲华文网络文学主要特点及不足

不同于东南亚较长的移民历史和北美众多的华人人数，欧洲的华人移民史不长，且人数不多，居住较为分散，因而欧洲华文网络文学实力不强，发展很不平衡。欧洲的华文网络文学创作虽"星光熠熠"，人文底蕴也较丰厚，但论创作格局，与北美区域相比还难称繁盛。

从欧洲华文网络文学出现到现在，欧华网络文学的写作内容、题材、风格都发生了诸多变化。目前来看，欧华网络文学首先是内容上淡化了乡愁和文化失落感。随着科技与经济的发展和中华民族的不断崛起，早期单纯地倾诉思念家乡的郁郁之情已逐渐弱化，民族自信心的提供也使他们摆脱了文化失落感。内容向着挖掘人性深度、解构当地社会的方向发展；其次是文学题材的多样性。随着欧洲华文作家生活的丰富多彩和网络交流的便利性，欧洲华文网络文学的题材范围也变得更加宽广，从生活所感到旅行郊游，从体育科技到政治文化，网络的出现为欧洲华文文学提供了更广阔的视野。

(2) 欧洲外文网络文学主要特点及不足

欧洲外文网络文学规模虽不及华文网络文学，但早期的辉煌和其深厚的底蕴却造就了其独特的魅力。一是作品的游戏性。欧洲网络文学的游戏性主要表现在超文本文学所采用的游戏形式上。超文本是在不同文字路径间行进的游戏，因为大多配有声图，这类文本近乎于电子游戏文本；二是奇幻小说风靡。欧洲网络奇幻小说派生于英国哥特式小说，中古建筑背景、剑、骑士、魔法等代表性的文化元素都被作者利用起来，为读者营造了一个完全不同的阅读天地。

但令人遗憾的是，网络文学在欧洲没能发展成为一种文学新兴产业。而且，与北美相似，欧洲的外文网络文学网站大多也仅仅是发布或销售已经出版的电子文学作品的平台。加之对版权的重视，欧洲没有出现类似于国内榕树下那样收录有大量供免费阅读和下载的文学作品的网站。

三、日韩网络文学

1. 日韩网络文学网站

(1) 日韩华文网络文学网站

日韩地区的华文网络文学既存在于电子刊物文学网站中,也存在于华人综合网站中的子版块中。与韩国相比,日本的华文网络文学网站更多一些,知名度也更大一些。在这里,比较有代表性的华人网站文学版块和电子文学刊物网站主要有以下几个:

1)《东北风》。《东北风》电子通讯由六位留日中国学生于1994创建,现为日本仙台东北大学《中国在线 China Online Magazines》编辑部发行的电子中文双周刊电子通讯,内容主要是各个在日华人作者的学习、生活、观光情况,并会对国内及日本的新闻实事进行评论。《东北风》主要栏目包括"留日生活"、"偶感杂文"、"寻找大师"和"当代作家评论"等。

2)《日本侨报电子周刊》。《日本侨报电子周刊》是由段跃中于1998年创建的一份电子华文杂志,刊物上的文章大多具有短、平、快的风格。[①] 从《日本侨报电子周刊》上,读者不仅可以了解到在日华人华侨的生活百态,还可以获取各种中日社会新闻,深受读者们的好评和喜爱,每期点击率高达上万人次,读者分布20多个国家和地区。

3) 东京华人网。创建于2005年的"东京华人网"虽发展时间不长,但却在短时间内吸引了大量东京地区华人的注意。"东京华人网"以其丰富的信息涵盖量发展成为了东京地区最大的华人网络家园。其中,网站的"生活"版块下特设有"文学沙龙",是在日华人文学爱好者相互交流、分享的平台。

4) 中文导报网。"中文导报网"是一个面向日本华人及全球华人的华文网站,内容集新闻信息、文学专栏、服务信息为一体。在"中文导报网"上,读者可以享受到最鲜活最热辣的实时新闻评论;也可以同海外华人交流信息、分享心情;同时还可以搜集到生活、文史、商务等各种价值非凡的信息服务等。其中的"文学专栏"囊括了各种文学评论,有些是生活百态,有些是心灵情感,有些是旅途游记,是日本华人记录海外生活点滴和互相分享心情的专区。

5) 在韩中国留学生联合会。在韩中国留学生联合会里的"留学生论坛"不仅是许多在韩中国留学生相互联系的窗口,也是一些在韩华人文学爱好者通过文学作品加深彼此了解的园地。论坛里网友创作、发表、交流的文学类型主要包括小诗、随笔、短篇小说等。

6) 榴莲网。作为一个留学生联合社区性质的华文综合网站,为尽量满足留韩

---

① 若水:《负笈东瀛写春秋:华人段跃中构架中日友好金桥》,《中国新闻网》,2008年11月27日查询。

学生的心理诉求，榴莲网设有个人空间，群组空间，心情交流，文学天地等栏目。其中"文学交流"版块是许多在韩留学生交流文学心情、共享文学观点的天地。

（2）日韩外文网络文学网站

日韩本土的网络文学网站类型比较单一：日文文学网站多为手机小说网站，而韩文文学网站多为在线连载阅读网站。以下是日韩几个比较知名的文学网站：

1）小说家（syosetu）。作为日本主要的小说创作、发表、阅读平台之一，小说家是一个作者可以通过在线或手机发表作品的网站。移动电话和电脑投稿的便利使众多的专业作家，网络作家，甚至业余作家纷纷投稿于此，为网友提供了很多好看的小说。该网站允许网友自由发表小说，并免费出版小说。目前，该网站已刊登小说作品225 511部，登录人数达388 429人。

2）魔法岛屿（http://maho.jp/）。手机文学网站"魔法岛屿 Maho i-Land"开发的自动文本生成系统使得该网站成为了日本手机文学兴盛的助推者，使得手机写作者在章节管理上更加轻松方便。以"日本最大的女孩门户网站"为口号，该网站会员约500多万人，100多万部手机小说被收录，月点击率达19亿人次。

3）猎户座手机小说网站（http://de-view.net/）。猎户座也是类似魔法岛屿的手机小说网站，但该网站针对的读者不仅仅局限于女性。网站小说内容按主题分为恋爱，推理，通话，历史小说，诗集等，设有每日小说排名供读者参考，而网友也可以在该网站投稿自己的电子小说作品。

4）电击文库网站。作为日本的一家知名文学小说网站，电击文库是由MediaWorks于1993年创建的轻小说文库。在该网站，读者不仅可以看到出版的电子作品，也可以享受到由游戏、动画改编的电子小说作品。

5）Daum网站。作为韩国最大的门户网站之一，Daum网站其下的文学版块称得上是韩国网络小说的发祥地。如今，其"道姆的书"版块的电子书包括了历史、旅游、青春等各个主题。为了方便读者，网站也设有不同类型小说的排行榜，因而网站流量较大。

6）NATE.com。NATE.com是韩国一家连载小说阅读网站。网站设有优质小说推荐和最新畅销小说排名，并通过部分免费小说吸引人气。网站的类型小说包括武侠、幻想、浪漫、侦探等。

7）韩国国立中央图书馆。韩国国立中央图书馆位于韩国首尔，其网站的在线资源囊括了丰富的电子文学作品。按资源类型分有电子书、电子杂志等，在语种方面也提供韩文、英文、德文等多种语言。详尽的分类使读者可以在此免费阅读各国的电子资源。

2. 日韩网络文学的代表作家作品

（1）日韩华文网络文学代表作家作品

在日韩地区，华文网络文学作家风格多样，作品类型也很丰富。但总的来说，多数作家还是以海外生活随笔创作为主。而且，日本华文网络文学作家的知名度也高于韩国华文网络文学作家。其中，比较知名的作家主要有以下几位：

1）晓曦。作为《东北风》的常驻作家，晓曦主要进行小说创作，由于作者曾居于温哥华，因此作品内容也以温哥华生活感悟为主，代表作有连载小说《闲话温哥华》、《北京爷在温哥华（一二）》，短篇小说《道别》。虽然这几部作品都被《东北风》归为小说类，但笔者认为，这些作品更像是随笔，笔触随兴，情感真切。

2）晓耘。文笔略显生涩，但却平白直接，展现了日本华人在外的生活景象和心理活动。作品有随笔《有这样一位父亲》、《非典会给我们带来什么》，有自己的心语独白《答应自己》，也有对故乡的情思《一碗炸酱面的故事》。其中《我教日本中学生学中文1》、《在日本教中文（一二三）》系列记录了作者走上日本中学讲台教中文的感悟。

3）龙丽华。文笔清新自然，作品多为偶感随笔，代表作有《回转寿司的魅力》、《别开生面的毕业典礼》、《情醉绍兴酒的故乡》、《生日变奏曲》、《感到：在雨夜》、《二月里的贺年卡》、《筑波的菜田》等等。在《我还很年轻》一文中，作者因在电车上看到日本老人不服老不愿接受让座而产生的对年轻心态的敬畏，作品内容选点细微，寓意却尤为深刻。

4）杂音。与前面几位作家相比，杂音比较关注欧洲的文化历史。文笔质朴，为读者留下了一定深度的。作品有海外风情记录《伦敦特写：领略欧洲的另一种文明》，艺术文化杂感《在巴黎、罗马和雅典领略欧洲的历史文化》，以及历史探讨《鲁汶大学的分家史》等。

5）朱叶青。作品多为随感杂谈，却不难发现作者对问题背后的深层挖掘。在《误读与批评》中，作者对当代艺术批评家对于当代艺术作品的"误读"而进行的批评现象进行的抨击。而在作品《天真的童年》、《模糊》、《遗忘》中，朱叶青均多次提到"文革"的字眼，不难看出作者对中国"文革"沉重的思考。

6）王东。其在《东北风》上发表的作品多为自己对政治实事的看法，喜欢针对当下发生的事件抒发自己的意见。主要作品有《谁来捍卫世界和平？》、《当世界绥靖美国》、《一文为何激起千重浪》、《我们的差距有多远？》、《作为巴豆的中国足球》等。

7）子晓。作品多为生活随笔，描写主题也多是跟旅行观赏有关的。主要作品有《回国散记》、《白川乡合掌部落村》、《中部之旅（一二三四）》、《富士梦缘》等。在文章《白川乡合掌部落村》中，作者以生动的笔触为网上读者展现了他扎实的文学功底和真诚的写作态度。

8）铭心诚。作为东京华人网下"文学沙龙"版块的作者，铭心诚创作类型多样，比较随兴，主要作品有原创随笔《征服人生》、《不能没有你！》，以及书评《等待和希望》、《谁是漂亮朋友》等。另外，铭心诚还写有一些个人小诗，如《生当如樱花》："生当如樱花，飘零乎寄世。宁付春风不付梓，辗转舞至死。"

9）朱雅莉。主要创作词曲作品，钟情于中国古代词牌、曲牌。代表作品有词牌《思佳客》鹧鸪天、词牌《江南春》故人、曲牌《水仙子》少年游，另有散文随笔《故乡的云》。在作品后面，作者还喜欢附上解释以及自己的感言，多有对中国文化的敬仰之情以及对祖国的思念。

10）桑峡。主要创作小说，作品中有着一种欧亨利的创作风格。代表作有日本荒诞小说《天使的音乐》、欧亨利式短小说《理发店》、《酒店雾茫茫》、《这双手与那双手》。小说《酒店雾茫茫》虽然捕捉到了生活中富有哲理的戏剧性场面，但构思还不够合理化。

（2）日韩外文网络文学代表作家作品

日韩本土的网络文学作家知名度高，作品量也很大，其共同的特点就是作品内容多为纯真的爱情故事，即纯爱小说。在不断推陈出新的日韩网络文学市场中，比较知名的作家和作品主要有以下几个：

1）田口蓝迪。被称为日本"网络女王"的田口蓝迪是日本著名网络女作家。从1998年起，她便开始在网上创作，是日本网络文学第一人。田口蓝迪以其泼辣的文笔和一针见血的观点赢得了网民的喜爱，作品内容涉及自由、家庭危机、青少年犯罪等各个方面。虽然田口蓝迪曾拥有日本地区发行量最大、最受欢迎的个人电子报，[①]但最后还是转型为传统作家，出版有《插座》、《天线》、《拼图》等畅销作品。

2）中野独人。2004年，中野独人在匿名论坛"第二频道"上创作的小说《电车男》以一个极其平凡的恋爱故事受到了网友的大力追捧，并引起了全球性的《电车男》热潮。《电车男》虽为中野独人的作品，但实际上却是网友们的集体结晶，充分体现了网络文学开放性、大众化、交互性的特点。并且，由于小说中采用了各种的网络流行语和表情符号，《电车男》是典型的"BBS体"的网络文本。

3）石田衣良（Yoshi）。2000年，石田衣良为宣传自己的网站，将自己创作的小说《深爱》放上网站供手机用户下载阅读。出人意料的是，作为日本第一部手机小说的《深爱》被年轻人在手机中广泛转发，开启了日本的手机小说时代。因此，石田衣良也被冠予了"日本手机小说之父"之名。另外，石田衣良的另一代表作《还想活下去》开创了"实时写作"的先河。通过根据读者的邮件第一时间对作品进行修改，从而为下一位读者呈现全新的文字，充分体现了网络文学的互动性。

4）美嘉。2007年，美嘉根据自己的经历编写了纯爱小说《恋空》，讲述了一个普通高中女生美嘉的爱情故事。《恋空》真实的爱情故事使得许多读者产生共鸣，受到了读者的热捧，以总计200万册的惊人销量于2007年拔得头筹。[②]从此，美嘉被誉为日本"纯爱小说天后"，此后著有《星星糖》等纯爱作品。

5）芽衣。2006年，芽衣根据自己学生时代的亲身恋爱经历创作了小说《红线》，生动地展现了青春少女的单纯情愫。在"魔法岛屿"网站上连载仅仅数月，其累计点击率就超过了1000万人次。小说出版后，《红线》仅一周时间销量就越过了百万大关，并位居2007度日本文艺类畅销书排行榜第二名。

6）金永范。他的《匿名城》不仅在韩国掀起的网络小说的阅读风潮，也拉开了韩国网络文学的序幕。该作品从一种批评的角度为读者描写了网络世界的虚伪

---

① 汪正球：《田口蓝迪的网络文学风暴》，《文汇报》2003年11月6日。
② 顾宁：《简论日本网络文学》，《日本研究》2009年第3期。

生活。朴艺丹认为金永范对人们在虚拟空间中谈情说爱的刻画正是现代韩国人速食爱情的一个缩影。①

7）金浩植。创作的爱情网络小说《我的野蛮女友》在韩国网络文坛掀起了一阵旋风。作者金浩植自称"我不是一个作家，我也不会写作"。但这个不是作家的人却创造了许多作家都望尘莫及的成绩，其改编的电影不仅在韩国反响热烈，在中国也是风靡一时。

8）可爱淘。原名李韵世，是一个满脑子充满古怪想法的韩国女生，被网友成为网络新生代偶像作家。2003 年，可爱淘的网络小说《那小子真帅》以平白无奇的文笔受到了韩国青少年的追捧。代表作有《那小子真帅2》、《狼的诱惑》、《狼的诱惑·终结版》等。可爱淘的作品多以现代版"灰姑娘"的形式呈现，配以风趣幽默的网络用语，以及浪漫百变的场景，体现了网络小说的典型轻松娱乐性。

3. 日韩网络文学的特点与不足

(1) 日韩华文网络文学特点及不足

在历史上，中国在日韩地区的政治、经济、文化等方面一直扮演主要的角色，因此促使日韩地区形成了以汉文化为中心的"汉字文化圈"，并催生出了大量由这些国家和地区的本土文人创作的汉文诗歌、小说。现如今，网络的发展将华文文学的影响力扩展到了很大的范围，留学日韩的学生以及华人创作了一大批的文学作品，见证了日韩地区华文网络文学的成长。

在文体方面，日韩华文网络文学整体上是以随笔杂文为主，虽然也有少数小说和诗歌，但还是不及随笔这种文体容易驾驭。因此我们才会看到，即使是一些文笔略显生硬的作家，仍然能够在华文网络刊物上发表文章。也因随笔占据了半壁江山，日韩地区的华文网络文学至今还未产生像国内网络文学那般影响力的小说。

在写作题材方面，同其他地区的华文网络文学一样，日韩的华文网络文学内容上也多数以海外生活所见所闻为主，表达自己对当地文化的理解和旅游心情。但是由于日韩地区宽松的政府氛围，特别是日本，有些网络作家会对国内外发生的敏感话题进行评述，如"文革"、"伊拉克战争"等等。

(2) 日韩外文网络文学特点及不足

相较于华文网络文学，日韩的外文网络文学呈现出与众不同的面貌。

首先是手机小说的盛行。尤其在日本，由于方便携带以及阅读随意，手机小说一度是日本网络小说的中坚力量，日本的多数文学网站都是手机小说。但如今，由于读者阅读的审美疲劳，加之手机小说的作品质量再难及昔日高峰，手机小说已出现了衰退局势。

二是日韩网络文学中纯爱主题的流行。所谓"纯爱"，是指不掺杂利益等社会性因素的爱情，这种爱情只存在两心真正沟通的刹那，可以勾起读者对自己青涩年纪的回忆。因此，纯爱小说在日韩流行也从一定方面折射出现代社会中的人类

---

① 朴艺丹：《浅谈 21 世纪韩国网络文学》，《科教文汇》2010 年第 7 期。

心灵深处对至真至爱之情的渴求。纯爱小说不仅收到了日韩网民的喜爱，也席卷了中外的读者市场。但现在看来，日韩纯爱小说的故事情节大多简单老套，文笔也平白无奇，一味地制造浪漫情节使得小说缺乏深度。

三是日韩网络文学与传统文学的交织。自日韩网络文学出现，出版商就瞅准了这一市场。90年代开始，日韩的网络图书出版规模急剧扩大，使得日韩网络小说出版成为一种常态。① 这也确定了日韩网络文学在学界的地位，从而使网络文学与传统文学呈现出一种交织状态。

四、东南亚网络文学

由于东南亚网络文学的发展还比较单一，主要依靠华文网络文学为支撑。因此，笔者仅仅将东南亚的华文网络文学情况进行了梳理。

1. 东南亚网络文学网站

东南亚地区的网络文学多是存在于华人网站中的某个子版块中，独立的纯文学创作网站较少。在这里，比较有代表性的文学原创网站主要有以下几个：

1）随笔南洋网。"随笔南洋"是由新加坡4名中国新移民李叶明、罗斌、陈燕红和邹璐于2006年合力创办的新加坡第一个中文原创文学网站，含小说园地、散文随笔、诗词歌赋、杂文评论、纪实文学、新书介绍、游记专栏，旨在推动新加坡的移民文学。截止2010年，网站已收纳了近10万篇文章，访问人次超过2000万，会员达到了5000多人。②

目前，网站设有博客、论坛等版块供新加坡华人自由发表文学作品、共享彼此读书心得。同时，借鉴早期欧洲华人电子文学刊物的推广方式，"随笔南洋"网站也会定期将优秀网络文学作品汇编成期刊，以电子邮箱的方式发送给读者用户，从而更加广泛的传播新加坡的华文文学。

2）盛大文学新加坡站点。2010年，6月21日，盛大文学新加坡站点正式跟新加坡华人见面，该站点也采用了盛大文学在中国所运行的模式，如收费阅读、合作出版、影视改编等。因其丰富的作品储量，盛大文学新加坡站点现已逐渐成为新加坡华人阅读小说的聚集地。

3）联合早报网。1995年，新加坡《联合早报》正式发行网络版本，报道及时、言论可信，在华人中享有较高口碑，是世界最著名的华文网站之一。提供包括新闻在内的综合网络资讯服务，其访问者多为知识层次高的长期忠实群体。其中的"读书"版块是与盛大文学合作的产物，其中有许多新书推荐和评价，是《联合早报》的一个特色文学版块。

4）狮城网。作为新加坡较大的华人社区网站，狮城网为在新加坡生活的广大华

---

① 李永俊：《网络与出版产业的变化》，《出版研究》1996年第8期。
② 百度百科：随笔南洋。

人群体提供了消息互通、生活交流等服务。其中"狮城论坛"的"狮城随笔"部分是新加坡华人网友发表他们随笔的一个平台,这里鼓励原创文学作品,网友分享的作品洋溢着文字与学术的气息,作品类型包括小说、随笔、杂感、散文等等。

5)新加坡文艺协会网站。新加坡文艺协会创立于1980年,是一个发布文艺书讯信息,推荐作家作品的网站,为会员提供了一个抒发自我读书感受、评论的天地,该网站的论坛是网友和会员交流最热烈的版块。

6)大马公社。"大马公社"是一个马来西亚中国留学生的网络社区,其中的"心灵鸡汤"和"文艺青年"是大马中国留学生进行文学交流的一个平台。"心灵鸡汤"主要设有文学情感、心情日记哲理故事等栏目;而"文艺青年"版块主要是一些原创诗歌、小说和散文,其中,原创小说有着国内连载小说的雏形。

7)泰国华人论坛。泰国华人论坛是泰国最大的中文论坛,为泰国华人提供了泰国生活方方面面的信息。该论坛的网友大部分都是在泰国的华人,通过与大家分享泰国生活和经历,该网站旨在成为泰国最大最和谐的华人交流互动平台。

其中,"心情驿站"部分是泰国华人网友留言和抒发心情的一个窗口,里面的帖子被分类为:诗情画意、人生百味、散文、诗词歌赋、小说等。在散文、诗词歌赋和小说部分,笔者发现华人网友分享的原创作品较多,其中的小说更是出现了类似国内的武侠连载小说。

8)泰国中华网。是泰国华人信息共享的一个平台,又被称为泰国唐人街。主要分为新闻、社区、视频、微博、论坛几个部分。而其论坛区域下的"泰华文轩"是一个主要的华文文学版块,其下设有华艺动态、华艺书讯、华艺作品、华艺评论这个四个子版块,华人网友可以在这里获取最新的华文文学动态和书讯,进行文学创作、评论和分享。

2. 东南亚网络文学代表作家作品

由于缺少独立的原创网络文学网站,在东南亚网络文学创作中,只有极少数创作者被我们所知。他们大多数都在文学论坛里出现一段时间便消失不见,因而缺少熟知度和名气。其中,较为知名的东南亚网络文学作家主要有以下几位:

1)六六。原名张辛,是新加坡人气很旺的华文作家,也是电视剧编剧。2003年,六六在网上发表了她的首部小说《王贵与安娜》,由此开始受到新加坡华人网络读者的追捧。[①] 代表作有《双面胶》、《蜗居》、《心术》等,其作品多表现为对某些社会现象的尖锐抨击。《双面胶》主要描写新时代的婆媳关系,在网上掀起了有关婆媳关系、婆媳矛盾的热烈讨论;而《蜗居》则刻画了一个年轻女孩因房子的困扰而一步步沦为小三的悲情形象,反映出现实生活中工薪阶层买房的心酸;《心术》将视角对准当下愈演愈烈的医患纠纷,以日记形式,真实地呈现出当前中国社会的医患问题,犹如一颗石头投入湖面,在全社会引发热议。

2)秦双全。作为"随笔南洋"的爱情小说作家,其作品主要有微型小说《真

---

① 徐梅:《六六,把梦想干掉》,《南方周末》2010年4月13日。

爱，能重新开始吗》，中短篇小说《求你不要嫌弃我》，《留不住的爱情，留不住的永久》和《如果分手能让你快乐》等等。

3) 宁夏28。"狮城网"上的一个自由诗作家，其作品风格清新自然，代表作品有《天佑风妞》、《盛世浮华》、《野花香》、《时间旅行者》等。

4) 渴了喝血。同样是"狮城网"上"狮城随笔"版块的作家，渴了喝血主要擅长随笔，他的作品风格温暖浪漫，代表作品有《在时间的缝隙里》、《残雪柳风》、《染指流年，唤我告白》、《落寞的雨，烂漫的枫》等。

5) 张力曼。写有诗歌：《午后》、《并蒂莲》、《一串火红的辣椒》等，同时还著有微小说：《前世今生》、《父与子》、《失控》等。

6) 千里梅。主要擅长随笔，作品篇幅不大，但是言简意赅。代表作品有《好好珍惜》、《我眼中的泰国》、《坚守》等。

7) 鲁莽。在东南亚微小说和闪小说崛起之时，华文网络小说也顺应了这一潮流，鲁莽就是泰国华文网络闪小说的代表作者之一，其原创的闪小说有《童话故事》、《访问》、《一字不差》、《相遇》、《讨说法》、《夏天到了》等。篇幅短小，蕴含深远，具有一定的回味性。

8) 在下黄狮虎。主攻爱情小说，总体来说故事情节较老套，不及国内爱情网络小说的构思巧妙，代表作有《为爱向前冲》、《小 Y 系列——恶魔在身边》等。

9) 月亮灼伤。在诗歌、微小说和随笔占据主要地位的东南亚网络文学中，也不乏少数武侠小说作家，月亮灼伤就是其中一位，他在"泰国华人论坛"的"心情驿站"连载了武侠作品《武侠传奇之开心芝罘岛》，其作品虽已有国内武侠小说的写作意识和故事设置格局，但创新性还不够。

3. 东南亚网络文学的特点与不足

与中国毗邻的东南亚指的是新加坡、马来西亚、泰国、菲律宾、印度尼西亚等 11 个国家所在的地区。这里聚集了 2000 万华人，数量占据了世界华人五分之四，因而堪称是华人最集中的区域。[①] 中国与东南亚地区的密切交流使得东南亚网络文学也主要依靠华文网络文学。然而，在东南亚地区，大多数华文网络文学都处于一种寄生的状态，它们仅仅是综合性的中文网站里的一个子版块，缺少专门的文学网站。直至 2006 年，新加坡华人才开始在新加坡设立自己的文学原创网。

在创作篇幅上，不同于国内篇幅宏大的网络小说，东南亚地区的华文网络作品几乎很少能够达到国内那般庞大的字数，一般小说连载最多只有几十多章。在东南亚地区，华文网络文学更推崇微小说和闪小说。

在创作主题方面，不同于北美华文网络文学以"怀旧"和"描写文化冲突"为主，东南亚华文网络文学的创作主题范围很广，从军旅生活到言情小说，从武侠幻想到微型哲理故事，题材广泛。但是在写作手法方面，东南亚华文网络小说的水平却有待提高，有些网络文学作品的爱情故事情节老套、细节描写力度不够。

---

① 周宁：《东南亚华文文学研究：领域与问题》，《中国比较文学》2008 年第 3 期。

后 记

网络媒体超乎想象的快速发展，以及网络海量信息永不停息的显隐流转，让网络文学的状态描述和发展脉络疏瀹具有厘清史实、保存史料的"记史"之义。如果说，五年前由几家媒体联合发起的"网络文学十年盘点"活动，标志着网络文学正式走进文学舞台，那么，此后的网络文学在这个舞台上"秀"了些什么，姿彩如何，仍需要我们继续关注、体察、甄别和清理。于是，继2008年编撰出版《网络文学发展史——汉语网络文学调查纪实》之后，我们再次把学术触角探入文学"网海"，经过大半年的调研整理，完成了这部《网络文学五年普查》，真实记录了从2009年1月至2013年12月这五年我国网络文学的发展历程。

本书是我主持的国家社科基金重点项目"网络文学文献数据库建设"（批准号：11AZW002）的阶段性成果之一。全书分别从文学网站、网络写手、网络文学作品、网络文学阅读、网络文学语言、网络文学理论批评、网络文学影响力、网络文学与传统文学互动交流、网络文学产业经营、博客微博和微信文学、网络视频和微电影、网络作品影视改编、少数民族网络文学、网络女性文学、网络儿童文学和外国网络文学概览等16个专题，描述我国网络文学的五年发展面貌，以图为诞生时间不长便蔚为大观的网络文学保留这一时期较为完整的珍贵史料，为其立此存照。

参与本书普查和执笔初稿的都是我们文学院的研究生，他们分别是：于海婧（第1章）、刘杨杨（第2章）、袁玉雯（第3章）、雷珺（第4章）、周研（第5章）、贺予飞（第6章）、程海威（第7章）、吕蕾（第8章）、葛乐（第9章）、谭珊琦（第10章）、龙典典（第11章）、张慧碧（第12章）、石曼婷（第13章）、林丛晞（第14章）、李佩谦（第15章）和王一淼（第16章）等。这些同学选修了我开设的"网络文学研究"课程，这次的普查内容正好与该课程的学习结合，不仅丰富了我们的课堂学习，充实了"教"与"学"的实践环节，也成就了这本五年普查之作。这些学生敏而好学，他们对这一新兴学术领域的介入，其意义不仅在于实施一次调研，协助完成一部书稿，更在于为未来的网络文学研究培育学术新生力量。

谨此存记。

欧阳友权

2014年端午节于中南大学文学院